夏至
SUMMER SOLSTICE

—— 昼长之至，万物醒 ——

鲸歌
我们拥有同样的音波和心跳

THE LAST BOW OF FIRENZE

佛罗伦萨的最后致意

陈唐 / 著

四川人民出版社

图书在版编目（CIP）数据

佛罗伦萨的最后致意 / 陈唐著. —成都：四川人民出版社，2017.7
　ISBN 978-7-220-10246-2

Ⅰ.①佛… Ⅱ.①陈… Ⅲ.①长篇小说-中国-当代
Ⅳ.①I247.5

中国版本图书馆 CIP 数据核字（2017）第 143870 号

FOLUOLUNSA DE ZUIHOU ZHIYI
佛罗伦萨的最后致意
陈　唐　著

选题策划	周裕昶
责任编辑	张　丹
版式设计	张　妮
封面设计	袁莹西
责任印制	王　俊

出版发行	四川人民出版社（成都槐树街 2 号）
网　　址	http://www.scpph.com
E-mail	scrmcbs@sina.com
新浪微博	@四川人民出版社
微信公众号	四川人民出版社
发行部业务电话	(028) 86259624　86259453
防盗版举报电话	(028) 86259624
照　　排	四川胜翔数码印务设计有限公司
印　　刷	四川福润印务有限责任公司
成品尺寸	165mm×240mm
印　　张	27.75
字　　数	530 千
版　　次	2017 年 8 月第 1 版
印　　次	2017 年 8 月第 1 次印刷
书　　号	ISBN 978-7-220--10246-2
定　　价	49.80 元

FIRENZE

目录

目录

目录

第一章 FIRENZE 苔丝

　　我在阿尔彼兹细窄的长街上有一间古董铺，它和所有的古董店一样缺乏光线和亮度。里面高度密集，大大小小的古董货堆满整个房间，只剩半张被高脚柜挡住的桌子，我用来放电脑。

　　每天这条街的行人特别多，他们大多都不是来光顾我的。他们往前走，进时装店，进隔壁两家相邻的首饰店，进街角的咖啡店。每到下午四点，我街对面那家古董店的老板，叫姜卡罗，总会不厌其烦地走出他的店铺，赶走几个坐在他门口台阶上抽烟的年轻人，骂上几句粗话："他妈的！现在哪里还有人懂艺术！"当然，他并不是愤青艺术家，只不过是因为店里没生意。他祖上五代都经营这家古董铺，到了他这一代，气数也差不多了，他本来一直抱有卖掉店铺，搬去别的城市的想法，结果有一次山上地震引发的小余震把铺子里的祖先照片震了下来，他爷爷的照片就正好砸在他脑袋上。从此之后，他彻底甩掉了卖铺子走人的念头，他认为自己如此不积德的念头迟早会要了他的小命。

　　但是人待在一处容易产生被困住的怨念。因为他们不像我，他们也不是我。我买下并决定蹲在这间古董铺子的目的并非是为了卖古董。

　　我是一名侦探。而这条街上的人总有生意给我做。

　　比如，楼上左转第二户的齐飞太太总愿意出重金找她那只三天两头走失的老猫；四楼右转第一户的菲利普先生总是不厌其烦地找我去跟踪比他小二十八岁的老婆，看看是不是在外面有野男人；七楼最大的那户住着日本山口先生的情妇，是个俄罗斯女郎。她刚收到山口先生送的一枚红宝石古董戒指，又一不小心掉到了楼下。她来找我的时候穿一件蕾丝花边的半透明睡衣，画着极为精致的浓妆。涂了艳红色指甲油的手指间，夹了一根细长的女烟。

　　"你就是开古董店的那个中国人？"她斜睨了我一眼。

　　"对，我叫李如风，你可以叫我风。"

　　"你长得不错。我叫￥@％＃。"

　　"呃……"我大概知道她讲了一个俄语名字，但是我一个音都没有听清楚。

　　"你可以叫我夏娃。好了，我们入正题。听着，风。那天我的红宝石戒指掉下楼之后，我预测它是掉在了楼下某户的阳台上。"

我问："你怎么知道？"

她非常自信地说："我看到了它掉落的弧度，根据声音判断，应该没落到楼底下去，而是落在了某一楼的平台上。"

"你确定？楼下找过没有？"

"找过了，"她说，"而且我判断应该是落在了四楼的平台上。"

我心说你这么神还来找我干吗？我抬起头来，换了个端正的姿势对着她，继续问，"你怎么知道在四楼，也是声音判断？"

她忽然抿嘴一笑，像是感应到了我内心的吐槽，"我要是这么神，那还找你干吗？呵呵。因为我一家一家敲过门都寻过阳台了，唯独四楼那家二夫人不愿意让我进房子。肯定是她找到了戒指，不愿意让我发现，所以连家门都不让我进。你知道的，她家老男人是个很抠门的人，虽然钱不少，但貌似什么正经的首饰都没有给她买过。你看那个小姑娘，嫁了老头子三年多了，一身乡土气息依旧摆脱不掉。"

我知道她说的那个"二夫人"就是四楼菲利普先生那个小他二十八岁的太太。因为菲利普是二婚，年龄差距又大，所以周围很多都私底下把那个小姑娘称为二夫人。

我对于她这样的推测有点哭笑不得，女人就是相对主观。我说："你怎么就觉得是她捡到了呢？任何一家都有可能捡到你的戒指，收起来再大大方方让你进门，看看早就空了的阳台啊，她也有可能是别的原因不让你进屋子啊。"

她若有所思地低头，又抬起头来对我说："你信我，直觉。"然后她突然站起来，解开了睡衣上面的两颗纽扣。我被这突如其来的一幕惊呆了——"这怎么回事？难道她打算不给钱要肉偿？这……不划算啊……那个山口不像个好人，搞不好被他知道了，我就只能等着被他撕碎了。不过她的身材倒是真的挺好的，那对傲人的"珠穆朗玛"此刻正在她解开了两颗扣子的半透明睡衣中忽隐忽现，那雪白的肌肤……我不自觉地吞了几下口水。

还没等我从脑补中自我解放出来，只听"唰"的一声，眼前这个风情万种的女人已经把扣子重新扣了回去，而在我视线中多了一叠紫色钞票（注：最大面值的 500 欧元）。我粗略一扫，怎么说也有十来张。

"给我把戒指找回来，这些是预付款。"说完她便走了出去。要不是听到门自己关上的声音，我还没回过神来。

乖乖，这是一桩大买卖。

我也没想到，我可以在同一个女人身上赚两笔钱，对于我来说这个姑娘才是我的财神爷。反正菲利普那个老头也是付了高额费用让我跟踪她的，我就可以顺带找找戒指是不是真如俄罗斯女人强烈的第六感一样，在这个姑娘身上。

苔丝，二十三岁。从个子推测她应该是北部人，身材纤细高挑，完全没有外国人个子一高就显得粗犷的骨架。光看体形就觉得她该是个容貌清秀的女人。此处没有反转，她长得确实很漂亮。整条街都知道。如果拿夏娃的美比作夏日里的鸢尾花——艳丽，那苔丝的美就是春天最早开的那棵白海棠——清新。你远远望着，都恨不能狠狠嗅上一鼻，感觉一下她身体里散发出来的香味。我发誓，姜卡罗每天最大的乐趣，就是在她走过店门口时候，想办法偷窥一眼她的裙底。

　　我也不知道她为什么要嫁给比她大二十八岁的男人，或许是爱，或许不是，或许有着一段不为人知的故事。但眼下这都不是我所关心的，我要做的是给我的委托人一个交代。

　　我要弄明白两件事：

　　第一：她有没有偷人？

　　第二：她是不是捡到了夏娃的红宝石古董戒指？

　　我跟踪了她一周之后，有了新的发现。她的生活基本上是很规律的：每天都在菲利普出门之后的两个小时左右出门，大概在十一点；在菲利普回家前两小时左右回来做饭，一般在下午五点。她回家的时候会带回来当天的食材，所以回家前她会去超市或者附近的菜市场。

　　问题就是十一点到下午四点这段时间，我发现了一件很奇怪的事情。她每天都会去一样的地方——瓦萨里（Vasari）长廊。这是一条并不对私人开放的国宝级别的艺术长廊，她每天都由内部员工通道进去，从不知道的地方出来。我把这个估算在有奸情的可能性范围之内。这么进出自如，如果不是在博物馆工作，那只能说有个跟她关系不一般的人是里面的工作人员。她既然不是去写生画画，也不是去工作，那去偷情的可能性还是蛮大的。

　　刚刚说到她每天都从不知道的什么地方钻出来，这也是一个问题。我认识的都是博物馆的小喽啰，只能让我免费进进乌菲兹美术馆（The Uffizi Gallery），没人有权力把我放进瓦萨里长廊这种地方。我第一天就守在乌菲兹那条能进入瓦萨里长廊的通道口，我看她是从那里进去的，结果等到四点半都不见她出来。还好我机灵，之前对她回家的时间也有所掌握。我飞快地跑出去一路奔到古董铺，果然五点过的时候，我看到她出现在门口拿钥匙开门，手里拎着菜。看来她连菜市场都去过了，而我却把人给跟丢了。

　　第二天我学聪明了，看着她从相同的入口进去之后，我就回到广场上，坐在广场一侧的咖啡厅里等。果然，下午四点不到的时候，我看到她居然从老皇宫（Palazzo Vecchio）市政府的正门入口出来。虽然开了一家古董店，但我真是艺术上的门外汉，你跟我说三分钟以上的文艺复兴我可以睡着给你看。所以瓦萨里长廊究竟有几个门，我是真不知道。现在看来老皇宫博物馆里应该有门，可能还不止一个。此后每天我都蹲在广场上研究她从哪里出来，她果然每次走出来的地方都不太一样，有时候是乌菲兹，有时候是老皇宫，有时候是边上的巷子。这让我有些抓狂。

今天下午夏娃来找我。她想知道我这一周的成果。我有些不好意思地跟她说了一下我的发现，这对于她来说，应该算不上什么收获。她皱着眉头，我有点害怕她会怀疑我的能力而把尾款的数额降低，于是我竭尽所能把苔丝的行踪讲得特别悬疑。我说完之后，她想了半天，终于开口对我说："你说得对，她有问题。我现在更加相信戒指在她身上了。"

哎，她这种确信倒像是在给我施压，假如我不能把那枚红宝石戒指从那个貌美的女人身上扒出来的话，那就是上帝叫我不要再干这一行了，因为你的雇主跟你讲了十万遍的真理，你没理由最后去否定它，不然就是跟钱过不去。

晚上七点多，菲利普打来电话说他在米兰出差，明天才回来，让我晚上盯着苔丝。我不知道男人的第六感原来也这么准，在这通电话后不久，我看到苔丝出去了。

我刚要穿衣服跟出去，古董铺子就进来一个人。我本以为是客人，想随手打发走，结果来人是姜卡罗。

"我要出去了。你找我有事?"我平时跟他关系不怎么好，基本上属于不说话的那种，他从外表鄙视我开着古董店做这种生意，而从内心嫉妒我不被古董店束缚的灵魂，我觉得我站在他面前的形象总是特别伟岸。

"我刚看到苔丝了。"他脸色有些难看。

"对，她已经走很远了。"我着急跟上去，心里一万头草泥马在奔腾，心说你有屁倒是快放啊，恨不得开口拿中文骂他。

但是他像没有听到我说话一样，双手握成拳，身体微微颤抖着。猛地一抬头，倒是把我吓了一跳。他深陷的眼窝搞得自己跟枯骨一样，这会儿他居然要哭出来的样子。

"我说你怎么了?"

"风，我跟你说，"我特别讨厌听见他叫我的名字，用力喷发出来的鼻音，直接把我的名字念成了前鼻音的第四声。"我不知道该不该跟你说，但是我预感不太好。我昨天晚上做了个梦，它太真实了。后来我被吓醒了，到现在都觉得害怕。"

"哎呀，老姜，梦都是白天想多了造成的。你赶紧回去洗洗睡吧。"不要妨碍我做事，我都快要翻白眼了。

他又像没有听见似的继续胡言乱语："我梦到苔丝……苔丝……她从……从老皇宫的阳台上飞下来，掉在……地上! 都是……都是血! 都是血!"

我被他阐述这个梦境的语气吓到了，着实吸了一口冷气。

"我梦到……梦到她就是这个点出门的，她平时都不会在这个点出门的……"

看来关注她行踪的不止我一个。我回过神来，现在真的没时间跟他在这里扯他的怪梦。我说："你别乱想了，那只是梦。她出去也是巧合，你放心，哪来这么多怪事。"

他还想说些什么，我赶紧在他继续胡说之前把他推出了店门，迅速打烊，一溜烟地跑了。

走出去三条街连个人影子都没有看到。我在心里骂了一万个娘，都是姜卡罗那个傻×害的，几百年不讲话没事跑来跟我讲做的梦，也不知道是不是存心不让我做生意。害得我本来这么好的一个机会现在把人给跟丢了，不然搞不好我现在既能拍到现场奸情照，还能顺带发现红宝石戒指究竟是不是在她那里。

多说都是没用的，只能再找找了。

我又回到了市政广场上。今天晚上有些冷，现在也不是游客特别多的季节，广场上显得有些冷清。在这开放的空间，四面八方穿巷而过的穿堂风居然刮出了咆哮声。天冷的时候四点多就天黑了，现在已经完全是墨色，所有的雕塑都变得影影绰绰。正中间那座六百多年前的皇宫，每个窗口都在黑暗中散着幽幽的光。这才八点半不到，我就觉得脊背发凉了。

算了，我并不想在这刮着大风的广场蹲守几个小时，看她是不是如白天一样突然出现，而现在这里也没有一家还开着门的咖啡吧。在我正打算撤离的时候，身后突如其来响起"砰"的一声，在大风的呼啸声中显得特别诡异。

那是重物落地时地面反馈出来的响声。我忽然有一种很不祥的预感。果然，几秒钟之后，一声划破天际的尖叫声彻底打破了这大风单一的长啸。

有人死了。从高处坠地。

周围的人在犹豫继续围上去还是逃离恐怖的现场，他们在好奇和胆怯中形成一道带着缺口的半圆屏障。

我那不祥的预感越来越强烈。我想起了刚刚从姜卡罗那边听来的恐怖的梦。血从围观者屏障的空缺处蔓延开来。我一步步靠近，大脑一片空白。我看到那个人，身体朝下，脸侧着，眼睛上翻，露出大块眼白。虽然脸部因为重击变得十分扭曲，但还是能辨别出死者脸上惊恐的表情。

死的不是苔丝，是她的先生菲利普。

FIRENZE
第二章 夏娃

　　我不知道菲利普为什么会出现在这里，因为一个小时之前他还打了通电话给我，告诉我他要在米兰过夜，叫我看紧苔丝。

　　而现在他在佛罗伦萨，死了。

　　警察很快封锁了现场。死者被证实是菲利普·费雷拉，五十一岁，佛罗伦萨市文物局官员。死亡时间：晚上八点三十五分。死亡地点：佛罗伦萨市政广场。死因：经过初步证实，应该是从四楼的阳台上摔下致死。现场没有挣扎过的迹象，初步判定为自杀。除了死者身份，其他倒是都挺符合吓哭了姜卡罗的噩梦。

　　我在警察到了之后默默离开了现场。我只是一名私家侦探，我不想把自己掺和进一桩命案。我一闭上眼睛就想起菲利普那张脸，我实在无法说服自己他是自杀的。

　　那么——他杀？是谁杀了他？难道是……苔丝？

　　那天之后，苔丝再没出现过。

　　姜卡罗再没向任何人提起他的噩梦。他每天躲在铺子里，难得会出门张望一下，连人都不骂了。虽然死的不是苔丝，但他大概也还是心有余悸。我也怕。我总觉得这件事情沟壑太深，自己逃不出去。而我只要有所直觉，往往都是准的。

　　果然，苔丝失踪的第三天，警察找上了门。

　　其实我知道警察早晚要上门的。他们按照顺序先给楼里所有的住户都做了笔录，然后找到了我。

　　"你是李如风吗？"开口问我话的警察长着一张很亚洲的脸，大概是个混血，眼珠子和头发黑得发亮。他把我的名字念得我都听不太懂。我机械地点了点头。

　　"认识四楼一室的住户吗？"

　　"认识。"

　　"关系好吗？"

　　……

　　"关系怎样？关系——Relationship？"

　　他们估计看我是中国人，怕我意大利语听不懂，又用英文重复了一遍。

"一般。"我说。

这是流程，可假如我现在说我是受托监视他老婆的私家侦探，不知道会不会被带回去审问。我决定什么都不说。我希望自己能甩掉这件事情。我决定把夏娃给我的五千欧定金还给她，这件事必须到此为止。对，就这么决定，不该讲的不要讲。

"认识他的妻子吗？"

"嗯，认识。不熟。没说过话。"这并不是撒谎，我连招呼都没有跟她打过。

"这两天有见过他的妻子吗？"

"没有。"

"他们夫妻关系怎样，你有所了解吗？"

"呃……他们年龄差距很大，除了这个其他我真的不知道，先生。"

做笔录的警察抬头看了我一眼，"好吧，先生。谢谢您提供的信息。假如看到他妻子回来，请通知我。"他撕下纸的一角，上面写了个号码，后面写了个名字：卡尔梅洛。

然后他们去了对面姜卡罗的店里。我有点心慌，姜卡罗会不会这个时候掉链子，把我是私家侦探的事，以及那天他给我讲过的奇怪的噩梦，全说给警察听呢？

果然，姜卡罗在做笔录的时候时不时往我这边看。我做好了再次被询问的心理准备，但警察从他店里出来之后径直走了。

下午两点多，夏娃来找我。我把钱原封不动地往桌上一扔，表示我不干了。

夏娃眯着眼，点了一根烟，没去碰钱。

"我再给你一万，你帮我把那枚戒指找出来。找到之后再给你两万。"她说着，从上衣口袋里掏出来一张支票拍到我面前，"你可以今天就去把这一万提了，我保证不是空头支票。"

"但是人已经失踪了，除非戒指不在她身上。"

"不，就在她身上，而且她肯定没出佛罗伦萨。我相信你能找到她。"她说得十分肯定，我看着她那笃定的表情，开始觉得这件事情不对劲。

"三万五你要我找一枚红宝石戒指？你可以让山口再给你买一枚更好的了。"

"不是，这枚戒指很重要。我必须找回来。"

夏娃走后，我想了一下从第一次到现在她和我的对话。不对不对……这件事有一种难以形容的怪异在里面，但到底是哪里不对我又说不出来。我只能确定，从一开始，夏娃根本就知道戒指在苔丝那儿。既然这样，她干吗要来找我？我不敢再往深里想，因为这看起来像个局，不知道是来套苔丝的，还是……专门为我设计的。

我并不想干，但是这个价码的诱惑是很明显的。我赶在银行关门前去存了支票。我反复告诉自己，一周，就一周。一周之后假如还是没有线索就撤，先回国避避风头。

菲利普的事还没完。

晚上我打烊的时候，那个警察又找过来了。就是那个留了号码给我的亚洲脸警察，卡尔梅洛。

我看到他时，他正站在巷口的黑暗处抽烟。他手里的烟已经接近烟蒂了，我不知道他到底在这里站了多久，他可能观察我有好一会儿了。这种感觉并不好，其实我什么都没做，但他在暗中盯着你的感觉让你觉得是你犯了罪。

"您好，李如风。"

听到比早上发音清晰不少的自己的名字，我愣了一下，随即回过神来跟他打招呼："您好，先生。找我有什么事情吗？"

他把烟头扔在地上，用脚踩灭，说："没什么，就是来通知您一声，早上您协助调查的案件有结果了。"

我知道他指的是菲利普那件案子。"结果怎样？"

"自杀，被下了定义为自杀。"

我听出了他话里的疑惑。我那天在现场也见过他，他应该是接到报警之后第一批赶到现场的。菲利普那张惊恐的脸，并不像是自己跳下来该有的表情。我不明白，他在这个案子结束之后来特地告诉我结果是什么意思。难道他对我的口供有所怀疑？

不等我继续自我猜测，他就证实了我的想法。

"听说您是私家侦探。"他说。

我心里咯噔一下，看来我猜得一点也没错，白天姜卡罗肯定对警察说了一些多管闲事的话。

"是的。"我说。

"这样，看来我有事要麻烦您了。"

我以为他接下来会说，要我重新去警察局录一份没有任何事实掩盖的口供，尽管案子已经结束了，但在结论没有递交上去之前，是可以推翻重新审理的。我心想，这个警察八成是在升职的当口上，不然按照意大利人懒得家门都不记的脾性，谁会去死扒着一个自杀案不放。

可是，他说了令我出乎意料的话。

"希望您帮我调查一个人，我会按照您的收费标准支付给您相应的费用。"他说。

这超出了我预想的范围，我脑袋里只有一个疑问：他想干什么？

"您需要我调查什么人？"

一个警察，在一桩疑点重重的自杀案结案之后，找一个白天做口供时有所隐藏的"不太老实"的中国人，帮忙调查另一个人。不知道为什么，并不是逻辑不通的问题，整件事情被连贯起来想时，让我感觉很怪异。

"您七楼住着一个叫阿夫杰的女人，您认识吗？"

我想说不认识。这栋楼的人我都认识，七楼就两家住户，是不是他搞错了楼栋呢？

这条街道很暗，路灯从去年坏到今年也一直没有人来修。在昏暗中，我感觉到他朝我靠近了点，空气里隐约还弥留着他刚刚抽过的烟草的味道。他乌黑的眼珠已经融进了夜幕的黑色之中，但我依然能感觉到他在盯着我看。

"意大利语名字叫——夏娃。"

我突然觉得脑袋后面被人狠狠地敲了一下。

"夏娃？"

"对，是这个名字。夏娃。"

我不知道怎么去形容那种感觉。在我的经验里，当所有人和事都因为某种关联被聚集到一起时，往往就是接近真相的时候。但这一次不是，当我意识到线索的彼此牵扯时，自己已被卷到事情的中心地带，而所有的人和事都散发出一种怪异感，除了这些，毫无头绪。

卡尔梅洛并没有说出要我去调查夏娃的具体原因。他只说，明天下午会来我店里，找我谈一下调查的内容和方向。

如果没有菲利普的死，我可能会把调查的原因简单地想成，夏娃是这个警察的情人，或者是他跟夏娃有过一夜情，他需要对自己的性对象做好调查。但是现在我知道，原因不会如此简单。我很想乐观一点，作为一桩生意，我没有必要一定得知道雇主的理由，我只要完成他要达到的目的就好。但是现在，我觉得我应该为自己做一些私人调查，去查一下这个警察。

至少，我得知道，他和夏娃之间是不是发生过什么，或许真的一切都是凑巧，是我想太多。

菲利普命案之后的第四天，苔丝依旧失踪。早上我开店铺的时候，又发生了一件怪事。店铺的门锁被撬开了，我以为店铺被人偷了。结果我一开门，里面的东西都好好的，没有被翻动过的痕迹。所有的物品都在原位上，除了——多了一样东西。作为这个古董店的老板，这里面甚至有几块抹布我都知道。但是这个东西，我肯定，并不是我这里有的古董之一。

这是一幅画。说实话，我并非鉴赏行家，但是西欧的古董我还是懂一些的。这幅画有年头了，少说也有三四百年了。这甚至不是一幅油画，而是一幅蛋彩画。上面是一个少女的侧面像，欧洲中世纪贵族的衣装打扮。不知道为什么，看着这张侧面，觉得画中女人有些眼熟。这画看样子起码是 16 世纪之前的东西，这种东西在大的古董行里都很少见，更别说我们这种小古董店了。怎么会出现在我这里？

我连店里的灯都不敢开，先把画收进了后面的储藏室。怎么办？报警吗？说我这里被人撬了门，没丢东西，还多了一件价值连城的古董？呵呵，实在是荒谬，但确实是事实。你要说不想自己收着那是骗人的，这种东西随便一转手，都是一个天文数字。但是天上掉下来这么大一块馅饼，八成不是什么好事情。最近怪事太多，我还是想办法把它处理掉比较好。

还没等我想好怎么处理，那个亚洲脸警察卡尔梅洛就来了。我一看时间，才上午十一点。他怎么这么早？不是说好下午来的吗？他见到我，递给我一个牛皮纸质的文件袋，有些分量。

"什么东西？"我问他。

"你一会儿慢慢看吧，看了就知道了。"他说，"你先看资料，有什么问题我们晚上再说，我结束工作之后会联系你的。不过今天可能早不到哪里去，早上出了大案子，我现在要去乌菲兹。"

"乌菲兹？是什么案子？"

"这个不太方便说……不过估计一会儿你走出店门就会知道了。我走了，晚上联系吧。"说完他就走了。

他走后，我打开了他给我的那个资料袋。最上面先是一堆看不懂的文字资料，目测是俄语。一堆翻过去都是俄语记录的资料，有一些手写的看起来像是口供的东西，占了一叠；还有一些机打的资料，有点像警察局的签名文件，上面几乎都有一串龙飞凤舞的签名。看不懂。再往下翻，终于看到了几张意大利语的东西。准确来讲，是一些像是损毁的残片被粘贴到一张白纸上所做成的复印件，手写体太凌乱，根本看不出写些什么。翻到最后那张纸，我看到了几张照片。第一张照片上是一个女人，大约二十岁，一头金发，年轻漂亮，不施粉黛，但是有些眼熟。

接下来的几张照片，让我浑身的汗毛都竖了起来。

一个女人，躺在地上的血泊中，金色的发丝上染了鲜红的血。她双眼看着斜上方，一脸惊恐的样子，简直和菲利普死的时候一模一样。这是案发现场拍的照片，这个死去的女人，一看就是前面那张照片中的年轻女子。

和照片放在一起的那张唯一电脑字体的纸上写着：阿夫杰·耶夫娜判定为自杀。经过调查核实无他杀嫌疑。时间：1月23日，1990年。

阿夫杰……阿夫杰……

我把第一张照片拿在手里，仔细盯着照片上的女人看。

"七楼住着一个叫阿夫杰的女人，您认识吗？"

……

我脊背上的汗开始慢慢往外渗……照片上的女人，似乎忽然变成了一张浓妆艳抹的脸，冲我微微笑了一下。

"她的意大利语名字叫，夏娃。"

"啊!"我颤抖着手，丢掉了照片，瘫坐在了地上。

她是夏娃!

这时候我的手机响了一下，手机摔在了我的手边。是提示音，来自于我安装的意大利当地新闻APP。收到的信息自动切换成横条滚动，是实时快速新闻播报：

佛罗伦萨乌菲兹美术馆发生重大盗窃案，警方全面封锁消息。馆内疑似丢失的是波提切利1475年的作品：SIMONETTA VESPUCCI（西蒙内塔·韦斯普奇）。

FIRENZE
第二章 见鬼

阴沉的乌云散开之后，亮光照进我的店铺里。外面的街道上传来姜卡罗与人吵架的声音——"冷静！冷静……"我从地上爬起来，在洗脸池里用冰水洗了把脸，我看了看镜子里的自己，脸色苍白，惊恐未去的表情就像刚刚那张照片上的女人。我反锁上店门，故作镇定地绕到外面，把卷帘门也放了下来。姜卡罗还在和一个满身文身的年轻人吵架。我从后门回到店里的时候，姜卡罗的大嗓门瞬间就消失了。

四周就像墓地一样肃静。我拉了一张靠背椅在凌乱的古董之间坐下来。那张刚刚被我甩出去的照片就躺在脚边不远处。我把照片捡起来，先放到了一边。我已经不用去刻意研究了，照片上的女人就是夏娃没错，或者说她至少跟夏娃长得一样，不过她没有妖艳的浓妆，看起来要比现在的夏娃年轻许多。

打开手机，我又看了一遍刚刚的新闻。这条新闻让我的理智慢慢回归。我脑中依旧很混乱，充满恐惧，但我起码能意识到，我遇到麻烦了。

不管之前的事情是不是陷阱，至少现在这件事情肯定是。我怀疑乌菲兹失窃的藏品就是早上莫名其妙出现在我这里的那幅蛋彩画。我走进储藏室，打开灯。那幅画现在就被我横放在门后面。在昏暗和光线的交界处，画中少女的脸忽隐忽现。我关上门。

不，不止是怀疑，是肯定。

有人想害我。

唯一值得我庆幸的事情是，我没有拎着这幅画去街上乱晃，寻找解决它的方式，否则我现在已经在城外监牢里蹲着了。

我拿出手机，拨通了卡尔梅洛的电话，随即又挂断。现在不是打电话给他的时候，负责乌菲兹盗窃案的警察对于我来说是危险的，虽然我真的没有偷东西，但我觉得没人会相信我。比起他来，我更应该找一下夏娃。理智告诉我，虽然事情显得很荒唐，但她肯定不是鬼。这里面一定有些问题，或许夏娃知道。

夏娃没有留过手机号给我，我也没有问她要过。大概觉得楼上楼下，抬头不见低头见，通信工具什么的都没必要。我决定上楼去找她。她除了逛街或者和山口出去约会，一般不太出门。

七楼有两户，门对门。夏娃住的那一户是大户，包括了楼顶的空中露台，大门在走廊右手边的尽头处。而她对门住的是克雷斯纳太太，是一个独居的老太太，养了一只猫。

　　我走到门口，按了一下门铃，没声音，门铃是坏的。我又敲了敲门，隔了很久也没人回应。看来不在家。我刚想走，一回头就撞见了住在隔壁的老太太克雷斯纳。她快九十岁了，身高大概就到我的胸口，有些驼背。那模样着实让我吓了一跳。

　　"你找谁？"

　　"夏娃。"我说。

　　"哦，我认识你，你是楼下那家古董店的中国人。"她眯着眼睛仔细打量我。

　　"对，我是。她好像不在家。那我先走了。"我并不想和老太太在阳光底下闲聊一下午。

　　她突然拉住我，"小伙子，你在这里也有一年了，有没有发现奇怪的地方？"

　　"奇怪的地方？您是指什么？"

　　她看我的表情十分古怪，就像打算告诉我惊天大秘密一样，眼睛看起来很浑浊。

　　"你自己当心点吧，小伙子。最近不太平啊。"说完她放开了我，转身回去了。丢我一个人站在那里凌乱。

　　最近的事情已经够古怪了，现在又碰到这么一个老太太，跟我说一堆莫名其妙的话。

　　老太太关门前又忽然回过头来，"你不用再上来了，这家没人，那女的不会回来了。她走的时候把钥匙放在门口左边倒数第二个花盆里，你自己开门进去吧。看完赶紧走，走得越远越好。这里都是吓人的东西，赶紧走吧。"她说完就关上了门。

　　我还没把话问出口，她就把门关上了。敲了敲门，她也不开。妈的，我在心里暗骂了一声，现在连个老太太都跑出来故弄玄虚。

　　左手倒数第二个花盆。真的只是花盆，这门口甚至没有一株活着的植物，全都干枯了不知道多少年头了。老太太没有骗我，我扒开花盆的泥土，里面确实有一把钥匙，看起来应该就是大门钥匙。

　　我犹豫了。这个老太太我以前也没怎么接触过，只是听说她为人很奇怪。但是这也太奇怪了吧，莫名其妙让我拿钥匙进别人家。她刚刚说那女的不会回来了是什么意思？活着的这个夏娃，她明确地告诉我她需要我把红宝石戒指找回来，定金都给了，难道专门给我钱耍着我玩儿？给了我一笔钱就消失了？怎么可能?！不过最近发生的这些事不都是"怎么可能"然后也还是发生了嘛。

到底要不要自己开门进去？这是私闯民宅啊，万一被抓怎么办？但是万一夏娃真的不出现了……我现在手里还有个烫手山芋，和一堆解不开来的谜团。

我边想着边下意识地开了门锁，"咔"的一声。大门甚至没有锁上，只是轻轻带上了。打开门，屋里一股陈旧霉味迎面扑来。屋里的光线很暗。我按了一下墙壁上的灯的开关，灯不亮，看来是坏了。门外光线够得到的地方，最多也就是进门换鞋子的那块地方，鞋柜的后面有一堵墙隔开。我有了一种很不好的感觉。阳光照得到的地方，全是灰尘，这像是无人居住的房子。

我打开手机灯，小心翼翼地走进去。"夏娃，你在吗？"我听见自己的声音在四壁撞出的回音，像是墙壁在给我回话。房子里只有极少的家具，全都盖着暗红色的布。手机灯的射程并不远，我能照见的地方也都是灰尘，客厅左手边有一条延伸进去的走廊，黑洞洞的，那边应该是卧室。走廊边上就是向上的楼梯。这里有一个阁楼，从阁楼出去，就是这座房子的露台。

我在客厅简单晃了一圈，得出一个肯定的结论：这里起码半年没有住过人了。

那么，真是我见鬼了。

首先，我没有见过山口。其次，我以前从来没有留意过夏娃是不是跟周围的人说过话。关于她的事情，都是她找我闲聊的时候说的。我也从来没有听人说起过七楼的这家住户。房子是不是空的，住不住人，我一个开店铺整天还干些别的事情的人，也有可能什么都不知道。

我现在特别想去问问对门那个老太太，问问她所谓的看到那个女的把钥匙放在花盆里，是不是1990年的事情，因为我大白天活见鬼了。

那个鬼还给了我一万五千欧，让我给她找戒指。

不对。不可能！

卡尔梅洛让我查夏娃的时候，明明问我的是认不认识七楼的那个住户，他在这里做警察肯定不是一年两年的事情，他应该知道我来这里时间不长，他没道理会问我认不认识二十几年前就已经死掉的人，他也不会给我那些资料。这说明他也见过这个夏娃。

手机还剩百分之二十的电量。我决定在这里找找有没有什么能帮忙理出头绪来的东西。客厅里面我都找过了，除了一张沙发之外，就是进门的地方有一个鞋柜和一个衣架，然后就是灰尘。有两间房间。那间比较大的里面摆了一张梳妆台和一张床，衣橱门开着，里面都是空的。还有一间比较小的房间，大概被当成衣帽间来使用了，有一些看起来很旧的衣服，除此之外，没什么发现。

小房间的边上，还有一扇锁上的门。我用了点劲，想把门锁弄坏打开看看。我也不知道我哪里来的勇气，大白天在这么一间我一直以为有人住，其实空了很久的房子里面瞎折腾，幸亏大门还开在那，那边的光亮让我起码还有一丝安全感。

门怎么都打不开。就在这个时候，我突然听见身后有响动。我停下手里的动作，仔细听了下——四周都很安静，一点声音都没有。我的心脏已经快要跳出来了。我回头望了望，什么都没有。可能是幻觉。

我心想算了，要不还是先走吧。这里确实不宜久留。刚想走，却又听见了窸窸窣窣的响动，像翻东西的声音。

这次我确定了，声音是从阁楼里传来的。手机还有百分之十不到的电量，我得在没电之前出去。我打开了手机的强光灯，走上了楼梯。这里基本上是伸手不见五指，幸好我还有手机光。最后几级楼梯发出"吱吱"的声音，在这空空旷旷的地方，听起来尤其恐怖。阁楼没有门，楼梯直接连接着一个黑乎乎的房间。我拿手机先伸进去照了一下，看起来房间应该是半圆形的。里面有张写字台，放在尽头靠露台的地方，还有一些柜子。没有人，窸窸窣窣的声音也消失了。

远远看过去写字台上好像有东西。我拎着手机走了进去，刚踩到一半的时候，突然觉得脚踝好像被什么碰了一下。我吓了一跳！手机掉到了地上。我刚弯腰捡起来，一抬头就看到离自己的脸大约只有十厘米的地方，有一双绿色发光的眼睛看着我！我差点吓晕过去，还好，它在关键时刻"喵"了一声。

妈呀，原来是只猫。我用手机照了照它，它也不动，就那么看着我，又叫了一声。我估计应该是隔壁克雷斯纳老太太的猫，房子开着门，就自己溜了过来。估计刚刚从这里发出的响动就是它弄出来的。

我在胸口画十字，上帝保佑，千万不要再有东西冒出来吓我了。我走到写字台边上。桌上放着的只是一些乱七八糟的废纸，但是我的手机光照到了一个东西。

一张废纸上用黑色笔写着：苔丝。旁边画了一个符号，有点像三个钻石戒指相互扣在一起，戒指上三个尖顶朝上的三角形，看起来像是钻石。而戒托靠近三角形的部分，分别有像打开的两片花瓣的形状。

符号看起来很眼熟，好像在哪里见到过。我打开写字台的抽屉，里面只有一张类似于古董凭证的东西。但是上面写的好像是拉丁文，我是真看不太懂拉丁文。我把整张纸从抽屉里拿出来。除了一串文字，还有一张实物的照片。这个我认识，之前夏娃拿给我看过，就是她的那枚红宝石戒指。纸的后面谁用铅笔画了一张有点像地图的东西，看起来很奇怪。

像是一个通道，但是通道的周围都用框框做了标记，标了1，2，3，4。而通道的其中一段被涂黑了。这是什么鬼？我一看，手机只剩百分之一的电了。我把这张纸也塞进了衣服口袋里，先撤出去再说。

那只猫还在黑暗中看着我，看得我心里直发毛。我刚走出去两步，突然整个房间亮了。是有人打开了这个房间的电源。难道是夏娃回来了？还是传说中的山口？我一时站在那里不知道该躲起来还是冲出去。

我听见楼梯又发出了恐怖的"吱吱"声，有个人影正在渐渐接近。

我在心脏跌宕起伏的节奏声中，迎来了出现在门口的人。

是卡尔梅洛。

"是你？"虽然这是一句问句，但是他看我的神情仿佛一早就知道会在这里见到我一样。

"我打过你的手机，不通。"

我按了一下我的手机，已经自动关机了。大概是这里墙壁厚重，信号不好。

"你在这里干什么？"

做警察的果然没什么废话。我怎么解释我出现在这里的原因呢？因为隔壁的老太太叫我私闯民宅？

"我看了你给我的东西，所以我就上来了。"我说。

"走吧，先出去，我没有搜查令，我们现在这个算私闯民宅。"说完他带头先下了楼。

我在这么亮的灯光下终于看清了一直盯着我看的那只猫，全身乌黑，跟亚洲脸警察的头发和眼珠子一个颜色。在意大利都说黑猫是很邪性的，但这只猫歪着头望着我的表情，看起来特别无辜。

我走过去，把它抱起来。总不能把它关在这个没人的鬼屋里面吧。结果这猫被我一抱，就不肯下去了。我走出门口，想把它放下来，老太太发现它不见了，自然会开门找它放它进去。但它死死扒着我的衣服，我的外套上就这么被它的爪子抠了两个洞出来。

我只能带着这只死活不肯离开我的猫一起下了楼。

我把铺子重新打开来，确定里面没有新冒出来什么奇怪的东西之后，才把这个警察放了进去。

那只黑猫一进我的铺子，居然自己从我身上跳了下去，晃着尾巴四处走动，好像回到了自己的地盘。

"我先正式地向你自我介绍一下。"他说。我心里嘀咕，不是已经介绍过了吗？

"我是中意混血，你可能不知道。"他居然开始用中文和我说话，我吃了一惊，真是难以置信——这个操着一口地道的佛罗伦萨口音的警察居然现在正用一种典型的港台腔普通话跟我对话，"我会说中文，我还有个中文名字。叫陈唐。"

"陈唐？"

"是的，陈唐。他们都叫我唐少。"

他所谓的"他们"都是港剧看多了吧，还唐少……

"我父亲是意大利人，母亲是中国人。以后为了方便，我们可以直接用中文交流。"

至少这件事情还是让人开心的，我对他的信任度增加了不少，虽然不知道他这一口台普是哪里练就的。但是，关于我现在所面临的一切难题，我是该全部说实话，还是保留一部分？我深知，在这种时候单凭我自己的能力已经很难解开所有的问题了，我必须有个能帮助我的人。可能这个人就是让我摆脱现在这种局面的希望，但我还不确定他是不是可靠。

我看到他瞄了一眼我扔在桌子上那些他给我的资料和照片，走到桌边，用食指在桌面上敲了敲："你都看过了？"

"是的，但是俄语看不懂。"

"你有什么看法？"他问。

"你先告诉我，你最近有没有见过夏娃？"这是我眼下最关心的问题。

他低头想了一会儿了，对我说："那天，菲利普死的那天，我看到她了。1990年那个案子当时并不轰动，不过是一桩自杀案，没什么人关注，但是当时结案的人是我父亲。我那时候才七岁，见过最吓人的东西就是我父亲带回家的这些照片。所以我一直记得那个女人的脸。那天当我看到她的时候，即使她化了浓妆，我也是一眼就辨认出来了。我无数次在噩梦里见到的脸，居然活生生地出现在了我的面前。"他皱着眉，脸上的表情显得很排斥。

这小哥童年阴影应该蛮严重的，毕竟年纪那么小就看到了那么血腥的照片，怪不得会拜托我去查夏娃。

"你给我的这些资料看起来都是警察局里的，你就这么拿出来了？"

"这些资料，都是我家里的。"他说，"那时候我父亲不知道为什么盗窃了这桩自杀案的材料，藏在家里。后来局里发现了，但是他死都不承认是他拿的。其实也并非很严重的事情，也没人来搜过家里。不过后来他被革职了，三年之后就死了。"

他说完，点了一根烟。"不好意思，你这里可以抽烟吗？"

我也掏出一根烟点上，冲他笑了笑。

"我跟你说这些，是希望你能帮助我查清楚。其实那天看到她之后，我就立刻着手查了那个女人的资料。发现这里并没有她的具体登记，连名字都查不到，还是根据地址，在一家咖啡店的会员卡上查到她当时注册的名字是夏娃·巴尔迪。"

"也就是说她属于非法入境的人口，是黑户，是不是？"我问。

"可以这么说。没有具体登记而长期滞留的人，一般都是黑户。除非……"

"什么？"

"有人刻意隐藏了她的信息。但是通常来说这是不可能的，除非是国家安全局的内部操作。内部有些设置，比如那些曾经做过国际间谍的人，害怕别人查到他们的信息，他们的信息就会被刻意隐藏起来，这是一种保护措施，我们一般把这些人叫作'隐身人'，他们在国家有合法的身份，但都属于机密，一般查不到。我觉得这个女的不会那么巧是间谍吧……"

难说。这个女人，神秘莫测。我想起她见我的那几次穿的性感睡衣，红艳的唇和指甲，白皙的皮肤和手指间细长的烟……我居然今天才发现，那个睡衣女神的住所，是个空屋。这个女人瞬间就给了我一种和苔丝一样，幽灵一般的感觉，又带着性感和风骚，是什么都有可能。

"你今天是第一次上去？"他找到了我藏在柜子后面的烟灰缸，掐灭了烟头。

我把遇到老太太的事情说了一遍，他听完笑了起来："老太太说成那样，你还进那间屋子，你胆子也真是够大的。"

"老太太看起来挺神的。"

"神？什么神？"

"呃……就是很神奇，和神仙一样……呃……也不是，就是神神道道，就是懂一些我们懂不了的东西……"妈呀，对着一个港台腔的混血解释中文的博大精深，我可以去开一堂讲座了。

"算了，就是一个形容词，不重要。"

他似懂非懂地点了点头。

"她还说，乌菲兹今天被偷了一幅很重要的馆藏画，是不是真的？"我有意转到了这个关键问题上。

他似乎有些听出了我的用意，"你对乌菲兹盗窃案很感兴趣啊。没错，失窃的是一幅挂在瓦萨里长廊里的肖像画，是 1475 年波提切利画的一个少女的侧脸。之所以被收藏在瓦萨里长廊里，是因为它之前也失窃过，而那里保安系统更好一些。巧的是，上次它的失窃时间也是 1990 年，与那起自杀案相差四十五天。奇怪的是，这幅画过了三年自己又重新出现在博物馆里，也就是说它是自己回来的。谁都不知道这幅画被谁偷了，之后带去了哪里，后来又为什么会自己回来。"

果然，那件丢失的藏品肯定就是今天早上莫名其妙出现在我店里的那幅画。

我内心在做疯狂的挣扎，该不该跟这个说着港台腔的同胞说实话。不知道当他看到那幅画躺在我储藏室的门背后时，会做何感想。我看了一眼四周，目测这狭窄的空间，应该没有我可以安然逃跑的可规划路线。假如他翻脸抓我的话，那我当真是无路可退啊。但是这个烫手山芋，假如我不说，万一被他发现了，那我真是跳进黄河也洗不清了。

"呵呵……貌似我说了不该说的。这些是局里的内部资料，你别出去乱说。"他打断了正在想象他看到画后各种反应场景的我，"好了，现在说说看，你在七楼有什么发现？"

这又是一个问题。七楼发现的那两件东西，假如要拿出来的话，我可能就得说一下在此之前我都干过什么了。好吧，总得挑一些实话说，不管怎么样，我与这个唐少，现在于无形中形成了一种盟友的关系。

我深吸一口气："你听我说，现在我把之前你们过来做笔录的时候，我没有提到的事情告诉你，但是前提是，你必须相信我，我绝对没有做过什么违法乱纪的事情。之前我不说，是因为菲利普突然死了，我不想把自己好端端地卷进一些不必要的事情当中，因为他的死真的和我一点关系都没有。"

"我一直都知道，你和他们的关系没有那么简单，但我也从未怀疑，你和菲利普的死有什么关系。你把事情说出来，我们好一起做分析。"他随手又点了一根烟。

于是，我从头到尾把夏娃委托我找戒指，菲利普委托我跟踪苔丝的事情说了一遍。

"现在，你可以想象当我看到你给的这堆资料的时候，我的惊讶程度绝对不亚于你，假如这件事不搞清楚，可能会导致我精神分裂的。"

"慢着……"他做了一个停的动作，"你刚刚说谁？"

"夏娃呀……"我也搞不清楚他问的是谁。

"不对，不是她！你刚刚说死掉的那个文管局的菲利普他的老婆是谁？"

"苔丝啊！"

"苔丝是谁？"他又问。

"他老婆啊！菲利普，那个跳楼的菲利普的老婆！"

我都被他问烦了！这小哥是中文不行还是记忆力有问题啊！之前来做笔录的时候，他还让我看到苔丝通知他。

"不对，他老婆不叫这个名字。"

"什么?!不可能！你在耍我吗？这里一条街都知道苔丝是他的老婆。那个女的长得很漂亮很年轻，才二十多岁，一条街都知道他们是二婚，年龄差别很大。"

"我给你看样东西。"说着，他掏出手机来，从里面翻出来一张照片，是警察局那边拍来的档案照，"我一直觉得这件案子很可疑，但警察局里面的资料我不能拿出来，所以我都用手机偷偷留了个底。你看这里——"他放大屏幕上那张照片，用手指着一个名字给我看：MOGLIE：BIANCA ULIVI（汉语意思是妻子：碧昂卡·屋里维）

"这是?"我一头雾水。

"这才是他老婆的名字。怪不得你那天跟我说他们岁数相差很大，我当时也疑惑了一下，但是因为案子没什么可疑之处，我那些同事都想早点结案，所以我也没多嘴问。"

我一看边上的年龄栏里写着：四十五岁。

"我以为，这对于你来说，叫作年龄相差很大。而且菲利普没有离过婚，自然也没有二婚。他和碧昂卡登记结婚的时间是在 1993 年，没有分居或者离婚的记录。碧昂卡所登记的住址就在这里，我们没有搜索到关于她的其他信息，他们好像也没有孩子。关于这个苔丝，我现在可以叫人查一下，她现在在哪里？"

根据他提供的这些信息来看，这件事现在越来越奇怪了。

"我不知道碧昂卡，我从来没有听说过这个人。我只知道苔丝是他二婚的妻子，二十三岁，年纪很小。但是菲利普死后，她就失踪了，直到现在也没有出现过。她失踪之后，我刚刚跟你说过了，只有夏娃来找过我，她很肯定地告诉我，戒指在苔丝身上，而苔丝没有出佛罗伦萨。"

这时候那只一直不知道躲在哪里的黑猫又跳了出来，在边上"喵喵"地叫个不停。

"那是你养的猫？是不是饿了？"陈唐从我身边绕过，朝着猫走去，"你在扒什么呢，黑咪咪？"

黑咪咪？呵呵呵，我真是恨不能从脑袋上挂下来三条黑线，这小哥的中文真是够好的……

但当我回头看了一眼之后，就笑不出来了——我×，这只猫现在正蹲在储藏室的门口，不停地扒着我储藏室的门！

第五章 FIRENZE
少女画像

"沙沙"的声音尤其刺耳，那只贱猫的爪子不停地在那里挥舞，就像不扒开门不罢爪一样。

"那个——"我大声说话为了引起这哥们儿的注意，心里十万个拜托他不要去开那扇门，恨不得现在就冲过去把那只黑猫就地正法，"我在七楼有所发现！"

还好，我真的是在七楼有所发现。

我几乎是把从七楼用生命搜来的那两张纸捧到他面前去的。

结果那只黑猫居然在我跨步过去的时候，突然调转身，从那个唐少手掌底下钻了出来，杀了我一个回马枪，把我扎扎实实地绊倒在地上——一定是他们谁派它来暗杀我的！

储藏间的门被我推开了，因为门锁本来就是坏的。

我捧过去的那两张纸飘落在那幅被我藏在门背后的画的画框边上。

还好，还有挽救的余地。到了这个时候，我已经不是刻意想去对他隐藏这件事情了，我也知道，如果他相信我，这件事解决起来可能更加方便一些。只是这事得我自己说，现在要是被他发现了的话，就难说他还会不会听我解释了。

我赶紧从地上爬起来，捡起那两片纸，想快速把门带上。谁知这只猫害我的决心特别坚定，这个时候已经不知不觉走到了我的脚边，一边"喵喵"地叫着，一边扒着那幅画的画框。

完了！完了！我知道这下肯定完了！因为这位唐少已经站了起来，我看到他的手伸向了储藏室的门，然后那幅画就暴露在了外面照进来的隐约的亮光之下。储藏室并未开灯，而店铺内的灯光正好和门折成一个三角形，框住了画中姑娘的脑袋，像是活生生套上了一个企图勒死她的绳索。我现在的感觉和她应该是一样的。

我看着这个亚洲脸的警察在我眼前站起来，我很想去扯住他的裤腿，但是有条胳膊被我压在了身下，我整个人都僵在了那里，只能看着他站起来又蹲下去，一点点把那幅画从储藏室的门后面抽出来，完全忽略了落在地上的那两张纸。

呵呵，我居然栽在一只猫的手里。

他回头，朝我投来犀利的目光。我知道他在想什么，但是这种时候，我已经无从辩解了，"对不起，我本来想跟你说的，但是一直找不到机会……我现在说的这些你可能不会相信，但是我真的……"

"你画的?"他问。

"啊?"

"你画的?"他又问了一遍。

这次我听清楚了，他问我是不是我画的。我愣了，不知道怎么回答他。他是故意这么问我?难道是因为刚刚说了那么多不该说的，所以现在看到有幅失窃的画出现在我的储藏室里，假装没看到，打算敷衍过去，大家一笔勾销，谁也别去揭谁的老底?要真是这样，倒也可以。

"呃……是……"我其实刚想说是我画的，也许真的和我想的那样。但是他没等我说完，就灭了我的念头。

"不对，不是你画的。"这次他发现真相了，"这是蛋彩画，肯定不是你画的，颜色看起来已经有几百年了……"

他把画干脆整个拎了出来，拿到了店内正当中。

我靠，店门还开着呢!他一边用手指来回抚摸着画，一边喃喃自语，说的都是意大利语，叽里咕噜，也不知道究竟在说些什么。我也没用心听他嘀咕，我只知道自己完蛋了，他现在明显已经发现这幅画就是乌菲兹美术馆丢失的馆藏了，关键是我眼下肯定跑不了。

我在盘算着要不要装不知道这是馆藏的时候，他突然回头看着我，问道："你从哪里得来的这幅画?"咦?这台词跟我心里的不太相符，我以为他会直接说"居然是你偷了这幅画"之类的。

"你可能不会相信。这幅画是今天早上我开店门的时候，莫名其妙出现在我店里的。我当时也吓坏了，因为卷帘门的锁被撬了，我以为店里进了贼，但我什么都没有少，还多了一幅画，就是它……"

我说完抬头看他，等着他反应。但他头也不回地专注在画上，看起来好像并没有在听我说话。

那只黑猫似乎盯上画了，一直跟在陈唐的脚边乱叫。

"天哪!"他惊呼着回头，以一种难以置信的眼神望着我，"这是五百多年前的一幅仿制品!"

"什么?!——仿制品?!这不是乌菲兹丢失的那幅馆藏?!"这句话几乎是脱口而出，在它划过我嘴唇边缘的时候，我产生了一种想打死自己的冲动。

"呵——你以为，这是失窃的馆藏?"

"不是，我真的没有偷过馆藏。不管怎么样，只要它不是那幅真品就好。"我也不知道我自己在胡言乱语什么。

"你相信我吗？我可以对天发誓，这幅画真的是今天早上突然出现在我店里的。"

我告诉自己，他会信我，就凭他和我见面的时间没超过三小时，但是他跟我说了很多话，而他说的这些话，我并不怀疑。

他背对我的沉默中，空气一下子凝固了。

"我信你。"他说。

虽说听到是赝品我已经在内心松了一口气，但信任还是最好的。

"不过，"他转过身来，"你这幅画假如不是被我发现的，估计你肯定已经被抓走了，可能要关上个几天，等专家来鉴定之后，才能决定可不可以把你放出来。"

"为什么？你不是说这是赝品吗？"

"呵呵，首先，这是五百年前的仿制品，对，没错，确实是赝品。但是这幅赝品已经到了以假乱真的地步，就算不是作者自己画的，也绝对是高手画的，已经具有了博物馆收藏价值。"他突然把声音压低，"你要知道，当馆藏失窃的时候，博物馆有时候实在难以寻回真品，就会找人画一幅赝品，充当真品摆回去，就当作寻回了。等到真品出现的时候，再偷偷换回去，这样不仅可以挽回博物馆的名声，也能在最短的时间之内向国家交差，同时也有助于找到真品。因为有些贼看到博物馆说找到真品了，会忍不住把自己偷到的东西拿出来到处说，他那个才是真的。"

我心说不会吧，贼笨成这样干脆别做贼了。

他说："有的贼真的挺笨的。因为当他们看到博物馆说已经寻回失窃馆藏的时候，他们会觉得偷到的东西失去了价值，所以急着出来澄清，怕卖不掉。而你的这幅画不仅是五百多年前的，而且已经达到了以假乱真的水平，一般人根本看不出来是赝品。"

"首先，这画不是我的。然后，你是怎么看出来的？"我问他。

他一个警察，既不是学艺术的，也不是学古董鉴赏的，怎么就能一看便知呢？

他抿嘴一笑，"因为我见到过那幅画。当时那幅画，最早是我父亲的一个朋友找回来的，他是个香港人，叫ALAN宋，他们都叫他大鹰。这个人专门做占董倒卖生意，我父亲不做警察之后就一直跟他混在一起，直到死……"他停顿了一下，用手指了指画当中少女的手指，"你看这里，看到了吗？"

"看什么？"他的手指徘徊在少女那纤细的手指之间。我只能看到那双手被赋予了一种完美的光泽度，鲜亮粉嫩，就像纹理细腻的皮肤。假如说这真是一件赝品，那也是一件价值连城的赝品，笔触如此细腻，绝对是高手画的。

"你没看到就对了，问题就出在这里——她的手上没有戴戒指。"

"戒指？"

"对！戒指，原作画中少女的左手中指上有一枚戒指。"他停顿了一下，一个字一个字地说："红宝石戒指。"

"红宝石戒指?！"我觉得我的嘴已经不能张得更大了。一切都被联系在一起，一切都是谜，一切都蒙着一层薄薄的面纱沉浸在白雾里，但是我拨不开雾，也揭不开面纱。

"我知道你在想什么。刚刚我看到这幅画的时候，我就想到了你说的夏娃要你找的那枚戒指。但是我没见过它是什么样子，我不能确定是不是和画里一样。"

我突然想到了那两张我从七楼获得的线索纸——它们还在储藏室门口的地板上躺着。

我飞快地捡起来，抽出其中那张被我折叠过的有红宝石戒指图片的纸给他看，除了图片，上面那串文字我只是粗略扫过一眼，还没有具体看它到底写了什么。

"是它吗？"我问。

"和我看到的画上的一模一样，但是上面的文字感觉很奇怪。"

我也凑过去仔细看了看，发现上面那串都不是意大利语，好像是拉丁文，但我又能看懂大部分的文字。

"怎么古董鉴赏证明上面会写拉丁文？"我说。

"谁告诉你这是古董鉴赏书的？这里不是拉丁文，是古代意大利语刚统一的时候，流行的书写方式。我们叫但丁体。"

"不是鉴定证书？那写了什么？"我又凑了过去，仔细看了两眼，好像是诗歌一类的东西，读起来很费劲。

他沉默了片刻，问我，"你读过但丁的《神曲》吗？"

我诚实地摇了摇头。

这里摘取了但丁《神曲》当中的《地狱》第六层："我走进一座宽阔的坟场，密集的坟丘让地表起伏不平。棺材都敞开着，里面有烈焰燃烧，传来悲鸣之声。"

还有一句用小一号的字体标注在这一句的下方，我也看到了，那上面写着——

"圣殿变成了兽窟，法衣也变为装满罪恶面粉的麻袋，

复仇女神用爪子撕开自己的胸口，击打着自己的心脏然后尖声喊叫。"

FIRENZE

第六章 迷 雾

复仇女神。

或许是我没有读过但丁的《神曲》，这是我第一次接触它，我感到恐怖。至少，这几句话给我这种感受。

陈唐显得很镇定："你怎么看？"

我答不上来。我怎么看？不知道。只能说，我预感不到任何好的东西。

"复仇女神，EMUMENIDES，欧墨尼德斯，"陈唐说，"我总觉得这最后一句在哪里见到过。"

"哪里？"

他使劲皱着眉，像是在努力回忆，刚想说什么，他的电话在这个时候响了起来。

"嗯，是我。你说……好的，是，我出来喝杯咖啡，博物馆馆长的报告太长了。好的，好的，我立刻回来。"他说完，把手机塞进衣兜里，准备走人。

"怪不得你这么早，你是溜出来的？"我突然就想起来刚刚在七楼被他吓得不轻，心里默默问候了一遍他祖宗，这小子跟你说的时间都不能信。

"呵呵，比起失窃的画，我更想快点解决我多年的噩梦。不过，现在看来，噩梦也不是好解决的。我怀疑，博物馆这次失窃，和之前那桩自杀案很可能有关系。我得赶紧走了，手机联系。"

我想说，可能不仅仅是和前面那件自杀案有联系。

这团迷雾太大，不知道为什么，我有种所有事情都被绕在一起的感觉。像小时候流行在女生当中的那个游戏，叫"挑丝界"，两根棉线，两头一绑，可以编出来无数种形状，你解完一种又一种，总有难关挡在你前面。

不知道是不是有意配合我的心境，现在外面的阳光被乌云吞噬了，只留下一条金色的边，金边漏下来的光，看着有些晃眼。我揉了揉眼睛，再睁眼的时候，看到远处有个浅金色头发的姑娘，穿着裙子朝我走过来。那一片由光而生的炽白，仿佛织了一层白色纱帐，我看到她细碎花纹的长裙，在风中飘起来，裙摆一次次触碰她白皙纤细的小腿……我仿佛伸手就能感觉到少女光滑而粉嫩的肌肤……

那是苔丝！

我简直不敢相信自己的眼睛，在她失踪的第四天，我就在这光天化日的街头看到了她！这不是一场带有刺激感的寻觅游戏，她竟然波澜不惊地出现在我的视线内！——这个被我视作万事开端的女人！

我拔腿就冲了出去，挡道和逆道的人不少，我都用肩膀轻巧地撞开。这个女人只要能出现，或许就能解开起码一半的谜题。想想我接的那荒唐而令人懊恼的工作，跟踪了半天，却从来没有近距离仔细观察过她。这女人从不与人为善，不打招呼，不与别人交谈，她的存在就像带着一缕抹不去的香味的空气，叫你欲罢不能却又不敢靠近。但是每天先看到她从眼前走过，尔后跟在她后面满街走的感觉怎么可能错，就是她，一万个就是她！我冲上去，抓住苔丝的胳膊。

我大概是疯了，又或者是中了刚刚看到的那句《神曲》当中的句子所下的魔咒。这是我后来对自己的总结。

当我抬头的时候，一张惊慌的面孔出现在我面前——她戴着黑框眼镜，小麦色肌肤，右侧鼻翼有小小的黑痣，和夏娃一样艳红的嘴唇，深棕色被绑成高马尾的头发——不，不是苔丝。

我居然弄错了。

但是，眼前的这个人又似乎有着与苔丝惊人的相似之处。总之浑身上下充满了一种说不上来的怪异感。

我有点蒙。

"你是谁?"我问她。

"你是谁?"她脸颊有梨窝。

"你干什么?!"

——是这个熟悉的声音，让我突然清醒过来。我转头一看，竟然是陈唐。

"你这是干什么?"他又重复了一遍，语气带着疑惑和惊讶。

这时候我才发现，我抓着面前这个苔丝的胳膊，而陈唐用双手抓着我的外套。

走过路过的人，大概觉得这是绝对不能错过的一场精彩闹剧，类似于"追回前女友"一类的经典题材，所以纷纷驻足观看。我已经听到有人在旁边窃窃私语，说我是不服被人抢了女朋友，所以现在打算抢回来的自我编剧型情感类脚本。我总算明白为什么意大利爱情电影出一部多一部垃圾片了。

"我认错人了。"我说。

我也不知道怎么解释我这么离奇的行为。我松开抓着这姑娘的手，但是眼睛一直停留在她的脸上回不来——这是个美女，脸型像极了苔丝，但感觉上又不像苔丝，她没有苔丝那么仙的气质，比较接地气。她并没有穿裙子（我也不知道之前眼睛出了什么状况），而是一身十分职业的黑色西装，看起来精神又干练。

"汤勺，你认识？"姑娘问，似乎已经并不计较刚刚有个疯子莫名其妙抓着她的胳膊不放。

"汤勺？"要不是我看到她明显是在跟我边上这位亚洲脸警察小哥说话，我都没反应过来这姑娘是在喊他。

陈唐瞬间一脸尴尬，很小声地用意大利语对姑娘说："我都跟你说不要叫外号了。"然后我突然就明白了——呵呵，原来这就是所谓的"他们都叫我唐少"。意大利人的发音值得点赞，这就是霸气侧漏的——"汤勺"。

我忍着没笑出来。周围看戏的还没散。就算走的还在三三两两地回头望我，生怕错过更狗血的镜头。

"你们认识？"我问道。

"哦，这是我同事，叫塞拉。"

塞拉？——确实不是苔丝。也对，世间这么多人，三五个一撞脸，更何况是老外呢。我暗自狠狠掐了自己一下，以免自己再盯着她的脸看的时候，产生不该有的幻觉。

"塞拉，你好。"我握住她的手，"刚才对不起了，我把你看错成了我认识的人。"

"你认识的？是不是你的前女友啊，看起来你对她还有很深的感情啊，那么激动地跑过来，我完全被你吓到了！"她神情夸张地模仿我刚刚跑过来时候的表情。

我尴尬地直挠脑袋。

"你怎么还在这里？"我转向汤勺，为了赶紧转移话题。

"问她！我走一半，就听见她老远地叫我。你怎么会在这里的？"汤勺问塞拉。

"队长让我们出来查查这一片的古董店，说被偷的画很可能被卖到周围的古董店里，还说最危险的地方就是最安全的地方……"

我内心也是无语到了极点，不知道是他们队长白痴还是意大利人的智商都不太够用。你有一天去博物馆偷了一件馆藏，你转手就在失窃的城市卖掉就算了，还找古董店这种地方卖。就算你敢卖，也没人敢接啊！最危险的地方就是最安全的地方……也是智商极高的推测了。怪不得找不回的画还得等它自己找回去……

"正好这里有古董店，我就来看看啦。虽然说肯定不会有什么发现，但总比一直蹲在博物馆那边好……你不知道，失窃的那块是瓦萨里长廊。那边的警卫说，只要夜里去巡逻的，晚上过了两点钟，长廊里就开始莫名其妙地有风吹进去。检查门又都是关好的，也不知道是哪里来的风。还有说听到哭声的……咦……太吓人了。"塞拉说。

瓦萨里长廊？我瞬间想到了那张纸背面奇怪的地图，那条长长的通道，会不会是代表瓦萨里长廊呢？

"汤勺，这边有两家古董店，我们去看下好了，反正都出来了。"

我内心一阵惊恐——那幅画刚刚看过之后还没有收进去，店门还开了一半！谁说他们队长是傻×的，我店里不就莫名其妙进了一幅五百年前的赝品嘛！

"哎呀，看什么看！"汤勺在关键时刻机智过人，胳膊一伸，夹住了塞拉的脑袋，直接拽着她往相反的方向走，"队长脑子不好，你也脑子不好是吧？走吧，我们去广场上喝杯咖啡再回去。"

他头也不回地伸手朝我挥了挥，并做了一个电话联系的手势。塞拉不停地想把头从他的手肘里抽出来，却拗不过他的劲，头一甩，没甩出来，被汤勺夹着继续往前走。

现在她的侧脸对着我，我突然觉得脑中有一道白光闪过，就像名侦探柯南快要破案时候的白光——可惜，一闪而过，并没有闪出什么来。

看他们走远了，我赶紧三步跨到店门口，把卷帘门放到最低，从贴着地面的那道门缝里爬了过去。大白天的，搞得跟在偷自己店一样。怪就怪我当时为了省钱，没有在店里面安装卷帘门的升降开关。

我赶紧把画重新收进了储藏室。

妈的，我暗骂了一声。今天才过去大半天，我一口午饭没吃就算了，这种惊心动魄，一次次被吓破胆的过程简直就像在墓地里过了三天啃土的生活！

我到现在也没有完全明白过来，我到底是怎么一步步被卷进这件事情里面的。假如我当时没有接夏娃的事情，不，应该更早的时候没有接菲利普的那桩。不对！应该说是——假如，我一开始根本没有买这间古董铺子……

我环顾了一下四周，只有一点光从贴着地面那块漏进来，还带着乌云遮天的暗沉，黑压压的沉闷。暗幽幽的四周，每一次眨眼，都能觉得眼球上的记忆色彩和黑白斑点也被带到了这幕昏暗中。比如现在——我眨了好几眼之后，还能看到这只蹲在我的书柜上陶醉地舔着自己肚子的黑猫。它似乎是注意到我在看着它，停下动作，歪着脑袋望着我，又是那一脸无辜的表情。这猫脑门上的毛就像被刻意刮过，刮出了一个倒三角的形状，看起来尤为天然呆，殊不知其实是个心机婊。

不祥之物，我心说。我神速抱起它，决定要将它物归原主。

我连后门都懒得去绕，直接从门缝下面钻了出去。刚钻一半，肩膀上就被猛地拍了一下。其实这一下也不算重，但由于之前已经被吓得神经衰弱了，我整个人都被这一下直接拍趴在了地上。

这只贱猫倒是反应十分敏捷，在我胸口贴地之前"嗖"地钻了出去，用屁股顶着我的头安然坐了下来。

我拨开猫屁股，好不容易钻出去，刚站起来就看到了一张胡子拉碴的脸——姜卡罗。

"你他妈拍我干吗？"我站起来拍了拍身上的灰，一肚子火。

"你大白天关门干吗？"他说话的声音颤颤巍巍，还不停地眯着小眼睛东张西望。

"我……我理货！"

他的目光瞬间落到了我脚边这只贱猫身上。

"它……它……"他伸手抖抖索索地指着黑猫，它个不完，以前怎么不知道他还口吃呢！

"它什么？七楼克雷斯纳老太太的猫。"我有点不耐烦，重新抱起这只贱猫。我只想赶紧把这只贱猫还了，不想跟这个神经病站着废话。

"不是。它不是老太太的猫。"他说。

我说："怎么不是？我在七楼老太太房子门口……"一想，不对啊，这只猫我是在七楼那间鬼屋里碰到的，它应该是从隔壁溜出来的。我看到姜卡罗抬手指向这栋楼的高处。我顺着方向看到七楼老太太的头在她家的窗口晃动，看样子好像在浇花。窗户边上趴着一只很肥胖的黄咖色毛绒类物种——一只猫。

猫？怎么还有一只猫？

我感觉有点不对，虽然我从来没见过老太太的猫，但我知道老太太好像只有一只猫，如果那只黄色肥猫是她的猫，那这只是哪里来的？

"老太太那只猫是黄色的，你看到没？"他手指着老太太的窗户，"你以前没有见过吗？你这只黑猫……好像……好像……"

"好像什么啊？"

"你没听说过吗？"他压低声音，神神道道地说，"老城区近几年有只黑猫很有名，人称死神之猫。每次它出现的地方都会有死人，而且神出鬼没。据说那天菲利普跳楼的现场，也有人看到它了。"他说得跟真的一样。

"胡说！全老城区难道就这一只黑猫？！按照你说的，那见到一只黑猫就是死神啦！"我没好气地说，真是火不打一处来。我最烦听到这种神啊怪啊的传言，今天又发生了这么多邪乎的事，姜卡罗还在给我雪上加霜。

"不是，不一样……那只猫脑门上有个倒三角。"他说。

我看了一眼自己怀里抱着的这只黑猫。此刻，它仰着脑袋，瞪着眼睛望着我。那额头上的倒三角形状似乎比刚刚我注意到的时候明显了一百倍。我深吸一口气，努力忍住了把它丢出去的冲动。

我清了清嗓子，尽可能表现得无所谓，对姜卡罗说："这些神怪东西我向来都不信，我一身正气，百邪不侵。"说完把卷帘门往上吊了吊，打算回去店里。

姜卡罗又一把抓住我，"等等，我问你一件事。"

他的表情充满了恐惧，一副受到了极大惊吓的模样，就跟当时给我描述梦见苔丝死去的噩梦时一个表情。这时候天空突然被一道白光撕扯开来，紧接着就是轰隆隆的雷声。姜卡罗那一脸惊吓的样子就更明显了，整个人都挤到了我的边上，双手扒在我肩上。我真是恨不得一只手甩他出去十里路。

"你快说。"我催促他。这会儿已经有大雨滴下来了。我们站着的地方头顶的屋檐太窄短，遮不了雨。

"你刚刚跟谁说话呢？"他问。

"什么跟谁？"我一头雾水。哦！他应该是认出了汤勺，毕竟做过笔录的亚洲脸警察很容易被人记住。"那个警察来问我一些问题，有关上次的自杀案的。"我心说，你他妈慌个什么劲啊，总不会是这个傻×偷了馆藏吧，看他也不像有这种本事的。

"不是，不是那个男的，是那个……那个女的！"

他说的是塞拉。

"我总觉得那人好像那个谁，但是又不大像……我说不上来，总之感觉很奇怪！"

看来认错的人，不光是我一个。

"那个谁？你指的是……苔丝？那是个女警察，叫塞拉。"

"塞拉……哦……原来真的不是……"姜卡罗长吁一口气。我完全可以理解他，一个他偷窥了这么长时间裙底的女人，突然有一天他做噩梦梦到人家死了，结果后来死的是她老公，她又失踪了，肯定是心有余悸得很，换做是发生在我身上，我估计也得疯成他这个样子，起码的。还好，我没有偷窥人家裙底的癖好。

倒是被他这么一说，我瞬间有点记不清楚苔丝的模样了。

"不是，你不知道。我当时走出店门口，看到那个女孩，我觉得简直和苔丝一模一样，但细看又觉得不是。我看到你在和他们说话，我想你一定知道，那是不是苔丝。"

他顿了顿，低下头，一脸扭捏地低声说，"你知道的，老菲利普死了之后，她就一直失踪到现在了。我其实想问她……要是不介意，我其实，其实还没有，结过婚……"

我觉得我浑身汗毛都竖起来了。本来以为他只是单纯的害怕，结果没想到他居然还在想着这一出。真是想象不到苔丝跟着姜卡罗过日子会是个什么样子。四十岁连个女朋友都没有的姜卡罗，我曾经一度觉得他不是有怪癖就是某方面有障碍，现在他一脸害羞的模样站在我面前委婉阐述对二十三岁美丽少女的爱慕之情，我当真是一个字都表达不出来。

苔丝这一身的仙气，我也只是曾经偶尔有过那么一两次的幻想，他居然就跳到了这么直接的意淫级别，难怪四十多岁还没女人。大概是我脸上的表情过于明显，他猜到了我在想什么，义愤填膺地说："那个菲利普都五十一岁了！我才四十出头一点点！我哪样比他差?!"

呵呵，我想说，人家好歹是文管局的领导，就算小气，不管怎样以后生个孩子总归也是个官二代。你就开个破古董店，整天东西还卖不出去，拿什么跟人家比？

雨又大了一些，对于姜卡罗天方夜谭的情感问题我已经听不下去了，我只想带着这只猫赶紧钻进店里，然后找机会把它扔掉。雨声啪啪落到地上，这条巷子里，除了雨声，已经听不见任何其他声音了。

我知道姜卡罗还在我身后喋喋不休地说着什么，但是完全听不清楚。

我回头跟他表示，我要进去了，并打算进去之后赶紧关上店门，防止他跟着进来。"我一走出去，看到那姑娘的侧面……"他的声音在忽大忽小的雨声中忽隐忽现。

侧面……侧面……侧面！

这时候天空又划过一道闪电，在我脑中也同时划过一道。在雷鸣到来之前，我钻进店里，把姜卡罗关在了门外。

我脑中有无数的画面在循环播放，带着一身仙气走过我古董店门前的苔丝，刚刚被汤勺夹着脑袋带走的塞拉——我奔进储藏室，把画从门背后抽出来，放在地上——

对了。我终于知道，为什么第一眼看到这幅画中的少女就觉得如此眼熟了——这不就是塞拉的侧脸吗？

不——不是塞拉。

是苔丝。画中的人，是苔丝。我被自己的想法吓到了。

眼前这张侧脸，越看越觉得就是苔丝，好像她随时都会把脸转过来一样。我赶紧把画塞回储藏室。

冷静下来想想，这怎么可能呢？为什么苔丝会出现在一张五百年前的画中？

这幅画当中的女人，确实是有名字的。

波提切利的这幅画叫 SIMONETTA VESPUCCI，我查过这个叫西蒙内塔·韦斯普奇的女人，是美第奇的洛伦佐执政时期，曾经轰动一时的美女。波提切利甚至在她死了之后，都一直拿她当成创作原型，比如那幅著名的《维纳斯的诞生》。但她二十三岁就死了。

又是二十三岁。苔丝也是二十三岁。

当然，画作不是照片。画中的人，多数都被美化过，所以有很多不真实的元素在里面，令这些古代宫廷里的人都显得过于完美。眼前这张脸也经过了美化，但能看出来，这张侧脸与苔丝的相似度可以达到百分之九十。

而塞拉的脸型也与苔丝很相似。难道是，大众脸？算了算了，我不能再想了。今天的事情已经够多了，我这么想也想不出任何结果来。

我从口袋里掏出来那两张从七楼拿来的纸。有戒指照片的那张已经给陈唐看过了，还有另一张，我也不知道为什么，当时从地上捡起来的时候，直接塞进了口袋，刻意没有给他看。我并不明白，我的用意在哪里。我把那张纸摊开来，它只有手掌那么大。纸上赫然写着苔丝的名字。而后面那个又像符号又像家徽的东西，我似乎在哪里见到过。在哪里呢？又想不起来。这种感觉真是妙极了，就像我现在没吃饭却觉得被鱼刺卡了喉咙一样。越看它越像是三枚红宝石戒指被扣在一起。

我把两张纸都扔在桌上，桌上乱糟糟的，之前那堆文件还散乱着。我眼睛随便一扫就看到了那几张案发现场的照片。我赶紧把所有资料都塞进那个牛皮纸袋里，包括那两张纸。然后我整个人往椅子上一瘫，开始闭目养神。

我就这么睡着了。我做了一个梦，十分可怕的梦。我梦到汤勺，他带我去了一个四周昏暗的地方。从那里穿过一个长长的通道，尽头有一间墓室，墓室里有一座石棺。他消失的时候石棺突然开了，我看到里面躺着的正是苔丝。她突然睁开眼睛，坐起来，嘴唇变得血红，她的脸瞬间变成了夏娃！她向我伸出手，我很害怕，但是我动不了！——她说："你帮帮我!"

我醒了。浑身都被汗湿透了。

那只贱猫正趴在我的裤裆上睡觉。我本来想撵它下去，但我浑身都湿漉漉的感觉冷，只有它趴着的那一处是热的。忽然觉得有只活物在身边，也未必不是一件好事。虽然也不知道这只猫为什么这么喜欢黏着我。算了，姜卡罗说的死神之猫的故事毕竟是无稽之谈，也不知道这是哪里跑来的黑猫，就暂且先收着吧。

我望了一眼外面，雨还在下，已经没有之前下得那么大了。但是外面的天已经黑了。这里的秋冬，天黑得总是特别早，进入十一月之后，每天下午四点就天黑了。

"砰砰砰"——有人在敲我的门。那只猫倒是首先跳了下去，蹿去了门边，搞得好像会开门一样。

来的人是南洋，人称小鲜肉。这是我在意大利最近十年来唯一一个关系处得过去的中国人。他跟不念书的我不太一样，三年本科一次性毕业，两年研究生之后继续读博，主修考古与艺术，同时在佛罗伦萨大学当助教。我也不知道这么枯燥乏味的东西，他是怎么修炼到博士的。但是当你看到他的时候，你的第一反应肯定认为他是学奢侈品管理或者服装设计这一类专业的。他走在街上，随时随地会有人问他，衣服哪里买的，鞋子是什么牌子，然后一堆人拿出手机来对着他拍。他特别享受这种入镜的追捧感，至理名言就是：我快红了。三十岁的他，每次被问及年纪的时候，都双颊泛红地告诉别人他才二十五。

从他的面相上，你绝对想不到他是一个考古学的在修博士。我那些鉴赏文物的技巧也都是从他那边讨教来的，不然估计我也开不了这个古董店。毕竟混日子的时候，东西还是要想办法卖的。

"你怎么回事？我打你手机，一直都是关机的。我以为你失踪了呢！差点去报案！"他没好气地说。

我拿出手机一看，没电我都忘记充了。

"你怎么来了？"我问。

"哇靠，大爷。你记得吗？今天是我生日，好吗？生日！生日这天，作为关系最近兄弟排位第一的你居然问我为什么会出现在你店里？天哪！你要不要脸？"11月19日。对，今天已经十九号了。

"想起来了没有？你真够有良心的！找了你一天就这待遇啊！请我哪里去吃饭？"他随手拖开凳子，看也不看一屁股坐了上去。

随即弹跳了起来，因为他的屁股坐到了那只猫。

"这……你的猫？你居然会养猫？！"他一脸无语的表情。

我也不知道怎么回答，随便地点了点头。他两手一捏猫颈根上的皮，往上一拎，技巧娴熟地把它放在了自己的膝盖上。

经过一番研究，他说："咦？你这只猫我见过啊。"

我以为他也要说姜卡罗说的那一套死神之猫的传说，刚想开口表示我知道了，他用右手的拇指摸着猫的额头，"可不是那一只嘛！我当时刚进大学的时候，那个一直不让我过科的教授前前后后叫我画了不下十张这只猫！"

"画这只猫？这只？"我心说没想到这只猫年纪这么大了。怎么这么巧，没想到这猫还是个模特儿。

"不是。哎呀，怎么说呢，你看这只猫的脑袋，"他用手指了指猫脑袋，"达·芬奇你知道吧，他在成名之前的手稿很少，你知道的吧。好吧，你大概不知道。达·芬奇成名之前的手稿，一般人都只知道有一张《三王来朝》，还有一张佛罗伦萨的城市远景透视图。但是很少有人知道，他其实还画过一只猫。你网上找不到的，这种奇葩的手稿照片，只有我们当年那个奇葩的教授才能找到。当时他把图拿出来给我们看的时候，说这只猫是达·芬奇去美第奇宫殿的时候看到的，这只猫和西蒙内塔·韦斯普奇一起出现在当时的圣马可花园之中。那时候的达·芬奇觉得猫很特别，就因为前额的这个倒三角，所以随手画了草稿图。传说后来那只猫在西蒙内塔死的同一天也死了，所以就跟她一起下葬了，因为是她生前形影不离的伙伴。西蒙内塔你知道吗？就是那个洛伦佐的帅弟弟朱利阿诺的情人。"

"西蒙内塔·韦斯普奇？"我默默重复这个名字，隐约觉得眼皮又开始跳了。难道是宇宙的神秘磁场让世间万物看起来都像是有关联的？

"对，当然不是你这只猫了，这猫你买来就这样还是你这么有情趣地把它弄成了这样？"

呵呵，这猫也是大本事，连只猫也能有这么多故事，连达·芬奇都扯上了！

我现在的感觉，就仿佛是被一颗钉子钉住了脑袋。如果把这只猫想成是从西蒙内塔的棺材里蹦出来的，把夏娃想成鬼，可能解释得更通顺也更方便一点。

"哦，对了。"南洋从他的纪梵希狗头书包里面拿出来一个白色的信封，他把信封递给我，"我也不知道为什么写着你名字的信会寄到我家里去。"

信件摸起来很薄。信封上写着我的全名：LI RUFENG，还有今天的日期标注。我拆开信封——里面就只有一张纸。

上面写着：请不要多管闲事。

"信本来就是这样的?"我问南洋。

"当然了,我在楼下信箱里看到之后,就拿出来塞进包里了。没有打开过。"他一脸无辜地摊开双手,耸了耸肩。

没有寄信人的地址和姓名,没有邮戳,没有邮票。信不是寄的。

"你有没有看到送信的人?"我问他。

"当然没有啦……哦!等等,有!有!不过我只看到一个背影,因为我有个包裹一直没到,早上我下楼的时候,刚好看到有个快递公司的人在往外面走,我就想叫住他问问。结果那个人很奇怪,我叫那么大声,他就是继续往外走,好像没有听见一样。我后来看到信箱里有东西,也懒得追上去,就没再管他了。"

"男的女的?"我问。"男的吧,反正身材挺高大的,我只看了个背面,不像是女的。"

打扮成快递员的人,在南洋的信箱里塞了一封给我的信。首先他知道南洋家的地址,其次他知道我和南洋的关系。奇怪,既然有本事能知道南洋的地址,自然应该也有本事知道我的地址啊,为什么不把信直接塞进我的信箱里呢?或者说,他打听不到我的地址?说不通啊,我和南洋住得那么近,只隔了一条街而已。还是说他让南洋把信给我有别的什么目的?

呵呵,多管闲事?要不是自己卷在里面,我还真不爱管这个闲事。"走吧,请你吃饭!"我拿上外套,招呼南洋跟我出去。南洋还拿着那张只有一句话连标点都没有的A4纸看来看去。"我说你别研究纸张了,走吧,吃饭去了。"说完随手从他手里抢过那张纸,按照原样塞进信封,揣进了口袋。我决定晚点把这张纸给汤勺,让他想办法帮我做指纹对比。

我锁上店门,忽然听见耳边上"喵"了一声。南洋居然把那只黑猫给抱出来了。

"哎!你这猫叫什么名字?"

"名字?没有名字,叫贱猫。"我说。

"哦,那喊它小贱吧,挺好。Hello,小贱,我是南洋。它是不是听不懂中文?"

我懒得理他,径自往前走。

雨已经彻底停了，路面还是很潮湿。佛罗伦萨这个季节下了雨的夜里，有些雾，寒气很重。南洋一只手抱着猫，一只手拎着他的裤腿，三步一小跳地搭着我往前走。他说不想弄脏他刚买的纯白色思琳战鞋。我真想捂着脸说我不认识这个考古学博士。

正好在我眼前出现了一家餐厅，奇贵无比的旋转木马餐厅。但是贵总比在马路上与这一头黄毛夺人眼球得好。那个安排座位的服务生看了一眼我手里的黑猫，一脸嫌弃地说："宠物可以寄存在前台。"

南洋从我手里一把拎起了猫，塞到前台："小贱你在这里等我们给你带吃的"。说完他生怕我后悔转身出去似的，神速把我拽了进去。

服务员很快来倒了开胃起泡酒，并拿来了菜单。南洋不光沉醉于奢侈品消费，也沉醉于消费高价位的葡萄酒。我就知道他这顿竹杠绝对不止敲一顿饭这么简单。接下来他对服务生说来一支 SANT' APPIANO 的康帝窖藏，要 2009 年的 MONTELORO（蒙特罗洛）。我听到此发音的时候，同时也听见了自己心脏碎裂的声音。

我说："你下手够狠的。"他眯着眼睛笑笑不说话。服务生开酒的时候，餐厅的门开了。这个餐厅本来也不大，里面桌子排得很紧。门一开，门外的风一条道可以直接吹到厨房里。我回头看了一眼。

开门进来的人居然是汤勺和塞拉。这么巧！"汤勺……"我念了一句。正在准备给我们开酒的美女服务员立刻有了反应，很兴奋地用意大利语对我说："你认识我们小老板？"

"啊?! 小老板?!"我这是真的惊讶了，他说这个汤勺，是这家全城有名的餐厅的小老板？

"是呀，小老板，我们都叫他汤勺（唐少）。他爸是我们这里的大厨。这家餐厅是祖辈上传下来的。"

"他爸?!"他不是说他爸 1993 年就去世了吗？

美女服务员连酒都不开了，放下醒酒器，大步走到汤勺身边，拍了拍他，指了指我们。

汤勺朝我们这边张望，看到我之后立刻走了过来。

"你居然在这里！我找了你一晚上！你手机打不通。我刚刚才从你店那边过来。"他边说边顺便打量了一番坐在我对面的小鲜肉，瞬间就把刚刚那个找我一晚上没得志的表情收了起来，声调也往下降了半个调。

"哦，你朋友啊。怎么称呼？"

"我叫南洋，南方的南，海洋的洋。你好。"小鲜肉居然挪开凳子，站了起来，跟汤勺握了个手，"你中文讲得真不错。"

我以前也没见他这么有礼貌。

"谢谢。我父亲本来是中国人。"汤勺说。

本来……我真的不知道他说的这种算不算中文。

汤勺见我一脸不明确，赶紧朝我使了个眼色，小声对我说，"晚些解释。"说完，他眼睛瞄到了我们桌上的那瓶昂贵的蒙特罗洛。

"很有品位啊，这瓶蒙特罗洛已经是最后一瓶了。2009年的市面上也应该绝版了。"说完，自己给我们开了酒，倒进了醒酒器。"这酒算我的吧。"

汤勺这人还真是大方，果然是有做小老板的架势。假如我没有事先认识他，根本想不到眼前这个用熟练动作醒酒的人是个警察。

"我们回头聊，你们慢慢喝。"他把酒塞端端正正地摆在酒瓶旁边，对我们说。

塞拉坐在靠近门口的那张桌子，她远远朝我招了招手。我笑了笑赶紧把头缩回来，生怕多看她两眼产生幻觉。我在心里估计，汤勺和塞拉应该是一对。

"我靠，你居然从来没有说过你认识这里的小老板！"小鲜肉看起来一脸不爽，我估计他没少来这里消费过，他是在怪我让他少拿了不少折扣。

可是天地良心，天知道还有这么凑巧的事。

小鲜肉喝了两口酒，忽然若有所思地问我："山川有消息吗?"我愣了一下。这是我最不愿意被他说起的问题。

山川，那听起来真是一个隔了时空的名字。山川是我妹妹。不是亲妹妹，我十岁的时候被意大利的一家孤儿院收养，那一批被收养的孩子，还有六岁的山川。后来，出了孤儿院的我们，还是一直生活在一起。我们相依为命，一起念书，打工，一起生活。我一直没有女朋友，只有她这个妹妹。直到六年前，她失踪，之后就没有再出现。我在她失踪后的第三天就正式报警录案，但是至今也没有音讯。

我喝了一口蒙特罗洛，那酒味醇厚却不浓烈，醒过之后变得十分平静。就像过了多年之后的我，在听到山川的名字时，那种恍若隔世的感觉。我已经忘记当初每天都怀抱的期待。我不知道她为什么失踪，去了哪里，经历了什么。我想假如现在她突然出现在我面前，我可能连用什么姿态去迎接她都不知道。

"没有，没有消息。"算是回答他，也是回答自己。

幸好他并不常提及，因为我实在没有更多答案能够给他。我在想，现在我看似被卷入的混乱处境或许是上天给我的另一种帮助，好让我逃离多年来困住我的噩梦。

甜点上来的时候，我已经喝蒙了。我本来酒量也差，十四度的酒，几杯下去就蒙了。

南洋以餐后消化酒的意义又要了一堆烈酒，硬生生地拉着我喝了两杯。等我站起来的时候明显已经感觉不到地面的坚实度了。

我最后的记忆是，塞拉朝我走过来，扶住了差点撞翻桌子的我。小鲜肉似乎有很多话跟汤勺聊，汤勺貌似没有收我这顿饭钱。我特地抱着酒瓶子对他说谢谢，然后我就什么都不记得了。

醒过来的时候，我首先环顾了一下四周。因为之前有过经验，喝多了醒过来一睁眼都在很奇怪的地方，比如说马路边上，被警察喊醒之类的。但是这一次看起来很安全，我睁眼首先看到的是自己家天花板上的吊灯。确实是在自己家里。我一看时间，早上八点。头疼欲裂。我抱着脑袋走进厨房，喝了一整瓶的水，才觉得清醒一点。厨房桌上居然有早餐，还有一张纸条：我没找到你的手机，出门给我电话，今天有重要事情。CHENTANG。

汤勺？难道昨天是他送我回来的？

我找了一圈也没有找到家门钥匙。打南洋电话，响了三声就被他按掉了。五分钟后，他给我发了个微信：上课中。

我发现了两件事。第一，那只被南洋取名"小贱"的神秘黑猫不见了，但是我家靠近大门的地方摆了一塑料袋的猫罐头，还有一个吃完了的空罐子在外面。第二，我昨天顺手揣进口袋里面的那封"恐吓信"不见了。

我下楼的时候，在楼下信箱看到一个白色的信封，露了一半在外面。我走过去，抽出来。上面又是只有我的名字，和今天的日期。打开信封，又是一张 A4 纸，上面依然只有一句话，和前一张一样，电脑打印的意大利语：

如果想见你妹妹，请远离卡尔梅洛。

FIRENZE

第九章

悬而未决

菲利普死后的第五天，苔丝依然失踪。失踪的还有夏娃，和那枚红宝石戒指。而我的噩梦，似乎又回来了。

上午九点半，我到了阿尔彼兹街。站在巷口我就看到路中段被围得水泄不通，不远处停着警车，还有体积庞大的消防车。我右眼皮跳个不停，心说不会是我的古董店被烧了吧。我只看到黑烟。佛罗伦萨的建筑本来就矮，看起来特别密集，也不知道是从哪一层冒出来的黑烟，远看像是一栋楼都刚烧完一样。

我看到了汤勺。他个子高，越过人头大老远就看到了我，冲我挥了挥手，随即拨开人群，朝我走过来。他手里果然抱着那只黑猫小贱。

"怎么回事?"

"你猜。"他说。

看来不是我店铺着火。

"四楼着了还是七楼?"我问。

"你还真聪明。这个事情也太巧了。我今天一早接到我们队长的电话，说上次那件自杀案有些问题，但是上头也不说是什么问题，就说早上让我回局里去拿搜查令，带两个人去四楼查一下。我本来想让你一起去看看有没有那枚所谓的红宝石戒指的踪迹，结果我回到局里，刚拿完搜查令，就收到报案说这里着火了。"

"四楼菲利普家?"我预估的没错，这件事越来越有趣了。

"是的。消防队现在已经灭火了，我们队不负责这个事情，现在没法上去。第一侦察队已经上去了。要等他们先三轮取证结束，我们才能上去转一圈。"

确实，整栋楼都在黑烟的笼罩之下，但只有四楼的窗户从前黑到后，有一阵阵的浓烟飘出来。

早上看到的纸条上每一个字我都记得很清楚。

我想过罢手，想过规整清零。我在刚刚每走一步的时候都在想这件事情，卷入越深所引发的后果越难以估量。而且现在看来，从死人到火灾，似乎都不是轻巧的事情，它们接踵而至，说明有人在里面不择手段。不管是什么人，什么目的，在他们把山川卷进来的同时，我反倒想弄清楚真相了。我知道，我不可能见到山川。我的噩梦也不可能有结束的时候。

汤勺把小贱甩给我，"猫我早上喂过了，但它貌似现在又饿了。我也不知道我早上为什么要带着它去局里报到，反正一早上局里所有人都在看我，就像我带了一个萌宠的怪兽。我现在要归队，等下跟你说。"说完他就要走。

我拉住他，"那个餐厅……"

"我继父的。我知道你要问，我跟你说的都是实话。既然找你帮忙，也没必要骗你。"他浅淡一笑。

"哦，对了。昨天谢谢你送我回去。那个……"我其实想问他是不是在我家过的夜，有没有拿走我的家门钥匙。但是这话对着一个大男人，从另一个大男人嘴里说出来，实在感觉怪怪的，我都不知道怎么开口。

"哦，"他打断了我，"你那个朋友真的是……"他脸上露出一副尴尬的表情，摇了摇头，没说完就走了。

我靠，难道南洋干了什么好事？

我看了看手里的黑猫，想到自己昨天还在想怎么扔了它，现在它不仅有了名字，在我家还有囤积的猫粮；而且还是一只充满传说的，不祥又神秘的黑猫。想到这个，只能无奈地笑了笑。弄不好从此之后，那只专门出现在死人现场的黑猫传说会就此瓦解。

现在店里进不去，我不打算离开老城区。想了想，我决定去市政广场那个时常去的咖啡吧坐一坐，理理头绪。但是这猫，带着总归觉得不方便。

我抬头扫了一圈，在人群里看到姜卡罗，心想要不把猫放他那里，等下回来找他拿。姜卡罗的店也受到波及，暂时开不了门，但是他家就在店铺楼上。我本来想着他应该无所谓，不会拒绝我。结果当他回头看到我，我冲他挥挥手，他刚想走过来找我的时候，突然像见了鬼一样转头就扎进了人群里，一下就不见了。而后我反应过来了，他看到了我手里这只"死神之猫"。妈呀，真是迷信。连只猫都怕，想入非非的勇气倒是很充足。我心里默默吐槽。没办法了，看来一条街都没人愿意照看它十分钟。我只能抱着它一起去咖啡吧了。

这间咖啡吧我常来，在市政府的正对面，是家百年老店，也是唯一一家不是专门开在广场上坑游客的咖啡馆。这家店的老板是个老头，叫博尔达里，有点耳背，你要大声说话他才能听见，所以他自己说话也很大声。他每次看到我都亲自来点单，他说小时候去过中国，一辈子都对中国印象深刻，特别喜欢中国人和中国文化。

他看到我，很大声地问候我："好么？中国小伙子？"这嗓门，简直是一震三万里，连广场中间都有人回头看。

"好。给我一杯卡布奇诺。"我大声地贴在他耳边说。

"你的猫很眼熟啊!"他指了指我手里的黑猫。

我一惊,心想这猫的不祥传闻还真是源远流长,连咖啡店老板都能认出它来。

"这是我的猫,没关系,不能带它进来的话,我可以不喝咖啡。"我说。

他好像根本没听见我说了什么。从口袋里掏出一副窄边的老花眼镜,盯着猫看了几眼,摘下眼镜突然小声对我说:"这猫你是哪里找来的?"

我被他突然收起来的嗓门愣住了,他这副神秘兮兮的样子,简直像是姜卡罗附身。

我说:"这猫是我一个朋友的。"

我说得轻描淡写,本来以为他不会多问了,没想到他又问我,"哪个朋友?"

这……哪个朋友呢?我随口说了个"夏娃"。

他眉头一皱,"夏娃是谁?算了,小伙子,你这只猫特别像一个我认识的人的猫。"他本来把凑在我面前的脸移开了一点,听到我问"谁"了之后,又重新凑了过来,他那大鼻子几乎贴到了我的耳朵。

"我跟你说,你别告诉别人。你记不记得上周在这里跳楼的那个男人?"

"你指的是……"菲利普?我在脑中问,但是没把名字讲出来。

"那是我一个朋友。也不能说朋友,算个熟人吧。因为他经常来我这里喝咖啡,和你一样。他的办公室就在老桥那边,十几年了几乎天天来。"

他说到这里,我已经确定他在讲菲利普了,我也不知道后来是不是又有人从这里跳楼,但是菲利普任职的文管局确实就在老桥那边,是唯一一个几十年没有换过地方的政府单位。

"有段时间,我看到他带着这只猫来过,天天来,天天都带着这只猫。我觉得奇怪啊,你说一个文管局的官员,上班哪有带着宠物的。我就出于好奇,问了问他,这猫是他的吗。他说,不是他的,是一个朋友的。那段时间,他总抱着猫来这里,说等那个猫主人朋友。但是我一次都没见到过。然后有一段时间他就不来了,后来他就死了。"

他讲话的调子就像在讲什么恐怖故事,大白天搞得我觉得背后阴嗖嗖的。

我问他怎么能看出来就是这只黑猫。其实我在心里已经知道答案了,这只猫唯一与众不同之处就在它的额头。

我又问博老头:"你记得他带猫来的时间吗?"

博老头皱着眉头望着天,想了半天摇摇头:"具体什么时候我真想不起来了,只是那段时间之后,接下来的那个礼拜他是肯定没有来的。至少我没看到。然后他就死了。"

我大概在心里推算了一下时间,博老头如果没有记错也没有看错的话,那么菲利普没来这里的那段时间,应该就是我在跟踪苔丝的那段时间。

"小伙子,时间我虽然不能肯定,但是这只猫我是记得很清楚的。因为这只猫特别爱吃我这里的奶牛曲奇饼。"说着,他掰了一小块随咖啡赠送的小曲奇,拿手捏着在小贱面前来回晃了晃，果然小贱就像看到了一整条鱼一样眼睛都亮了。

好了，这事现在越来越悬了。

我离开博老头的咖啡吧后，一边走一边飞快地在脑中整理事情发生的顺序，想理个头绪出来。按照博老头说的，死去的菲利普抱着小贱去咖啡吧等小贱的主人，假设这个时间是一周，之后他来找我，叫我跟踪苔丝。前提是与他住在一起的苔丝，不是他的二婚妻子。我跟踪苔丝的那一周，他没有去咖啡吧。一周之后，他死了，苔丝失踪。然后夏娃找我继续帮她找戒指，再然后，复制品的画出现在我的店铺里。接着汤勺出现了，给了我夏娃的资料，我看到夏娃已死的照片。之后，我去七楼，发现夏娃的房子是个空屋，同时在七楼的房子里找到了小贱和有戒指照片和苔丝名字的那两张纸。

我整理到这里的时候，总觉得有什么不对劲的地方。听起来很混乱的事情，却感觉似乎被一个隐形的源头绑在一起。现在四楼被烧掉了，我预计就算能立刻进去，里面也找不到什么有用的东西了。现在只剩下七楼……

我想起那天在七楼没有来得及打开来的阁楼上的柜子，和小房间边上的门，可能有些东西被我遗漏了，或许还能在那里找到什么关键的线索。我想了想，确实有必要再上去一趟七楼。但是白天不太实际，四楼刚着了火，警察可能一时半会儿也不会走。等今天晚上吧。要不要叫上汤勺呢？我有点犹豫。毕竟是私闯民宅，你叫一个警察一起，有点说不过去……

刚想回头，一个熟悉的身影从眼角一晃而过。我朝我左手的巷子里望去，远远看到塞拉朝着我这边走过来。又是这个女人，其实我也不想看到她。但是现在我就站在巷口，而她在朝我走过来，我认为她应该是看到我了。我原本想打招呼肯定是避免不了了，刚想挥手——突然从右手边的巷子，半路走出来一个男人，这个人一把抓住塞拉，并把她带进了他刚刚钻出来的巷子里。我站在路口，面对眼下空空如也的巷子，就像刚刚没有任何人从这里经过一样。我有些诧异。那个钻出来的人动作很快，我只扫到一眼侧面。

但假如我没看错的话，拽走她的人应该是南洋。

第十章

FIRENZE

新发现

　　我往回走的时候，一直在想刚刚那个人是不是南洋。我心说这个小子下手还真够快的，不知道此前汤勺提到的"你那个朋友真是……"指的是不是这件事。手机还在店里充电，等等给他发个信息问问。

　　那只猫在我手臂弯里躺得一脸惬意，连眼睛都不带睁一下的。我觉得我的胳膊都快被它压断了。店那块已经解禁了，但还是有很多警察在街道上站着聊天。我环顾了一下四周的警察，没见到汤勺。

　　我开了一半店门，躬身钻进去。刚想把玻璃门关起来，门口就出现了一张中年男人的脸。我没开灯。他弯着腰，站在门口朝里面张望，是个陌生人。我本来以为是客人，摇摇手表示现在还没开始营业，结果他亮出了证件——是个警察。我只好又钻了出去。

　　"有事吗？"我问他。

　　这是个便衣，他还拎着他的证件，上面写着阿尔风锁·西木。

　　"这店是你的？"他问我，表情显得很友好。

　　我点点头。

　　"我能进去看看吗？我很喜欢古董。"

　　我认为他应该是在查四楼着火的案子，所以想来盘查我。一般有心计的都喜欢用套话这一招，因为没有搜查令，他也只能说想进来看看。

　　"没问题。"我说完就把卷帘门吊了上去。

　　等我进店开了灯，才看到那个牛皮纸袋还放在桌上。他一进来，就看到了光溜溜的桌面上唯一的那袋厚实的牛皮纸文件。这个时候，小贱突然跳上了桌子，踩到了牛皮纸袋上，转了个身，用屁股对着我们趴了下来。那个西木一看到黑猫，一脸避讳的样子，就转看别的东西了。我在心里默默地感叹小贱真给力。

　　他大概扫了一眼店内，又随手翻了几幅古董画，漫不经心地拿起我摆在橱窗里的一串老蜜蜡，一边把玩，一边问我："你是中国人？"

　　我点点头。

　　"你在这里开店多久了？"

"一年吧。"我说。

"和四楼的人熟吗?"

"只是认识,不太熟。"我说。

"知道四楼发生的事情吗?"他问。

"发生的事情?你是指今天的火灾?"我有些犹疑,我不知道他是不是在问菲利普死的那件事。

他眯着眼睛,上下打量我,沉默了大约有三十秒没说话,也不回答我,突然就转移话题了:"请问你今天早上六点到七点这段时间在哪里?"我注意到他拿出了一个小小的长条形的东西,应该是录音笔。

"在家里睡觉。"我照实说。

"有人可以证明吗?"他问。

我刚想说有,然后自我打住了。这个我怎么说呢?我也不知道汤勺昨天是在哪里过夜的,甚至连自己家门钥匙在哪里都不知道。就算是,我该怎么说呢?我一时间也不知道是不是应该暴露我和汤勺的关系。"呃……没有。"我说,"我是一个人住的。"

"那昨天晚上十二点之后你在哪里?"他又问。

妈的,这个西木问的都是我答不上来的问题。我昨天晚上喝蒙了,我自己都不知道自己是怎么回去,几点到家的。这叫我怎么说呢?"我……"

"他昨天晚上喝多了,我送他回去的。"我回头一看,是汤勺走了进来,"西木,这是我朋友,他昨天在我店里喝多的,我送他回去的时候大概是晚上十一点,之后他就一直在睡觉。我可以证明。我到今天早上接到局里的电话才离开他家,那时候大概已经七点半了。"汤勺一脸正经地说。

"哦,原来是'王子唐'的朋友,既然有你做证,那我也不用再问了。呵呵,唐警探还真是口味独特啊。"西木收起他的录音笔,一脸轻蔑的样子笑了笑。

"西木,假如你觉得有问题,你可以去我店里查。他还有个朋友南洋也可以做证。所以放火这种事情,跟他没有关系。"

西木冷哼了一声,"你都说是你店里了,能查到你的不良记录吗,大警探?"说完就想走出去。

"不好意思,你手里那东西好像是我朋友店里的,如果不是物证的话,麻烦你给了钱再走。"汤勺面无表情地看着他。

我估计那个西木是气炸了,他一把甩下我那串蜜蜡,脚步很重地走了出去。我看到他出去的时候脸都歪了。

不知道为什么,心里突然间觉得很爽。"那是你同事?"我问汤勺。

"那是个傻×,在局里就喜欢跟我对着干。精神病,你不用理他。"他摆摆手,一脸无关紧要的样子。说完就从兜里掏出来一盒我早上才在我们家见到过的那种猫粮，打开来，放到小贱的面前。

"你这是刚从我家拿来的？"

"你跟西木说完话就出现了智商变异是吗？这边上就是超市，我为什么要去你家拿？我猜你肯定不会给它吃，就去买了一盒罐头。不然它肯定被你饿死了。"

我立刻想到一个关键问题，"我家钥匙……"我本来想问我家钥匙是不是在他身上，结果被他半路打断了。

"四楼，"他说，"已经被证实了是有人故意纵火，有被汽油淋过的痕迹。但是，估计他们要开始大面积巡查了。我后来去了解了一下，应该是有人找到了上次那桩自杀案的疑点，报告了上去，引起了重视，结果还没来得及进一步着手查，四楼就发生了纵火案。我估计现在上头已经确认自杀案有问题，并且这两件案子是有联系的。现在上面还没决定由哪组人接手去查，暂时把资料和消息都封锁了，我现在也不知道这案子我能不能参与。"他说完，用一副你刚刚想说什么，现在可以继续说了的表情看着我。

我心说，算了，晚点再问吧。眼下最大的问题是，我今天晚上计划上七楼的事情，要不要跟汤勺说。说了的话，万一他反对我私闯民宅怎么办？结果，还没等我想好，就听见他说，"我们今天晚上去七楼看看吧，小贱。"我本来以为他在跟猫说话，结果发现他在跟我说话。

我说："你叫谁呢？猫叫小贱。"

他说："我昨天晚上听见南洋叫的，我以为是叫你呢！我当时觉得他叫的是你。"他一脸正经，完全看不出是在开玩笑。我有种想把南洋的白鞋扔进阿诺河里的冲动，他大爷的。

我的确有个小名叫小剑，舞剑的剑。初中时我练过两年的剑术，山川喊我小剑，后来南洋也跟着她这么喊。但是！我知道他给猫取的名字一定是那个"贱"，不是我这个"剑"。

"听着，我小名的那个剑，是舞剑的剑，这只猫的贱，是贱人的贱。"我解释道。

他似懂非懂地点着头。末了，他说明白了，"你的贱是贱人的贱，猫的剑是舞剑的剑。"

"你不要喊我小名，OK？"我当下也不想再继续跟他废话下去了。

他耸了耸肩也不知道算个什么意思。不过，今晚的计划也算是敲定了。汤勺说，等晚上十一点半过后再上去。

汤勺走了之后，我打开手机，给南洋发了一条消息，问他是不是在附近。然后我看到有一堆未接来电。大部分都是汤勺和南洋的。还有一个陌生号码，显示有四通电话。3342792687，我没有存这个号码。

我试着回拨过去，连线转回了电话公司的服务台，对方手机没有服务信号。于是我把号码存为了未知者。我打开电脑，有些东西需要确认一下。首先是这只猫。我瞄了一眼小贱，那个西木走了之后，它已经从桌上跳了下去，现在蹲在储藏室的门口睡觉。但它不时就会去扒一下储藏室的门，我总觉得这只猫对储藏室里那幅画好像特别感兴趣。按照南洋说的，或许网页上能找到一些相关的东西。我用关键词搜索了半天，一无所获。有关达·芬奇的网页，没有一处提到他成名之前画过一只黑猫的手稿。

关于波提切利的《西蒙内塔》，我倒是发现了一些很有趣的东西。这个少女被波提切利记录在他的画里很多次，而只有这一幅作品是真正的第一幅。相关资料显示，这是波提切利第一次在佛罗伦萨看到西蒙内塔的时候所画的。但是这幅画的原件很晚才被找到，比《春》和《维纳斯的诞生》还要晚。由于波提切利后期的遭遇，我们发现历史上有波提切利这个人都是后来的事情了。而这幅画恰好是最后一幅被找到，并被定义为波提切利作品的画作。但专家中一直存在一些争议，甚至有人大胆表示，这画可能不是出自波提切利的手笔。

我找到的资料都是好几年前的了。有一段时间之内，没有关于这幅画作的任何新闻，只有到了最近，因为画作失窃，才又有一些相关的旧新闻被翻出来炒作。比如当时 1990 年的失窃案，比如当时警队联合文化局成立临时小组专门去查失窃案，比如失窃案后来草草了结，群众猜测繁多之类的……

我翻了三十几页之后，随手点开了一篇标题为《画的秘密》的文章，还是 PDF 格式。我匆匆扫了一眼，上面大概都是讲历史的废话，直到最后，我看到了一句话："最早期研究画作的专业人员都已经去世，而当时为了寻找画的下落而组成的临时小组成员，也相继离世。"我把通篇文章拉回顶部，并没有署名。网页显示文章上传的时间是 2014 年 12 月份，也差不多就是我买下这间古董店的时间。

我又查了查上传的源头，没找到什么相关信息。于是我把链接保存了起来，并把文章复制了一份放进了文档。我估算了一下，所谓的"当时为了寻找画的下落而组成的临时小组成员"不可能都七老八十吧，应该还有警队的人。假如设定年龄段和汤勺父亲的一致，那现在也顶多就是五六十岁，怎么会这么巧，都去世了？

这话看起来平平淡淡，一笔带过，但是念着念着，就觉得有种奇特的恐怖感深入骨髓。我已经有预感，这件事可能比我们到现在了解到的还要复杂。

南洋仍旧不回信息。我刚想打个电话过去，就收到了汤勺发来的信息：

我查了一下你说的苔丝·德尔迪，确实有这个人的记录，是个威尼斯人，不过去年就死了。

第十一章

FIRENZE

七楼

其实我也早就料到汤勺可能查不到苔丝的相关资料，没想到结果又是一个死了的。

晚上十点半左右，汤勺来找我。汤勺说："这片有值班警察，不过他们一过十点就喜欢钻到附近的酒吧里去偷懒。今天不是周六，外面应该也没有太多聚会逗留的人群。十一点半应该差不多了。但是，我们得想个办法上去。因为四楼着火的事情，上面认为那个放火的不管出于何种目的一定会回来，看看要烧毁的东西有没有留下什么痕迹，所以周围一定有警员在监视。"他一边掏出一盒猫粮给小贱，一边漫不经心地说。那语气听起来就跟我们待会儿是相约去逛个菜市场一样轻松。

我走到门边，店里的灯已经早被我关上了，卷帘门也放下来了。但是借着光还是可以清楚地看到小广场那边，在一排东倒西歪的自行车和几辆零星的汽车前面，孤零零地停了一辆黑色的 SMART。呵呵，意大利人的智商果然非同一般，监视的车子用 SMART，还停在广场上，真以为黑色可以融入大自然了，当纵火犯是傻子。

我有点鄙视地看了一眼汤勺，他正在抽一根我刚给他的烟。他漫不经心地说："白天给你做过笔录的西木现在就坐在车里。"

"我们不要显得自己很心虚，我们又不是在做贼，就这么走上七楼其实也不要紧，是不是？我们又不是要去四楼。"我说。

"不可能。"他用手挥了挥面前的烟，"今天西木既然已经给你做了笔录，就肯定查过你的底细。你住在哪里，他一定知道，至于我住在哪里，那他们也肯定知道不是在这里。你说我们两个，半夜三更上到七楼，开别人的门，会不引起怀疑吗？"

也是，我想想确实是这样。就算我们进去了，之后他们去查那个屋子发现是空的，然后跟着把一些乱七八糟的事情扯出来就麻烦了。

"那怎么办？他们一般监视到什么时候？"

"天亮吧，不过一般他们会在车里睡觉。"他说，"其实方案我已经有了。"我心说你半天是在耍我呢？有方案还不快说，马上就要十一点半了。我故意看了看手表，以示时间紧迫，有屁快放。

他还是漫不经心的调子，"方案一，你去临街找家店放个火，完了你快点跑，调动附近警力的时候肯定能调动到他们。"我呵呵一笑："你这是什么馊主意，我要是跑慢两腿，那我不就被抓进去了？到时你能有办法把我弄出来，并且不留污点？""我没那么大本事，所以还有方案二。"他说着，从口袋里掏出来一只类似于诺基亚的老款蓝屏手机："我有这个。"他按亮了蓝屏在我面前晃了晃。

"这是什么？"我实在没搞懂，这个蓝屏手机如同炸弹一般的威力藏在了哪里。

"这是我们总队长的手机，我现在可以群发一条消息，告诉他们在附近某处某住宅发生了入室抢劫案。有人报案，需要附近力量的支援。"

"你早就想到了，所以居然偷了你上司的手机？"换做是我的话，我一定不会为了查清楚疑似见到鬼这种事情，开启自我毁灭模式。

"话要说清楚。第一，这个不是偷来的，是他自己丢在厕所里，没有拿。而厕所和更衣室是我们局里唯一的两处不装摄像头的地方。我只是跟在他后面顺手捡到了而已。第二，假如没有方案二，那只能想想方案一怎么操作了。"他露出得意的表情。

汤勺一本正经地低头开始编辑短信，并叫我盯住小广场上那辆车。他说这个其实有风险，因为预估不到调动警力会不会调动到他们这里。既不能把这个编出来的事发地点设置得太近，因为太容易被发现，又不能弄太远，太远就肯定调动不到他们了。所以他最后选择的是河对岸我家的那片区域！

信息发出去五分钟之后，果然有了动静。我从卷帘门的缝隙里看到那辆 SMART 突然调头，飞快地开走了。"走，赶紧！"我说。

我们俩从店内储藏室的后门走了出去。经过储藏室的时候，不小心把小贱放进去了。我踢了它两脚它就是赖在储藏室不走。没时间管它了，汤勺一个劲催我赶紧出去。我锁门的时候，看到小贱绿色的眼睛在黑洞洞的空间里发光，有"沙沙"的声音顺带着传出来。我觉得小贱好像又在扒那幅画。

汤勺掏出随身带着的手套，把整个手机表面的指纹都抹干净，然后很用力地朝着这条路的前端扔了出去。大老远都能听见"啪嗒"一声。

"我们得快点，那个手机里面有定位系统。定位系统摔不坏，估计不出半小时他们就能找到这一片。"他说。这也行？蓝屏手机不仅能群发信息，还有定位系统。难道那是一只我从来没有见过的威图高端吗？

不知道为什么，可能真的是做贼心虚，尤其是之前还连续收到了两封类似于恐吓信的东西，我总觉得身后有双眼睛在盯着。一边往上爬楼，一边觉得背脊发凉。

经过四楼的时候，汤勺停下来，远远地看了看。门都好像烧掉了。我刚想走近一些，就被汤勺一把拦住，他让我别过去，脚印可以采证。从侧面看过去，黑乎乎地突然陷进去一块，看起来特别恐怖，仿佛一个黑洞，随时把一切靠近的入侵者吸进去。

"那里应该已经没有什么东西了，就算有，也一定被三轮取证拿走了。我们上去吧。"

我们快到七楼的楼梯口时，七楼的走廊灯突然亮了。一个蹒跚的黄色身影出现在楼梯口，原来是老太太那肥成了一坨的大黄猫。它走到楼梯口就停了下来，眼睛直直地望着我和汤勺。我们等了一会儿，那猫也不走，老太太门那边也没动静。

"怎么办？还上不上去？"我小声说。

"走到这里了，难道因为一只猫我们现在下去？"汤勺说完，就大步走了上去。汤勺在倒数第二个花盆里把钥匙找了出来。他在开门的时候，那只猫居然在我们屁股后面连着"喵"了好几声。我催促他快点把门打开，心说怎么这年头邻居家的猫还负责看门！就在他刚把门打开的时候，我听见了身后传来开门的声音。

是老太太！虽然上次还是老太太怂恿我私闯民宅的，但现在是半夜，而且最近这么多事，要是把警察引来就不好了。我赶紧把汤勺推了进去，自己飞快闪进门，动作很轻地把门带上。大约一分钟左右，我听见老太太的声音从外面传来，"走了！凯利，不要多管闲事，我们回家睡觉了！"接着，老太太的脚步声向反方向传去。

我松了一口气。"她应该知道有人进来了。"汤勺气定神闲地出现在我的后方，我猛地一回头，刚想回他话，却被这突如其来的黑暗蒙晕了一下。眼前还有刚刚走廊上亮着的灯的光晕。我才想到，刚刚走廊上这么亮，也不知道除了老太太是否有别的人看到我们进来。我眼睛好不容易适应了黑暗之后，才看到汤勺的"全貌"。他站在离我不远处的地方，把钥匙拎在半空中给我看，"那个花盆的土没有填平。"我刚想说，算了，看到也就看到了，却突然之间想到另一个问题。当这个问题划过我脑中的时候，我不自觉地倒吸了一口冷气。

假如我的记忆没有发生偏差的话，上次开完门之后，我又把钥匙塞回了花盆里，而门没关。后来我们是把门带上之后就下去了。理论上来说，我们今天上来开这个门，是应该一下就打开的，但是我刚刚看到汤勺开门的时候往左边转了两下——看来在那次之后，有人来过了。而且，汤勺是怎么知道钥匙在倒数第二个花盆里的？

——难道，上次之前，他就上来过？

"而且，我想，在我们之前，可能有人来过。"他说。

我默默地对自己点头。在这伸手不见五指的黑暗中，他应该看不见我的动作。我并没有把我的疑问说出口，我在心里默默想，之前上来的人，会不会正是他自己？我也不懂和他之间的信任存在感。他对于我来说，其实也就是一个陌生人。我至今也不明白他在这件事情上过于积极的原因在哪里，一个警察，饭店小开，突然找上我，会不会有别的目的？

他开始在房子内四处晃，关照我不要把手机灯打开，现在这个点很容易被发现。南洋到现在也没有回音，一个消息电话都没有。汤勺独自到楼上去转了一圈，下来的时候告诉我，阁楼上他把所有能打开的东西都打开来看了，什么都没有。

我心神不宁。当你不再充分信任一个和你一起处于危险环境的人的时候，这种状态本身就能将你置于危险之内。我突然想起来收到的那两封恐吓信，不要多管闲事和远离卡尔梅洛。给我信的人可能并不知道他的中文名字，或者故意不用。但是我现在有种感觉，陈唐这个人的目的可能没有我想象当中那么单纯。很可能他在利用我。

我试探性地问他："我之前查了一下资料，说在 1990 年成立的失窃画专案小组成员，都陆续死了。你知道这个事情吗？"他这时候正在开我上次没打开的那扇小房间边上的门，传来"咔咔"的响声。

他沉默了一会儿，声音低沉地说："我知道。我父亲当时就在那个调查组里面。"他说话的声音很平静，似乎只是在告诉我一个已有的信息而已。他是否才是将自己无底线地卷入整件事当中的最重要的原因？

夜的沉静让人觉得恐惧。他一边说着，一边继续尝试把门打开。"你之前说，你父亲因为偷窃并且私藏那起自杀案的资料，所以被革职了。""对，"他停止了撬门的动作，转过头，压低了声音对我说，"那是在他不做警察之前的事情。偷窃案在自杀案的四十五天之后，自杀案的资料丢失起初根本没有人发现，要不是当时那个阿夫杰是乌菲兹博物馆负责世界文物交易的成员，后来正好那幅画被盗，根本就不会调出她的资料。所以我父亲之前是 1990 年那个专案小组的负责警探之一。"他摸出来一根烟，又把它放回去。"这个女人虽然是个俄罗斯人，但她一直生活在佛罗伦萨。很年轻的时候就进入了文交会，是个专家。你记得我给你的那叠资料吗?""记得,"我说,我回忆了一下那叠资料,大部分是俄语的,只有照片和一张拼凑的意大利语资料,还有那张结案陈述。

"俄语资料是我后来为了查这件事情特意托人花了两年多的时间从俄罗斯那边找来的,有关当时这件事情在俄罗斯那边的录案资料备注。而佛罗伦萨警察局的那些资料在我父亲去世前,有一天突然被他烧毁了。但是他当时留下来了一些残片,并黏贴在一张纸上,和那几张现场照片被保留了下来,后来整理遗物的时候才被发现。我母亲一直留着它,因为她始终觉得我父亲的死很离奇。那张结案陈述,就是从那张残片上获得的信息。俄语资料部分我找翻译看过了,没有很特别的东西,连结案陈述都没有。"

"那张残片上还有什么相关信息?"我在脑中搜索了一下那张残片,当时看到龙飞凤舞的手写体,根本难以辨认,我并不清楚上面写了什么。

"有,"他顿了顿,"当年文交会的几个工作人员,也就是她同事的名字。"

"文交会成员?"我飞快地思考着——为什么他父亲烧了所有资料却要保留下来这几个人的名字? 肯定是有原因的。

"对,文交会的成员。"他说,"那上面一共有三个人的名字:克劳迪欧·卡斯特尔,欧枚洛·切尔克,还有,菲利普·费雷拉。"我听到这个名字的时候,头皮炸了,只觉得一阵麻木。"菲利普·费雷拉?!"

"对。而且这些名字加上三个警察的名字和当时的博物馆副馆长的名字组成了当时所谓的专案小组,所以那个专案小组一共是七个人。除了我的父亲,德西·卡尔梅洛以外,还有阿尔风锁·西木的父亲西蒙·西木和卡洛·齐德蒙。当时的副馆长名字叫廖思甜,你可能想不到,她是个中意混血,而且是个女人。她是当时收藏界和鉴赏界十分杰出的人物。"

"而这些人,都死了?"我觉得我的声音有些发颤。"我能不能问一下,你父亲是怎么死的?"

周围的黑更是显得越发地沉。他的脸在黑暗中显得极为沉默,看不到任何的表情。

"自杀。"他说,"他是这些人当中倒数第二个死的。"

不会又是跳楼吧……我觉得我的心脏上都开始长毛了,毛刮过我的神经和血管,激起鸡皮疙瘩。

"不是跳楼。"他好像知道我在想什么一样,"除了我父亲,其他人的死因我不知道。警察局里似乎有意封锁消息,后来把查那些案子的相关人员全调离了佛罗伦萨。连我们局长都换了。所以这次才能轮到我插手。"

"你父亲呢?"

"有一天早上,很早。他带着我去坐火车。他穿戴整齐,然后火车来的时候,他跳了下去。"他说。我从他的声音里面听不到半点情绪。那场景我能想象,或许那个死去的女人的脸不是他的噩梦,这个才是……我突然想到我在网上看到的那篇文章的内容。

"等一下！我看到的那篇文章，是去年年末写的，可是当时菲利普还没有死！"

"其实你说的那篇文章，我也看到过。没有署名。菲利普后来从文交会转去文管局之后，我一直都有关注他。果然，他还是死了。最后死掉的那个。"他瞟了一眼窗外。刚刚在他说话的时候，似乎外面有一些骚动，但又不是很响。不知道是不是警察已经找到了那只有 GPS 定位的手机。

"等下！那也就是说，你之前就知道菲利普，也知道苔丝！"我的声音因为激动而显得颤抖。

"不是。我真的不知道苔丝。有件事我确实没有告诉你，就是我认识菲利普的老婆。她叫碧昂卡·屋里维。这个女人……我以前是认识的，呃……皇宫博物馆的工作人员……"他说话变得有些吞吞吐吐，"呃……就是因为菲利普，我才故意接近她的。不过后来她辞职了，我们也就失去了联系。之后就再也没有见过她，我估计她可能是离开佛罗伦萨了。我也是那次查的时候，才发现她的地址一直没有改变。"

"你们俩……有过……什么？"我问。那个女的应该比他大了十几岁吧，我在心里算了一下。

他没说话，表示默认了，"她辞职之后，我没再盯着菲利普，直到后来他死了……"

"你们那个什么……呃……是什么时候？"

"也差不多就是一年前。只有过一次，真的是意外。我本来只是因为想利用她得到更多的消息……算了，不说了。"他的语气的确显得很无奈。

"你是什么时候看到那篇关于菲利普的文章的？"我问。

"他死后。"他说完又补充了一句，"我还查到了一件事情，关于苔丝的。这个人在佛罗伦萨的住址记录就在这间房子之内，不过显示到去年的 12 月 24 日，正好是平安夜。她的死亡记录是 2014 年 12 月 24 日，死于突发性心脏病。你知道这间房子曾经的户主登记是谁吗？"

我想了一下，"曾经的？难道是菲利普？"

"不，是她老婆。当然，夫妻双方享受共有财产。后来在那个叫苔丝的死在这里之后，菲利普就用她老婆的名义将这间房子转到了教会名下，但是我怀疑实际上仍旧是菲利普自己在看管。四楼的房子，名字也是他老婆的。"

我突然又想到一件事，"我记得你当时问我认不认识七楼的住户。这个房子是空的，你怎么知道夏娃住在七楼？"我有点语无伦次，我不清楚要怎么讲这件事。因为在我看来，怎么都讲不通。"因为，"他说，"我收到了一封匿名信。在菲利普死后。信上说，你要找的阿夫杰住在七楼。就这一句话。所以后来我才会去查这间房子的所有资料。"说完，他继续撬门。

我发现他这个做警察的，真是可谓各方面的装备都很完善。不仅有做案的手套，还随身带着撬门的工具。我看不太清楚，好像是一根类似于钢丝的东西，他把它插进锁孔，门不断发出"咔咔"的不大的响声。"我再问你最后一个问题。"我觉得，自己大概有个重要的方向快要见到答案了，或许可以用来解释一些为什么我会身在其中的原因，"你后来还有没有收到别的匿名信？"

我感觉到自己的手心里出汗了。我的手心很久没有出过汗了，我都不记得它究竟像死人一样冰凉了多久。我忽然就想起了山川，想起她那时去参加绘画考试之前，死死抓着我的手，手心里都是汗。

"有。"他说，"后来还有一封。"

我忽然觉得这里不管多小的声音都能激起四壁空旷的回声，在这夜里显得格外空洞，是一种令人跌入黑暗无法逃脱的空洞。

我什么都没问，只听见他说了一句，"信上说，去找李如风。"

咔——门被他打开了。

有阵风穿过打开的门，带着一股说不清楚的气味迎面吹来。

外面突然就响起了警笛声，我们透过七楼的窗户望出去，都能看到红蓝闪烁的灯。坏了！我脑袋里只闪过一个念头——警察。

汤勺打开手机灯，照了照里面。基本上除了四五级往下的台阶，什么都没照到。可见里面黑得可以。我催促他赶紧先躲进去再说，万一警察顺着菲利普查到这里怎么办？

那个门后面有阻力，只能开出来三分之一，不能完全打开。汤勺先侧身挤了进去，跟着我也挤了进去。他反手关上门的时候，我不知道是不是自己听力出现了幻觉，我听到很轻的"咔嚓"声，好像有人打开了哪里的门。那声音加快了我关门的速度。但是那扇门似乎已经知道了我们的意愿，根本无须用力就自己关上了——紧接着，我耳边距离很近的地方传来"砰"的一声，我吓了一跳，差点把汤勺从楼梯上推下去。

汤勺扯住我，示意我不要动，可能他刚刚也听到那声开门声了。我连气都没敢喘，差不多过了有一分钟，没有听到外面有任何动静，我们才松了一口气。

我借着汤勺的手机灯看了看门上，什么也没有，刚想转头跟他说话，眼角忽然就扫到了地上一团黑乎乎的东西——人头！

我顿时浑身上下每一根毛都从毛孔上飞了起来，整个人贴在门上完全动不了。汤勺拎着手机灯缓缓照下去，我看到他跟着灯光一起蹲了下去，把地上那个人头捡了起来。

"你看。"他说话的语气完全不像是看到了人头。他忽然拎着那个头就转了过来，拿手机光对着它。我一口冷气憋到喉咙口差点窒息。我这才明白，人会被吓死究竟是怎么回事。

不过这下我看清楚了，那不是一个人头，是个……呃……头盔？我也不知道怎么形容。那是长得像一张僵尸脸的头盔，下半部分突在前面，嘴的部分是一排镂空的齿状物。怎么看怎么像是囚禁怪兽的头盔。

"你认识这个东西吗？"汤勺问我。

我说我当然不认识这么丑的东西。

汤勺说："你知道这是什么？"他冷笑一声，"这是美第奇柯西莫一世时期，他的军队将领专用的战盔。"他说完，就把头盔扔到了我的手里，"拿着。"

妈呀，我怀疑这个头盔总有好几公斤，都搞不清楚是什么材质，我借光看了半天，摸了摸，一点铁锈也没有。可能是所谓的黄铜镀白金。这种东西那时候打仗的人居然戴在头上，也是绝了！

"这是文物?"我小声问。

汤勺正在把刚刚倒在地上的全身盔甲扶起来。刚刚那门自己关上和紧随其后的响声就是因为我们开门的时候顶到了这一身盔甲，结果盔甲倒了，砸到了门。

汤勺把这一身重新复位，然后用灯光从上到下照了一遍。当光扫到盔甲胸口的时候，我看到了一个奇怪的图案。

"等等!"我把汤勺的手机光抬高，抬到胸口的地方。

是一只乌龟扛着风帆的图案。

"这是什么?"我问汤勺。

"美第奇家族当时历任的当家和君王都有属于自己的标志，这是柯西莫一世的。乌龟加风帆，寓意是他处事要不紧不慢有乌龟的耐性，却在需要果断决策的时候，能借风帆的力量，带着他勇往直前。老皇宫里到处都是这个标志。他的标志是最有名的。"

听他说完，我忽然想起了那张我看到的纸，"你知道三个类似于钻戒的图案扣在一起代表什么吗?"如果这是一个个人标识的话，那么，那张纸上画的三个钻戒的图案会不会也是另一个代表个人的标识，或者是什么家族的家徽呢?

"三个钻戒扣在一起?"他沉思了一会儿，对我说，"听你描述感觉是很熟悉，就是想不起来了。"

他一边说一边又用手机照了一遍盔甲，"看来这底下很可能是那个菲利普的藏宝室啊，你看，我之前就一直在想他很有可能监守自盗。"

"你是说，这是他偷的?"

"不，顺的。"他说。

我明白他的意思，美第奇16世纪的文物出现在这个地方，肯定是被人藏起来的。但是他怎么知道一定是菲利普呢?弄不好是死去的那个苔丝或者后来神出鬼没的夏娃，都有可能。

"我们快走吧，手机快没电了。"他说，"我们先用我的手机，电省着用。"

我原本一直觉得这个地方不会有太多的走楼梯，应该走走就到底了。如果按照刚刚汤勺说的底下是个私人藏宝室的话，我们刚走下的这个距离，恐怕都已经走到一楼了。七楼有个地窖本来就很不科学，而且这个地窖居然藏得这么深。但是这延续往下的楼梯并没有停止。不是，不是楼梯。我们脚下的感觉现在也变了。已经不是刚进来时候的普通楼梯了，现在变成了石阶，而且越走越窄，不管是长度还是宽度，换句话说，就是我们两边的墙变得越来越近。

他的手机光显得很弱，我们越往下走，在入口就闻到的奇怪味道越重，潮湿而寒冷的雾气升腾上来。这里的黑无法形容，就像从来没有见过光一般。黑暗加上雾气，那仅剩下来的一点白光都快要被它们吃掉了。

我们往下走了大概有半小时，我觉得自己再这么走下去要崩溃了。寒气从脚底上升到骨髓。太他妈冷了，早知道应该穿滑雪服的。我能看到前面变成一个小圆点的白光，起码不是一个人，我安慰自己。

"喂，警官，"我尽量让自己的语气显得轻松一些，找汤勺说说话，热热身，驱驱寒，"你收到那封匿名信之后，就觉得我能帮到你？"其实这问题我倒是真想问。虽然我最想知道的是匿名信是谁寄给他的。这是很有趣的事情，寄给他匿名信的人叫他来找我，寄给我匿名信的人叫我远离他。或许根本就是同一个人，精神分裂的作品。

他也没回答，我就觉得好像听见他下楼的脚步声停了下来。

紧接着我就看到他手里的灯灭掉了。靠！我反应很快，赶紧从口袋里掏出来我的手机。真该赞一句汤勺有先见之明，幸亏我们没有两只手机一起用。

没有信号。但起码电是满的。有两条微信，还有三条信息，和两个未接来电。我晚上上楼之前手机就调了静音，之后一直都没有从口袋里拿出来。微信是南洋发来的——

六点二十五分：我才下课啊。上课手机没开声音。你干吗？吃饭？

六点四十：人呢？

我关掉微信界面。奇怪了，我下午看到他带走塞拉的时候顶多四点，可能都没有。难道是我看错了？不是南洋？

未接来电：有一个是南洋的，还有一个显示未知者，是之前那串陌生的号码。

短信有三条：两条都是提示未接来电的。

还有一条显示：未知者。我点开来——

赶紧离开这里。

我手一抖，差点把手机掉到地上，突然就觉得后脖颈凉飕飕的，似乎有一双眼睛在身后盯着我。

我猛地一回头——身后只有无尽的黑暗和从脚下升腾上来的白乎乎的雾气。

这里给人的感觉，就像一个棺材，把你整个包裹在里面。

我有点近乎绝望。或许是我错了。我不该把自己搅进来。这种感觉太不好了。

其实刚刚走到一半的时候，我就又听见那种"咔嚓"声，也分不清是开门还是关门的声音。那之后我就开始觉得身后有人。现在收到这条信息之后，我越发有这种感觉。

恐惧就像一根树藤，攀住你之后，一点点地慢慢往上爬，直到缠住你的全身。而现在我的全身都浸没在这样的恐惧里。我从来没有过这样的感觉，哪怕是之前看到夏娃死亡的那些照片我都没有这种深入骨髓的恐惧感。

这个地方肯定有问题！不管这里有些什么，我们都得赶紧想办法离开！

一边想着，我连手机灯都没顾上开，用手机屏幕照着，连续下去了好多层台阶。在我自己也不知道自己下了多少台阶的时候，突然有股力道把我往后面一拽，我还来不及惊吓就因为重心不稳跌了下去。屁股磕到台阶上，骨头一阵阵抽疼。

我摔在地上的手机被捡了起来，手机灯被打开了。我看到刚刚一直没有回应我的汤勺，他拎着我的手机，往我前面照过去。——幸好他拽住了我，没让我继续往下走。现在我们面前有个两米左右高度的台阶，台阶下面连着一个平台。手机光太差，只能照出来平台的三分之一。

汤勺左右都照了一下，似乎左边连着另一条通道，但是看得并不清楚。他把手机塞回我手里。

"你刚刚问我的问题，我也想过。我不知道是谁有意在指引我，但是七楼的东西我查到了，所以我当时是相信的。而且我找到你的时候，你已经被卷入这件事情里面了不是吗？不管写信的人有什么目的，现在也只能找到真相才能有答案了。"

我默默想着那封丢失的匿名信，和我身上的这封。不管是什么，似乎我被卷入这件事，并不是巧合，而是早有预谋。我干这行其实不怎么相信巧合，尤其是这整件事情基本上可以被连成一条线，所有的东西都有关联点，那所发生的任何事情，肯定都不是巧合。能被连成一条线的东西，就一定有源头和真相可循。

"跳不跳？"

我回过神来，看了一下这个高度。两米嘛，其实也不算高。眼下两米算个屁，不跳难道爬楼梯原路返回啊。想到这里我又忍不住看了一眼身后。那种被人盯着的恐惧感始终没有消失。

汤勺不愧是受过警队训练的。我本来以为意大利人在警队里面应该也没干过什么正经事，大概每天都是讲讲黄色笑话，吹吹牛，吃吃饭就算完成了，现在看来，训练应该还是挺专业的。

他身手敏捷，四平八稳地落到了地上，看起来这高度似乎对他来说就像多下了一级台阶一样轻巧。

我也只能硬着头皮跳了下去。脚刚落到地上的时候就差点扭到，幸好他拉我一把。

他手力很大，我脚没扭到，但是胳膊被他拽得瘀血了。

我把手机灯调到最大。这个平台是个 T 字形。不仅左手边好像连着通道，前面右边也有延伸的通道，但是黑乎乎的，看着觉得心里直发毛。

我和汤勺往前走了几步。汤勺让我先照了照左边，感觉通道很深。

"你有没有觉得这里有股奇怪的味道？"我使劲嗅了一口空气，那味道呛得我直咳嗽。是一种腐烂和发霉、潮湿多方面结合在一起的气味。总之难以形容。

我总感觉那味道在我右手边显得更为重一些。我拎着灯往右手边走了两步。果然，奇怪的味道充满了这里整个空间。

"这边的路好像走不通，前面有什么东西挡着……"我回头对汤勺说。

我对他说这话的时候，原本以为那是一堵墙。但是灯光越接近，越觉得不是。确实这里走不通，因为我看到了有堵墙，但是在墙的前面，似乎还有一团黑乎乎的东西，形状看起来很奇怪。

我停了停，又往前挪了两步。

我把灯照上去，还没来得及看清楚的时候，突然被人从身后推了一把——我整个人在那团黑乎乎的东西跟前趴了下去。

我边从地上爬起来，边骂："汤勺，你干吗?!"

掉在地上的手机，灯光正好朝上照着。我已经看到一根细条的长长的像是锈迹斑斑的管道……什么东西啊？我把手机捡起来——

"我被什么绊到了，不是故意推你。"汤勺的声音从后脑勺方向传来。这已经不重要了。

当我看清我眼前是什么的时候，我整个人觉得重心不稳，直往后倒。我感觉自己浑身都在发颤，又同时不能肯定我是不是眼睛花了，才看到眼前这样的东西，所以一遍遍用手机灯上上下下地照。完全照清楚之后，我尽量保持意识清醒，浑身僵硬地转过身对汤勺说，"你过来看……是……是具干尸。"

那是一具干尸。

浑身干缩的肌肉包裹着骨架，我刚刚看到的那根生锈的水管，其实就是他的腿。

那古怪的气味正是从他身上散发出来的。但并非完全是之前闻到的那种气味，他身上带着某种更为特殊的味道，就像，咸鱼干的味道。

汤勺从我手里拿过手机，上上下下地照了个遍。干尸看上去应该是男性，身上穿的衣服已经被腐蚀得不成样子了，但还是能辨别出来是那种式样比较老的夹克。干尸的造型很奇怪，一只手捂着胸口，另一只手伸在前面，好像是在挡什么东西。腿弯曲半蹲着，他边上有另一副我们之前看到的那种盔甲，他的重量就落在那套盔甲上。

他的表情显得十分狰狞。嘴巴大张着，眼睛空洞洞的，带着一种难以言喻的绝望感。这种样子，死的时候肯定是遇到了什么可怕的事情。

汤勺让我拿着手机，靠近一点站在干尸边上。他自己戴上手套，把干尸里里外外翻了一遍，结果在他的上衣内袋（居然没破）里，找到了一只手机。

我看到手机的时候，已经有一种很不好的感觉。更怪的是，这只手机居然还有电。手机倒不是什么智能机，就跟之前汤勺偷过来的他上司那种手机的款式相似。但是出现在一具样子这么可怕的干尸身上，令人感到好笑。汤勺翻了下手机，里面似乎什么都没有。除了有几个拨打出去的电话和一条发出去的信息。"3281113059……"他默默地念着这个号码。

"等下！你说什么？"我一把从他手里把手机抢过来。那几个拨出的未被接通的号码赫然显示在屏幕上——我×！我使劲揉了揉眼睛，确保自己一个数字都没有看错。我感到自己浑身都在颤抖。我按开发件箱里的那条信息的同时把我的收件箱打开来，摆在这只手机的边上：赶紧离开这里。"这消息难道是他发给我的？"我缓缓转头看着身后这具造型恐怖的干尸，和他旁边那个盔甲。

之前的电话是干尸打给我的，消息也是干尸发给我的，那么是不是那两封匿名信也是干尸写给我的？假如你站在马路上大白天这么想，你肯定会被这荒唐的想法笑得停不下来，但是现在我就站在这位发件人的面前。这里的寒气好像已经深入我的血液了，我想往后退远一些，至少不要挨他这么近，但我动弹不得，像被冷冻住了一样。

"这是什么时候收到的消息?"汤勺问我。

"应该是我们之前进来的时候就发了,但是我后来才看到。他……还给我打了两通电话。"这话说完我直起鸡皮疙瘩,"我都没有接到。今天下午也有一通,也没接到。后来打回去没人接。"

"嗯,还有别的吗?"

我摇摇头。我想了想,还是没有提匿名信的事。

"这事情太奇怪了,但是有一点很肯定的是,这一定是有什么人在搞鬼。"

汤勺围着干尸转了两圈。我检查了一遍干尸身后的墙壁,没什么可疑的地方。而汤勺则细致检查了干尸边上的那身盔甲。

突然他停了下来,把手机光凑近地面,"你看这里。"他手指着盔甲旁的一处地面给我看。

"是什么?"我蹲下去,眯着眼睛仔细顺着他手指的地方看,像是什么东西被移动过的痕迹。

"我刚刚看到干尸的时候,就觉得很奇怪。这个地方怎么会有干尸呢?"这里这么潮湿,雾气这么重。假如真的有人死在这里,老早腐烂成一摊肉泥变成白骨了,怎么可能风干成这种样子!那就是说,"这具干尸原本不在这里!"

"有人把它搬过来的。"汤勺说,"手机应该是把干尸搬过来的人,故意放在干尸身上,他很可能甚至知道我们的工作,所以知道我们一定会动手查干尸,保证我们能找到手机,目的就是用这些来吓走我们。"

我又想到第一封匿名信上的内容:请不要多管闲事。想到这个又让我心悸了一下。"而且,"他压低声音说,"这一切,应该才发生不久。""你的意思是说?……"他点点头。

我听见自己脑袋里"砰"的一声,像是断了一根神经。那个人,现在很可能就在某处看着我们。说明这里一定有什么东西,是有人不想让我们发现的。

会是什么呢?答案,还是更深的疑惑?我们带着手机灯仔细检查了这里的地面。由于太潮湿的缘故,在没有东西的地方很难辨别这具干尸到底是从哪里搬过来的。这可能就解释了为什么我一直觉得有双眼睛在背后盯着我们。我做了一个假设,这个人或许从我们进来之前就设计布置好了一切,再跟着我们一起进来,看着我们一步步接近这里,达到他的目的。如果这一切真的是他为了吓走我们而设计的,而当他看到结果并未如他所愿的时候,会不会做出更可怕的事情?

想到这里,我又猛地回头。来时的那条道,又长又黑,让人心生畏惧,总感觉一定有什么藏在黑暗中，不被我们发现。汤勺又把手机光照回到那具干尸身上。他站着一动不动，将灯光上下来回地移动。干尸那张狰狞的面孔一次次地出现在亮光里。

"你说，他会是从哪里来的？"我喃喃地说。

"不知道。"汤勺用几乎听不见的声音说，"似曾相识，有种熟悉感。"然后，我见他收回了手机，看了下电量：百分之八十九。苹果用电是真快，按照这种速度，我们的光照不知道能不能坚持到出去。

我的神经突然被"出去"二字绊住了。出去？怎么出去？往哪里出去？眼下都是问题。还得保证在出去之前不惨遭迫害。

毕竟，这里肯定不是只有我们两个人。

汤勺说往左边那个通道走。之前我们拿灯光粗略地照了照，并没有照清楚什么。当我们真正走到左边那条通道的时候，倒是有些愣住了。——与其称之为通道，不如说是条只够一个人横着走过去的缝。这个宽度，但凡稍微胖一些都过不去。幸亏我们两个人都不是胖子。

汤勺用左手高举起手机，让灯光能照到我们前方大约一米左右的距离，然后他在我之前侧身卡了进去。

我只能说是卡进去。我自己进去的时候，都是吸了口气，把仅有的那点肚子都给吸起来紧贴着墙蹭着走的。我几乎能听见膝盖骨摩擦墙面发出来的声响。这条缝比站在外面看起来更窄。

假如这个时候有人来攻击我们，那我们真的是上不去下不来也不能横着跑。但是这个时候，能卡进来动手攻击我们的人也只能是神人了。

但是，永远有想象以外的事情发生。我们走到大约中段的时候，我隐约听见我的右手边，似乎出现了刚刚我们卡进来时候同样的响动。我×，不会是有人也蹭进来了吧?!

汤勺大概也听见了，突然就停了下来。

"你是不是……"我还没把话说完，他就用右手手背遮住我的嘴，对我"嘘"了一声。

那个从远处本来正在靠近的声音，骤然停止。

我借着手机光望向我的右面，光照之后，一片深沉的漆黑。

我十分确定我刚刚是听见声响的，那种有东西摩擦墙壁的声音在这空荡荡又寂静的地方显得特别突兀。我看向汤勺，他仍旧没有动。他尽可能地将手机光往我这边打，试图照得远一些。

然后我看到他眉头皱了起来，由于光照角度问题，他的脸色看起来惨白，有点恐怖。他整个人似乎定格在了那里，也不动也不说话。

我问他怎么了，他又"嘘"了我一声。我又有了那种寒气贯穿全身的感觉，他这样搞得我很紧张。

大概过了半分钟，我感觉到他在用右手的手肘推我，用头示意了一下我的右前方。除了灯光，我什么都没有看到。

慢着！那是什么?！白光和黑暗的交界处出现了一个怪异的形状，看得并不很清楚，就像是把椅子的折角，露了一个头在外面。

"不要往后看，快点走。"汤勺小声对我说。他加快了移动的速度，我赶紧跟了上去。在他的手机光收回来的那一刹那间，我似乎看到了一大片影子印在墙上，那形状很熟悉，但是我现在脑子里一片空白，什么也反应不过来。

那声音果然又出现了，非常配合我们的速度跟在我们的后面。我现在已经无法确认那是否真是另一个物体摩擦墙壁发出的声音，也有可能只是我们自己摩擦墙壁而产生的回音。自我安慰刚刚开始奏效的时候，汤勺突然抬高了手机光照，紧接着我感觉他拽了我的手臂，力道很大地一把把我拽了出去。周围瞬间变宽敞了。我还没来得及看清环境，就被他拽到一扇类似是门一样的东西背后躲了起来。

"别说话。"他在我耳边说，并且同时关掉了手机灯。

我们突然就陷入了一片漆黑。

自从看到刚刚那具干尸之后，它好像就黏上了我的脑膜。我眼前的灯光残晕里，都自带着干尸那张狰狞的面孔。我闭了闭眼睛。汤勺又在我耳边很小声地说："出来了。"

我感觉他连呼吸都屏住了。他这样的反应立刻让我紧张起来。

什么出来了？难道是……刚刚后面跟踪我们的……那个人？

到底是什么出来了?！

我很想问他。但是一秒钟之后，我有了答案。

我看到前面，有白灯忽然闪了一下——我忍不住深深地倒吸了一口凉气，直到它穿过我的喉咙，进入我的胃里，让我为我的眼睛在那一瞬间看到的东西负责。

前面白灯只闪了一秒钟，但是，我看到了——

刚刚那具干尸就在我们出来的地方。

第十五章

FIRENZE
迷宫

我用手捂住了自己的嘴，气都不敢喘。妈的，这是怎么回事？这干尸是打算跟着我们一路走呢？难道是僵尸？！我赶紧阻止自己脑子里胡乱的想法。不可能！

"有个人，在干尸后面。"汤勺贴着我的耳朵，用几乎听不见的声音说。

我感觉到血脉贲张，周围太安静了，只有我的心脏剧烈跳动的声音。

有个人？那个跟踪我们，想把我们吓出去的人？

我回忆起来刚刚在那两墙的缝中，汤勺打光给我看的墙壁上那个奇怪的折角影子——是干尸！那折角的影子就是干尸弯曲的膝盖！——也就是说，是有人把它举在头顶上带过来的！怪不得后来看到那一大片的影子！想想刚刚墙体发出来的摩擦声响，那个变态居然没有在那么狭窄的地方把干尸的骨架子挤断了！按理来说，知道是人的话，我应该稍微松口气，起码不是妖魔鬼怪。但我的神经反而越绷越紧，我下意识地捂住胸口，怕自己心跳的声音太大被那人听见。

人才是最可怕的东西，我深知这个道理。

假如真的有个人在干尸后面躲着，他应该是借干尸来遮挡我们的视线，看来没有吓到我们之后，他应该要着手实施他的下一步计划了。不管这里有什么不可告人的秘密，他肯定会想方设法阻止我们发现他的。

这里的黑暗像是一头吞噬人的怪兽，在静谧与黑暗中，我们无计可施。

我也不知道还要这样僵持多久，我们不动，干尸那边也没动静。谁也看不到谁，都在等着对方先暴露。

"你现在听我说，你别说话。"汤勺那种和空气一样的声音就像经过了几个世纪一般，搞得我耳朵发痒，浑身汗毛全竖起来。结果我等半天，他也没有再说一个字。我用胳膊撞了他一下，结果他突然抓住我的手，手心朝上，他用力捏了一下我的手，意思是叫我维持住这个姿势。

我立刻明白了，所谓的"听他说"，其实是辨认他在我手心上写的字。我×，他是打算写中文还是意大利语呢？他这么蹩脚的中文，万一写错了字，或者笔画混乱，我读不出来他写的东西，怎么办？！

我还没来得及做更多方面的考虑，他就已经开始动手了。

幸好，笔画不复杂。横。瞥。横。竖。横。中文是左边的"左"。

他写完这个字，敲了两下我的手心，表示问我是否明白。我点了点头，一想他看不到，又回敲了两下。

他大概隔了十来秒钟，又开始在我手上写——横。瞥。横。竖。横。和之前一模一样。还是左？

是他没有理解我那两下回敲的意思，所以又把刚才那个字重新写了一遍？

这回他没有停下来，紧跟着又写了一个字——横。瞥。竖。横。竖。横。——右？

我有点混乱。左一次还是两次，接着才是右？我迟迟也没有给他肯定回应。我听见他轻轻叹了口气。叹气是几个意思，觉得我智商低？

然后他就换了种方式。他握我的手。左边连续两次，接着是右，左，右，左，右。

这是……我们待会儿要走的方向？

他也不表述清楚，还没等我完全反应过来，我就感觉到自己被他用力一拽。他没有亮灯。在这种彻底的黑暗之中，我每跨出去一步都似乎是一种冒险。我不知道我们发出了多大的动静，我甚至听不清楚后面那个东西是不是跟上来了，我只能听见自己的心跳声，和脑中不断对自己重复的左左右左右左右。

他确实是带着我往左边转了两次，而后往右转了一次。然后他往左的时候好像碰着了什么突然间停了下来。紧接着手机灯再一次在我面前亮起来。我第一个反应就是回头看。结果一回头，看到的是一面石墙。原来是这样。他刚刚跟我说的那个左右的顺序，是因为我们现在进入的通道有石墙的阻隔。这里就像一个传统的迷宫。石墙并没有封死两边，要不向左要不向右。我屏息凝神听了一会儿，似乎后面并没有什么动静。我们动作太快，或许那个扛着干尸的变态根本跟不上。

"怎么路变了？"汤勺像是在自言自语。我听到他这么说，突然心一阵发寒。我刚想开口说话，这时候身后传来了预期之中的轻微声响。响动离得不是很近。看来他可能还没有进入我们的这片区域。我忍不住脑补，假如那个变态还有幸被我们看到的话，会不会还扛着刚刚那具模样恐怖的干尸？

汤勺把灯一灭，"走！"他拽着我，往面前这面墙空出来的缺口走。

我觉得右眼皮开始跳个不停，我知道，之前汤勺首先跟我说好的方向已经变了。后来在这种黑暗中左右窜了一阵子之后，我就摸索出了规律——从刚刚汤勺停下来的地方开始，同他和我说的那个顺序完全地相反了。

他又一次停下来的时候，我以为这段路大概是要走完了。他说，"等一下。"然后我听见他用手摸索前面这面墙壁发出的细微声音。"不对。这里不对了。"他还是自言自语。"你是不是以前来过这里?"这个问题脱口而出,我没有思考得很明确我是不是要问他,因为这是明摆着的事实。

汤勺他肯定曾经来过这个地方,不然他不可能因为用手机光照过一眼,就这么熟悉其中如此复杂的结构。对的,刚刚我们走过的路是个迷宫。他半天没有声响,摸索墙壁的声音也停止了。空气顿时就被划到了静止状态。

我们现在身在一个我完全失去方向的迷宫之中。而这整件事情,现在看来也变成了一个迷宫的状态,看似你走得出去,实则未必。因为面前站着的人,他跟你说的话,他做的事,都让你分不清是敌是友。

人在混乱中原本就会变得复杂,但是,即使到了这一刻,我或许还是比较偏向于相信他。毕竟他没有做过什么伤害我的事情,假如不算把我拖进现在这种环境的话。

"是。"我听见他这么回答我,语气很平静,"但是现在,我不能肯定我们还是不是能走到那个我们应该去的地方。"

原来是这样。看来这小哥从撬门那一刻起可能目的就相当明确。他根本就知道要去哪里。

这是一次彻底的利用,虽然我并不知道,对他而言我的利用价值究竟在哪里。

"我们应该怎么走?"我听见自己用四平八稳的语气问他。现在不是纠结很多东西的时候。我深知只要他不是想要拔枪扫射我,我跟他在一起是安全的。而且我也想看看,那个他千方百计想要引诱我去的地方究竟长什么样子。走过迷宫,或者有更深的渊谷,还是死亡的陷阱在等着我……

后面的动静一直没有跟上来,这让我觉得很奇怪。一个可以随意拖动干尸想要吓跑我们的跟踪者,难道对这里的情况不熟?汤勺没有再说话,他没有对我多解释一句。只是他没再关手机灯。电量显示已经低于百分之五十了。他说,我们得趁着没电之前走出迷宫,不然就有被困在这里的危险。

所谓的迷宫,最可怕的就是每条路似乎都是通的,都能走。而这里,似乎也没有所谓的死路。

我估计汤勺上次来的时候,肯定没碰上这样的状况,他现在看起来满脸的迷茫。这真不是什么好事。我们在鬼打墙了几次之后,手机的电只剩下来百分之三十九了。

我们现在走的这块地方很奇怪,就像一个死循环,怎么走都能回到刚才站着的地方。

我站在原地看着眼前那些左右分离的岔口,数来数去,还是刚刚那些,而且我们拍了照片,岔口也是完全一样的。

等等——未必！我看到了一个东西。具体来说，应该是个标志。这个标志看起来很不起眼，是刚刚汤勺用手机光一下扫过的时候，我偶然瞄到的。

我接过自己的手机，靠近前面这堵石墙。

果然——石墙的成分都改变了。之前石墙大多都用佛罗伦萨 15 世纪后期流行的塞茵那石，而面前这墙，这么凹凸不平，明显就是早期所流行的佛罗伦萨大坚石。而且墙壁中间靠下方处，印着一个标记。我用手机光贴近它，上下左右照了一圈。当我完全看清楚这个标记的时候，只觉得头皮发麻——三只钻石戒指环扣在一起。

"这是……"我指着这个标记回头看汤勺。

"没错的话，我们是走了一个八字形的岔路。这个岔路会带我们去出口。"

我听见"出口"两个字眼睛都亮了，似乎能在只有一只手机灯照亮的地方，完全看清楚周围的环境，以及汤勺的脸，他的脸上明显挂着失望的表情。

看来，出口并不是他的目的地。不过不好意思，恕我不拿命奉陪了。

"砰！"我被这突如其来的声音吓了一大跳。声音似乎是隔着墙从右手边传来的，类似于重物落地的声音。这个响声让我立刻回想起来当时在市政广场上听见的，菲利普摔在地上发出的声音。紧接着，我觉得前面好像有个影子从光照和阴影的交界处一闪而过。

"谁?!"我几乎跳了起来。幻觉？还是有人在这里?! 或者，就是刚刚那个跟踪我们的人！

突然，我感觉到整个地面颤抖了起来，我们面前带有那个图标的墙体缓缓地降了下去，眼前渐渐露出来一条路。

我的手机灯在墙体下降的时候莫名地闪了一下，就灭掉了。该死！苹果手机有时候就是这样！在电量百分之三十的时候也开不了机，非叫你连接电源。但是门完全降到底部的那一刻，眼前又亮了。不是阳光，而是前面地上不知何处有一只手电筒。

顺着手电筒的光柱所看到的景象，令我张大了嘴狠命吸气而忘了呼气，直到快窒息。我活到这么大，从未见过这么可怕的场景！

FIRENZE

第十六章

借刀杀人

我敢肯定，那个躺在地上的手电，一定是高级货，因为它发出的光，能照亮我面前的整个坑。你知道南京大屠杀的万人坑吗？我眼前的环境就和那个差不多。无数的骸骨堆得像一座小山丘，我不知道坑到底有多深，但是骸骨堆积的高度已经越过了周围的边台。四周的边台看起来很周正，也很狭窄。那只高级照明手电筒就落在边台上。

我已经没了那种毛骨悚然的感觉，因为整个人都麻木了。我转过头看看汤勺，他皱着眉头站着，沉默地看着眼前的一切。我不知道究竟是什么练就了他这么强大的心理承受能力，但是你在他脸上看不出惊恐，他脸上只有愤怒。

"你这里来过没有？"我的声音抖得厉害。

"没有。"他木然地回答。

我这个时候才看清楚，手电光的边上躺着一个人。对！是个人，不是骸骨。

汤勺已经沿着边台朝那人走了过去。我小心翼翼地沿着边台跟在他后面。边台十分窄，每一步落脚都有一种会滑进万人坑里的感觉。这里到底是什么地方？竟然有这么多尸骨！是不是什么战争时期秘密处决违反军规的士兵的地方？想想又觉得不太可能，那时候军队杀人根本不用藏得这么深，何必要多此一举，在这里挖个坑，直接扔野外不是更好嘛，自然有野兽叼走，帮忙处理尸体。那么，这里的万人坑到底是哪里来的，为什么会在这里？

汤勺已经走到了那个人的边上。他捡起地上的手电筒，照着这个人的脸。是个男人，看起来已经有五十来岁了。脸上有很明显的瘀青和血迹，一张脸肿得跟猪头一样，完全无法辨别。汤勺把手电递给我，我抬头看了一眼上面，手电光照不到特别高的地方，它能够照到的高度都是墙面，并没有什么特别的东西。我想刚刚听到的"砰"一声，应该就是他发出来的。但是他到底是从什么地方掉下来的呢？

汤勺蹲下去戴上手套，开始检查他。这个人身上藏了一把带血槽的弹簧刀，汤勺又从外面夹克的上衣口袋里翻出来一本证件。他打开证件，放到手电光底下一照。上面贴着一张照片，照片上的男人看起来眉眼显得有几分眼熟。这是一本老式的佛罗伦萨警察证，上面所有的东西都是手写体。我见过汤勺的，看上去要比这本新很多。这上面还有警号。而证件的名字那一栏写着：西蒙·西木。

西蒙?!西木?!我想起来之前汤勺跟我说的那几个名字，难道是阿尔风锁·西木的父亲？他不是已经死了吗？汤勺之前也证实了那篇文章，菲利普是最后一个死的。难道——这并不是事实？！

"他是谁？！"

汤勺面对我的疑问，并不出声。他站在那里，一脸诧异的表情。他斜着眼睛核对着照片和那个闭着眼睛躺在地上一动不动的男人，似乎也不太相信眼前这个人是明明已经死了的老西木。我怀疑在此之前，他可能并没有见过老西木的长相。

然后他证实了我的想法："我父亲生前和西木的父亲就不和，当时偷窃阿夫杰死亡档案的事情就是老西木去告发的。我听见过父亲不止一次打电话骂他，一直记得他的名字。后来在查这件事情的过程中，看到组内成员里有他的名字，我印象特别深刻。他的资料登记是 1993 年就死了，但是没有记录死亡原因，也没有照片。我相信现在警察局里的人没人见过他，而当时和他共事的人都在 1993 年被调走了。"

这件事情太蹊跷了，可能，1993 年的时候西木并没有死，或者眼前的并不是西木。

我用手机开着闪光拍了一张他的照片，等出去的时候总能核对上的。在我按下拍照键，闪光亮起来的时候，地上这个躺着的男尸突然睁开了眼睛！我吓得手一抖，直接把手机和手电都抖到了地上，手机跟着就黑屏了。我一把拉住汤勺，想说赶紧跑。这个不是摆明了是诈尸吗？！汤勺却抓住尸体的手，头也不回地说，"我刚刚检查了他，并没有断气。"我心说，他妈的，那你不早说！我把手机从地上捡起来，按了两下已经没了反应。汤勺用手电光打亮了那个人的脸。就算他没死，那张脸也是恐怖到了极点！肿胀和伤痕让他看起来特别扭曲。他就这么睁着眼睛也不动，突然就开始大口大口地喘气。

"西蒙？"汤勺喊了一声。

他没有回答，却突然坐了起来！只见他睁大了眼睛，我在他的脸上看到了惊恐无比的表情，他缓缓地颤抖着拎起右手，伸出食指指着前方。眼神空洞，露出大量的眼白，那绝望的样子就像是看到了世界末日一般。

"他……他们回来了！他们回来报仇了！他们回来了！"他突然大声起来，几乎变成了一种尖叫，猛地抓住汤勺的胳膊，用一种求救的眼神望着他，"他们……他们要把我们都拖进地狱里了！画……画里有魔鬼！"他的语气越来越阴阳怪气，眼神也变得越来越可怕。那发红的眼睛就像一个真正的魔鬼！

"砰——"这横飞出来的一声巨响把我们都吓了一大跳，缓过神来的时候，眼前这个"老西木"的眼睛依旧惊恐地大睁着，但是他的脑袋上出现了一个窟窿，血很快从窟窿里涌出来。我立刻拿过手电，朝对面声音传出来的地方照去。光影中，有个影子飞快地一闪而过——向前跑了！而"老西木"的尸体在这个时候突然燃烧了起来。燃烧的尸体发出一股很熏人的味道。

"捂上口鼻！烟雾有毒！"汤勺对我喊了一声，然后就把自己的口鼻捂了起来。我也赶紧拉起衣服捂上，跟汤勺一起往对面的边台跑。

刚刚那个人就是沿着对面这里的边台朝前跑的。汤勺用手电飞快地照了一下，前面似乎有条小路向右边拐了。这里可能还没有出迷宫的界线。

尽管刚才动作很快，但毕竟尸体烧起来的时候还是吸入了不少烟雾。我一阵晕眩，感觉恍惚，而且刚刚跑过边台的时候，我竟然出现了幻觉：我看到对面那近乎烧焦的尸体站了起来，我甩了甩头再看它，却又恢复了原状。坏了！那是什么毒气？

这是条很短的过道，我们的手电光可以照到过道那头，应该是一个比这条过道空间宽敞的地方。刚刚那个跑走的人到底是谁？是不是之前看到那个一闪而过的人？又和身后扛着干尸走的变态是不是同一个人？这个人为什么要杀死"老西木"呢？

我回想起了他被杀死之前的那番话，他说他们都回来了？他们是指的什么人？

"画里有魔鬼！"他的声音还在我耳边徘徊，那眼神和话语里的恐惧，令人发颤。

走进过道的时候，我觉得刚刚那种头晕目眩的感觉消失了。幸好没有中毒，不然在这种地方死得不明不白可真是不划算。也不知道那个万人坑里有多少尸骨是死得不明不白的。想到这个，我不禁打了个冷战。

"陈唐，等下！"我叫住走在前面的汤勺。他停下来。手电的光正好落在地面上。

我们现在所在的位置应该是过道的正中间。手电光照到的地方又出现了那个图案——三个钻石戒指扣在一起。这里的这个图案不是刻上去的，我蹲下来，摸了摸，应该是大理石。居然这种石路的一半镶嵌了一个用大理石拼成的图案，有一种说不出来的怪异。

我觉得汤勺应该知道这个图案的含义，就算之前没有想起来，现在也该想起来了。

我刚想问他，突然听见身后传来了声音——又是那种东西摩擦墙壁的声音——那声音一点都不模糊，十分清晰，分明是在靠我很近的地方。

我蹲在地上回头瞄了一眼——手电光果然强大，有着强大的射程和穿透力——它把我身后那个东西与那个东西身后的空间都照得非常亮堂。

——干尸！此时此刻，那具惊悚的干尸就在我后面站着，而它的身后空空如也，一点都不像有人一路扛着它走的样子！

妈的，我觉得干尸好像两腿都不弯了，貌似就是那么笔直地站着！

我听见自己放开喉咙吼了一句："快跑！汤勺！"尽管我腿软，但是我还是做到了撒腿就跑。汤勺不知道怎么看的，哪里有人啊！分明就是那一具干尸在来回活动着！

而当我撒腿跑出去的时候，汤勺似乎早就跑得没影子了。我一口气不知道跑了多少路出去。实在接不上气的时候我才停下来。后面好像没动静了，我似乎成功甩掉了那个变态的干尸。

但是，我突然意识到了一点：我不知道自己在什么地方。"陈唐！陈唐！唐少！"我吼了好几嗓子。但是又不敢太大声，不敢连续吼，怕把可能走岔了路的干尸引过来。

一点回应都没有。我跑的时候没有顾上拿手电，黑暗的地方总会让人产生一种身处险境的感觉。我掏出口袋里的手机，使劲按下了开机键。大概五秒钟之后，屏幕居然亮了！手机没摔坏！结果手机一直维持着白屏，白屏总比黑屏好。

这个时候，我突然感觉到前方有了动静。我屏住气仔细听——是很轻的脚步声。我不敢叫，也不敢出声，因为我不能肯定来的人是汤勺，还是刚刚那具干尸，或者是之前那个杀了"老西木"的人。

我把手机屏幕拎在胸前，方便当我看到不对的东西的时候能赶紧跑。

"踏踏踏……"他似乎有意在放慢速度，小心翼翼地走近我。

当白光把她照出来的时候，我真的感觉到了心脏的停止。"山……川……"我不相信亲眼所见，但是那分明就是山川的脸——那张我再熟悉不过的脸。

山川。怎么可能？怎么可能？

但是那不是她又会是谁呢？她分明在朝我走过来。脸上露出那熟悉的笑容，右脸的酒窝像是绽开的花。白光把她照得那么清楚，这么多年，她依旧是那副模样。是我熟悉的样子。真的是她。山川。是她。她回来了……

我看到她在向我走过来。她走到我面前，微笑着抱住我。"你好吗，小剑？"她在我耳边说话。我感觉得到她的体温。"山川……我……"

我突然感到有什么冰凉的东西刺进了我的身体，紧接着腹部有一阵暖流涌出来，我低头一看，这不是汤勺刚刚从"老西木"身上搜出来的，带血槽的那把刀吗？它这会儿正插在我的肚子上。

"山川……"我抬头看她，她就站在我面前，依旧那么笑着。

"你为什么要害死我？"我听见她说。

FIRENZE

第十七章

地 狱

　　每个人其实都有罪恶的一面，善良的人未必完全善良，而邪恶的人也未必完全邪恶。

　　我站在山林深处。眼前熊熊燃烧的烈火，似乎也快殃及我。我觉得浑身有一种被火烧起来的滚烫感。

　　突然，我看到了一个浑身烧着的人，从火海里冲出来！他大声叫着救命。我后退了好几步，我不敢靠近他。旁边传来一个姑娘清脆的笑声。她的笑声和大火烧毁东西时发出的"喀拉"声混合在一起，变成了一个富有音律的节奏。

　　那是山川在高中钢琴课上弹奏的《致爱丽丝》。我看到了山川。她站在我身边笑得前仰后合。她拉住我的手，喘着气说，"哈哈，小剑，哈哈，你看！"她指着那几乎被烧焦的人对我说，"看到了吗?！哈哈哈，魔鬼要带你下地狱了，李如风！"

　　那个烧焦的人冲我跌跌撞撞地走过来。我想跑。而我动弹不得。我看到了他的眼睛。——那是我自己。

　　我感到自己在颤抖。浑身上下黏糊糊的都是汗，可我觉得异常的冷。

　　我扯了一下被子，想裹住自己，却感觉到腹部一阵钻心的痛。

　　怎么回事?！

　　我睁开眼睛——白色的天花板，空荡荡的没有任何东西。我不是在自己家里。我在哪儿?

　　我试着转动脖子，觉得它十分僵硬，根本不听使唤。我只好使劲转动了一下眼珠子，我从眼角看到了坐在靠背椅上睡着的南洋。

　　"小……鲜肉……"喉咙太干涩，我连自己的说话声音都辨别不出来。

　　南洋突然一睁眼，看到我望着他，竟然跳了起来，扑到了床边上，跟演戏似的。"我×！你他妈居然醒了！我看到你的时候以为你要死了！妈的，你就是命大，你个傻×，你到底干了他妈的什么狗事?！你等着，我去叫医生！"

　　我觉得这一幕充满了喜剧感，因为小鲜肉眼角含泪，像是在拍电影。我想笑，但是腹部又是一阵剧烈的疼痛。那疼痛感如同你去做了一场切除阑尾的手术却没有给你打麻药，随便一动都觉得马上就会要了命。

发生了什么事？我怎么了？刚刚那梦还留在我的脑海中。我闭上眼睛，每一幕就像是刚发生过的一样，我浑身颤抖了一下。

噩梦，真的回来了。

穿着白大褂的医生脚步很急地走了进来，从口袋里掏出小手电扒开我的眼睛照了照，给我测了一下心跳，撩开被子看了一下我的腹部，转身笑着对南洋说："他应该没事了，但是还得留在这里观察两天，才能转去普通病房。我去通知一下卡尔梅洛警官。"说完，他带着两个漂亮的小护士走了出去。

两个小护士一路低声交头接耳地不停回头看两眼南洋。

"我在医院？"我问。

"你不是废话吗？你傻了？你又不是被刺中脑袋，怎么，虽然这事情很丢人，你也不能玩失忆吧…"他一脸哭笑不得又鄙视的样子。

我对发生的事情确实有点印象模糊。只要我一想去回忆，就觉得脑瓜子跟被塞了炸弹一样随时要裂开来。

"几点了？"我看到窗帘的缝隙里有阳光钻进来。

"十点了！都是你，算了还好你没事，不然我一定连棺材都不给你买。我讲课要迟到了！"说完，他背起他形状怪异的跟龟壳一样的包就往外冲，出门的时候还给我比了个中指。

汤勺来的时候我也不知道是几点钟。之前医生又来了一次，我头疼得连眼睛都没睁得开。我听见护士在床边嚼舌根，"刺伤他那把刀是带血槽的，所以才一直不停地流血。那天送来的时候，我都以为他死定了，命还挺硬的。"另一个说，"别胡说，当心被听见。歌里警官不是说弄不好是自杀么，刀是反向刺进体内的，自杀的一般都没勇气真的去刺要害。"

自杀?!

我?!

汤勺胡子拉碴的，一副好几夜没有睡过觉的样子。

"还好，你没死。"这是他一进来说的第一句话。

我问他究竟发生了什么事情。

他走到门口，看了看走廊，然后关门反锁好，把南洋睡觉的那把椅子拖到床边上，两眼直愣愣地盯着我看。

我被他看得浑身发毛，"你干吗？倒是说话啊！"

"你记得发生了什么吗？"他问我。

废话，我要是记得发生过什么，我怎么还要问他呢？

"不记得了。"我有些不耐烦地说。

"你回忆一下。很重要。你现在好好回忆一下。你听着，我提醒你。我们之前在很多骸骨的那个坑边上，老西木的尸体突然烧起来了。你看到了逃跑的人，于是我们就沿着边缘朝对面追，进了一条小的过道……"

老西木的尸体。对，我还拍了照片。我们还找到了老版的警察证件。对了，老西木说完话以后就被杀了，然后尸体烧了起来…我们开始跑。我顺着记忆一点点地回忆。跑到过道……过道……对了！"干尸！"我几乎叫了起来，腹部那阵随之而来的剧痛让我在床上滚了好几番。

"什么干尸?!"汤勺瞪着眼睛问我。

"我看到，干尸在我后面。它追上来了！我就跑了！朝前跑了！然后……"

"然后什么?"他急切地问。

"然后……我被捅了一刀……"我不确定自己是不是在说话。我想起了山川的面孔。无论是那时，还是在梦里，她总都显得那么真实。有时候噩梦醒的时候，我会分不清自己是在梦里还是在现实里。

"被谁捅了一刀?"

汤勺的声音从我头顶上方传来。

对，被谁，捅了一刀。

"你为什么要害死我?"

……

"你想得起来吗？被谁捅了一刀?"他又问了一遍。

"不记得了。"我说。

我逃避了他犀利的目光，就像当年我去警察局报案的时候，逃避了给我做案件记录的警察的目光一样。

他沉默了，他看我的样子，就像知道了我隐瞒的事情一样。然后他缓缓后退了一点椅子。

"你知道我看到了什么吗?"他叹了一口气，继续说，"我们在过道的时候，你突然站起来，一动不动地定在那里五分钟的时间，也不说话，我叫你也没反应，跟中邪了一样。然后你突然冲过来，从我身上抢走了那把带血槽的刀子，我看着你，自己刺进了你自己的肚子。对不起。我没来得及阻止你。一切发生得都太突然，我完全没有反应过来。"

我？自己捅了自己?!我真的是自己捅了自己?

汤勺大概是看到了我脸上惊愕的表情，冲我很肯定地点点头，表示他说的是事实。

"我听见你说，"他顿了一下，看了看我的反应，接着道，"山川。你一直在念这两个字。是人的名字吗？"他试探性地问我。

我想了想："是我妹妹的名字。"

"你有妹妹？"

"不是亲妹妹。孤儿院一起长大的妹妹。她六年前就失踪了。"我说，"你当时是怎么知道尸体烧起来的烟雾有毒的？"我随便想到了一个点就岔开了话题。

"我也不知道，就是闻到的一瞬间，我觉得那是一种记忆里的气体，我下意识觉得是一种有毒的气体。我觉得自己曾经或许接触过它。"

我想了一想，很可能是我吸入了那种气体中毒，之后所产生的幻觉。

"可是尸体为什么会无端端地烧起来？"假设凶手的目的是为了杀害"老西木"，那头上一枪足以杀死他了，为什么要烧掉尸体呢？

"杀害他的凶手也想顺便干掉我们！"我激动地说。伤口又是一阵反应。

"对，所以我这两天一直在查找这方面相关的资料。我在1972年的一桩有很少记录的自杀案的档案里，找到了相似的记载。自杀者是一个寡妇，她枪杀了自己之后，她三岁的孩子居然喝农药也自杀了。三岁啊。后来警方检查家里的时候，从她点的香薰当中找到了一点化学残留物，经过化验，是大麻混合了罂粟花的粉末，而它们混合在一起燃烧出来的气体很可能会达到致幻的效果。但是这件事情后来也没有得到证实。我不知道我们闻到的是不是同样的东西。但是很奇怪，第一，他是怎么烧起来的。第二，按理来说，你有事，我也会有事。但是我却什么事都没有。"

我心说，或许是你体格好。

所以说，山川，是幻觉。

而我自己拿着那把恐怖的刀，把自己给捅了。我对着空气笑了笑。我已经不知道怎么去形容到这里所发生的事情了。

那个"老西木"说，画里有魔鬼。这句话就像个魔音一样一直缠绕着我。当我完全清醒之后，这句话回想起来，越发变得像个诅咒。

哪幅画？是那幅《西蒙内塔》？而他所指的回来了的"他们"，究竟又是什么人？和这整件事到底有什么关系？一切都像能抽出真相，一切却都又没有线头可拉。

而我们，好像都已经把自己置身在一个十分危险的境地里。这已不是和刚开始那样，我仅仅只是不想把自己卷进一桩有着疑点的自杀案里那么简单了。

幸好，我没有死在里面。我抬头看了看汤勺。我不知道当时我们到底在什么地方，他究竟是用了什么办法把我活着带了出来。

汤勺的电话在我胡乱思考的时候响了起来。他调的警车的高分贝铃声把我吓了一大跳，整个房间就跟个做案现场一样。他不紧不慢地从口袋里摸出手机，结果摸出来一个屏幕黑着的，他随手翻了下，就丢给了我。

在他重新摸出另一个手机的时候，那个要人命的铃声终于停止了。

"喂？你说。"他走到窗户边上去接电话。我努力了半天终于从我的大腿上够到了他丢给我的手机。他幸好没有丢在我的肚子上，让我疼死算了。是我的手机。

我记得我之前拿手机给老西木照照片的时候，他突然睁眼睛，我手一抖，就把手机抖到地上去了，后来就黑屏了。但是再后来，我又开启过……不过，那个可能是幻觉。我按了开机键。居然手机又能运行了，苹果果然强大，在你觉得它是好的时候，它往往就不太好，当你觉得它坏掉了的时候，它又神奇地好了。开出来的时候，电量只剩下了百分之五。

我翻开相册。翻开最后一张照片。果然还在。

由于当时被"老西木"吓了一下，手一抖，照片有点模糊。他的脸和身体都在我照片的闪光灯下显得十分扭曲，就像灵魂出窍一样。

我关掉了照片。

等等！我又重新把照片打开来。那是什么东西?！

我把照片放大，再放大——

靠近他衣服的地方，隐隐发着绿色的光。

哦——！原来他是这样烧起来的！

我看到汤勺挂了电话，刚想跟他说我的发现，结果他皱着眉头一脸奇怪的表情转过来看着我。我问他怎么了。"你那栋又出事了。"他说。

我心一抽。我那一栋？谁？"不会是……七楼的老太太吧。"我说出来自己都不信。

"七楼的克雷斯纳太太，刚刚中午十二点被发现死在自己家里，尸体已经发臭了，应该是死了一个礼拜以上了。也就是说，或许那天我们听见她的声音之后，她就死了。她的那只猫，记得吗?"

我木然地点点头。

"被吊死在她的门框上。老太太似乎是被它的尸体吓死的。"他说。

我出院的时候，已经是大半个月之后了。伤口愈合得不错，本来不住满一个月不能出院，但是因为汤勺的帮助，医生就允许我提前出院了。

后来我忍不住问汤勺，他千辛万苦把我从那里面弄出来之后，是怎么把我带去医院的。按照道理我受的是刀伤，这边的医院肯定要报警的。

汤勺说，"对啊，报警了，警察也来过了。"

"什么?!"怪不得那天听那两个小护士说什么歌里警官。

"你不会跟警察说我是自杀吧?"

"我没有啊，这是你自己说的。我只是说你可能玩刀子的时候不小心把自己捅了而已。至于被什么刀子，怎么捅的我不知道。"

"这样也有人信?"我表示惊讶。

"信了。"

我回家的时候，家里已经蒙了一层灰。小贱坐在家门口，似乎在等我回家。汤勺让我不要回店里，因为老太太的事情，现在还在做调查，那边一带最近都是警察。老太太死的时间太巧了，我正好又在那里开店，难免要被盘问。那栋楼接二连三地出事情，现在整个一条街的人都被问过话了。上头觉得这条街上的人最可疑，而我后来正好又受了刀伤入院，西木跟上级报告说我很可疑，所以我得想好怎么应付再回店里。

妈的，一出院就被当成了嫌疑犯。

汤勺老早就把猫从我店里带了出来，但是他说，那幅画，他没有找到。我心里一凉，不会啊，走的时候画明明搁在储藏室里了……或许是汤勺走得比较匆忙，没看到。虽然这人救了我的命，但是我这样也是拜他所赐。

我说："陈唐，你不如把话说清楚吧。"他很清楚我指的是什么。他一下子就沉默了，靠窗站着，也不说话。

我真想从手边操个烟灰缸砸过去。

又过了好半天，他才缓缓开口，"你说的没错，我是有事情隐瞒了你。"

他把窗帘拉上，屋子里立刻暗了下来。

"我去过七楼。"他说，"不过是在你之后。钥匙是我那天看着你从花盆里翻出来的。你记得吗?"

我猛地想起来那天事情发生的经过。是隔壁的老太太对我说，钥匙在倒数第二个花盆里。那个时候，难道……

"对，我在对面用望远镜看着你。本来我是想看看你会不会在七楼跟什么人碰头，后来只看到隔壁的老太太跟你说话。"听他的口气，看来是怀疑老太太是特工队的了。

"那个老太太确实很可疑，但是我查不到什么。"他说着，掐灭了烟头。

"你跟踪我是什么目的?"我问他。

"你记得我跟你提过的匿名信吗?"他从口袋里掏出来一个信封。信封上写着他的名字。我看了他一眼，他示意我把信拆开。我从里面抽出来一张和寄给我的那两封同样的 A4 纸。上面也只有一句话（打印字体）:去找李如风。下面有我店里的具体地址。

还有一封。他把另一封扔在茶几上。

我一看，这信封上写的是我的名字。抽出来一瞧，正是我失踪的第一封信。

我回想了一下那天的情景，趁我喝醉的时候偷了我的信的人，原来是他!

"我没有偷你的信，是从你口袋里自己掉出来的。我原本只是想帮你捡起来。是你自己从里面把信抽出来硬要给我看。还说要我做什么指纹对比。"他耸耸肩，一脸"你别冤枉好人"的表情。

我心说，你现在怎么都说行。"那你对信有什么看法吗?"

"没有。所以我才拿出来给你看。你还有没有收到另外的类似的信?"他问。

我迟疑了一下，摇了摇头。

不知道为什么，我不想把那封叫我远离他的信拿给他看。我突然一想，不好。当时那封信被我带在身上，不知道重重波折之后，它和那张写着苔丝画着奇怪图案的小纸条还在不在我的夹克口袋里。

会不会已经被汤勺发现了，他现在是在故意问我?

……

"那个地方我去过。"他突然开口说，说话的声音听起来十分沉重，我第一次听到他用这种近乎悲伤的调子说话。

他说，他去过那里。不过是在很早很早之前。他父亲还没有自杀的时候。但他发誓说，他没有从七楼的门进去过，他也不知道七楼有那样的密道，竟然能通到他曾经去过的地方。他是经过了那条很窄的墙壁缝隙之后，才发现到了一个似曾相识的地方。

的确，就是那个地方。

但是他并不记得当时他父亲是带他从哪里进去的了。只记得，他父亲带他去圣洛伦佐教堂附近一家很小的饭馆吃了一盘肉酱面，然后他似乎就睡着了。因为肉酱面之后的记忆是空白的。再有记忆的时候，他们已经在一块漆黑的地方了。他说当时他觉得那个地方很恐怖，很黑，他父亲手里只有一只很小的照明电筒，那里感觉很潮湿，有霉味。父亲把他搂得很紧。他记得，他们在那里待了很久。他父亲一直没说话。直到，到了那条墙缝之后的地方，他父亲才开口对他说，"接下来的路，你记着。"

他们走进去的，是一个迷宫。他父亲走得很熟练，并到了一个关键的地方就让他停下来把方向背下来。他只说了这些，别的什么都没说。而汤勺当时太小，把这个当成了一次纯粹的冒险。到了最后的地方，出现了两扇门。汤勺想走左边，而他的父亲，把他拉去了右边。并让他一定记住，如果再来这里冒险，一定要走右边，因为走了左边，会出不去。果然，他们很顺利地走到了出口。他的父亲还奖励了他一枚骑士勋章，问他下次假如一个人来冒险，能不能走出来。他说，他一定可以。

一个礼拜之后，他父亲就自杀了。

"后来，我做梦的时候经常都会做到那次所谓的冒险，我在梦里会巩固我对那个顺序的记忆。但是我肯定，这次当我们真的去到那里的时候，那个迷宫被改变了。因为里面的顺序完全不一样。我不知道我父亲当时的目的是什么，也不知道迷宫是什么时候发生了变化，被谁改变了。我上次肯定没有走过那片全是骸骨的地方，但我大约能感觉出来那是出口的方向。"

他低头对自己笑了笑，"幸好，我还是走出来了。"

他的脸上有光照的阴影。我那时猜得没错，他的噩梦不是死而复活的夏娃，他的噩梦是他一早被卷入了未知的秘密，却到现在也找不到解锁的钥匙。

我想起他当时那个失望的表情，现在我明白了。他父亲不想他走左边，而当迷宫的顺序改变了之后，他想去左边看看能不能寻找到关键，却发现已经走不到那个地方了。

我有种特殊的感觉，或许，他父亲那场所谓的冒险，是为了给他找一条生路。

"出口在哪里？"我问。我回来之后，一直懒洋洋斜着眼睛望着我的小贱，现在突然跳到了我的身上。就好像我问出来的问题它能回答一样。

"我记得那次我们是从波波利后花园那个石窟里面出来的。但是这次，我们是从老皇宫的古罗马遗迹那一块出来的。不是一个出口。"

我看看手里这只猫，回忆了一下博老头那天跟我说的话。还有那张纸，对了，那张纸后面有类似地图的东西。

那个鬼地方不止一个出口。那张图会不会标识的不是瓦萨里长廊，而是那个地方的所有出口呢？

可能，这只猫真的能告诉我们一些答案。或许，它知道的比我们都多。

我问他这几天还查到了什么资料没有。

他说，这几天局里在全力盘查上次那个纵火案，和老太太被猫吓死的案子。他们把这两个案子定成了连环案件，怀疑是一个变态凶手所为。至于其他的东西，他最近也没什么机会去查。

"对了，被杀死的'老西木'呢？是不是那个西木的父亲？"

汤勺摊开手，表示不知道。"西木这几天见到我跟见到鬼一样，也不来跟我对着干，就一个劲地躲着我，跟撞了邪一样。"

我跟汤勺说，我知道那个"老西木"是怎么被烧死的了。

"白磷。"

我给汤勺看照片上，靠近"老西木"尸体附近的绿色亮光。这些白磷粉末应该是和子弹一起打出来的。

他突然皱起了眉头——"慢着。我想到了一些东西。"

"你记得你在那张有红戒指的照片的纸上看到的但丁《神曲》吗？"

——我走进一座宽阔的坟场，密集的坟丘让地表起伏不平。棺材都敞开着，里面有烈焰燃烧，传来悲鸣之声。

"宽阔的坟场……烈焰燃烧，传来悲鸣之声……"我看了看汤勺，"你的意思是，杀人的凶手，有意要与《神曲》的句子呼应？"

"你想想，假如把那个全是骸骨的坑当成坟场，是不是说得过去？"

我想了想，也不是没有道理，但是——"你为什么会突然想到这个？"

他从口袋里掏出来一张纸递给我看。

"这上面的图案是你一直问我的，我后来终于想起来了。这图案你知道是什么吗？这是美第奇的那个伟大的洛伦佐，他们家第三代继承人的徽章。这是代表他的标识。"

"那这个徽章一直不停出现，代表的是什么意思？"我被搞糊涂了。

"你听我说，还有巧的。那幅画，就是那幅丢失的馆藏，不是波提切利给西蒙内塔画的吗？西蒙内塔是洛伦佐的弟弟朱利阿诺的情妇。而现在洛伦佐的徽章出现在这一系列的事情里面，肯定不会是个单纯的巧合。"

当然，这些出现在一起的东西，谁都不会只是单纯的巧合。然后他打开自己的手机，翻出来一张照片给我看。照片是对着电脑网页拍的，有些模糊。上面就是这个图案，而下面写着一句话，我又一次将它念出来：

"圣殿变成了兽窟，法衣也变为装满罪恶面粉的麻袋，

复仇女神用爪子撕开自己的胸口，击打着自己的心脏然后尖声喊叫。"

　　这是一个网页，上传的时间和上次我们在网上看到的那篇文章差不多。又是这一句让人惊悚的话。感觉上，就像是有人追在你屁股后面，不停地想吓你。而但丁的《神曲》再三出现在这种混沌的迷乱之中，总显得很刻意。我总觉得有人在故意给我们留下挑衅的暗示，再继续牵着我们的鼻子往前走。

　　小贼在旁边叫了一声。我看了它一眼，在心里已经罗列了今晚要做的事情的顺序。

　　晚上十点，我准时到了阿尔彼兹街的路口。街上的人还很多。不时有喝多了的小年轻跌跌撞撞地撞上来。今天是周六，估计不过十二点，街上的人都少不下去。我找了一间酒吧坐下来，点了一杯双麦芽黑啤。酒上来的时候，我接到了南洋的电话。我按掉电话之后，顺手给汤勺发了地理位置，他说上司请吃饭，他一会儿完事之后过来找我。

　　我收起了手机，喝了一口啤酒，忽然觉得边上有光聚焦在我身上。我转过头一看，居然还是个美女。同时，我闻到了一种从未闻到过的，十分特别的香水味。美女穿着露肩低胸的白色 T 恤，外面披了一件黑色的蕾丝短坎肩，鹅黄色宽腿裤和 LV 不知道哪个年代出的包包。红棕色的头发，丰满的红唇和清爽的妆容，那种韵味简直在你看到第一眼的时候，就会产生一种已经喝多了的欲望。

　　"Hi，帅哥。"她朝我微笑。

　　我有点愣神，冲她挥了挥手。

　　"出去抽烟吗？"她保持着微笑问我。

　　她身上的香水味就像伸出了无形的勾魂的手，我不自觉地掏出身上的香烟，鬼使神差地跟了出去。

　　"你喜欢艺术吗？"美女问我。

　　"我是开古董店的。"我无不带着卖弄风头的感觉。

　　"知道波提切利吗？"她继续问。

　　我给了她一脸当然知道的表情。

　　"最喜欢他的哪件作品？"

　　妹子一定是搞艺术的，我在内心感叹道。"大概是《西蒙内塔》吧。"说完这句话，我有了一种不太对头的感觉——脑子有些迷糊。难道是双麦芽的作用力超出了从前？

"画在哪里？"

我能感觉到她忽然加重了语气。我觉得十分不对头，有一部分疑虑令我头疼欲裂，我的主神经在告诉我，不要说话，不要回答她的问题。但是，我依旧听见了自己的声音："在店里。"

"你店里没有，画在哪里？"眼前这个女人美丽的脸开始变得模糊起来，她凹凸有致的身材也开始变得扭曲。唯独提问我的声音异常清晰。我掐住大腿，我能感觉到指甲嵌进了肉里，但我还能继续听见自己的声音说："不知道。我摆在了储藏室里。"

她说："戒指在哪里？"我看到她的眼睛变成了红色，如同恶魔。她伸手扒开了自己的胸腔，围绕心脏的血管被撕裂了，向外喷出鲜红的血液。我发现自己动弹不得，神经就像是被黏住了一样，我使劲挣扎，想从束缚中挣脱出来。

突然，我觉得自己能动了——我立刻抄起手边还有大半杯黑啤的啤酒杯。一起砸到了妖怪的头上。

我听见一男人的声音："你干吗！"

我忽然之间清醒过来，眼前是汤勺抱着小贱站在我面前，一脸不可思议的样子。小贱也是一身啤酒，黑色的毛黏在一起向下耷拉着，可怜巴巴的样子。

怎么回事？！我往四周看了一圈。没有。没有任何异样，除了我眼前的汤勺和小贱。

"你中邪了？"汤勺一脸无奈，啤酒顺着他的发梢滴到小贱的身上。

我四处搜寻刚刚那个美女的身影，空空如也，仿佛刚才从未出现过这么一个人似的。

汤勺告诉我，他走到酒吧街口时就看到我一个人站在门口，然后他朝我走来，谁知我一抬头，就泼了他一身啤酒，还顺便把杯子砸在他脸上。

不可能。我绝对相信，刚刚不可能是我一个人神经错乱。对，不可能。我鼻子里明明还留有刚刚那个女人身上特别的香水味。什么人？！到底是什么人？！难道真的是我撞鬼了？

我跟汤勺简单描述了一下刚刚发生的事情。汤勺皱着眉头，还没顾上擦一擦脸上的啤酒："去你店里！快！"他说。我们一路小跑到了店门口。

店门口的台阶上躺了一名胡子拉碴的醉汉。他四仰八叉地躺在地上。身上一股浓重的酒味。汤勺拍了他好几下他才醒过来。眯着眼睛，跌跌撞撞地站起来，酒瓶子也没拿，摇摇晃晃地走远了。

醉鬼走了之后，我掏出钥匙开门。——门又被撬过了！

我深吸一口气，这个月已经是第二次被撬门了。上一次门被撬，不仅没有少东西，还多了一幅画。不知道这次又会多出来什么。

我打开门，打开门口的一盏古董灯看到一片狼藉，我有种很不好的预感。这次估计多不出来什么东西了，肯定是有东西被人拿走了。

果然。首先，储藏室里的那幅画不见了。其次，那叠关于夏娃的资料不见了。

"资料和画都不见了。"我对汤勺说。

"画肯定不是才不见的，我上次就没找到。那个闯入的人应该是之前就先来搜索过一次，没找到画，然后才去的酒吧，想套出画在哪里的信息。因为她以为画是被你藏起来了。套完你的话之后，她再次冒险回来，想找找还有没有遗漏的东西。所以……等等！不对——"

他突然冲了出去。我隔着半开的卷帘门听见他的脚步声骤然停在前面的半路上，跟着我也走了出去。看到他一脸怨恨地往回走。

"怎么了？"

他瞟了我一眼，拎起刚刚那个醉汉留在地上的啤酒瓶，"你看看这个。"

我接过他手里黏糊糊的啤酒瓶，前后看了一圈。怎么看都是很普通的一个啤酒瓶，就是刚刚我那个酒吧里面专卖的一种啤酒。那个酒吧只卖这种瓶装的啤酒。

慢着！对了！我刚刚那个酒吧……不是吧！

他看我一脸惊愕的样子，大概知道我已经猜出来他究竟想表达什么，便沉默地点点头，表示我想的没错。

我×，你一生大概也就经历这点荒唐了。有人闯入店里偷了东西，而你五分钟前刚刚亲自放走了那个人。

那个人，就是刚才那个躺在我店门口的醉汉。

美女伪装成醉汉，关键是我完全没有辨识出来。我想起来刚刚闻到的那种特别的香气，就像是薰衣草被烧过了的气味，浓郁又特殊。我应该是中毒了，那种气味大约是一种吐真剂，居然引诱我不受控制地说实话。而且她居然问到了我关于戒指的事情……

到底是什么人？

汤勺说，夏娃的资料和画可能是一次性被前面那个人偷走了，因为他上次来的时候没有来得及检查我的抽屉看看档案是不是还在。也可能资料是这次被这个易容成醉汉的女人偷的。不管怎样，反正现在这两样东西都没有了。而我们暂时不能去管这个事情，还得按照原计划进行。

汤勺很费劲地给自己和小贱擦去了身上的啤酒沫，然后，他抱着小贱和我向市政广场走去。我们到达市政广场的时候已经是十二点多了，广场上除了和菲利普死的那天一样吹大风，基本上没什么人。

汤勺四下里望了一圈，抱着猫招呼我往市政府里面去。他带我走的那条道是纳尼路上老皇宫庭院右侧的一扇很小的门。汤勺说，这扇门是逃生门，几百年没人用了。但是，他居然用熟练的撬锁技术，撬开了一扇几百年的古董门，带着我就这么钻了进去。我在心里默默感叹，他不去做偷盗行业真算是可惜了人才。

偌大的庭院里一个人都没有，只有左手的米开罗佐庭院里，四方天井落下来的光，照亮着达·芬奇的老师韦罗奇奥那座青铜像小爱神的复制品。那个青铜像所在的位置是个喷泉，"叮咚"地流着被关小过的水。旁边的柱子投上去一长条黑乎乎的影子，致使那个喷泉从上到下看起来被拉得特别长，似乎有黑影藏在水盘底下，十分吓人。

小贱朝着喷水池叫了一声。汤勺赶紧卡住了它的脖子。"别叫，后院有警察值班的！"他抱着它一路小跑进了古罗马遗迹那一片。这里其实平时对游客都是开放的，不收取额外的费用。换句话说，阿狗阿猫谁都能来。但是很奇怪的是，这个考古遗迹总被人忽略，大家都只买票参观皇宫，很少来这里。而汤勺当时就是带着我从这里上来的。

一到这里，我头脑中就不停自动播放那个万人坑的画面，让这周围看起来都黑得吓人。大概是因为这里有个连通那个空间的口子，所以才让人觉得毛骨悚然，阴气重重。

但是那通道口却打不开来。我们按照汤勺所指的位置，不停地寻找细缝和断裂口，但是什么都没有找到。这里的石块结合得很完整，没有截面也没有断层，更没有什么圆形缺口的形状。我深刻地怀疑汤勺是不是记错了。

他在当中他所谓的出口处也站了许久，一脸疑惑。我想抱着小贱坐下来等着汤勺想明白，结果发现猫不见了。"猫呢?！小贱！"它刚刚明明还在我的脚边上！大约一分钟前，我还看见它的尾巴举在天上从我的眼皮底下晃过去。"喵——"好像是从刚刚来的那个庭院里面传出来的。我小心翼翼地走了出去，刚退到军事庭院里，又听见一声猫叫。

是米开罗佐庭院。

这会儿，也不知道是快要下雨还是什么，从天井里落下来的亮光明显没有刚才那么足了，只有喷泉的水，顺着石台下滑的声音，惊心动魄。

"小贱！"我轻轻叫了一声。没回应。这里一点动静都没有，不像是有活物的样子。

我刚一转身，却又听见一声"喵——"。是身后。从喷泉台那边传出来的。我猛地一回头，看到一个硕大的黑色影子消失在喷泉台边。

　　其实我从来不看恐怖小说和恐怖电影，我也不算是个胆子很大的人。概念上普遍认为男人都不怕鬼，那是错的。我就一直很怕见到鬼。

　　比如现在，我有种见到鬼的感觉。虽然这种感觉自从被卷进这件事情之后，就一直萦绕着我。那个硕大的黑影，假如我没有看错的话，应该是个人形的影子。反正那肯定不是小贱。

　　这会儿猫叫也停止了，那个黑影也不见了。而周围恢复了刚刚那种静到出奇的状态。我蹑手蹑脚地走过去，当快要靠近喷泉台的时候，我越发变得小心翼翼，生怕有什么恐怖的东西突然之间蹦起来吓我。

　　这么害怕真不是我的错。你要觉得我胆子小的话，那你来试试大半夜有个那么大的黑影突然在你眼前莫名其妙地消失。而且一点痕迹也没有。猫也失踪了。

　　我听见身后传来很轻的脚步声，是汤勺。他在那一片罗马废墟上毫无发现，我估计他现在正在怀疑自己是不是记错了上次出来的地方，满脸的疑惑。我们的原计划是，测试下小贱知道的东西，虽然你可能觉得很荒唐，但我的直觉告诉我，这只猫会给我们带来新的发现。

　　博老头说，小贱之前一直是跟着菲利普的。我既然是在七楼找到的它，那就说明，菲利普肯定是带着它上过七楼，而且应该也带着它去过别的地方。至于他为什么要一直抱着一只猫到处去，我们现在也无从知晓。但是假如小贱去过一些地方的话，那么它有可能在靠近这些地方的时候会有反应。虽然猫不是狗，但是原理大致也是一样的。更何况，这不是一只普通的猫，搞不好是穿越过来的。可当小贱靠近罗马遗址的时候一点反应都没有。而这会儿它居然不见了。

　　我和汤勺找了一圈，确定它不见的事实之后，我们回到了喷水池那边。这个时候，我的手机在口袋里震了起来。

　　我拿出来的时候，已经挂断了，显示了未接来电的号码。除了三个南洋的电话外，还有一串陌生的号码：3393425010。我已经有了心里阴影，一有陌生的号码，就觉得心慌。赶紧先问汤勺，上次那只干尸身上搜来的电话在哪里。汤勺从口袋里掏出来，朝我晃了晃。

还好，看来真的只是陌生号码。紧接着，手机又震了起来。还是那个号码。

我按下了接听键。

"你好，我是李如风，请问哪位找我？"我小声说。

对方没声音。

"请问哪位？"我又问了一遍，以为是信号不好。

但是很快，我就发觉有点不对劲，因为我能听见电话那头很明显的呼吸声。

"是谁？你说话！"我说。

"戒指在棺材里，画里有魔鬼。李如风，管闲事的后果就是，地狱在等你！哈哈哈！"

电话断了。

那是一个极其恐怖的声音，就像隔了时间，隔了空间，从阴曹地府传来的声音。当听见那声音在听筒里响起来的时候，我仿佛觉得有一双沾满了鲜血的手从手机里伸出来，要把我拉去地狱。我听着那头"嘟嘟嘟"的短音迟迟回不过来神。

他说，戒指……在棺材里。

戒指。红宝石戒指。

当我回过神来的时候，居然发现汤勺也不见了。我没敢大声喊，后面市政府办公那块有警察办，肯定有人在值班。我一喊，他们一定能听见。我围着这个庭院转了一圈，到后面那个军事庭院也看了一圈，都没有他的影子。

我的心脏就快要跳到喉咙口了，刚才那通恐怖电话之后，我还没能平静下来，结果现在连汤勺都突然不见了。难道——看似平静的这里其实有什么吃人的怪物？！

我越想越恐怖，几乎想拔腿跑的时候，我看到汤勺从喷泉后面露出一个头来。

他伸出手朝我招了招，叫我过去。我看不见他的身体，只能看到他的一个脑袋露在外面。那画面看起来尤其灵异。我想到了刚刚那个貌似催眠了我的美女，心有余悸，一步步很小心地走过去。腹部的刀口好像裂开来了，有一种难以名状的，揪心的疼痛感。

"我找到小贱了。"汤勺说。

我走到汤勺面前，发觉他好像才从什么地方钻出来，身上浅蓝色的衬衫边，黑了一大片。浑身上下都带有一种奇怪的味道，像是画室颜料的味道。

"这里有个密室。"

汤勺对我说，用手指了指身后的喷泉台。

我听到"密室"两个字，心脏像是被挤压了一下，有点脑瘀血的感觉。刚刚才从一个密室里死里逃生出来，现在又来一个。虽然我知道，该去的地方迟早还是要去，不然解锁的密钥永远不可能找到，但是眼下我伤口疼痛至极，心里也没有做好准备。

我不是逃避，我是被刚刚的电话吓到了。但丁《神曲》里的那两句一直在我脑中徘徊，我想象着自己被拉进地狱将要经历的画面，汗毛竖立，不敢再去继续想象。

现在又有密道了。这会不会就是地狱的入口？我问自己。

"不是你想的那样，你进去看看。"汤勺大概是学过读心术，我发觉我每次想什么他都能知道。

我看到他伸手握住了这个爱神的小鸡鸡……向右拧了一下，然后又将它向左复位。

这个机关也是绝了！一般人哪能发现得了？我掠了一眼汤勺那张平静的脸，这个人 IQ 得有多高才能发现这种机关啊。

喷水池下面，立刻出现了一个半圆形的入口。大概有半人多高，但是宽度绝对足够一个胖子进去了。汤勺弓着身子一闪而入。我刚进去，那个半圆形入口就在身后关闭了，一点声音都没有。

汤勺看我惊讶的表情，立刻表示不用担心。他指了指里面一个跟门铃一样的按钮，对我说，按这个就能出去。其实我并不是惊讶这个。我是自己忽然恍然大悟了，刚才那个黑影，原来就是这么消失的。也就是说——那个消失的黑影应该就在这里面！

"这里有别的人。"我小声说。

我刚刚因为太过紧张，完全忘记跟汤勺说看到黑影消失的事情了，这里肯定并不是只有我们两个人！

"什么别人？"汤勺立刻警惕起来。但是手电晃过这里一圈，不像是有人的样子。

我看了一眼自己的衣服，果然衣服的边上也黑了一块。我伸手摸了一下那扇带有机关的移门，手指上也染上了黑色。有人用黑色的颜料涂满了这扇门的内侧部分，为什么？

我借着汤勺的手电光瞄了一眼这里的陈设。怪不得他身上有那么浓重的颜料味，这里空间并不大，像是个画室。大小顶多也就二十平方米左右，摆满了画框和已经完成的作品。在右边的夹角里，还有一张放在地上的席梦思。白色的床单上，有一些红色的东西触目惊心，也不知道是颜料还是鲜血。床前面有个很简易的卫生间，连门都没有。

有人住的画室？

地方虽然小，但是收拾得很干净。看来一直有人在这里活动。颜料浓厚的气味，因为没有窗户而囤积在空气中，完全散不出去。我被熏得有点透不过气来。

小贱就蹲在一幅画的前面。我看到它的时候有些愕然。

它指的不是小贱，而是那幅画。那幅画，简直是小贱的肖像画。

我走过去，蹲下来。小贱一歪脑袋，我便被惊呆了。简直一模一样。虽然这只是一幅草稿图，但是画中的黑猫歪着脑袋，脑门上的倒三角，和眼前的活物小贱真的一模一样。

我突然想起来，南洋曾经说过那幅达·芬奇的手稿。那幅网上找不到的达·芬奇的手稿图，那只他在圣马可花园里看到的西蒙内塔形影不离的黑猫，后来随着西蒙内塔一起下葬。对，就是这个。

是赝品，还是原件？

简直不可思议，原来真的有这样一幅画。眼前的小贱一下子变得邪气起来，会不会这只猫真的是穿越过来的……

这幅画的右边，摆着一个画架。架子上似乎还有一幅画。

我把手机灯打开来，画上的颜料好像还没有干透。刚刚消失在这里的那个黑影，是不是就是这个画室的主人？而这人现在又在哪里呢？是不是就在这个房间的某处望着我们这两个不速之客？

当白色灯光照到画上去的时候，我的呼吸停止了，我感觉到自己浑身都在颤抖。

画上有一座平房正在燃烧着，它孤独地坐落在深林里。火光冲着天际而去。而那片火光之前站着一个男人，他用静默地背影对着我。画上的每一笔都触目惊心。或许这就是爪子撕裂胸腔的声音，这就是恶魔尖利的笑声。我的伤口裂开来。我在流血。

我一步步往后退，小贱那发光的绿色的眼睛，在黑暗里目不转睛地望着我。我一步步往后退，退到有东西绊住我的脚踝，那大概是我碰到了那张染了红色的席梦思。而这时候，我的后背被一个坚硬的东西顶住了。

我听到一个声音在我耳边说，"别动，不然杀了你。"

我马上意识到顶住我后背的，应该是一把手枪的枪头。

"谁？"这是汤勺的声音，他拿起手电，强烈的白光刺到了我的眼睛。

我耳边的声音再度响起："别过来，不然我杀了他。"他说话的声音有些颤抖，而且有意粗着嗓子说话，像是怕被认出来。我感觉得出来，这位拿枪顶着我的人，似乎并非有开枪杀人的勇气。他在害怕。

汤勺停在了刚刚的那个位置，没有动。但他并没有把手电放下来，大概他和我一样，也听出了这个人的恐惧。

"你是谁？这间画室是你的吗？"汤勺问。

那个人的呼吸声很重，他显然很紧张。他没有回答汤勺的问题，我感觉他在黑暗中伸出来另一只手，在空气当中比划了一下，"你往后退，往后退！不然我开枪了！退！退到角落里！"他指挥着汤勺，让汤勺一步步往厕所那边走。

我大概知道了他的意图，他应该是想把我当成人质，挟持我一起出去。

果然是这样。当汤勺按照他的指挥一路退到厕所里面的时候。他按开了那扇移门的按钮。外面黄色的灯光一下子照了进来。我看到这个人脸上戴着古时候那种尖鼻子的传统面具。

移门打开之后，他用枪对着我，指了指上去的那几级台阶说，"走，你先出去！"我望了一眼汤勺，他冲我点点头。于是，我先爬了出去。

我预计汤勺原本可能想趁着他爬出去的时候上来制服他，但是这个人的动作很敏捷，汤勺根本来不及上去拖住他。这人出来之后，门再次关上了。

他挟持我出了市政府的庭院，一路往河边走。他贴我很近，路上偶尔有三三两两的人走过。他戴着面具，把头压得很低，几乎躲在我身后往前走。他沿着乌菲兹的长廊一直走到快要到河边的地方，突然拉着我一个拐弯，把我顶在乌菲兹其中一个办公室的门上。

"说！画在哪里？"他问。

"什么画？"眼前这个人给我一种熟悉的感觉。月色之下，阴影中他的眼睛让我想到了某人。

"你说什么画！别给我装傻！"他用枪抵了抵我的肚子，正好是伤口那块，疼痛钻心，刚刚看到的那幅画再次原样浮现出来。

"你认识山川?"我问他。他愣了一下，长廊里走过一对年轻男女，他迅速地把头压在我的肩膀上。

"你不要跟我玩花样！我不认识你说的人。画在哪里? 快点说!"他低声咆哮。

其实我并不知道他到底在问我哪幅画，当然画只有那两幅，博物馆的原件和原本在我那里的赝品。但是现在不管是哪一幅，我都不知道在哪里。

我瞄了一眼远处，有个人正从老皇宫那个方向朝我们走过来，没看错的话应该是汤勺。

"妈的!"他大概也是看到了，"你们去过洛伦佐的墓地了是不是?!"

慌乱中他忘记了继续伪装声音，也突然意识到了这一点。微微偏头一看，汤勺已经没几步路了。我感觉自己的后脖颈被硬物砸了一下，便失去了知觉。

醒过来的时候，依然还是在刚才的地方，不同的是，我靠门坐着。而小贱趴在我腿上睡觉，汤勺坐在我面前的台阶上抽烟。

"你醒了啊? 还真没用。细骨头。"他说。

我想骂他，但是伤口和头都疼得厉害，只有把骂人的话憋了回去。

"刚才那个人跟你说什么了?"他问我。

我把刚刚他问我的那些话原原本本说了一遍。

他冷哼一声，说，"我知道他是谁。他是……""西木。"我说。

我看清楚他的眼睛的时候，就怀疑是西木。之后听到他最后说的那句话，露出真声的时候，怀疑就立刻得到了肯定。怪不得他的身手那么好。

"我就知道，他跟这件事情扯不清楚。他爸扯在里面，他怎么可能清白。就和我一样。"

最后一句悲哀至极，却也是道理。命中如此，有些东西你跑不掉，就像现在的我，我一直逃避的东西回来了。戴着面具也不一定能遮挡你本来的面貌，就像西木那样。

那些噩梦，往后将会一刻不停。

那幅画在我脑中天旋地转，现在这些大概都是山川送给我的礼物。或许我卷进这些事情，经历到这个地步，都是因为山川。

李如风，地狱在等你。

地狱在等我。

"陈唐，我之前接到了一个电话。有点奇怪。在你发现那个画室入口之前。"我说。

"什么电话?"

我把手机掏出来，给他看那个陌生的电话号码。他看了一眼说不认识。

"那个人说什么戒指在棺材里。刚刚西木最后问我的是，你们是不是去过了洛伦佐的墓地。你说……这两者会不会有什么联系？

"洛伦佐的墓地……戒指？"

汤勺沉思片刻后对我说，先回去，明天再说。

我根本无法遗忘那个画室。我不能当它不存在。我到家之后在床上翻来覆去睡不着，只要一闭眼，就能看到那幅画的模样。

小贱面对我睡着，它前额上的倒三角在光照底下异样清晰。

大概是快要天亮了，我隐约看到外面有一些细微的光升起来，缓缓地照进来。

突然——我发现在我窗前站着一个人。外面的光被这个人的身体挡住了。

我往后退了退，床上的小贱突然一跃而起，跳到了那个人的身上。窗外的白光越来越剧烈，聚成火红色光照亮了这个人的全身。

"山川……"

突然，她浑身烧了起来，变成一个火球，朝我扑过来——"小剑！"

我猛地睁开眼睛。山川的声音消失在一片光亮之中。天亮了，小贱在我边上睡得安稳。

早上南洋打了电话过来，开口就是一顿骂，说我忽视他，连电话也不接，说他已在楼下，叫我下楼吃早饭。我抱着小贱一起下了楼。不知道为什么，我总不放心把猫单独丢在家里，就怕回来的时候这只猫突然就不见了。我们去了我家楼下那个人满为患的点心店吃早餐。南洋就是喜欢这种地方，因为在这种地方他才能因光彩照人而感受到来自世界各地游客的目光。我实在想象不出他到底是怎么在大学里面教书的。而现在，全世界的目光的确都集中在我们身上——不光是因为南洋一头粉红色的头发，而且还有我手里这只没事叫两声的黑猫。

"你最近不接电话还神出鬼没，你老实说，是不是泡了妹子还没告诉我？"他拎着牛角面包凑到我面前来，一脸坏笑地眯着眼睛问我。泡个毛妹子。可叫我怎么跟他解释这些呢？我随便地笑了笑，往嘴里塞了一大口面包，含糊不清地哼哼过去了。

说到妹子，我突然想到一件事情："南洋，我问你，你是不是认识一个叫塞拉的女警察？"

"塞拉？"他一脸疑惑的表情，"谁啊？"难道真的是我看错了？那天从巷子里窜出来拉走塞拉的人不是他？

"就是那天巷子里的。算了，其实也不是什么重要的事情，我就随便问一句。"我本来倒真是随便问一句，就是突然想起来而已，但是当我一抬头，看到南洋脸上的表情变了，一脸有事瞒着我的样子。

"小鲜肉？"我喊了他好几声，他才猛地回过神来，还问我怎么了。

"你怎么了？你认识那个女警察？"

"不认识！"我话还没说完呢，他就做出跟他无关的表情。

"我就随便问问，你激动什么。"我心里想，他不会是把女警察给上了吧……

吃完早饭南洋像见了鬼一样匆匆走了。这小子肯定没干什么好事。我刚带着小贱走到店门口，门都还没打开呢，就来了一个警察。

这是意料之中的事。来的警察身材很高大，留着络腮胡，说话带着北部口音。不知道为什么，我觉得他有点面熟，可能最近这里接二连三出事情，大概他也是常在这里走动的警察之一。他没有和西木一样让我开门放他进去，这是值得庆幸的事，因为我店里还保持着昨天那个催眠我的女飞贼光顾过后的一片狼藉状态。假如被他看到了，我就真的不好解释了，只能说自己发疯，半夜过来摧残成这样的，估计之后他会更加怀疑我就是那个放火杀猫吓死人的变态凶手。

警察自我介绍了一下，他说他叫歌里，并出示了警员证给我看。歌里？这名字怎么这么熟悉？哦！想起来了！那天我在医院里面听见那两个护士说起过这个名字。貌似是我被自己拿刀捅了之后，接到报案过来探查的就是他！妈的，也不知道是不是从那天起就开始怀疑我了，所以阴魂不散。

"我们之前见过了。"他笑着伸出手来同我握手。我一时不知道该做何反应，是装不知道，还是一脸尴尬地笑笑算了。但他并没有给我留下反应的时间，紧接着问我，"那天你刀伤的情况我已经找我的同事卡尔梅洛了解过了。"他说到卡尔梅洛这个名字的时候，我愣了一下才反应过来说的是汤勺。"之前在医院也不方便打扰你休息，现在希望能再进一步了解一下。"他说话很客气，完全不像西木那样咄咄逼人。

我说："当然可以。"我尽量让自己说话的语气保持说服力，"那天我有一个客人，从我这里买了一幅画走，是个俄罗斯人，你知道，战斗民族的，很豪爽地就送了我一把刀。可能是语言不通，我不知道那是把刀。正好卡尔警官约了我晚上看一幅画，于是我们就去了我家。我拿弹簧刀给他看，他还警告我说小心点，还没说完，我就把自己给捅了。"我顺口说了一通编出来的谎话。

但是那个警察显然不太信，"卡尔警官约了你看画，去你家？"他一脸怀疑的样子。

我说，"是的，是一幅他很感兴趣的画，之前他找我订的，我找了好久才找到，所以就放在家里了。"我说得很流畅，他似乎相信了，没再抓着看画这个事情不放。

"那把刀在哪里？"他又问。

"家里收着了。"汤勺说他们已经拿去化验过刀上的指纹了，当时他也原以为会查到"老西木"或者是其他人的指纹，但是化验出来居然只有我和汤勺的指纹。既然我没说汤勺捅了我，刀具也不属于违法武器，所以他们不可以没收，之后就又还给我了。

"下次小心点，那把刀很危险，现在都不太常见了。"我总觉得这个歌里话里透着一种不怎么相信我的暗示。

"七楼左手边那一户老太太死的事情你知道吗？"他接着问。

"嗯，我听卡尔警官提过。说是被猫吓死的……"我边说，边想象老太太被那只吊死在门框上的肥猫吓死的场景，一阵心悸。

他看看我的表情，就没多问，又问我四楼失火知不知道。我说那天早上我来开店，路都被封上了，后来才知道是失火，其他都不知道。

"附近有什么可疑的人吗？"

"我平时都在店里待着，真的没怎么注意，需要的话我最近留意一下。"我说。

"谢谢你的配合，耽误你的时间了。十分抱歉。"他又握了握我的手。

不同的是，这次他没立刻放开。我有点诧异地抬头看看他。

"我记得没错的话，你叫李如风，是不是？"他放开我的手，我十分惊讶于第一次有一个意大利人开口就能把我的名字念得发音这么准确。

"是的。"我刚想问"你怎么知道"，紧接着一想，他应该是上次查我玩刀自杀那个案子的时候记下来的。

但是，他笑了笑说，"我们很早之前就见过了。"

很早之前？

"你可能不记得了，但是我忘不了。六年前，有个中国人来向我报案说自己的妹妹失踪了。那时候我刚刚被调来佛罗伦萨市警察局，你的案子是我到这里之后接手的第一个案子。所以那天在医院看到你第一眼我就认出来了。"

我认出了他。是他！他就是当年接手山川那件失踪案的警察。

……

这不是我的错觉，一切都回来了。

他说"没能帮到你，真的不好意思"。他走后，这句话一直在我脑中徘徊。这是不是就是所谓的命？所发生的一切，或许都是注定的事情。

我开店门进去的时候，接到了汤勺打来的电话，他说西木今天没来上班，也没有请假。我一早就料到他会失踪的这个状况。我仔细一想他昨天说的话，估计他应该是去了那个"洛伦佐的墓地"。

我没有在店里多待，把店里整理好了之后，留下小贱在店里就出去了。

我先去了一趟博老头的咖啡吧。博老头没在。走出咖啡吧的时候，我感觉到后面似乎有人在跟踪我。我走到乌菲兹长廊那边，故意突然停下来，绕进了米开罗佐庭院，用眼角的余光瞟着后面。

昨天我们钻进去的那个画室入口，现在显得十分平常。周围挤满了游客在喷泉边上拍照。假如没有亲身经历，绝对想象不到，这些看似不可能的东西里面居然别有洞天。我能明显感觉到来自我身后那个聚焦的光点，有人在偷拍我！一回头，却看到很多游客都拿着照相机在拍照。

难道是我多心了？

我试着放松我自己，走出市政厅的时候，那种被跟踪的感觉突然就消失了。我在大卫像边上停下来，驻足看了一圈四周，今天是周末，广场上全是人。在攒动的人头中，我也找不出什么可疑的人来。

或许真的是我多心了。

我接着往河边走。走出长廊，往右，第一栋老楼就是菲利普所在的文管局。这栋楼我如果没记错的话，大概是 17 世纪建造的，因为靠近老桥，"二战"的时候也未受到炸弹的波及，所以没有很严重的损毁，于是文管局从开办以来，一直都设立在这里，从来没搬过家。

我看了一下门铃。门铃的第二格中间那个名字，还是写的菲利普·费雷拉。我按了好几下门铃里面都没反应。今天是星期日，没人很正常，我本来想调头就走的，不知道出于哪种直觉的指引，只是伸手推了一下门，竟然一下就把门推开了。难道今天还有人在里面？但是我没听见开门的声音，说明门本来就没关死。楼道里很黑，楼梯是标准古老建筑的那种风格，每一级都又高又窄。二楼有三间办公室。中间对着楼梯的那间应该就是菲利普的。果然，他办公室的门也没有关。看来，真的有人。这么巧，不知道是这人跟我一个路子，还是说专门要在这里等我。

我小心翼翼地推门进去，老式的木门发出吱嘎吱嘎的响声，在这寂静的四周显得格外响亮。这让我一下子就想起了七楼，瞬间觉得有点毛骨悚然。看来菲利普死了之后，恐怕还没有人来接替他的工作。我轻手轻脚，一边三百六十度张望着一边走到办公室中间，没有看到任何人的影子。难道是有人来过，在我来之前已经走了？因为走得匆忙，所以门也没关？

他办公桌上已经有些灰尘了，估计清洁工都知道一时半会儿没人会来用这间办公室，所以长期偷懒不进来做清洁。在靠近办公桌脚的地板上，躺着一本黑色皮面的笔记本。我把笔记本捡起来。从前往后翻了翻，大多数都是琐碎的开销。这个菲利普果然是个吝啬鬼，我看到他连在博老头的咖啡吧喝个一块钱的咖啡都要记下来。一笔账都不落下。翻到最后几页的时候，我看到了几个奇怪的标记。他用红笔在倒数第二页上写了一个 V52，并且标了一个大大的圆圈上去。最后一页是一张全白的纸。上方也是一个类似的标记，蓝笔写的 V23，然后用红笔画了一个大大的圈。而下方，我又看到了熟悉的图案——洛伦佐的三环钻戒相扣的标志。

又是它。我合上笔记本把它揣进我上衣那个能纳百物的大口袋里。

突然，我感到背后被一个硬物顶住了脊梁骨。有了昨晚的经验，还没等恐惧感刺激大脑皮层，我已把手举到了头上，我背上的枪头很快撤走了。

"我还以为是谁呢！你怎么在这里？吓我一跳！"我听到了一个既陌生又熟悉的声音，转头一看，刚刚那个拿枪指着我的人竟然是塞拉。

她今天的打扮很随意，深蓝色的大衣，条纹裙和肉色丝袜，露出她细长的腿线，特别好看。她看我回头，冲我笑了笑。她今天一点都不像苔丝，她比苔丝更好看，更接地气。那笑容看起来尤其可爱。

"我……"我也不知道怎么解释自己为什么在这里的问题，"你怎么在这里？"我反问她。

"我……"她显得有些吞吞吐吐。她指了指她脖子上挂着的照相机。"你不要告诉汤勺在这里见过我，我是被派来查案的。我们上头有命令要保密。我不知道会在这里碰到人。"她语气神秘。

碰到人？我在心里笑了，难不成她以为能在这里碰到鬼？

看来她是被派来查菲利普的案子的，之前听汤勺说过，菲利普的案子貌似要重新查，特别是在四楼着火之后，肯定会查到一些关联的东西。看来这事他们局里倒是保密得很紧啊，连汤勺都不知道自己的小师妹是接手负责调查的人。

"那你继续查案吧，我好像不该在这里妨碍公务。"我嘿嘿一笑，准备离开。

我不知道她刚刚到底盯了我多久，是不是看到了我塞进口袋的那本日记本，但是她居然什么都没问。

"我也走了，一起吧。这里阴森森的吓死人了，我已经翻过一圈了，没什么有用的材料。"说完，她竟然上来挽着我喜笑颜开地往外走。

我感到脸微微发烫，她身上充满了醉人的香水味，和头发上香波的味道混合在一起，特别馨香。出来之后，她提醒我记得帮她做保密工作，转身准备走。我忽然想到什么，想都没想就拉住了她的手。她的手很凉，很软，碰到她手心的那一刻，我浑身有种触电的感觉。

"怎么了？"她的声音把我叫醒。

"哦，哦，南洋……"我有些语无伦次，"我想问你，南洋你认不认识？"

"南洋？哪个南洋？"她微微蹙着眉头，想了想，"哦，你说那个头发颜色特别鲜亮的男孩子？我认识。"她扬了扬嘴角，"一路跟到我家里，我怎么能不认识。呵呵。我走了，你记得保密。"说完，她从我手里抽出了她的玉手。

一路……跟到我家？靠，南洋那小子果然没干好事。

这么一来，我暂时也不好再回头继续去翻查菲利普的办公室了。还好也不是一无所获。今天幸亏碰上一个单纯的小姑娘，没什么经验，没怎么问我为什么会出现在这么奇怪的地方。不知道她之后会不会突然反应过来。我一边往店里走，一边想。

走到乌菲兹那边的时候，那种身后被人跟踪的感觉又回来了。我回头看了好几次，都没看到什么可疑的人。我故意走了巴隆切里那条非常窄的小道，想看看到底是不是有人跟踪我。刚走到一半，就听见后面有脚步声跟了上来。我猛地一回头，身后却空空如也，一个人都没有。

妈的，难道大白天都能见鬼？

我继续往前走了几步，走过巴隆切里餐厅，快要出小巷的时候，我又猛地一回头，还没看清楚，就有一人迎面撞了过来。那人力道很大，个子也很高，撞上我的时候，我往后踉跄了好几步。等我反应过来，一摸口袋——钱包还在，但是口袋瘪了一大截，刚刚拿到的那本黑皮日记本不见了。

我转身就追，一边跑，一边在脑海中搜索刚刚撞我的那个人的体形和衣着。我跑到广场中间，站在那里转了好几圈，脑海中那个穿着深色带帽卫衣的高个子男人已经彻底不见了，广场上那么多人，没有一个身形跟他相似。

看来我之前觉得有人跟踪我的感觉应该就没错，这人应该是跟了我一路了。

他是什么人？又是怎么看到我拿到那本日记本的呢？难道他当时也跟着我进了房子里面，我和塞拉都没发现？

这件事不对，似乎有人想阻止我们发现一些东西。所以但凡我们手上有什么资料都会被毁掉。先是四楼烧毁了，紧接着就是店里的资料和画不见了，现在又是这本黑皮日记。这动作真是神速，日记本我自己都没好好仔细研究呢，现在就没了。

突然，广场上的大风中，卷来一声惊声尖叫。我随着尖叫的声音抬头望过去。又是市政府。听声音像是从里面传出来的。今天市政府休息，老皇宫博物馆开着。我特意首先望了一眼那个正面的阳台，似乎没什么动静。

我走近了几步。现在尖叫声已经变得此起彼伏了，里面有人在尖叫，外面也有人在尖叫。那里面的叫声是从市长办公室的方向传出来的。

我抬头一看，市长办公室窗口貌似着火了，紧接着，我就看到有个火球从窗户上掉了下来。

第二十三章

FIRENZE
洛伦佐的墓地

那个火球掉下的瞬间，人群如同溅起的浪花四散而开。"有人烧死了！"不知是谁在人群中尖叫了一声，接着更多的人尖叫起来。从窗台上滚下来的火球是个被烧死的人。

我站在一群人后面，看着那团火球一点点变小。如同噩梦当中的情景，令我恐惧。

很快就有警察和消防队赶到。我看到刚刚分手没多久的塞拉和汤勺都从赶到的警车中钻出来，现场很快被封锁起来。大概是因为尸体太过惨不忍睹，看热闹的人群里面居然有人昏倒了。我慢慢拨开拥挤的人群，退了出去。

我有种强烈的直觉，这个烧死的人，是我认识的人。

我回到店里的两个小时后，汤勺给我来了电话："刚刚市政广场上烧死了一个人。那个人身上戴着一个类似警徽的徽章。经过鉴别，初步肯定烧死的人是阿尔风锁·西木。"

下午四点钟，汤勺来店里找我。他说，今晚要去洛伦佐的墓地。之前那团火球还在我的脑中挥之不去，我本来以为西木是去了那个"洛伦佐的墓地"，结果他就被烧死了。我的噩梦混合着这一连串发生的事情越发变得深刻起来。这一切怎么看怎么都好像是特地为我安排的。匿名信，画室，画，歌里，火球……

我抬头看着汤勺，我不知道我是不是可以充分信任他，或许还不到时候。汤勺说晚上十二点出发，而我想赶在之前再去一趟那间秘密的画室。有些东西我必须要弄清楚，否则的话，我将会陷入无度的恐慌之中。

今天下午开始刮大风，市政府的门都关得很死。我找到了上次汤勺带我进去的那扇小侧门，结果发现门上又多加了一道新的锁，估计是被发现有撬过的痕迹。这门怕是打不开了。

我正在想办法的时候，正门开了。七八个人走了出来。

我迅速躲进雕像一侧的阴影里。那群人中间，有我认识的歌里警官和博物馆馆长艾森。有个女的，应该是市长办公室的秘书。看模样，这些人应该都是在这里调查西木的那件案子。

幸亏刚刚没进得去，现在他们都站在正门口的平台上，黄色灯光的庭院在他们身后显得特别空荡，里面应该没有人。我目测了一下我与门最右边空隙的距离，假如动作够快的话，我可以贴着门右侧进去，然后立刻找一个角落躲起来，否则的话，就没有别的机会进去了。

我正准备伺机而动，突然肩膀上感受到很大的力量，这力道把我给按住了。

我回头一看，是汤勺。"你疯了？里面现在到处都是警察，你干脆去警察局自首说是你烧死西木的算了！"他小声道，"跟我走！"

我们走到河边，我突然冷静了下来。大概是那个画室或者那幅画架上的画有说不出来的魔力，可以让大脑失控，刚刚那个想溜进去的想法确实是荒谬的。假如没有汤勺截住我，我可能现在已经被当成重大嫌疑犯关在警察局受审了。

"你怎么知道我在这里？"我问汤勺。"我到你店里的时候，就看到你鬼鬼祟祟地出去了。我叫了你两声你也没反应，跟丢了魂一样。于是我就一路跟着你了。你想去画室？"

我听见画室两个字，反射性地向他投去惊讶的目光。"你不用看我，我也是猜的。我记得你当时在画室看到画架上的那幅画的反应很大，我不知道为什么你会有那么大的反应。"他看了看我的表情，"你不说我不会逼你。""我……"我望着汤勺。

有些东西不是我不愿意说，是因为不知道说出来之后，恐惧会给我带来多大的麻烦。

"从现在开始，保持清醒。他们还在对西木进行尸检，我们先去洛伦佐的墓地。"汤勺说。

洛伦佐的墓地在圣洛伦佐的教堂那边，他被葬在米开朗琪罗主持修建的皇家公墓的新礼拜堂里。他和他的弟弟朱利阿诺都被葬在主祭台下面。这些是我预先在网上查过的资料。可关键问题是，我们就算能有办法进公墓，也没有办法看到棺材啊。他们的棺材应该是葬在下面的。汤勺说，几年前窃贼进了这里的圣器室，还把朱利阿诺的棺材翻了出来。政府为了把他再次安葬进去，就干脆把下葬的坑开得大一点，想把洛伦佐也重新埋一下。估计当时考古局也是为了看看有没有陪葬品，才想顺道开了洛伦佐的墓，结果挖下去三十米都没看到他的石棺。碍于舆论压力，后来就算了。

我在网上看到，洛伦佐的弟弟朱利阿诺在 1478 年的一场历史上很有名的帕奇家族的暗杀当中被杀死，而当时洛伦佐逃过一劫。朱利阿诺那个情人西蒙内塔，也就是波提切利画中的少女死于 1476 年，两个人的死亡时间差了两年。而洛伦佐 1492 年才去世，那个新的礼拜堂是洛伦佐的二儿子，后来美第奇家族的第一个教皇莱昂十世委托米开朗琪罗建造的。

"会不会洛伦佐没有被葬在这里？会不会他的墓地所在并不是这个众所周知的地方？"我自言自语。

汤勺摇头表示不清楚。"进去看看就知道了。"他说。"怎么进去？""我有办法。"他一脸轻松的表情，我以为他又是从哪里偷了钥匙或者起码能撬个锁什么的。结果他所谓的办法就是翻窗。

他说，二楼有一扇窗户是坏的，一推就可以打开。我们可以从那里进去。我抬头一看，这二楼和四五楼的高度差不多。

他把绳索系在我腰上，绳索的那一头居然是个三爪矛。我再一次觉得这个人当警察不当飞贼真是可惜了。爬上去十分不容易，尤其是爬到一半的时候，居然看到下面有人走过去。

我停在那里半天没敢动，生怕那人猛一抬头，看到两个"贼"在翻窗进博物馆。那个人刚好停在我脚下的正点位置，也不动，四下里张望，似乎在等什么人。我从上面看得并不清楚，毕竟离我的视线还有一定的距离，但是看着像是熟悉的人。

好像……南洋？不可能，这不是他穿衣的风格。

大概过了好几分钟，那个人才走开。我才敢继续往上爬。这个费劲的过程大概花去了将近四十分钟。我相信假如只有汤勺的话，应该不需要这么久，因为他大约在我停在一半不敢动的时候，已经快接近那扇窗户了。等我从窗口钻进去时，他已经想办法把这一层的警报都关闭了。

我在想，其实经历了这么多次合作，凭汤勺一个人完全可以去做这件事的探查。那封寄给他的匿名信，看起来完全是为了把我拖下水而设的，并不是要汤勺来向我寻求什么帮助。但是他来找我一起行动似乎成为了习惯。

意大利博物馆的安保设施和中国的没法比。像这种全是值钱货的公墓博物院，第一没有值班的看守，第二报警器完全不密集，只要找到总开关关上，你只要不碰文物，哪里都不会突然响起来。

我们现在是在二层的杂物房。来之前汤勺画了一幅地图，从这里出去的话，右转，应该可以直接到达米开朗琪罗当时被关押的密室通道，通道后面就是新礼拜堂了。

我看到汤勺的地图上那段对关押米开朗琪罗的密室通道的标注有点问题。这里我来过一次，以前学校组织来参观的。隔了好些年，我有些忘了，但是那段密室通道绝对没有这么长。他没做解释，只说让我跟着走。走进密室通道之后，他停了下来。平时游客也是可以进来参观的，而这里为了让你看清楚老米在墙上的涂鸦，还特地打了壁灯。但是现在黑漆漆的，什么都看不见。

这种感觉，又像回到了之前到过的地下：浓厚的黑色中，仿佛到处都藏着即将要跳出来的怪物。

汤勺打开手电，对着墙上那些涂鸦一般的草稿一点点地照过去。我仔细跟着光对着墙壁也一点点地看过去。除了一些绘画的草稿，还有一些看不懂的文字涂鸦，也没发现什么有用的信息。也是，这里都是对外开放的，买了门票谁都能进来，怎么可能有什么有用的信息？有也早被别人挖掘了。

汤勺的手电光停在尽头处右下角的一个很不起眼的地方，我凑过去，看到光打在一个形似"L"的字母上。"就是这个。走吧，我知道了。"他说。

我还没来得及问明白，他就率先一个转身，闪进了右手边的新礼拜堂里。这里理论上一共葬了四个人。洛伦佐一号和他的弟弟朱利阿诺一号，应该在主祭台，老米的那个雕塑"圣母抱圣子"的下面。洛伦佐二号（洛伦佐一号的孙子）和朱利阿诺二号（洛伦佐一号的小儿子）分别葬在两边有他们雕像的墓碑底下。整间屋子都是雕像，影影绰绰，甚为恐怖。

我也打开手机的灯光，和汤勺一起把这里照了一圈。半夜三更来这种地方，鬼知道会发生些什么。我总有一种不太好的预感。汤勺看了一圈之后，突然问我："刚刚那面墙在哪里截止的？"

"截止？什么截止？"我没听明白他什么意思。"就是说，假如要延伸出来，应该对应这里的哪个位置？"

我瞬间明白过来他在说什么。原来是这个意思，怪不得他的图纸上多出来了那么长一截。我闭上眼睛想了一下，要这样去衡量两个错开的空间并不是很简单的事情。假如刚刚 L 那段是在那块终止的话……那么……这里应该是……

对了！"主祭台……左！那就是小洛伦佐的墓碑这里！"汤勺好像恍然大悟，他说："原来洛伦佐的墓地指的是这个。"只见他走到那整个雕塑的前面。我有些担心，假如他这么贸然摸上去的话，警报会不会突然响起来。

还没看清他碰到了什么，突然一声闷响，不是警报声。声音来自我眼前的墓碑雕塑群。只见眼前老米的整座雕塑从中间分开，《昼》《夜》各自分往一边。从这里竟打开了一扇密室的门，门里漆黑一片。

又是一个密道。看似平常的地方，总藏着你意想不到的东西。

借着手电打出去的光，我看了一眼，确实像是连接刚刚画有草稿的过道的后半段。我和汤勺小心翼翼地走进去。里面氧气不足，感到很闷，充斥着一股浓厚的血腥味，闻起来就像是一个封闭式的屠宰场。

"你是怎么知道这里的？难道你连这里也来过？"我问汤勺。

他从口袋里掏出刚才的那张地图，扔到我手里，夹在下面还有一个白色的信封。又是一封匿名信，上面写着端正的印刷体："去洛伦佐的墓地。"后面跟着一个大写的字母 L，和一个向后的箭头。

"地图不是我画的，地图和信是一起寄到我家信箱里的。"汤勺说。

怪不得之前他能一下子在墙角找到那么不起眼的东西，原来是有提示的。也就是说有人在给我们发送提示信息。会是什么人？这会不会是一个陷阱？

我突然觉得有些恐慌，假如是一个想致人于死地的陷阱，那当我们靠近这个陷阱的时候，会发生什么？

汤勺说，船到桥头自然直，现在反正我们两个人四只脚都踩在里面了。这里浓重的血腥味总归叫人觉得不太安心，还是小心点好。这里的墙壁似乎不太一样。墙壁上也有涂鸦和乱七八糟的看不懂的草稿，但是中间那一块，看起来似乎是一个设计图。汤勺退到最远的地方，尽量把光照的范围扩到最大，这样几乎能看清楚整面墙。

"这是什么东西？"我边掏出手机来，把这面墙给拍了下来，一边惊叹道。这看起来就像是一个宫殿，又像是一座教堂，或者是墓地？难道就是我们身后的这个新礼拜堂？不是。完全不像。我没看到雕塑，这只是一个占地面积很大的房子的草稿。

据我所知，这种面积的宫殿在佛罗伦萨没有。难道是罗马的那一座？美第奇家族曾在罗马也买下了一个宫殿，但我没去过，问汤勺，他也是一脸茫然。

"那两个长方形代表什么？"汤勺把光聚拢，集中在墙上一个长方形盒子的地方。"这是一个。"他指的第一个长方形的盒子，在整个设计平面图的中间段，然后他把光照移向上端。这个设计图应该是有层次的，越往上的部分看起来越矮小。也不知道为什么，从中间那个长方形盒子往上，就形成了明显的下陷趋势，致使整个图看起来充满了怪异的感觉。

"还有一个在这里。"另一个长方形的盒子在建筑下陷部分的顶端。什么东西？我凑近到墙面仔细看。那只是一个极为简略的草图，完全看不出来究竟是个什么东西。汤勺让我用手机分块把整面墙都照齐了，之后，我们打算沿着这段继续往右。我觉得血腥味就是从右边传过来的。

但是神奇的事情发生了，我们居然顶到了头。汤勺在前面急刹车，我一个没站稳，直接撞到了他身上。

"没路了。"他说。

这基本上是不可能出现的事情。按照道理来说，能开一个这样的密道，不可能就留个一小段给你品尝一下，然后就突然收尾了。我们掏出地图一看，这段被指点迷津的密道是用红笔醒目标出的。汤勺说他拿到地图的时候，就已经这样了。

在这一段后面，明明还有一个不算大的空间，看起来应该和新礼拜堂差不多大。老早就听说这里除了葬了这些美第奇的人以外，还葬了很多当时帮老米打下手的艺术家。其实欧洲人也很迷信，也是讲究风水的。比如说犹太人因为宗教问题，就算这教堂是你建造的，你顶多也只能埋在楼梯上，而不能进教堂里面。在这里，信仰和风水是一个密不可分的原理关系。这些人之所以被葬在自己建造的东西里面，是为了假如他们之中有人的灵魂要下地狱，那葬在自己的地盘上，就可以得到一重救赎，从而获得罪罚的减免或抵消。

为了不产生作乱的恶灵，所以但凡当时参与过建造的艺术家，如果家人没有特别安排教堂安葬，一般都葬在这里。换句话说，这里都是无名氏的艺术家，没名气，也没钱，也不是来自显赫的家族。我估计后面这个空间百分之八九十应该就是这些无名氏的安息地。但是现在我们面前有一道墙，汤勺沿着墙面一寸寸摸过来，也没找到机关。

我嗅了一下空气。就是这里，这里的血腥气比刚才浓重了很多。仿佛是从墙缝中漏出来的，越是接近地面的地方气味越浓。这些血腥气闻得我直感到心慌反胃。"你闻到血的味道了吗？"我问汤勺。

他还没来得及反应，突然，从墙缝中喷出火光来。那血腥气一下子就被高温挥发了。我看到面前这道门，突然被打开了——墙从中间分成左右两半，里面的火光瞬间冲了出来。

怎么回事?！我往后退了两步。不对！我在哪里?！我往四周看了一圈。周围的景致完全变了。我并没有和汤勺一起站在密道之中，我站在一片密林里。我转过身，看到眼前的房子在着火。里面有个浑身都是火的人冲出来,她冲出来,她在朝我走过来。她浑身都燃烧着,我看到她痛苦的表情和扭曲的身子。

"山川!山川!"我大声叫喊。我要救她!我要救她!但是我怎么都挪不开我的脚步,我觉得我好像被什么力量给绊住了。

"李如风!你醒醒!李如风!"眼前的画面突然之间全部都消失了,我眼前是汤勺的脸。我能感受到他用了很大的力量拉住我。而我们面前的门真的开了,里面一片火海。

"这是怎么回事?""屏住气,烟雾里有毒!你产生幻觉了!我们赶快走!火马上要烧出来了!"他一手捂着鼻子,一手抓着我的胳膊。我这才看清楚,里面有一具,哦,不!绝对不只是一具尸体!起码有六七个人,他们都被火舌吞噬。我不知道这究竟是真实的画面,还是我的错觉。

这都是些什么人?!汤勺催我赶紧走,眼下没有时间多想了,火就快烧到门外来了。我感觉到了屁股后面滚烫的热浪。看来,这真的是一个要致人于死地的陷阱。

我们刚转身准备跑出去,我忽然觉得眼角余光掠到了什么。"等等!不对!等下!"我甩开汤勺,就往火里钻。我听见汤勺在后面大声喊我。滚烫的热浪铺天盖地,我只要往前一点点,它们就会把我一起卷进去。

靠门的地方躺着一个人。火暂时还没有烧到他身上。他躺着的地方,身下有一摊血。"南洋?"我看到他的脸的时候,震惊了。他怎么会出现在这个地方?他的头上和身上都是血。我看不到他的伤在哪里。汤勺把他拖出来背到了自己身上:"我们赶紧出去,出去再说,不然就算不死,也要碰上警察了。"

走出那个门的时候,我感觉到南洋扯住了我的外套。我听见他声音很小地说:"小剑,去……找山川……"

南洋躺在私人医院的监护室里，浑身上下有十几处伤口。这个私人医院是汤勺的朋友开的，很小，但是设施还算齐备。南洋的情况太复杂，不适合送医院，汤勺就把他带来了这里。否则的话，我们可能都要遭到盘查和审讯。

负责南洋的医生是个白头发的老头，长得有点像白求恩。他用很夸张的表情朝我描述了一下南洋的情况。他说他伤势很重，现在情况虽然已经稳定了，但是脑后受到了硬物的重创，能不能醒过来，什么时候能醒过来，都是不确定的事情。老头只做自己的事，多余的话一句都没问。

我站在监护室的玻璃外面看着像死人一样躺在那里的南洋发呆。假如说之前，整件事情已经迷雾重重的话，那现在我就更看不懂了。南洋，他究竟为什么会出现在那个地方？他最后对我说的那句话又是什么意思？去找……山川。

汤勺给我来了电话。火灾之后，博物馆闭馆了，但现在博物馆内部和警察局里上上下下都层层保密整件事情。好像我们跑出来之后，火势并没有蔓延出来。但是我们之前拍了照的密室和内部似乎是都毁了。汤勺说，里面找到六具尸体，身份无从证明。他说，应该是有人蓄意纵火。现在上面还没安排怎么处理这个案子，只吩咐全面封锁消息。

这件事情恐怕只有等南洋醒了才能知道是怎么回事了。但是他什么时候会醒，又是一个新的问题。

我默默地在纸上写了一个顺序下来：

菲利普死，他的皮面日记本被高个子男人偷走。苔丝，不是菲利普的妻子，失踪。夏娃1990年死，失踪，戒指。画，原件，1990年失踪，当时追查组的成员，1993年前死。画1993年再次出现。

画的赝品，少了戒指，催眠我的女人，赝品被偷。画中的少女，西蒙内塔，苔丝。寄给汤勺的匿名信。

寄给我的匿名信。恐吓电话。七楼，猫，老太太吓死。密道，干尸，万人坑，跟踪我们的人。被杀死的"老西木"（等下，假如真的是老西木，也就是说1993年之前死的，就只有四个人。不对，等等，会不会……有人还没死？也就是说汤勺的情报和之前看到的文章，都和事实出现了矛盾之处）。

还有小贱，我在七楼找到的小贱，博老头曾经见到菲利普天天带着它，它身上有什么信息？

然后是……但丁的《神曲》，洛伦佐的钻戒环扣标识，还有……洛伦佐的墓地。烧死的西木，洛伦佐的墓地……米开朗琪罗的墙壁，设计图，大火，六具尸体。棺材，地狱，戒指，魔鬼……

魔鬼，魔鬼……我反复念着这两个字。脑袋里却浮现出那个画室和山川的脸。我闭上眼睛，让这些杂乱的信息一个字一个字从我的脑中离开。

还有南洋……我与南洋认识了十年，我到现在却突然有种并不认识他的感觉。他到底是谁？又是什么时候被卷进这件事情当中的？只能等他醒过来，或许很多事情才会得到答案。对，他必须得醒过来。

接近傍晚的时候我才去店里。我想把小贱带出来，然后回家换个衣服，再去医院。走到巷口的时候，就看到小广场上停了两辆警车。店门口围了一堆人。我突然有种很不好的感觉，难道又是这栋楼出了什么事？小贱会不会有事？

结果这次被封锁的并不是我们这一边，而是我对面姜卡罗的铺子。我老远就看到那个身材高大的歌里警官也站在其中。姜卡罗站在门口弓着背直哆嗦，一脸被吓坏了的表情。我问隔壁咖啡吧在看热闹的人，发生了什么事。他说，姜卡罗杀人了。有个人好像是想去他店铺里偷东西，就被他捅死了。

我听到这样的消息在一头雾水的同时觉得极为震惊。姜卡罗？胆子那么小的人，他敢杀人？地震晃了一幅祖宗照片砸到他脑袋上他就不敢卖店了，我自从收养了小贱之后，他整天见到我跟见到鬼似的，就这样的人能杀人？！

事头上，他确实杀人了。

我看到在他东倒西歪的古董之间，有两条腿露在外面，那就是他杀的人。法医还在做现场采证，所以尸体暂时还没有被收走。歌里看到我，走过来跟我打了个招呼。我不知道是不是我的错觉，他看我的表情总是带着一缕怀疑的神色。

他问我："你认识吗？对面那个人。"我点点头，说姜卡罗一直在这里开古董店，但是我们不熟，他笑了起来，"你怎么和谁都是不熟，却和卡尔警官这么熟。"他这句话讲得意味深长，我只能笑笑不接话。"发生了什么事？"我问他。"他自己说，之前店里被偷过一次，好几天之前。当时他发现店里都被翻过一遍，却没少东西，倒是多了一幅画出来。两天之后，店里又被翻了一次，还是没少东西，就是那幅画又不见了。今天他上午出去了没来开门，下午回来就关了店门在店里点货。结果发现店里居然藏了一个人，他说那个人一直问他画在哪里，手里还有枪，他为了自卫就随手拿了一把水果刀把闯入者给捅死了。那人估计都没反应过来，就被他捅了。"他说完就看着我，似乎在等我的反应。

我听到"画"这个字的时候，呼吸都停了一下。会不会就是我的那幅赝品？原来它被偷之后一直被藏在了姜卡罗的店里。那么，这个被姜卡罗捅死的人，是偷画的？不对，不一定。有可能是他偷的，想找回来的时候，发现有人捷足先登已经把画拿走了，或者是别人偷的，他知道了，过来拿，却已经被偷画的人拿走了。那会不会就是那天那个…

"死的是男人还是女人？"歌里看着我，也不急着回答。但是他看我的样子像是正在思考着什么，那表情看起来，就像是找到了猎物一般……我立刻知道我犯了一个错误，他这是在给我设计陷阱。他应该是故意来给我讲事发经过的，好像就是为了来看看我的反应。虽然我并不知道他到底在怀疑我什么，但是很明显，他认为我跟一些事情有关系。

"你好像很好奇啊。"他微笑着说，"是个男人。"男人？那应该不是那天催眠我的女人。那会不会是那个女人捷足先登把画从姜卡罗的铺子里偷走了？也就是说死的这个人很可能就是从我铺子里面把画偷走的人。

歌里的这个看似随意的搭讪，的确是早有准备的。他似乎看得出我在思考。他从手中的工作本里掏出来一张照片，还是速成相纸，这应该是刚才拍的现场照片。他把照片摊在手上让我看，就是被姜卡罗捅死的那个男人，脸惨白地侧在一边。他问我认不认识这个人。"不认识。"我如实说。这张脸我的确是第一次见，是个陌生人。"那有个东西，你应该会认识。"他打电话叫来了一个同事，那人递给了他一个透明的证物袋，我看到里面好像放了一张证件。

他一边戴上手套，打开证物袋，一边对我说，"这个人浑身上下除了一把枪，我们就只找到了这个。"

他从里面取出来一张身份证。身份证上有一张熟悉的脸在对我笑，旁边写着她的名字：SHAN CHUAN。

山川。

第二十六章

FIRENZE
心 魔

　　警察局的灯特别亮。大概每个国家的审讯室里都会有一盏直射你脸上的探照灯。为了让你恐慌，让你说实话。

　　歌里坐在我的对面，不紧不慢地给我倒水。"看你的脸色不太好，喝口水吧。"我身上没有手铐也没有脚铐，歌里让我跟他回来的时候，只说希望我能协助调查。

　　那张山川的证件，就摆在我的面前，它被封在透明的证物袋里。她在看着我。我还记得这张证件照，是我带她去当时我们住的小阁楼底下的那家照相馆拍的。我记得，那天山川穿了一件天蓝色的短毛衣和一条灰色的羊毛裙。隔夜她才剪了齐肩的短发，看起来很清爽。"山川，你怎么这个臭脸拍证件照？笑一下！"咔嚓一声。

　　门开了。从外面走进来一个人。是汤勺。歌里好像并不愿意在这里见到他，皱起眉头来。

　　"歌里，你好。"汤勺毫不客气地坐下来，看了一眼精神恍惚的我，迅速就把目光转向了歌里。"现在我们组里在调查这件案子，不知道歌里警官是不是想调来我们组辅助？"汤勺又从歌里面前的烟盒里，摸了一根烟出来。审讯室里贴着禁烟标志，他毫无顾忌地点上。

　　"卡尔，这些案子都是有关联的，四楼的失火案和七楼老太太吓死的案子，是我的组在负责，我请一个案件相关人员回来协助调查，你就赶紧过来了。你这是什么意思？"歌里说话还是不紧不慢。"没什么意思。就是觉得不太符合规矩。你说的那两个之前的案子，据我了解，你该问的也问了，他有什么嫌疑吗？"

　　歌里没说话，目光在我身上游走了一圈。"你请便，卡尔。或许我该找你们队长斯洛谈谈。你跟一个涉案人关系这么近，会影响你的判断的。你知道，我一直很欣赏你。""歌里，我明白你的意思。我们负责的案子，我们会自己处理的。""那，希望你之后能在报告中写清楚这个东西。"歌里站来来，手指在证物袋上敲了两下，就走了出去。

　　审讯室的门被打开，又关上，这里的灯光越发变得强烈，令我有点透不过气来。我满脑子都是山川的脸。汤勺从面前的证物袋里，把那张山川的证件拿出来。"山川。"他念出了她的名字，"她是你妹妹。"

我的眼泪失控地流出来，汤勺的面孔在我的视线之中模糊了。我在眼前分散出来的每一个光点里，都能看到山川的脸。我把头埋进双手间，我的自我催眠已经失效了。记忆如穿过打开闸门的洪流，回到了我的身体中。

"如果你愿意，你可以告诉我。"声音从我的头顶上方传来，有些失真，就像是从天堂里传来的声音，用来宣告我的罪。我抬起头来，汤勺把双手落在我的肩上。他的眼神很坚定，似乎带着一种能救我出地狱的力量。可惜，谁也没法拯救我。接受烈火的层层鞭烤，直至灵魂永远无法升天。

我的心里，住着魔鬼。

我与山川，我们是一起在这里的孤儿院长大的。孤儿院里只有我们两个中国的孩子，一直也没人来领养我们。后来，过了八岁，基本上就失去了被领养的希望。我比山川大两岁，而山川刚来的时候因为个子瘦小，院里那些大孩子一直都喜欢欺负她。她不爱说话，受欺负之后，就用眼睛恶狠狠地瞪着他们，很快又会招来另一顿打。我以前一直以为她是个哑巴。直到有一次，我实在看不下去有个块头大的男孩子总喜欢把她推在地上，于是冲上去踢了他一脚。山川奔过来，拉着我的手，喊了一声："快跑！"那是我听到她说的第一句话。从那天开始，我们变成了最亲的人。山川说，那些总欺负她的坏孩子，都是魔鬼。他们都会遭到报应的。

她很喜欢画画，她有画画的天赋。孤儿院的修女们也很喜欢她，都知道她的天赋，所以总给她拿很多老画册，让她照着临摹。没过多久，她临摹出来的那些画册上的画已经达到了一模一样的程度。这是令人欣喜而震惊的事情。所有人都觉得，山川是一个天才。他们当时甚至想让山川去帮助那些艺术家，完成孤儿院后面的小教堂壁画的填补工作。

但是后来，发生了一件十分离奇的事情。

她每完成一幅画，总会拿给我看，跟我说说画里讲了什么。那天，她照常拿着一幅刚刚完成的画给我看，我看到上面有片小树林，树林里有条长河，长河里躺着一个小男孩，就是那个常常欺负她的大块头男孩。我问她："这是什么意思?"她狡黠一笑说："魔鬼的报复。"

两周之后，那个男孩死了。淹死在阿诺河的下游，有草地和绿林的地方。那时候山川十岁，我十二岁。

山川的那幅画，很快被孤儿院的修女发现了。她们吓坏了，她们认为山川是受到了恶灵的附身。于是找来了神父，把山川捆绑起来，关进一间很小的房间，每天都对她进行驱魔的仪式。山川被关起来的一周后，有天深夜，我偷了老修女的钱，带着她跑了出来。我记得我们跑了很远的路，从城外跑到城内，穿越了树林和河流，一直跑到筋疲力尽，再也跑不动为止。

她问我："你相信我是魔鬼吗？"我说："就算是魔鬼，我们也永远在一起。"现在想来，这句话可能变作了一句咒语溶进了我的血液。要让我永生永世记得，在我孩童时期，说过一句这样的话。

我们没有被饿死，也没有被生活逼死。我用偷来的为数不多的钱，给山川买了新的衣服和画具。我带着她跑出来的时候，就已经想好了要怎么生活下去。山川可以画画，而我可以拿这些画出去卖。开始我一直摆地摊卖，但是经常会遇到警察的抓捕，所以后来我试着把画卖给画廊。这是一门很好的生意，山川的画大多是临摹那些中世纪时期大师的作品，画廊有极大的兴趣。但毕竟是临摹，所以卖画的价钱并不高。但是我们用这笔钱租了房子，可以交最基本的学杂费，够我们基本的生活用度。

本来生活应该可以一直简简单单过下去。我们应该顺利上完大学，出去找份好的工作，或者等有钱的时候开一个画廊，但是事情在我大二那年开始发生了变化。

我常常拿画去卖的那个画廊，当时算是佛罗伦萨市中心生意比较好的画廊之一，叫毕加索画廊。有天我拿着山川新画好的作品去找毕加索的老板，恰巧在画廊见到了一个大腹便便的四十来岁的中年人。他说他叫肖德利，操着一口浓重的南部口音。他对我带去的山川的画产生了浓厚的兴趣，前前后后研究了很长时间，然后竟然出高价直接从我手里把画给买走了。那是第一次，山川的画卖到这么多钱。

一个星期之后，肖德利又找到了我，提出来如果可以的话，想要长期合作。他说想见见山川，并问我这画有没有办法画得更像一些，更细致一些。我当时什么都不知道，我以为他只是个单纯的画商。

我带他见了山川，山川好像并不是很喜欢他。他油头滑脑，长相确实不招人喜欢，但是那时候，他是我们的财主。我一开始是很无知的，我只知道让山川按照肖德利的要求画，我们可以得到很多钱。而肖德利会提前一个月告诉我们他要什么画，给我们一个月的时间去完成，但是需要达到他的要求，要百分之一百的和原画一样。我知道真相，已经是一年之后的事情了。肖德利并不是一个普通的画商，他是专门倒卖赝品的。我当时想退出，却发现，事情已经到了一种没有退路的地步。我们卷在里面整整一年的时间，什么都干不了。

那个时候，山川的精神状况出现了问题。她经常让我觉得她不是她自己，她白天画着画，会突然发起疯来，把她的画撕碎，把颜料洒得到处都是，然后捂着头发出尖利的叫声，跟疯子一样在屋子里乱撞。她也经常半夜突然吼叫起来："放开我，放开我！你们这些魔鬼！"然后从她自己的嗓子里又会冒出来另一种声音，高傲且极度冷漠："我们都在地狱等着你。"她经常这样与自己说话，说的都是类似的恐怖的言语。

我后来带她去看了心理医生。医生说可能是她产生了精神上的分裂和人格上的分裂。这种情况会越来越严重，要及早地住院接受治疗。但是肖德利并不放过我们。在山川精神上出现问题之后，肖德利来得很频繁，每一次都要甩下一些威胁性的话，"如果不交画的话，你们都没有活路走。"我也想过报警，但是肖德利的势力很大，所以那时候我一直处于害怕慌乱之中，到最后也没有报警。

于是，我只能利用山川精神状态好的时候逼着她完成一些作品，同时在很偏僻的深林之中，找了一座废弃的房子。我把房子打理好之后，把山川转移到了那里。我没有让任何人知道山川的状况，包括南洋。那时候我已经认识了南洋，而南洋也认识山川。但是南洋从未见过山川发疯时候的样子。后来我只说，山川是去其他城市做交换生了。我以为那样是安全的，那时候我每天都在惶恐之中度过。

肖德利不知道为什么，突然之间让我们过了一段平静的日子。他没有来电话，也没有来找我们。而山川的状况越来越差。她几乎没有清醒的时候。我开始有了把她送进医院的念头。

大概又过了十来天，我从毕加索画廊的老板那里得知了一个消息：肖德利死了。这对于我们来说简直是一个从天而降的好消息，虽然我不知道他是怎么死的，什么时候死的，但是这样我就可以把山川送进医院了，这样我们就没有了背后的威胁。

就是我获得他死讯的当天下午，我接到了山川打来的电话。她完全不清醒之后，就没有再给我打过什么电话。我看到号码显示的时候，真的愣住了。有那么一刻，我以为她好了。或许肖德利就是那个魔鬼，他死了，她就会好起来。但是她在电话里沉默了很久之后，只对我说了三个字："救救我。"

她的声音很绝望，绝望得不像是她的声音。我挂了电话之后，没有立刻赶过去。我以为她只是和平时一样犯病了。当我到那里的时候，已经是傍晚了。或许就是这样的一个时间上的错误，变成了不可挽回的错误。

我走到深林之间，惊讶地发现那栋被废弃的，住着山川的房子，正燃着熊熊的火焰。火焰直冲到天上，烧红了天边的云。荒林中冒着黑烟，但不容易被他人发现。房子前面躺了一具已经被烧焦了蜷缩成一团的尸体，那是经历过痛苦挣扎之后的模样。

我真的不敢相信那是山川。她说"救救我"，但是我没有理她。我没有理她，然后她被烧死了。我很震惊，很痛苦，我不知道我究竟干了什么。我到底作了什么孽才会得到这样的结果！

我拖着山川的尸体走了很远的路，走到更偏僻的地方，挖了一个坑，把她埋了。我害怕，我不能去跟警察说，我妹妹被火烧死了。我怕警察查到后会把我们卖赝品画的事情查出来。所以我只是把她埋了。我回来之后，等了一天，就去了警察局里报案，说山川失踪了。

从那以后，我每天都对自己重复一百遍，山川失踪了。直到自己相信，这是一个事实。山川失踪了，而不是死了。

第二十七章

FIRENZE
绑架

　　我作为一个嫌疑犯在警察局的审讯室里，对一个警察吐露了我心里最大的秘密。可能这是一个很荒谬的决定，因为我刚刚所说的所有实话都可能被他记录在案，当成日后指控我参与犯罪的证据。

　　汤勺听我说完之后低头沉默了很久。最后，他站起来，叫我跟他一起走出去。汤勺点了一根烟，又递了一根给我。外面很冷，我点烟的手在雨中发抖。

　　"你不用担心，刚刚那间审讯室我检查过，摄像和录音记录都没有开，歌里答应把你交给我审讯，就不会做隔墙偷听的事情。所以你刚刚说的，不会有第三个人知道。"他吸了口烟，缓缓吐出烟雾，"但是有件事情我必须告诉你。你说的肖德利这个人……我知道。""什么?!""对，我听过他的名字。你记得我和你说过的 ALAN 宋，大鹰吗？最早博物馆的那幅《西蒙内塔》是他找到卖给乌菲兹的。大鹰一直都做古董的走私买卖，也有明面上的生意，但是他做的最大的，是赝品的贩卖，其中最大的一部分就是画。而那个肖德利，据我所知，是他底下的第一把手。"

　　我不敢相信地看着他："我记得你说过，你父亲不做警察之后，跟了大鹰一段时间。"汤勺点点头。

　　难道山川的事情跟所有这一切都有联系？怎么可能？假如真的有联系，又是哪种层面上的联系呢？"山川，你把她埋在了哪里？"他突然问我。埋在哪里？具体我自己也不是很清楚。那天埋她的时候，我走了很远的路。你可能不相信，但事实就是这样。当你行动比脑速快的时候，所做的事情或许你一天后就没有记忆了。我只记得自己把山川埋葬在很远很深的树林之中，距离那座荒废着火的屋子还有很远的距离。

　　我们趁着半夜上了山，进了林子。我沿着大致的方向带着汤勺一路走。这里非常偏僻，风雨声很大，我们脚踩落叶走过的地方都吱吱嘎嘎在脚下响，就像有第三个人跟我们在一起走。我发现跟汤勺说完这些之后我整个人感觉平静了许多。

　　到了大概差不多的位置，我停下来。"应该是这里。"我回头看了一眼身后那参天高的大树，我只记得有这么一棵树。假如这里只有一棵如此大的树的话，就应该没有找错地方。

　　汤勺踩了踩地面，便开始动手挖。但是我们挖了一个多小时，什么都没有挖到。

我说："可能不是这里。我确实记不清楚了。"汤勺说："不对。是这里。你来看看。"说着，他指着其中的土给我看，"这里明显有松动和翻新的痕迹。而且周围的土层新老程度不一样，明显被人挖动过。应该是尸体被人挖走了。""山川的尸体，被人挖走了?!"我惊恐地望着他。怎么可能?! 有谁知道这里埋了尸体? 难道那天我埋尸的时候被人看到了?!

突然，汤勺一转身，"谁?!"紧接着就有踩着树叶的脚步声从身后方的深林中传出来。汤勺反应极快，一阵风地追了出去。我好像隔着大风老远听见他朝我吼了一句："原地等我!"但是听到这句话的时候，我已经跟着他重新钻到深林当中了。

我并不是没有方向感，不过现在一头扎进来的地方并不是我们来时的方向。这里的树林很茂密，在这种下雨的漆黑夜里，很难找到方向。"陈唐! 陈唐!"我喊了两声，密林里传出了我自己的回声。汤勺不知道追着那个人去了哪里。我大概感觉了一下方向，找了条比较宽阔的小道往前走。差不多走了五分钟，突然听见身后传来类似于脚步声的响动。声音节奏很快，等我听清楚想回头的时候，只觉眼前一黑。有人用硬物敲了我的脑袋，我晕了过去。

再醒来的时候，我的周围一片漆黑。空气中漂浮着一种糜烂的气味。我努力想看清楚周围的环境，但是这里的黑暗，就像当时我们在地底下经历的黑暗，我被人以坐着的姿势手脚都绑在一张靠背椅上，动弹不得。

"嘿! 谁在那里? 说话!"我大喊了一声。就在这个时候，有光在我面前亮了，光来自于不远处的一根蜡烛。我使劲闭了下眼睛，再睁开的时候，在我眼前看到了一样东西——干尸。就是那具之前我们在地底下看到的干尸! 现在这具干尸正在用一种诡异的表情瞪着我。

难道我又回到了地底下? 借着蜡烛闪烁的光亮，我勉强能看清楚四周的环境。这是一间屋子，应该并不是在地下。因为我看到有窗户，但是它们被用木头钉得很死，一点光都漏不进来，所以里面才会这么黑。蜡烛放置的地方有个橱柜。橱柜左边好像有门。除了这具干尸，我看不到别的人。

这里的环境怎么有那么强烈的熟悉感? 这是——天哪! 周围墙上全都是黑漆漆的，这是被烧过留下的痕迹。是的，就是这里。山川被烧死的地方。我怎么会在这里? 是谁把我绑到这里来的? 目的是什么? 突然我隐约听见干尸的后面传来响动。我屏住呼吸，眼睛一动不动地锁定在干尸身上。一定是有人在搞鬼! 弄不好，就是上次在下面跟踪我们的人，或许也是那个杀了"老西木"想顺便解决我们的人。

干尸没有动静。那响声也突然又消失了。十秒钟之后，那个响声重新出现了，并且同时从干尸的后面冒出来一个声音："你好，李如风!"听见这个声音的时候，我浑身打了个冷颤。是那个声音！我认识它！是那个跟我说"管闲事的后果就是，地狱在等你"的声音，是那个打过电话给我的人！但是这个声音明显是通过变声器发出来的，根本无从判断是男还是女。

"你是谁？是谁在装神弄鬼?!"我回应道。那个声音又突然消失了，此时此刻眼前的干尸变得看起来尤其恐怖，就像刚刚的声音是从他身体里面发出来的一样。但我肯定，干尸背后的阴影里，肯定躲着一个人。"你是谁?!"我又问了一遍。

大约过了十分钟之久，我才又听见那个声音从干尸的身后响起来。"李如风，画在哪里？"我心里突然觉得可笑，这个人简直太矛盾了，上次告诉我戒指在棺材里，画里有魔鬼，叫我不要管闲事，管闲事的后果是下地狱，现在又问我画在哪里。

"你先说，你是谁？"我说。那个声音这次反应很快，"你别跟我玩花样，不然你得和你妹妹一样死在这里。"他竟然知道山川在这里发生的事情！难道——山川的尸体……

"你把我妹妹的尸体带到哪里去了？""哈哈哈！……"他大声笑了起来，"李如风，你连你自己的妹妹都不救，只是把她的尸体给埋了，你这种胆小又不要脸的男人，你怎么好意思问我，你妹妹的尸体在什么地方?!"他说话的声音越来越高，最后一句引起的四周的回音，把我的耳朵振出了耳鸣。我面前的干尸在声音的震颤中，动了一下。

他说的有道理。是，我是胆小的不要脸的男人，我没有救山川，我甚至为了不牵连自己，连报警的勇气都没有。我该死。我听见有个声音在我脑中反复回响："你该死。下地狱。"我还听见山川的声音，她说："救救我。"

然后，我又听见了那个声音："画在哪里，李如风？"我用力地拽了下绳子，疼痛感让我瞬间清醒过来。这个人在对我进行催眠，他是要吞噬我的心智，然后从我嘴里把他想要的秘密套出来。可惜了。我确实不知道画在哪里。

"画在洛伦佐的墓地。"我边说，身子一边使劲向前倾，希望能看清楚干尸后面的阴暗之中到底躲着什么人。"画在那里……不对！你骗我！那边已经被烧掉了！南洋那个小子，我从开始就知道他不可靠，尽是干一些蠢到极点的事情！"

我听见南洋的名字从他的嘴里冒出来。"你究竟是谁？南洋和你是什么关系?!"我看不见干尸后面的阴影里究竟藏着什么人，我靠回到椅背上，忍着刺骨的疼痛感，尽力用手去够绳结。"南洋？和我们？哈哈哈，你会知道的。等你去了地狱，你们就能碰面了，到时候，你自己问他！哈哈哈！"

第二十八章 FIRENZE 火葬

我在这间房子里面已经被关了整整三天。我一直被绑着，手机不见了。每次睁开眼，就能看到面前的这具干尸。这里一直黑得很彻底，分不清楚昼夜。所以我一直在心里默数着时间。那个神秘人白天不出现，只到半夜的时候出现，用同样的方式问我画在哪里，至今为止也没有露出过真身。

他折磨我的方式很传统，就是不给吃喝。很可惜，就算饿死我，渴死我，画在哪里我也不知道。可是说什么他都不相信。三天滴水未进，我的嘴唇已经裂开了。身体里面的细胞都在干枯。我不知道自己还能支撑多久，他会放了我，或者有人来救我。我不确定。我的思维开始变得断断续续。

我再次迷迷糊糊醒过来的时候，应该是已经到了晚上。

那具干尸从我的视线范围内消失了，取而代之在我面前不远处的另一张凳子上，与我面对面坐着一个戴面具的人。那面具跟上次我在西木脸上见到的一模一样。

他应该就是那个绑架我的人了。

"你是谁？"我问他。

他没有回答我，我能够感觉到他的那双眼睛，在面具后面盯着我看。

"你究竟是谁？"我又问了一遍，"我想既然你能把我绑来这里，我并不认为你会让我活着走出去。既然这样，为什么不让我死得明白一点？"

"画在哪里？"他开口道。

我笑了，最初的那些恐惧感现在都随着我缺水的细胞一起死亡了。我在睡着的时候做了很多梦，我经常看到山川的脸。她不再是恐怖狰狞的样子，她美好而平静地看着我，告诉我，我们永远在一起。

我估计我百分之九十要死在这个曾经烧死她的地方。这未必不是一件好事。如果这样可以算是赎罪的一部分，或许我还能在地狱里少受一些苦难，或许还有机会见到她，跟她说对不起。

"你现在可以选择说，或者不说，"他站起来，慢慢朝我走过来，"你说得对，你不会活着走出去。我也不会让你活着走出去。但是你还是可以选择，说了的话，我让你死得痛快点，"他从口袋里掏出来一把枪对着我的头，"不说的话，那死相可能就会很难看。"他说完把枪收回去，放在手里玩弄。

我笑起来："反正都是要死，有什么区别？再说，画在哪里，我是真的不知道。"

他"啪啪"地拍起手来，"好，真不错。我一直以为你是一个胆小鬼，没想到死到临头反而胆子变大了。但是你要懂得一个道理，画是放在你那里的，你就有义务要保管好，现在画丢了，我不找你找谁呢？"

"你……是你，把画放在我店里?!"我一想觉得很矛盾，他既然把画放在我店里，但是为什么又说我管闲事呢？"那匿名信……"

"匿名信？我没那么无聊。这是小孩子干的事。画也不是我放的。是那个傻×一样的臭婊子，非要把你扯进来。我一定会送她跟你一起下地狱！"他突然愤怒起来，我看到他握着手枪的手，爆满了青筋。他退后了几步，退到椅子那里，"还有南洋。千万不要忘记了你这个小兄弟。在卖了你之后，还想给自己擦屁股。你今天走到这种境地，以后下面见到了，别忘了谢谢他，他的功劳也不小。"

听到这个名字，我浑身都颤抖了起来。

南洋？南洋他到底做了什么?!南洋到底是什么人?!

"哦，对了。给你礼物。"他打开摆在椅子边上的一个木盒子里，从里面拎出来一团黑乎乎的东西。

——是小贱！他用力一扔，把小贱扔到了我的腿上。我看到了它下半身沾满了血。它眼睛紧闭着，它死了？

大概三秒钟之后，它突然睁了下眼睛，看了看我，随即又闭上了。我能感觉到腿部它呼吸产生的热度。

这只猫居然会装死。

"还有这只猫，真是到哪里都能看到它。我看到它就心烦。既然现在是你在养，那我就带给你，待会儿你们死一起好了。"

他从木箱里拿出来两个桶。我大概已经知道里面装了什么。他已经不打算再跟我废话了。动作很快地把桶里的汽油洒满了整个屋子。

他想要放火烧死我。

"我再问你一个问题。既然要死了，我希望你能如实回答我。"我看着面具男，他正在从口袋里掏火柴。

听到我说话，他几步走到我面前，用手一把捏住我的脸，"你还真拿你自己当回事了，你还有什么问题？"

他的力道很大，我被他捏得几乎喘不过气来，艰难地张开嘴，一个字一个说，"当年，是不是你烧死了山川?"

他大笑着放开了我，"我以为你要问的是什么问题呢！你那个疯子妹妹，可谁都杀不了她。"

"你什么意思?!"

"哈哈哈!你会知道的,哦……不对,你快死了,我都给忘记了,去了地狱问南洋吧,他知道。哈哈哈!"

刚刚他捏住我的时候,我看到了他的眼睛。那双眼睛让我想起了一个人。

"你是西木?你没死?"

他听到这个名字突然就停止了笑声。然后不紧不慢地说:"我不是西木,那个白痴已经死了。"说完擦亮了一根火柴,扔到了地上,"宽阔的坟场,烈焰燃烧,传来悲鸣之声。"他念道,"这个坟场算是够宽阔了吧。你待会儿可以尽情悲鸣,反正这里也不会有人听见。永别了。"他说完,转身就走了出去。

我听见他在外面上锁的声音。火势来得很快,不一会儿,周围一圈都被点着了。

他一走,小贱就从我身上跳了起来。我不知道它身上的那些血是哪里来的,但是看样子它似乎没有受伤。它看了我一眼,从我身上跳了下去。我想,这只机智的猫大概想去搬救兵。可惜,这里唯一的出口被锁死了,而窗户全都被钉得死死的,就算现在给我松绑,我都不一定能拆的动窗户,别说一只猫了。

"小贱,回来!"我被烟呛得连眼睛都睁不开来,烟呛进肺里,我开始不停地咳嗽起来。但是小贱已经在眼前的火海之中消失了。算了,反正就算蹲在我身上,也是要死的。早点晚点的问题。

我看着这火海,想到最近走到哪里都似乎在着火,没想到有一天这火也要烧到自己身上来。但是也好,六年前的那噩梦一般的火焰,现在反而在我心里熄灭了。火快烧到我脚趾头的时候,窗户那边的木头被点着了,有两根从窗户上掉了下来。窗户立刻漏出了一个洞。

突然——窗口的洞里出现了一张脸。

是个女人。是山川!怎么可能?!

我觉得或许又是幻觉,但是使劲闭眼再睁开的时候,那张脸还在窗口。火苗已经要舔到我的鞋子了。我卯足劲大叫了一声"山川",窗口的脸在我眨眼的瞬间消失了。

是幻觉吗?可是我刚刚看到的那么真实!我浑身都被一种滚烫包裹着,我觉得我坐着的这张椅子也已经烧起来了。但我已经没法睁开眼睛,困顿包裹着窒息感令我开始神志迷糊。

就在我即将失去知觉的时候,前面传来了砸门的声音。

FIRENZE
隐藏的记忆

我迷迷糊糊地看到面前的一大片火光突然被撕出来一个口子，外面的夜就漏了一片进来。有个人从那片撕破的火口中，冲了进来。

"汤勺……你走……"我几乎发不出声音，我用尽最后一点力气扯了一下他，他正在给我解绳子，整个人被我一拉，直接趴到了我的半边身体上。我看到那根巨大的木条几乎蹭着他的后背掉了下来。这房子已经被烧过两次了，这种废弃的房子本身就不牢固，它快要坍塌了。

我听见他在我耳边骂："你他妈的给我保持清醒！说人话！听到没有？！"

绳子到现在还没有解开，但是火明要烧到手了。绑住我的这张椅子已经烧起来了。我感到整个人都处在一个大烤箱的里面，差不多就快熟了。我的意识已经支撑到了极限。"走啊。"就在我想推开他的时候，我觉得身体和身下的靠背椅一起被抬了起来。我听见汤勺大吼一声："坚持住！"我耳边传来东西剥落下来的声音，我不知道那是我的皮肤还是我的什么器官。我在一片火光中，失去了知觉。

我以前没有想过自己会以怎样的方式死去。或许不是火，也不是坠楼或者车祸。因为死相太难看。在山川意识不清楚的那段时间，她曾经用难得清醒的意识同我讨论过这个问题。我记得她对我说："那些死相难看的死法我都不想要，我想平静地躺在床上死去。"可惜她没有如愿。我也没有。

当我的意识沉到最底部的时候，我忽然睁开了眼睛。眼前熊熊火焰和即将烧毁的房屋都不见了。我发现自己躺在蓝天下的一片草地上。空气中没有弥漫的烟雾和烧焦的气味，只有青草和野花的味道。我头边上有朵开在野地里的雏菊。突然有一只手伸过来，越过我的头顶，把它摘了下来。

"小剑，走吧，艺术史课要迟到了。"南洋的声音从右边传来。

我一转头就看到了他的脸。

"哎哟，开春就是容易犯困，山川要不是你叫我们，估计我俩能在这里睡到晚上再醒。"南洋说着一个翻身从草地上爬起来，低头看着我，"走不走啊你？"

看着我的，除了他，还有山川。

她穿着白色的卫衣和白色的球鞋，身上背着一个布包。那是她的颜料包，她自己做的。她靠在自行车上，笑眯眯地望着我："你俩真行。我要回家画画去了。今天刚拿来的新颜料，傍晚有人要来收东西。"她说着朝我眨了眨眼睛。

"怎么回事？我在哪里？我是死了吗？"我从上到下把自己摸了个遍，完全没有感觉到任何的异样。难道是穿越了？但是眼前的一切为什么感觉起来如此熟悉呢？

"你还在说梦话呢？还是睡了一觉就失忆啦？快走吧。"

我迷迷糊糊地跟着南洋走进了学校。南洋刚进校门，不知道看到了什么人，突然之间就躲了起来。他躲在柱子后面，神色很慌张。而我并没有看到什么奇怪的人。但是刹那我定住了，我看着躲在大柱子后面的南洋投在地上的阴影，这一幕竟然如此的似曾相识。

这到底是怎么回事？南洋过了好几分钟才精神恍惚地从柱子后面走出来，他看起来明显心神不宁。他从口袋里给了我一包东西，对我说："帮我保管一下，我晚上去找你拿。"说完他就走了。

那是一包乱七八糟的书本，好像是他从图书馆里面借来的课外书。我刚想合上的时候，突然发现里面有个东西。那是一本黑皮面的日记本，我把它从那堆书中拿出来。翻了几页都是空白的，刚想放回去。结果被我翻到了最后一页——我突然好像明白过来了。我在经历的这些事情，就是我曾经经历过的。

那黑色皮面笔记本的最后一页，画着洛伦佐的三钻环扣徽章。

我看到了那熟悉的 V52 和 V23 的标记。

所以，那次在菲利普的办公室捡到笔记本的时候，并不是我第一次见到它，我第一次见到这本笔记本是在南洋这里。只是当时我不知道这是什么，我在当时像这样翻开过它，紧接着随手放了进去，没有记忆过。

这是藏在我记忆里面的缺口。而我，不知道为什么，现在应该正处在我自己的记忆里。

我拔腿就往家的方向飞奔。

我在跑回家的路上，接到了毕加索画廊的老板打来的电话，他声音颤抖地说："你们假如长期帮肖德利做事，晚点出事的话不要把我供出来。"对，我想的没错，这都是当时发生过的时候。画廊老板的这通电话之后，我才去调查肖德利，发现了他的真面目。

而今天，恰巧肖德利要派人来拿画。而这幅画之后，山川的精神状况就出现了问题。

我打了山川的电话她没接。

我不知道，现在这种状况是个什么样的状况，我也不知道我当时看到了多少东西，随后在六年之内被我自己从脑中洗掉。或许我明明知道真相，只是被我自己的漏洞掩埋了。我也不知道自己是不是还活着，但是或许我可以赶得及看到一些重要的被我自己遗忘的信息。

很多记忆在我脑中像翻书一样翻过去，但是我没有时间停下来细想。

"今天刚拿来的新颜料。傍晚有人要来收东西。"山川的话反复环绕在我的耳边。

肖德利来取画的时间是五点钟，我还记得来取画的那个人，是一个老头子。他来的时候，山川正在画室里疯狂地撕毁她的作品。

但是我现在想起来了，我那天回家的时候，在楼底下看到一个人，是个男人。因为他拿的东西体积很大我还特意让了他一下。我闭着眼睛往前跑，是的，是的，我脑子里面慢慢浮现出来这么个人，我想假如我跑得快一点，会不会在别的地方看到他，比如我家。

但是事实证明，我没法改变已经存在的记忆。

南洋丢给我保管的那些杂书装在一个纸袋里，我跑到楼下的时候，纸袋破了。我看了一眼手表。四点。我把书和那本黑色皮面日记本拾起来，抱在怀里。

我走到楼梯口。果然听到了下楼的脚步声。

"踏踏踏……"

楼梯上出现了一个穿着黑色长风衣，戴着黑色礼帽的男人，他把帽子压得很低。他手里夹着一件很大的东西，外面包裹着牛皮纸。看形状应该是一幅画。

我刚上两层楼梯，我手中的那堆杂书再一次掉在了地上。

男人站在楼梯上，把画放在一边，走过来，一本本帮我把书捡起来。

"谢谢。"我说。

"不客气。"他冲我微笑。我看到了他的脸。

我的耳边似乎有汤勺的声音。他在说："醒醒。醒醒。"

我眼前的男人重新站起来，拎起画绕开我，走了下去。我看到他的手里多了一样东西，他顺带拿走了那本黑色的笔记本。

"醒醒。醒醒。"汤勺的声音再次出现。我觉得我的身体腾空起来，楼梯和男人的背影都在我眼前变得透明和模糊起来。

我睁开眼睛的时候，看到了汤勺的脸。我觉得我的嗓子发不出声音。我拽住汤勺，他好像知道我有话要说，把耳朵凑到我的嘴边。我嘶哑着嗓子，用极低的声音说："那个男人，我看到他了……"

我又看到了给南洋看病的那个长得像白求恩的老头，他好像显得很不高兴。我听到他对汤勺说："你不要再把奇怪的病患带给我了。前面那个醒了之后就跑了，现在这个又坚持要出院。下次直接死在外面好了，干吗还劳神费力送医院？"

他说的前面那个跑掉的是南洋。汤勺说南洋其实隔天就醒了，下午老头来给他做检查的时候，发现床空了。这个医院比较小，总共也没几个护士医生，居然也没一个人看到他。他就这么凭空失踪了。

其实老头这通火也没全发对。我醒来之后，听说南洋不见了，就想立刻找到他。但是当我发现自己被包扎得像个木乃伊之后，我已经暂时打消了出院的念头。在死亡区域逛了一圈又回来了，我突然放弃了那些往死里挣扎的念头，大概是真的命不该绝，或者起码我得留着自己的性命把这一系列事件搞清楚再死也不迟。

"你说谁？"汤勺一脸震惊地望着我。

我可以理解他，因为刚清醒的时候，我也怀疑那会不会仅仅是我做的一个梦，而非现实。但当我完全清醒仔细回忆之后，那些片段好像跟着我一起从死亡的边缘苏醒过来了。

"歌里。"

那个男人抬头的一刹那，我看到了他的脸。我很确定就是他。曾经我对他这张脸没有记忆点，如今看了这么多次，我觉得不会弄错。

"怎么可能？"汤勺一脸无奈又哭笑不得的样子。

"你的意思就是说，你妹妹山川疯之前，最后见到的人应该是歌里。而这绝对不是你的幻想或者做梦，而是你的真实记忆。你只是到了生命边缘，突然回忆起了这些曾经不重要所以没被记住的东西，你是这个意思吗？"

我很坚定地说对。汤勺不置可否地点点头，表示他要思考一下。

汤勺说，歌里可能是他在佛罗伦萨这个警察局里，见到过的最有正义感的警察了。他说从歌里六年前调派到佛罗伦萨之后，他带的那一组一直都是劳模典范，以前全局的案件侦破率得靠他们那一组，后来汤勺组的组长为了上位才开始拼命的。他这个人不苟言笑，但是工作上绝对没话说。

"你说当时山川的案子你就找他报的案？"

我点点头。

"这么巧，他现在负责你店铺那栋楼的案子，除了你对门那个误杀人的老兄的案子在我们手上之外，其他都在他手里。假如你说的事情千真万确地发生过，那么他三番两次招惹你，就不是为了查案那么简单了。看来，他想从你身上找些什么东西。"

"画？"我问。

"难说。"汤勺在病房点了根烟，然后病房里的报警系统响了起来。老头带着一帮护士把汤勺赶了出去。

他临走前甩了句话给我："记得烧死的西木吗？小西木，不是老的那个。他的尸体化验了。尸体不是他的。"

我骤然想起在火场之中见到的那双眼睛，那天在广场上烧死的不是西木？那么那个想放火烧死我的人，可能真的就是西木了！

接下来的两天，汤勺一直都没有露面，我怀疑他可能是去调查歌里的事情了。而南洋也没有消息。

白求恩老头对我态度恶劣，自从我刚醒来的时候提出过出院申请之后，他就不太愿意搭理我了。本来话就不多，现在什么都让护士来转达。这里的护士一点都没有公立医院的好看，基本上清一色都是老大妈。只有前台那个金发的还说得过去。所以我每天尽可能都去走廊外面上厕所，这样路过前台的时候可以和她聊会儿天。

聊了两天之后，小妞好像挺欣赏我，还问我要手机号。我刚想报出去，结果想起来手机在汤勺那里，她就算想跟我聊骚我也没有工具。不过还好我手机没有丢失，汤勺找回了它。上次在洛伦佐的墓地里拍到的那幅老米的设计草图还在我的手机里，也没有来得及备份，万一丢了，就真没有了，墓地内部密室已经全烧毁了，或许那还是什么重要的东西。

一个人躺在病房里时间最难熬。这些乱七八糟的事情就像疯狂生长的藤蔓，缠绕我所有的神经。一旦你从一个口钻进去，所有的这些都不会放过你。我很想念小贱，汤勺说医院不让宠物进来，所以放在我店里了。店里的钥匙在汤勺那儿，每天他都会过去喂它。

我问汤勺怎么找到我的。汤勺说，那天他在追着那个人出去之后，追到一半就发现已经跟丢了。然后他再回来找我的时候，我已经不见了，只捡到了我的手机。我不见的第二天，他就开始怀疑我是不是发生了什么意外。他也曾想过要去找我说的那间废弃的房子，但是他不知道那间房子在哪里，所以他就一直在我埋山川的那块地方的周围徘徊。那天下午到晚上他一直都在那块地方，快回去的时候，小贱突然之间出现在他的面前，是小贱带他找到了我。跑到一半，他就看到了着火的房子。他说其实从房子到我埋山川的地方并不远，而且都在一条线上，只是其中有一些高大的植被遮挡着，才看不到着了那么大火的房子。

一般这都是狗做出来的事情，居然发生在了一只猫的身上。或许小贱真的是我命里面的救星吧。它突然这么出现，带着所谓的死神标记不知道从哪里冒出来，可能就是专门为了来救我的命吧。

晚上睡觉，我梦到了火灾。梦到西木摘下了他的面具，对我吼着让我下地狱，把火种直接扔到我的身上，我浑身着起火来。但是我没有被这些惊悚的画面惊醒。最后惊醒我的是，我在破陋的窗口看到的，山川的脸。那个差点没命的晚上，看到的山川究竟是不是幻觉？如果是幻觉的话，我怎么会有这么真实的感觉？就像，我是真的见到她了一样。

汤勺大清早打了个电话到病房，说有件事情得告诉我，今天可能会有警察去医院找我，因为那间失火的房子被找到了。

"怎么可能？六年前失火也没被发现，难道是全塌陷才引起别人的注意？"

"不是，房子没塌。他们还找到了底下一条密道出口，可以通到地面上。你不是说当时房子都被封了没法出去吗？可是小贱是怎么出来的？"

"关键是，那个密道里面有个死人，死了好久了。才被找到。"

"死人?! 是不是山川的尸体?!"

"我还什么都不知道。才接到通知。"汤勺说。

"可是警察是怎么突然发现那么偏的地方的？有附近的居民报案？"这事太奇怪了，那个房子荒得可以，周围半个人都没看到过，怎么突然会被发现？

"是有人报案。不过不是附近居民。你自己找的房子，周围有没有人你不知道吗？有人写了一封信给警察局，说要在那个屋子里引火自焚。那封信的落款就是你的名字。"

我？写信给警察局说我要自焚？

"我没写过。"我一头雾水。

"我当然知道，但是下午就有警察去找你了，你做好准备。我现在得走了。我现在要去查一下我的新发现。下午来得及我就过来，赶不及的话你自己应付吧。歌里的事情什么都不要说。记得。"说完，他就把电话挂了。

假如说放火想烧死我的人真的是西木的话，这倒蛮符合他作为警察的行事作风。他心里是觉得我必死无疑了，那他自己冒充我的名字报案，可以给自己解决后续的麻烦。我写信，我自杀，以意大利警察的办事风格，可能这么就给直接结案了。

想放火烧死我还想着给自己收拾条后路，这算盘倒是打得挺到位。但是地下密道和那具尸体是什么情况？我估计西木应该可能并不知道密道和尸体。

　　警察没到下午就来了。我看着我的病房门被推开来，有个身材高大的警察走了进来。他抬头的瞬间给了我一个错觉，仿佛自己还置身于记忆之中的楼梯上，那个带走了山川不知道哪幅画和黑皮面日记本的男人，他抬头冲我一笑。

　　是歌里。

"你好，又见面了。"歌里走进来，关上我病房的门。他从床尾绕到我边上，坐了下来，两手交叉放在膝盖上，看着我的表情难以形容。他看我的样子，总带着那种淡淡的怀疑。不过现在他对于我来说，嫌疑的可能更大一些。

"这么巧，每次都在医院见你。"他笑着说。

"是啊，这么巧。"我说。我在想，汤勺会不会早就已经猜到了来的人会是歌里。

"我不想耽误你休息，所以我希望我们的这次谈话能够顺畅并且快速地结束。"他说完看着我，像是在等我给出一个反应。眼前这个男人，看起来也没比我大几岁，但是他脸上有一种难以猜测的藏得极深的城府。

我说："好，你请说吧。"

然后他掏出来那封所谓的我寄给警察局的信给我看。上面果然如汤勺说的那样，写着我要自杀的具体的时间、地点，因为那个屋子所在的地理位置特别偏僻，"我"好像还怕警察不能找到我的尸体一样，在上面画了示意图，连地理位置坐标都有。下面落款写着：LI RUFENG。

"你的这封信，是火大概已经烧完了二十四小时之后，才到达的警察局。所以假如说你的自杀一切顺利的话，那你现在应该是一具被烧焦的尸体，而不应该躺在这间非常私人的医院里。"他特意强调"非常私人"四个字，低头笑了笑，"卡尔警官就是有他的路子，你和你的朋友都直接送来自家医院治疗。"

自家医院？这是汤勺他家开的医院？等下，他刚刚说了什么？他说，你的朋友？我的朋友……他指的是南洋？他知道发生在南洋身上的事？

他好像知道了我在想什么，做了个很随意的表情说："你的朋友是个泛指，当然我希望你的朋友们都好好的，不需要进医院。不要像你这样，时不时来医院逛一圈，就像你家一样。"他又强调了"朋友们"三个字。这究竟是他故意不小心漏信息给我，还是他根本是在诈我？汤勺有句话说对了，他这么三番两次地找我，绝对不是碰巧案子是他负责这么简单。他或许就是想从我身上获得对于他来说有用的信息。

"说说吧，你发生了什么悲哀的事情，要自杀呢？"他收起那封信，问道。

"这是我的私事。"我说。

"李如风先生，假如说你自己在家自杀未遂，我应该不会来医院问候你。但是你自杀未遂，却寄了一封信给警察局。关键是，你的尸体我们倒是没找到，但是那个房子的地下室里，却发现了一副骸骨。关于这个你就得解释一下了。"他把话说得不紧不慢。

"那封信是你写了寄给警察局的吗？"他突然把头靠过来，压低了声音说。

我没有说话，我在脑中飞快地衡量整件事情的关联性，我并不想说实话，实话说得越多，或许他能获取的信息就越多。其实他们把信当成我寄的最好，这样他们就不会去查别的东西。不过是一个男人想不开找地方自杀罢了。但是眼下怎么解释我会寄一封要自杀的通告给警察局呢？而我自己却没有死。这是一件很说不通的事情。

"你能不能告诉我，你为什么自杀还要写信给警察局？"

"我……因为想让卡尔警官发现我，我没想死。"我听见我自己这么说，但是完全没明白自己在说什么。

"让卡尔警官发现你？我没明白。你方便说一下你自杀的原因吗？"

"因为……我和卡尔警官有些争执。我们是感情非常好的兄弟，其实我老早就认识他了。小时候就认识，一起玩大的。你知道，这种人通常相当于你的手足，当你和手足发生争执的时候，会干出一些失去理智的事情。"

他不置可否地扬了扬眉毛，点了点头。"所以，你特地选了一个荒郊野外的废弃房屋点火烧死自己？"

"不是。我没有打算真的自杀。火是不小心点起来的，我没有放火。抽烟的时候烟头没有灭干净，不小心才引起来的火灾。"

他哼哼地笑了两声，抬头看我的表情似乎在看一个人说书。"这样吧，"他边说，边从外套口袋里掏出来一个透明的证物袋，"我换一种说法，你看看你认不认识地下室里那个死掉的人。"他从证物袋里拿出来两张照片。第一张照片中是一副完整的骸骨，第二张照片中是个块头很大的中年男人。"你看清楚。"他把照片伸到离开我眼睛只有几乎一寸的地方，一动不动地让它对着我。

我觉得身上的血液好像瞬间凝固了。

我听到他说："经过验证，死的就是这个男人，他的名字叫肖德利。认识吗？"

肖德利。化成灰我也认识。这怎么可能?! 他不是早死了吗？不对不对，不可能！他怎么可能会死在荒屋的地下室?!

我尽量让自己保持冷静，我注意到歌里正以一种饶有兴趣的表情看着我。他看到我收起惊讶的表情之后，低头笑了一下，抬头对我说："李如风先生，谢谢你的配合。我想我已经了解清楚了。你似乎是不认识这位死者的。耽误你的时间很抱歉，希望你好好休息，早日康复。"

他边说边把照片和证物袋重新收进上衣口袋中，推开椅子站起来。他走到门口突然转身微笑着对我说："哦，对了，李如风先生，有时候，引火，就是要烧身的。以后多注意，再见。"说完，他开门走了出去。

他最后的那句话，就像是在暗示我什么。是什么？

我并没有回答他，我究竟是否认识肖德利，但是他没等我回答就结束了问话。我认为我当时震惊的表情是很难掩饰得了的，像他这么一个观察入微的人，肯定已经注意到了。但是他得出的结论却是我应该不认识肖德利。

他到底是怎么想的？他又究竟了解了什么？我没有贸然问他关于画和山川的事情。此时他在暗处，我在明处。他身上除了警察的身份，暂时还看不出其他。但我现在在他作为警察的眼中，却是一个满身嫌疑的人。这时候打草惊蛇并不是什么明智之举。我必须先去调查下歌里这个人，或许调查的过程中，我自己就会得到问题的答案。

但是我当时没想到，做任何事都得有个前提，首先我得保证我能从这里活着走出去。我一直等汤勺的回音，结果他不仅没声音，连电话也不接。

快到五点的时候，外面那个前台的金发美女，不知道为什么跑进来给我换了个输液袋。我说："你不光做前台，还做病房值班吗？"她低下头，笑容甜美地俯视着我，"医院人少，所有医生护士都是多功能的。这个药可能会让你犯困，你可以好好睡一觉。"她胸前的那条沟壑特别深邃，我看了一眼，就有点移不开眼睛了。小妞估计给我换的不是药水，是迷药吧。

"好，"我强行把目光转移到她脸上，努力用平静的语气回答她，"假如我朋友找我，麻烦你叫醒我。"她微笑着点点头，就出去了。

我很快感到一阵困意，后来眼皮就跟被黏上了一样，睁不开了。这一觉一直昏昏沉沉地睡到了不知道几点。我眼睛睁开来的时候，发现外面天都已经很黑了。我听见有人在我房间里拉窗帘的声音。"陈唐？"我叫了一声。那人没有反应。我以为是前台的金发护士，又喊了一声，还是没反应。空气中只有拉窗帘的声音和我的呼吸声。从窗外漏进来的灯光一片片被遮盖起来。我能隐约看到那个在窗边走动的身影。我试着从床上爬起来，却惊讶地发现自己根本没法动！我不能动，四肢有一种瘫痪一般地无力感，根本没法支撑我的身体重量！

这是怎么回事？！就在这个时候，我床头的固定电话响了起来。响到第五声时，转成了留言："喂？你还在睡觉？我从警察局里出来了，路上很堵，估计到你那里，还要半个小时。"是汤勺的声音。

空气瞬间在眼前的漆黑之中停滞了，那人把所有窗帘拉上之后，不再发出声响，站在某一处的黑暗中静静地望着我。"你是谁？！"

过了一会儿，我听见床尾附近有个女人的声音冒出来："半个小时足够了。"

第三十二章

FIRENZE

谋 杀

半个小时？什么意思？

还没来得及容我细想，那个床尾的脚步声，一下就转移到了我的床边。虽然四周很黑，但是我能清楚地感受到，那个女人位置的变化。突然有只冰凉的手抓住了我的手臂，我在一阵阵的浑身麻木之中，隐约觉得她好像拔掉了我手臂上的输液管。

"你是谁？你想干什么？"

她没有说话，我听见她的呼吸由半空之中落到了我的耳朵边上。我右边的脸上能感觉到从她的鼻子里喷出来的热气。这是干什么？难道她想对我做什么非礼的事情？

等她用手按住我的喉咙，掰开我的嘴唇的时候，彻底终止了我那猥琐的想法。我×，这女人想杀了我！

她塞了一颗不知道什么药丸进我的嘴里，塞进我嘴巴的时候，抬了一下我的下巴，让我把药丸吞进了肚子里。我闻到了她身上熟悉的香水和消毒水混合的味道。

妈的，是白天前台那个金发美女！

她是什么人？！我想张口说话，居然发现在她逼迫我吞下那颗不知道什么药丸之后，我不仅不能动，现在连话都没法说了！

我听着一种类似于公鸡叫唤的嘶哑的声音从我的嗓子里发出来。我飞快地在脑中过滤她的面孔，我怀疑是不是和上次在酒吧催眠我的是同一个人？但是不知道为什么，我脑中没有一丁点酒吧那个女人的印象。

但是现在想这么多也没用了，我该担忧自己的命怎么保住。她逼我吞过药丸之后，不知道拿出来了什么东西，我好像听见"嘶"的一声，有点像针管挤出水来的声音。我猜她大概是想给我注射什么东西。我想到她下午给我打的点滴，突然反应过来，头皮一阵发麻——这绝对是场有计划的谋杀。她下午不知道先给我弄了什么到身体里，致使我浑身瘫软，四肢不能动。然后等时间差不多了，又给我吃了什么药丸，导致我不能发声。现在就差最后一步了。

那她即将准备给我注射的东西，八成是要置我于死地！

我想到这里，一阵寒战。妈的，那场大火我都没烧死，一般都说置之死地而后生，我居然眼下就要死在这个不知哪路来的金发小妞手里。而我现在连反抗的余地都没有，她要杀死我简直是太简单不过的事情了！

我又听见她说："看来半个小时都不用。呵呵。"我想问她为什么要杀我，但是嗓子里连嘶哑的鸡叫声都没有了，什么声音都发不出来。

果然是针管，我觉察到胳膊上有针刺的感觉。我想，这次肯定是完蛋了，汤勺也不可能再飞过来救我一次。

在我等着自己心脏骤停的瞬间，突然听见"砰"的一声——我房间的门被打开来了，外面的白光倾泻而入。

有个人站在门口愣了一下，"干吗搞得这么黑？"是那个白求恩老头的声音，随即他按了一下房间的电灯开关，房间的白炽灯被全部打开，我的眼前立刻就亮了。

站在我边上的女人果然是那个金发。

"他让我关上，说眼睛不舒服。我就帮他关上了。"金发小妞指着我说。

我意识到这个老头医生可能是我眼前最后的一线生机，假如没抓住，我就必死无疑了。

"您不是走了吗，怎么又回来了？落下了东西吗？"金发问老头。

"嗯，我的手机没拿。既然回来就顺便来看看他。我走的时候这小子不是连饭都还没吃过吗，一直在睡，跟我家侄子的农场养的那些猪一样。"老头说着，目光朝我飘来。

我拼命想发出声音，但是完全是徒劳的。我只好一边用嘴打口型，一边冲他眨眼睛，希望他能看懂。

"他这是怎么了？"老头指着我问金发，显然老头医生的理解能力没有我期望得那么高。

"哦……没事，没事。呵呵，他今天一直说嗓子不舒服，下午就说不了话。应该是上火。"金发回答说。

我听见老头"哦"了一声，走过来，随手掏出医用小电筒，翻开我的眼睛照了照。那个金发一只手伸到了口袋里，里面应该捂着她刚刚想戳我的针管。这会儿，她的目光聚焦在老头脸上，假如老头抬头问她我为什么这个情况，可能金发会先对老头下手。

老头照完，收起手电。脸上表情没有任何变化，只对那个金发说："那你看着他吧，我先走了。"

我闭上眼睛，心想算了，假如老头真的问了什么不该问的，估计这女的也不会放过他，而我也还是逃不掉。虽然这么想，但是听着老头走到门口的脚步声，心里突然觉得一阵凄凉。倒不是怕死，主要这么个死法，真的叫死得不明不白。

老头走到门口，转动把手，发出"咔"的一声，他停了一下，转头貌似是对着躺在床上动弹不得的我说："小伙子年纪轻轻试看动一动，不要脑子睡麻了搞得像浑身发麻，不然就真瘫痪了。我侄子家养的猪，本来不瘫的，自己把自己弄瘫了……"老头的声音在开门关门声中渐行渐远。

我哭笑不得，我这是真不能动。

"死老头。"金发念叨了一句，已经顾不上关灯，看到老头一走出去，立刻从口袋里掏出她藏了半天的针管。

"我从来没想过要杀你，今天本来也没打算杀你。我只是想知道一些事情。但是现在情况有点变化，你不要怪我。我本来觉得你应该是有所帮助的人，但是你确实知道得太多了。我也是没办法，有人要我杀了你，而我没办法不按照他说的做。要怪只怪你自己，你自己把自己卷到了深处，这真不是明智之举。"她琥珀色的眼珠瞪着我说。话说完，她翻开我的手臂，针头对着我的手臂就要扎过来。

这个时候，灯忽然自己灭掉了。金发只好又一次停止了她的动作，"怎么回事？"

就在她停顿的间隙，我脑中忽然回忆起老头刚刚说的话来，他说，我不要脑子睡麻了搞得好像浑身发麻。这是什么意思？

不对，老头这句话好像不单单是字面上的意思。我脑中突然一道白光闪过！——我明白了！

我第一次由衷地佩服自己的智商，一般人在这么危险的情况下肯定是束手无策的！

我尽量集中注意力，避开脑中传来的麻痹感，终于在金发女人再一次想进行自己的计划之前，感觉到自己的身体动了。哦，原来真是这样。

我一个翻身下床，抓住金发小妞的一只胳膊按在她的身后，"呵呵，不好意思，你的魔术结束了。"

随着麻痹感的消失，身体上轻度灼伤的疼痛感一阵阵地传来。金发小妞也不是省油的灯，她脚跟一抬，直接踢到了我的裤裆里。

"啊！"我大叫一声，绑着她的手立刻就使不上劲了。我忍着剧痛使劲踢了她一脚，她原本要扑过来，被我一脚直接飞到了门边上。

她刚想爬起来继续，这时门外传来了脚步声，金发停顿了一下，浑身上下摸了个遍，我知道她在找什么，她在找那支她想置我于死地的针筒，那针筒老早就被我顺过来了，现在被我牢牢地抓在手里，就算被她一脚踢在裤裆上我都没有放。

门外的脚步声越来越近，她看来是要放弃了，直接绕开我，直奔窗口而去。

这是七楼，想跳下去？我纵身一扑，把她压在身下，一只手高举针管，另一只手捏住她的脸。

"你是谁？"我很想问她，但是嗓子依旧发不出声音来。我倒并不是想杀她，只不过想搞清楚她的身份。

我听见她喉咙口发出"呵呵"两声笑声，反手一把抓住我握着针筒的手，"叮"地一声细小的声响——她把针头掐断了。随即她用劲一个翻身，力道大得堪比一个肌肉男，一把把我甩到了床边，我的头在床杠上猛地撞了一下。

她掀开窗帘，打开窗户，光和风一起飘了进来。金发站在窗框上，回头望了我一眼，一脚就蹦了出去。

她消失在窗框上的时候，我房间的门正好开了。白求恩老头和汤勺一起冲了进来。我还愣愣地坐在床边的地上，脑袋上传来阵阵的疼痛。

等下，刚刚那张回头看我的脸……那张脸……不对，那张脸！不是金发！——我低头看了一眼自己的手上，除了断掉针头的杀人凶器，我的左手里还捏着一张软软的，类似于脸皮一样的东西，那是我从金发脸上扒下来的东西。

对！不是金发。刚刚那张最后回头看我的脸，明明是，夏娃的脸。

汤勺一眼就看到了打开的窗户，立刻大步跑到窗户口往下看。"跑了。"他把脑袋缩进来说。

我缓缓拎起手里的脸皮，递给汤勺。汤勺走过来，接过我手里的东西，在手中摊开来，仔细研究了下，说"我猜到了"。汤勺说他发现我没有接电话，已经预感到了不对劲，所以打了电话给白求恩老头。老头接到电话之后，就回了一趟医院，结果恰好在医院的停尸房找到了被绑在那里不省人事的前台金发。所以老头立刻就来了我的房间，正好又撞到了假扮的金发。

白求恩老头说："那个女人给你输入的液体不是致使你瘫痪的东西，她给你输入的液体致使你的脑神经产生错觉性麻痹，从而产生身体的活动障碍。但假如你的意识足够清醒，认识到这一点，其实你很快就能解除脑神经的错觉性麻痹，从而结束全身麻痹症。"老头给我吞了一颗白色小药丸，过了大约半小时之后，我就可以说话了。

"陈唐，我看到了那个女人的脸。"

"夏娃是吗？"老头走后，他点了一支烟抽了起来。

"你怎么知道？"

"哼，那个女人前几天在乌菲兹的档案室里出现过。我不是告诉你说，我发现了一些东西要去查吗？就是这个。前几天博物馆的档案室深夜被人撬了，第二天一早馆长发现之后就报案了。档案室里面被翻得乱七八糟，但是什么东西都没有少。贼好像并没有找到他要找的东西。然后我们看了监控录像。你猜我在录像上看到了什么人？

"夏娃。"

"我不知道该怎么称呼她才好。摄像头拍得并不是很清楚，我找了我一个哥们儿让我直接去看了原版录像，我把那个闯入者来来回回放大了至少五十次，我可以确定我看到的就是她。"汤勺把烟头在窗台上掐灭了之后，扔到了楼底下。

我倒吸了一口冷气，至今为止，那个失踪的文件袋里面的夏娃的死亡照片仍令我心有余悸。这个女人，到现在为止都是个谜，死了一次，重新出现之后，又失踪了这么久，现在又突然之间冒出来了，而且还化装成别人。

汤勺反复研究着手里的那张脸皮，"这其实不是什么新鲜的东西，以前我们破过一桩案子，是个连环杀人案。那个杀人犯就很痴迷于易容术，不停地化装成老人、男人、女人出入各种场合杀人。他全都是用的自制的人皮面具。只是她既然能化装成这个人，就也能化装成别人。也有可能是，别人化装成她。我们看到的那张脸未必是她的真面孔。"

白求恩老头后来打来电话，说那个针管里的东西分析出来了，是一种致命的毒剂。但很奇怪的是，这个毒剂理论上需要四十八个小时的发作时间，而如果那个女人就是简单想杀了我的话，在给我换输液的时候完全可以直接杀了我，为什么非要费这么大劲呢？

对，她说她本来并不想杀我……看来，她确实是想从我这里问出点什么东西来，就算我死，死之前也得让她知道点什么。

"之前你接触了什么人？"

"你说要来给我做笔录的警察，是歌里，他上午来的。"我大致跟汤勺说了一下歌里与我的对话内容。

汤勺听完之后陷入了沉思。

"有了第一次，就会有第二次，不管是想杀你还是有其他目的，这人都不会善罢甘休的，你的处境已经危险了。"汤勺找了个被褥，就在我对面的一张临时床上躺了下来，"今天先这样，明天我问问老头情况，安排你出院。先出院再说。"

我想起了夏娃当时对我说的话，她说有人要她杀我，而她没办法不按照他说的做。究竟是谁想杀我呢？她是在为谁做事？歌里来完，就有人要杀我。非常可能就是他。但是歌里和夏娃是什么关系？他为什么要杀我？我就这么浑浑噩噩想了一晚上，到天快亮才睡着。

没睡多久，就被老头叫醒了。他叫来了一个体积堪比两人的胖护士，把我用轮椅推到隔壁去做脑电波。

"你昨天撞到头了，查下有没有什么问题。不过看你还是这么呆，应该也没什么事。"老头面无表情地对我说。

然后我看到那个昨天想杀我的金发走了进来。我浑身汗毛都炸了。对于这张脸我已经有了恐惧反射，再美也激不起我的兴趣了。老头出去之前回头对我贼眉贼眼地一笑："别紧张，这个是真的。"真不知道是不是他故意整我。

汤勺说有事要赶回警察局处理，走的时候对我说："等下有人来接你，你跟他走。不要独自行动。"

中午他说的那个人才到，是个长相清秀皮肤黝黑的亚洲人。他一开口我才知道也是中国人，而且说了一口地道的北京腔，比汤勺那个港台腔听起来顺耳多了。

"我接的是不是你？"他摘下墨镜，全身上下地打量我。

"你好，我叫李如风，是陈唐的朋友。"我有礼貌地回答他。

"陈唐那个白痴，话也不说清楚，也不说哪家医院，我把所有医院都找过来了，他才说在他大伯的医院里。搞得我浪费了一个上午的时间。"

他大伯的医院？

"你哪儿不好啊，需要他大伯接手？"他饶有意味地看了看我手上的纱布，其实我的烧伤并不严重，但是胳膊上的纱布还没有被卸下来，"他大伯这个人可是医疗界有名的怪咖。"他的目光越过我的头顶朝我身后方延伸而去。

我回头一看，白求恩老头背着手站在门口，正看着我们。原来他是汤勺的大伯。我无奈地笑了笑。

那人手一挥："上车吧。"

车子开到白求恩老头面前停下来，那人摇下车窗同老头打了个招呼。老头把头靠到车窗边上，伸手进来拍拍我的肩膀，"可别死了啊。还有，你那个小兄弟走的时候情况不太好，找到的时候假如死了，别说是来过我这里。我这里从不治死人。"说完这句话就转身走了。

"你看，跟你说了是奇葩吧。"那人笑了起来，一脚油门，车子就冲出了医院大门。

不管是不是奇葩，这次假如没有老头，我可能早就死了。老头救了我的命。

我知道老头说的小兄弟，是南洋。想到南洋，我胸口一阵发闷。这些天，他一点消息都没有，我不知道他在哪里，是死是活。认识了十年的人，突然有一天你发现他并不是你所认识的样子，总能让人觉得惶恐。不过回过来想想，我不是也一样吗？我做的事情和发生在山川身上的事情，就算是关系最好的南洋，又何曾知道过？

人总有秘密的。可是，当这些秘密恰好撞到一起的时候，就变了味道。

北京小哥突然伸过来一只手，拉了拉我的两根手指，"忘记自我介绍了。我叫胡凯，他们都叫我凯爷。李如风是吧？幸会啊，陈唐老提起你，终于见着了哈。陈唐没说是个小白脸啊，呵呵。"妈的，北京人说话就是损。

"凯爷，我们这是去哪里？"

胡凯推了推墨镜，头也不转地说："先去我家。"

"你家？"我认识眼前这位凯爷前后不超过十五分钟，他现在要带着我去他家。汤勺也没说过这事，我心里有点怀疑，他会不会根本不是汤勺找来接我的人？

"你不用担心，"他看我一脸紧张起来的表情有些哭笑不得，"你在这儿这么久了，还怕被人坑啊，这里的人不都是人家说什么信什么嘛。哈哈。"说完，甩过来他的手机给我看。是汤勺给他发的信息，上面写着：你记得去医院接那个身上裹着纱布的呆子。他娘的。他眼睛斜着飞了我一眼，"还行，没我想象的那么呆。"

　　他把车停在米开朗琪罗山的半山腰上。跟我说这里车开不进去了，要走十来分钟。我下车跟着他沿着上山的路，穿过幽僻的林中小道，直到看到一扇硕大的铁门，一走就是差不多半个小时不到，何止十分钟。这条路我曾经上山下山无数次，一次也没有走过。位置偏僻得很，在外面的马路和广场上也看不见，一般人很难会走到这个地方。他停下来，在铁门边上的按钮处按了几下，用意大利语说："把门打开。"那门就自己开了。

　　"这是……你的房子？"我有些惊讶，佛罗伦萨富有的中国人不少，温州商人居多。但是我从没看到在半山腰买豪宅的中国人。眼前这哥们儿绝对不是一般人。

　　"算是吧，"他带着我走了进去，进门连着的直接就是一座花园，"不用惊讶。这也没什么，这房子之前死过人，转手卖给我的时候，特别便宜，他们说闹鬼。我这人不信邪，就低价买过来当个自己放古董的地儿。"

　　我走进去之后，发现单单是花园的结构就非常讲究，从上到下分为三层，层层都用喷泉和植物所连接。这种活水构建法是当时文艺复兴时期贵族造私人花园的时候特别喜欢用到的。我以前去看过美第奇在城郊结合部遗留下来的两栋别墅，花园的建造风格和这个类似。

　　别墅建造在花园的最高层，等于是已经到了米开朗琪罗的山顶上。你站在这里，从密集的植物群之间的细缝中看出去，就可以看到边上山头上的古罗马式绿白色圣米阿诺教堂。但是你站在那头，绝对看不到这里的别墅。别墅的周围，围了厚厚的一圈低矮的柠檬树。别墅的外墙还是用佛罗伦萨大坚石垒起来的。三层式斜顶，完全圆拱和跪地式双页花窗。我越看越起鸡皮疙瘩，这所谓的随便买来的别墅，肯定不是近现代的产物。

　　"你这别墅有些年头了啊。"我说。

　　"还行吧，1458年造的。"他一脸不以为然的样子，笑呵呵地打开了别墅的大门。

　　我在大门上面，看到了三环扣钻戒标记，绿色的大理石镶嵌在白色的大理石中间，特别显眼。

第三十四章 FIRENZE
老别墅

　　这栋别墅很奇怪，大门被打开的时候，你看到的不是大厅，而是由一个圆拱开启的甬道。你站在门口，根本看不到甬道的尽头，里面黑洞洞的，有种进中国的地下王陵墓葬的感觉。凯爷不知道按了哪里的开关，整个甬道两侧墙壁上的灯就被点亮了。

　　我们一起走进去之后，他回身关好门，按了一下门里面的开关，只见那拱门之内落下来一块非常厚重的石隔板，我的后脖颈忽觉有阵凉风吹过，一时间脑袋里都是当时地底下迷宫和万人坑的画面。

　　"走吧。"胡凯冲我点了点头，自己先走了出去。"这里的结构很复杂，我也是买了房子之后才发现的。不过这样也好，省得我自己花钱去加工。要我破坏古建筑也挺费神儿，我还真有点下不了手。"

　　他刚刚说到1458年，佛罗伦萨的历史我还算知道一些。1458年，还是美第奇第一代执政人老柯西莫的政府时期，洛伦佐那会儿应该还是个十岁不到的孩子。这个宫殿就不可能是他自己造的。但是门口那个徽章标识……

　　"你在揣摩这房子的历史吗？"胡凯问我。

　　"你怎么知道？"我发现最近遇到的这些人怎么都好像会读心术一样，汤勺也是，他也是。

　　"呵呵，因为陈唐走这段地道的时候，表情和你一样。我就问他想什么，他说他在猜这房子是谁造的。"随后他看了我一眼，"你觉得呢？"

　　"老柯西莫建造给洛伦佐的。"我说。

　　"BINGO，你答对啦！"胡凯在我面前叩了个响指。"历史你多少知道一点儿，美第奇没人不知道，老柯西莫和洛伦佐也没人不知道。不过就算是佛罗伦萨人，也未必知道老柯西莫当时有多看不上他那个痛风的儿子皮尔洛。以至于他孙子洛伦佐一出生，他就恨不得让他直接代替他老子的位置，无奈老柯西莫最后死的时候，洛伦佐还小，所以还是由他老子'痛风皮'接棒在政坛上混了一阵子。这间宅子是老柯西莫在洛伦佐十岁的时候建造给他的，可以说是专属于洛伦佐的学校。老柯西莫造这间屋子的目的是为了把洛伦佐和他的老子隔开来，不然天天住一个房子里，老柯西莫害怕他孙子会被他老子传染那副蠢样儿。当然，你懂得，就算是美第奇，也要讲究点家族内部的和睦和人情世故。老柯西莫既不能让人知道自己看不上儿子，还不能让儿子知道自己看不上他。所以这座宫殿从建造开始就是秘密进行的，后来老柯西莫死了，'痛风皮'上台知道了这件事，害怕他老子看不上自己的消息传出去搞得人尽皆知，于是下令全面封锁消息，所以除了当时的设计师米开罗佐，还有参与建造的人，几乎没人知道。知道的人也不敢说，怕惹上祸事。所以说，今天这间屋子也不会被列进美第奇家族别墅的名单列表里，因为没人知道它。"

"那你是怎么知道的？"

既然他不是历史上第一个买主，肯定也就不是第一个知道这段历史的人。但是这段历史假如传出去的话，这宅子恐怕早就成为又一个博物馆了，但是在佛罗伦萨，似乎从来没有流行过这段历史。说明，它并没有被传播出去。

他很神秘地笑了一下，"我自有我的路子。"

"你是从哪里买到的这栋房子？"我问。

"这你就不用管了。"他的口气显得很随意，显然也没打算告诉我的意思，"不过，我买这房子之前，这里已经空置了很久了。"

"多久？"

"少说上百年了吧。"

"那刚刚花园里看到那些都是你后来重新修整的？"

"不是。我来的时候差不多就这样，只是没这么干净。不是跟你说了嘛，这房子闹鬼，没人要。花园也不知道被什么人一直在维护。我来的时候带了园艺师，他说这园子里的植物绝对不是随便长成那样的，而是一直有人在打理。"

他说得我一阵阵发怵。本来这甬道里的空气就十分压抑，灯光看起来很昏暗，他这么一说，我忍不住回头看了两眼。

"你放心，就算有人跟踪我们，也进不到这里面来。"他说。

什么叫就算有人跟踪我们？他的意思难道是……之前有人在跟踪我们？

"别紧张，我就是这么一说。"他哈哈笑了起来。说完这句话，这甬道终于走到了类似尽头的地方。昏暗的黄色灯光之中，出现了一扇门。这回胡凯掏出了一把钥匙，把门打开。

打开门的瞬间，我的下巴直接掉在了地上。这里简直就是一个博物馆。一眼扫过去，应该放置家具的地方，都摆了大大小小的雕塑。每一面墙上除了本身装饰的湿壁画之外，挂满了油画和蛋彩画。还有一些看上去比较东方气息的艺术品摆在靠墙的位置。而这偌大的空间里，只有几张摆在钢琴台上的沙发算作家具，不仔细看都注意不到。

我看了看胡凯，他脸上依旧是那副轻松随意的表情，"随便参观。"

"我能不能冒昧地问一句，凯爷是专门做古董收藏的吗？"

他思考了一下，说，"也不完全是。当然古董收藏是我的兴趣爱好。我还干点别的，比如古董走私。"

这是我第一次听见一个人把"走私"两个字轻轻松松地挂在嘴上，他的语气就像在说一件非常平常的日常工作。实在有些不可思议。

"你别这么惊讶地看着我，"他笑起来，露出两排大白牙，"每个人都有职业，这不过就是我做的一个职业，没什么大不了的。我也不是都走私，有些太显眼的，我也会以正当的途径卖掉。你以为意大利人干点儿事情都合法？哪个商店和餐馆不逃个一半儿税？只不过意大利警察就知道查外国人而已。其实干起来违法乱纪的事情，谁都比不过意大利人。"

我总觉得这事有些蹊跷，把自己见不得光的职业暴露在一个刚认识没多久的人面前，他是什么心态？

他带我把屋子绕了一圈，最后停在地下室的入口。"我带你看样东西。"他说。

通往地下室的楼梯很长，而墙壁上只在楼梯口装了一盏不算亮的小白灯。这让我产生了一种仿佛自己走在七楼密道里的感觉。楼梯是石阶，一看就很有年头了。走了大约十来分钟，才算下到地下室里。"这里没装灯，我没让人下来过。"胡凯边说边点了墙壁上的一支火把。这里的味道并不怎么好闻，有些陈年的酸腐和潮湿的霉味。

火光一亮，我便看到了墙壁上斑驳的印记。这个地下室看来并不算很大，站在楼梯下，基本上一眼就可以看清楚格局，一共两间房。楼梯连着的房间里没放什么东西，有一些碎石头和成块的大理石。但是这个房间的墙面显得很奇怪，上面有很多深深浅浅的划痕，划痕面周围还带着一些色彩。我怀疑可能墙面上本来有湿壁画，不知道什么缘故，湿壁画被人刮了，所以留下来的有些色彩还能看到，但是具体图案却已经无从辨别了。

胡凯没打算跟我纠结这个墙壁，他要带我看的东西在相邻的房间里。他拎起火把让我跟他过去。这个房间应该是连他自己都不时常进来的，因为火把一伸进黑暗之中，房间却没有及时亮起来，倒是感觉火把的亮度减小了。

当整个房间亮起来的时候，我愣住了，伴随着一阵阵的脚趾头发麻。我现在的感觉，有点像近距离看到小型兵马俑。眼前这个空间被当时战争时期军队使用的全身盔甲填满了。它们都非常有序地立在地上。我粗略地数了一下，有三十来副。

"这些……你从哪里得到的？"我问胡凯。

"这些倒真不是我的东西，这是我买了房子之后才发现的。"他指了指身后我们进来的这个拱门，"这个门可以关上。当时我刚来的时候根本不知道有这一间儿。后来有一天不小心把这个门儿打开之后发现原来这里还有一间屋子，才看到它们。"

我顺着他手指的地方看了看，应该是机关操纵的升降式石门。这种东西古代的人很喜欢用来装在藏宝室等地方，毕竟石门比较牢固，防御性也好。那时候没有大型保险箱，值钱的东西一般都靠这些石门来保护。

　　我走了进去，仔细看盔甲。这些盔甲看起来跟我们在七楼那块地方看到的有些不一样。果然，我在盔甲的腰部中间发现了洛伦佐的三环扣钻戒标识。这应该是洛伦佐的军队战服。

"凯爷，你是说你发现它们的时候，它们就是这样的？之后没有动过？"我问。

"没有。"他歪着头观察我，"你，以前见过它们？"

我刚想说见过差不多的东西，随即一想，不妥。在没有摸清楚他的底细之前不能什么都告诉他，目前也不清楚他和汤勺到底是什么关系。"没有，没见过。"我说。

他笑了笑，"看你的表情倒像是看到老朋友一样，我以为你曾经见过这些呢！"

他走到我边上，随手摸了摸我们身前的盔甲，"行了，我们上去吧。在这里看到的不要说出去。"他微笑着对我说。

"陈唐见过这里吗？"我问他。

他没直接回答我，只说，"我与陈唐的关系很特殊"。他拎起一只手，拇指掐着小指尖画了一下，眯着眼睛说，"他有很多他的秘密，我从来不过问，我也有很多我的秘密，他也从来不过问。但是在困难里，大家都是兄弟，所以我们也互相帮助。所以，你明白了吗？"他也没等我回答就上楼了。

这话我听出了个意思，也就是说陈唐应该没见过这里，如果算是他的一个秘密的话。但是他为什么要让一个完全陌生的我来看？

等我们重新回到客厅的时候，汤勺已经坐在沙发上等我们了。他手里抱着小贱。

小贱看到我，从汤勺的臂弯里一个纵身跳了下来，我把它抱起来，抓抓它的脑袋，它直舔我，嘴里一股鱼腥味。我看着小贱，越发觉得这是一件难以置信的事情，我居然有一天会被一只猫救了一条命。

"你俩挺逗啊，还养了一只猫。"胡凯看到小贱额头上的倒三角，很不经意地皱了皱眉毛。他看到我望着他，笑着说，"这猫的造型很特别啊……你们给剃的？"

胡凯看我们都没什么反应，接着说，"陈唐，人我给你接了，看来你还打算让这位小兄弟住在我这里啊？"他瞄了一眼汤勺脚边体积硕大的旅行包。

"不止他，还有我。"汤勺说。

"你？咱家基本上算半个邻居，你自己家也在这一片，为什么要住我这儿？"胡凯一脸不解。

"我暂时不能回去，我不想给我家找麻烦。"

胡凯点点头，"三楼左右两间房给你们睡，被子什么的打开衣橱就有，我的房间在二楼。不过今天晚上我有个约会，不能管你们的晚饭了，你们在家自便吧。既然是逃难，那晚上能不出去就别出去了，容易被人发现。冰箱里有食材，你们可以自己琢磨着吃点儿。"

胡凯下午四点左右就走了。我跟汤勺说，我得回趟家，收拾一下，还得去店里看一看。这么多天没回去，总觉得不妥。

"你最好哪里都别去。你的衣服什么的我从你家给你拿了点过来，店里我也看过了，都好好的。"汤勺一边喂小贱一边说。

"你怎么进的我家？"

汤勺从裤兜里掏出来两串钥匙，有一串是我店里的，有一串正是我的家门钥匙，"我从你店里拿的，你就把钥匙搁在抽屉里，不难找到。"果然是做警察的，比我这个半吊子侦探的观察力强多了，我就不知道他的家门钥匙藏在哪里。

"这个凯爷，你和他是什么关系？"我问汤勺。

"没什么关系，普通关系。不算特别好，也不算不好。就这样。"

"那我们还住他家？"汤勺讲得很随意，但是听起来他俩的交集很普通。没有胡凯说的那么特殊。

"放心，他不会出去多嘴。我以前帮过他，现在轮到他帮我了。这很合理。"汤勺丢了猫粮的空罐子，回头对我说，"不过住他家不单纯是为了这个。我无意之间发现了一些事情，我怀疑他可能跟我们现在扯上的这件事情有些瓜葛，住过来，顺便摸摸底。是敌，还是友，你不靠近一点，怎么会知道呢？不过他这人，很狡猾，你平时跟他打交道的时候注意点，不要在我们没有搞清楚情况之前，被他全盘揭我们的底。"

胡凯，他跟这件事也有瓜葛？有这么巧的事情？我问汤勺，南洋有没有消息。汤勺摇摇头，"我已经秘密安排人去查了，但是到目前为止没有任何线索。不知道他去了哪里。"

"那歌里那边呢？"我又问。

"这件事，我正想跟你说。很奇怪，按照道理来说歌里明明怀疑你，但是他回去交上去的证词上面很清楚明白地写着，你和那具地下室的尸体没关系，他顺便帮你清理了之前一些案子里面的疑点，包括当时在我们手上查的你对面那个傻子误杀的事情，你记得吗？当时在那个被杀的人身上搜出来一张你妹妹的证件，后来案子转到他们一组去了，他把那个证物也神不知鬼不觉地抹掉了。他帮你擦干净了警察局里面所有对你不利的东西。我搞不清楚，他这葫芦里卖的究竟是什么药。"

我在沙发上坐下来，仔细想了想。其实也不是完全不能说通歌里的行为。歌里这么做，很有可能不是想要帮我，而是想要杀掉我之后，避免一切查到他身上去的危险可能性。他这是在给自己做清理。

"那个被姜卡罗误杀的人呢？身份确认了吗？"

"没有，一点都没有关于这个人的档案，连指纹记录都没有。这也是一件出人意料的怪事。"汤勺若有所思地说。

又是没身份的人。到现在为止，只要是牵扯在内的线索人物，一律都没身份。怎么到处都是如此巧合的事情？我有种感觉，他们的神秘感不会是单纯的巧合，或许在某种程度上，他们都有着很大的关联性。

"我调查过歌里了。"汤勺说。

我突然紧张起来，这张被牵扯进来的脸，有着难以洞悉的隐藏面。但是汤勺接下来说的话却让我有些丧气。

"他调过来的时间是六年前，所以他接手的第一宗案子，确实是如他所说，是你妹妹的失踪案件。之前他一直都在威尼托大区。他被调过来的时候属于职务升迁，在职位和头衔上都各升了一级。也不是他自己要调过来的，属于上级指令调派。他是正统的皇家军校毕业，以前还在热那亚海军任过职，后来才转到警部去做支援，因为表现很出色，所以被警部以终身职务制留用。背景非常干净，家庭状况也正常。没有任何值得怀疑的地方。"

"这么干净？"我自言自语道。

没有值得怀疑的地方？

呵呵，那他问完话一走，我就被盯上了，这也太巧合了。跟他没关系，我是绝对不相信的。当时他问我话的情景都历历在目。不知道为什么，我有种感觉，他在我面前似乎并没有非常刻意地去隐藏他浑身上下的可疑性，却又无迹可循，并抓不住他的马脚。我又再次回忆了一遍记忆之中，那张在楼梯上抬起来的面孔——不会有错，除非他有个长得一模一样的兄弟，否则的话，一定是他。

往往就是这种人，隐藏得特别深。

下午，我在整个花园和房子里走了一圈，发现这里面装满了摄像头。

汤勺说："有钱人都爱这么干。"

我说："那你家是不是也有这么多摄像头？"

汤勺抬头面无表情地看了我一眼，说："有钱的是我妈后来嫁的男人。我只是一个普通的警察。"

他的语气听起来多少有些无奈。这轮对话结束之后，他就没再怎么跟我讲话。

晚上的时候，我们随便在胡凯的厨房里找了点吃的，就睡下了。房间很大，显得空旷，床和地板都会发出莫名其妙的声响。今天下午开始变天，晚上六点之后，外面就开始了狂风暴雨。本来就因为植物多而显得影影绰绰的花园，现在伴着风的呼啸和暴雨的拍打声更显得惊悚。我躺在床上睁着眼睛脑子里一团乱。这么躺在一个安全的地方似乎突然显得有些不习惯，死里逃生之后在医院硬邦邦的床上躺了一个多星期，又再一次死里逃生，现在莫名其妙地躺在了一座15世纪的美第奇别墅里，简直就跟做梦一样。小贱似乎一点都没有睡意，我关灯躺下之后，它依旧还在房间里踱步。

他的房间在走廊的另一头，离我房间有些距离。我在床上滚了一个多小时也没有睡着，最后决定去他那边敲敲门，看他睡了没。没有的话，可以一起把事情理一下，说说接下来的计划。

结果在他门口敲了半天门，他也没应我。我估计他可能是睡着了。不然就是因为下午我那句不该问的话，他还在记仇。毕竟很多男人心眼也小得很，记仇也是正常事。刚想走，突然听见里面传来了地板的响动，好像有人在走路。

我一边把脑袋贴在门上听动静，一边在心里骂：还真他妈是小心眼。我不就不小心说了句不该说的话嘛，一个大老爷们儿，至于嘛。

我听了半天，动静又突然没了。我感觉有点奇怪，转了下门把手，发现门没锁。"吱呀"一声，房间就被我打开了。里面很暗，他没开灯。房间的窗户开着，被风吹得一阵阵地砸向窗框，眼看上面的玻璃就要被砸破了。我一脚跨进去，把窗户给他关了。一回身才发现，他人根本没在床上。

"陈唐？"我喊了一声，没人回应。去哪了？我之前也没听着开门关门的动静啊。

我按了一下墙上的电灯开关，没亮。我又按了几下，除了"啪嗒啪嗒"的声音之外，什么反应都没有。灯坏了？

我走到走廊里，按了几下走廊的电灯开关，也不亮。可能是大风暴雨把哪里的电路弄坏了，但是这么大的房子，根本就找不到总电路盒子的位置。我只好回房间拿了一个强光手电筒。

我拎着手电筒返回了汤勺的房间。虽然知道不可能，但我还是把衣橱门打开来看了一眼——他确实没在房间。

突然，我眼角一瞥，手里的光源照到了衣橱橱壁上的一个缝隙。这个缝隙说大不大，说小不小，但是看着绝对不是裂缝。缝隙切面整齐，难道这橱面是两边拼接起来的？那就大有学问在里面了。我虽然不懂造木，但是我还是装过家具的，谁的衣橱会在当中裂口？

我用手叩了叩橱壁和橱底——实心的木头后面发出隔了层的空旷的声音，我立刻明白过来，这衣橱和墙壁贴合在一起，后面显然是空的。

这后面一定有个暗道。

如果这间房子搁在现在肯定会让人觉得奇怪，但是古代人造房子，在房子里面弄很多暗格和暗道是一件很平常的事情。尤其是贵族和当时有钱的资本家，暗道是防盗防暗杀最好的东西。

　　我怀疑汤勺可能是发现了这里的暗道，已经下去了。只是不知道胡凯是不是也知道这间房间里有暗道。

　　问题是怎么才能打开来？我沿着橱壁和橱底一寸寸摸过来，摸了好一会儿，什么都没摸到，衣橱和墙壁都没动静。我用手电照了照房间的四周，手电光晃过床头那幅画的时候，我停了下来。

　　光源聚焦成一个圈落在画面上。画的颜色并没有显得很艳丽，看起来还是蛋彩，并非油画。

　　我走过去，用手电上下左右照清楚，画中是一座洗礼堂。白光之下，隐约能鉴别出外墙的白色和绿色，看上去正像是佛罗伦萨的圣约翰洗礼堂。

　　不对，这画不对。虽然是蛋彩，但是角度和透视感非常到位，很明显起码是在文艺复兴成熟之后才画出来的东西。这么有水平的三维立体透视，起码也是 15 世纪中期的事情了。

　　我对着画，越发觉得它不是平白无故出现在这里的。谁会没事把一幅画了洗礼堂的画挂在床头上，这种画一般都挂在客厅或者礼拜堂里。

　　等下，洗礼堂！——圣约翰洗礼堂有三扇门，分别是东门、北门和南门。东门是大名鼎鼎的金门，通常不开。而北门则是入口，南门是出口。入处为阴，而出处为阳。

　　我关上手电光，眼前立刻暗了下来。外面的自然光带着重重的阴影钻进来，大面积覆盖在眼前的画上。那影子落到了画面的左半边，正好把南门也笼罩了进去。

　　这是什么意思？南门在阴，而北门在阳。正好一个颠倒……

　　突然脑中白光一闪，我的心脏像在海浪上掀天一般地上下起伏了一下——我明白了！哈哈！竟然玩这种把戏！我把双手放在画上，开始慢慢转动。沿着外面的自然光源，慢慢地把阴影面向另外半边移动，当整个阴影面离开南门，罩上北门的时候，我先是听见很轻的"咔"一声。随后，衣橱和墙面依次从中间分开。

分离和一切响动都停止之后，我面前又露出一条向下的楼梯。果然如此，这么巧妙的机关，假如没点智商怎么打得开来。不过再看到这种楼梯的时候，我已经有点发怵了，万一再一次出现和七楼的那种情况，我现在是一个人，我没把握能在那么幽深的地底下找到出口，和上次那样活着出来。想归想，但是等我反应过来的时候，一只脚都已经伸出去了。

脚踩上去才发现，这些倒并不是什么石阶，而是木质的楼梯。我打开手电，照了照墙壁，这里居然还通电，墙壁上装着风格比较复古的电灯，手边就有开关，比之前下去过的那个地下室先进多了。只是这会儿按哪里都不亮，看来真是整栋房子的电路都出了问题。

这个时候，我注意到身后出了一点轻微的响动。我猛地拎着手电一个回头，除了白光照到的房间，并没有什么人。刚想把手电光收回来，结果光扫过那幅画的时候，我发现画自己在动！

画自己拨正到了原位！——这个机关是设计过的！门要关上了！

我已经用上了最快的反应速度扒住这扇即将关闭的双层门暗道门，但是门的力量巨大，不是一人的臂力能阻挡住它的，幸亏我抽手抽得快，不然连到手指也会被夹在门里了。

暗道的门就这么几乎没发出声音地默默关上了。我看了一眼脚下的楼梯，以一种旋转的形式向下延伸。也没别的选择了，我深吸一口气，开始往下走。我一级一级走得极慢也不过用了五分钟，就见底了。

当手电筒亮光照到最后一级楼梯和楼梯下大面积的木质地板的时候，我有种莫名其妙的感觉，总觉得楼梯好像没走完，按道理来说不该这么短。我小心翼翼地踩到地板上，地板发出"吱"的一声，我听见心脏剧烈跳动的声音。我用手电扫了一遍右手边的墙壁，墙面斑驳，上面有之前在地下室见到的那种刮痕，有些淡淡的黑色墨迹印入在内，除此之外没有发现任何线索。

这是一个面积很小的四方形的房间，房间内什么家具都没有，也没有窗户，并不像卧房。我沿着房间绕了一圈，尽头靠墙的地方有一根两端固定在墙面上的金属杠。

本来没什么特别的，假如这里曾经是个储物室的话，有条这种横杠很正常。但是我在横杠上发现了一样东西，它在我的白光之下闪出金属的光泽，我用手拎了一下，一端被拴在横杠上，空出来的另一半内圈有些硌手，生了一些铁锈，是一副样式很老的手铐。难道有人曾经被囚禁在这里？

我想把手铐卸下来带走，折腾了半天也没能卸下来。突然，外面传来"哗啦啦"一声巨响，像是碎了一大块玻璃。这声音是从我面前这扇与横杠对应的木头门外发出来的。我屏息凝神站在黑暗之中灭了手电光，仔细听屋外的动静，除了刚刚的巨响之外，顷刻之间屋外又恢复了平静。隔着门能隐约听见大风的呼啸和暴雨拍打玻璃的声音。

外面有窗户？我一步步挪向那扇门，手放在门把手上，轻轻地转动。

"咔"一声，门开了。我被眼前的景象惊住了。我在下来之前，并没有料想这里居然还能藏着另外一间——大厅。

门外首先是一条很宽阔但不长的走廊。站在走廊里，就能看到走廊前端大厅的三分之一。这里看起来比胡凯带我看到的那间摆满古董的屋子更加富丽堂皇，走廊上到处都是镜面和落地窗，还有形状十分特别的挂壁式煤油灯的灯座。

走廊的墙壁上没有常用的外廊灯的开关。不知道是胡凯没有装修到这里，还是他压根没有发现。想了一下，又觉得不可能，一间房子你买下来的时候，竟然能有发现不了的这么一大块地方？外面大风呼啸的声音如鬼怪一般吼叫，风敲打窗户又像是有什么人急切地想要进来。大片的落地窗之外，全都是长得奇高的植物，基本上把所有的自然光源都挡住了，只有风雨才能从那些参天而茂密的植物间的细缝中钻进来。在这诡异的半黑暗之中，我的心跳强有力地加速着，"砰砰"地冲撞着血管和神经，脑袋一阵晕眩。

"哗啦啦"——又是一阵玻璃碎裂落地的声音，好像是前方大厅内传来的声音。我穿过走廊，走到大厅转角的时候，我停下来脚步。刚刚那两声巨响一定是从这里发出来的，因为我明显感觉到了有细碎的妖风掠过我的脚踝，带着潮湿的冰冷，就像有水鬼的手时不时碰一下我的皮肤，让人一阵阵地颤栗。

我没有让我整个人先暴露出去，万一有个什么，我得给自己留点空间撤退。我把手电抬到头的上方，灯打过去的时候，我先是留意到了那一地的碎玻璃。整个厅，向着外面那些种植了参天植物的花园的那一面，全都是落地的大玻璃，好像其中有扇门嵌在当中，但是这么看，也不好分辨。只是当中有两块不知道是落地窗还是门上的玻璃全碎了。

玻璃是被风雨打碎的吗？我刚想走过去，忽然眼角瞥到右前方一个一闪而过的身影——

"谁?!"我的声音撞击在四周的墙壁和玻璃窗上，传来细小的回声。

难道是我眼花？我小心翼翼地往大厅里面走，刚走过拐角，还没来得及把脚落下去，突然被一股力量拖着往后退，我随那突如其来的后退拉拽力愣了一秒钟之后，恍然清醒，随即弯起胳膊，准备给突击我的家伙一肘子。果然有人！谁知黑暗里的这人似乎早就知道我要干什么，还没等我顶过去，已经将我反手拽住。我刚想出声，他早已经腾出一只手来把我嘴巴给封上了，然后我感觉到一股热气吹到了我的耳边："是我，别出声，有人。"

他的声音很低，但我立刻辨认出来，是汤勺。我的天，差点把我给吓尿了。上次的绑架之后我已经有心理阴影了。他说什么？有人?！难道说，我刚刚看到的黑影并不是他的？还有人在这里?！他顺手暗掉了我的手电光。我屏住呼吸听了半天也没有听见奇怪的声音，心说他是不是把我发出来的动静当成"第三个人"了？就像我刚刚以为他是要挟持我的未知者一样。

"喂，哪有人?"

"别动！"他紧了紧掰着我手臂的手，我感觉我的胳膊就快要断掉了。

我尽量把头探出去一点，越过墙壁的折口，能大致看到厅内的情况。就在我视线点刚落到客厅中央之时，中间的那块地面上好像突然亮了一下。

汤勺松开我，从我手上一把拽过手电，站在原地盯着客厅中央的那块地板看。他把手电光打开，聚集的白光都落在那一处。

"是什么东西?"我问他，顺着光源看过去。

这么一照，我才发现奇特的地方。这里的地面是用大理石铺成的，但是整个大厅中间那一块竟在手电光之下折射出了一层光。那块圆形的大理石地板中间，被镶嵌进去了一块长方形的玻璃，从这个角度看过去，玻璃凸出地面一大截，有些像一个半嵌入在地表的水晶棺材。

我和汤勺脚步很轻地走过去。我边走边在脑补即将看到的画面，不知道会是尸体还是尸骨。

当我们停在那块长方形边上，将手电的白光打上去，我的目光下移正对玻璃的时候，我不自觉地把嘴张成了一个"O"形。

　　这东西现在这么突然出现在眼前，倒是有了恍如隔世的感觉。一时间又是熟悉又是陌生又是惊讶又是恐惧。惊讶的是它居然突然自己冒了出来，恐惧的是它怎么会自己冒出来。画中少女的脸在白色的手电光之下显得惨白而透明，这张西蒙内塔和苔丝的面孔，贴在玻璃层的下面，看起来的确有点躺在棺材里的意思。

　　"它……怎么回事？"我指着眼前的画不可思议地对汤勺说。

　　汤勺皱着眉头若有所思地盯着长方形玻璃下面躺着的画。

　　"不对，这幅画还不是之前在你店里的那一幅。"他边说，边用手指指着画的某处示意我看。

　　我定睛一看——确实不是！画中少女左手的纤纤中指上，戴着一枚红宝石戒指。那半透明的红色仿佛欲将滴下来的鲜血，看得我直起鸡皮疙瘩。

　　"这……是那幅原件！"我震惊地说。

　　"是的。"汤勺回头看了下四周，那个他说的"人"一直都没出现，周围也没其他什么动静。他走到那一地碎玻璃面前，拎高手电，从破裂的窗口把光打出去，照了照外面的花园。那些高大粗壮的常青树的枝叶都快透过碎掉的窟窿，钻到屋里来了，它们几乎挡住了所有角度的视线。假如这些植物后面当真藏匿了什么人，我们也根本看不见。

　　汤勺拎着手电筒走了回来，又重新把光打回到画上去。

　　"怎么拿出来？"我问。这是眼下最关键的问题，虽然我心里有无数的疑问。比如说，这画既然是原件，是不是表示偷画的是胡凯？那胡凯就跟这整件事情有着必然的联系了。他本来就卖古董，也不是不可能。但这么想的话又觉得漏洞很大，他一个人出去，把我们两个大活人丢在他的房子里，难道不怕我们就像现在这样阴差阳错地发现了他的秘密？但是这幅画假如要被藏起来的话，换作是我，我会把它藏得更好一些，这么封在一块透明的玻璃下面，看上去充满了对我们智商的蔑视和挑衅的意味。又或许，胡凯根本什么都不知道……

　　汤勺把手电放到地上，单膝跪下来，用手在玻璃面上敲了几下，"这是块防护玻璃，以前有阵子很流行这种地面装修风格，就是把老式的电灯镶嵌在地板上，那时候觉得特别美，但是你仔细看看，就跟个棺材罩似的。"他说。

"你的意思是……这玻璃盒子，本是一盏普通的地灯罢了？"

汤勺点点头，"你是怎么会跑下来的？"

我是怎么会跑下来的？我倒是被他问住了。"当时是……哦，对了，我去房间找你，发现你不在，然后莫名其妙就发现了衣橱和墙体的机关装置，于是就找到了下来的路。"

他听完，沉默了片刻点点头，说："我不知道墙上有开关，我是被人带下来的。"

"人?！谁?！"我一听到人这个字，不免又想到刚刚的黑影，难道这里除了我们确实还有别人？

"怎么说呢，应该说是一个黑影。我本来迷迷糊糊要睡着了，突然听见了奇怪的动静，一睁眼就发现窗户莫名其妙被打开了。莫名其妙被打开的还有你说的那个衣橱和墙上的机关门，只不过我和你不一样的是，我睁开眼睛的时候，它已经开了。而且门口明显站着一个人，可天太黑，我只看到一个黑影。我就立刻跟着下来了这里。只是那个人动作很快，我走到楼梯上的时候，就已经没了踪影。然后，门就在我身后自己关上了。"

这么说的话，看来汤勺明显是被人故意引诱下来的。为什么？这人的目的是什么？难道……是为了让我们发现这幅画？

"那个人，你一点都没看清楚吗？"我问。

"太黑了，而且我刚睁眼，确实只看到个黑影。不过，"他抬起头来看着我说，"我有种直觉，是个女人。"

女人?！难道又是夏娃？现在说到女人，我满脑子只能想到她的脸——那张在医院杀我未遂之后，蹲在窗框上回头看我的脸。

"这事情太奇怪了，那这幅画可能还未必本来就在这儿。"我自言自语道。

"对，我认为，这幅画是有人故意放在这里，为的就是让我们发现它。不知道是出于何种目的。"汤勺说。

我跪在地上，双手端着玻璃的两边，使劲抬了一下，结果抬不起来。假如是临时被放进去的，肯定不难取出来，一个女人能有多大力气啊……不知道为什么，刚刚汤勺告诉我他直觉是个女的，我对此深信不疑。

"你说胡凯这会儿回来没？要不我们回房间去找点工具回来把它撬开？"我边说边看看周围——整个厅很空，什么都没有，除了头顶硕大的煤油灯座和地板中间这块跟水晶棺材一样的玻璃盒子之外，就没别的了，连个家具也没有，"这里估计是不会有什么工具了。"

"你进来之后，那门没关上？"汤勺问。

"关了。自己关上的。"

"那打不开了。我试过了。"汤勺说。

也就是说,我们后路都被断了。我下意识地抬头望了一眼窗外的高大植物,一想到或许待会儿得从其间钻出去,就感到一阵心悸。

我低头看了看这个玻璃盒子,这不太符合逻辑,"你不是说这是灯罩吗?"我笑着问汤勺。

"我只是说,我也只在室内设计的历史书中见过类似的东西。"汤勺若有所思地想了想,突然站起来,一边把我从地上也一起拉起来,一边说"退后点",我们退到脚下这块圆形圈外去。

汤勺拿起手电,在地板上来回照了一圈。这个时候我才看清楚我们刚退出来的这块圆面上是有图案的。

地面上铺的都是大理石,大理石基本上是以一种花色在重复,都是三圈圆形波浪中间一朵小花,不容易被发现这特殊图案。中间这块圆也是以同样的花色在重复,但是不一样的是,在正对玻璃盒子的上方左边和右边,镶嵌了三块小圆。

我们把手电光依次照上去。玻璃盒子上方位置的那个小圆底是黑色的大理石,上面的图案像是一顶有些奇怪的帽子,白色的一圈,上面布满了黑色和类似于肉色的点点,中间是一朵小学生最喜欢画的简易小花,而圈上插了三根羽毛。

"这是什么?"

"老柯西莫的个人标志。"汤勺说着,便把光移向右手边。

我看到了一个有些熟悉的东西,一只和洛伦佐的那个三环钻戒一样的戒指,不过这里只有一只,钻戒头向上,环中插着两根向左右分别打开的羽毛。

"这是老柯西莫的儿子的,他叫皮尔洛。"

我记得这个名字,之前胡凯带我去地窖的时候,跟我提到过,老柯西莫看不上的那个患有痛风病的儿子,叫什么"痛风皮",汤勺应该就是在说他。

最后,手电的光落在玻璃盒子的左边——三环钻戒相扣,洛伦佐。

也就是说地面上依次是爷爷、父亲和孙子的个人标识。这说明了什么?

我看着汤勺,他没看我,托着腮帮子想了想,说道:"这很可能是个机关。这个玻璃罩子可能并不难打开,只要,我们能打开这个机关。"他指了指地上的圆。

又是机关?但问题是这个机关是怎么设计的?我琢磨了半天,在这个三个图案上又是按又是转,却没发现什么奇特的地方,根本什么都动不了。这会不会就是个装饰罢了?但又一想,正好装饰在关键部位,确实显得很奇怪。

我站起来,环顾了一圈四周,最后目光落到那两扇打碎的玻璃上。打碎的玻璃是上下两扇,上面是窗子,但是下面看起来是一扇门。

"那个玻璃是怎么被打破的?"我指着碎掉的玻璃问汤勺。

"不知道，我没看见。太黑了。但是凭着当时的声音判断，应该是被重物击破的。"

被重物……击破……也就是说不是自然破损，而是人为的。应该就是引诱汤勺下来的同一个人做的，但是为什么要打破玻璃呢？

我走到那摊碎玻璃边上，看着外面不停地想，这是为什么？偏偏要打碎这里，会不会跟机关有什么联系？但是看了半天，外面除了树叶，就是洒进来的水和灌进来的风，实在也看不出个究竟。

刚想回头，突然看到了一个十分明亮的东西在眼角一闪而过。我赶紧把脑袋转回来，那个明亮的东西又消失了。什么鬼东西?!

我再次转头，还是那一闪而过的亮光。难道是外面有人用手电照我们?! 我被自己的想法惊了一下，猛地一抬头，终于发现了亮光的来源。

"汤……陈唐，你来看!" 一个激动，差点把"汤勺"二字直接扔出来。

汤勺走到我边上，顺着我的手抬头望过去。刚刚那个亮光不是什么手电光，而是——月亮。

估计是云层散开来的缘故，月亮也露了出来，而且今天的月亮很亮。

我试了一下这一排的位置，只有被打破的这两扇玻璃跟前的位置才能看到月亮。其他的地方植物都比窗户最上面还要高，只有这里有个恰好的缺口，但你得站好了位置，前进一步看不到，后退一步也看不到。而且也看不到月亮的全部，只能看到一块，这么一看，倒是有点像颗宝石。

"你说，这会不会就是打碎这两扇窗的原因？"汤勺低着偷头细细思考了一下，转身走到那块地面的圆盘边上，双手按住地面，试着转了一下。我明显听见地面上发出了移动的声音。

他转过来冲我点点头，"能动。"

但是这个圆直径很大，很沉，我和汤勺分开在两头，使劲按住地面转，好不容易转了一点停下来，并没有发生什么变化。

"要把什么对准那边呢？"我问。

"不知道，一定是这三个的其中之一。"汤勺说。

我们先从洛伦佐的下手，花了九牛二虎之力，才把洛伦佐的标志对过去，但是臆想当中的变化依旧没有产生。我们停下来的时候，地板发出来的声音瞬间戛然而止，外面风也小了，雨也停了，除了树叶发出"沙沙"的声音，简直静得吓人。

我有些失望，因为在我看来，洛伦佐的图案应该机会最大才对。我们又费了很大的劲试了另外两个，依旧什么动静也没有。

我累得瘫坐在地上，难道是想错了？既然能转动，就说明肯定是机关，或者……是机关的一部分。到底缺了哪里呢？我趴在洛伦佐那个三圈环扣的图案上，打着手电来回研究。

"等下，你来看看这个。"我把汤勺一把拽了过来。汤勺仔细盯着我手指的地方看，那些环扣和下面的大理石之间，存在着一定的缝隙。一般镶嵌技术的话，缝隙肯定是有的，因为当时的人没胶水，这种镶嵌技术都要经过空间大小的测量和计算，以保证不容易被损坏。但是这里的缝隙有些奇怪，缝隙比较大，而且下面的白色大理石上，还有形状比较规则的圆弧一样的痕迹。

"这个是不是可以动?"汤勺说着按了一下，不动。

我突然想到了一个东西，刚刚看到的月亮，像什么来着?! 我立刻从地上爬起来，回到那摊碎玻璃前，找准刚刚的位置，飞快地抬头看了一眼——"我知道了! 我们先把这个圆转过来，转到洛伦佐的图案上。"

汤勺没多问，立刻着手跟我一起把圆转了过来。

这他妈的机关也不知道是谁设计的，这么沉，假如只有一个人，开个机关都可以爬一次阿尔卑斯雪山了。

当洛伦佐的三环扣钻戒图案对准碎玻璃的时候，我深吸一口气，找准其中一个指环的部位，向下一按，果然——下去了! 我又将手松开来，那三个环扣又弹了回来，停顿了一下之后，环扣开始自己发生位置上的变化——左右两边的指环，分别向下顺着那白色大理石上的弧度轨迹移动，与最下面那个方向指向外面的指环，合三为一了!

眼前的变化简直是惊奇! 这机关完全就是一件艺术品! ——这样窗外被它精心设计切割过的月光，就犹如这指环上的宝石了!

这时候，中间的玻璃盒子忽然整个亮了起来，发出黄悠悠的光。还没等我看清楚，只听见"啪啪"几声响，玻璃盒子一眨眼的工夫就不见了，不知道缩进了哪个地方，剩下来那幅画静静地躺在地上。

成功了!

我刚想走过去，突然脚底下开始有了震颤的感觉，跟地震似的，还没等我反应过来，汤勺已经一把拽住我，直往后退。

幸亏我们脚离开得快，那整个圆开始从中间分开，沿着那三个标志的边缘分裂成三块，就跟切月饼似的，分开后，各自缩退进去。我望着地板中间那个非常规则的圆形大坑，一时有点反应不过来。

"啪——"，这闷响是从大坑底下传上来的。

画掉下去了。

汤勺慢慢站起来，走过去，朝坑底看了一眼。"挺深的。"他回头对我说。

我终于缓过了神来，费了九牛二虎之力差那么一点就能拿到的画，现在居然掉坑底了。我拎高手电，往下面一照。看不清楚画的状况，这么高摔下去会不会摔坏？妈呀，那可是原件啊！

"下去看看吧，那画怎么着也得拿出来。"汤勺一边说，一边撸了撸衣袖。

我一把拉住他，"什么意思？这么高你准备跳下去？"

汤勺瞟了我一眼，没说话，只从我手里一把拿过手电，对着大坑的边缘照了照："你果然是呆子。"

我一看，坑边上大概一米左右向下，石头面上有间隔的凸起部分，看着像是专门为落脚设计的。原来从这里可以爬下去。

"我先下，你跟上。下去的时候小心一点，不知道会不会又突然来点惊喜。"汤勺话音刚落，我只来得及看到他的背影从我面前闪过，再看他的时候，发际线已经与坑边齐平了。

我想把手电筒一起带下去，找了半天可以随身携带的地方，结果发现只有把它别在肚子前面，用我的肉和裤子的松紧带一起夹住它。下面黑乎乎的，这样起码有个随身光源，也感觉安全一些。

我在坑边上磨蹭了半天，那些凸出来的落脚石从这个角度低头看下去，瞬间发现只够点个脚尖，踩得不好，脚底一滑，肯定不死也半身不遂。

"你别往下看！"汤勺已经下去三分之二了，但是看起来离开地面还有一定距离。这个坑比看起来的还要深。"敢拿刀戳自己的，这高度不算什么。下来吧。"

这坑不像是现代产物，坑壁的石头很老，而且大面积凹凸不平，有的地方甚至很硌手。而那些落脚的凸出部分也没经过打磨，高高低低，有些都已经松动了。我想要是这坑是胡凯开的，估计会在这里直接安一部电梯才对。

"你别动！"正在我一边胡思乱想，一边往下爬的时候，下面的汤勺突然叫了一声。吓得我立刻停了下来，不敢再动。

"怎么了？"我问道。

"这里有点不对。"汤勺说话的声音不大，我也就听出个大概。再问他，他就不说话了。我整个人吊在半空中，明显感觉到运动裤的松紧带不算很紧，手电筒在带着它的重量往我的裤裆里滑。我看了一眼脚边上，现在我踩的这块石头，和下面一块间隔距离出奇地短，我决定往下挪一格。

结果这一挪，就出问题了。我右脚往那块石头上一踩就知道不对，那块石头比我之前经过的都要小，而且我第一把力道一压上去，它就像脚踏板一样，往下一沉。

"糟了！"我心脏一悬，立刻知道汤勺所谓的惊喜来了——但是为时已晚，我整个人的重量已经不受控制地落到了那块石面上，还好我反应快，用力抓住了上面的石块，把身体尽量倾斜到左脚上。刚停住，就听见不知道从哪里发出一声闷响。

我和汤勺瞬间都静止不动了，过了一会儿，又没了动静。

"你听到没有？"我问汤勺。

"听到了，但现在还不知道是什么，看不见。可能是什么东西被你给弄开了。"他说，"都让你别动了，我这里还有一个。我刚刚叫你别动就是因为我手边上突然多了一块石头出来，我怕上面也有一样的，可能会启动什么机关。"

我在心里暗骂，说得轻松，你自己来不动试试。刚这么想着，突然感觉裤裆一沉，低头一看，一个不留神手电滑进裤裆里了。这手电比重比较大，直接把我的运动裤扯到了腰线下面。但是现在我腾不出手提裤子，妈的，早知道不带下来了。

"能动了吗？"我大声问汤勺。

"你继续往下吧。"听声音，他是又下去了一大截。

有了刚刚的经验，我每下一步都要踩实了脚底下才敢把身体的重量压上去。但越往下落脚石分布的距离也被拉得越来越大，我顾着手脚并用，实在腾不出手去提裤子。汤勺伸手拉了我一把。我一跳下去就忙着提裤子，又从裤腿里把手电筒掏出来，大概是打开的时间太长，它已经没有之前那么亮了。

"呵呵，你这个携带的方式不错，挺机智。"我看得出他在强忍着笑。他从我手里接过手电，背过身笑得肩膀直发抖，抖得我快打人的时候，他呼了一大口气说："画框好像摔坏了。"

的确摔坏了。画是背朝天摔到地上的。金属的画框底部被直接摔了个脱节。

汤勺很小心地把画翻过身来。画中少女的脸再一次出现在有些昏暗的白光之下，她脸上的表情显得十分柔和，嘴角极小弧度地上扬，微笑十分浅淡，却散发着高雅的不凡气质。

我没见过西蒙内塔真人，但是我见过苔丝。她那飘飘然的一身仙气，我到现在也是记忆犹新，便越发觉得画中少女的鲜活胜过一张直接拍摄的照片。

"你看这里。"汤勺把光集中在她手指上的那枚红宝石戒指上面。

"看什么？"

"你仔细看，戒指上好像有东西。"他说。

有东西？我低下头盯着那枚戒指仔细研究——那颗宝石是颗六边形的红宝石。红宝石的表面上透着宝石的天然光泽，似乎是一种反射的光线，在戒面上呈现出椭圆形。

慢着，这是什么？

假如你不仔仔细细看，肯定看不到，这椭圆形的光圈上，确实有东西。

这就像是一种镜面的折射和倒影，但是倒影的不是画中少女的脸或者下巴，而是有别的……

"你看到了什么？"汤勺问我。

"我不知道。"我有些犹豫回答他这个问题。在这团椭圆的透明光中，我隐约能看出一个形状，这是一个长方体，有点像……棺材，但是又不太像，因为这上面还连着一个打开来的盖子一类的东西，确实很难具体表达这到底是个什么。

我揉了揉眼睛，抬头问汤勺："你看出来了什么？"

他想了一会儿，问我，"你记不记得之前在洛伦佐墓地后面，那间后来被烧毁的密室？当时我们在墙上看到米开朗琪罗的一个草稿图，你用手机拍下来的？记得吗？"

他不说，我差点忘记了那个图还在我手机里的事情。

其实那个设计草图画得非常简单，几乎没有细节，除了一上一下的两个长方体。

"难道……你认为这里面的东西和那幅图有关？"我知道，汤勺肯定是在指当时看到的那两个不知道是什么的长方体。

"我不能肯定。"他说，"不过也不是没可能。戒指表面上的光圈里藏了东西，这个东西一定有指向性，只是现在还不好说它到底是什么。"

其实一样的长方体太多了，酒庄里面放红酒的盒子也是差不多的形状。光这么看的话，很难说得准它到底指的是什么。但是如果换一种思考方式，假如这个隐藏在里面的东西真是个线索，知道的人一看就知道，不知道的人不会注意，就算看到了也不知道是什么，对于它背后所要保护的东西来说，确实可以说是一个精妙的隐藏和遮护。

到底是什么东西，波提切利当时居然要暗藏进一幅画里？

我站起来，用手电照了照四周。

刚刚被我踩到的石头，并没有在这个一眼看过去都是岩壁的地方开出一扇门来。这里的空间并不大，四周是环形的石壁，一目了然，什么东西都没有。

光这么看的话，我会觉得这里更像是一个杀人的机关。假如之前没有汤勺在上面拉我一把，我估计就已经摔下去粉身碎骨了。至于刚刚的那个响声……

汤勺大概是猜到了我在想什么，走到刚刚我们下来的地方，做势要爬上去。

我说："你干什么？"

"必须弄清楚刚刚那个声音。肯定是有东西被打开了，在某处地方。还有一处跟你踩到的那个机关一样的，我还没碰。"

我一把拽住他，"等下，假如这里是个陷阱的话，贸然去碰不该碰的东西，这里塌了怎么办？我们辛苦下来拿这幅画就没有意义了。"

"不用担心，就这个建筑结构来说，假如这里塌了，那整座别墅都会塌下来。没有哪个蠢蛋会造这种机关。"

他说完冲我点点头，接着就爬了上去。果然是做警察的，受过专业训练身手就是不同，没几下就爬到了他刚刚停顿的位置。

我用手电光照着他。但是光线已经暗了很多，连石壁都照得不是很清楚。

他用手按下那块石头的同时，我屏住了呼吸。随着又一声"轰隆"的响声，预想的危险状况确实没有发生，但是眼前倒是开了一扇门出来。

不能说是门，只是环形的墙壁上开了一个可以供顶多两人过的口子。

汤勺手脚麻利地爬下来，对我说："带着画走，谁知道这里是不是还有别人。"

"进去吗？"我指了指那个口子。

"嗯。"他点点头，"你刚刚不小心打开来的东西，可能就在那个里面。"

我的眼睛还停留在眼前那条刚开的口子上，黑洞洞的地方突然开个口子，犹如暗夜的一张吞噬你的嘴巴，看起来多少有些恐怖。比起摔死人的陷阱，现在眼前那个黑洞洞的长方形开口更像是在向我们招手的陷阱。我也不知道内心哪里来的这种莫名的恐惧，之前经历过的惊险也不少，差点被人杀了两次，按照道理来说，已经不应该有这种恐惧感了。但是眼前这个口子，确实给不了我什么太好的感觉。而这时候手里的电筒光已经没法照到那么远的地方了，站在画旁边，暂时还不清楚里面的情况。

我一边用眼睛直勾勾地盯着墙壁，一边蹲下去把画从地上捡起来，画并不是特别大，也不是很重。但是假如待会儿遇上什么危险，带在身上绝对是个累赘，却也不能就这么搁在这里……

就在我把画捡起来的时候，汤勺突然双手把住画框底下脱开的部分，"等下，这里面好像有东西。"

他说的东西，在脱节断开的那节金属框之中。假如不是汤勺发现，我可能还不会这么快注意到这脱开的一截有点不太一样。普通的这种全画框，一般只有四角的斜凹面，但是这个掉下来的一截居然里面有明显大于这幅画厚度的一个凹槽。

我看了看汤勺，伸手进去抠了几下，确实有东西在里面，有点像皮质的填充物。为什么要塞东西在这里面呢？汤勺也用手试了试，冲我摇摇头，表示弄不出来，"这东西应该不是普通的填充物，是被人很巧妙地卡进去的。弄它出来需要工具。晚点出去之后再说吧。"汤勺说着，便把它收进了口袋里。

汤勺看了一眼墙上的开口，对我说，"或许除了爬上去，我们还有别的方法离开这里。"

他的意思是，这里头可能藏着一个出口，"你怎么知道？"

"直觉。"他头也不回地说。

我心里有点疑惑，真的只是直觉吗？我总觉得汤勺一味要进去的做法有点反常。但经历过这么多事情之后，我明白自己完全没必要怀疑他。假如他要害我，我已经死了十七八次了，更何况，我的命还是他一次次救回来的。

这个开口的大小要比看起来窄一些，不能完全容纳两个人跻身过去。汤勺先于我一脚跨了进去，我跟在他后面。

一走进去，我差点被里面的气味熏得吐出来。"什么东西？这么臭！"我用手紧紧捂住口鼻，但是空气还是会通过指缝钻进鼻孔。这里面的味道简直就像一个发酵的垃圾场，充满了腐烂的臭气。我直接转身撑着墙干呕起来，腐臭味钻入鼻孔，引起一阵剧烈的咳嗽。

汤勺拍拍我的肩膀，从我手里拿过那幅画，显得很淡定。

我本来以为当我那次见识过万人坑的白骨之后，对于这些东西已经有了较强的免疫力，可以像汤勺一样淡定。但当这种场面再次出现的时候，我发现自己确实做不到。我稍稍镇定一些之后，转过身看到汤勺已经拎着手电筒走到中间去了。

假如这里可以被称为一个屋子的话，它并不算很大，只有十五平方米左右。不同于外面，它是四方形。屋子的中间横七竖八地躺着十几具尸体，这些尸体并不是和万人坑里一样的白骨，而都是死了不久，还没完全腐烂干净的尸体。白光一照，照出来的都是一张张血肉模糊的脸。

我慢慢地移动到汤勺边上，尽量避开碰到那些尸体的任何一个部位。

"这里怎么这么多死人？"我说，"都是为了拿画陷入机关里摔死的？"我自己说完就意识到了不可能。画假如摔下来那么多次，早摔烂了。这个机关可能早就存在，但是画却是后来才放上去的，正如汤勺所说，什么人故意引诱我们看到画，目的也不知道是不是单纯的就为了除掉我们。

"也不都是。他们更可能是被人杀掉的。"汤勺用手电指了指我们跟前一具腐烂并不是很严重的尸体，"你看这边，"他指着尸体脑袋上的一个窟窿说，"这明显是被枪打死的。我看了好几具，都是一枪爆头，枪法很准。"

也就是说，有人在这里人工造了个乱坟岗。

"这些人是什么人，为什么会在这里被杀？"

"我不知道，"汤勺说，"不过，你看他们有个共同的特征。"他用光来回照亮眼前的几具尸体。这些尸体的脸都是陌生的，有亚洲人的脸也有外国人的脸，有些面孔还带着死前的狰狞，我赶紧把目光从他们的脸上收回来。"你看他们的手臂。"他说。

这里的潮湿不仅腐蚀血肉还有衣服，所以好几具尸体上面的衣服都显得破烂不堪，大量已开始腐烂的肉体暴露在外面。我循着光源看过去，瞬间明白了汤勺所谓的共同点。这些人手臂上都有个文身，这个文身的图案，就是洛伦佐的三环扣钻戒标志。

"他们……难道是个组织？"我忽然被自己的这句话点醒了。怎么不是？这个图案屡次出现在不同的地方，除了单纯指向四五百年之前的美第奇族人，还有另一个可能，就是现在有人正在使用这个标志。

"很有可能。而且这个图案，上次死在你店对面那个白痴手里的人身上也有，不过警方当成普通文身处理了。而且，我曾经还在一个人的身上也见过。"他说。

"谁？"

"南洋。"

"怎么可能？"南洋我认识这么多年，我从来没在他身上看到过这个图案，但又一想，南洋似乎并没有当着我的面脱去过上衣或者穿露肩的衣服，"那也不对。"我摇摇头，"那天我们从洛伦佐墓地里面把他救出来，送去救治的时候，他浑身上下我都看过了。就算以前见到过没有印象，但是那时候我们已经见过这个图案了，假如他身上有这样的图案，我不可能没印象。"

"那天他进去的时候身上有一块地方是好的吗？"

我突然就被汤勺问住了。那天南洋被送进医院的时候，浑身上下十几处伤口，虽然火没有直接烧到他，但是那种高温之下，还有大面积的烫伤……难道，他真的之前也有这个标志？

"你是什么时候见到的?"

"你记得那天吗?你们两个人在我餐厅吃饭,你喝多了的那天,他在扶你的时候,你扯了一把他的衣服,把他的衣服扯坏了。他当时显得很慌张,赶忙就披上了外套,但是恰巧被我看到了。不是胳膊上,而是左边的后背上。"他说着用手指了指自己的左后背,"标志不大,没有这些显眼,但是我看到上面还有一个 V 后面跟着一个什么数字。"

数字?!我脑中立刻跳出来那本被人偷走的黑皮面笔记本,"V23?还是 V52?"

汤勺摇摇头,"我没来得及看清楚。"汤勺不像是在胡说八道,假如说他们是一个组织的话,南洋看来也是组织里面的成员之一。我拿过手电,又照了一下眼前的尸体,这些尸体手臂上却只有标志。

"别看了,我看过了,他们没有那种编码。"编码?如果说那真是编码的话,南洋是其中一个,那么另一个是谁?但是记录组织成员编码的笔记本怎么会在菲利普手里?之前还会被歌里拿走?现在又被偷了?

简直乱七八糟,完全想不通。

不找到南洋,恐怕很难核实这些事情。

我忽然又想起汤勺说胡凯跟发生的事有些牵扯,现在看来免不了要怀疑他了。假如这个地方还是属于他家的范围,在这里找到十几个同一个组织的尸体,这也太巧了!他要么就是什么都不知道,要么就是知道很多事情。

汤勺大概也在想同样的问题,自言自语地说:"有可能他是知道我怀疑他,故意把我们单独留在别墅里的。"

而这间屋子并不是这里面的唯一一间,和外面那个口正对着,在这间屋子里面的墙壁上,还有一个一模一样大小的开口。

我心有余悸,不知道会不会又出现一屋子的尸体。汤勺走过去,拿手电照了照,"把画带上。"说完就走了进去。

想象当中的画面没有再次出现,但当我看清这间屋子的时候,我起了浑身的鸡皮疙瘩,不是因为恐惧,而是因为感觉太奇怪。

这间屋子不大,可以说非常小,最多也就是七八平方米。正对着入口最里面靠墙的地方,有一张石桌,石桌上面,摆着银质的烛台。而上方则挂着一幅蛋彩画,画中是圣母和圣子。看起来,还是波提切利的画,因为画中少女的脸看起来仍旧是那张他最爱画的西蒙内塔的脸。

这里看着像是一个礼拜堂。虽然觉得有点不可能,但是毕竟祭祀画都出现了,没有理由不相信,这就是一个礼拜堂,只不过没有祷告的长椅。

但是这个礼拜堂是封闭的,除了连接那个都是死人屋子的开口处,就没有其他地方了。没有看到汤勺所谓的出口，我到现在也没搞清楚我在外面开启的那个东西是什么，或许是汤勺开了外面那个口了，而我开了里面这个。

画拎在手里变得特别沉，我把它靠墙放下来，甩了甩胳膊。汤勺用手电光打了一下我，示意我过去。

他叫我看的，是墙上的壁画。这里的墙壁是普通的石壁，当然不可能有湿壁画这种东西存在。但是这石壁上有人刻了一些简易画，看起来不算很美观，倒有点像是小学生的涂鸦。

"什么东西？乱七八糟的。"我说。

汤勺退后几步，把光线拉长。这么一看，这画似乎还有叙事性，像是一幅连环漫画。

看到这种东西的出现，反而感到有些好笑。图中的人物都用简单的线条绘制而成，头上戴个皇冠的看着像是国王，但是除此之外根本分不清楚谁是谁，因为脸都是一个圆圈，而头发都是几根线。

看笔触，却又觉得不对，这应该不是小孩子乱画出来的，因为虽然是刻印，但在墙上显得苍劲有力，而且人物与人物之间没有任何连笔，圆圈代表头，四方代表身体，分开得很干净。这倒像是一个绘画老匠人，在没有时间的情况下，画在这个上面的。

在看了四五幅画面之后，我的冷汗往外冒得厉害。我的猜测是正确的，因为画中明显在描述 1478 年 4 月 26 日当时针对洛伦佐和朱利阿诺的那场历史上十分著名的暗杀事件。但是，对这暗杀的记录看起来有些奇怪，似乎与我在历史书里看到的，不太一样。

"小剑，你知不知道 1478 年那场暗杀？"汤勺突然出现在我的身后开口说话，把本来就在冒冷汗的我吓了一跳。我每次听见他喊我小剑，总觉得他用的是"贱"字，想想在这里翻白眼他也看不到，算了。

"你了解吗，那段历史？"

汤勺刚刚粗略地走过一圈，看来也已经意识到了问题所在。这段历史，可能算是我最清楚的一段历史了。因为曾经卖过那场暗杀遗留下来的长枪枪头，虽然我那会儿也不知道是真的还是假的，熟练掌握的历史绝对是推销词里最有作用的一部分，所以这段历史我记得很牢。

"洛伦佐继位的时间，我没记错的话是 1469 年，从 1469 年到 1477 年。这之前还是比较太平的，他的一些改革让佛罗伦萨人民对他也比较拥护。他本身非常热爱艺术，是文艺复兴的创始人，自己也是个诗人，极具才华。而他的弟弟朱利阿诺不仅有才华，还有颜值，为人温和谦顺，翩翩公子，所以两人当时在城内的声望一直很高。人民很喜欢他们。但是反美第奇的势力却一直都没有消停过。

"美第奇当权的前一百年，一直都有反美第奇联盟，多半都是那些看不惯美第奇财大气粗的佛罗伦萨老贵族们组成的，这主要还是因为美第奇曾经来自偏远的乡下。他们家是从洛伦佐的爷爷老柯西莫那一代开始在佛罗伦萨当政的。从那时候起，反美第奇的声音就一直存在。所以当年'痛风皮'在位期间没做什么贡献，已经引起了大范围的不满，而他死了之后，继位的长子（也就是老柯西莫的长孙）洛伦佐由于太年轻，反对派就更是想把美第奇从台上拉下来了。反对派以佛罗伦萨非常老的一个贵族帕奇家族为首。

"当时的刺杀事件搞得那么大，是因为不光有贵族参加，而且参加者里面，还有当时的教皇西斯四世。教皇参与暗杀美第奇的行动，原因是洛伦佐得罪了他。西斯四世之前想要买罗马尼亚的地给自己的侄子里阿里奥，所以有意向美第奇提出财政上的支持，结果被洛伦佐直接拒绝了。于是西斯四世与美第奇的仇怨就此开始。

"当时正好又遇上了想杀美第奇兄弟的帕奇兄弟，于是一合计，就开始铺垫起一场暗杀。教皇钦点的暗杀参与者有：教皇西斯四世和他的侄子枢机主教里阿里奥，帕奇兄弟（弗朗西斯科·帕奇和雅各布·帕奇），那不勒斯国王费南德和乌比诺公爵费德里科·达·蒙特费尔特罗。

"他们原本的计划是，4月25号晚上动手，他们设计了一场鸿门宴，借口为里阿里奥十八岁的生日庆祝，设宴邀请了美第奇兄弟。杀手事先在为他们准备的红酒里下毒，结果朱利阿诺由于身体不适，提前退场了。这场暗杀必须要一次性除掉两个，假如只死了洛伦佐的话，朱利阿诺还是可以上位，所以要死一定得死一双。这场暗杀宣告失败，只能第二天早上继续。

"于是，时间就走到了4月26日，历史上的这一天，是一个星期天。

"早上里阿里奥继续找借口，要感谢众人昨晚为他庆生，于是又邀请了朱利阿诺和洛伦佐兄弟前来佛罗伦萨的主教堂圣母百花大教堂参加弥撒。结果朱利阿诺身体还是没有恢复，没有出席。帕奇这下急了，因为教皇的军队已经到了城门口，为确保暗杀一开始之后，美第奇逃不出城。刀已经架到脖子上了，不得不杀。暗杀行动没办法继续拖延。所以弗朗西斯科·帕奇亲自出马，带着杀手邦迪尼一起，跑去美第奇别墅请朱利阿诺出来。把朱利阿诺请出来了之后，弗朗西斯科特意上前拥抱他表示问候，顺便检查他身上有没有带武器，有没有带什么利器装备。结果他身上不仅一干二净，就连受伤的腿上都没有佩戴防护的盔甲。看来他们一点防心都没有。弗朗西斯科十分高兴，与朱利阿诺一起进了圣母百花大教堂。

"人员全都到位之后，弥撒开始。所有人都跪在地上祷告。而这场弥撒的主持人，正是教皇钦点的主教萨尔维地。在弗朗西斯科·帕奇的眼神示意之后，萨尔维地做一个手势，旁边突然那些假冒的神职人员都冲了出来，冲向了教堂中央的洛伦佐和朱利阿诺。

"朱利阿诺在暗杀中被乱剑刺死，而洛伦佐颈部受伤，在他的好朋友诗人波利其阿诺的保护之下，冲向圣器室。诺力用身体挡住了邦迪尼的快剑，他的牺牲使圣器室的门成功关闭，洛伦佐逃生。而后刺杀失败的帕奇们还指望民众帮他们打垮美第奇，结果民众都站在美第奇一边，教皇得知失败的消息，立刻命令他的军队马上走人。著名的426惨案，以帕奇的失败告终。"

汤勺听完之后沉默了一会儿又问："后来呢?"

"后来洛伦佐就复仇了。该杀的杀，杀完还分尸，分尸完了还抛尸，抛尸阿诺河，抛尸在街道上，挺残忍的。不过他和朱利阿诺的感情那么好，换成是我的话，我也把他们分尸，拿去喂狗。"我说。

"嗯，这些画像是在讲历史，但是又感觉有点问题。"

我被他这么一说，又重新回到了我刚才的疑虑上。是的，确实有点问题。

第一幅画面上有个头顶皇冠的，应该指的就是洛伦佐。而洛伦佐边上站着一个穿着盔甲的人，不知道是什么人。他们在说话，说话的内容被画在那个盔甲人头上冒出来的一个椭圆之中，里面画着很多人，其中有五六个站着，两个躺在地上。假如我没猜错的话，这是暗杀的画面。第二幅画面上头顶皇冠的洛伦佐出现在那场鸿门宴上，只有他一个，不见朱利阿诺。第三幅画面是他独自在书写着什么。第四幅里面有很多人，有头顶皇冠的洛伦佐，还有另一个披着斗篷的男人，披着斗篷的男人后面还站着一个，而洛伦佐则坐在马车上，马车停在这个斗篷男人的跟前。

"不对，这里这个戴皇冠的是朱利阿诺，这幅画面就是你刚刚说的帕奇带着杀手去接朱利阿诺的画面。可能是画画时候的笔误，所以给他戴了一顶皇冠。"说着汤勺指向之后那个画面，"你看，这个就是暗杀发生的时候。"画中倒在地上的人披着斗篷，没有皇冠，这是朱利阿诺，而有皇冠的洛伦佐则正在向左边的圣器室跑去。

"这个人是波利其阿诺，"我指着洛伦佐边上的人说道，"你看他张开了胳膊在护着他，而这个挡在门口被剑刺中的是诺力，这个拿着剑刺中诺力的就是主要的杀手邦迪尼。那么这个呢？"我指了指在波利其阿诺旁边的那个人，"这个是谁？历史上没提当时洛伦佐身边还有别人啊……"

汤勺看了半天，摇摇头。

之后的几幅画都是在讲刺杀失败之后，洛伦佐怎么实施报复计划。

仔细研究之后，这不对的地方就浮现出来的，是逻辑上的问题。

"你看这第一幅，假如按照这个画面来说的话，"我说，"洛伦佐是在暗杀之前就已经知道暗杀的存在了？那他弟弟怎么还会死？他不能采取防御措施吗？"

汤勺沉默了一会儿，说道，"看来历史上很多言论或许是真的。许多人当时指责洛伦佐是故意牺牲他弟弟，来换取他政治上的利益面。而洛伦佐从来没有站出来为这件事澄清过，哪怕是后来他平息了险些爆发的战争，拯救佛罗伦萨于危难，也从来没有回头去提及这件事情，没有为他自己做过辩解，像是一种默认。因为一次暗杀完全失败，可能主谋不会现身，不现身就不能用名正言顺的借口铲除他们，但是假如死一个的话，不仅可以逼出策划的人现身，还能将他们一网打尽。这是政治手段。很残忍，但是做政治的人，有谁是不残忍的？洛伦佐四十几岁死的时候，有很多人惋惜，称他为伟大的洛伦佐，却也有很多人说他是作孽太多才英年早逝。那时候不是有宣传黑暗学说的修道士萨瓦那罗拉吗，是洛伦佐把他找来佛罗伦萨的，死前一直很信仰他，死的时候据说还在向他阐述自己的罪过，请求上帝的宽恕。传说他死前说过一句话：请上帝宽恕我，让我能够去天堂找我的弟弟朱利阿诺。或许他弟弟曾经真的是他的政治牺牲品也不一定。"

其实我在内心比较抗拒这样的说法。历史书上的描述一直显得他们兄弟的感情很好，美第奇家族里面杀戮无数，为了钱和地位，根本不顾兄弟手足之情。当然中国历代王子争皇位也是如此。就是在这样带着血腥和杀戮的历史之中，这种兄弟之间的感情才更显得难能可贵。可能因为我是孤儿，所以才会对这样一段历史特别喜欢，甚至带着羡慕……

我也听说过那段有关暗黑修道士的历史。萨瓦那罗拉是洛伦佐请来佛罗伦萨的修道士，后来在洛伦佐死后，把他的儿子赶出了佛罗伦萨，并且在这里宣传黑暗学说，掌控了佛罗伦萨的政府。烧毁了很多很多文艺复兴时期珍贵的艺术品，说一切跟宗教无关的东西都是罪恶，不允许贵族穿华衣，留长发，所有人都要穿道袍，有点像某神功。而我读到这段历史的时候也觉得很诡异，这样一个心术不正的修道士，居然是陪伴伟大的洛伦佐死去的人。还好，他没看到这个人在他死后都对这座城市做过什么，否则的话，他或许会自己走下地狱。

"你看这里！这是什么？"我抬头一看，汤勺不知道什么时候已经站到右边那面墙跟前了。

这里的画面似乎跟前面的有点脱节。戴皇冠的洛伦佐边上站着一个大胡子，他在和大胡子说话，在他的皇冠边上，冒出来一个椭圆形，里面画着一间房子。

我一头雾水地移动到第二幅面前，汤勺一直站在这里。我看了一眼之后就知道他为什么没有移动了。这整面墙一共只有三幅画。除了刚刚那一幅，后面这两幅似乎是连在一起的。

我看了一眼，就愣住了，"这是……"我指着画面惊讶地转向汤勺。

第四十一章

FIRENZE
不是幻觉

汤勺的眼睛直勾勾地盯着面前的墙壁，模糊地"嗯"了一声。接着第一幅、第二幅和第三幅挨得很紧，似乎在强调这画面的连贯性。第二幅只有一个人，就是刚刚那个大胡子，站在一面墙壁前面，看样子是在画画。而第三幅，应该就是他画上的内容了。

这是一座大型宫殿的简笔画草图，不能说是设计图，因为看不到内部结构，而能辨别这是一座宫殿的东西只有类似于柱子和圆拱门的简体。

不过，我却想到了一样东西。对，你想的没错，我和汤勺还有你，我们都在想同一样东西，就是我手机里面上次拍下来的那几幅设计图。在洛伦佐的墓地后面，后来被损毁的密室和过道之中，我拍到的那些图，看起来十分有可能和这里是相对应的。为什么这么容易就联想到那边？是因为这个大胡子，他的胡子让我很直观地想到这里面涉及的一个人物，就是米开朗琪罗。这么算起来，米开朗琪罗当时应该也就是个小伙子，给他画上这么大胡子的人，应该是希望看到这些画的人，把米开朗琪罗当作一个载体，来辨认旁边他所想要表达的东西。

"你看这里。"当我自己看到我用手指出来的这一块的时候，我已经能十分肯定它们是同一座宫殿，因为这座宫殿也有一种很奇特的结构特征，就是上端显得矮，像是受到了挤压，从柱子高度上就能看出来。

"你说这是什么意思？"我指着上端问汤勺。

"我猜，可能是一种对地势的标注，有可能……只是有可能，这上端的部分是在山上。"

这里的画面比之前我们看到的那个还要简单，假如没有之前那些在脑中已经构建出来的铺垫，你可能无法立刻明白这是一座宫殿。除了结构上并不完整之外，零零碎碎的柱子和拱门以及楼梯的标识看起来更像是一座希腊神庙，除此之外，却有一个特别奇怪的东西夹杂在中间。

在整座宫殿的中间部分，也就是建筑高度发生变化的过渡段，这里被绘制得特别详细。

左右两边有成排倾斜的大梁柱，从梁柱之间的空隙之中，能看到底下有一些分布零散的柱子，说明这是一层复式结构。而与这些梁柱相连的地面，由两边分别向中间搭建成排的楼梯，楼梯连着一条向前延伸出去的直路，路的尽头楼梯往上，相接平台之上，两根方柱之间，就出现了一个东西。

那个长方体。

又是那个长方体……

这么简单的一个形状现在竟然显得像是什么吞人的魔咒盒子。它在这里看起来更清楚一些。呈一种半打开的状态。但是由于线条混乱，也不知道是不是打开着的。

难道是……棺材？可是棺材怎么会放在宫殿里呢？

我对自己摇了摇头。

"怎么看起来像是中国的建筑风格？"我的目光在长方体那边收住，除了这一段，其他都是零星结构，难以辨认确切面貌。

汤勺不置可否地点点头，我怀疑他根本没去过中国，所以对于中国的建筑风格也不是很清楚。听我这么一说，又多看了两眼。

"这倾斜的梁柱肯定是木头的，我反正在欧洲没见过谁在房子里采用这种结构。米开朗琪罗当时的设计范围这么广，怎么其他建筑里都没见到类似结构？"我说，"这么奇葩的建筑，你说会在什么地方呢？"

我怎么想都没有印象，假如一座这么带有中国元素的建筑在里面，老早被开发当门票收费景点了，那一定会成为中国游客必去的地方，各大电影拍摄常用基地。但是这么一个应该蜚声海内外的神奇地方，我居然闻所未闻，那么只有一个可能，"估计没有被造出来"。

手电筒的光突然闪了几下，我在白光闪烁之间，看到了汤勺飞过来的白眼。结果那么几下之后，灯灭了，一片漆黑。

"假如没造出来，应该就不会有这么多事情了。"汤勺的声音在灯灭的同时冒出来，"大概被藏在什么地方。"

他"啪啪"反复开关了几次，手电筒十分不给面子，完全没反应。

"但是这些图都不完整。"我继续说，"如果只有这些，我估计我们这辈子都找不到那地方。"

"就说明，一定有一份完整的图稿。"

汤勺说话的间隙，手电的光忽然又闪了一下。

"谁?!"我大叫一声，白光一闪，居然在我们进来的地方闪出来一个人影！人影一闪便消失了，看方向，应该是闪进了这里面。

"不好了！画！"我突然反应过来，画刚刚被我放在入口那边靠墙的位置！

果然，等我找准方向冲过去，左摸右摸，已经不见了。

"别动，别出声，人还在这里。"汤勺突然出现在我身后，小声对我说。

没有自然光源的黑暗，眼睛会变得难以适应。我努力闭上眼睛，再睁开，几次反复下来，居然发现隐约能看到，前面沿着靠墙的位置，有物体在移动。

——是他！是偷画的人！这小贼抱着这么一大幅画，肯定行动不便！我已经计算过了，他在贴着墙走，我可以从前面的石桌那儿绕一圈，采取正面袭击，动作快准狠，一定可以来个攻其不备，我刚想溜过去，结果我被汤勺拦下了。

他扯住我的胳膊，我听见他还在我耳边上骂了一句意大利语。

"干吗?"我有点来火，紧要时刻，搞什么！其实我这么急主要是因为那幅画是被我放在墙边上的，我要是不嫌胳膊酸，好好拎着画，现在也不会被人这么轻易得手。假如画真的被偷走，那我们今天起码一大半工程都白费了。想到这里我就淡定不下来，偏偏汤勺还要拉着我不放。

"你要干吗?!"他趴在我耳边，语气很重地吹着气，"先看看他要什么，你这么贸然过去，他假如掏出来一把枪，你就直接死了！"

我顿时没了气焰，汤勺说得对，我刚刚那个所谓的攻其不备，弄不好到最后会变成一枪致命。

但是，画怎么办?

"他跑不掉的。"汤勺说。

很快我就觉得有点不对。本来我以为那人是因为偷画的时候正好被我们手电发出来的白光闪到，偷完画没有跑得出去，但是现在看样子他明显不是在往门口移动。我又仔细想了想，确实有问题。这个人假如扛着画，打算怎么跑出去呢? 我带着手电筒下来都觉得困难，别说扛着一幅画爬上去了……而且这个人究竟是从什么地方冒出来的? 这么点地方，一目了然，无处藏人。难道刚刚才从上面下来? ……究竟是什么人? 胡凯?!

我赶紧忍住自己脑中的胡乱思考，尽量保持注意力集中。在这么黑的地方盯着一个人影的移动方向，实在不是一件容易的事情。

快要接近石台那块的时候，那个人居然"啪"地一下打了个亮光出来，我被突如其来的亮光一闪，整个人都愣住了。先是没有反应过来，在我反应过来的时候，他帽子上的那盏灯恰好要隐灭。但是我抢了那最后的亮度看清了他的脸。

不是，不是他，是她！——我有那么一瞬间回不了神，仿佛感受到自己被卷入了那幅古老的画中，光亮起又熄灭的那一刻，产生了一种神奇的重叠。站在墙上的祭祀画前面的女人，手中抱着波提切利的《西蒙内塔》，而她的脸与墙上的圣母，和手中的西蒙内塔的脸重合在了一起。那瞬间，我觉得自己在梦中。

"是她！是苔丝！苔丝！"我从做梦状态中抽离的那一刻，大叫起来。

她帽子上的光跟着我的叫声又"啪"地亮了起来，我一看汤勺人都已经冲到她边上了。只见她微微一笑，用画撞了一下汤勺的膝盖，紧接着把画往石台上一推，空出两只手来，一只手掏出一瓶不知道什么喷雾，对准汤勺的脸猛喷了好几下，汤勺没有防备到她会来这招，一下就被她搞得连眼睛都睁不开来了。同时我注意到她的另一只手，抓住石台上方的画往旁边一拽，画掉了下去，露出一个和画大小相通的方形通道入口。

她的动作极快，我冲过去的时候，她已经将那幅《西蒙内塔》的原件扔了进去，紧接着人踩上石台，正准备钻进去。

汤勺一手捂着眼睛，一手拽住她的脚，在汤勺拽住她脚的同时，我抓住了她的右手。

她用左手又掏出那瓶喷雾，旋转了一下喷雾的头，对准我按了下去——在我的面前突然冒出来一团极大的火球，还没感受到来自正面的冲撞力的时候，我被身后的后拽力一下子扯出去老远，直到后背撞到墙上。

她的脸带着一丝诡异的微笑，淹没在一团火光之中。

火光很快就消失在了黑暗里，随着火光一起消失不见的，还有她。

这里又恢复了黑暗和平静，除了空气当中隐约能闻到一股焦味，剩下的一切都像是刚刚什么都没有发生过。

"你说这女人是谁？苔丝？就是那个冒充菲利普老婆的女人？"汤勺喘着粗气从我旁边站起来，"那就是又出现了一个之前失踪的人口。这女的刚刚一定是混在那堆死人里面，你注意到她身上的衣服和血迹没？我们刚才居然没发现……我看到她腰间明明有把枪，却一直没有拿出来对付我们，看来，她并不想杀了我们……你怎么了？"他伸出手来拉了我一把，"我刚刚要是动作慢一点，你的脸就被她的喷火器烧焦了。你是看到美女眼睛转不过来了？"

我的目光游移在汤勺和那个模糊的洞口之间。我下意识摸了摸自己的手，她手的感觉、温度，好像还停留在我的手中。

是巧合吗？只是巧合吗？

我感觉到自己浑身都颤抖起来。

"你怎么了？"汤勺捏了一下我的肩，"你抖什么？"

"刚刚……她虎口有疤……"

"你在说什么？什么叫虎口有疤？"

"虎口那条疤是她第一次毁掉她的画，开始乱砸东西的时候留下来的。我那天连夜带她去医院缝针……她差一点，因为那个伤不能再继续画画……我后来每天，每天都会在她睡觉的时候摸一下。我很熟悉……会是巧合吗？……"

"……你说的是……山川？"

"去找山川。"南洋的话又一次在我脑海中浮现出来。

难道，山川没有死?! 不可能……这怎么可能?! ……我明明把她的尸体埋了!

"当时，你是看着山川被火烧死的?"汤勺问。

我想了想："没有，我没有亲眼看到她被烧死。我到的时候，她已经死了!"

"那你确定那具尸体是她的?"

我确定，不是她的，是谁的? 那栋废弃的房子里面就只住了她一个人……不是，等等……我真的确定吗? 我发现那具尸体的时候，已经烧得面目全非，难以辨认了。是山川吗?

死的，是山川吗? 难道，山川没死?!

我被自己的想法吓到了，背重重地撞到墙上，我听见骨头受到撞击发出来的"咔嚓"声。

我突然就笑了起来，完全无法控制，这件事太好笑了，"不可能的，怎么可能? 那就是山川，不然是谁?"

对，不然是谁? 这主导了我六年的噩梦，我一直背负着愧疚和痛苦活了六年时间，我一直预备着在自己死后下地狱，我在我的谎言之中活了六年。或许现在有谁来告诉我，山川真的还活着，我应该高兴才对。但是我无法面对她，也无法面对我自己。对，无法面对我自己。我有些混乱，那不是山川……不是，山川应该会直接让我去死。我没有保护好她，没有相信她，没有救她，她怎么会放过我的? 她应该会像我的幻觉里那样，一刀捅死我，或者一枪毙了我。

"啪"的一声，声音传来的同时，我感觉到自己的脸火辣辣的疼。是汤勺给了我一巴掌。

"好了，已经给了你十分钟发疯，现在我们赶紧出去。"他说，"山川的死活问题我们出去再讨论。我不去追那个女人是觉得追不上，但不等于说，我们要住在这里。"

汤勺说完，不由分说地把我从地上拉起来。

"画怎么办?"我甩了甩头，终于暂时摆脱了脑中山川的脸。

"偷也偷走了，能怎么办? 不过还好我们拿到了这个，"他拍了拍口袋，"也不算一无所获。"我突然记起来，对了，我们还拿到了一截有内容的画框。

手电筒在他大力的敲击之下，又陆陆续续亮了几次。我们爬上石台的时候，汤勺突然愣了一下，"那个女人的身手，总觉得有点熟悉。"说完就钻进了那个狭窄的通道。

我突然想到了一个问题，"你是不是之前就已经感觉到我们被人跟踪了？"

他蹲在通道里，回头叹了口气说，"不是跟踪，而是下来的时候我听见了声音，直觉告诉我，这底下不止我们两个人。但是看到尸体的时候，我以为我的直觉指引我去看的是尸体呢，我不知道有活人。"

怪不得那会儿他一个劲地要进来。也亏得进来了，虽然画丢了，但是发现也不少。关键是……我找到了我现在迫在眉睫要证实的事情……

这通道很不宽敞，只能爬行前进。汤勺爬了不知道多久，突然停下来，我一头就撞到了他的屁股上。他转过身来，推了我一把，说："等会儿，缺氧。"说着我听见他大声喘了几口气。

这里的空气确实显得特别闷，带着一种潮湿且闷热的感觉。他不说我还不觉得，被他一说，我也觉得有点喘不上气来。

"你说那个女的，怎么就有本事在这种狭窄的空间里面瞬间消失？……"他说着说着突然就不说话了。

我以为他被气憋晕了，叫了声"陈唐"，听见他"嗯"了一声。"而且还带了一幅画。"我补充道，山川的面孔再次在我脑中浮现出来。

汤勺沉默了几秒，语气一本正经地说："我知道。因为练过。"我笑了笑，以为他说的是一个冷笑话。

我们大概又爬了半小时左右，突然发现通道变高了。我们不仅可以站起来，而且渐渐地居然连身体都可以站直。但是这条路我们走得根本连方向都搞不清楚。又走了不知道多长时间，走到我头脑和身体都开始感到困顿和麻木的时候，汤勺突然停了下来，我又一头撞了上去。

"怎么了？"我赶紧捏了一下自己好清醒一点。

"看到出口了。"他说。

我越过他的肩膀一看，果然，前面不远处的地方有扇圆拱门，是打开的。外面似乎接近凌晨了，有淡灰色的光漏进来。

终于有光了，我在心里舒了一口气。

但是汤勺却显得紧张起来，他拦住我，叫我小心点，紧接着放慢脚步一点点向出口靠过去。到达门口的一路上都相安无事，走到出口前，我眼睛往下一看，这里明显有石门落下的痕迹，地面上有两条缝，正好隔出来一扇门的形状，汤勺回头对我说，

"你还记得你在里面不小心踩到的机关吗?"

我点点头,"你是说我打开的东西是这个出口的门?"

"应该是的,之前有壁画的那个屋子,墙壁上的缺口我看过,建造的时候就有了,没有机关的痕迹,画后面的洞口本来就存在,也不是机关打开的。那只有这里了。"

我倒吸了口气,这个机关也设计得太远了。就是说假如当时我没踩那块石头的话,这个机关就不会打开,那我们也就出不来,那么换句话说,山川……苔丝……那个女人她也出不来……

我也不知道这算是做了一件好事还是坏了我们自己的事。

到了出口已经很宽敞了。我先于汤勺一步走出去。汤勺在后面叫了我一声,我脚都已经踩到外面的台阶上了,一边回头跟他说,"妈的,总算能喘口气了。"一边往台阶上走。

台阶往上就是草坪,这里……是别墅正面入口那个花园的最高层,那么就是说,我们刚刚走的都是山路……

我刚在草地上站稳还不到一分钟,突然觉得背后好像被什么顶住了。真是久违的感觉,之前也经历过两次,这是枪口顶住脊梁骨的感觉。紧接着,从我面前的草丛里钻出来大约十来个人,都穿得跟绝地武士似的,只露一双眼睛在外面,他们每个人手里都拿着一把枪,我没弄错的话,他们的枪口全都是对着我的。

这时候汤勺也从下面走了上来,我一回头就看到他把手举在脑袋上,做出投降的姿势,脸上显得十分从容,好像早就料到我们出来的时候会有这么一幕来迎接我们。

"他们是什么人?"我站在汤勺边上,小声问他,一边也学着他的样子把双手举高。

还不等他回答,我就看到了答案。

我面前的这几个人突然让出了一条道,放了个人进这个针对我们的包围圈,随后迅速回到原来的位置上,枪口自始至终没有离开过我们。

是胡凯。

他一脸笑眯眯的样子,说:"你们是在我的宅子里转了一圈儿?呵呵,感觉怎么样?"

我有些惊讶地看着他,虽然之前一直在怀疑他,但是不用这么快就暴露自己吧。他究竟是什么人?

"你们干吗这么不友好,不要这么暴力,一动就把枪拿起来。"他对着身边的这一圈人说道,突然厉声说,"把枪放下去!我是来接朋友的!"那群人立刻就把枪收起来,随后立正保持不动。

"走吧。"他重新把微笑挂回脸上,率先转身往前走。那群人虽然看不到脸,但是光看眼睛就很凶悍,绝非善类,像是那种随时会掏出枪来毙了你的人。我看了看汤勺,他没看我，伸手拽了我一把，叫我跟上。

我们又一次进了胡凯家那个堆满了古董的客厅。他坐在沙发上，开了一瓶威士忌，让我们在他的对面坐下来。两张长沙发之间摆了一张透明玻璃镶金小圆桌，瓶子一放上去，圆桌跟着摇了摇。

"这桌子是我在法国买的，说曾经在凯瑟琳皇后被囚禁的时候，它是寝室里唯一可以使用的桌子。"他说着，倒了点威士忌给我们。

"压压惊。我知道你们经历了什么，我曾经也经历过。"他突然扶起额头笑了起来。我刚想拿起面前那杯威士忌，被他这个动作一震，陡然停手，立刻怀疑杯子里掺了毒。

"放心吧，"他似乎看穿了我的怀疑，拎起自己面前的酒杯跟我交换了一下，又把我杯子里的酒倒进他的杯子里，端起来喝了一大口，重新给我倒了小半杯。

"什么意思？"汤勺问他，他端起面前的威士忌也喝了一大口。

"意思就是，我并不想害你们，所以你们不用担心。我知道你们去过哪里，也知道你们看到了什么，并且知道你们是怎么出来的。我想跟你们做个交易。"

交易？我警惕起来，他这话确实就像是汤勺之前说的，他可能是故意扔我们下来，单独留在别墅里面的。但是他有什么目的？

胡凯点了一支烟，又把烟分别递给我们，给我们把火点上之后，他抽了一口，说，"那些人是我杀的。"

我觉得我的心脏大概停跳了三秒钟，那个屋子里的十几具尸体，在我脑中一晃而过，似乎眼前的空气中也跟着顿时出现了令人十分恶心的腐臭味。

"他们是什么人？"汤勺问。

胡凯又喝了一大口威士忌，脸上露出诡异的笑容说："小偷。"

"偷什么？"我问。

"秘密。"胡凯说。

　　我注意到他脸上表情的时候，我就知道他这所谓的秘密暂时还不会告诉我们。果然他没有再说下去，只说了交易内容。

　　"我已经告诉你们我杀过人了，作为一个警察，你现在就可以逮捕我，我不会反抗。假如你还没有这个打算，不如先打算一些别的事情，比如说，我让你们找到宫殿位置的所在，你们跟我合作……陈唐，你看呢？"

　　宫殿？！我听到这两个字的时候，仿佛听见了一滴水落入池子里的声音，他似乎完全可以掌控我们的思维，包括我们现在行动的方向。更何况，现在找到的重要线索，是在他的地盘上。

　　汤勺没有回答，但是我在他眼睛里看到的不是犹豫，却更像是一种嘲讽的眼神。

　　我不知道现在作为一个警察该有的态度是什么，但是我的直觉认为汤勺现在应该不会抓他。何况现在我们不知道他究竟想干吗。胡凯说，那些人是小偷，偷他的秘密。假如说那一屋子都是一个组织的人，那么这个组织肯定和胡凯的秘密有关系。

　　"为什么杀人？你为什么要杀那些人？"汤勺问他。

　　胡凯站起来，走到落地窗玻璃边，外面还站着他的那一堆保镖，他朝着窗外的人挥了挥手，外面那些打扮得像绝地武士的保镖在几秒钟之内全都消失得没了影踪。这些人看起来像是训练有素的杀手。

　　"我刚刚已经说过了。这个秘密你们早晚也会知道，但不是现在。这个世界上没有很多为什么。杀人的时候你也不会去问他究竟是好人还是坏人，杀他们是因为他们站在我的利益相对面，我不得不杀。换做是你，陈唐，我相信你也会做一样的选择。比如……"他转过身来，嘴角扯出一丝微笑，"假如有天，当你发现对你有害的人，拿枪对着你，你会不会先他一步，开枪打死他呢？"他说完看了一眼汤勺，"我们都是一样的，所以，我们才能做朋友。"

　　汤勺的目光突然变得锐利起来，他没有说话，只是攥紧了拳头。

　　"你们先休息。晚上的时候，我们再谈。"说完又看了看我，"我已经有你那位小兄弟的消息了。"

　　"南洋？是南洋吗？"

　　我脑中突然有个声音冒出来：不对，假如说南洋也是组织当中的一员，那他会不会……

我一把扯住他的领子，"你想把南洋怎么样？"

"哎哟，你吓死我了，妈呀。你放心，你的小兄弟假如我找到他的话，我会带回来给你的，到时候你再决定要不要带回去给那个变态老头诊治。"胡凯说完挪开我松下来揪着他衣服的手，用眼角扫了一眼汤勺，笑着走了出去。

他走后，并没有杀手或者保镖出现把我们锁起来。硕大的客厅里又只剩下我们两个人和一堆古董。但是我知道，这里在看不见的地方，一定有许多双眼睛监视我们。

这个胡凯，和之前判若两人，根本琢磨不透是个什么来路。

"你和他到底是怎么认识的？"我问汤勺。

"几年前追踪一件案子的时候，他是其中的一个嫌疑犯。"

"嫌疑犯？那你没抓他？"

"抓了，后来放了。"他点了一支烟。

"所以，他没犯法？"

"犯了，走私价值几千万欧元的古董。"他说得轻描淡写，我却听得不可思议。

"他……他给你好处了？"早听说意大利警察的牛逼之处，但是我实在不敢相信在汤勺身上也发生过这样的黑色事件。

"没有。我放了他，是因为，因为……"汤勺猛抽了两口烟。

"因为什么？"我急切地问他。

"因为我误杀了一名法国的同事，是一名高级长官。这件事会让我丢饭碗，而我不能丢掉警察的工作，假如不做警察，我父亲的事情可能会永远查不清楚。"

他说得不大声，但我听出了他声音当中的颤抖，他夹着烟的手也跟着微微颤抖起来。他背过身去，在转过来的时候已经重新恢复了镇定，用一种就像当初陈述他父亲的事情的口吻那样，继续说道，"胡凯，他在那件走私案里面其实是参与最多的一个，但是他很狡猾，他把大多数的罪证都套在另一个人的头上。当时里昂是我的指挥官，在我去逮捕另一个人的时候，因为我不顾阻拦，贸然开枪……失手杀死了里昂，而那个人却逃走了。当时我很慌张，不知道怎么办，胡凯就出现了，他把那个人带来了我面前，跟我做条件交换。当时我以为他只是参与走私案，但不知道他是幕后最大的操控者。"

"什么条件？"

"我交出该交的犯人，他帮我把这件事洗干净。我同意之后，他握住我的手，用我的手枪开枪打死了那个人，然后把整个枪体都覆盖上那个人的指纹，并把枪塞到了他的手里。而我最后交出去的犯人就是死掉的那个。他抢了我的枪，打死了里昂，我和他扭打的时候，手枪走火，他不小心打死了自己。我从头到尾没有开过枪。"

我沉默了很久，才问："后来呢？"

他说："没有后来了。案件就此了结。但是我后来继续在私下里追查那件事，当我发现真相的时候，就去找胡凯对质，胡凯似乎老早就知道我会去找他，向我承认了一切。他好像一直知道我在查什么，所以后来一直从中给我一些帮助。因此我们维持了现有的关系。"

我听完之后，觉得整件事情都充满了一种犯罪小说的感觉，但是结局不同于小说的是，幕后黑手没有绳之以法，却和查案的警察搞不清楚关系。我想起胡凯去医院接我的那一幕，那会儿我以为，他和汤勺的关系至少是我和南洋那样的关系。但是所有的事实可能都在你的意料之外。

我想了很久，最后还是问了他，"你查到真相的时候还想过抓他吗？"

汤勺想了想，笑了笑对我说，"有，但是我最后选择了对自己有利的一面。"

这是在我意料之中的答案。换作是我，我应该也会这么做。毕竟，大多数人的本质是一样的。

"现在你知道了我最大的秘密，等事情结束，你可以去举报我。我不会逃跑的。"他的表情看着像在开玩笑，但从他的眼睛里我看到的却不是一个笑话。我也对他笑了笑，用一种听到一个笑话的表情。

这个世界上，你无法辨别对错的东西太多了，很多情况下，人只会跟着利益面走。我不能去评判作为一个警察来说，汤勺做过的这件事到底有多罪恶，但我自己也并没有显得太好。

这时候，小贱从楼梯上悄无声息地走了下来，高高地扬起尾巴，"喵"了一声。汤勺看到小贱，走到楼梯口，把它抱了起来。"肯定饿死了，我带了猫粮，我去给你拿。"他宠溺地亲了亲小贱那奇葩的额头。转身刚想去拿猫罐头，小贱却看起来不愿意放他走，拼命站起来扒他的裤子。

"小贱，你要找什么？你告诉我你要找什么，别一直扒我裤子啊。"

找什么？我看到汤勺裤兜和上衣之间露出来一段黄铜色，突然想到了什么，赶紧对汤勺说，"你口袋里的东西拿出来！"

汤勺也立刻反应了过来，扯开小贱吊在他裤子上的爪子，从口袋里掏出来那截画框。

小贱伸长爪子拼命想抓汤勺手里的那截画框。果然——它是在找这个。

汤勺把鼻子凑到画框上闻了闻，"闻不到什么，但它可能闻到了里面羊皮的腥味。"

在汤勺找来叉子，想把那羊皮掏出来的时候，小贱拼命凑在边上，不停地用它的爪子捣乱。这情景看着这么熟悉，但是我又一时想不起来。

"拿出来了。"汤勺慢慢把它展开来——

"那时候都有纸了，为什么还用羊皮啊……"我奋力地挡开小贱挥上来的爪子，一个不小心就被它抓出了几条血红的爪印。

"为了长久保存，假如是那个时代的纸，你今天看到的应该是一吹就散的灰。"

汤勺把羊皮纸完全摊开来之后，递过来给我看。羊皮纸差不多只有半张 A4 纸那么大。上面画着一张地图。

"这是……"

"是宫殿地图。"汤勺看着羊皮说，"原来藏在这里面。"

"你从哪里看出来这是宫殿地图的？"这地图很奇怪，假如说之前我们看到的那两幅都属于设计图，或者简笔草图，那么这个大概可以算个不完整的平面图，假如它真的是宫殿地图的话。

"猜的。"汤勺面无表情地说，"假如不是宫殿地图，就不会这么巧出现在画里了，这是我相信的关联性。你说呢？"

他说的有道理。但是这个地图，第一，它不完整，这上面没有显示进口和出口；第二，地图上虽说画出了大概的结构，但是那些标记却有很多看不明白的地方。

"这些靠在一起，又有分散的圈圈代表什么？"我指着一堆时大时小的圆圈问汤勺。

汤勺突然把地图从我面前收了过去，眯着眼仔细盯着看。"李如风你看，如果这些圈圈代表柱子，这些小横线代表楼梯的话，这看起来像是什么？"

我接过来，也眯着眼睛盯了半天——圆圈是柱子，横线……横线是楼梯，我一边看一边比画——"这是，这是我们在下面那个墙上看到的那一段！"而这一段在地图的最上端，我看到顶着上面的边的地方画了一个×。

"对，那说明没错，这就是宫殿的地图。这有可能是中间段。只是，你看着上面连贯的一条弯弯曲曲的虚线是什么？"他指着一条绕上绕下的虚线给我看。

"我不知道，有点像是路线……但是为什么要在宫殿里面标注路线呢？"我摇了摇头，表示不懂。

"按照一般地图的大小和这块上面的比例来看，它应该是三分之一，或者是四分之一。那剩余的会在哪里？"

这时候小贱又冲了上来，一伸爪子就被汤勺一把抓住。我一直看着小贱，突然之间一个画面跳入了脑中，"哦——！对了！"我指着小贱，"你记得吗？那幅复制品！当时在我店里，小贱也是一直扒那幅复制品！"

"你的意思是说，可能那幅画里也藏了一张……"

这是一个非常合理的推断，小贱究竟是被什么气味吸引，这个暂时不能确定，但是很明显，它当时一直去扒那幅画一定有原因。这么想起来，我那会儿就觉得奇怪，小贱似乎对那幅复制品特别有兴趣，这么一想，绝对是里面也有一张羊皮纸，如果是这样的话，那么可能他们口中说的"画"未必就是那幅原件，他们很可能也在寻找那幅复制品的下落。

"假如他们还没找到的话，我们必须要抢在他们前面找到那幅画。或许有了完整的地图，我们就能知道宫殿的位置，到那个时候，就算不同胡凯做交易也可以。"我说。

汤勺却不说话。我们把羊皮纸收起来之后，小贱就消停下来了，现在正专心吃它的猫粮。

"你之前说，咖啡屋的人跟你说，小贱曾经是在菲利普手里的，是吗？"汤勺问我。

我点点头。

"那有可能，当时菲利普就是在利用它找画。"汤勺若有所思地说，"只不过现在我们没法做什么，我估计今天晚上之前，我们没可能从这里出去，除非我们和胡凯达成交易。"

"他会杀了我们吗？"

"不会。除非，我们站到他所说的那个利益相对面去。"汤勺说。

这话就不好说了。什么叫利益相对面？有些地雷是你踩上去了之后都不知道你抬脚的下一秒会爆炸的。

胡凯是一颗随时会被引爆的地雷。

我心里有些纠结，看了汤勺一眼，也不知道当时他为什么要把胡凯扯进来。他当时假如不叫胡凯来医院接我就什么事儿都没了。后来再仔细想了一下，也不是汤勺的问题。胡凯似乎并不是被他扯进来的，更像是早就属于这整件事构架里面的一部分，就算他没有去医院接我，事情仿佛也会趋向于这个走势。只是他显得太过神秘，而叫人心里难免产生阴影罢了。

晚上五点，我听见门口不知道从哪里冒出来的声音，齐刷刷地叫"凯爷"。

胡凯回来了。我们依旧坐在客厅的沙发上，哪里都没去。这整个房子，不管你走到哪里，干什么，一举一动，他应该都了如指掌。所以在这里不管做什么都没用。

"晚上好，等了我一天？"胡凯笑眯眯地坐到我旁边，拍了拍我的肩膀。

"说吧，继续你今天白天的话题。"汤勺直接说。

胡凯笑了笑，"别这么着急，马上到饭点了，我今天特意叫人从外面买了新鲜的海鲜回来，为了补偿昨天晚上没能请你们吃饭的不周到之处。剩余的我们待会儿边吃边说。"他说完，挥了挥手，不知道从哪里钻出来一个穿得西装笔挺的意大利中年男人，毕恭毕敬地弯腰低头站在他旁边，胡凯说，"让他们准备晚饭吧。"那人点点头，然后走了出去。

真的是人不可貌相海水不可斗量，我自己在心里想。想不到这种斯斯文文面貌清秀的人，居然干的都是违法乱纪的大生意，以后千万别随便凭长相判断一个人，搞不好被卖了还帮人数钱。

"有南洋的消息吗？"我问。

"有。"胡凯眯着眼对我说，"有一个好消息，和一个坏消息，你先听哪一个？"

我在心里暗骂一句，但又不好在面上发作，想了想又问："他还活着吗？"

"不知道。"胡凯说得很随意。

"不知道？！你把他怎么了？！"我一下就跳了起来，"你要是杀了他，我一定也会杀了你！"

汤勺跟着站了起来，用半边身体半挡在我的前面，小声对我说："你冷静点，他不会杀南洋。"

胡凯"哼"了一声，一脸嘲讽的表情看着我，"假如有一天，你发现你情同手足的兄弟并不是那么简单的人，他是个杀人无数，为达目的不择手段的人，他伤害过你，和你的亲人，你还会这么希望他活着吗？"

我愣住了。他的话可能更像是一把刺向我的利刃。他是什么意思？南洋伤害过我？也伤害过山川？南洋杀人无数，是个不择手段的人？他说的，是南洋吗？

我认识了十多年的南洋？不可能。我记得曾经有一次，山川过马路的时候差点被一辆速度极快的摩托车撞上，是南洋毫不犹豫地冲过去救了她，结果他自己撞到路牙子上，搞得小腿骨折，一个月没下得了床。现在我虽然看不清楚南洋，但我绝对不相信南洋是他说的那种人。害我？害山川？怎么可能呢？

还没等我开口说话，胡凯突然之间笑了起来，"哈哈，你别这么紧张。我只是假设了一个状态，我没说这状态就一定跟你有关。你放心，我没有对你的小兄弟怎么样。"

"他在哪？"我问。

"我都说了，你先听好消息还是先听坏消息？"他又问了一遍。

我想了想，说："好消息。"

"OK！好消息就是，我确实找到了你那个朋友的行踪。就在今天上午，我的人还在你店后面的那条街上见到了他，我想，他有可能是在找你。"

南洋，去了店那边找我?! 那他当初为什么要从医院逃走呢？

"那坏消息呢？"

"坏消息是……他伤得很重，我本来打算把他带回来的，但是他跑了。有一个人跟他是一伙儿的，我的人跟她交了手，看身材，应该是个女的。"

女的?! 是谁？

对了，当时我被那个疑似是西木的人绑在废弃房子里的时候，他说起南洋，嘴里也提到了一个女的。这个女的究竟会是什么人？我记得他当时说，画就是那个女的放在我那里的，还说非要把我扯进来……目的是什么？假如南洋是那个组织里的，那么那个女的，会不会也是那个组织里的……会是夏娃吗？

既然南洋有帮手的话，那他应该不会死。

还有，那个人在放火之前，还说过关于山川的事，他说南洋知道……我一定要找到南洋。

我刚来这间屋子的时候，一直以为这里空无一人，我也不知道现在这些人都是胡凯从什么地方突然变出来的。我们吃饭的时候，不仅有四个服务生，还有专门配用的厨师现场烤龙虾，做蔬菜拼盘。

"你到底想说什么？"汤勺问道。

胡凯往嘴里塞了一片新鲜的红胡椒粒腌三文鱼，"嗯……好吃!"他一脸享受的样子，朝身边的厨师竖了个大拇指。厨师是个很年轻的小伙子，个子很高，湖蓝色的眼睛，看起来应该是个北欧人。他非常有礼貌地冲我们微微一笑，点了点头。

"你们不要辜负美食，我们先用餐，后谈事。"胡凯把酒杯端起来碰了碰我们面前的杯子，"这是阿尔多阿迪杰的白葡萄酒，最配海鲜。"他喝了一口酒，笑着看了看我，"放心，下毒这么低级的事情，我不喜欢做。我只爆头。"

那一排腐烂得七七八八的尸体的画面瞬间又浮现在了我的脑中，面前的红虾都瞬间染上了腐臭味。我喝了一大口酒，推开盘子，深吸了好几口气。

"那行，看来你们都不怎么饿。要是你们不喜欢吃海鲜，下次提前说，我让艾力给烤个T骨牛排。"那个北欧小哥大概是听见了这句中文里有他的名字，又向我们点了点头。

"我们开始说正事吧。"胡凯擦了擦嘴，放下餐布，"你们先说，你们的收获呢？"

我立刻紧张起来，羊皮纸在我的外套口袋里，我的手不自觉地打算摸一摸口袋。汤勺在桌子下面踩了我一脚，我立刻反应过来，把滑下去一半的手伸出来卷了一下衣袖。

胡凯低头抿嘴一笑，"你们放心，我不是在诈你们。陈唐，我们也不是第一天认识，你知道我的做事风格。"

汤勺面无表情地不回话，过了十几秒才开口说，"画是你放的?"

胡凯摇摇头，"不是。"

"我们凭什么相信你的话?"我问他。

胡凯笑了起来，"我连杀人都认了，为什么不承认放过一幅画?"

"那你怎么知道画的事情? 难道后面那个厅也装了摄像头?"我记得之前在他花园里面看到好几个摄像头。

"没有，那个地方进去的人都没能活着出去，除了你们两个。所以没必要费事装摄像头。哦，对了还有一个。我看到那个小妞儿了，她带着那么大一幅画儿从我的花园里跑出去，我又不是瞎子。"

"那你没拦住她?"

"没成功，她身手很灵活，当时值班的人看到她通知了我，我没让拉警报，那个时间段，外面有巡警，很可能会被警报引过来。我不想把事情搞大。所以去追捕她的人只有四个，她跑了，但是她右手的手臂挨了一枪。"

她受伤了?!

汤勺说："我们在我那个房间的密道下去之后，找到的另一个客厅里发现了画。画在一个机关里，我们是开了机关才下去的。不管把画放那儿的是谁，那幅画难道本来不是在你这里的吗?"

胡凯往靠背椅上一靠，点了根烟，慢悠悠地说："我可没说画儿本来不是在我这里的。"

"原件是你偷的?"汤勺问。

胡凯抽了一口烟，吐了两个烟圈出来，"是。"

"为什么偷?"

"偷东西还有为什么吗? 再说，现在不是又被偷走了吗?"胡凯轻蔑地一笑，"而且你们也有收获。这就够了。足够我们继续互相帮助，陈唐。"

"你知道画里有什么?"我问他。

他下巴朝屋子的一角示意了一下，我抬头一看，这个屋子里也有很多隐藏在角落里的摄像头，包括现在我们脑袋上方的吊灯上，也安了针眼。

"你们告诉我的。"

其实这个倒是早料到了，只是没想到这个客厅里的针孔竟然有这么多。

"那个女的逃走的时候，你花园里拍下来的监控录像能不能给我看下?"汤勺问道。

"没问题。"他说完，叩了一个响指，其中一个侍应生走过来，把头凑到胡凯的耳边，胡凯对他耳语了几句，他就离开了。

过了几分钟，他重新走进来，站到餐桌边上，递给他一个遥控器，对他点了点头，就退到了后面。

胡凯按下了遥控，我们面前的白墙上立刻出现了一幅巨型的投影，屋子里的灯暗了下来，只被保留了我们头顶上的亮度。

"花园里一共有六组摄像头拍到了她，所以我这里有六个画面，你们可以从不同的角度看。"说完，按下了播放键。墙壁上立刻出现了六个方框，画面虽然是黑白的，但是画质都很清晰。

"这是花园中层的第二个喷水池边上，"胡凯说，"你们看，她马上就要跑过来了。"

果然，镜头上有个黑影先是一闪而过，然后又重新从喷泉后面绕了回来。是她！跟他打斗的的确如胡凯先前所说，只有四个人。那四个人一看也是训练有素的，但是她手脚很灵活，几乎招招能闪过。当她拎起画框往前跑的时候，胡凯突然按了暂停。"就是这里，我的一个人开了两枪，有一枪打中了她。"说完，他继续播放。其中有两幅画面都可以看到子弹从空中穿插而过的痕迹线。她在楼梯下面停顿了一下，然后单手举起画跑出了画面。

"你的人为什么没有开第三枪？"我问。

"没必要杀了她。她看起来不是利益敌对面的，反而将来可能会给我们提供帮助。"胡凯脸上出现了胸有成竹的笑容，"女人一般都是比较好驯服的。而且，刚刚听你们那么说，我猜那幅画应该是她放的。她可能是拿了谁的命令来偷画，却把最重要的东西给你们留下来了。至于为什么就不清楚了。"

"是她？"汤勺盯着定格的画面自言自语道。

第四十五章

FIRENZE
神秘袭击

"她？谁？"

汤勺侧头看了我一眼，摇摇头说，"我不知道。我明天要出去确定一件事。"说完，回头望着胡凯。

胡凯耸了耸肩，"我想我们的交易已经达成了，你有绝对的人身自由，不会有人拦你。"

他刚说完这句话，我们左手边的落地窗传来碎裂的声音，屋内刚刚为我们斟酒的一名服务生应声倒下。

"艾力！"胡凯对着那个北欧厨师喊了一声，从身上抽出来一把枪。

只见那个叫艾力的厨师，脸部依旧保持着刚刚烤龙虾时候的表情，一手持枪，一手摘掉他头顶上的白色厨师帽，又从里面摸出来另一把枪，两把枪一齐朝着窗口开火。窗玻璃碎裂的声音不断响起，子弹隔空乱飞。

刚刚那些服务生，看来都是训练有素的杀手。除了死掉的那个之外，所有人都反应十分神速，立刻转身掏枪，一秒钟都没有耽误。

胡凯突然朝我横扑过来，把我使劲一拉，有一枚子弹几乎是贴着我的头发飞向了我身后，幸亏他反应快，不然我就直接被爆头了。"你们俩先走，"他说，"去房间密道下面的那块儿避一避，记住不要到走廊和客厅里去。"他说完，推了我们一把，一下把我们推到了客厅中间。子弹立刻像下雨一样，转移了目标，全都朝我们飞来。

"怎么回事?! 好像是冲着我们来的！"我捂着耳朵，拼命躲避子弹。胡凯用遥控器不知道按了什么按钮，只见有三面玻璃在我们周围落下来。当三面玻璃快落到地上的时候，突然从玻璃和地面的空隙之中滚进来一个人，这人戴着那种熟悉的面具，我一看到那面具就想起了西木，但直觉告诉我他不是。他一滚进来，朝天躺在地上，就用枪指着我们准备开枪打死我们。汤勺脚一提，似乎想对着他的枪口冲过去，我用力扯了一把他的外套，忽然眼前白影一闪，只见这里面不知道什么时候又多了一个亚洲脸的男孩子，看起来年纪特别小，貌似只有十四五岁，他也是刚刚侍应生的其中一个，穿着白色的西装。他进来的那一刹那已经夺过了面具男手里的枪，对着他就是"砰"的一声。我被吓了一跳，但是那个孩子却面无表情地把被他打死的人从空隙里踢了出去。玻璃一落地，就跟装了隔音器一样把枪打子弹的声音全都挡在了玻璃外面。玻璃罩住了大部分的古董，通向楼梯。而子弹飞过来的时候，全都由玻璃面重新弹了回去。我回头一看，现在大厅里出现了好几个戴着同样面具的人，都横七竖八地躺在地上，估计是被打死了。

我的眼睛死死盯着孩子脚边的一摊慢慢漾开来的鲜血。这男孩杀他的时候我看得很清楚，一枪爆头，干净利落。

"快走。"汤勺拉了我一把，飞快地奔上了楼梯，那个孩子用后退的方式跟在我们后面，一路跟着我们上去。

这些人来得这么快绝对不是碰巧，肯定是发现画里面的东西被我们拿了，所以才会这么快找上门。

我们匆匆进了汤勺之前睡的那个房间，我用同样的方式飞快地打开了地道的门。我和汤勺先下，那个男孩子断后。我刚走下去四五级楼梯，就听见身后有窗户被打开来的声音。一回头就望见那个男孩在外面跟人打了起来，闯进来的人的块头看着比那个男孩要大两倍。我想回头帮他忙，结果被汤勺拉住了。他朝我摇摇头，"他能搞定，你快下去。"

刚转身，就听见身后有个男人的声音响了起来："想见你妹妹，就把东西交出来。"

我立刻停住了脚步，身后却传来连续的三声枪响。

那个男孩面无表情地抢在密室门自己关上之前跳了进来。"好了，下去吧。安全了。"他对我们说。

"你杀了他?!"刚刚那人说的话我都没来得及问清楚，结果人就被他杀了……

"对，那人手里也有枪，不是我杀他，就是他杀我，杀完我还要杀你们。你们死了的话，那我就是失职。"他脸上看不到一点表情的变化。

我一声语塞，这么小的小孩子胡凯是怎么把他们培养成这种程度的冷血杀手的?"你死都死了，你还失什么职?"我没好气地说。

孩子回头瞟了我一眼，仍旧是一张僵尸脸。

那个被他杀死的人是什么人? 他说的话究竟是故意想让我交出东西，还是他真的知道山川在哪里?

山川……那昨天晚上那个女人究竟又是什么人?

难道……山川真的没死? 那，那具烧焦的尸体……

"陈唐，你之前看完视频之后，说的她是什么人?"

汤勺正在走下最后一级楼梯——"她是……什么人?"

这并不是他对我问题的回答，而是现在我们站在这间连着楼梯的房间之内，我们眼前突然多出来一个人。

这个人被手铐铐在对着门的那条横杠上。男孩手里有个小手电，借着光大概能辨别出来那是个女人。

"谁？"我想走过去的时候，却被那个男孩拦住，"不要过去，她是疯子。"

"疯子？你知道她是谁？"我看了一眼那个女人，看起来应该是睡着或者昏迷的状态，脸被头发挡着，看不见。

手铐……对，上回来的时候，我记得也有手铐。看来这女的应该不是才被铐在这里的，很可能胡凯上回故意把我们扔在这里，却事先把这个女的藏了起来。这女的究竟是谁？为什么会被胡凯铐在这里？

"嘿，你叫什么名字？"我问那小男孩。

"小四。"男孩回答。

"胡凯给你取的名字？"

"是，是凯爷。"他边说边瞪了我一眼，那眼白被他的小白光一照，看起来跟鬼一样。

"好吧，小四。我们商量个事情。我现在要去检查一下那个女人。你不要拦我。"

我本来以为他一定会不同意，在心里都做好了磨嘴皮子的准备，结果他开口就说："可以，不过后果自负。假如你出了什么事，麻烦你，"他转向汤勺，"告诉凯爷，是他自找的。"

汤勺居然想也不想就点点头。

本来我倒是没什么恐惧感，不过就是一个被铐住的女人罢了，结果被小四这么一搞，我倒真有点害怕起来。疯子？难不成是变异了的僵尸，会咬人什么的？

我要了小四的那支小手电，一步步很小心地挪过去。这里太安静了，外面的打斗和枪战如同是正发生在另一个世界里的事情一般，在这里完全听不见。

我在女人的旁边蹲下来。先检查了一下手铐和她的手，我想的没错，她的胳膊很细，所以灯光一照就能清楚看到手腕上的好几圈重叠的勒痕，有的颜色已经接近深肉色，说明她这么被铐着已经有一段时间了。然后我照了一下她的身体，她浑身上下只穿了一件连本身的颜色都已经看不出来的上衣，全都是干掉的污泥，而且显得破破烂烂，她也没穿内衣，连一半胸部都露在外面，我赶紧把光移开，一看她下半身只有一条内裤，而两条腿上青一块紫一块，还有很多伤口。这是自己弄的，还是被打的？

一看她这副样子，我脑中突然冒出来一些不好的画面，难道是胡凯有什么特殊癖好？……

一边想一边伸手去扒她的头发，假如真是胡凯的特殊嗜好，应该是一张日本女优的脸。

我把她的头发拨到一边，拿小手电抬高一照——

一双血红的眼睛正瞪着我！

我被吓得一直退到墙边，跌坐在地上。那个女人从地上爬了起来，大吼一声听不懂的话，伸出一只手突然就朝着我冲过来……旁边两个人居然没有反应。

本来这个房间就很小，眼看她的手就要卡住我的脖子了，结果到我跟前的时候，身体被手铐的作用力猛地扯了回去。她又尝试了几次，不断朝我扑过来，不断弹回去，搞得我贴着墙一动都不敢动。我用手电照了照她的脸，不是年轻女人，也是亚洲人的面孔，但头发却像是浅咖啡色，看起来大概有五十来岁了。

胡凯为什么要把这样的人囚禁在这里？

"告诉你是疯子，你不信。她会咬人。"小四一步走过来，把我拉了回去。

"这女的是什么人？"汤勺问。

"不知道。我们只负责看着她。"小四回答说，"我们只做凯爷吩咐的事情。"

呵呵，胡凯应该去意大利军校当教官，或许能有望让意大利人摆脱世界历史上"二战"带着意大利面上战场的笑话。

那女的突然又吼了起来，这次我听懂了，说的是意大利语，"画！画！啊——！魔鬼！魔鬼！别过来！"她尖叫着抱着头整个人贴到手铐杠上，嘀嘀咕咕说了一堆听不明白的话之后，突然又说了一句中文。

她说："把儿子还给我。"

"儿子?!"难道是胡凯也囚禁了他的儿子?

汤勺突然一把抓过小四手中的手电,把细小的光束打到那个女人的脸上去。疯女人大概是感受到了攻击,大声吼叫起来,一下一下地想冲向我们,却被手铐限制住了。

"你干吗?做刺激实验啊?"我望着汤勺突如其来的怪异行为一头雾水。

"怎么是她?这女的我认识。"

"你认识?!"

汤勺把手电塞回小四的手里,转头对我说:"记得吗?我跟你说过,关于第一次那幅画的偷盗案,当时为了找回画,他们有一个专案组。这个女人就是当时那个副馆长,廖思甜。画失踪之后,她一直协助调查。"

"她没死?她不是应该死了吗?怎么会在这里?"假如她没死的话,那上次在下面死在我们面前的,很可能就是老西木。"所以说,专案组的人并没有都死。你可以证实死掉的到现在为止,有你的父亲,菲利普,或许还有老西木。"

汤勺看着那个缩在角落里自言自语的疯女人,"我不知道。她的资料后来全都消失了。我之前只知道她死了,但我不知道她是怎么死的。既然她在胡凯这里,胡凯应该知道。"

"嘘——"小四对我们做了一个噤声的手势,"外面有人。"

他一步步不发出一点声音地靠近那扇通向走廊的门,把耳朵贴在门上听外面的动静。

我其实什么都没听见,一听他说有人,立刻也跟着紧张起来,大气都不敢出。

小四把手电扔给汤勺,掏出枪,"哗啦"一声,把子弹上了膛,继续贴着门听动静。周围一下子就安静了下来,这么大概维持了五分钟左右,时间长得像过去了一个世纪。小四重新把枪收了起来,这意味着外面的人走远了。

这时,角落里一直安安静静跟睡着了一样的廖思甜突然尖叫了起来:"放开我!放开我!别杀我!别杀我!我什么都不知道!不知道!啊!——"我的耳膜差点被她刺穿了。

被她这么一叫,门外地上鞋子走路的声音这会儿我都能听见了,外面那人很明显快走几步开始冲着我们这边跑了过来。

小四手臂一挥，示意我们退后。外面的脚步声在门前停住了。我屏住呼吸。

门把手发出"咔咔"的被人转动的声音，门被上了锁，没那么容易打开。

"我们要不退到上面去？"我提议说，心里琢磨着小四估计知道怎么打开上面的门。

"上面的机关只有在外面能打开。"小四轻声回答道，"而且这里都能有人找过来，说明上面也不安全。不用怕，有我呢。"

这时，门锁那儿传来奇怪的声响，门外那个人好像在撬门。

小四给我们比了个倒计时的手势：三——二——一！他"砰"地一声把门打了开来，锁居然已经被撬开了。门外那个人估计是贴着门太近，被打开的门拍飞出去老远。小四举起了枪，三大步就走到了那个人边上。

"别！别杀我！别杀我！"那个人躺在地上对小四做出投降的姿势。

"你是什么人？谁派你来的？"

那人脸上没戴面具，我看了一眼周围，也没看到那种面具。难道和楼上想杀了我们的不是一批人？

小四搜了一下他的身，转过来对我们说，"他没有枪。先把他带到里面去。"说着便拎起了地上那人的衣领，把他拖进了关着廖思甜的房间，小四关好门，把锁重新锁上。

"你是什么人？"

又是一个亚洲人。今天这是亚洲人脸大集会吗？

"各位不要杀我啊！我不是坏人！有人让我来找一个叫李如风的人。给我的地址就是这里，我还是找了半天才找到别墅的门呢。但是我进门的时候被打晕了，醒过来之后发现自己在一个全是大树的地方，找了半天才找到一扇破掉的落地窗，钻进来就在这里了。我不是贼啊！"那人拼命摇着手求饶，说的中文还带着奇怪的不知道哪个村的口音。

"什么?！有人叫你来找李如风?！是谁?！"我听到自己的名字的时候愣了一下，这会儿才反应过来，他是来找我的。

"你就是李如风？"那人终于把两只手从他脸上挪开了，我仔仔细细看着他的脸想了一下，确定自己不认识他。

"你怎么知道？"

"因为……你的手……指着你自己呢。"他哆哆嗦嗦地说，"是个女的，给了我钱，叫我来找你。他说，你会需要我的帮助。"

"女的？叫你来帮我?！"我有点弄不明白自己到底听到的内容对不对，我看了眼汤勺，他的脸上写着一头雾水。

"你会什么？"我哭笑不得地问他。

"开锁。"他说。

"开锁？"我再次语塞，这……究竟是怎么回事？

"什么样的女人找的你？"我继续问他。

"挺漂亮的一个女的，我不认识。"

"你不认识？她给了你多少钱叫你来找我？"

"嗯，不认识。那天她突然来了我的店里，给了我一千块钱，让我来找你。"他一脸诚恳，不像是在撒谎。

"一千块？一千块你就来了？"我实在无法理解这演的是哪一出，"你赶紧待会儿出去了之后回去吧。为了一千块钱，别把自己的命给弄丢了。"

"那可不行！"他直摇头，"那个女的怕我拿了钱不办事，拿走了我一样东西，得等我帮完你我才能回去。"

"什么东西？"

"我……我……我店里的财神像。"

小四那张扑克脸听完这句没忍住，居然哈哈大笑起来。

"财神像？"我有点不可思议，这人看来是完全拎不清楚情况，假如知道有生命危险，估计不会这么不怕死地找过来。我想了想又问了句，"你开的什么店？"

"锁店。那不是普通的财神像……哎，算了。反正我不帮完你不能回去，否则的话我拿不回我的东西。"

"你拿什么证明你说的话？"汤勺说。

"这……我怎么证明啊？她又没有给我委托书什么的。哦，对了！那个女的有一条胳膊好像不太好，像是……有点残废。你们认识吗？"

"胳膊？哪条胳膊？"汤勺立刻追问道。

"应该是……左右……右边！"

"是她?!"我和汤勺几乎异口同声，说完之后互相看了一眼。

"是吧！你们认识吧，我没撒谎！你要开什么锁？赶紧的，开完我好回去找她！"

汤勺皱着眉头，仿佛有所思考。

"你之前想说，她是什么人？"

汤勺沉默了一会儿，更像是自言自语地说："那身手和速度，很像一个人……"他转头望着我，"塞拉。"

塞拉?! 她?! 这么一想，不是没可能，塞拉那张脸本来就跟苔丝很像，或许根本就是刻意化妆化出来的，她一直潜伏在警察内部，肯定跟当年发生的那些事情分不开关系。

"啊——！啊——！鬼！鬼！鬼！啊啊啊——！"

那小子突然鬼吼鬼叫起来，把我吓了一大跳。小四手电光一照，又把我吓了一大跳。

刚刚吼完之后一直没动静的廖思甜，不知道什么时候偷偷摸摸地从角落里面挪了出来，现在跪在地上，瞪着眼睛望着我们，幸亏头发是黄的，不然看上去跟贞子没什么区别。

"救，救，救命啊！"那没出息的开锁店小哥，一把抱住我的腿，"鬼，鬼——！"他伸手指着跟鬼一样死死瞪着我们的廖思甜。

"不是鬼。是人。"我甩了他两下，没甩得开。

廖思甜突然大笑起来："哈哈哈！哈哈哈！"她伸出一只手指着我们，笑声戛然而止，"复仇女神用爪子撕开自己的胸口，击打着自己的心脏然后尖声喊叫！你们都是魔鬼！"

那小子听到这句，一下子就把我的大腿甩开了，"她说什么？她念咒吗？你们是魔鬼？"

"什么念咒，那是但丁《神曲》。我们要是魔鬼，早吃了你了。"小四哭笑不得。

"你居然知道但丁《神曲》？"我有些诧异，看来胡凯的这些杀手还挺注重文化熏陶。

"本来是不知道，这句话她说了一百遍都有了，还有几句别的，她每次都分开来重复着念，换谁都知道了。"小四指着廖思甜说。

这么说来，又是那两句。到底是什么意思？玄机在哪里？

"嘘——！"小四突然走到楼梯口，让我们别出声。果然，从楼梯上传来了脚步声。

脚步声在中段的地方停了一下，随即传来几声类似于墙面的敲击声。这大概是个信号，小四听到之后就把手枪收了起来，转头对我们说："是凯爷的人。"

来的是那个叫艾力的厨师，他依然穿着厨师服，在手电光之下，他身上的大片血迹看起来泛着蓝幽幽的光。

他非常绅士地冲我们微笑点头，配上这一身的血和白光，看起来就像一只西方吸血鬼。

"各位，楼上已经安全了，请跟我回去。"他居然还会说中文。然后他的目光落到了地上蜷缩成一团瑟瑟发抖的开锁店哥们儿身上，转头示意小四给出解释。

小四指着我说，"找他的。搜过了，没武器。"

"先一起带上去。"艾力说完转身率先上楼梯，点亮了楼梯道的灯光。

我把那哥们儿从地上拉起来，有点无奈地问他，"你叫什么名字？"

"钥匙。"

"什么？钥匙？"

"对，钥匙。我姓何，叫何钥匙。"他抓住我，小心翼翼地从廖思甜面前挪了过去。

"你这什么名字，你家祖上都开锁店的？"

"对，你怎么知道？"

汤勺看着廖思甜，回头问小四："她怎么办？"

小四一本正经地说："她只能留在这里。没有凯爷的命令，我们谁都不可以解开她的手铐。"

艾力敲了敲墙壁，不一会儿暗门被打开了。

胡凯站在外面，看到何钥匙的时候皱了下眉头，"他是谁？"

"开锁的。"何钥匙看到胡凯身后站了十几个人，立刻躲到了我后面，小声问我，"他们是黑社会吗？"

"这人是来找他的。"小四指着我说。

"开锁的？你叫什么名字？"胡凯饶有兴趣地打量着何钥匙。

"钥匙，我姓何。"

"何钥匙？你别告诉我你是何家锁匠现在的当家。"胡凯笑了起来。

"你们怎么什么都知道？"何钥匙从我身后钻了出来。

"何家锁匠？"这名字听起来像是北京老胡同里上世纪七八十年代专业开锁十八年的小店名字，"不管怎么样，这哥们儿跟我们没关系，跟这件事也没关系。明天一早让他回去吧。"我心里想着他回去的时候跟踪他，没准能找到那个不知道究竟是谁的女人……

"我不走！"何钥匙使劲掐了一把我的胳膊。

"不能让他走。"

胡凯一说这话，连小四都有点惊讶了，上上下下从头到脚打量了一番何钥匙。

"让他走了，再要找他，可不是什么容易的事儿。"胡凯拍了一下何钥匙的肩膀。

何钥匙指着我说："我只帮他的忙。"

楼上厅里的尸体全都被排放在地上，用白布盖着。这场面直接把何钥匙给吓得腿软了，嘴里一直念念叨叨地缩在沙发后面。

胡凯说他的人死了三个，尸体已经被分开处理了。这里一共十五具尸体，全都是戴着那种老式戏台面具的，来自同一个组织。

胡凯让人逐个掀开尸体上盖着的白布，问我们有没有认识的。我一张张脸看过去，都是清一色的男性，陌生的面孔。没有认识的。汤勺撕破了其中几具尸体的衣袖——果然，他们全都有洛伦佐的三钻环扣戒指文身。

"还是他们。"胡凯咧嘴一笑，"一直都是这帮人。我派人查过，他们隐秘得很好，绝对不是存在一天两天了。行事很干净，一般不留什么痕迹给你查。"

"不，一定会有蛛丝马迹。"汤勺拍了拍手站起来，"这么不堪一击的杀手很可能是被派来探路的，他们只是炮灰，他们确定了我们在这里，肯定不会就此罢手。我们不能再待在这里了。"

胡凯点点头，"这点我已经想到了，明天一早安排你们转移。我会派人二十四小时保护你们。"

"其实是监视吧……"我自言自语道。

胡凯笑了起来，慢悠悠地说："小白脸，假如没有我的人，他可能活得下来，"他指了指汤勺，随即又将手指的方向转向我，"你，他们要杀你费不了多少劲儿。而他，和我，都不想让你死。你明白最好，不明白也就是这么回事儿了。我们是合作伙伴，没有什么强迫与被强迫的关系。"

"现在我要问你点事，希望你说实话。"汤勺在胡凯对面坐下来，目不转睛地看着他。

"我知道你要问什么。"胡凯喝了一口眼前的茶，把杯子放下来，"你要问楼下的女人是不是？"

"对，我知道她是谁。我只想知道她为什么会在你手里？"

"是我救了她，否则的话她应该早就死了。"

"你救了她？在哪里救了她？她为什么会疯？"

"疯是什么原因我不知道，我让我的医生给她看过，可能跟她之前吸入的一些导致幻觉产生的气体有关系，她很可能是被幻觉吓疯的。至于我在哪里救了她，你会知道。我现在还不能告诉你。"

"她有个儿子?"

胡凯突然在不经意之间挑了我一眼，"这个事情我也在查。应该很快就有结果了。"

"明天一早，小四会带六个人护送你们去安全的地方，我会和你们保持联系。"胡凯说完就站起来准备离开，"不早了，你们去休息一会儿吧。今晚是安全的。"

"等下，"汤勺拦住他，"那幅画的复制品在哪里你知不知道?"

胡凯回头望了我一眼，"暂时不知道，我也正在找。"

胡凯走后，我问汤勺："你觉得他说的是实话吗?"

汤勺想了想，"我不知道。或许他有所隐瞒，但是迟早我们也会知道的。"

为了安全起见，我和汤勺、何钥匙都挤在一个房间里面，打算随便凑合几个小时，天一亮，就转移。小四走的时候，喊人把小贱带了来。小贱在枪响的第一声就不见了，我就知道它肯定藏去了哪里。小四两只手指拎着它，往我面前一放，"你们这只猫受过危机训练是吗? 枪一响，我就看到它钻到了青铜花瓶里面，真是会选地方。"

小贱眼睛眨巴眨巴地望着小四，"喵"了一声。

何钥匙一看到黑猫，直接揪着被子整个人缩到了床头，"黑……黑猫。"

我抱起小贱，"你这什么胆子，不是当家吗?"

何钥匙说："我爷爷说了，黑猫都会带来灾难。"

我呵呵一笑，懒得同他争辩。

没过多久，何钥匙就睡着了，并且一个人横占了整张床，睡得口水直流，鼾声四起。小贱在他身上踩来踩去，他一点反应都没有。

汤勺指了指何钥匙，问我："这奇葩你打算怎么办?"

重新回到这个问题上之后，我一时之间也不知道该怎么回答。何钥匙冒出来得这么突兀，总觉得有点问题。但是看他的样子确实不像是撒谎，何家锁匠……到底是什么来头? 我需要他帮我开什么锁?

"你愣什么呢?"汤勺用手在我面前挥了半天，见我没反应，直接掐了我一下，"想什么呢?"

"妈呀，你下手轻点行吗? 怎么你们在这当警察流行施暴啊?"我捂着被他掐肿的胳膊，转头看了看何钥匙，"你说他会不会晚上趁我们睡着了，把我们弄死，偷走羊皮纸地图?"

汤勺呵呵地笑了起来，"那你晚上别睡了。我困了，先睡。"说完从我怀里拎起小贱，一个翻身就躺到了何钥匙边上，顺脚把他踹到了床脚。何钥匙翻了一个身，头挂在床外面，继续打呼。

唉，我叹了口气，摸了摸身上的羊皮纸，不知道什么时候睡着了。我做了个梦，梦到我和南洋、山川，我们刚进大学的时候。那会儿每天下午三点总会在学校门口的广场上喝咖啡，南洋每天都要学教艺术史的秃顶老头说话的口音，山川有的时候会带着画板在广场上写生，一边听着南洋说笑话。冬天的雨季走到末尾的时候，每天阳光都很好，她齐肩的短发在阳光里看起来特别柔软。她转过脸来微笑着对我说，"哥，什么时候，等我成名了，我不用再去画别人的画，我可以只画自己的画，而别人都来临摹我的画作。我可以当老师，我会有好多好多学生。"对，那个时候，她经常喊我哥……

"醒醒！"——我迷迷糊糊感觉到有人在打我的脸，睁眼一看，眼前一张大脸直接把我吓醒了，是何钥匙。

"你干吗？"我朝外面看了一眼，外面天还没亮，小四也不在房里，小贱睡在我的腿上，抬眼看了看我，又把眼睛闭上了——可是——汤勺呢？

我瞬间从椅子上跳了起来，才感觉到一阵腰酸背疼袭来。不知道什么时候睡过去的，也不知道自己睡了多长时间。

我揉了揉眼睛，汤勺确实不在房间里，我有种不太好的预感。

"你那个哥们儿……"我没等何钥匙说完话，一把推开他，冲了出去。

"陈唐？"隔壁房间也没有。

小四站在楼梯口，见到我冲出来一把拦住我，"刚想叫你们，半个小时之后出发。"

"陈唐呢？"

"你那个兄弟，"何钥匙气喘吁吁地走出来，"我刚想跟你说，你跑什么。他说他要出去一下，天黑之前，一定会来找我们。"

"什么?！他自己出去了?！"怪不得我预感不好。

小四面无表情地对我说："我已经跟他说了，他坚持要出去。我只按照凯爷的命令办事，不可能在这里等他回来。我们具体要去的地址我也不能告诉他，他自求多福吧。希望不要有命出去，没命回来。"

我瞬间就火大了，"你小小年纪，能不能不要说话这么不负责任！"

"呵呵。"小四冷笑两声，"我？不负责任？我们每天都是拿命在工作，没有什么比责任更重要。我的责任是保护你和你身上东西的安全，就是这么简单。"他说完转身要走，突然又停下来，补了一句，"你放心，我派人跟着他了。你准备吧，半小时之后出发。"

我身上的东西……我赶紧摸了一下口袋，羊皮纸还在。汤勺到底出去干什么?！想确认之前与我们交过手的女人的身份，还是想去查别的东西？

何钥匙见我表情严肃，一脸天真地凑过来，"哎哟，你别生气了。那是你弟弟？这么大个人，不就出去一下嘛，丢不了的。"见我一点反应都没有，又问道，"你到底需要我给你开什么锁？"

"我也不知道。"

他听到这种回答，一脸呆愣，几次张嘴估计也不知道怎么继续和我交流下去，只好又把嘴闭上，最后低着头自言自语地说，"那我什么时候才能把我的东西拿回来……"

我笑道："我也不知道。"

胡凯没有出现，我问了小四，小四很明显地把"不可能透露凯爷的行踪"几个字写在脸上，又是一副"别管你不该管的事"的模样。我看着一个十五六岁的孩子，其实真心备感无奈。

上车之前，我突然想到了什么，就问小四，"楼下那个女的怎么办？她在这里安全吗？"

小四用他那固有的"关你鸟事"的表情回答我说，"现在不安全的只有你们，那个女的既然凯爷能救她，就能保住她，这不是你需要操心的事情。"说完就钻进了副驾驶。

三辆路虎，迎着远处渐渐升高的火红光耀，飞速前行。

何钥匙对于不知道什么时候能让他完成开锁任务，感到很不开心，一路上时不时就甩给我一脸上了当的表情，又时不时指着窗外的风景兴奋地跟我说个不停，就像他从来没见过农村、山脉和田野一样。

这些东西都在我眼前飞过，夹着风的声音。

小贱在我的身上睡得正香，何钥匙似乎已经不再忌讳它了，没事就挠两下它的脖子，惹得它躲到了我的屁股后面。

我不知道我们将会被带到什么地方去……

我被迷迷糊糊叫醒的时候，天又已经黑了。

何钥匙显然还没睡醒，一个劲揉着眼睛说："怎么这么快，天还没亮呢。"

"你的人有陈唐的消息吗？"我一见到小四便问他。

"没有，"小四回答说，"你放心，一有消息我会立刻通知你。"

汤勺对何钥匙说过，天黑之前会来找我们，现在天已经黑了，汤勺依旧一点消息都没有。他到底能不能找到这个地方？还是说，会不会出了什么事？

我们被带来的地方，又是一间别墅。

说是别墅，却更像一座鬼楼，大门进去，到处都是被荒废的痕迹。很多雕塑都残破不堪，花园里也杂草丛生，四周都黑漆漆的，似乎很久没人住过了。

"这是什么地方？"

"凯爷的房子。"小四说。

"黑社会都有这种嗜好吗？"何钥匙紧紧地拽着我的胳膊，生怕突然冒出来什么不干净的东西把他拖走。

小四一脸无奈，"我们不是黑社会，你要我说几遍？"

小贱不愿意在我怀里待着，从我手臂里跳了下去，跟一只狗一样到处闻到处看。小四呵呵地笑起来，"你这猫是什么品种？功能不是一般强大，可猫可狗啊！"

何钥匙抢过话头，"你知道什么，这是死神之猫，相传只有死人的时候才会出现的，现在被当成宠物养，能一般吗？"

小贱一听"死神之猫"四个字，似乎很不乐意，突然冲到何钥匙面前大声嘶叫起来，把本来就抖个不停的何钥匙，吓得躲到了小四的后面，拽着小四的西装死都不肯放。

小四甩了好几下，发现根本没法甩掉，也只能做罢。

"我说，这凭空冒出来的家伙，怎么胆子比我们卢比还小啊。"

卢比指的是他身后其中一个保镖。我们来的这一路，我听见他一直在跟别人讲五花八门的鬼故事，到了这里之后，却有点何钥匙上身的感觉，腰一直也没直起来过，眼睛不停地四下里张望，没比何钥匙好到哪里去。卢比跟小四不一样，小四人高且瘦，而卢比一看就是典型的南欧人，又矮又黑又壮。说意大利语带着浓重的西班牙口音，舌头怎么也捋不直。

这个荒废的地方其实比我们想象的要先进不少，小四开门的时候用的是指纹识别。门被打开之后，我有些震惊。原来外面的荒废都是假象，里面富丽堂皇，典型的欧式别墅。家具都是雕花核桃木，一看就价值不菲。

何钥匙瞬间傻眼了，"黑社会的房子果然有气派！"他感叹道。

小四白了他一眼，叹了口气，已经懒得去辩解了。

"这里是安全的，你们放心。"

"我们在哪里？"我问小四。

"我们在与佛罗伦萨的交界处，也就是佛罗伦萨的乡下。"他回答说。

我简直不可思议，"车开了一天，你跟我说，我们还在佛罗伦萨的交界处？"

小四没有立刻回答我，先是环顾了一下四周，然后安排了除卢比以外的五个人分别去门口和楼上清查。最后他才坐下来，让卢比去倒茶。

"我们被人跟踪了，"他说，"车子开出来大概半个小时我就知道了。"他大概是看到了我和何钥匙的表情，继续说，"不用慌，我们花了一天终于甩开了那些人。但是，你们要有心理准备，我怀疑我们之中有内奸。"他说这话的时候看着何钥匙。我也转头看了看他，小贱还十分应景地"喵"了一声。

"你们看我干吗?！我不是内奸！"何钥匙一脸无辜地叫了起来，做出一副投降的姿势。

"我没说是你，你紧张什么……"小四站起来，去楼上清查的人已经下来了，表示楼上干净。小四转向我们，"走吧，我带你们去看看房间。"

我一看我的手表已经停了，手机也没电了。

"现在几点了？"我问小四。

"十一点二十八分。"小四说。

这么晚了，汤勺究竟怎么回事？我开始坐立不安起来。

楼上七转八转跟个迷宫没什么区别，转了半天，小四终于把我们带到了顶部的一间房间，"你们睡这间，其他房间都不要去，不过你们也去不了，没钥匙。"

房间很大很大，像个十五十六世纪的总统套房。墙壁上挂满了文艺复兴时期风格的画，我凑近一看，这些画居然都是真品，看起来价值连城。

"天哪，你们黑社会真有钱！"何钥匙感叹道。

"我再跟你说一次，我们不是黑社会！"小四龇牙咧嘴，一副忍无可忍的表情。

何钥匙连连点头道歉，转身冲我嘿嘿笑，"黑社会从来都不肯承认自己是黑社会。"

这个时候，有个长得比较瘦弱，西装松松垮垮的保镖走进来，在小四耳边耳语了几句。小四眉头一皱，"什么时候的事情？"

我听见那人说："刚刚得到的消息。"

小四听完，挥了挥手，让他去外面。

我一看这架势，就觉得不对头，立刻问他："是不是陈唐有消息了？"

小贱似乎听懂了我说话，把来回徘徊的脚步停在我面前，也抬头望着小四。

小四看了一眼小贱，皱着眉头，半天才说，"之前派出去的人回来了，说在途中突然遇到袭击和爆炸，现在被我们的人救回了凯爷那边，但是……被炸掉了一条腿。"

我一愣，只感到脑门充血，"你的意思是……汤勺也在途中被袭击了？"

他点点头，"不过现在不知道情况怎么样，爆炸很大，今天新闻报道了，好像被炸死了几个……在现场找到了一些尸体碎片……不过现在我们得到的消息是警察那边还不能确认身份，或许，或许他没事。"

"或许？！"我尽量让自己保持冷静，我也知道现在跟小四发火也没用。是汤勺自己要出去的，这事怪不了别人。以汤勺的能力，我绝对不相信他会就这样死在一场爆炸里。

不，这爆炸太诡异了。假如是那个神秘组织的人做的，他们的目标应该是我身上的羊皮纸地图，假设他们以为东西在汤勺身上，那他们绝对不会放炸弹，如果真是他们干的，只可能单纯是为了杀了汤勺。但是……不会不会……绝对不会！汤勺肯定还活着。

这一晚是肯定别想睡了。小四走后，我在床上翻来覆去睡不着。何钥匙在旁边又开始打呼了。小贱似乎也睡不着，踩着何钥匙的肚皮跳上跳下，一分钟都不停。

我意识到了一个问题，汤勺活着，但是小四派过去的人已经被救走了，现在汤勺没有音讯，而且他不知道我们藏在什么地方……

不不不，我不能再继续在这里待下去，我得去找汤勺。

我一个翻身从床上跳起来，小贱跟在我屁股后面出了房间门。卢卡坐在靠门的地板上睡着了。

外面三辆车其中一辆的钥匙就在卢卡身上。我掏出充过电的手机，按亮屏幕，先用光照了照他的脸——睡得很熟，对光都没反应。我又把光顺着他的身体往下，钥匙别在腰上。

我轻手轻脚地先握住钥匙，然后一点点从他腰上取下来。

很顺利，他一点动静都没有。

我拿着钥匙刚想走，突然身后响起一个没睡醒的声音，"你去哪里啊？"

我的心脏差点没从嘴里跳出来，回头一看是二愣子何钥匙！

卢比没醒，我赶紧过去把何钥匙的嘴捂住拖进了房间。

"你这是干吗？你要去哪里？"他声音超级大地问我。

"嘘——！"我赶紧示意他小声点，这种音量不出三句话小四都会被引过来。

"我要去找我朋友。"我轻声说。

"你去哪里找？"他的声音还是很大，我不得不把他的嘴继续捂起来。

"你别这么大声啊！他们听见我就走不了了！"

他使劲点头，扒开我的手，用几乎听不见的声音对我说，"这在哪里都不知道，你别乱跑了，连你也不见了我怎么办？我要开锁的！"

我拍了拍他的肩膀，刚想走，他突然对着窗户表情定格了。

"怎么了？"

小贱突然跳到了窗户上，紧接着跳了下去。

这里是二楼，楼层并不高，我从窗口探了半个身体出去，看了看外面，小贱已经不见了踪迹。

而何钥匙还定格在那儿。

"嘿，你怎么了？"

"我看到，看到那个找我的女的……"他忽然回过神来，指着窗口说，"她，她刚刚就在房间里，我看到她从那里跳下去了。"

在房间里?！怎么可能?！难道我瞎了?！

我直接爬到窗户上，从窗口跳了下去。

这里就是我们刚刚进来的那个荒废的花园，草长得有人一半高。在苍白的月色之下，一眼望过去，全都是影影绰绰的半残雕塑，影子都是静止的。没有任何人。

我在墙边上随手捡了一块不知道哪里来的大理石碎片，朝着草丛中间走去。每走一步我都小心翼翼地看看脚底下，生怕有什么埋伏。走到中间段的时候，突然一脚下去，脚下"喵"的一声！——是小贱！我踩到了它的尾巴，它跳起来半仗高，要不是我躲避及时，脸上肯定会留下它的猫爪。

我再往前一脚，整个人忽然就摔了下去，除了杂草，还有个东西垫在了我的身体下面。

是个人！尸体！

我赶紧从他身上爬起来，掏出手机一照——汤勺！

我不禁跌坐到地上，刚刚的恐惧感还未消除，现在反而翻倍了！——这是什么意思?！我静止不动将近两分钟，他也完全不动，就这么躺着。他……死了?！

我小心翼翼地伸出一根手指，到他鼻子下面刺了刺——没死，没死！还有呼吸！

"陈唐！陈唐！你醒醒！"我不停地拍着他的脸，但他始终一点反应都没有。

这时，距离我前方十米的地方，有个雕像静止的影子忽然就动了起来，一下窜了出去。我起先没反应过来以为是小贱，定睛一看，居然发现是个人！

我看了眼汤勺，飞快地冲了出去——是谁?! 是不是那个女人?! 是不是?!

她在半道上突然之间停了下来，似乎是有意要站在那里等我。

我在即将到达她面前的时候，放慢了脚步。杂草还挡着我的视线，但是月光之下，她的头发看起来很柔和，柔和的深棕色。

我停下脚步，在她身后站着。

"山川……"名字卡在我喉咙口，几乎听不见。

她转过来，微笑着对着我。

"哥，你好吗?"

还是那张脸。久违了的面孔，此刻却这么真实地出现在我面前。我触手可及。没有发疯，没有嘶吼，她是那个曾经的山川……她叫我哥。

"山川……你没死……"我喃喃自语，眼前瞬间就模糊了。

是你吗? 真的是你吗? 山川……

我是在做梦吗?

她向我伸出一只手来，我也伸出自己的手。仅仅还差一指的距离，我就能碰到她的时候，突然眼前变作了一团火焰，那火焰向我迎面扑来! 她消失在整团火焰之中。

"山川! 山川!"我大声叫着。

眼睛一睁，我发现自己仍然单膝跪在昏迷不醒的汤勺边上，而离开我们不远的地方，正有火势朝我们蔓延过来。

我赶紧把汤勺从地上拉起来，背到背上。我用尽全身的力气往草丛外面跑。迎面而来的是小四和其他人，我看到何钥匙站在草丛边上，不停地挥着手。

为什么会这样?

刚刚那又是幻觉吗? 难道每一次都是幻觉吗? 山川究竟还活着吗?

我的眼前渐渐模糊，黑暗——直到我双脚再也无法支撑身体，一头栽进了草丛里。

我睁开眼睛，模样夸张的水晶灯从天花板上垂下来。

我在哪里？小贱跳了上来，钻到了我的臂弯里，缩成一团。

"你醒了？喂！小四！他醒了！"说话的是何钥匙，他拿他的大脸在我面前晃了一下。

接着我看到了走进来的小四和白大褂——白求恩老头。

他怎么在这里？汤勺让他来的？胡凯让他来的？

老头眼神仿佛在说，他的出现理所当然一样。他随便翻了两下我的眼皮，抬头对小四说，"没事了，身体弱，补补营养品吧，还没我们那的护士健壮呢。"

老头要走，我猛地抓住他的胳膊，"大伯，陈唐怎么样？"

老头摘下口罩，一脸嫌弃地看着我："谁让你叫大伯了，你先管好你自己吧，就你那身体素质还有闲工夫管别人。"说完甩甩袖子就走了出去。

小四毕恭毕敬地跟了出去，那模样就像走在前面的是胡凯一样。何钥匙站在床尾望着我一脸贼笑，"你放心，你那个兄弟没什么事。只是被炸弹影响有点轻微脑震荡。"

"他在哪里？"

"隔壁房间。"何钥匙指了指左边方向。

我立刻掀开被子，双脚落到地上，一阵晕晕乎乎的感觉瞬间袭来。我朝左边的房间走去，这一切更像是一场梦，但是我不知道这梦应该从什么地方开始算起，从夏娃找我开始算，还是从山川死去开始算，或许，应该从来到孤儿院开始算起。

或许都是梦，醒来的时候，我会发现自己，根本就在另一个不相干的世界，过着另一种不相干的生活。

山川的脸却不断出现在我眨眼的每一个瞬间，是那么的真实。从来没有像这一次这么真实过。不是梦，或许也不是幻觉。

可能我真的见到了她，她真的跟我说过话。

我打开左边房间的门——居然是空的。我回头望了望跟在我身后的何钥匙。

"呵呵，"他挠挠头，"不好意思，我从小就左右不太分，应该是那边。"说着又指向右手边。我冲他翻了个白眼。右手边的房间在走廊的尽头，门口站着两个脸生的保镖，看穿着打扮，应该也是胡凯的人。我往楼下一看，发现厅里至少多了二十来个保镖。应该是由于昨天晚上的事情，胡凯才会增派人手过来的。

我刚想开门进去，结果被门口的人拦住了。"里面的人是我朋友。"我辩解道。

其中一个身材魁梧的眯眯眼面无表情地对我说，"不好意思，没有卡尔医生的同意，谁也不能进去。"

"卡尔医生？"我过了半天才反应过来，他说的应该是陈唐的大伯。陈唐也是这个姓，他父亲也是这个姓。原来这个大伯不是他后父的大哥，而是他生父卡尔梅洛警官的大哥……不过，这是什么情况？这些忽然出现的人不会都是为了保护他吧……

"卡尔医生就是今天给你看病的那个爷爷，这些人都是他带过来的。"何钥匙凑到我耳边轻声说。

不是吧，这个老头何种能耐，让一个称他奇葩的人居然派了这么多人保护他……他和胡凯是什么关系？

何钥匙就像是来参加有奖问答的，继续回答我脑子里盘算的问题，"据说老头救过小四的性命，那个凯爷手底下无论是谁，一旦受伤，都会送去老头那里救治。凯爷很相信老头，虽然老头脾气挺怪的……不过据说是位神医！"何钥匙看到我一副不可思议地模样，使劲对着我点头，"所以老头是黑社会专职医务人员。"

我心说这话幸亏没让小四听见，再听何钥匙个傻子说一次黑社会，小四可能会把他从楼上扔下去。

这时，门开了，老头一边摘下口罩一边走出来，一看我站在门口，一脸不高兴地对我说："你们这些小年轻，没事就喜欢冒险，喜欢拿自己的性命开玩笑，还怎么说都不听！"说完，老头回头看了看小四，小四忙连连点头，"说得对！"

"对个屁！你也和他们没两样！一天到晚净喜欢胡闹！"说完，手一摆就下楼了。小四朝门口两个人使了个眼色，赶忙跟了上去。

门口的两个人忽然问都不问就给我们让开了道，并把门打开，做了个"请"的动作。

我走到柜子边上，从老式梳妆台的镜子里看到了依旧躺着不动的汤勺。

我走到他床边的过程中，何钥匙跟在我后面嘴里一直啰里啰唆个没完，我却完全没有心思听他说什么，现在我只想知道，汤勺到底发生了什么？而他又是怎么会出现在花园里的？

"他们说看到有人跑走了，就在你倒下去的时候……"

"等下，你说什么？"我打断何钥匙跟念经一样的自白，抓着他的胳膊问他。

他一愣，"啊？哪一句？我刚刚说了好多……"

"你刚刚说什么看到有人跑了？"

"哦——！有个人跑了，我听小四说的，他怀疑内部有内奸，把敌人引了过来，发现了目的地，所以我们或许又不安全了……你能不能告诉我，他所谓的不安全到底是个什么意思？是有人会来偷东西吗？"

敌人？——不是，假如是敌人的话，汤勺和我或许谁都活不了。跑掉的那个人到底是谁？难道……我看到的都不是幻觉？！

我低头一看，汤勺不知道什么时候已经醒了，正睁着眼睛四处张望。

"陈唐？"我拿手在他面前晃了晃。

他一把拍掉我的手，"你干吗？我又没瞎！老头走了？"

何钥匙使劲点头，"走了走了，走了八百年了。"

汤勺一听这话，立刻从床上坐了起来，"天哪，这辈子最受不了的人就是他，从我清醒开始，就听见他在我边上唠叨，幸亏我当时没睁眼，否则的话不知道他得废话到什么时候。"汤勺捞了把头发。

他居然说老头啰唆……在我印象里，老头一直都是一副事不关己高高挂起的模样。

一看汤勺，他头发乱得跟鸡窝似的，脑门上还贴了一大块纱布。

"发生了什么事？"我问他。

小贱不知道什么时候进来的，突然就跳到了床上，钻到了汤勺边上。

汤勺一边挠着它的脖子，一边说："我想去警局里面查一下塞拉，顺便查查廖思甜的事。塞拉在几天之前就已经莫名其妙地失踪了，所以我们现在可以肯定，那个女的，应该就是她，局里说她已经莫名其妙失踪好几天了。其实我注意她好久了，每一次办案子的时候，她总会有不同的借口离开我们的视线一两个小时。你曾经说过，说她长得像苔丝，而苔丝长得像波提切利画中的那个西蒙内塔，仔细想想，确实是像。她所做的装扮完全可以靠化妆来掩藏。这么说来的话，或许苔丝和她是一个人，但是我想不通这一点。之前你又说，和我们交手的人，很可能是……你妹妹，假如是真的，那他们三个人就是同一个人。"他自己说完，便皱起了眉头，这推理听起来确实不可思议，"先撇开你妹妹不说，为什么会有长得跟五百年前画里的人一样的脸突然出现呢？纯属巧合？"

何钥匙跟听说书一样，瞪大了眼睛望着我们。

我想了一下，又问："后来呢？爆炸是怎么回事？小四说他派过去跟着你的人被炸掉了一条腿，现在回了胡凯那儿。"

汤勺沉默了一会儿，"看来我并没有摆脱掉那个人。真是对不起他了。有烟吗？"他冲我手掌一摊。

我刚想摇头，何钥匙已经抢在我之前递了根卷烟出去，并给他点上了火，转脸冲我"嘿嘿"一笑。

"后来我溜进了乌菲兹的档案室，之前不是在监控里看到过夏娃嘛，我本来是想进去找一下是不是有她进去没找到的被藏起来的资料。"汤勺猛抽了两口，继续说，"结果我进去没到五分钟，就觉得有人跟踪我。其实你说的小四派过去的那个人跟着我，我从别墅出来的时候，就已经发现了。但我从警察局里出来之后，已经想办法把那个人甩掉了。在档案室重新被人跟踪时，我起初以为还是之前那个被我甩掉的人，不过后来我发现不是。跟踪我的人应该是个女的。"

"女的？你怎么知道？"何钥匙一脸听说书的表情问道。

"我看到她了，我跟着她到了走廊，她就突然不见了。当我想返回资料室的时候，资料室发生了爆炸。后来我就失去了意识，再醒来的时候，自己已经在这里了。"

"她长什么样子？"我问。

"齐肩短发，深咖啡色。你等下，我可能拍到了照片。是我发现她的时候无意间拍到的。"说着，汤勺拿出手机来，一边打开一边继续说，"在听老卡尔啰唆的时候，我躺在床上仔细想了想，很可能是那个女的带我来的这里，可能是她救了我。她或许是故意引我出去的，否则的话，我大概已经死在爆炸里了。所以，也有可能，还是这个女的，把我带来了这儿。这里，你看——"

他把手机屏幕伸过来，我和何钥匙一起凑上去。

屏幕上被汤勺掉了一截烟蒂，何钥匙"呼"地一吹，烟蒂飞舞起来，露出了手机里有些模糊的画面——我听见自己心脏带来的冲击声，一下一下捶打我的血管和神经，深咖啡色齐肩短发之间，露出大半张脸。

我抬头看着汤勺，深吸了一口气，说："是山川。"

FIRENZE
间 谍

汤勺望着我，半天说不出话，一脸错愕。

何钥匙用惊讶的表情指着手机屏幕说："这是来找我的女人，就是她拿走了我的财神像！"

我和汤勺不约而同地把目光投在何钥匙身上。

何钥匙非常肯定地点点头，"我不知道你说的山川是谁，但是来找我的女人就长这个样子，化成灰我也认识！她抱走了我的财神像！"

是山川、苔丝，还是塞拉？

这是一件说不通的事情。首先，山川没有死。那么那具烧焦尔后被我埋掉又从土里消失的尸体究竟是谁的？其次，山川为什么会那样做，为什么会扮成苔丝出现，又为什么会同时扮成女警塞拉？这样的转换身份到底是因为什么？而又是为什么要用五百年前的画中少女的脸？这和菲利普有什么关系？

说不通，一切都太无厘头了……

我捂住我的脑袋，背靠着床坐到地上。这究竟是怎么回事？

山川还活着……那到底在她身上发生过什么？

我的记忆也跟着混乱起来，就好像曾经发生过的一幕幕场景都不是真的。

"她还对你说过什么？"汤勺问何钥匙。

何钥匙想了想，"也没什么，她就说，"他伸手指着我，"他要去的地方需要我帮忙。必须帮完他的忙她才会把财神像还给我，这是交换条件。"

"我要去的地方？……"什么意思？

"她有没有提到过画或者是红宝石戒指什么的？"汤勺又问。

"这倒没有。她什么都没有提。但是，"他想了想说，"她自己没提什么，但是那天她接了一个电话，电话那头的声音比较大我多少听见了一点。对面的人好像很生气，似乎说了什么她把重要的东西搞丢了之类的话，还问她有没有找到什么戒指之类的东西……我听得不是很清楚，貌似是说的这个，那个女的全程都没说话，就最后回答了两个字，没有。那头就貌似把电话挂了。"

"戒指?！"

很可能就是指的红宝石戒指。而她搞丢的东西似乎就是在我身上的这张羊皮纸。我记得胡凯说过，他说很可能那幅最后被她拿走的原件画是她放的，也就是说，她是故意要把东西留给我们……这确实有可能，汤勺那天也说，引诱他下去的应该是个女人……那么，顺序应该是这样的，她潜入胡凯的别墅里偷画，把画设计在机关里，故意让我们找到并发现里面的东西，然后把画本身偷走，或许是为了回去交差……她为什么要这么做？她到底是在为谁做事？

不不不，我在想的是山川吗？

她的脸只要一出现在我的脑中，就会让我立刻产生一种不可思议的感觉，让我失去思考问题的逻辑能力，因为瞬间一切都不太像是真的。毕竟六年过来，我一直以为自己亲手把她埋了，一直活在自责之中……

汤勺把手搭在我的肩上，"别乱，会查清楚的。"

"我看见她了。在救你的时候，她就站在我面前。"我回头声音发颤地对他说。

"是她把我带来这里的？"汤勺忽然想到了什么，皱了皱眉，"不对，胡凯声称这么隐蔽的地方，她怎么会知道？她难道一直都在跟踪？"

"不可能，你说她出现的时间，我们还没到这里呢。她怎么跟踪？"我说。

汤勺低头想了想，"假如不是她自己跟踪，也就是说，这里有她的内应……"

我们一齐转向何钥匙，何钥匙一脸完全没听懂我们在说什么的表情，"怎么？"

这个时候，小四突然开门走了进来，身后还跟着两个人。

"你醒了？正好，我们一起到楼下去，卡尔医生在大厅等你们。"说完，就盯着我和汤勺。汤勺摸了摸额头，一个翻身就下了床。小四看了看我，一脸鄙视地说，"当警察的身体素质果然和你这个开古董店的不一样。"

"你怎么知道我开古董店？"我说。

"在凯爷手下做事，他需要让我知道的，我都得知道。"说完笑了笑，带着人就出去了。

妈的，这哪里像是十五六岁的孩子啊？！

小贱与何钥匙不知道在什么时候竟然建立了亲密的友谊，何钥匙抱起它，摸着它的脑袋，它一脸享受地钻在他怀里，闭着眼仿佛跟他很熟的样子。

"猫果然不是狗。"我嘀咕道。小贱瞪了我一眼。

大厅里人很多，在一堆站姿笔挺的黑西装之中，坐在沙发上的白求恩老头和他那一身白大褂看起来特别扎眼。

"分多。"老头眼睛望向我们这一片喊了一声。

我捅了捅汤勺的胳膊肘，"他喊谁呢？"

分多？……意大利语写作 VENTO，音译过来是分多，单词意思是"风"。我在脑子里回转了一下，这不刚好是我的名字嘛，老头子怎么这么喊我。

我就自顾自地往前走了一步，然后忽然发现有人从我边上走了过去，转头一看，是汤勺。

老头的目光随即缩短了投放的距离，很明显他喊的是汤勺。我一头雾水地望着汤勺朝老头走过去。

汤勺叫什么来着？卡尔梅洛，他父亲叫德西·卡尔梅洛，这个老头也叫卡尔……哦……对，我这才注意到，卡尔梅洛是姓氏。汤勺一直也没跟我提过自己的意大利名字是什么，我光知道姓，还有陈唐、唐少、汤勺，原来他还有一个叫风的名字……意大利人真是蛋疼。

老头把汤勺叫到跟前，我以为他要开始训话了。结果他从白大褂的口袋里掏出来一个医用手电筒，扒开汤勺的眼睛照了照，"没事了，这两天注意休息，按时吃药，那个导致幻觉的迷烟效应已经过去了。"

"导致幻觉的迷烟？"我惊讶道。

"对，"老头指了指我，"你也有，你摄入更多。他是在昏迷状态下吸入的，你是在清醒状态下吸入的。所以你更要按时吃药，这两天多喝水多补充维生素，不然里面洗不干净。"老头一脸夸张地指了指五脏六腑和脑袋。

"是什么类型的迷烟？"汤勺问。

小四走过来，举起手里的一个用白布包裹的东西，打开给我们看，里面是一截圆柱形金属材质的小东西，"这是我们在草地里找到的，是个自燃器，里面装有白磷。有盖子封死。盖子一打开，白磷遇到空气就可以自己烧起来。卡尔医生经过化验，在里面还找到了另外两种成分。"

"大麻和黑环罂粟花未成熟果实的汁液成分。"白求恩老头说。

"什么意思？"我问道，同时觉得这成分听着有点耳熟。

"就是燃烧的烟雾里面产生了一种天然的致幻剂。"

对了！上次，在那个"老西木"烧死在地下的时候，汤勺也做过这种推测。我望了汤勺一眼，他冲我点点头。

"而在这个东西附近，我们还捡到了另外一样东西……"小四说着从口袋里掏出来一个指甲盖大小的东西，举在手里，对着我们晃了一圈，"这是一个双向信号追踪器。我们这里面有内奸。"

这话一出来，整个大厅二十几号人顿时变得鸦雀无声。

何钥匙突然腿一软，靠在了站在他边上的那个块头不大西装很大的保镖身上，那哥们儿瞪了他一眼，他立刻弹了起来，"不好意思，不好意思，没站稳。"

小四拎着那枚信号发射器，晃到何钥匙面前，"你腿软啊？害怕啦？我就一直觉得你出现得奇怪，要不是凯爷说你是什么……那个什么开锁的当家，我肯定老早把你丢出去了。你说，是不是你？"

何钥匙连忙摆手，"怎么可能！我只不过是受人之托来帮他忙，等我开完我应该开的锁我肯定马上走！"一边说一边白了一眼小四，"我才不要跟黑社会在一起呢……"

"你说什么?!"

小四瞪着何钥匙，冲他指了指，退后几步对所有人说，"今天凌晨才跟着卡尔医生来的兄弟暂时没有嫌疑，但是为了安全起见，大家请依次过一下探测器。剩余昨天跟我一起来的兄弟我们要进行搜身，包括我自己在内。"

小四先安排了今天早上才过来的两名保镖率先过了探测器，然后由这两名排除嫌疑的人员对剩下的人进行检测。今早来的所有人排成两队，依次通过。检测下来今早来的这批人没什么嫌疑。然后小四又安排了四名已经通过探测器的人员开始对我们昨天来的人做搜身检查。当然我和汤勺被排除在需要搜身的名单之外，而何钥匙则被当成了重点怀疑对象，由卢比站在他后面看着他。

结果何钥匙被两个人摸得就差脱内裤了，连内裤缝隙都被检查过了，什么都没找到。小四冲何钥匙翻了个白眼，检查继续后面的人。

何钥匙嘴角上扬，露出得意的笑容。他斜了一眼小四，双手插在兜里，吹着口哨朝我们这边走过来。

卢比也通过了测试，立马开始寸步不离地盯着何钥匙。

"我说，兄弟，你该忙什么忙什么成吗？我都已经没有嫌疑了。"何钥匙一脸不爽。但是卢卡只瞟了他一眼，装作什么都没听到，依旧站在他身后。

这个时候突然警报器响了。正在接受搜身检测的是那个西装比人大的小伙子。

他们从他的上衣口袋里摸出来一枚和小四之前给我们看的那个指甲盖大小的双向信号追踪器一样的东西。搜他身的人把东西拿给小四，小四看了一眼，点点头。那个大西装露出一脸惊恐的神色，"我不知道那是什么！那不是我的东西！不是我！"他大声叫嚷起来。

"东西在你身上搜到的，你说不是你？"

大西装脸一侧，指着何钥匙叫道："是他！是他！之前他莫名其妙倒在我身上，趁机放进我口袋的！"

"你别血口喷人啊！这样你都能冤枉我！"

我一听，突然就想起刚刚何钥匙莫名其妙倒在别人身上的画面，他假如趁机把东西放进别人的口袋，倒也不是没可能。这个大西装看着怎么都不像是和山川有联系的人。这么比起来，倒真是何钥匙的嫌疑更大一点。

就在这个时候，探测器又响了。

还是大西装，不过这次响的部位是下半身的前面……是搜身那个人的手无意之间碰过去的时候，把它给碰响了。

小四眉头一皱，目光不断在他的裤裆和脸部之间游走，大约三十秒之后，只听他一声令下："扒掉！"

"你们干吗?! 不是我啊！"大西装叫喊起来，用手捂着裤裆，不停后退。

何钥匙脸上的表情有些尴尬，他咬着下嘴唇，一脸出乎意料地望着眼前正在发生的一切。

裤裆部位响起来确实有点出乎意料，有四个人面面相觑之后大脑最快接收到了命令把大西装扑倒在地，他连挣扎都没机会。

眼看着他的外裤被扒了下来，只剩条内裤，就快被全部扒光了——

突然，传来"砰"地一声。

是枪响！

我们都愣了一下。小四立刻意识到了不对，迅速朝我们的方向退了一步，卢比站到了我们的前面，张开手臂挡住我们。

"砰！砰！砰！"又是连续三声的枪响。

我心想这情况明显不对了。果然，三声连续的枪响之后，所有人更蒙了，只有小四动作最快，把枪拔了出来，但是脸上仍旧是一副没看懂究竟发生了什么的表情。

扑到大西装身上的四个人被依次掀开，大西装就像掀被子一样，把他们都拨到了旁边的地上，自己跃身而起。我看到，他手上举着刚刚开过火的枪。

"怎么回事?!"何钥匙跟我对看了一眼，迅速又将目光返回到那个大西装身上去。何钥匙脸上带着一种不解，似乎出现了谁都没有料到的状况。

我在自己也比较蒙的情况下，偶然瞥见大西装瞟了我一眼。还没等我反应过来，他就以迅雷不及掩耳的速度冲到了我边上，用枪顶住了我的脑袋。

"别动！"他用枪指了一圈在场的所有人，"不然我打死他！"枪口在他的尾音中，回到了我的太阳穴上。我在心里对自己翻白眼，自从被卷进这件事之后，我隔三差五就要被枪指一回……

这时，眼前这一票人似乎才反应过来。

他用另一只手臂卡住我的脖子，枪顶着我的脑门，慢慢往后退。

所有人都把枪拔了出来。小四拿枪对着他大声说："你快放了他！你要知道你现在做的挣扎都是没用的，我们人多枪多，你只有一个人一把枪！"

我心说，老兄，这是什么台词啊！

果然听完这句话的大西装，直接给子弹上了膛。

"把东西交给我。"他在我耳边上轻声说，"我知道东西在你身上。你交出来，我放你一条活路。"

"大哥，现在看来就算是我把东西交给你，你放不放我活路，你都跑不掉，你觉得呢？"我说的是实话。眼前这群人全都举着枪，对着他的脑袋。他除非长了翅膀飞出去，否则的话，不管是他对我开枪还是逃跑，他都会死。

"我是死是活跟你没关系，你要做的就是把东西交出来，少废话！"他眼珠子向下瞪了我一眼。

"你是谁派来的？"我问。

"这不关你的事。"

他加大了勒我脖子的力道，这人表面看起来比其他人都要柔弱，力道确实不小，我被他勒得都快要窒息了！

"你认不认识……山川？"我有些喘不上气。

他现在挟持着我已经退到别墅的大门口了，再往外就是花园。谁都不知道是否有人会在那里接应他。

我看到小四给周围几个人使了个眼色，有几个人立刻悄悄地退了出去。

他卡着我的喉咙撞开大门，一步步退下台阶，"谁是山川？"

我一愣，"你的追踪器不是跟山川对接吗？"

"什么追踪器？什么山川？那个小东西不是我的，我都说了，是那个呆子故意栽赃陷害!"

"那你身上有什么?"

"呵呵,"他冷笑两声,"别想着套我话啊,我有什么,等你把东西交出来我再考虑要不要告诉你。"

"你没有接应的人,你放弃吧。"

"放屁要吗!放弃是什么东西?!我老婆孩子在他手上,我怎么放弃?!东西交出来,别给我玩花样!"他冲我吼道,用尽全力掐我脖子,我感觉下一秒就会被他掐死。

突然,小贱跳了起来,咬住了他卡着我脖子的手臂不放!

他松了松手臂,立刻调转枪头对着小贱,"死猫!"

"砰——!"

我吓得闭上了眼睛,我以为眼前会有小贱的鲜血四溅。但是半天听不见声音,只觉得卡在我脖子上的手倒是彻底松开了。睁开眼睛,小贱在何钥匙手里,圆睁着眼睛望着我。而我脚边上,大西装已经躺下了,一脸惊恐地大睁着眼睛,脑袋上一个窟窿不停地流着血。汤勺举着枪,对着我的方向,小四侧着脸用惊讶的目光望着他。

半晌,小四才开口,急乎乎地说:"怎么回事啊?!你干吗杀了他?!我们要捉活的,这怎么交差啊!人都死了!"说完,朝着躺在地上脑袋流血的大西装跑过去,一脸无奈地瞟了我一眼。

我赶紧抱起小贱,它有些发抖,浑身的毛都竖了起来,不知道是愤怒,还是害怕。我摸摸它的脑袋,它"喵"了一声,蹭了蹭我的脸。

尸体经过详细检查之后,他们发现了一个可读芯片。

"芯片在哪里找到的?"汤勺问。

"呃……那个后面。"卢比支支吾吾地指了指自己的裤裆部位。

"啊?哪个后面?"何钥匙看着卢比的动作,一脸的问号。

卢比挠挠头,从头红到了脖子根。

白求恩老头瞟了一眼卢比,"肌肉这么发达的人,连个话都说不好。脸红什么,你又不是没有。芯片在睾丸根部找到的。"

对于这么直接的陈述,我们都感觉到了一些听觉上的冲击,大家瞬间都愣住了。

"这些都是什么人,干吗要把东西藏在这种污秽不堪的地方?"何钥匙捏着鼻子仿佛真闻见了什么污秽的气息。

"尸体检查过了,没找到文身。看来这人不是那伙组织一起的,看他的身手,倒像是被拉过来临时客串的。"小四说。这时,他刚刚派出去搜查的人也回来了,报告说外面仔细搜过,没有发现接应的人。

没有文身?没有接应的人?……不是那个组织里的人……刚刚他在挟持我的时候

说过，说他老婆孩子在"他"手上。这个"他"，是什么人？

"说得通，可能找了个跟那伙人没关系的人混进来才不容易被发现。我们和那伙人交手过很多次了，假如是他们的人基本上一下就能辨认出来，所以找人混进来找了个外来的，这事不奇怪。没人接应也不奇怪，估计没想到会这么早暴露。"

"芯片是什么？"汤勺眼睛盯着小四手里的芯片问。

"现在还不知道，我们这儿有专家，初步鉴定了一下，芯片可读，有可能里面有从我们这里偷的资料，得打开来看看。"

所谓的专家是个长着一张初中生脸，自称二十六岁的法国人克里，讲意大利语的时候，一口怪腔怪调，有种口水卡在喉咙口的感觉。

"能读出来吗？这么小的芯片。"何钥匙似乎对找到的芯片特别感兴趣。我一直站在后面默默注视着他。那人说，那枚双向信号追踪器不是他的，而是何钥匙偷偷放进了他的口袋。到了那种境地的人不至于还要撒谎，信号追踪器假如真的是何钥匙放进他口袋的，那么何钥匙和山川的关系可能没有他自己说的那么简单。

"怎么样？"汤勺问克里。

"需要点时间。"克里的两只眼睛全都集中在电脑屏幕上，"数据加密了，得先破解密码，否则的话是看不到里面的内容的。"

"大概需要多久。"小四问。

"不知道，不过你可以相信我。"克里冲小四眨了眨眼睛。

小四转向我们，"你们去休息一会儿吧。你们要是出了什么事情我没法向凯爷交差。所以请你们不要独自行动。"说着瞪了一眼何钥匙，"还有你，麻烦你老实点。"说完就叫人带我们回房间。

"切，那个小四是什么态度！"何钥匙一脸不高兴地往床上一躺。

大家都不说话。汤勺坐在靠窗的椅子上点了根烟，我眼睛盯着何钥匙不说话。

"你是不是该对我们讲点实话？"

这话不是我问的，问话的是汤勺。他灭了烟头，望着何钥匙，等他回答。

何钥匙像是快睡着了，突然听见这样的话，皱着眉头睁开眼睛，从床上一个翻身坐了起来。

"我说的都是实话，我一个开锁的，我干吗要骗你们。"他一脸不耐烦。

"你和山川是什么关系？"我问。

"山川？山川是谁啊？"然后他又自己一拍脑袋，"哦！你说那个来找我的女人的名字。我真的不知道是谁。她拿了我的财神像，我只能按照她说的做，再说我还收了钱呢。这交易也还算……呃……公平吧。假如你们觉得我有点吃亏，要不回头你们再帮我问她要点钱？"

"你别再咬着你的财神像不放了，既然现在问你，就说明我们有怀疑。你装傻也没用，赶紧说实话，不然我立马叫小四送你离开这里。"汤勺说。

何钥匙眼睛朝天花板看了看，想了想，又说："我没说谎，她确实拿了我店里的财神像，也确实给了我一千块钱。只不过一千块钱不是这次给的，是上次……"说完他做了一个保护自己的动作，"别打我啊！这不算撒谎！"

我一把抓住何钥匙的胳膊，"上次?！她之前还找过你?"

"妈呀！你谋杀我啊！好疼啊，你先放开！"他一边掰开我的手，一边说，"我说实话吧。其实我也真的没骗你们。只不过这个女的之前就跟我爷爷认识，我从来没见过她，但是爷爷提到过她，每次提到她的时候，他就不愿意多说了。第一次那个女的来找我，和第二次也没隔多久。第一次她来的时候给了我一千块钱，让我去帮她寄一封信，那信是寄给市警察局的，她给了我一千块。第二次就是这次，后面的事情我说的实话。"

"信?"汤勺转向我，"他说的信，会不会是当时冒充你的名义寄过去的那封?"

我忽然之间也想起来这件事，这事儿假如汤勺不提，我大概已经记不起来了，因为我一直断定那封信是西木为了给自己脱罪所以才冒充我的名义寄给警察局的……

"你看过信的内容吗?"我问何钥匙。

"没有！开什么玩笑！我人品这么好，怎么会随便看人家的私人信件，再说信是匿名寄出去的，反正也不知道是我寄的，而且我还有钱拿。多一事不如少一事。"

他这么说的话，也没法确定就是冒充我的名义宣称要自杀的那封。

"说实话。"汤勺语气四平八稳，眼带杀气地望着何钥匙。

"哎呀，你怎么这样?！"何钥匙伸了伸脖子，又缩了回去，"一开始她说匿名，后来莫名其妙又叫我在信封背面也加了个名字，李如风。"说完看了看我，"里面的内容我真没看。我发誓。"

"就是那封。"汤勺重新靠回椅背上。

那封信是山川寄的?她为什么要这么做?

"你能带我们找到你爷爷吗?"我问何钥匙。

何钥匙说："能，他埋的地方我可以带你们去，你们有事儿自己问他。"他说完又往床上一躺，"我爷爷在那个女人第一次找我之前就死了。爷爷去世之前关照过我，假如有一天这个女的来找我，叫我一定要帮她的忙。否则的话，我什么都不会做的，这就是事实。"

虽然不知道他是不是和山川目前还有联系，但看他的样子不像是在撒谎。

可是为什么?为什么山川要这么做?

汤勺沉默了好一会儿，忽然开口说："会不会，她是为了让人发现地下室的尸体?"

对——尸体！地下室里肖德利的尸体。但是这个推测有些前后不着调，她为什么要让人发现地下室里肖德利死了很久的尸体呢？等下，那天烧死的人，不是山川，那是谁？到底那天发生了什么事？肖德利明明早死了，又怎么会出现在那里？

一切都是一头雾水。

汤勺又说："我还有一件事情想不明白。"他抬头望着我，"你记得吗？我之前跟你说过，歌里在给你做完笔录之后，把所有对你不利的疑点全清理掉了。这一点我想不通。歌里似乎跟这件事有关系。"

我记得很清楚，那天在医院，歌里来找我。他的目的似乎只是想知道我是不是认识肖德利，我还没回答，他就走了。假如说，他出于某种目的想来探话，那他究竟想知道什么？我认识不认识肖德利和他有什么关系？或者说他的目的不是这个……而是……他想知道我是否知道肖德利死在地下室？他还想知道什么？对，还有他似乎早就发现信不是我寄出去的，他是想通过我知道信是谁寄的？还是说他已经有了怀疑对象，只是来找我确认一下……那他当时究竟在怀疑什么人呢？

"你说，他是为了杀你之前，抹掉他自己身上的疑点。我倒觉得未必。首先是不是他派人杀你，这个还不一定。其次，在我看来，他花了这么大一圈似乎是有绝对要隐藏起来的东西，并不是单纯为了避开嫌疑才这么做的。作为一个警察，想避嫌太简单了，有一万种方式，大可不用管你这个嫌疑犯的身份。"汤勺说道。

"隐藏起来的东西？"我喃喃道。会是什么？

山川发疯前，他曾经出现过，而且应该就是山川发疯之前见到的最后一个人。他和山川究竟是什么关系？

这个时候，卢比走了进来，"那个芯片读出来了。"他说，"小四让我喊你们过去。"

第五十二章

FIRENZE
可读芯片

我们进屋的时候，克里还在不停地敲打键盘。

"怎样？"汤勺问小四。

克里停止了手里的动作，朝小四摇了摇头，"后面做了双重加密，大概还需要几天时间。没这么快。"

小四想了想，对他说，"先把前面的东西打开来。"

"什么意思？"我听得一头雾水，"不是说芯片已经读出来了吗？"

"是读出来了，一部分。破解初入密码之后，显示了一部分东西，但是我发现里面还有隐藏内容，被做了双重加密。目前还没找到破解的方法。"克里回答说。

他点开一个文件夹，然后站了起来，看了看小四，"这是已经找到的那个部分。"

小四简单看了一眼，向我和汤勺示意。

汤勺拉开椅子，坐到电脑前。

"这是什么东西？"我问道。

被点开的文件夹里有两个小文件夹，标号是简单的 1 和 2。

汤勺点开第一个，里面是一个 WORD 文档文件。他双击点开 WORD 文档，用鼠标粗略地滚动了一下页面，从上到下都是意大利文，最下方有一个官方的印章和一个龙飞凤舞的签名。

"这个印章是？"我看了一眼觉得有几分眼熟。

"是意大利总警署的公章。这是一封任命书。"汤勺把页面返回到第一页，"这里有名字。"他用鼠标点击了两下第三行当中的字。

"斯特奇……歌里……"我把他点的名字念了出来，"歌里？！这是歌里的任命书？怎么会在这里？"我有点反应不过来，之前一直怀疑这芯片里面是盗取的我们的或者胡凯的资料，看来事实并不如所想的那样。又一想也是，假如是胡凯的资料，小四也不会让我们来看。

"上面写的什么？"何钥匙抱着小贱，把他和小贱的脑袋一齐硬塞进我和汤勺之间的缝隙中。

"这是一封警部官方给斯特奇·歌里的任命书，时间你看到了，2007 年 3 月 25 日。之前我查过他，没记错的话，他正好是那一年从海军部出来，转到警部去做支援的。

这封任命书是威尼托大区发给热那亚海军一部的。看,这里写着,调任歌里去威尼斯警察总局做支援型任职。"

汤勺又来回看了两遍,确定没有什么特殊的东西,把文档关上之后,又把标号 2 的文件夹点了开来。

这个文件夹里面有两个 WORD 文档,都没有特殊的命名。

汤勺点开第一个,"这是……什么?"他喃喃自语道。

"艾尔是谁?名字这么短?没有姓吗?"何钥匙在一边插嘴。

小四瞟了他一眼,又看了一眼电脑屏幕,"这是一张死亡证明吧。"

"是的。"汤勺点点头,"由热那亚海军司令部签发的死亡证明。这个艾尔死亡的时间是 2007 年 3 月 6 号。"

"有没有写死因?"我问。

"没有明说,只说是在军队中不幸离世。"汤勺皱着眉,"这个日期……前面对歌里的任命书是同年的 3 月 25 号,而这个叫艾尔的死亡证明是 2007 年 3 月 6 日,前后没差多久。而且他们都曾在热那亚海军军队。之间会不会有什么关系?"

对,很有可能。这个叫艾尔的刚死,歌里就被调走了。或许可以从这里入手查一下,我想。

"有照片吗?"小四问。

汤勺上下来回检查了好几遍,"没有。"

"奇怪了,死亡证明上面不贴照片的吗?"小四自言自语道。

"他的名字究竟为什么这么短啊?"何钥匙又问了一遍。

"不是假名就是孤儿。"小四一脸不耐烦地回答说。

"孤儿?"不知道为什么,听到这个词我突然觉得艾尔这个名字有点耳熟,但是一时也想不起来,究竟在哪里听到过。

汤勺关掉这个文档,随即打开第二个。

第二个文档里面什么都没写,除了一行字:CIMITERO MONUMENTALE DI STAGLIENO(斯塔列诺公墓)。

"这是什么?"何钥匙把头凑过来。

"公墓。热那亚很有名的公墓。"汤勺说,"难道他葬在这里?"

"有什么问题吗?"我看了眼汤勺,他脸上有略微的不可思议的表情。

"这是名人墓地,葬在这里,要么是名人伟人,要么是皇亲国戚,要么是……烈士。一般人进不去的。看来我们得去查一下了。"

我点头表示同意。

"去查一下?"小四一脸不可思议的笑容,"去哪里查?你们别告诉我,你们想去热那亚或者威尼斯什么的,我没有接到凯爷的命令,你们不能离开。"

"你这是什么意思?我们又不是胡凯的囚犯。"听到这话,我顿时觉得有点恼火。"要去哪里是我们的自由。"

汤勺拉了下我的袖子,冲我摇摇头,关掉文档,从电脑前站起来对小四说,"如果可以的话,希望能安排我们见一下凯爷。"

小四顿了顿,本来还想说点什么,最后只是叹了口气,点了点头。

我们从房间里出来的时候,克里又回到了电脑前,继续尝试破解里面另一份文件资料的密码。

"真没劲,我莫名其妙跟你们一起做了囚犯了。"何钥匙嘟着嘴,捏着小贱的耳朵说道。

"没人叫你跟着,没劲你可以回去。"我说。

何钥匙一听,立刻嬉皮笑脸地凑上来,"哎呀,你看我这不是开玩笑嘛,好兄弟之间都是有福同享有难同当的,我不会抛下你们自己走的。"小贱特别配合地"喵"了一声。

我甩了个白眼给他,一把从他手里拎过小贱,"你还真是只猫,跟谁都热乎!"

回到房间,何钥匙往床上一瘫,问道,"那个凯爷能让我们走吗?"

对于这个问题,我们谁也没吭声。我摸了摸口袋里的东西,自从它在我口袋里之后,三分钟摸一下口袋就成了我的习惯。不知道现在究竟是我在保护这个东西,还是这个东西在保护我。其实胡凯对我们实施的这种保护,目的似乎很明显,他知道我身上有东西。但是又显得很奇怪,以他的实力,随便让小四伸个手指头,就可以轻易把东西拿走,又为什么要费力保护我们几个大活人呢?他到底有什么目的?

"这个芯片很可能是歌里的。"汤勺坐在窗户边上,突然抬起头来望着我,"那个挟持你的人,非常有可能是受到了某种威胁,为了自保或者给留一条后路,偷了歌里的东西。"

"你的意思是……那个人出现在这里是因为歌里威胁他,让他来的?"我又想到了那人挟持我的时候,说到过老婆儿子在"他"手上的事情,这么说的话,那这个"他"指的是歌里?!

汤勺点点头,"所以他偷了歌里的芯片,这个芯片应该对他来说是很重要的东西,不然不会把保密措施做得那么好。他偷芯片应该是为了预防歌里不实行他们之间的某种约定,所以给自己留了条后路,好用来威胁歌里。当然,这些都只是我们的猜测。"

也就是说,顺序应该是这样:歌里可能绑架了大西装的老婆和孩子,威胁他混入我们，目的是趁机偷走我身上的东西，或者还顺带有其他目的，为了保证他老婆和孩子的安全，怕歌里回头不是人，所以他想办法偷了歌里的芯片，用作日后反过来要挟他的工具。没想到会这么快暴露自己，结果芯片落到了我们手里。

我忽然想到一个问题，转头望着何钥匙，"你是不是原本就知道那个人是混进来的间谍？"

何钥匙先是一愣，立马反应过来，"你说什么啊？！天哪！我又不是神仙，我哪能先料到那个人是间谍啊？"他露出一脸天真无辜加冤屈的表情。

"那你怎么偏偏会把追踪器放他口袋里面？有这么巧的事？"

"什么追踪器？！"何钥匙一下就跳了起来，"我实话都跟你们说过了，你们怎么就这么喜欢怀疑我呢？你看看我，"他把他的大脸凑到我面前，"看看我！啊？我一看就是老实人，你怎么竟喜欢欺负我这种老实人呢？真是搞不懂！"

我一把推开他的脸，看他那样子，估计也不太会交代实话了。

"那个大西装的身份能查到吗？"我问汤勺。

"好像小四正在查。不知道今天能不能有结果。"汤勺回答说。

虽然还有一部分资料没有解密出来，但是就当前我们能看到的这一部分来说，还不够说明什么，也看不出什么实在的威胁性。或许里面隐藏的那个部分会给我们答案，只是不知道克里还需要多久才能够解出来。

"假如说我们推断的都是真的，那么歌里他，很可能……"汤勺眯起眼睛。

"很可能会来把芯片偷回去？"我望着汤勺。

他摇摇头，"不，不是偷芯片，换做是我的话。假如我在知道胡凯实力的情况下，不会冒险回来偷芯片，因为这不是一件容易做到的事。相对来说，另一件事做起来更容易一些……"他看着我。

"销毁证据。"我恍然大悟。

汤勺点点头，"也就是说，如果我们推理正确，那么只要慢上一步，很可能就算赶到那边，也什么都查不到了。"

不行，为了查清楚这个事情，我们一定得赶在他前面。弄不好，很多相关的问题都会随之浮出水面。

何钥匙在边上听得云里雾里，摇晃着脑袋问："歌里到底是谁啊？你们到底在说什么啊？"

这时，小四走到门口，敲了敲门，"凯爷说，他一个小时之内就到。"

第五十三章

FIRENZE

与凯爷的协议

胡凯比预计的时间来得还要早。

我和汤勺轮流冲了个澡，清醒了一下脑袋，开门准备下楼的时候，小四已经等在门口了。

"还有一个呢？"小四把脑袋往房里伸了伸。

"床上。"汤勺朝里面努了努嘴，走了出去。

何钥匙正抱着小贱在床上打呼，声音起起伏伏，跟快断气了一样。小四朝天翻了个白眼，把门直接给锁上了，"正好，省去了还要搜一遍他身的麻烦。"

胡凯坐在大厅里，正在喝茶，看到我们走下去，冲我们招招手，"上好的铁观音，我刚从国内弄过来。你们尝尝。"边说边递给我们两只小杯子。

我刚想坐下来，却被他身边的一名黑西装保镖拦住，他一把抓住我的手臂，毫不客气。

"干什么？"我叫起来，这算什么意思，一边叫我们喝茶又不让我们坐下来，难道站着喝茶吗？

胡凯笑了笑，"别着急，没什么意思。只是……"他看了下两边，挥了挥手，把人几乎全部支走，只留下小四和拦着我们的人之后，继续说，"既然有一个内奸，就不排除会有第二个。我接下来要对你们说的话，很重要。所以，必须要防止一切途径和可能性的窃听，先搜身。我自己也不例外。"说完，脱下外套，先让小四在他身上上上下下扫过摸过一遍之后，才重新坐下来。

我和汤勺也依次被搜身。那个新面孔的黑西装保镖，摸我摸得特别细致，连胳肢窝都不放过，搞得我直痒痒。好不容易搜身结束，胡凯做了个请坐的姿势。

他把刚刚那两杯茶倒掉，又重新倒上两杯，推到我们面前。

"我听小四说了发生的事情。"胡凯喝了一口茶，继续道，"我知道你们在想什么。放心，我不会拦着你们。而且，我会派人跟你们一起去，保护你们的安全。"

他说着，双手交叉放在胸前，笑眯眯地看着我们，"但是，你们要把东西留下来。"

呵呵，我一听这话就在心里笑了起来，和我想的一样，他不会让我们带着东西走的。

"如果不呢?"汤勺放下茶杯,说到。

"哈哈哈,"胡凯大声笑道,"我知道你们会误会我的意思,东西我不会要你们的,只是你们这趟去,一定会遇到一些比较危险的情况,假如东西被别人拿走,对我们谁都不好。你们安全回来之后,东西立刻物归原主。"

"凯爷,我们不需要你的人的保护,但是东西我们也不会交给你。"我话还没说完,就被汤勺打住了。

他冲我摇摇头,转过去对胡凯说:"凭什么相信你?"

胡凯不慌不忙,喝了一口茶,慢悠悠地说:"陈唐,凭你我的交情,我相信你应该了解我的为人。当然,你们有理由不相信我,但是我希望你们能答应这个条件。我说话算话,东西只是替你们保管到你们回来。你们手里有什么,我很清楚。如果我想占为己有,我早就做了,不用等到现在。这点我相信你们应该很清楚。我并不是对这个东西没有兴趣,只不过我要和你们达成的协议,更多关乎人,东西永远只是人的辅助物。"

"假如我们回不来呢?"我脱口而出,讲完之后就觉得有点诅咒自己的意思。

果然汤勺立刻瞪了我一眼,胡凯大笑起来。

"我的人会保证你们的安全,你们不会回不来。"他说。

"你刚刚所谓的重要的话就是这些吗?"汤勺问。

"是,也不仅仅是。刚刚说的只是一部分。还有另外的一部分。"说着,他让那个绷着脸的黑西装从身后突然变出来两把枪,分别递给我们,"陈唐,我知道你有配枪。但是枪是警队的,顾虑太多,用起来始终不方便,所以我给你们准备了。"

这是我第一次拿枪,手哆哆嗦嗦地伸过去,一接到手腕差点断了,这家伙沉得可以啊!那些电视剧上单手持枪躺在地上都能瞄准的肯定拿的是塑料道具。真枪原来这么重!

我盯着研究了两下,汤勺一把抓住我的手,"你别乱动,很容易走火!"吓得我立刻松手,不敢随便动了。

胡凯笑着说:"没关系,熟悉熟悉就好了。"

我一想,这不对啊,枪也接下来了,这岂不是默认了胡凯的提议,与他达成了共识?!刚想说点什么,胡凯又开口了。

"我已经有了那幅画的下落。"他说。

听到这话,我的神经立刻紧绷起来,我瞄了眼汤勺,他皱着眉头眼睛紧紧盯着胡凯的脸,我们都在等着他说接下来的话。

"东西,很可能在你们这次要去的地方。我还在进一步确认。一旦确认,我会联系你们。你们可以把它一起带回来。"

他说话的口气十分轻松,听起来好像是有十足的把握。只不过要带回来的这个

"它"，他恐怕指的并不是画，而是画里的东西。

"还有，你们的手机有自动定位，希望你们尽量不要使用。"说完，又让那个黑西装保镖掏出来两台手机，看外形应该是最老式的那种只能收发短信和打电话的绝版诺基亚，他把手机递给我们。

"这个给你们用。卡已经装上并且启动了，我会通过这两台手机跟你们保持联系。"说完，胡凯看着我，看了好一会儿，我才明白过来他的意思。我转头望了眼汤勺，他冲我点了点头。

我动作缓慢地从口袋里面把那张羊皮纸摸出来，递出去。我不知道汤勺凭着什么选择相信胡凯，但似乎眼下也没有更好的选择方式了。既然汤勺信他，那我也只有选择相信他。

那个黑西装从我手里接过羊皮纸，递给胡凯。胡凯看都没看，就揣进了上衣口袋。

他站起来，指着身边这个黑西装说，"这是迪特，他和小四会一起负责你们的安全。还有，记得带上何家锁匠。"

何家锁匠，他是说何钥匙？他怎么老强调到哪里都得带着何钥匙？何钥匙到底是哪边跑出来的间谍？

"不要多想，"他估计是看出了我的心思，"何家锁匠每一代人都是非常有用的人，是可以帮助我们的人。"

我一想到何钥匙那张装蒜又真又无辜的面孔，怎么想都想不出来他到底在哪里能帮上忙。

"我要说的，都说完了。接下来，我们保持联系。有消息我会通知你们。"

胡凯说完转身要走，被汤勺拦下。那个绷着脸的迪特立刻冲到汤勺边上，抓住他拎着枪的那只胳膊。胡凯朝他示意了下，随即他放下手来。

"我能不能问你一个问题？"汤勺看着胡凯说。

胡凯点点头，"你问。"

汤勺顿了顿，"你究竟，有什么目的？"

胡凯又笑了起来，"哈哈，我总觉得这个问题，你似乎问了我好多次，在不同的场合，由于不同的原因。这次的答案是——"他看着汤勺，说，"在这件事里面，我并不是冲着利益。我只想要个寻找了很多年的真相。就和你们一样。"

"你是不是知道宫殿在哪里？"汤勺问。

"是。"他回答道，"我知道。但没有地图的话，我们没法找到东西。在合适的时候，我一定会把所有的事情告诉你们。但是现在你们知道的越多，对你们安全越不利。所以，这次去请你们小心。"

说完这些话，他就离开了。

我在后面听得目瞪口呆，原来胡凯一直都知道宫殿的位置！居然！

"你是怎么发现他知道的？"我走到汤勺面前问他。

"直觉。我有种直觉，他在找什么东西。但绝对不是宫殿。"汤勺说。

"那既然这样，他已经知道了宫殿的位置，其实剩余的事情他大可以一个人去完成，包括去寻找剩下来的地图碎片。他这么多人手，根本犯不着用到我们两个，这是为什么？"对，这是我此刻百思不得其解的问题。凭着胡凯的实力，要我们两个有什么用。一个放假的警察和一个屡次差点被杀的业余侦探。

汤勺想了想，说："我也不知道为什么。或许，他是在故意给我们查清真相的机会。就像他说的一样，他在找真相，而我们也是一样的。"

我一惊，这话听着像是汤勺被他瞬间洗脑了一样。胡凯这么一个走私大头，杀人都不带眨眼的，能干出这么感性的事情？这听起来倒像是他在帮我们的忙一样。

"相互利益肯定是有的。"汤勺又说，"只是现在还不知道这种关系到底藏在哪里？或许有些事只有我们能帮他查清楚，也说不定。"

"能相信他吗？"我问。

汤勺低头看了下手里的枪，把它收进衣服里，"我信他说的话。"

何钥匙似乎刚醒，发现我们不在，想出来找我们，居然又发现门被锁了。于是在里面又是叫又是砸门。半天之后，小四受不了了，只好上去开门。门一开，何钥匙就抱着小贱冲了出来，没刹得住车，一下就撞到了栏杆上，痛得嗷嗷直叫唤。

我眼睛往下一看，他连鞋子都没穿，光脚站在地上。

"你们想干吗？干吗把我锁在里面？！"他快委屈得哭出来的样子。

小四无语地撇撇嘴说："刚刚外面枪战，为了确保你的人身安全，才锁的门。"

何钥匙一听，立刻甩掉了一脸的愁苦样，"早说嘛，害我吓一跳，怎么会发生枪战？这么恐怖？！我以为你们要监禁我和我家小贱呢！"

"你家小贱？"我看了一眼一副温顺模样乖乖待在他怀里的小贱，一把把它揪了过来，"要监禁也是监禁你，跟小贱有什么关系？"

"好了，你们别扯了，赶紧收拾行李吧。半夜出发，开过去要三个小时呢。"汤勺说。

小四点点头，"对，我们的确要半夜走。"

"走？去哪？"何钥匙摸着脑袋问。

"带你去旅游。"我说。

半夜往威尼斯去的路并不好开。博洛尼亚的高速公路上，其中有一条盘山高速的路段不知道什么原因灯坏了，也没人施工维修，也没有拉提示带。

我们前后一共三辆车。别克七座走在中间，两辆小车分别走在前后。我们都在七座里坐着，车里坐了小四、我、何钥匙和始终绷着脸的迪特。开车的是一个专职司机，人矮矮胖胖，一路上都想着跟副驾驶的迪特聊两句，但迪特明显不领情，在矮胖司机跟他说话的时候，他就斜着眼睛瞪他，矮胖司机就只好闭嘴了。

卢比带着另外的三个人在前面开路，后面那辆车里，是迪特的一个手下，名字叫黑脸（标准的人如其名，虽然不是黑人，但是晚上他的牙齿一定是可以当手电用的），他也带了三个人跟在我们的七座后面。

"前面到隧道了。"迪特坐在前面说。

小四"啧"了一声，不知道为什么惊醒了正在做梦的何钥匙。他一下子从座位上弹起来，"这是什么地方？怎么没有灯？"

"不太对。"小四说，"刚刚那段没灯有可能是坏了，但是隧道没灯，有点奇怪……"

卢比那辆车在前面明显地放慢了速度，就像是开进了什么黑洞一样。矮胖司机骂了句粗话抱怨意大利高速公路档次太低。

迪特皱着眉回头对小四说："你看，是不是有点问题。我们自从上了这段路，一辆车也没碰到。虽然是半夜，按照道理也不应该出现这种一辆车都没有的状况。"

他刚说完，何钥匙就指着前面道："谁说没有车，那辆不是车吗？"

我们齐刷刷地把目光投向窗外，确实，对面有一辆小车迎面开过来。

汤勺突然按了一把我的肩膀，"不对，这条隧道出去就过博洛尼亚的高速路段了，这是最后一条隧道的话，上个月已经改成单向了！"

大家瞬间全都警惕起来，只有何钥匙还没反应过来，他伸手指着说，"那这车……"

话音未落，只听见空中一声枪响和紧随其后的玻璃碎裂声——何钥匙这下倒是反应极快，抱着小贱直接滑到了座位下面。

"大家趴下！"小四大叫一声，掏出枪来。

刚刚那声枪响打破的是卢比那辆车的窗户。卢比的声音从对讲机里传出来，"小四，他们有五辆车！后面的没开车灯，小心！"他话音之后就是一声枪响，似乎射中了什么东西。

"卢比！"小四冲着对讲机大喊一声，立即把枪伸出窗外，被迪特拖了进来，"不要开枪，他们做掩护，我们超车到前面去！"

矮胖司机大概是跟他们混多了，见怪不怪，油门一踩十分淡定地想超过去。谁知卢比那辆车突然转了个弯，横了隧道中间，挡住了去路。

"卢比！卢比！"小四冲着对讲机大声叫着卢比。子弹不停地打到我们的车顶和窗户边上，到处都是金属碰撞的声音。何钥匙捂着头裹着小贱，缩在角落里直发抖，嘴里一直念着"阿弥陀佛"。汤勺掏出枪来，推了我一把，意思是叫我也学着何钥匙躲到下面去。我顿时有点不服气，立刻把枪从口袋里掏了出来。

"你连枪都不会使，不要凑热闹！"汤勺冲我吼道。

卢比终于有了回音："他们把司机打死了，司机太沉了挡了方向盘，我得搬开他，否则没法动！"

我们的矮胖司机一听这话，哈哈大笑，瞬间一颗子弹飞了进来，几乎是贴着他的鼻子擦了过去。迪特和小四反应很快，立刻抱头低下，汤勺把我狠狠往下一拖，何钥匙直接吓晕过去了。

矮胖司机被吓得魂飞魄散之后，赶紧一脚油门，几乎是擦着卢比那辆车的屁股冲了过去。卢比说的没错，前面还停着好几辆没开灯的车子。我们进了埋伏圈了。

一冲出去，子弹就像下雨一样，打破车窗飞进来。矮胖司机非常灵活，跟耍龙灯一样，飞速曲线前进。

小四在枪林弹雨之间，由窗户直接钻了出去，"小胖，车贴过去！"他指着前面一辆发动起来想迎面朝我们撞过来的车子，"迪特，这里交给你了！"说完，就在两车相贴的同时，他一个翻身，扒住了对方的车门，枪口直接伸进去，一秒钟就解决了一车。

小四坐在车里，冲我们比了个胜利的手势，随即立刻调转车头，在前面开路。对方剩下的所有车都追了过来，而卢比和黑脸也跟了上来。我回头望了一眼，地上已经躺了好几具尸体，身后的车轮呼呼地就从那些尸体上轧了过去。

或许在这些人眼中，浑身上下，性命才是最不值钱的东西。

"一定有内奸！"迪特说。

这时忽然一辆车靠了上来，矮胖司机又轻巧地避开了一枚差点爆了他脑袋的子弹。迪特往后一避，我透过破碎的车窗，看到了对方那辆车的副驾驶座里，坐着的人戴着那种熟悉的面具。迪特回击过去一枪，大概是打中了那人脸上面具长长的鼻子。他顺手就把面具摘了下来——西木！

"西木！"我叫了起来！西木转头，脸上露出恶狠狠的表情，在迪特预备开枪之前，西木将枪口对准我，率先打出了一枚子弹。子弹在空中飞过，打破了汤勺脑袋边上的车窗。我下意识地把汤勺的头往下一按，那枚子弹瞬间就飞到了我的眼前，眼看就要冲着我的脑袋穿越而过了，汤勺忽然一个翻身，整个人腾空而起，落下来的时候重重地压在了我的身上。

"陈唐！"我手在他肩上一摸，都是血！"陈唐！"子弹打到了他左边的肩膀。

怎么了?！"他看到我一手的血和压在我身上的汤勺，声音颤抖地指着他说，"死……死了么?"

"死你的鬼。"汤勺捂着肩膀费劲地爬了起来，"没事。"

他的脸因为疼痛轻微地抽搐，但他强忍着，看了眼窗外，"妈的，西木跑了！"

"车子已经调头了，不过他的脸我记住了！"迪特说。

西木那边的车子瞬间全都消失在了黑暗的隧道之中，汤勺呼了一口气，整个人靠在椅背上。

我已经无心去顾及西木了，汤勺的伤口一直在流血，"这里哪边可以停一下，他的伤一定要处理！子弹在里面。"我对迪特说。迪特转过头来看了看汤勺，"要不前面停一下，先把子弹取出来。""不行！一直开！开到威尼斯再说！我没事！"汤勺咬着牙说，"车里有药箱，"他看了看我，"李如风，你帮我拿一下，就在你的座位下面，你打开来就能看到。我自己取子弹。"

何钥匙突然从地上爬了起来，看着我们说，"我来吧。"我们瞬间都被何钥匙的这句话给惊住了。只见他坐到汤勺边上，不慌不忙地打开药箱，"还好，里面什么都有。"他先拿出酒精，"先消毒，有点疼，你忍住。"

汤勺一脸不可思议地看着何钥匙，动作纯熟地给他的伤口消毒。消完毒，何钥匙拿出医用的剪刀和纱布，"没有麻药，你可以大声喊，可以帮助你减少疼痛。"

"你家不是开锁的么?"汤勺一边盯着慢慢接近他肩膀的剪刀，一边咽了口口水，问何钥匙。

"你信不过我? 那你自己来。"何钥匙虽然嘴上这么说，但是手并没停下来，"你放心，一下——"

"啊——！"汤勺大喊一声。

何钥匙拿着剪刀晃了晃，"取出来了"。

我看得目瞪口呆。他再次消毒之后，取出针线，"你们干警察的，应该经常会有这种伤吧，其实也没什么大不了的。"

现在的何钥匙，和刚才那个被一声枪响就吓晕的何钥匙，似乎完全就不是同一个人。

"何钥匙，你究竟是什么人?"我眯着眼睛再次打量他。

他缝好伤口，冲我微微一笑，"开锁的呀。"

我们到达威尼斯的时候，天已经开始灰蒙蒙地亮起来了。

我们没立刻上岛，小四的建议是太早上岛第一不方便，第二太惹人注目，等到九十点上岛顺便装装游客比较好。于是我们在岛外找了一家比较隐蔽的旅馆休息。

汤勺的伤口需要上药。虽然子弹取出来了，但是为了避免伤口感染，还是必须要做进一步的处理。

何钥匙给汤勺包扎好伤口之后，汤勺一直在睡，脑袋上都是汗，何钥匙就跟护士似的非常细心地帮他擦。

我也没有再问何钥匙为什么有多项技能的问题，他似乎也并不愿意多做解释。我后来想到胡凯先前说的话，何家锁匠都是对我们有帮助的人。这么看来，倒确实是这样。

"你放心吧，我刚问前台要了一些消炎的药，伤口我已经再次消毒也换过药了。再次出发之前，让他好好休息就行了。"何钥匙边从汤勺的房里走出来边把门关上，"你跟他是兄弟吗？"他突然问我。

我望着何钥匙，默默点了点头。"亲的？"他又问。我愣了一下，又点了点头。我和汤勺的相识，到莫名其妙走上这条追寻真相的亡命之路，怎么看都有一点冥冥之中命数的味道。他一次次拼了命救我，就算是亲兄弟也未必能这样。"生死之交。"我说。

虽然整个人都感觉很累，但在床上躺下来，却怎么都睡不着。于是我又爬了起来，下楼走到大厅，看到小四和迪特坐在那里说话。前台一个人都没有。

小四看了我一眼，"还有两个小时我们就要出发上岛，你不去睡一会儿吗？"
"我不困，出去抽根烟。"我从口袋里掏出烟来就想往外走。

"别出去了，不安全，就在这里抽吧。也给我来一根。"小四朝我伸出手来。

我递给他一根烟，"你这么小也抽烟？"又看了看迪特，迪特冲我摇摇头。

"小？我都二十四了！平时在凯爷面前，我不抽。我从小就跟着凯爷，他不喜欢我沾染这些有瘾的东西，所以当他的面我从来不抽。就算他不在，我也只是难得偷偷抽一根。"他冲我嘿嘿一笑，脸上露出孩子气的表情。

"二十四？！你骗谁呢？你这样子顶多就十五六岁！"

小四"噗嗤"一声笑起来,"看着像不代表就是。照你这么说,我以后老了,可以去代言化妆品了!"

迪特也笑起来。这是我第一次看到迪特脸上露出笑容。换下绷着脸的面孔,他笑起来一下就把身上的杀气冲淡了。

我在小四边上坐下来,环顾了下四周,"这里居然能在大堂抽烟?没人管的吗?"

迪特说:"不能抽,不过没人管,因为管的人都在睡觉。"抬眼顺势伸长脖子望了望前台,转向小四,"你给人家注射了多少计量,这都打呼了。"

"你们……"我再仔细一看,前台内侧的地板上躺着一个姑娘,就是我们之前进来的时候接待我们的那个。

"没多少,早餐开始前她肯定能醒,没人会发现。"小四漫不经心地说着,把烟头扔进面前还剩一口水的水瓶里,望了我一眼,指着前台对我说,"别惊讶,每个人下一秒都有可能变成你的威胁。在外面,处处都得防范,这是我们的习惯。"

迪特起身上楼拿岛上的地图,小四对我说:"没多久了,你去休息一会儿吧。"

"你们呢?不用休息吗?"我问他。

"还没到我们能休息的时候。"他说这句话的时候,面上露出了有些疲惫的神色,眼睛下面也已经黑了一圈了。他伸了个懒腰,"我们一直都这样,习惯了。"

我刚想走,想了想,又转身回到小四边上,"我能问你一个问题吗?"

"你说。"

"凯爷到底是个什么样的人,值得你们拿命去为他拼。这件事我们卷进来是没办法,但是跟你们一点关系都没有,这样值得吗?"

小四收起了脸上随意的表情,一本正经地回答我说:"值得。如果不是凯爷,我早就死了。我的命是他救回来的,对于我来说,他是我最亲的人。我的父母当年带着六岁的我原本想偷渡过来,但我们在海上遭遇了海难,只有我活了下来。从此我到处流浪,乞讨,被人卖掉,再跑出来。两年之后,我遇到了凯爷。他把我从垃圾堆里捡回来,那个时候我得了很重的病,已经快死了。是他救了我。没有他,我八岁的时候就已经死了。我的命是他给的,我很珍惜我的生命,但是假如需要为凯爷牺牲,我也是愿意的。你不明白,他是好人。"

我听他说完,想了想,点点头。

小四又说:"你不会明白的,每个人理解善恶的概念和立场都不同,我不能强求别人想的跟我一样,因为不是每个人的经历都一样。但是对于我来说,他救过我的命,不管他做什么,我也无法背叛他。"

他的话是对的。只不过,这个世界上现在早已没有了绝对的善恶,善恶都是相对而言的,相对人,相对事,相对很多东西。在利益和很多东西的驱使之下,早就已经没有了绝对的好人或者绝对的坏人。

我上楼的时候，想去看下汤勺。一开门，结果发现他已经醒了，正在穿衣服。

他看到我开门进去，拍了两下肩膀对我说："没事了，不用担心。"何钥匙果然很有用，不知道给他上了什么药，他的脸色看起来比之前好了很多。

"以后得叫何钥匙医神了。"汤勺笑着说。

"陈唐，"我半开玩笑地："刚刚小四对我说，他这么豁出命去，是因为胡凯对他有救命之恩，照这么说的话，你救了我这么多次的性命，我以后也只能拿命豁出去还给你了。"

汤勺瞭了我一眼："你的命值钱的话，也可以考虑。"

我们上岛的时间是九点。

小四和迪特明显对内部有奸细的事情心有余悸，一路上都很警觉，但是只要我们说起这个话题，他们立刻非常有默契地全都闭口不谈。这些人的防范之心都很重，他们或许对彼此之前都并不是完全放心。

我们查了下地图，威尼斯岛上的警察总局在圣十字区域内，就在火车站附近。

小四对我们所有人说："岛上没法开车。我们不管去哪里一律徒步，不使用交通工具，避免坐船，包括水上出租。"

岛上风很大，冬天的游客并没有其他三个季节那么多。我们混在火车站刚下火车的一拨人群之中，往警察局走。

过桥的时候，小四朝迪特使了个眼色，迪特就故意走去了后面。

"怎么了?"我问小四。

"有人跟踪我们。"小四小声说，"别出声，装作不知道，你走你的，我们会解决。"

跟踪?!

我的神经一下就紧绷了起来。这样都能被跟踪，看来我们之中的确有奸细。何钥匙抱着小贱一路冲在前面，汤勺时不时要把他拉回来两步，以免他突然不见。

"太美了! 到处都是水，到处都是桥! 这就是传说中的威尼斯吗?"何钥匙一脸幸福地大声感叹。

我翻了翻白眼，"你难道没来过威尼斯吗?"

何钥匙嘴巴一撇，"当然没有! 我哪都没去过!"

过桥之后，小四突然在路口停了下来，四处张望了几下，扶了下耳朵里连着对讲机的耳线，又回头望了望，眉头一皱。

"走吧。"他转过身来对我们说，但眼睛始终都在三百六十度扫描周围的状况。

"有什么问题吗?"汤勺问他。

"迪特说，跟踪的人又不见了。"

到了警局门口，小四安排黑脸带着人等在门口，而卢比、迪特和他自己跟我们一起进去。

"这么多人一起进去不好吧……不知道的还以为我们来抢劫警察局呢！"何钥匙一脸无奈地说。

他说这话也丝毫不注意放低音量，站在门口的警察瞬间就朝我们投来犀利的目光。我赶紧一把捂住何钥匙的嘴，怕他继续胡说八道，"你小声点！我们都穿的便装，有什么要紧的！"

不过也幸好是小四安排大家都穿了便装，不然他们个个一身黑西装地冲进去，看起来倒真有点像去挑事的。

"要进他们内部办公室，不然找不到人事资料档案。"汤勺边说，边从身上掏出了自己的警察证。

他走到窗口，对从刚刚开始就一直警惕地瞪着我们的警察说了一番，那个警察站了起来，打开门从值班室里走了出来，同汤勺握了个手。

"你们好。"微笑着指着我们问汤勺，"这些都是你的同事吗？"

"是的，麻烦你了。"汤勺显得特别彬彬有礼。

"好的，没问题。我打个电话跟里面通报一下。"他说完，又重新开了值班室的门，进去打电话了。

"你对他说了什么？"我小声问汤勺。

"没什么，我说我是佛罗伦萨警察总局局长的儿子，听说这里引进了新的仪器以及分析专家，还有电脑设备，局长特别派我和我的小组过来参观学习一下。我说威尼斯总局总是各方面都走在佛罗伦萨的前面。"他这话说的跟真的似的。

何钥匙还问了句："真的？"

我打了下他的脑袋，"你觉得呢？"又转向汤勺问："你这谎话他们能信？一个电话不就拆穿了吗！"

"不会的，门口值班的警级都很低，一般只会直接打电话到内部大厅报告一下，现在这个点，局长一般都不在，里面除了人事部，其他部门应该人都不怎么全。看着吧，他们很快就会放我们进去。"

果然，不出两分钟，那个值班的警察又开了门出来，亲自给我们打开了连接内部庭院的门："请进。"他十分有礼貌地指着庭院对面走廊里一扇敞开的门对我们说，"办公室的人会接待你们。"说完还向汤勺敬了个礼。

汤勺还了个礼给他，带着我们走进了庭院。

"可以啊！"何钥匙一脸惊喜，从外套里把小贱掏了出来。他不放心把小贱留在外头，非要带进来，于是刚刚一直把它藏在衣服里面。

汤勺还没到走廊已经开始四处搜索资料室的位置。

"待会儿这样，我、卢比和迪特，我们去牵制住办公室里的人，李如风，你带着何钥匙，小四你们去资料室找歌里的人事档案。动作一定要快。被发现就麻烦了，这里毕竟是警察局。"

说完，给我们指了指走廊尽头的那扇门，我顺着一看，门上方写着资料室三个字。

达成共识之后，我们立刻分头行动。

汤勺他们进去之后，我立刻听见里面的人说："哎呀，您好您好，我带您先参观下，局长这会儿不在，马上就该回来了……"

一听到这句，我立马朝小四使了个眼色，脚底抹油，到达走廊尽头。结果小四一转门把："锁的。"

"我们这是要进去偷东西吗？"何钥匙鬼鬼祟祟地搜过来问我们。

"不是偷，只是找个档案。"我说，"可怎么进去呢？"

何钥匙把小贱放到我手里，说："我来。"

对了！我居然把专门开锁的何钥匙忘记了。但是何钥匙从来没说他懂医术，他却是行家。但他天天说自己是开锁的，会不会倒是个半吊子？

只见何钥匙从口袋里掏出来一根同头发丝差不多粗的东西，对着钥匙孔往里一戳，轻轻一转，不费吹灰之力就把门打开了，那动作一看就是专业的。

我们进去之后，何钥匙又重新把门锁好。

这个资料室并不大，电脑只有老式的一台，所以说人事资料应该还是传统的分档管理。虽然说歌里六年前就调去了佛罗伦萨警局，但是档案资料一定会有备份。

"我们只要找到六年前的人事调动档案栏，就能找到歌里的档案了。"

我把小贱放在地上，开始着手翻找。

要在意大利人的资料室里找东西，真不是一件容易的事情。他们有很多的资料档案，都是乱放的，有些人拿错之后，就任它留在原位，也不重新放回去。像这种资料的整理，一年可能也就做那么两次。

"我找到2009年的人事调动了。"小四在角落里冲我们招了招手，"但是歌里的档案不在这里。你看这个是什么意思？"

他给我们看的是一张名单，上面记录着所有在2009年人事分配中调出和调进的所有人的名字。第三个名字就是歌里的。

斯特奇·歌里，后面写着：申请调动准批——佛罗伦萨市政警察局。

看来汤勺之前查到的消息并不准确，歌里不是被分配过去的，而是自己申请去的佛罗伦萨。

"这个勾是什么意思？"何钥匙指着他名字前面的红勾问道。

小四又往下翻了一次，摇了摇头，"这里没有他的档案，只有这张纸。"

等下，红勾……我好像在汤勺给我的那份夏娃的档案里看到过这个标记。红勾……

"哦！我知道了！红勾是说明有人之前把这份档案调出去过。也就是说，很可能什么人在我们之前把东西拿出去看过，走的还是正规途径。"

"那档案呢？是不是被看的那个人拿走了？"小四问。

"应该不会。按照道理，这份档案最迟在被查看后的三个月内也一定要归回到你手里的文档里面来。假如没拿回来的话，可能前不久才被人拿出去看过，现在应该是在临时查阅档案里面。"

"这儿！"何钥匙立马就找到了放在电脑桌边上面的那个归档，上面用红笔写着"临时查阅栏"。

我随便翻了两下就找到了歌里的。

"走吧，我们出去再说，通知陈唐他们，我们搞定了。"

结果我们刚要出去，就听见了开门的声音。我们不约而同地往后退。

"是不是陈唐？"何钥匙抱起小贱，轻声问我。小贱一脸敌意地望着面前那扇门。

我身旁的小四，从他的耳机里漏出细小的声音："你们在哪里？我们撤出来了！快点，局长好像回来了！"

这时，门外明显传来了用钥匙开门的声音。不妙了。

第五十六章

FIRENZE 追 击

在门被打开之前，小四从身上掏出了枪，并且整个人贴到了门背后。他朝我使了使眼色，让何钥匙和我都退到两边的角落里。

门开了，小四顺着被打开的门藏到了门后面。走进来的是个女人，陌生脸。她神色慌张，眼睛直着就冲到了尽头刚刚我们找过的架子前，并没有看到我们。

我听见她蹲在地上一边找，一边喃喃自语："咦，放哪里去了？"

小四对我们做了个出去的手势。何钥匙抱着小贱一溜烟就钻了出去，我跟在何钥匙身后，走过小四身边的时候，悄声对他说："这女的不对劲，好像也在找我们拿的东西。"

小四看了一眼我手里的文件袋，"你先出去，我搞定。"

结果我还没出门呢，那女的突然叫起来："你们是什么人？！怎么在这里？！"我一回头就看到她拿枪指着我们。

"是警察。"小四看着她对我说："不过她好像确实是在找这个。看来我们要配合一下了。"

我立刻明白了他的意思，举起手中的文件袋晃了晃，并把手举过头顶，"你也在找这个吗？我们也是警察，不过不是这个局里的。"

她用枪指着我，"把东西放下来。我不管你们是什么人，这里的东西不可以被带走。"

我缓缓地慢慢蹲下来，将文件袋一点点放到地上。

突然前面传来一个声音："别动！"——是小四，已经搞定了。他趁着我分散这女人注意力的时候，无声无息地绕到了她身后，现在正用枪顶着她的脑袋。

那女人注意力刚才一直集中在我手中的文件袋上，这下彻底蒙了，估计才想起来，她刚刚在这个房间里看到的其实是两个人。

门上传来敲门声，何钥匙隔着门说："你们倒是快点啊！我看到他们了！赶紧，有人回来了！"

"你让陈唐他们先走。"我对何钥匙说。

"你们到底是什么人？为什么要来这里偷档案？"那女人问。

"那你又是什么人？"我看了一眼她胸口的证件，确实是警察证。

小四用手捂在她脸上胡乱地捏了几把，朝我摇头——脸是真脸。

"你们到底想干吗？"她叫起来。

"小声点。现在老实回答我们几个问题，保你安全。不老实的话，我就说不好这枪会走火了。"小四用枪顶了顶她的脑袋。

那女人眼睛斜了斜，"你们以为你们跑得掉吗？我已经拉过警报了。趁现在把东西留下，或许还走得掉，否则的话，你们再继续跟我耗着就只能等着被抓了。"

"呵呵，就算跑，我也带着东西走，还有在被抓之前，我兄弟的这把枪一定会走火。再有，我们为什么要被抓？我们是警察，过来参观学习而已。你还是老实点吧。"我晃了晃资料，"说，为什么找这个？想拿去哪里？"

"不关你的事！"她还嘴硬，做警察的女人还真是难以搞定。

"你和组织是什么关系？"我又问。

她眯着眼睛望着我："什么组织？"

"你是不是组织的人？我是组织里派来的。组织里要这份人事档案，我得拿回去。"我尽量让自己看上去显得很诚实。

"组织？你是组织里来的？你拿什么证明？"她明显语气已经放松了警惕。

我解开外套的扣子，脱下来其中一只胳膊，把里面穿的T恤袖子撩上去，露出手臂上的文身。

这下连小四都傻眼了。他抖了抖枪口，看起来有点想拿枪头转而对向我。但是他似乎是深吸了一口气，纹丝未动，枪口依旧顶着女人的后脑勺。

那女人看到文身之后，把枪放下来，"组织既然派人来取，为什么又要叫我交给他们销毁呢？"她低下头想了想，自言自语道："不好！"然后抬头对我们说："你们快走，我刚刚确实是拉了警报。"小四把枪收起来。她打开门看了一眼，立即又关上了，"局长过来了。"

"这样，我出去拦住局长，你们赶紧走。"说完开门走了出去。

我顿了顿，也开门和小四走了出去。我们低着头，装着自己是这里的工作人员，迅速地溜到了草坪上。我趁机回头看了一眼，那女的正和局长一起朝办公室的方向走去。

我"呼"地松了一口气。

走到门口，我就看到了汤勺他们，全都站在门口等着了。那个值班的警察热情地给我们开门，"他们都在门外站着呢。"

"谢谢。"我和小四也学着汤勺对小哥敬了个礼。值班这哥们儿立刻站得笔直，向我们回了个礼。

结果他手还没从脑袋边上放下来，全警察局的警报突然就响了起来。后面似乎有从四面八方传出来的嘶吼声："抓住他们！"

我冲愣在那儿的值班小哥一笑，跟小四撒开腿就跑。

"跑啊！"我跑出去的时候对着还回不过神的何钥匙大吼一声。

何钥匙以前肯定是练过赛跑的，估计参加过马拉松。他不一会儿就超过了所有人从后面追了上来，"每一次都搞得这么惊心动魄，有必要吗？"他从我边上奔过去的时候，我听见他说。

"分散跑！"小四大叫一声，于是所有人都散开了。

我跟在何钥匙后面，只顾着往前跑，也没看谁在我身后跟着。何钥匙抱着小贱跑得飞快，小贱的猫脑袋被他甩得就快掉下来了。

不知道跑了多久，跑到一条僻静的巷子里的时候，我实在跑不动了。大叫一声何钥匙，让他停住。何钥匙估计也是快要断气了。整个人直接靠墙瘫坐到地上，喘得气都提不上来。

"到，到底是怎、怎么回事？"何钥匙靠着墙一边喘气一边说，"不，不是都出来了吗……"

"你……你没看到……那个女的吗？"我说。

"哪个女的？"何钥匙一个翻身跳了起来。

我想的果然没错，何钥匙缩在最靠近门的角落，门开后第一时间就出去闭着眼睛就溜了，半天不见我们出来，又折回来找我们，压根没看到进去的人是男是女，更不知道后来又发生了什么。

"算了。"我摇摇手。

"谁？"何钥匙突然把目光落在我身后。

我被他吓了一跳，赶紧回头看。刚刚光顾着跑，停下来只顾着喘气，还没来得及看身后那个人。当时所有人都分散开来的时候，我其实知道有个人跟在我后面，和我们跑的是同一条路线，我一直以为是汤勺。但是现在回头一看，不是汤勺，是卢比。

我瞪了何钥匙一眼："你别吓我行不行。是卢比。"

卢比也低头喘着气，"你俩跑得真快。"他的意大利语总是带着奇怪的腔调。

"老兄，你别吓人啊，突然窜出来！能跑得不快吗？后面有人追杀啊！"何钥匙终于把气给喘匀了。

"你们的东西拿到了吗？"卢比也终于把气提了上来，走到我身边问我。

"拿到了。"我说。

"档案先给我保管吧，放在你身上不安全，后面还有追我们的人。现在不仅有警察局的人，还有跟那个女警察一伙的人。"卢比说道。

我一想，他说的也是，放在他那里可能比我要安全。

我手里捏着文件袋，在递给他的半空之中停了下，又放了下去。

卢比一个劲冲我笑，伸着手问我："怎么了？"

这条街背阴，周围无人的建筑把卢比笼罩在阴影下面。

"卢比，何钥匙都没看到那个女警察，你是怎么知道的？"我看到他眉间轻微一皱，随即将目光投去何钥匙的方向。我回头看了眼抱着小贱这会儿正缩在角落里的何钥匙，他一脸恍然大悟之后的恐惧，飞快地与我对视了一眼。

"是陈唐告诉我的。"卢比说，"陈唐看到了那个女的。"

"没有。"我紧了紧自己手里的文件袋，"你们是收到小四的信号就撤了出去，出去之后直接去了门口。那个女警是从别的办公室过来的，你们谁都没有见到她。假如陈唐看到她的话，一定会想办法过来支援我们，迪特就不会给小四传递催促的信号。那个时候，小四没回是因为那个女人已经开门进了档案室。而这些我想，你肯定都知道。只不过，你和那个女警，可能都不是事先安排的，而是临时被牵扯进来的，因为得知了我们要去警局偷档案，所以临时找了潜伏在警局里面的自己人也就是那个女警察，想抢在我们之前去把资料拿出来。结果她失败了。于是她传递了信号给一直隐藏起来连她自己都不知道是谁的同伴，那个人就是你。否则的话，你应该还会继续在我们之中埋伏下去，我说得对吗？"

卢比低头笑了笑，从身上掏出枪来，对准我的脑袋，"不愧是做侦探的，不过还是有一点点错误在里面。我知道那个笨女人，但是她不知道我。那个笨女人是在档案室里就给我发了信号，幸亏我观察了下，没有立即暴露自己，否则在小四面前暴露，就有点太危险了。果然，当我看到你们拿着文件袋出来的时候，我就知道她八成是不知道中了你们的什么计了。所以，警局警报拉响时，我特意拉散了你和陈唐还有小四，自己跟着你过来了这里。"

"果然，你就是他们一直都在找的那个，埋伏在他们之中的间谍。"

"但是我并不想杀你，"卢比用枪头指了指我手里的文件，"你把这个交给我，我留一条命给你。"

"这里面没有任何有价值的信息。"我说。

"这是我的任务，里面有什么我管不了。我只管把东西带回去。"他叹了口气，说，"李如风，接触几天下来，我挺喜欢你，还有他，"他用枪指了指何钥匙，"还有你们的猫我也喜欢。我曾经也有过一只猫，后来死了。如果可以，我愿意给你们一条活路，只要你把东西交给我。"

何钥匙哆哆嗦嗦地爬到了我的边上，推了推我，"给他吧。别为了一份文件，三条命呢！"

"你过来干吗，枪本来也不是对着你的。"我瞪了他一眼。

"他妈的！你以为我是傻子啊，他连你都杀了，可能留我一条命吗？"何钥匙就差跳起来了。

"你们别在那里演戏了，东西给我！"卢比拿着枪朝我们走近了几步。

"卢比，你可以杀了我，但我有一个问题想知道。"

听到我说这句话，何钥匙在我胳膊上狠狠地掐了一下。

"你问吧。你有且只有问一个问题的机会。"卢比说。

"指挥你们的人，是不是歌里？"

他皱了一下眉，"我不知道你说的歌里是谁。但听你说起来好像我们是受控制的一样。那你错了。我们并不是受到控制，跟随他是我们的意愿，而且我们因此而感到光荣。不管是活着还是牺牲，都不会改变我们的这种想法。"

"我×，"何钥匙把脑袋凑到我肩膀上，轻声说，"这听着好恐怖啊，怎么听起来跟传销一样。"

"别在那儿窃窃私语！"卢比"咔嚓"一声给手枪上膛了子弹，"问题问完了，东西给我吧。之前我说过的话还算数，但是你们不要跟我刻意磨蹭时间，否则的话，我就只有对不起你们了。"

"你没有回答清楚我的问题。你不认识歌里？不知道他是谁？"我把手偷偷伸进外套口袋，已经摸到了枪杆。

"你的问题我已经回答过了，假如你不想要我留你们的性命，那我们的交流到此为止。"他看了一眼我正在偷偷摸枪的手，"呵呵，你是在摸你身上的那把枪吗？看来你确实不准备给自己和他留活路。"何钥匙抱着小贱往后退了退。他又逼近了两步，把枪头对准了何钥匙的脑门心，"我只杀人，不杀动物。"

这条僻静的巷子，后面是死路，两边都是看似被荒废了的房子。

我不认为我们还能有逃掉的机会，只是对不起何钥匙了，或许我该把文件给他的，没准他真可以放我们走。结果现在害得何钥匙莫名其妙陪我死在这个鬼地方，连威尼斯都没来过的人，第一次来就要在这里做鬼了。

我闭上眼睛，从怀里一把把枪抽出来，想着最后也要搏一搏。在我把枪完全抽出来的那一秒，脑袋上方响起了"砰"的一声。

咦？怎么脑袋开花不疼的吗？

跟着又是"啪嗒"一声，像是有什么重物砸到地面上的声响。

我眼睛一睁，先是看到了眼前地面上的一摊血，不是我的也不是何钥匙的，而是卢比已经脸朝下，倒在了地面上。

小四举着枪站在拐角的地方。

"喵——"小贱叫了一声。何钥匙还没反应过来，他说："我死了吗？"

我说："你没死。"

何钥匙大概是终于看到了已经倒在地上的卢比，和站在巷口的小四，从地上一跃而起，拔腿就朝巷口奔去。

小四把枪收起来，一边伸手挡住想扑到他身上的何钥匙，一边走到卢比的尸体旁边。他三下两下就把卢比的衣服脱了下来，露出了右臂。

"没有文身……"我喃喃自语道。

小四看了我一眼，"记得把你的文身洗掉，要是换做是迪特，可能当时就拿枪头对着你了。"说完，他在卢比的上臂部分摸了摸，然后撕下来了一层皮。

我看得有些目瞪口呆。这层皮是一层不知道用什么粘上去的假皮。被小四撕下来的时候，里面的真皮有了破损，但却露出了里面清晰的文身。

小四把撕下来的皮丢在地上，对我们说："走吧。"

何钥匙面部表情夸张地不停对着小四重复："幸亏你出现及时，不然我俩都成枪下亡魂了。"

小四走的时候，回头看了一眼卢比的尸体。我不知道那是一种什么感觉。一个跟你一起出生入死，被你当了很久兄弟的人，有一天你必须清醒地面对他是间谍的事实，并且需要你毫不犹豫地开枪打死他。

"我其实已经怀疑他了。"小四说。

"什么时候？"我问。

"在隧道里被伏击的时候。他突然拿车横切了去路，告诉我司机死了压住了方向盘，当时我就已经怀疑了。因为以他的实力，不应该会出现这种状况。但是那会儿我希望不是他。应该说，直到我看到他拿枪对着你们之前，我都希望不是他。"

我猜，小四其实跟在卢比后面早就已经到了。至于他为何迟迟没有出手，或许是因为没有下决心。他听见卢比说，放我们走的时候，或许他也想放他走。尽管到最后，他还是开枪杀了他。

"他来了多久了？"我问小四。

"五年了吧，好像。"小四冲我笑笑，"终于找到内部奸细了，起码可以安心一些了。"

我们走了一段时间才走到人声嘈杂的地方，这会儿游客变多了起来。我们选了游客最多的线路走，这样可以避免碰上找我们的警察。不过警察的追击好像已经解除了，或许是他们发现并没有丢失重要的东西，所以就纷纷撤了回去。现在街上只有一些巡警穿着制服懒洋洋地晃来晃去。

我们到了圣马可广场上，风很大，云层时而放出太阳，时而遮住它。

我从老远就看到，汤勺戴了一副墨镜，蹲在广场中间喂鸽子。

何钥匙对我们接下来的闲情逸致感到很不理解。汤勺挑了一家人最多，价格跟抢劫差不多的咖啡吧坐下来。

"我们这不是在逃避追捕吗？这么危险的情况下你们居然要在这种……"他看了一眼不远处这间咖啡吧的独立露天舞台上，正在深情演奏小提琴的金发姑娘，又看了眼刚刚告诉他坐下来就要收每人七欧收听费的服务员，吞下了口水，"你们给钱。"

我指了指汤勺对他说："这位请客，这点不算啥。"

汤勺笑了笑，放下餐单，"嗯。我请。"

何钥匙来劲了，斜着眼睛望着汤勺，歪着嘴念叨："没看出来你还是小开啊。"说完就找服务生要了杯最贵的混合鲜榨果汁。

我们都要的咖啡，只有何钥匙一个人面前摆着一只体积庞大的玻璃杯，上面花花绿绿点缀了不少水果。

小四瞟了一眼正捧着杯子拿水果逗小贱的何钥匙，打趣道："你倒是真不客气。"

"切，每天都在玩命儿，难得有点闲情逸致，还有人买单，我必须对得起自己。"

其实我们找这个地方坐下来，是因为人多，比较掩人耳目。既然他们大费周章地想抢走这份人事档案，说明里面肯定有文章。与其冒险拎着它再一路回岛外的旅馆研究，还不如在这种闹市区看完，重要信息保留下来，就算之后再被跟踪有丢失它的风险，起码该看的东西我们也看到了。

汤勺从我手里接过文件袋的时候，我注意到小四的表情。他双眼死死地盯着文件袋，让一个埋伏了五年的间谍甘愿暴露自己的东西，到底藏了多大的秘密在里面？我和他一样想知道。

汤勺把一叠纸全都从文件袋里抽了出来。第一张上面有照片，一看就是歌里没错。

这张是带照片的个人资料简述。接下来的几张都是热那亚海军部那边开过来的各项审核表。汤勺一页页仔细看，每一个字都不放过，没什么可疑的东西。再下来是在警队的两年业绩测评，也没什么值得参考的信息。

"这是什么？"汤勺把底下一张纸抽了出来。

"军事演习报告。你们看这里。"汤勺用手指指了指下面的一长串名字，里面有斯特奇·歌里，还有一个我们认识的名字：艾尔。

"艾尔？就是那个 2007 年在歌里调职之前死掉的人。他们参加过同一场军事演习。看时间！"我看到页面最下方的时间，写着 2007 年 3 月 2 日。"艾尔的死亡时间是六号，也就是说，艾尔很可能是在这场军事演习里死的。"

小四说："这是一份指令批文报告，这么多人参加的军事演习一定是大型演习。"

汤勺点点头，"不错，这么大型的军事演习，有人在期间死亡的话，一定会被详细记录。也就是说，我们去一趟热那亚海军部一定能找到一些信息。"

"那我们接下来是直接去热那亚吗？"何钥匙问。

"不。"汤勺摇摇头，拎起来那张带照片的个人信息页，指着上面地址那一栏说，"我们先去一趟这里。"

那是歌里老家的地址，显示就在威尼斯本岛上，在圣约翰和保罗教堂的对面，过桥就到，并不难找。汤勺有极好的方向感，带着我们没花多长时间就找到了。

这里的游客不算多，看样子很多在外面走来走去的都是本地居民，年纪都较大。都说威尼斯本岛上的当地住户全都是守着房子养老的老人家，看来确实不假。那么这房子，非常有可能是歌里父母的。

桥梁直接连着狭窄的小岸。这种小岸，假如遇到阴雨天，只要连下一天雨，水就可以直接漫进楼道，所以住在底楼的家家户户，都会在楼道口安装一个隔水的装置。

歌里家的住址是二楼。一楼的小岸上坐着一位大爷。我们进楼道的时候，他眯着眼睛打量我们。看到何钥匙手里的小贱时，皱了皱眉，看来黑猫在整个意大利都不算是个吉利的生物呀。何钥匙一边对着大爷笑嘻嘻地打招呼，一边赶紧把小贱的脑袋往自己怀里塞了塞。

二楼有两户，是对门。这里的楼道空间比佛罗伦萨的还要狭小，我们几个人往门口一站，基本上直接把楼道堵了个水泄不通。门上有名牌标记。

"这边。"小四指着楼梯左手边的门，对我们说："斯特奇是这一户。"说完又找到门边上的门铃，按了几下。

我们等了半天都没人应门。

小四又按了好几下，又等了半天，还是没人。

"不在家？"何钥匙趴到门上，对着门上的猫眼往里面看。

"能看到吗？"小四表示怀疑，一般的猫眼都有反窥视装置。

"这是老式门，能看到。"何钥匙直起身子，摇了摇头，"不是不在家，是根本没人。"

"什么意思？"我问。

"里面看起来起码六七层灰了。"何钥匙说。

汤勺点点头:"进去看看。"

何钥匙把小贱往我手里一塞,又一次从身上掏出那根头发丝,三秒钟就把门打开了。

小四"啧"了一声,"凯爷说得对啊,带着你还是有用的。"

何钥匙翻了个白眼:"什么叫有用,那是相当有用!"

何钥匙说得对,这房子已经很久没人住了。家具都在,但是橱柜很多都打开着,有些东西散落在地上,显得有些凌乱。看样子,住在这里的人走的时候应该是很匆忙的,胡乱收拾了一通行李就急急忙忙走了。可是为什么呢?

小四从房间里面走出来,"这里应该是他爸妈的房子,我在房间里看到了老式的结婚照。房间被翻得很乱,衣柜里还有一些衣服,但是多数东西都被拿走了,屋子里也没留下来什么值钱的东西。看样子走得时候应该挺急的。"

对。就是这点,想不通。假如走的是他父母,到底是为什么走得那么急?又走去了哪里呢?

我们在屋子里翻找了一圈。什么都没有。奇怪的是连一张全家的合照和歌里的照片都没有。难道是统统被带走了?走得这么急,拿这些东西干什么?

就在我站着想不明白的时候,正在翻查书柜的汤勺,突然叫我们都过去。

"来看这个。"

他给我们看的是一张照片,是穿着军服的歌里和另一个同样穿着军装的男人的合照。汤勺把照片反过来,后面写着:歌里与艾尔,于 2004 年 5 月。

那么,这个头发浅栗色,面带微笑的男人,就是艾尔。

"在哪里找到的?"我问汤勺。

汤勺抖了抖手里的书,"夹在这里头。"

"还有吗?"

"这里的书我全翻过一遍了,就这一张。"

奇怪,这个屋子里除了房间有一张歌里父母年轻时候的老式结婚照以外,其他照片似乎都被收得干干净净,唯独留下来的这一张大概是被遗漏下来的。到底是什么原因?

我们再次检查了一遍屋子,确定没有任何遗漏之后就离开了。

走到楼下,那位坐在小凳上的大爷再次一个个打量我们,最后竟然伸手扯住了汤勺的裤腿。

他眯着眼睛抬头望着汤勺:"你们找谁?来干吗的?"这老大爷看起来差不多也有八九十岁了,身材矮小干瘪,满脸皱纹,连牙都没剩几颗。

"您好，先生，我们是来这里找朋友的。"汤勺很有礼貌地看着他回答说。

"呵呵。"大爷嘴一瘪，笑了起来，"找到了吗？"

汤勺愣了愣，说："没有，他们不在家。"

大爷放开攥着汤勺裤腿的手，从藤椅上站起来，把盖在腿上的毛毯往身上一披，嘴里振振有词地往楼道里走："找什么人哦，这整栋楼就剩我一个了。你们这些年轻人啊，都来找什么人哟……"

汤勺一听，立刻追上去拽住大爷，"先生，不好意思，等一下。"

大爷佝偻着背，停住脚步，转过头来，仰着头对着汤勺："怎么了？你别告诉我其实你们是来找我的啊。"

这大爷还真幽默。

"来来来，年轻人，我们站到外面去说。这里头没光，我看不到你的脸心里不踏实。"大爷一边嘀咕一边把汤勺又拽了出来。

"先生，您刚刚说这栋楼就剩您一个人了？"汤勺问道。

大爷点点头，"唉，去年我老伴也走了，原本整栋楼就剩我们一户人家了，现在就剩我一个人了。年轻的后辈都不住在本岛上，他们一合计就高价把楼卖给政府了，现在剩我一个人，守着一栋楼，还没人来动。等我一走，估计他们就要改建成政府办公室之类的了。我们这一栋里，都是老人，都在这里住了一辈子了。"

何钥匙听着听着不知道是不是想到了自己的爷爷，居然眼泪都掉了下来。老大爷一看这情景，就来劲了，于是开始跟我们讲这栋楼的历史故事，扯了好久才扯到现代。

"二楼那两户都是当兵的，老斯特奇以前还是空军退下来的，就他家突然走了。"

汤勺抓住时机把话头插了进去："您说斯特奇是二楼左手那家吗？您和他家熟吗？"

"熟！当然熟！我和老斯特奇以前经常一起喝酒的！"

"您刚刚说他家突然走了是什么意思？"

"他家奇怪啊，好几年前了，我算算啊，"老大爷开始掰开手指头算，算了半天才皱着眉头说，"你们不说，我都没算过，这么一算，都过去八九年了。那年……哦，对了，是2007年！2007年他们突然就走了，谁也不知道原因，后来就再也没回来。"

"2007年？"汤勺回头看了我们一眼，又转向老大爷，"您肯定是2007年吗？"

"错不了错不了！"大爷把眼睛眯成了一条看不见眼珠的缝儿，"那一年春天天气怪得很，连天下雨，搞得新闻里一直说什么岛要被淹了，弄得游客突然来得特别多。我记得很清楚。就是春天，我家在一楼，水都淹到桌腿一半高了。就是淹水淹得最厉害那几天，老斯特奇还帮我手搭围栏去水呢。他跟我说什么他儿子要从热那亚啊不知道哪里回来了，说要转到岛上的警局里来工作，他特别高兴，说比军队好多了。他儿子叫什么来着？"

"他儿子，是叫歌里吗？"汤勺说。

"哦！对对对！小歌里。唉，那孩子很早就被他爸送去部队了，我好几年都没见着他。后来好不容易说要回来了，不知道为什么他家老两口却突然走了。"

"知道他们去哪里了吗？"

"不知道啊。有一天早上，就看到老斯特奇带着他老婆拎着好几样行李，喊他们，就回头跟我打了个招呼，后来就再没见过。我当时也觉得奇怪。你说，他老婆是老年痴呆，那个什么什么症，很严重的，老斯特奇那年年初还出过车祸，伤了眼睛，看东西都看不清楚。你说就这样他俩居然一声不吭，说走就走，也不知道去了哪里。"

汤勺皱起眉头，思考了一下又问道："那他们的儿子歌里呢？您后来有没有见过？"

老大爷摇头道："没有。就他们走之前，有个小伙子来找过他们。我起初也以为是他们的儿子，其实说实话，我没看清楚样子。但是那个小伙子没跟我打招呼。假如是小歌里看到我，一定会打招呼的，那是个好孩子，人很热情对老人家也好。小时候我们都是看着他长大的。"

"那歌里呢？他父亲说他要回来，他一直没出现过吗？"

老大爷想了想，又摇了摇头，"到底有没有来过，我真的不知道，我又不是一天二十四小时盯着他们家。不过那个小伙子来找过他们之后，老斯特奇就不出门了。那也不奇怪，他眼睛不好，可能是医生叫他别见太多光。大概四五天之后，他就带着老婆走了。"

汤勺听他说完，点了点头，"谢谢您。"

我们刚想同大爷告辞走人，汤勺一想又从口袋里把相片掏出来，放到老大爷眼前，"您看看，这上面有来找斯特奇先生的您说的那位年轻人吗？"

老大爷眼睛直接眯到了完全看不见的境界，盯着照片研究了半天，推开汤勺的手说："哎呀，都说没看清楚脸了。这照片上面这么点大的头，你叫我怎么看啊？你给我十副老花镜我现在也看不清楚哦，要能看清楚，我每天就不会坐在外面发呆看马路而是读报纸了。哎呀，你们是他们家什么人啊，对他家这么感兴趣？"

汤勺笑着说："朋友，我们是歌里的朋友。"

"那你看到小歌里，叫他有空回来看看我，我也没几年了。叫他代我向老斯特奇问个好。唉，不知道活着的时候还有没有机会跟他一起喝酒了……"边说边掉转身往楼里走。

何钥匙一把推开我们，扑了过去，想要跟同他爷爷一样亲的老大爷握手，"谢谢您，您保重身体。我下次还来看您。"

谁知老大爷把手拎到半空之中满脸嫌弃地抖了抖，"你来看我可以，别带这只黑猫啊。我还想多活上几年呢。"说完就开门进了屋子。

留了何钥匙完全蒙在了那里。小贱把脑袋从他的胳膊弯儿里伸出来，朝着我们"喵"了一声。

　　我们回到车上之后，汤勺一直在想问题，小四也不说话，只有何钥匙啰啰唆唆念叨个不停。

　　迪特见到小四的第一句话就是问卢比哪去了。小四没回答，只长时间望着他，他似乎就领悟了，直接拉开车门上了车。而黑脸完全无法领会其中的意思，直到临走之前还一直在说："难道我们不等卢比吗？他可能失踪了，可能有危险！"

　　小四只是冷冷地对他说了两个字："命令。"他只能愤恨地闭嘴上车。

　　有了上一次在半夜被伏击的经验，我们这次干脆趁着天亮直接往热那亚开。现在还早，六点之前应该可以赶到。

　　我看了下表，转头望着坐在后座的汤勺："你的伤口该换药了吧。"

　　何钥匙似乎才想起来，他身边坐着的这个人身上还带着伤，一脸不好意思地说："药箱在后备箱……"

　　汤勺说："没事，何钥匙给我把伤口处理得很好，我几乎不觉得疼。等到了热那亚再说吧。"

　　"别担心，我们到了热那亚先找地方休息。一切等明天再说。我也得把卢比的事情报告给凯爷。"小四把着方向盘望着前面说。为了安全起见，我们这辆车他自己亲自来开，把矮胖司机安排到了黑脸的车里。

　　提到凯爷，我把他给的手机从口袋里摸出来看了看，没有任何信息。我们已经在去热那亚的路上了，他之前说的那幅画究竟在什么地方？到现在都不来信息，会不会是诓骗我们……

　　小四大概是读到了我的心思，立刻打消了我的疑虑："你放心，凯爷说话向来算话，除非他不说，说出来的一定会做到。"

　　汤勺也说："有消息他应该会及时联系我们的。"

　　我长长地舒了一口气，这事情到底什么时候是个底？怎样才能完结？我已经不想再看到有人死了。

　　"你说，那个爷爷说的，最后去找他们的人究竟会是谁呢？"何钥匙问汤勺。

　　汤勺看着窗外，半天才说："不知道，这里面很有大的问题。"

小四说："我觉得可能就是歌里。老头也说了，没看到他的脸，他说不是歌里的原因也只是因为人家没跟他打招呼，这根本不能算一个评判依据。有可能是他站的位置不好，歌里上楼的时候压根没看到他。也有可能是歌里有什么事情很急，来不及跟他打招呼也说不定。"

"嗯，有道理。"何钥匙一脸认同地点点头。

"也不一定。"汤勺幽幽地说。

小四从后备镜里看了眼汤勺，问道："你有什么想法？"

汤勺摸了摸下巴，眼睛依旧望着一辆辆从我们身畔开过的汽车，"我不知道，只是直觉，觉得事情没那么简单。"

事情确实显得很奇怪。如果是歌里的话，为什么他父母会在见过他四五天之后突然离开呢？根据记录，他此后的两年是在威尼斯本岛上工作，儿子回来了，父母突然离开的确是一件很奇怪的事情。假如说不是歌里，那这个在他父母离开之前来找他们的人到底是谁？这个人肯定跟他们的离开有着很大的关系。还有，汤勺拿出来相片问大爷的那个问题，难道……他是在怀疑，去找他父母的人是艾尔？可是，那个人当时已经死了啊……

"我知道，你的智商现在已经达不到这件事情的发展要求了。"何钥匙拍了拍我的肩，故意做出一副深感惋惜的模样。小贱又十分配合地"喵"了一声。

我回击他说："记得下次别带着小贱去看老头。"

小四笑了起来，汤勺也跟着笑了。何钥匙一脸不开心地摸着小贱的脑袋，嘴里嘟囔着："它是黑的也不是它的错……"

我们都笑了。我知道这笑声维持不了多久，在一条条人命和重重迷障之间，起码能把这些抛到脑后笑十分钟都是好的。人可能必须要走到这种精疲力竭，逃避不开生命危险的时候，才能完完全全豁出去。不管怎样，反正都得坚持下去。

无论如何，我也要找到山川，找到南洋。

冬天天黑得早，加上路上时不时堵堵车，我们到热那亚已经是七点了。

小贱似乎知道今天不用带着它东跑西跑，看起来特别兴奋。还没到地方呢就上蹿下跳然后在何钥匙身上撒娇。这猫看起来已经完全归何钥匙所有了，我都快忘记我自己才是第一个发现它并且收养了它的人。

小四他们找的旅馆似乎都是一早就安排好的，也没用 GPS 导航，直接一路开到旅馆门口。大概这些人参加专业技能训练的时候，就有在脑中凭空构建地图这一项。

"每次都找这种鸟不拉屎的小旅馆。"何钥匙一肚子怨气地抱着小贱走了进去。

这间旅馆就在热那亚海港附近，离明天我们要去的地方不远。旅馆前台是一位漂亮的金发妹子，不过因上一次差点丢掉小命，我对金发美女已经产生了心理阴影。

"您要几间房?"她笑眯眯地问。

"我们人多,空房都给我们吧。"小四说。

"这里本来就小,房间不多,我看你们人差不多正好,房间钥匙都给你们,你们随便安排。反正今晚没预定。"美女微微一笑,给我们递了个入住表格。

办好入住,汤勺顺便掏出地图向金发美女打听了一下我们要去的地方。

"海军部?"金发皱起眉头,"几年前那次事故之后,海军部就不在十三号港湾了。"

"事故?"

金发压低声音说:"应该是一场事故。我也才来了一年,不太了解。那场事故挺奇怪的,没有被新闻报道,也没有被传出去,我自己也是热那亚人,不来这里,根本不知道。"

汤勺往前台上一趴,一脸撩妹的造型靠近金发美女,"你能说说你听到的吗?"

一看汤勺在警局就经常用这一招给女犯人问话,金发被他一撩,眼神就变得迷离了,跟被催眠了似的,什么都讲。

"以前的海军部确实在十三号港湾,好像是好多年前出的什么军演事故。具体是什么我也不知道,好像死了蛮多人的。"

"那现在海军部搬去哪里了?你知道吗?"汤勺又问。

"十八号港湾吧,司令部在那里。但是一般人应该进不去。"她说。

汤勺若有所思地收回他贴上去的脸。

那美女又朝他凑近了一些,"这样,我给你们一个地址,在那边你们可以找到一个人,叫卡丘,我不知道你们究竟想干什么,但是或许对你们有帮助。"说完她就写了个地址给我们。

汤勺收起纸,笑着跟她握了个手,"谢谢。"

"可以啊,手段高明啊!"何钥匙一脸坏笑地推推汤勺,"要不晚上我们撤去小四的房间,给你一点私人空间?"

"有点可疑。莫名其妙找个人来帮我们,不知道是不是陷阱。"我说。

"你还真多疑,哪里来那么多陷阱啊!姑娘那么美,怎么看都不像是坏人。"何钥匙一脸不屑。

"李如风说得对,越是漂亮的女人越危险。"小四刚刚落在我们后面,这会儿才追上来,"不过,我刚刚调查过了,这个女的应该没什么问题,她推荐的那个人,我们可以去找找看。小心点就行。毕竟是海军司令部,我们想混进去也确实不容易。或许她说的那个人真的可以给我们帮助也说不定。"

小四也挺神的,就那么一会儿工夫居然都能把一个人查清楚。既然他都这么说了,我和何钥匙都不再开口争辩。但我始终觉得那个女人有点问题。

问题果然来了。半夜我和何钥匙睡得正好的时候，突然听见轻轻的敲门声。何钥匙翻了个身，说了句"谁呀"，又继续睡了。

我从床上坐起来，敲门声却消失了。我看睡在旁边那张床的汤勺也没反应，倒是小贱站了起来，从床上跳到地上，钻到床底下去了，似乎觉得有人影响了它的睡眠。

等我再次睡下去的时候，居然听到了开门的声音。这回我确定自己没听错，跟着房门打开的声音之后，就是有人走进来的非常轻的脚步声。

我×！这是进贼了还是被再一次偷袭?!

我伸手从枕头边上摸到了枪，慢慢听着那脚步声一步步到了床脚。我猛地从床上坐起来，按亮了房里的灯，端着手枪对准前方大喊一声："别动!"

"啊——!"还没等我看清楚的时候，房间里就响起了一声尖叫，那声音刺耳得震碎几只灯泡都正常。

"怎么了?!"何钥匙从我身边一跃而起，惊恐万分地睁大眼睛望着眼前的景象。

汤勺也跳了起来，脸上仍旧是一脸的困倦，估计是之前何钥匙给他吃的药有助眠的作用，他这会儿听到尖叫才醒过来。

眼前的景象把我们都惊得愣在了那里，完全不知道该说什么。

那个前台的姑娘穿着一件全透明的睡衣，赤脚站在我们面前。她用手捂着脸，大张着嘴巴，也是一脸的惊恐。

"这……怎么回事?"跟着冲进来的小四他们见状也是一头雾水。

"她是没穿衣服吗?"半天，何钥匙吞了下口水，在我耳边嘀咕道。

"你们怎么这么多人睡这间房? 不该只有他一个人吗? 这么多房为什么喜欢挤在一起啊?"姑娘结束一脸惊恐的表情，双手放下来，又拎起一只手指着汤勺，现在换上了一脸意外加不爽的样子。

"我?"汤勺眯着眼睛，指着自己满脸的无语。

"这是几个意思?"何钥匙在耳边问我。我哪知道这是唱的哪出啊?

后来小四把金发带出去之后盘问了下才知道，这美女确实不是想来偷袭我们。原因是她想半夜爬上汤勺的床，她以为这是她与汤勺先前用眼神交换所达成的共识。起先她以为汤勺一个人睡那边，因为我和何钥匙确实也是打算睡别处的，但是后来不太放心留他一个人，到了后半夜又回去了汤勺的房间。结果那小妞没看到，还以为汤勺一个人睡那间，就搞了半夜入侵这一出。幸好旅店没其他客人，否则的话谁跑出来看到我们一堆人举着枪对着一个透视感极其到位的裸女，不知道第一反应是报警呢，还是以为我们在拍电影。

"虚惊一场。"小四抹了把脑袋上的汗，显然也是头一次碰上这么奇葩的事情，嘀咕道，"这热那亚的姑娘就是热情啊。"

"都怪他!"何钥匙指着已经睡意全无的汤勺说："都是因为他长了一张把妹的脸!"

汤勺两手一摊："我真的什么都没做。我吃完药之后连自己什么时候睡着的都不知道。"

何钥匙想想还有点生气："这都什么事儿啊！酒店不是都安排好的吗？怎么还会发生这种莫名其妙的事情?！都几天没睡好觉了。"说完往床上一躺，眼睛一闭，"你们折腾去吧。"

"切，这里所有人睡的觉加起来都没你多。"小四说。

这一夜的惊心动魄过去之后，我就再也没能睡着，数羊数到快天亮才眯着了一会儿，迷迷糊糊又醒过来的时候，汤勺已经坐在窗户边上抽烟了。

"你没睡吗?"我问他。

"睡过了。"汤勺熄灭了烟头一边往外走，一边对我说，"待会儿楼下见。"

我下楼时，小四他们也已经在楼下吃早饭了。

前台那个昨天才折腾了我们所有人的金发系着围裙，站在汤勺的身边，正在给他倒牛奶。汤勺一脸温和的笑意，端着杯子喝了一口热牛奶，对她说："谢谢你。"

原来汤勺这么急匆匆地下楼是为了赶着来继续未完成的把妹事业。何钥匙很大声地"切"了一声。转到迪特旁边坐了下来。迪特笑着对小四说，"下次还是把人放倒比较安全，看来就算没有偷袭也会有别的意外状况发生。"

吃完早饭，我们准备出发。汤勺再一次向金发确定了一下她昨天给我们的地址。金发操着北方人上扬的口音说："放心吧。"顺手还掠过一下自己挺拔的双峰，今天她穿的上衣V字领口开得极低，白花花的胸部一半都露在外面。"保重，希望我们还能再见。"她说完，在汤勺脸上啄了一口，留下了两瓣鲜红的唇印。

何钥匙抖了抖，赶紧调头三步并作两步地钻进了车里。还是小四开车。他看了下地址，"不远，开过去也就十来分钟。"

何钥匙还在嘀咕，"我们还能信那女人吗？都风骚成那样了！别等我们开到那里，结果开门一看，又是她跟见了鬼一样地抢在我们前面到了，跟我们玩什么'开门见到我'这种鬼游戏，目的其实就是为了多看陈唐一眼。"

"何钥匙，反正你说的游戏我是没玩过，不过你的想象力不写小说也挺可惜的。哎，我说你是不是心理不平衡，人家美女看上陈唐没看上你啊?"小四笑着说。

何钥匙气急败坏，"放你的屁！"

汤勺也笑了起来，"我们先去看看吧，看看美女准备了什么惊喜给我们。"

第五十九章

FIRENZE
卡 丘

美女给的地址是一间轮船配件厂的地址。也不能算作是厂，规模并不大，能看到的也就是两三间不大不小的仓库，今天周六，连个做事的人都看不见。

我关上车门，先四处环视了一圈，随后看到了斜对面中间那间像是车间一样的地方，里面似乎有办公室。

小四冲我们点点头，"我走前面，迪特断后。"说完朝迪特打了个手势，迪特立刻会意。我有种我们不是来找人，而是来搜捕罪犯的感觉。

仓库里面到处都是轮船上的大型零件，还有小型船只，把外面的光都挡住了，显得十分昏暗。而办公室则在最底部。小四领着几个人先把这间仓库检查了一遍，确定没什么可疑的东西之后，才去开办公室的门。门没锁，只是虚掩着。小四一脚踢开门，先把枪伸进去探了下，里面空间很小，一眼四壁，只有几张宜家买的靠背椅和一张方桌，一台老式电视机，桌上放着一个吃了一半的饭盒。但是没有人。小四把枪放下来，四处看了看，冲我们摇头。

"这盒饭不像是隔夜的，"我拎了下饭盒里的刀叉，这是典型的意大利人自己做的盒饭，里面有绿酱金枪鱼通心粉和混合沙拉。"东西看起来很新鲜，里面的人刚刚应该还在这儿。"

话才说完，我就看到小四后面有个人低着头正走过去。本来我也没注意到，他把头压得很低，我还以为是我们自己人，但是他走起路来却是一瘸一拐。

站在门外面的迪特也注意到了，在他身后喊了一声，"您好！"那人一听，顿了一下居然立刻跑了起来，被迪特几步就追到，压在了地上。

"您好，"我跑过去，"我们……没有恶意。"他抬头的瞬间倒是把我吓了一跳，他那张脸上到处都是植皮的痕迹，耳边上露出来长得吓人的伤疤。

"你们是什么人？"他问。

汤勺看到这张脸也是眉头一皱，但做警察的心理素质比较好，立刻恢复了笑容，先示意迪特可以放开他，反正我们已经把他围住了，他也跑不掉。

"是海岸旅馆的玛迪莎让我们来找卡丘先生的，您是卡丘先生吗？"汤勺说完，拿出来一张字条，这不是昨天那个金发给他的那一张，这上面的字好像多了许多，我瞄了一眼，上面字迹潦草看不太清楚写了什么。

那人看完字条之后，神情淡定了许多，虽然说双眼还有戒备的神色，不过应该不会再想着逃跑了。

何钥匙站在边上推推我，轻声问："他看到我们跑什么？"这话估计是给那人听到了，瞟了一眼何钥匙说："我怎么知道你们是什么人，是不是好人。这一片黑手党很多。"他转向汤勺又说，"我就是卡丘，你们找我干什么？"

汤勺先把他从地上扶起来，这个人的右腿确实是瘸的，怪不得刚才那样走路。

我们跟着他进了办公室，他在椅子上坐下来，喝了口水，"说吧。"

"我们想问一下您，知道这里的海军部队2007年时发生过什么事吗？"

汤勺这个问题一问完，卡丘就猛地把头抬起来，眼神警惕地看着我们，"你们是什么人？为什么要问这些？"这反应基本上已经告诉我们，他肯定知道这件事。

"您听我说，我们现在不得已，一定要把一些事情查清楚。希望您能把您所知道的东西告诉我们，假如有什么可以帮到您的地方，我们也一定会帮忙。"汤勺说话的语气显得十分诚恳。

何钥匙又推推我，小声道："你这哥们儿是演电影的吧。"说完自己咯咯咯地轻声笑起来，被我在大腿上狠狠掐了一把，他疼得含着眼泪抱着小贱跑出去叫唤了。

卡丘不说话，但是望着汤勺的眼神中的警惕明显有所减少。

汤勺像是戳准了曾经在他身上发生的事情一定跟这件事有联系的这一点，又加了把劲，竟然伸出手来握住他的手，"我们必须要追寻到真相，希望您能帮助我们。"说完之后，情深义重地看着卡丘的双眼。卡丘明显是被感动到了，又或者是因为我们的问题确实直击到了他的软肋，他叹了口气说："我不知道你们是什么人。如果真如你所说的这样，我愿意提供帮助给你们，但是我也需要你们帮助我。"

我一听一愣，他还真有要帮忙的地方。

汤勺说："您也请说，但凡能帮到忙的，我们一定竭尽全力。"

卡丘听了点点头道："我也需要真相，希望你们能帮我把这件事的真相找出来。"

看来这所谓的事故确实有问题在里面。

卡丘打开旁边的水又喝了一口，"我相信你。我不知道这些年下来我还能相信谁，现在我也只能相信你了。你先说说你们查到什么了？"

汤勺先从那个文件袋里找出来那张军事演习的批文，拿给卡丘看。卡丘接过去看，看了一眼，就问："这个你们是从哪里弄来的？"

汤勺回答说："在威尼斯本岛上警局里的资料室里得到的。"

卡丘一听，就低头笑了。他笑起来所有的皮和疤都皱在了一起，显得尤为恐怖。

"我猜，你们是偷来的吧。"他这么一说，连小四都是一惊，这都能猜到。

"我还猜，你是一位警察。"他指着汤勺说，"是你的眼神告诉我的。"

汤勺点点头，"我是佛罗伦萨市政总部的刑警。"

"呵呵，"他又笑了下，"我不管你们究竟为了什么事情查到这里来，我把我知道的事情告诉你，但是你们要答应我一个条件。你们要保护我的安全，我要活着听到真相。否则的话我什么都不会说的。"他望着汤勺，眼神里全都是坚决。

汤勺点点头，"我答应您。一定保证您的安全。"

"好。你们手里的这张批文，当年只有两个人有，他们是负责 2007 年那次军事演习的两个领队者，我猜你们拿到的那张应该是斯特奇的。"

我们听到这个名字，大家都是露出了惊讶的神色，汤勺紧接着问："您说的斯特奇，是不是斯特奇·歌里?"汤勺从口袋掏出照片，指着歌里给卡丘看。

"对，是他。"卡丘点点头，"2007 年那场事故里面，只有我们两个活了下来。"他指着那张军演批文上的一排名字当中的一个："这是我的名字，我叫福特令卡丘·非尔比特斯提尔。以前他们都叫我非尔，后来发生了那些事情之后，我为了偷偷做调查，所以把名字改了，现在人们喊我卡丘。我曾经服役于海军三部，我也参加了那次的演习。那是一场很大型的军事演习，我们参加的只是其中一个部分，整个演习队伍里一共有三十七个人。两个指挥官，就是这两个人。"他指了指照片，"艾尔和斯特奇·歌里。"

他又喝了口水，接着说："他们是隶属于级别更高的海军一部，所以我以前也不认识他们，被分配演习的时候，我才第一次见到他们。我的哥哥罗佩特在一部服役，跟他们的关系似乎很好，我也是因为这个原因才能被分配到一部参加军演，我当时只是一个小兵，本来是不够资格的。但是我真的做梦都没想到会发生那样的事情。"

"那年……到底发生了什么?"见到从卡丘的眼神之中流露出来的恐惧，汤勺把手搭在他的肩膀上，尽量让他感觉到安全。

他看了眼汤勺，继续说："其实那次的军演只是一个幌子，目的是为了联合海上缉私队，对当时著名的文物走私王大鹰进行捉捕。海上缉私队好像已经盯了他好多年，一直到 2006 年年末的时候，他做的一些事情才留下了点线索，所以他们从 2006 年年末开始就一直在组织那场以军演为幌子的捉捕行动。"

"大鹰?"我忍不住惊讶地脱口而出。汤勺随即回头给了我一个示意的眼神。

卡丘挑了我一眼，"假如你在佛罗伦萨警队工作，我相信你对这个名字肯定不陌生，他可没少走私你们那边流出来的文物。不过这些我起先都不知道，都是等我分配到演习队伍之后，我才了解到的。军演的时间定在 3 月 2 日凌晨三点。我记得非常清楚，那天偏偏海上还起了大雾。据说是得到了准确的情报，那天大鹰在三点半到五点这个时间段会在这片海域上进行大型的非法交易。由我们一部的演习队，和二部的演习队同时联合海上缉私队对他进行围堵。大鹰似乎每次交易都会选择在私人大型游轮上，他光手下就会带至少上百号人，所以我们是做了充分准备的。结果我们出航之后，在海上转了将近一个多小时，终于看到了那艘所谓的私人游艇，但是不知道是由于大雾还是什么原因，我们一直看不到海上缉私队和二部的影子。于是我哥申请了一下指示，决定派我出去侦察一圈。当时派我去，是因为我是三部的，我哥罗佩特希望这次演习中我好好表现，能找机会把我调到一部去，没想到居然因为这种原因，我，活了下来。我坐的小艇开出去五分钟没到，我就眼睁睁地看着我们的船爆炸了。"

"什么?!"汤勺吃惊道，"爆炸了?!"

卡丘点点头，"是的，爆炸了。砰地一声，漫天的火焰，我也被爆炸的气流冲击到，随着小艇飞了出去。"

"那你的伤，就是在那次爆炸之中……"

"不是！那次爆炸我其实离船体已经有些距离了，我只是受到了波及，受了轻伤。被救回来之后，有一些脑震荡，昏迷了几天。我变成这样，是被人害的！"他眼中露出了凶光，用一种即将杀人泄愤的目光盯着汤勺手里的照片。"就是他！"他指着笑得十分灿烂的歌里的脸咬牙切齿地说道。

"歌里？歌里那天不应该也在船上吗？他是怎么活下来的?"汤勺问。

卡丘收起眼中杀人的神色，尽力让自己平静，缓缓抬头望着汤勺："他那天并没有上船。罗佩特说，他是急性阑尾炎发作，所以那天上船的指挥官只有艾尔一个人，我哥哥罗佩特做的副指挥官。"

"所以，你认为他跟这起爆炸事故有关系?"

"不光是这样。那天离出发还有十五分钟的时候，我突然发现我的军牌没有带，我估计是落在宿舍了，所以我只好请求下船回去取。结果返回基地的时候，无意中看到歌里鬼鬼祟祟地往司令部走。他不是急性阑尾炎吗？怎么没在基地医院待着，而是做贼似的溜进司令部？而且当时据我所知，司令部一个人都没有。后来发生那次爆炸之后，很快就被定义成了意外事故。我一直觉得那事情不是单纯的意外，我甚至写了信给司令部，要求彻查这件事，但是没有得到受理。所以我只能自己偷偷地调查歌里。他可能也是发觉我在调查他，有一次，突然在吃饭的时候找到我，说他快要调职了，但是有些事情想弄清楚，约我当天的半夜十二点到已经被废弃的一部宿舍楼见面。我答应了，我也想直接问问他，他到底干了什么。我十二点准时到了一部的宿舍楼，在里面转了一圈没有找到他。我等到大约过去十分钟的时候，整栋楼突然就爆炸了！"他抬起头来，脸部表情扭曲地笑起来，"呵呵，他肯定以为我死了，结果我还活着。"

我听到这里不禁倒吸了一口冷气。

"肯定很可怕……"何钥匙不知道什么时候又站到了我们的身后，一边摸着小贱的脖子，一边眼神呆滞地喃喃自语道。

"可怕？呵呵，你们知道什么才叫可怕吗？那场差点让我死掉的爆炸我已经不记得了，我只记得火光和一片红色。可是之前那场爆炸，我不止记得这些，还记得那三十五条人命！我们一共三十七个人，除了没上船的歌里，和死里逃生的我，其他人一个都没有活下来。由于爆炸发生在海里，很多尸体都被炸成了碎片，有些甚至连碎片都找不到。几乎没有一具完整的尸体，都要靠 DNA 比对才能确定身份。我和我哥哥从小相依为命，可他就那样死了！我敢用性命跟你们担保，那绝对绝对不是一场意外！那爆炸一定和歌里有必然的关系！他一定是发现我在查那件事，所以才想杀我灭口！但是上帝保佑，我竟然没死！上帝要我活着把真相查出来！"

他这么说的话，确实种种迹象都让人觉得歌里很可能跟那次事故有扯不清的关系，而且也很可能就是企图杀卡丘灭口的凶手。但证据不足，也不能就此断言。不过这么说来，艾尔确实是死于那场事故，只不过死的并非只有他一个人。

"玛迪莎告诉我们海军司令部搬了地方，现在在十八号港湾是吗？您有办法让我们进去吗？我们需要进去查找更多的资料。您放心，答应您的事情，我们也一定会做到。而且我们要查的这件事里面非常有可能包含了您要的真相。"

卡丘听完，缓慢地站起来，走到柜子边，从第一层的抽屉里拿出来一本小册子，打开来，里面镶嵌了一枚徽章。"这是我搞到的司令部通行证，你们记得，凭这个只可以进去两个人。"说完把它递给汤勺。

汤勺接过徽章，又对卡丘说："您跟我们一起走吧，我们答应要保护您的。但是我们没法留在这里。您跟我们在一起，也会更加安全。"

卡丘笑着摇头，"之前对你这么说，是想测试下你们的诚信度，我相信你们。但我不会跟你们走。你们带着我也麻烦。实话告诉你们，是我让玛迪莎遇到假如有人问起当年的事情的话，让他们来找我的。我一直在等，或许可以帮我查清真相的人。假如你们先于我查到真相，记得来告诉我。"汤勺没有再坚持，感激地望着他点点头。

我们刚起身打算告辞的时候，突然，卡丘从椅子上站起来，脸色瞬间变得惨白。他双手掐着自己的脖子，让他本来狰狞的脸更显得狰狞无比。汤勺赶紧上去想扶住他，他推开汤勺，张了张嘴，似乎要说什么，却只有血顺着他的眼角和嘴角流下来。

"毒……毒……呃……"他伸手指着桌子，转过来，鲜血从他的嘴里喷出来，他用绝望的表情看了我们一眼，就"啪嗒"一声倒在了地上。

我们都瞬间石化了，完全没搞明白到底发生了什么。

"怎么回事？"何钥匙吓得脸都白了。

小四摸了摸他的脉搏，抬头对我们说："死了。"

"死了?！怎么死的?！"我简直不敢相信自己的眼睛和耳朵，这么一个大活人，刚刚还在跟我们说话，前后不过几分钟，居然突然间就这么死了！

小四从身上抽出来一个硬纸条，先过了一下饭盒，似乎没发现什么问题。他又打开旁边摆着的那半瓶水，倒出来一滴在纸上，纸立马变成了红色。

"水里有毒。"小四朝我们晃了晃手里的测试纸。

"真是毒死的?！"何钥匙颤抖着声音说，"我刚刚出去的时候在这里晃了一圈，没什么可疑的人，连个鬼影子都没有。"

"下毒的人是抢在我们前面来的，我们晚了一步。"汤勺蹲下去，帮卡丘闭上了眼睛，"我怀疑毒是临时下的，他从喝水到毒发时间这么长，很可能有人想直接杀了他，结果发现我们来了，没来得及下手，所以只能下毒了。我们得赶紧去司令部。如果真的和我猜测的一样，那人肯定也会猜到卡丘告诉我们了一些东西，下一步他该去销毁我们要找的东西了。"

"会不会是歌里?"我问。

汤勺望了一眼尸体，"不要妄下定论，现在不好说。毕竟没证据。我们先去司令部再说吧。"

"那……尸体怎么办?"何钥匙问。

小四不知道从哪里找来了一块不算很干净的白布，盖在了卡丘的尸体上，"没办法，我们没时间埋了他。现在赶紧走，搞不好还有什么陷阱在这里，慢一步可能警察就来了，到时候我们怎么都解释不清楚。"说完就命令他们撤退。

小四说得对，这些无端发生的事情，总会有一些后续和牵连，虽然感觉很抱歉，但是我们眼下也无能为力。从汤勺的脸上能隐约看到愤怒的神色，但他并不显露出来，最后只在转身离开之前默默看了一眼尸体。

我们撤离得很迅速，不一会儿那些仓库已经彻底消失在视线之内了，取而代之的是满眼有些灰色调的海水。

"他会不会认为是我们下毒手杀了他?"何钥匙在车上冷不丁冒出来一句。

"很有可能。"小四说，"要不你跑回去跟他解释解释?"

汤勺看向车窗外，"查清楚真相之后，他会知道的。"说着他又从口袋里掏出那张照片来。

我掠了一眼照片，问汤勺："你怎么看？"

汤勺抬头看了看我，说："我不知道。直觉告诉我，这事情并不是那么简单。"

我忍不住翻了个白眼，每次问他都是这句固定台词。假如整件事都很简单的话，我们就不会走到今天这一步了。

十八号港湾并不是很近。这片海港很大，沿海开了大约半小时才到所谓的十八号港湾。这里应该算是比较偏的地方，和原来的军区旧址十三号正好占据了两头地域面积最广的地方。

我们把车停在军区以外很远的地方。小四从车上拿出望远镜观望了一下，对我们说："门口重兵把守啊。"他放下望远镜，看着汤勺问，"你确定那个什么徽章能进去？"

汤勺掏出卡丘给的徽章看了看，"不然呢？这里肯定不会有什么破网让我们钻进去的，试试看吧，不行就说我们走错门了。不过这玩意儿只能进去两个人。"他边说边看我。

"我和李如风进去吧。"

小四瞟了我一眼，"他？还是我跟你进去吧。"

"不用，"汤勺拦住了小四，"假如有事，你们还能救我们。万一连你也陷在里面，情况只会更糟。"

小四听了下，估计到也觉得有道理，也没再争辩，给了我们两只耳挂式微型对讲机，"有什么用这个呼叫我们。你们自己当心。"

何钥匙一脸不放心地目送我们，那眼神就像送我们上西天似的。

快到门口的时候，我问汤勺："你为什么不要小四一起？你怀疑他？"

"没有。理由就像我说的那样。"

"可是还有迪特在外面啊。"

"你问题很多。"说完这句，他就不理我了，快走了几步，把那个徽章从口袋里摸出来，回头示意我走快点。

门口真是重兵把守，光站得笔直类似站岗的就有四个，身上都是全套装备的武器。往里面不远处好像还有一队在集训，大概一排站了十个，站了三排。

"呵呵，这阵仗，我们进不去也就算了，假如他们怀疑我们，这可不是单纯的丢出来这么简单啊。"我小声对汤勺说。

汤勺没做反应，径直走到站岗的面前，掏出徽章。站岗的士兵接过它，先是眉头皱了一下。我看到他的表情感觉自己的心脏都要跳到喉咙口了，总觉得那徽章不牢靠。没想到那士兵立正对我们敬了个礼，就放我们过去了。我一下松了口气，看来卡丘没骗我们。这徽章也不知道他从哪里搞来的，确实好使。

我们从刚刚看到的那队站得笔直的军队边上路过的时候，他们连眼睛都没朝我们这边斜一下，眼睛都齐刷刷地盯着各自面前的空气。

我对着汤勺小声道："我说，你看这些人穿的服装也不一样，感觉不像是意大利兵啊，意大利人看到我们的话肯定老早全扭头了，哪还能这么专注……"

汤勺瞪了我一眼，"别扯了，这些都是特种兵。"

我们走到一栋建筑门口，这里的建筑跟港口仓库也没太大差别，而且到处都没标识，根本不知道哪是哪。

"怎么走？我们去哪？"

汤勺想了想，"跟我走。"

我跟着他随便进了一栋仓库式办公楼，这里的构造让我想到了佛罗伦萨正在装修的办事局，唯独不同的是，办事局一般就帮你在楼梯维修的坡道上架块木板，而这里好歹都是钢板，一看等级都比较高。脚踩过腾空的钢板，发出"吱吱嘎嘎"一连串让人心惊的响声。要知道这可是军部，谁能保证到处都安全没有陷阱什么的。

汤勺在走廊里这些连排没有名头的办公室之间转了两圈，最后居然随便打开了一扇门走了进去。我犹豫了一下，还是跟了上去。里面坐着一个老头，没穿军服。看到汤勺的时候脸上满是惊讶。

汤勺立刻笑眯眯地打招呼："不好意思，我们走错地方了。我们在找资料室，您方便给指下路吗？"

老头推开椅子站起来，目测身高只有一米六，但是肚子倒是跟快要生了那么大。他走到办公室门口，望了我们一眼，伸手指着前面，"走到头，右转，第三间。"

汤勺谢过之后刚想走，老头大概这才回过神来，"等等。你们是什么人？"

汤勺不紧不慢地转身说："哦，我们是军政厅过来取资料的，之前打过电话联系过。只是我第一次来，平时来的那个小伙子今天没在班，只好我来了。"

何钥匙说得对，他不去演戏可惜了。

老头摸了摸自己的大鼻子，哼了一声说："你们办公室什么毛病，怎么一天这么多人要来取材料。还有，年轻人，回去告诉你们上级，下次别让你们那个小伙子过来了，对待长辈特别没礼貌。出去时候麻烦帮我关上门。"说完又低头弄自己的东西了。

汤勺轻轻关上他办公室的门，"你看着我干吗？""你太牛逼了。"我说。"别废话，赶紧走。"

资料室的门没有锁。汤勺推门的时候愣了一下，"不对！"他赶紧打开门走进去，这里的资料归档得比较有秩序。很快我们在层层架子之间找到了人事档案类。

"他们的档案还能在吗？"我问。

"在，军部的人事档案都是永久保存的，就算是人死了也要留着。"

我们在这层架子上来来回回找了好几遍，那张纸上别的人的都有，连卡丘的也有，唯独没有艾尔的。

"有人来过了，在我们之前。"汤勺把翻出来的档案塞回去。

"你怎么知道……"我自己还没说完，就已经明白过来了。难怪刚刚那个老头说，我们办公室一天来这么多人拿资料。看来被人捷足先登了。

"那怎么办？我们撤吗？"我说。

"等下。"汤勺低着头想了想，"还有一块地方，或许他们会遗漏。"说着，他便又开始一层层找，最后在尽头角落里找到一个很不起眼的柜子。柜子里满满当当塞了一堆文件，碰一下就全是灰。

汤勺说："在这里。"

我呛了一口灰，一边咳嗽一边问："什么东西？"

"那次的演习档案肯定在这里，这里是那些有待销毁的没用的资料。对于一次被全面封锁消息的事故，事故记录肯定老早就被销毁了，但是演习档案得保留，假如里面有鬼的话，鬼一定也想一并销毁这些档案。"

"鬼？你的意思是，军部里面有人有问题？不是歌里吗？"

"我没说不是歌里，也没说就一定是他。但是这事绝对不会和你听到或者表面上看起来的那么简单。"

又来了……我在心中暗暗吐槽。

我们在资料之中迅速翻查，竟然很快就找到了汤勺所说的东西。

"看。"我把一叠纸从资料袋里取出来，上面的时间记录着 2007 年 3 月 2 日，这是海军司令部签署的军事演习声明。底下还有一叠相关于那次军事演习的军事装备资料报告。然后就是参与者的个人信息档案。

"有了。"汤勺手里拿着的档案上，贴着照片。他把那张合照也拿出来，对比了一下，"是他，艾尔。"但是我们很快发现，他的相关资料记载比其他人的都要简单。除了服役之后的信息之外，其他基本没有，就连家庭住址、联系电话这些什么都没有。"为什么？"我忍不住自言自语。

汤勺把这张纸反过来，背面是空白的。"这是什么？"他又在空白的背面最下方看到用铅笔写的一行模模糊糊的小字。

我眯着眼睛凑过去，"什么佛罗伦萨圣母报喜孤儿院……"

我抬起头来看着汤勺，一时间脑中有点混乱。"圣母报喜孤儿院……"当我反复念了好几遍，脑中越来越清醒的时候，心脏猛地一跳，"这是……这是我和山川的那家孤儿院。"

小四之前说过，不是假名就是孤儿。在军队的人，不可能冒险用假名，那就是孤儿。

"我记起来了。难怪我会觉得这个名字熟悉，艾尔这个名字我之前见过。"

"你认识他？"

"不，我没见过他。我在山川的画册上见过这个名字。"我对它有印象是因为，它是唯一出现在山川画上的名字。那幅画是一棵树。

我那时候问过山川："这是你画的树的名字吗？"

山川微笑着点点头。她说，"对，树叫艾尔，不会说话。"

没错，我想起来了，是艾尔。山川那棵树的名字。

汤勺听完，皱起了眉头，摸着下巴说："树？怎么有这么巧的事？"

"再找找，看看还有什么。"

汤勺把那张艾尔的个人信息资料折成豆腐干放进了口袋，继续在这一堆杂乱的资料里面翻找。突然，耳边传来两声奇怪的声响——"滴滴"。汤勺应该也听见了，骤然停下手中正在进行的资料翻找，竖起耳朵听到底是从哪里传出来的声音。不知道为什么，我隐约有些惊慌。

"是什么？"声音还没有停下来，一直"滴滴"地响个没完。

声音是从……等等，就是这个柜子附近传出来的。

汤勺把塞得满满的资料全部抽出来，紧接着看到的东西让我们瞬间都傻了眼。那是一个黑色的有数字显示的盒子，数字有四位，前两位的后一位显示3，小数点后两位现在显示58。

"炸弹！"我几乎不敢相信自己的眼睛，毫无意识地从嗓子里冒出来了这两个字。

"走！"汤勺大吼一声。

我们几乎只用了一秒就跑出了资料室。炸弹显示还剩余三分半钟，这里一共十二间办公室，两边各六间——我们还有足够的时间把人清走。

我和汤勺互相示意了一下，非常有默契地一人负责一边，把所有办公室的门都直接撞开，进去喊："有炸弹！快跑！"。

不一会儿，所有办公室的人几乎全都聚集到了走廊上。有些人面带惊恐，有些人面带嘲讽，有些人面带不屑一顾的微笑，有些人面带被人打扰的恼怒。"什么情况？""呵呵！谁喊的有炸弹？在哪里？""我妹夫是拆弹专家，我去打个电话好了。哈哈哈。""演戏呢？"……

种种声音杂乱地交织在一起。汤勺站到他们面前，挥了挥手，大声说："各位，炸弹还有大约两分钟不到就爆炸了，大家要用最快的方法跑出这栋建筑楼。炸弹就在资料室！"我也佩服这么多事发生之后，我还能一边流着冷汗，一边跟着汤勺这么淡定。我们的打算是，领着这帮人尽可能跑出去，尽量减少人员伤亡，可这帮意大利人……

刚一转身，就有枪头几乎戳到我们脸上。眼前是刚刚那群穿着特种兵服，跟兵马俑一样站在进门的那块广场上的军人，一个个眉宇紧锁，双手举枪，眼中充满了警惕的神色。

"差不多只有一分半钟了，赶紧！"我其实感觉自己的心脏已经快停跳了，死也不能死这里，而且按照这种距离估算，炸弹一炸，连副全尸都没有。

汤勺双手高举过头顶，"冷静！兄弟们，你们听我说！这里有炸弹，一分多钟之后就要爆炸了，我们必须赶紧撤离，否则，你我，和这些人都得死！"

站在最前面拿枪指着我们的那个小伙子厉声说："你凭什么让我们相信你？！"

汤勺用手指了指后面，"炸弹就在资料室里，我恐怕你走到那里就来不及出来了。"

"哦！你们俩，就是刚刚进资料室去的那两个人！"我们一看身后，说话的就是刚刚从办公室里出来给我们指路的老头。

"你们俩到底是什么人？！"带头的哥们儿就是耿直不退让，这时候了还在问这种无关紧要的问题。

"我觉得我们得在这里给他们陪葬了。"我冷笑一声。本来想救人，结果要连带把自己的命搭进去，还真不合算。我在心里暗暗发誓，下次逃命的时候千万不要和意大利人一起。

汤勺看了下表，一分钟都不到了。身后不知道哪一个突然叫了一声："真的有炸弹！没时间了！"叫喊的是个戴眼镜的年轻男人，估计是刚刚去了一趟资料室逛了一圈，亲眼看到了炸弹。这下没人继续淡定了，那架着枪站在我们面前的大兵兄弟也绷不住了，连着往后退了三步。后面这些办公室的人员更是疯了一样地往外窜，恨不得能插上翅膀飞出去。

等我们全跑到了建筑外面的时候，突然耳边传来惊天动地的"砰——"一声，很多人尖叫着蹲了下来，还有人做好了被炸飞出去的姿势。但是——我们惊讶地发现，爆炸的并不是身后的建筑。

"怎么回事？"我看着汤勺问道。

他直起腰，看了看表，"时间是对的。"说完，又环顾了下四周。

"在那里。"他拎起手臂，指着较远的一角，火光和浓烟正从那边不断翻滚出来。

"是司令部！"不知道谁大吼了一声，那些士兵率先朝着火光冲了过去。

"看来……资料室的炸弹是假的，真正爆炸的是司令部。"汤勺说。

我们趁着意大利人自己制造的混乱跑了出来。刚刚门口那几个守卫全体都不见了。

小四看到我们，立刻冲了过来，"你们搞什么，也不回话！里面怎么回事？"

"爆炸了。快走吧，再不走，估计我们得变成安置炸弹的嫌疑犯了。"我边说边开了车门钻进去。何钥匙居然在后座上睡得津津有味。

小四和迪特他们迅速调头，把车子飞快地开了出去。我回头望了望，从里面冲出来的浓烟依然可见，沿着天边层层翻滚。

汤勺神色凝重，说道："这事情太蹊跷，弄不好我们被利用了。"

"利用？"我脑神经跳了一下，"什么意思？"

"他们很可能知道我们会去找那叠档案，所以故意在那边放了一个假的炸弹，利用这个让我们把自己暴露在外面，结果爆炸的是司令室。这要不就是在跟我们开无聊的玩笑，要不就是为了让我们跳入追捕圈。毕竟我俩到目前为止，是最有嫌疑的人。"

"他这样做有什么目的呢？"我有点弄不明白，但这看起来并不像是什么无聊的玩笑。汤勺说得对，我俩现在露脸了，弄不好会被全国通缉。

"为了阻碍我们，拖延我们的时间。"汤勺说，"这是我能想到的唯一目的。"

小四大概想问什么，被何钥匙一声震天响的呼噜声打断了。那声音直接把小贱给惊吓得蹦了起来，它钻到我怀里，换了个姿势，又懒洋洋地闭上了眼睛。这猫跟着何钥匙待多了，也变懒了。

这事果真没有就此结束。

我们开了很远的路，找了个偏僻的旅馆投宿。刚进旅馆的时候，身上揣着的胡凯给的手机就响了。我和汤勺同时都收到了一条来自于他的信息。信息上写着：

CIMITERO MONUMENTALE DI STAGLIENO（斯塔列诺公墓）。不要回信息。

胡凯怎么也把这个公墓名字发了过来？他说假如有第二幅画的信息，他就告诉我们。这意思就是，第二幅画在公墓那里？还不让回信息，这怎么确认是不是？

我和汤勺面面相觑，不过既然胡凯给了我们这个信息，看来是非得要去一趟公墓了。"今晚去，免得夜长梦多。"汤勺说，小四也点头赞同。何钥匙一脸委屈地说："那种鬼地方，难道不能白天去吗？"迪特绷着一张脸，"要不白天你自己去。"说完这句，何钥匙就不敢再吱声了。

黑脸突然跑进来，让我们开电视看，脸上充满了鄙夷的神色。这小伙子，到现在都不知道卢比的事情，还一直在为我们不等他而耿耿于怀，又不好发作。他必须要听小四和迪特的，但我很明显能感觉到他不喜欢我和汤勺，他觉得如果没有我们，他们就不会丢下卢比，甚至猜想，卢比为了保护我们而牺牲了。看小四和迪特的样子，恐怕并不想解释关于卢比的事，所以我们都闭口不谈。看到他现在面部表情这么怪异，准没什么好事。

电视里的新闻台正在播报今天那起爆炸事件："今天下午在十八号港湾海军司令部发生了一起严重的爆炸事故。爆炸点是司令室，当时在司令室的除了现任海军总队司令官起霍先生以外，还有海关总署司长梅德，爆炸发生之后，军方已在爆炸现场找到尸体碎片。虽然到目前为止，还没做最终分析和确认，但我们相信，尸体碎片属于他们两位。据相关人士称，当时两人正在办公室里进行秘密会谈，所以周围没有安排看守的士兵。暂时还没有发现更多的人员伤亡和失踪。而这起爆炸事故，并非意外，军方很快在爆炸现场找到了炸弹残骸，有理由相信，这起造成军队高级人员伤亡的恶性爆炸事件属于人为。而由当时在军部办公室的多人称，下午在办公室部门曾出现过两个可疑的相关人物，假称资料室有炸弹，引起过恐慌。尚不清楚是否和恐怖组织有关。此案件目前仍在调查，请关注这些天的跟踪报道。"

我感觉到自己浑身的汗毛都竖了起来，这已经不是爆炸的问题了。我转向汤勺，目瞪口呆地说："你觉得我们背得起这两条人命吗？"

汤勺倒是很淡定："没你想的这么严重。资料室里都有监控录像，我们干了什么，他们一目了然。只是我们露了脸，肯定会被找回去问话。嫌疑早晚是可以洗脱的，不过是时间问题。恰好，我们最没有的就是时间。"

"陈唐说的对，所以今天晚上我们必须要行动，拿到东西之后，立刻回佛罗伦萨。"

电视上的报道还没结束，镜头一切，又切到了一间仓库。"是卡丘。"迪特说。镜头现在正对着躺在地上的卡丘的尸体，他的尸体周围围满了人，有警察，有法医，还有电视台的记者。

"今天下午，军队爆炸案之前，警方接到报案，在沿港的一间轮船配件厂里发现了一具尸体。尸体为男性，身份还有待进一步确认。据可靠消息称，现在警方有理由相信这是一起谋杀案，正在和第一报案人进行进一步的沟通，这名报案人也透露，曾看到一群可疑人物出现，很可能就是谋杀之后逃离现场的疑犯。"

我一声冷笑，"意大利媒体报道一贯都是这么不负责任的说话风格吗？现在我们都成嫌疑犯了。"

"这事看着怎么像个连环套啊！我们今晚会不会再遇上什么事？别再来个尸体或者爆炸什么的……"何钥匙嘟哝道。

"闭上你的乌鸦嘴！"小四瞪了何钥匙一眼，"什么都别说了，你们先休息一下，今晚十二点出发。"

FIRENZE
决 裂

其实我们对这些事多多少少都心有余悸，完全不像何钥匙那么想一下也不可能，只不过是何钥匙管不住嘴，说出了我们担心的重点。

这发生的一系列事情从头到尾都透着一种古怪的气味，想让人不要去多想都难。那个说看到我们逃离的第一报案人是谁？和放炸弹杀死海军司令官起霍和海关总长梅德的是不是一伙人？这一下就死了三个人，会不会冒出来第四个？

汤勺突然问我："你记不记得，卡丘说过，他当时发现军牌没拿折返的时候，恰巧看到歌里鬼鬼祟祟地溜进过司令部，你记得吗？"

我点点头，"嗯，所以呢？"

"新闻上说，当时只有那两个人独自在进行秘密对话，也说没找到其他受害或者失踪的人。这很明显是蓄意谋杀他俩，或者至少也是其中的一个。"

我想了想，有点明白他的意思了，"你是说，起霍应该是被杀对象，梅德可能是正好被牵连。"

他摇摇头，"不，我觉得他们两个都是被杀对象。放炸弹的人似乎是专门凑在梅德在的时候引我们去的。"

"等下，这么说来，我们得把源头找出来。我们是在那个旅馆的玛迪莎那里得到了卡丘的地址，然后到了卡丘那边，卡丘让我们去司令部。但是卡丘说是他让玛迪莎把打听之前那件爆炸案的人都给他找过去的。这么看来真的是巧合，没什么问题。"

"我们是怎么去的那间旅馆？"汤勺问。

"是小四说去那里的。"我不假思索地回答，一想就觉得有点不对，"小四……不不不，我宁愿相信这都是巧合。"小四可是杀了卢比救过我的，开什么玩笑。

汤勺低头沉默不语。

何钥匙在满屋子追着小贱跑的时候，小四走了进来，对我说："那个之前混进来的人的信息查到了。"他说的是那个携带芯片的挟持过我的男人。

"怎么说？"

"有一些巧合在里面，怕是要等我们回到佛罗伦萨由凯爷同你们解释一下会更清楚一些。"

"什么意思？"

"我怕我说不清楚里面的关键问题，反正这也不是我们当下要紧急知道的东西。"

"是你说不清楚还是你不想告诉我们？"汤勺挑了挑眉毛。

小四皱起了眉，"你是什么意思？"

我立刻站起来，挡到两个人中间说，"无论怎样，我们都能查清楚。不急不急，现在最要紧的是我们这趟按照凯爷给的指示，过去那个鬼地方能有收获。"

这个时候内部矛盾是最可怕的东西，假如在这个节骨眼上产生什么内部不和，我们最好的下场也是吃不了兜着走。但是我始终不明白，汤勺怎么会兜了一圈怀疑到小四头上。

汤勺这个不信任的问题愈演愈烈，我们出发的时候，小四刚钻进驾驶座，汤勺就说："让之前那个司机过来开吧，你也好休息一下。"

小四想发作，又忍了回去，从迪特那边找来了之前给我们开车的矮胖司机。接下来的气氛就很尴尬了，连何钥匙都看出来了，没事就讲两个冰点够低的冷笑话试图调节下气氛，效果可想而知。他最后也只能同我面面相觑，直接闭嘴不说话了，车里就只剩下来小贱时不时叫上两声，和矮胖司机断断续续完全听不出来调子的口哨音。

墓地离开我们之前休息的那间小旅馆颇有些距离。我也不知道这一路沉默地究竟开了多久才到。公墓是圈在大公路边上的群山之间的。白天也不知道是何种景致，这大半夜只看到黑压压的一片。我们的车找了个没什么人的地方停下来。

"我已经查过了，侧面也有个小门，可以直接通到里面的百级台阶。"小四说着，指了指我们的身后侧的方向，"从这边绕过去。"

"从百级台阶那边走，还不如直接从正门撬门进去了，然后再大摇大摆地走进去。"汤勺看着小四道。

"陈唐，你什么意思？"

"没什么意思，只是想问你，设计路线那么引人注目，干吗不干脆走正门算了。"

我知道这架势不对了，立刻摆着手说："没事没事，我们再商量下，绕也行，怎么走都行。"

我也知道我这话说得没什么用，可好歹也能缓和一下。但现在望着他们彼此眼冒火星的架势，怕是根本没有听见我说话。

小四冷笑一声，"陈唐，你在怀疑我？"

汤勺低头笑了笑，"你觉得呢？"

小四一脸不可思议地说："你竟然真是在怀疑我！"

我注意到站在小四后面的迪特脸上已经有了戒备的神色，而黑脸的脸更黑了。

"这……这是什么情况？"何钥匙一头雾水地看着我。

汤勺把枪掏出来，"是你带我们去的那间旅馆，然后发生了一系列的事情。这些事情怎么看都像是安排好的圈套，你叫我怎么相信你？

这话一说出来，我也顿时石化了。小四身后那帮人全都齐刷刷地拔枪，对准我们。何钥匙抱着头蹲了下去，"怎……怎么回事啊？你们有话好好说。"

小四冲后面挥了挥手，示意他们把枪收回去。他瞪了汤勺十几秒之后，只回头对着他的人说了一句："我们走。"紧接着，他们开车走了。

何钥匙大声喊道："别走啊！别走啊！"被我一把捂住了嘴。他扒开我的手，气急败坏地直跺脚，"你干吗你?! 这下好了！小四、迪特他们都走了，还进去吗我们？"

"当然要进去。"汤勺收起枪，指了指远处往山上去的那条路，"这条路有点远，但是相对来说要安全很多。我们从后面绕进去。里面的地形我也查过了，烈士区在后面那块半山腰上。"

"烈士区？"

"对，烈士区。既然那次事故被称为是一场意外，那么牺牲的那些人一定会被统一安置在烈士区。这就是为什么，他们会出现在这间墓园的原因。我猜想，应该是直接立了一块碑。"

山路是真不好走。汤勺走在最前面，时不时看看我们有没有跟上。我在心里盘算刚刚这个事情，越想越想不明白，就算是怀疑，怎么会在这么短的时间之内，就把这事情彻底扯上了台面不止，直接就推到了决裂的高潮呢？首先，我肯定不会怀疑汤勺，其次我也不愿意去怀疑小四。小四、迪特他们，一路过来一直都在履行保护我们的职责，怎么看都看不出有问题。但是旅馆那个事又确实有点蹊跷，是巧合也未必啊。

"你为什么怀疑小四？"何钥匙气喘吁吁地追上汤勺问他。

"没有为什么。"汤勺头也不回地说。

"那不成啊，你怀疑他总得有个原因啊！"何钥匙说。

汤勺停下来，从何钥匙手里接过小贱，"爬山的时候少说废话。"说完继续往前走。

到达目的地时，已快两点。我们走了起码有一个小时。眼前这扇铁门，虽然是一扇侧门，但是这高度，想必翻过去是不可能了。我和汤勺齐刷刷地看向何钥匙。何钥匙还在较劲，一脸不屑的表情，恨不得在脑门上贴个"切"字。不过他还是嘀嘀咕咕地从口袋里掏出了那根他专业开锁十八年的发丝，三下两下就把门打开了。"谢谢我。"他翻着白眼对汤勺说。汤勺把小贱塞回他手里，"走吧。""你你你！"何钥匙鼻孔冒烟地开始了新一轮的嘀咕，"我就是又傻又天真才跟你们过来拿命陪着你们一起玩，对吧小贱？"

这里头影影绰绰到处是参天的常青树和高大的雕塑。

何钥匙赶紧跟了上来，声音颤抖地问："这里有没有看墓地的人啊？会不会以为我们是盗墓贼啊?"

"你以为是国内啊,这么晚哪里来的看守?"何钥匙的脑洞总能勾起我的吐槽欲,盗墓贼,呵呵,估计我们在这里就算掘开一百个墓地,也找不到什么值钱的东西。只不过这里确实有点令人毛骨悚然,大半夜的就我们三个大活人带着一只黑猫,在这里跟做贼似的蹑手蹑脚地走路,就像生怕惊动里头睡着的哪一位一样。

汤勺似乎在脑袋里安装了一个自动定位系统,很有目的地带着我们钻进了一个乌漆墨黑的隧道。这种其实也不叫隧道,是一种墓地里连接建筑的方式,为的是从一个区到另一个区的自然过渡和转换。所以这个隧道里也是住满了人的,左右两边,脚底下踩过去的每一步都是……

还好,这里头不是完全看不见,因为每隔一段路,头顶上就安了一扇圆形的被玻璃封住的天窗。光透过圆形窗户落进来,时而照到地面上被我们踩过的人名。

"这里还挺人性化啊,为了有点光照给……这里的各位,还特地安了窗户。"何钥匙一路走一路嘴都在念个不停,跟个电影旁白似的。

"哎哟!""喵!"我被这突如其来的比何钥匙旁白声音高了 N 个分贝的叫声吓了一跳,四壁还都是回音。一回头,看到何钥匙摔了个脸朝下,这会儿正从地上爬起来,小贱已经逃窜到了我身上。

"妈呀!阿弥陀佛,妈呀!对不起,对不起,我不是故意的!"他赶紧从地上爬起来,使劲给刚刚他亲了好几下的那块刻着逝者名字的石碑磕头。

我笑起来,"你可别惊动四座啊,待会儿没准真爬出来跟你来个半夜闲聊。"

说完,我刚想回头往前走,但眼角却瞥到了什么。我又把头回过去,何钥匙已经从地上爬起来了。他的影子斜拖在他的身边,变得细长。他朝我走了几步,他的影子就和我的影子重叠到了一起。而在他刚刚爬起来的地方,从一座方形雕塑石碑的后面,拖出来的那条长长的影子还静止不动。

是个人影。我瞬间觉得寒风吹了我一后背,浑身汗毛都立起来了。

"你在看什么?"何钥匙刚要顺着我的目光看过去。

"没什么。走吧。"我一把转回他的头,继续往前走。

快走出这条隧道的时候,我特意又往后瞥了一眼,只觉得眼角有道黑影闪了一下,就不见了。我快步跟上汤勺,低头小声对他说:"陈唐,我们好像被跟踪了。"

汤勺竟然没反应，只顾着往前走。

随后我们进入了一片常青树更为密集的地方，每走几步，就有一尊雕像十分突兀地从树木之间冒出来，吓得何钥匙抓着我的手臂怎么都不放。

看这些雕像的姿态和场景设计，似乎都与战争有关，汤勺所谓的烈士区应该就是这里了。可是问题来了，这里大大小小的石碑林立，沿着这片树林一条道往前，一眼都望不见个头。再加上天黑看不见，我们怎么才能把目标找出来？还有，那幅画，究竟藏在什么地方？

"先往前面走，这一片应该没有，都是中世纪的墓碑。走过这一片才有最近这段时间的。"汤勺说。

我一直对刚刚在隧道口看到的黑影心有余悸，走几步就要回头看一下。但这会儿似乎又不见了动静。不过也是，这里到处都是黑影，就算真的有什么人跟在我们后面，没有一个夜视镜也是难以分辨的。但是我心里已经有了被人跟踪的感觉，所以每次回头，总觉得有那么一双眼睛盯着我们。

我们花了大约十几分钟才走出这一片中世纪的墓碑区。

"我们分头找找看。"汤勺说。

何钥匙倒是瞬间不怕了，领着小贱开始在四周瞎转悠。

这里的石碑跟刚刚那一片都不太一样，刚刚的石碑上多有雕塑，而这里的雕塑显得比较现代化，很多连雕塑都没有，只有一些简易的浮雕。

突然，我听见小贱叫了一声。随即何钥匙冲我们招手说："过来看！在这里！"

我和汤勺走过去一看，石碑是方形的，白色大理石材质，没什么特殊的图案，他底下连着一块同样材质的地碑，面积很大，这下面应该就是停放棺木的地方了。上面用书写体刻着：02. MAR，2007。（2007 年 3 月 2 日。）

"是不是啊。"我心想，总不会那么巧，那年 3 月 2 号还有别的战士在别处牺牲了然后过来立碑吧。

"肯定是的。"何钥匙指了指在周围乱转的小贱，"它都不愿意走。不是都说狗鼻子灵验吗。呃，猫鼻子没准儿更灵。"何钥匙时不时带上的儿字音让他的发音显得无比奇葩。

我望了眼汤勺，"画假如在这里的话，最有可能就是收在了这块地碑的下面。不过我们要怎么打开来是个问题。"毕竟身上也没带工具，总不能用手掰开吧。

汤勺似乎没在听我说话，而是一直盯着小贱看。

小贱不停地在石碑边上转悠，用爪子刨土。

"看来，画应该不在那里面。"汤勺说完，走了几步，从不远处的树上折了几根比较粗的树枝，把叶子摘掉，递给我和何钥匙。

"墓园的树叶树枝不能随便折！"何钥匙一脸无奈，"这用来干吗？"

"刨土。"汤勺说。

我明白了汤勺的意思，画里隐藏的气味可能我们闻不见，但小贱能闻到。它转悠的地方非常可能是藏了画的地方。

不过，用树枝刨土也不是什么简单的事情。与其说是刨土，还不如说是扒土，跟小贱的爪子比起来效果也没好到哪里去。

"哪里有什么画……"何钥匙满头大汗，眼见着终于刨出来一个坑了，还没见到画，"这坑马上都快能埋人了，画在哪？大哥啊，我们天亮之前一定要出去啊，我可不想因为什么半夜在墓园刨坑这种事被带去警察局啊。"

"我们都快成通缉犯了，这点算什么事。"我说。话音刚落，小贱就在脚边哼哼唧唧起来。

"等下，好像真有东西。"何钥匙用手拨了拨土，在细碎的月光之下，湿乎乎的泥土中，露出来一个和泥土颜色差不多的硬质物一角。

汤勺蹲下去，用手把泥土全部扒开。不是画，是个木盒子。

"这是什么？"我把木盒子取出来，左右端详。这个盒子光看也不觉得特殊，只是似乎四周被密封得很好，连一点缝隙都没有。盒子的其中一边挂着两把锁。

我看了眼何钥匙，他也正在盯着锁看。

"这锁的样子看起来有点奇怪。"何钥匙皱着眉头说。

"什么意思？"汤勺问他。

何钥匙从我手里接过盒子，仔细看了两眼，"这种锁叫断魂锁，怎么会出现在这里？"

"什么叫断魂锁？"我问。

"这么说吧，这锁是我们何家锁匠发明的，当然不是我这一代，也不是我爷爷这一代。不过也算是祖上传下来的一门独门手艺。现在已经没多少人会用这么毒的东西了。所谓一锁杀人，指的就是把它打开的时候，会被与锁牵制的暗器所伤。古代时候经常有人用，因为我家曾经是皇室御用的锁匠，所以在很早之前，这锁就流传到了西洋，欧洲那些贵族把自己的宝贝锁起来保管的时候，都希望能订制到一把这种锁。这也是为什么我们家后来会来欧洲发展的原因。这锁一直到 19 世纪都流传得很广，当然价格也很高，不是一般人能用得起的。"

"断魂锁……也就是说，这是杀人武器，是吧？"我说。

"那也不能这么说。锁只是锁，暗器是在盒子里。一般来订制这种锁的人，会给我们看一下他想放入盒中的暗器，这样我们才能根据暗器的形状、大小来制作内部的锁扣和启动暗器的锁引。"何钥匙越说越嘚瑟，"我们家可是断魂锁唯一的制造商，绝对是专利产品。"

我说："你这是连接发射暗器的杀人专利。"

何钥匙一脸不屑，"你懂什么，这叫艺术。哪一门手艺没有一点符合大众需要的创新啊？"

"那这盒子究竟能不能开？"汤勺问。

"当然能开，不过我需要研究一下这里面的锁引藏在哪里。先毁掉锁引，盒子里的暗器就没用了。"何钥匙从口袋里摸出来那根头发丝，捣鼓了十来分钟之后，告诉我们，"被我找到了。

汤勺刚要接过盒子，突然从旁边的树丛之中钻出来一个人，我连他的样子都没看清，何钥匙手上的盒子就不见了。

我看着何钥匙手心朝上目瞪口呆的表情，也愣住了。

"哈哈哈！谢谢你们的礼物！"从旁边树林之中走出来四五个人，都戴着面具。

木盒子就在其中一个人的手里。

带头那个人的面具看起来和其他人的不一样，鼻子特别尖长。这面具我已经看到好几次了。

"西木。"我站起来。

他从口袋里掏出来一把枪，对着我们，"我们又见面了。"

"西木，好久不见啊。"汤勺也从坑边上走过来，不紧不慢地同他打招呼。我听他的语气，似乎早料到会在这里看到他一样。

"我不是西木，西木已经死了。这个世界上，以后都不会再有西木了。""咔嚓"一声，他给手枪上膛，"当然，你们今天也得死。"

汤勺笑了笑，"那西木的父亲老西木呢？就算西木死了，老西木不是还活着吗？"

他突然就沉默了，透过面具，我都能感受到他眼中放出来的寒光。

"卡尔，你要为你的这种玩笑付出代价！"他咬牙切齿地说。

"那如果我告诉你，我见到了西木的父亲，我知道他在哪里呢。或许你会有兴趣知道。"汤勺依然面带笑容不紧不慢，"我去过下面。"汤勺指了指地下。

西木举着枪朝我们逼近了两步，我看到他两眼放光，他低下头，再抬起来的时候，那光又从他眼中灰暗了下去，"西木的父亲死了。你们也要死。"他说这话的声音是颤抖的，零碎的月光之下，我看到他面具后的眼中，有东西在闪动，好像是眼泪。

他把拿着手枪的手抬高，将枪口对准汤勺的脑袋，"我这辈子都毁在这个老家伙手里了。"

就在他预备着开枪的时候，突然身后传来一声杀猪似的惨叫。我一看，是小贱咬住了那个拿着木盒子的面具人的腿。那人惨叫之余一脚踢开了小贱。

"死猫！"西木转过身，瞄准小贱就想开枪。

"小贱！"何钥匙在我耳边大吼一声。

"啊——！"又是一声杀猪似的惨叫，还是来自于那个抢了木盒子的人——不知道是为什么，他不小心把盒子上那两把被何钥匙打开来的锁碰掉了，盒子自己弹了开来，瞬间从里面飞出来成千上百根细针，这些针像是被发射出来的子弹一般飞进了那个拿着木盒子的人的身体里，还有几根直接飞进了他的眼睛。除了站得比较靠前的西木，其他人也跟着遭了殃。

木盒子被他掉在了地上，他手捂住双眼在地上滚了一会儿就没了动静。另外几个人也是一样的状况。

看来是毒针。

"这就是传说当中的暴雨梨花针？"何钥匙一脸目瞪口呆地望着眼前发生的一切。

汤勺转头对何钥匙说："幸亏不是我接了那盒子，不然现在死的岂不就是我？"

何钥匙一脸冤枉，"你想打开我也不会让你打开啊，我只是找到了锁引，并且把锁开了，我可没说可以开盒子啊！锁被摘掉的时候，暗器就直接启动了。这真不能怪我！人可不是我杀的！"

"全他妈给我闭嘴！"西木一边转身想朝我们开枪，一边想俯身去捡地上的盒子。

"砰砰！"紧接着的是两声枪响——分别打中了西木的左右手，直接把他的枪打落在地。汤勺趁机跨出一步，把他的枪踢了出去，自己去捡了起来。

"小四！迪特！"何钥匙两眼放光地看着从影影绰绰之中又走出来的几个人。

分明是小四和迪特他们。小四手里拿着枪，迪特弯腰从地上捡起了木盒子。

"小四……你们不是……"我也觉得不可思议。

看来觉得不可思议的绝对不止我和何钥匙，还有长鼻子面具脸的西木，他双手下垂，血不停地顺着他的手掌滴下来。

"你们……你们怎么在这儿？"他的声音中带着惊讶。

"哈哈，"小四笑起来，"你都可以在这儿，我们怎么不可以在这儿？陈唐有一点是对的，就是关于你智商的评估。"

"你们是故意的？"西木恍然大悟道。

"是啊，不过你发现得有点晚。放心，你派去跟踪我们的那些人，我们安置得可好了，我们的金牌司机正在带着他们享受 VIP 级别待遇的车游山河服务，正围城转圈呢。"小四拿枪对着他，"你现在已经没路了，趁着天亮之前赶紧跟我们走吧，不然你之前精心为我们设计的通缉犯奖项，估计你也免不了要跟着一起领奖了。"

"你们是故意的？"我也是恍然大悟，看来他们之前吵架闹分裂，全都是在演戏！

"晚点跟你解释。"汤勺看都不看我。

妈的，这也是活生生在侮辱我的智商！我气得直握拳头，看到何钥匙一脸明朗的笑意，又暗自在心里叹了口气，唉，算了。

"想逮住我，你们想得美！"

又是"砰"一声！——这次不是枪响，而是西木放出来的烟幕弹——瞬间灰黑色的烟雾在我们面前弥漫开来。

"有毒！"不知道谁喊了一声。

我赶紧捂住口鼻。在混乱中，又有人喊了一声，"快走！有警察！"

"小贱！"这弥漫的烟雾之中，我几乎什么都看不到。

"小贱！小贱过来！"这是何钥匙的声音。

随即我被谁拽着跑了很多路才跑出西木放的毒气烟雾，等出了烟雾我才看清楚拽我的人是小四。我们并没停下来，而是一口气跑到了大门口。汤勺拽着已经快跑断气的何钥匙跟在我们后边也到了。

迪特不知道是什么速度，这会儿已经带人开着车停在了我们的面前。

我们飞速上车，车子跟火箭似的冲了出去。

天还没泛白，沿街的路灯都亮着。三辆车又重新上路了。

"可惜，还是被他跑了。"小四说。

迪特转身把盒子递给我们。

汤勺一边接过盒子，一边看了一眼何钥匙，"能打开了吗？"

何钥匙哭笑不得，"锁都掉了，暗器都放光了，你觉得呢？"

汤勺还是小心翼翼地慢慢打开盒子，趴在何钥匙腿上的小贱又不安分了，探头探脑地开始哼哼唧唧地唱起来。

果然，里面又是一张羊皮地图。

汤勺后来向我和何钥匙解释了之前他们演的那一出。何钥匙听到一半就睡着了，这些对他来说都不是什么要紧的事。

首先，旅馆的问题纯属巧合，那是他们上车之前，在某张旧宣传单上看到的推荐。估计卡丘不是只跟玛迪莎打过那样的招呼，大概那边那种私人小旅馆，他都一一打了招呼。汤勺当然是一直都很清楚这件事，只不过演戏需要一个引子，而引子也必须符合逻辑，并且够逼真。

于是，我就成了这场戏的引子和中间人。

"所以，你当时在宾馆里跟我的对话完全就是故意的，就是要引我把话说回去是吧。"我问他。

他点点头，承认得挺干脆。"你记得吗？之前我们在威尼斯的警局里面遇到的那个'那边'的女警察，你觉得她会是一个人吗？既然她连潜伏的卢比都没见过，就说明当时她一定是有其他人做接应的。后来是因为她智商不够，他们是没办法，才启动卢比这颗棋子去完成接下去的事情，所以他们绝对有人一路都在跟踪和监视我们。假如小四他们不离开，他们就不会现身，而会一直埋伏在我们前面后面玩阴的。但等到我们回程的路上，一定会遭到更大的伏击。所以我和小四一商量，决定演场决裂的戏，好引他们现身。"

我心说，其实也一样危险，命都差点丢掉。

"你当时去海军部没让小四跟进去是不是也是故意的？"我又问。

"嗯……"汤勺想了想，说，"也算是吧，当时我只是怀疑，不过还没跟小四达成共识。"

"你们为什么不直接明确地告诉我？我又不是想不明白。我又不是何钥匙。"我说完瞟了一眼何钥匙，他正抱着小贱呼呼大睡，"你们大可以告诉我，然后用何钥匙当引子。"

"呵呵，"小四透过后视镜瞄了一眼何钥匙，又望着我笑了起来，"你认为可能吗？就他这个天真的状态？"

"小四刚开始连迪特都没告诉，多一个人知道多一分危险。"汤勺这说话冠冕堂皇的语气，倒是让他瞬间又回归了警察一贯的说话风格。

小四叹了口气，道："不过可惜的是，最后关键人物还是没抓到。这孙子居然在身上藏了毒气弹，这一招倒真是意料之外。"

这些人，不去演戏，当真都浪费了。

不过，西木没抓到，确实可惜。假如能把他抓回来，或许我就能从他嘴里探听到关于南洋的消息，或许，我还能推测出一些关于山川的信息……而西木从头到尾都没有承认过他的身份，从他的反应来看，他肯定没有亲眼见证老西木的死亡，可他却非要说老西木死了，到底是为什么？

汤勺一路都在研究那张刚得到的羊皮纸。

我们得到的这张羊皮纸，比上一张大了一半，足足有一整张 A4 纸那么大。当我在脑中将它与第一张羊皮纸拼接之后，我认为，那地图应该是被分为了三个部分。这是第一部分，之前那张是第二部分，还缺少第三部分。

我们认定这是第一部分，不仅因为它与另外那一张可以接上，而且，这一张上面，有明显看起来像是入口的建筑——最外面是一座修建得如同雅典神庙一般的建筑，之后大概要路过一个庭院，紧接着就有一座大型的宫殿样式建筑，七扇跪地窗，中间夹着一道圆拱门。虚线的标记，也是导入圆拱门之内的。而后呈现出米的，应该已经切换到了圆拱门之内，只要与第一张对一下，就能确定标记途径的虚线能不能对上。唯一让我不能理解的是，在雅典神庙之前，有一道类似于走廊的东西，上面标识着很多的框框，其中有两处被涂黑了。

这看着怎么那么眼熟？

"那张纸。"汤勺说，"那张你从七楼拿到的纸，戒指的背面，跟这个很相似。"

哦——！对了。是那张我们曾经看到谁都没有当一回事的小地图。不同的是，小地图上有 1234 的数字标记，而且涂黑了一整段，这里没有标记，只涂黑了两块。不知道意味着什么。

或许胡凯知道，毕竟他知道这座宫殿究竟在什么地方。

我们回佛罗伦萨的一路都没受到阻碍。小四和汤勺都在车里打了个盹儿。我觉得小四的体力已经是到了极限了，半路上，他实在困得不行，突然就在路边刹车停住，把另一辆车上的矮胖司机找过来开车，自己则钻到了我后面的座上睡觉去了。印象中，这似乎是我第一次见到他睡觉。

我们的矮胖司机精力无限好，一路上都在说莫名其妙的黄色笑话，边说自己边笑。说完了笑话，又开始唱歌。这哥们儿之前在小四他们演决裂戏的时候，绝对爽了一把。他半路神不知鬼不觉地把小四他们放下车，带着剩余的几个人，领着西木那边沿途监视的车队在整个热那亚绕圈子。直到收到小四的命令为止。尽管这样，他精力还是那么好。绝对是个神人。

我们到达佛罗伦萨的时候，还不到中午。佛罗伦萨天气阴沉沉的，看来是快要下雨了。胡凯早已在城外的那座别墅里等我们。

小四伸了个懒腰，抹了一把脸，重新打起精神。我没能喊醒何钥匙，只好从他身上把小贱抱起来。小贱睁眼望了望我，在我胳膊上蹭了几下，又睡着了。迪特敲了两下车窗看何钥匙没反应，直接钻进车里把他拎了下来。

我穿过荒废花园时，身后传来一阵阵何钥匙乱七八糟的惨叫声。后来他进屋的时候，整个人都处于一种愤怒的状态。

我又见到了白求恩老头。我走进去的时候，他正用劲地抱着汤勺，一个劲地说，"你又活下来了，不容易啊。""受伤了？"他突然惊觉到汤勺肩上的枪伤，不由分说把他的衣服直接扒了下来，"伤口倒是处理得不错，我等下给你开点药。不过，看来我最近是要去跟你母亲沟通一下了，想必你最近的所作所为，她一定不太清楚。"

汤勺立刻服软了，"大伯，拜托你。我以后会注意，一定不会轻易受伤。"

何钥匙依旧是睡眼蒙眬，站在我身后嘀嘀咕咕，"呵呵呵，这是陈唐说的话？听着不太像啊。"我立刻回头给了他一记白眼。

胡凯没有立刻向我们问东问西，也没有提到羊皮纸的事，而是让我们先去休息，只留了小四一个人下来。他说："我们晚餐时候见。"

我回到房间基本上是倒头就睡。这一路过来我都没睡，一是因为保持警惕的心理，二是因为那个矮胖司机把车开得跟 F1 一样，把我的困意全都甩没了。我其实挺佩服他们，在那种一路超速超车的情况下，是如何做到一觉睡到佛罗伦萨的，尤其是何钥匙，打呼声都快把整个车顶给掀翻了。

我做了个梦，醒来的时候却在瞬间被我忘记了。只记得梦里有山川的脸。她小时候的脸很圆，身上却瘦得皮包骨头。我醒来之后，坐起来。外面的天似乎已经彻底的黑了。何钥匙带着小贱不知道去了哪里。汤勺坐在窗边上抽烟。

艾尔。我忽然在脑子里开始重复这个名字。那段关于这个名字的记忆越来越清晰。到底是什么人？我大概得回去一趟曾经的孤儿院才能知道答案。

可那地方，其实本身就像是噩梦存在的一部分。我还记得，山川被他们带走的那天，才下过倾盆大雨。她的眼睛里充满了绝望，她对着我大哭大喊，"救救我！哥哥救救我！"可那时候的我无能为力，只能看着她被拖走。潮湿的泥土里留下来长长的一道，那是她被拖走的时候，鞋子在泥土中划出来的印记。我只能呆愣愣地站在草地上，听孩子和修女们四处宣扬她是恶魔附身的事。山川被关在一间小屋子里面。那时候一般孩子们都是不敢单独靠近那里的。他们确信了山川被恶魔附身，并且杀了人，他们都害怕，所以当修女让他们远离的时候，他们遵从了。但有时他们也会四五成群地跑过去，对着窗户砸石子，一颗两颗地扔，嘴里念着"恶魔快滚"，直到山川出现在窗口，他们才尖叫着跑开。

我只碰到过一次。有一个男孩，在同样大雨滂沱的一天似乎是走错了路，呆呆地独自站在关着山川的小屋前……

"李如风！"汤勺猛的一声把我从回忆当中抽离了出来。

"嗯？"我朝他望过去，刚刚记忆的画面一下就断了。外面荒寂的被烧成大片焦黑的草丛之上，夜色包裹着星光。天空显得特别辽阔和低矮。

"你在想什么？"他问我。

"没有。我也忘记了。"我望着窗外，幽幽地说。

"刚刚小四来叫我们下去，带上羊皮纸。"汤勺说，"走吧。"

走到门口的时候，他忽然转身，顿了顿对我说："南洋会没事的，假如山川真的没死，你也一定能找到她的。所有这些事都一定会水落石出。"

我点点头。那最后一句大概他也是在说给自己听。这些事都会水落石出的。我会知道当时到底发生过什么，而他也会知道，在他父亲身上所发生的事。

羊皮纸比对的结果没有出乎我们的意料之外，我们的猜测是对的。我们所得到的第二张羊皮纸，应该是地图的第一部分。

"你知道，我们在那里并没有找到画，而是找到了一个带暗器的盒子，羊皮纸在那里面。"我对胡凯说。

"小四和我说了。"

"那你原本是以为画也在那里吗？"我问。

他摇摇头，说："不是。我知道画不在那里。"

"那你怎么知道羊皮纸会在那里？"

"因为……"他微笑着望了望我们，"我找到了画，在你们出发去威尼斯之前，我已经找到了画，并且我知道画里的东西被拿走了。"他停顿了一下，看我们都皱起了眉头，听得一头雾水，便掏了张照片出来。照片上的男人，就是当时混进来，挟持我的那个大西装！

"认识吧？这人名叫费德明，无业。老婆和女儿都住在佛罗伦萨河对岸的一间老房子里面。我就是在他家里找到了画，就被他藏在他的床底下。"

"什么？！是他偷了画？！"我震惊道。汤勺也皱着眉，大约是在思考这之间的关联性。

"画是不是他偷的，我不知道。但是，画既然是在他家发现的，而里面的东西又没了，多少都应该和他有点关联性。所以我就派人去查了他之前的行踪。他混进我们这里也有段时间了，虽然不像卢比那么久，也不是突然就混进来的。"

我看了看站在边上的小四，听见卢比的名字，他还是表现出了不自在。

"然后，我查到他前阵子曾经请假，说是回一趟南部老家，但他其实去的地方是热那亚的那个公墓。"

"所以你就怀疑他把东西藏在公墓里。"汤勺说。

"是。"胡凯点点头，"公墓那边有关的信息，想必你们也已经知道了。不过还有一件事。"

"是什么?"汤勺问道。

胡凯指了指那个人的照片，"这个费德明，曾经坐过牢。他被放出来之后，过了没多久，就隐姓埋名混进了我这里。我并不知道他究竟是什么目的。不过，当时他坐牢的原因我倒是查清楚了。"胡凯喝了一口茶，慢悠悠地说："与1990年那桩古画偷盗案有关。这个我就不用多做解释了吧，你们应该都很清楚。没错，就是那个身手轻巧的女人，从我这里偷走的那幅原件。"

"怎么会?!"我转头望了一眼汤勺，又转向胡凯，满肚子的疑惑，"那件偷盗案，不是……不是说后来是过了三年，画是自己突然又出现了吗，没有查清任何东西，没人背负责任吗?"

"对，理论上应该是这样。但其实还是有一个人负了责任，这个人就是当时值班的博物馆保管员，费德明。就是这个人。当时他只有十九岁。"他用手指了指照片。

"就算是渎职罪也不至于坐牢啊……"我有点一头雾水，这个连死刑都没有的天主教国家里，这种程度上的渎职顶多是叫他滚蛋，或者罚款，怎么可能被送去蹲牢房呢?

"不是渎职。是协助偷窃和造假。"

"造假?"我越发地听不懂了。

"对，造假。1993年回去的那幅画是假的。博物馆当时不愿意公开，又必须要给文管会和政府一个交代，于是谎称画找到了。"

汤勺眉毛动了动，眯着眼睛望着胡凯，"你怎么知道当时回去的那幅画是假的?"

"你见过原画吗?"胡凯微笑着问汤勺。

汤勺点点头，"我见过，画最早进入博物馆的时候，我就见到过。"

"后来呢?找回来之后，你还见到过吗?"胡凯又问。

汤勺想了想，如实回答说："没有。后来1993年的时候画再次出现，博物馆害怕再被偷，于是就放进了瓦萨里长廊里面，具体在哪里我也不知道。每一次瓦萨里长廊开放，似乎都见不到那一幅画，所以后来我也没再见过……我一直以为当年回去的是原件。"

"这就是为什么当时警局和博物馆的人员调动那么大，几乎当时在职接触过这个案子的，全部被调职了，不管级别高低大小，就是因为怕他们把原件究竟是什么样的泄露出去。所以后来的人，根本就没什么人真正见过原件。都以为那一幅就是原件。"

我听到这里，冷汗直冒。也就是说，那时候失窃的画，确实是第一时间就被什么人放到了我的店铺里。

"你怎么知道?"汤勺问。

"我当然知道。原件是 ALAN 宋以私人名义卖给博物馆的，后来又被他给偷回来了，因为这是当时我的父亲给他开的条件。他欠了我家三千万欧元的债务，我父亲说，假如把这幅画弄回来给他，债务就一笔勾销。于是 ALAN 宋又冒险把画偷了回来。所以这画一直都在我家。哪里都没有去过。"

"大鹰……"我不禁张大了嘴巴，事情居然这么离奇。

"那你父亲为什么要这幅画呢? 你一早就知道画里的秘密了?"汤勺又问。

胡凯摇摇头，"画里的秘密我并没有很早知道，可以说没比你们早。我父亲是我父亲，他做的事情我曾经是不可以过问的，直到……"他深吸了一口气，却没有把话说完，"至于为什么，时机适当的时候，我会告诉你。"他眼中的秘密里，包裹着一层忧伤的神色。我很想知道，那层忧伤神色里，又会有什么样的秘密。

"你刚才说，当时费德明坐牢是因为协助偷窃和造假，指的是那幅假的画吗? 可那幅画……"我看了下汤勺，"好像是同时代的赝品啊……"

"是不是那幅，或者是哪一幅，我都不知道。这些都是后来我查到的事情。但是我相信，他应该是被套上了莫须有的罪名。只是不知道这黑锅他是帮谁背的，也不知道这么多年，他始终没开口说一个字究竟是为什么。我后来找过他的老婆女儿，似乎之前一直生活在那里，从他出来后，也就是混入我们这里之后没多久好像就不见了。周围也没人再见过她们。"

我和汤勺都陷入了思考。当时他说，他的老婆和孩子都在"他"手里，是不是这么多年，他都有不得已的原因才一直保持沉默呢? 背后的那个"他"究竟是不是歌里? 但是奇怪，歌里那个时候才多大啊，如果是从那个时候就开始威胁他的话，歌里的年纪也不大可能……

"哦，不过说到造假，当时确实有个人很有名，她叫尼可，是个女画家。特别擅长模仿各个文艺复兴时期画家的画作。但她只是模仿，倒是从来没有什么造假丑闻出现过。究竟有没有做过我就不知道了。"

"那她现在在哪里?"我问。

"死了。"胡凯说，"1990 年，也是那一年，发生失窃案之前，她就被烧死在家里了。好像是为情所困，自杀。"

不知道胡凯用什么手段帮我们摆平了从热那亚带回来的麻烦，不光是警察没有找上我们，电视台新闻也不再提起发现卡丘尸体和海军司令部爆炸的事情。胡凯说，海军司令部那事他并没插手，似乎是他们自己再一次封锁了消息。他只是找人去说明了一下，拿回了当时热那亚警方做的两张关于我们的人脸拼图，告诉警方我们出现在那里只是去帮他办事，没有杀人也没有放炸弹。

我到现在也没搞明白，他到底是怎样的人物，一个中国人居然能在意大利的黑白两道横着走。

汤勺没有问胡凯任何关于宫殿和羊皮纸地图的问题。我其实想问，却被汤勺拦下了。

他说："他觉得可以告诉你的时候他自然就说了，现在怎么问都没用。"

只是，我们现在的任务不是等着胡凯来告诉我们关于地图和宫殿的秘密，我们还有事要查清楚。我和汤勺分头行动，他去查费德明，通过他或许能查到更多一些当年那桩博物馆失窃案的线索。而我则去查尼可。

关于尼可的信息，网上资料并不多。毕竟 1990 年还是一个网络信息科技并不发达的年代，那时候舆论也不发达，她又去世得比较早，网上能查到留下来的信息，多半都只是报道了她自杀于家里的事情，原因也就是一句"为情所困"，和胡凯说的一样。其他都是无处可查。

倒也不是一点收获都没有。我翻了大半天的网页，终于在一篇写文艺复兴和当代模仿艺术的文章里，找到了一点有用的信息。文章里提到了尼可，称她为 20 世纪 90 年代模仿艺术的代表人物。只可惜遇到了一段没有结果的感情，于 1990 年 2 月 26 日星期一在家中自焚身亡，年仅三十二岁，紧跟着下面还有一张她的照片。我把照片保存了下来，并用打印机把它打印出来。照片下面还写了一句：这是她曾经的工作室地址。可惜她没有朋友，没有学生，也没有亲人。在孤儿院长大的她，生性孤僻，离群索居。没有人把她当年的画室保存下来。

这段话下面还贴了一张图片，我离开电脑去打印之前还没有缓冲出来。

打印机在数据监控室里。我走进去的时候，克里正在对着他的电脑吃不知道从哪里变出来的麦当劳。

"你要来点吗？"克里拎着手里咬了只剩一半的鸡块在我面前晃了晃。

我摇头，"吃过了。"他电脑上的一堆白色的数据在黑色的底面上突然自己动了起来，"这是什么？"

"哟！来了！"他放下鸡块，在边上不知道谁的T恤上抹了一把手。

我赶紧凑过去。那些白色的看不懂的数据一行行飞快地往上，又骤然停住了。克里等了足足有十秒钟，看着页面完全不动，他在最下面的鼠标显示输入行后面，输入了一组乱七八糟的东西。

回车。

"噔——"。电脑的音响里发出了错误输入的声音。

"哈哈！"克里把页面叉掉，重新拿起剩下来的半个鸡块沾了点番茄酱塞进了嘴里，一边嚼一边看了我一眼，用小指指着屏幕对我说，"这二层码绝对是高手做的，我还从来没碰上过解不开来的密码。内部加密的二道密码，第一层你们走的那天，我就已经破解了，本来以为第二层很容易，结果到现在还没破解。里面被设计了无数次故意诱导你的错误指令，只要你中计，就意味着自动叠加了一层密码保护，呵呵，高明，高明！"他边说眼睛里边闪烁着兴奋的光，可我完全听不懂。

"你的意思就是还没破解。"我说。

"快了，快了！我现在已经摸清他的路子了，这下就好办了。刚刚你看到的就是我做的破解实验，不出意外，今天晚上就可以解出来。"

做了这么缜密的密码加护，说明这里面的东西一定很重要。

我拿了打印出来的那张尼可的照片，仔细看了看。女人长得并不是非常美，但是眉眼让人看得很舒服，栗色的短发，看起来很清爽。这模样让人有种似曾相识的感觉。

我回到电脑前，那张图片也被缓冲出来了。我用鼠标把界面往下拉。然后我愣住了。

电脑屏幕上是一张照片，照片里正是我的那家古董店。

我惊讶地深吸了一口气。

何钥匙追着小贱跑到了我边上，看到我呆若木鸡地对着电脑，就凑过来看了一眼我电脑上显示的照片。

"咦？这是什么？"

我还没反应过来，他又说，"这家古董铺子我去过。"

"你去过？"

"应该说，我去的时候，已经是古董铺子了。"他说。

"什么意思？你说具体一点。"

"我小的时候去过几次，我记得没错的话，曾经好像是一个画室。那里面的阿姨我认识，是我爷爷的朋友。"他转眼又看到了我放在桌上刚刚打印出来的照片，指着说，"就是她。咦？你怎么有她的照片？你也认识？"

"你认识她？"我惊讶地一把抓住何钥匙，"你看看清楚！你真的认识照片上这个人？她的名字叫尼可。"

何钥匙被我突如其来的举动吓了一跳，"你干吗这么惊讶？我认识啊，不过后来有好多年都没再见到了，叫什么我不知道。我爷爷去世之前，给了我一样东西，还给了我一个地址让我去把东西放在那里，说是那个阿姨的东西。但是他说不用找她，进去把东西放到指定的位置就好。他给我的地址就是那个画室的地址，我从小到大去过的地方都记得路。不过我去的时候，发现那里已经变成古董铺了。而且那店一会儿开一会儿关，指定的位置又比较尴尬，所以我就找了一天晚上溜进去。好像就是前不久，嗯，过去没多久。"

我脑子已经有点转不过来了。前阵子，何钥匙居然去撬过我的店门。

"你干吗这么惊讶？撬门是很正常的事情，而且我也只是进去放东西，又不是进去偷东西的。只是那天我才进去放完东西，还没来得及在店里转一圈，就听见有人进来了。我当时觉得是店主回来了，所以就溜了。后来想想，可能是另一个小偷。"他说完捂着嘴笑了起来。

"你再说一遍?！什么?！"

我的记忆被扯回了那天在酒吧被人催眠的晚上，我和汤勺冲到店里的时候，在门口碰上了那个伪装的酒鬼，我一直以为就是那个女人来撬门并且偷走了画和材料，没想到撬门的是何钥匙！

"你当时有没有在里面翻东西？"

"没有啊！"何钥匙一脸清白无辜的表情，"哪里有时间翻东西啊！我才放好东西，就听见有人进来了。那人倒是好像在翻东西。我当时觉得大概是店主想看看有什么东西少了吧。后来想想可能性不大，那人进来都没有开灯，大概是过路想蹭一脚的小偷。胆子还真大，看到门开着，就不怕店主在里面哦。"

我咽了下口水，"你见到那人长什么样子了吗？算了算了，你说那人没开灯你肯定没见到……你在店里究竟放了什么东西？你爷爷给了你什么东西？"我觉得浑身的血液直往脑袋里冲，瞬间变得有点语无伦次。

"我……我不知道啊，我爷爷给了我一个布包裹，我不会随便拆别人的东西看的。我没看里面是什么。"

"走！"我拉起何钥匙就往外面走。

"哎哎哎，你这是干什么？去哪里？"

小贱站在沙发上歪着脑袋看着我们。

"去古董店。"我回头看着何钥匙叹了口气对他说，"我的古董店。"

胡凯没说我们必须在城外的别墅里待着别动，汤勺一早就出去了，说是回警察局调查事情，也没人拦着我们不让我们走，说明现在的时机应该没有之前危险了。毕竟两张羊皮纸地图都在胡凯那里，既然危险转移了，那我们可能已经不再算是目标了。

不过我把车开出去之后没多久，一上城内高速，就发现后面有车跟着。何钥匙看了一眼反光镜，"应该是那个凯爷的人。"

我特意从城区的外圈绕了一大圈，才往市中心开。不管是凯爷的人还是其他跟踪我们的人，这个事总归也是要弄清楚的。这事还真是全都这么凑巧，凭空出现的何钥匙，不光到现在没搞清楚来头，而且他家还与这些事有着一种说不清楚的关联性。不知道是不是老天有意送来给我查清楚事实的。等下……是老天，还是山川？想到这里，又不免瞄了一眼何钥匙，看起来最没有伤害性的人，往往全都是秘密。

我停好车，四周看了看，便带着何钥匙抄了小道去阿尔彼兹街。一路上我在脑中不停地思考这些问题。阿夫杰的死亡时间是 1990 年 1 月 23 日，尼可的死亡时间是 1990 年 2 月 26 日，而博物馆失窃案发生的时间在 1990 年 3 月 9 日。也就是说，这三件事是连在一起发生的，我有种直觉，这三件事之间肯定有关联。

今天周一，阿尔彼兹街上人不多，很多商店和餐馆都不开门。姜卡罗的店门也紧闭着。上次那件事情之后，不知道他后来究竟怎样了。

何钥匙满脸震惊，看着我掏出钥匙来开门，才半信半疑地问我："这真是你的店？"

我瞪了他一眼，把卷帘门拉了上去。

"不是我的店，我就该撬门了。你既然能来撬门，居然不知道店主是谁吗？"

他双手一摊，"这跟我又没关系。每次过来店都没开门。我怎么知道是你的店……我又没见过你。"

拉开店门，空气里立刻飘出一股夹杂着陈旧气息的灰尘味道。

何钥匙进来之后，我把门放下来，只留了个离开台阶很小的细缝，转身对何钥匙说："说，东西在哪里。"

"切，你什么态度？你这是求我的态度吗？跟逼供似的。我可以选择不说的。"他一脸大爷的样子总是显得特别欠揍。

"没时间跟你耗，这信息很重要。你快说。"我耐着性子对他说。

"你先告诉我，为什么你要知道。这是别人的东西，我有选择保守秘密的权利的。"

"你爷爷有说不让你告诉别人吗？"

他朝天翻了个思考的白眼，"那倒是没有。"

"那么好了，这是我的店，你撬了我的店藏东西，我总有知道的权利吧。"

何钥匙有点无奈地朝储藏室移动过去，边走边嘀咕，"我怎么知道是你的店，这也太巧了……"

我心说，这家伙不知道是真傻还是装傻，假如是真傻，凭这天真纯洁无污染的智商活到这么大确实是非常不容易，走在街上估计被人坑十次都不知道发生过什么。

他熟门熟路地走进储藏室，把储藏室门口的倒数第三块地砖撬了开来。

这店我蹲了这么久，还真不知道这里面居然还有活动的机关！

"你爷爷有没有告诉你，为什么要把东西放来这里？"我问他。

"那倒是没有。我只是按照他说的话去做。至于是什么，为什么，我真的什么都不知道。"他从底下拿出来一个青灰色的小布包裹。

"等下，这是那个阿姨的东西。万一人家回来拿呢？"他把包裹往身后藏了藏。

我无语地再度从身上掏出来那张打印的照片，用手指着上面的人对他说，"何钥匙你听着，这个女人，她，叫尼可，她在 1990 年就死了，除非她的鬼魂回来，你假如真的见到她的鬼魂麻烦告诉我，我有事情要问她，还省去了这么多麻烦。"说完从他手里一把抢过包裹。

包裹很轻，拿在手里一点分量都没有。到底里面藏了什么？

我刚想打开来，就在这个时候，突然——"丁零零，丁零零"——我店里的固定电话响了起来。

第六十六章

FIRENZE
尼可的痕迹

听到这久违的声音，我一阵心惊。何钥匙也被吓了一跳。

"什么东西？"他一脸见了鬼的表情。

明白是固定电话之后，我长吁了一口气，走到电话边上，接起来，"喂？您好。"

对方没声音。我又"喂"了两声。还是没声音。我浑身已经起了一层鸡皮疙瘩，瞬间有了一种大白天见鬼的感觉。

当我准备挂掉电话的时候，听筒里却传出来"喂喂"的声音。

"谁？"我的耳朵里充斥了心脏撞击血管的节奏声，对着话筒大叫一声，把一边的何钥匙直接吓得一屁股摔到了地上。

"我！喂了半天怎么不说话？"电话里传来汤勺的声音。我松了一口气，再一看，原来是电话线有点松了。

何钥匙收起一脸被惊吓的表情，拍着胸口从地上爬起来。

我紧了紧电话线的接口，问他，"你在哪？"

"警局办公室。"他说，"我打电话给小四，他说你带着何钥匙出去了，打你手机不通，我想有可能你去了古董铺，所以打个电话试试。"

"我怕被人追踪，所以故意没带手机。你还真灵。你那边怎么样？"

"我现在过来，过来再说。"说完他就把电话挂了。

十分钟之后，他就到了店门口。我打开门放他进来，重新把卷帘门放下来。

"这是什么？"他看到了我摊在桌上的打开的布包。

我看了一眼何钥匙，对他说，"你先看看吧。"

我把布包打了开来。里面只有两样东西：一条项链和一封信。项链是白金的，一看就是有些年头的古董了。坠子是简单的椭圆形，正面有雕花，背面刻了一个 C 字。汤勺打开了坠子，里面一边镶嵌了一张很小的黑白照片，照片里是个咧开嘴笑的婴儿。

他把项链合上之后，我又把信递给他。装着信的白色信封因为时间过长，边角处已经有些泛黄了。汤勺把信纸从信封里抽出来。看着看着，他的眉头开始皱起来，咬着嘴唇，双眼紧紧盯着信纸上的每个字，来来回回看了好几遍。然后，他放下信纸，转头问我："这是哪里来的？"

我回头看着何钥匙。何钥匙马上说："你别看我呀！我真的什么都不知道！"

我把事情的原委说了一遍。汤勺听完之后沉默了很长时间。他默默地站起来，点了一根烟，不说话，只抽烟，面无表情，直到这根烟只剩下烟嘴和没掉下来的长长的烟蒂。整个店里瞬间变得烟雾缭绕。

"这些东西是尼可的?"他的声音在半空之中穿过烟雾，显得有些颤抖。

"信上署名了。"我说，"当然，也有可能是伪造的，虽然不知道出于什么目的……"我越说声音越小，或许这也是理性的推断，但我没有论据来支持这个论点，从而说服自己。比起汤勺来，我心里更多的是疑惑，"或许有很多种别的可能。或许那上面的名字也不一定指的就是你想的那个人。"

"你查到什么了?"我想先转移下话题。

他过了好半天才回答我："有关费德明的资料我暂时没找到什么。但是关于尼可的，我从警察局里查到了一些她的资料。她的死亡记录还在，但是因为过去太长时间了，案子也没什么疑点，所以当时的案件资料记录很可能已经被处理掉了。"他深吸了一口气，望着我继续说，"不过，我还是查到了一些东西。"他从口袋里掏出来两张被叠成豆腐干的纸递给我。

我展开来一看，是她的学籍记录。大学：佛罗伦萨美术学院油画系。中学：佛罗伦萨圣路易斯女校。小学：佛罗伦萨圣母诺维拉修道院。在小学这一栏的后面跟着一个联系地址栏，里面写着：圣得西亚路，十二号，圣母报喜孤儿院。

……

她竟然也是我们那家孤儿院出来的!

是不是巧合? 可能只是巧合而已。毕竟她与我们岁数相差很多，她和我还有山川，只不过都是孤儿，恰巧被同一家孤儿院收养了而已。不过，我的第六感告诉我，世界上很多的巧合会组成一些必然的事情，而这些巧合正好都参与在所发生的事情当中。

"她死之前，曾经开过一次展览，展览的所有收入，全部都捐给了这家圣母报喜孤儿院。"汤勺说。

"不管怎样，我们去一趟孤儿院。假如你不方便去的话，那我自己去。"汤勺站起来拿起外套就要走。我也跟着站起来，拿起外套，"我跟你一起去。"

"我怎么办? 这包裹怎么办?"何钥匙一脸无奈地望着正准备扔下他直接走的我们。

汤勺头也不回地说："你跟我们走，包裹放回原处。"说完拉开卷帘门出去了。

外面出了太阳，也刮起大风。汤勺快步走在前面，何钥匙一路小跑跟在后面。我们穿过几条无人的巷子，我的脑中全都是尼可写的那封信里的内容。我甚至能听见她的声音，就像她自己在读这封信一样。你肯定迫不及待地想问我，信里到底写了什么。我这就告诉你，或许看完这封信，你也会有和我有同样的想法：

我不知道你会不会有一天看到这封信，如果有那一天的时候，我想知道，会在什

么时候？你在哪里？而我又会在哪里呢？或许，永远也不会有这样的一天。

我曾经想过一刀两断之后，或许经历一段痛苦就可以彻底遗忘。可惜，人的大脑构造复杂，并且你没有办法控制回忆。于是，从那以后，我就活在了回忆里。我总是想起第一次遇见你的那天，你追着小偷，我追着你，在这座城市的老城区里面跑了十几条街。每一次想起来，我都会情不自禁地笑出声来。从此那条被你从小偷手里追回来的项链，又多了一重意义。他们把我丢进孤儿院的时候，没有在给我留下的这条链子里面放进任何他们的照片。我曾经甚至一度认为，那是他们因为扔掉我而给我的补偿，并不是为了留下记忆。幸好我没有真的卖了它。后来我明白了，它的存在是为了让我遇到你。我在项链背面刻了代表你的字母，可惜，我不曾拥有一张你的相片。

我没想到的是，后来我发现自己怀孕了。

我被确认这个消息的时候，我感到了害怕。在告诉你与退缩之间，我选择了把自己藏起来。我从来没有想过去破坏你的家庭，我也想过打掉这个孩子，可最终我没有下得了手。我生下了他，他很健康。他是个可怜的孩子，因为作为他的亲生母亲，我却在生下他之后没有办法面对他。我本以为拥有一个你的孩子，我可以带着他离开这座城市，或许也可以带着希望生活下去。可我在看着他的时候偏偏感到了痛苦，那种痛苦使我变得疯狂并且感到越发迷茫。于是，我把他送走了。我真是狠心。也许有一天，你会发现他的存在，也可能有一天，我早于你发现事实之前回来这里，把他带走并向他认罪。但不是现在。现在我可能要一个人离开这里一段时间。但愿他有一天会原谅我。

你的那几个朋友来找过我，从他们的话语中，我感觉得出来，你并不知道他们来找我帮忙的事情。这个忙我帮不了，也不愿意做。可能也是因为这件事，才让我下了离开这里的决心。我不清楚他们的计划，我希望你一切多加小心。

我把这封信和项链留了下来，我不知道你会不会见到它们。

最后，我想告诉你，我从来没有后悔过与你的相遇。我相信很多东西都是命中注定的，即便是你想躲开，该来的还是会来。就如同与你遇见的第一天，我也同时预见了我们的分离。但是在我们之间发生的这些故事，想起来都是最好最奇妙的回忆。

我向上帝起誓，我用我的生命爱你，卡尔。

22.02.1990 尼可

C 是 Caramello 卡尔梅洛的开头字母。白金项链里的照片应该就是尼可说的她生下来的孩子。

而尼可，很可能并不是自杀。

孤儿院的城墙很高，是典型的中世纪老建筑。石头是 15 世纪佛罗伦萨建筑里最常见到的佛罗伦萨大坚石，斑驳的黄色外墙远远看去就很醒目。

过了这么多年，这里还是一点没变，就连空气里飘着的泥土味也那么熟悉。

院子里有各种肤色的孩子在绕着中间的青铜像玩耍。青铜像底下的那截短平台，曾经是山川最喜欢的做画的地方。

这里到处都是曾经的影子。

唯一一间放置各种资料的办公室在长廊的尽头处，办公室里坐着几个修女，全都是新面孔，年纪也都比较轻。我孩童时代那些修女应该都年纪大了，去养老了。

"您好。"汤勺非常有礼貌地掏出他的证件，"我们现在正在办的案子，需要你们提供一些资料。"

戴眼镜的修女站起来，打量了一下汤勺，仔细看了几眼他的证件，点点头，"好的各位，需要什么您说。"

"画家尼可您知道吗?"汤勺问。

"知道。"修女点点头，指着办公室的墙壁说，"这里好多画都是她专门画给孤儿院的，我没见过她，但是听过她的事。"她叹了口气，"挺可惜的。"

"她是在这个孤儿院长大的吗?"

"是的。"

"这里有留存她的档案吗?"

"老的档案没有了，孤儿院的孩子太多了，这里的资料档案会在孩子离开这里的时候随他们一起离开。不过我可以找找看，或许有她生前的活动记录。"

十分钟之后，她拿过来一叠文档递给我们。"这里有她给院里捐款和画作的记录。"她说。

汤勺把资料打开来，前面那叠文件是捐款记录，在 1986 年的时候，她曾经办过一场名为"孤子"的画作展览，其所得都捐献给了孤儿院。那次捐款也是数额最高的一次，档案里有很多画作照片。

"这些都是那场展览里面保留下来的作品，曾经被用做这里的孩子学画画的素材。"修女指着那些画作照片说。

汤勺一张张很快地翻过去。

忽然，似乎有什么在汤勺随意翻过的页面之中闪了过去。"等下！"我按住汤勺的手，把画作照片往前翻回去了两页。

我把其中一张照片从照片夹里抽出来，照片上的画框里，有一棵树。只有一棵树。

"这张画……"我皱着眉头仔仔细细看，瞬间心中一惊，"艾尔？"

"你说什么？"汤勺问。

"艾尔，"我指着画中的树说："这和那张山川画的树一模一样！"

"都是树，你怎么看出来是一样的？"何钥匙凑过来。

"影子。"我说。

树孤独地立着，树下的地面上斜出去的影子看起来形状很特殊，像是一个人的影子。我记得当时山川画的那棵树，地面上也同样有这样的影子，她告诉我，树的名字是艾尔。

"有字。"何钥匙指着最下方的一行小字念道，"愿你在此茁壮。"

"听以前的老修女说，这是孤儿院里年纪最大的一棵树，可惜后来不知道为什么在火灾中烧毁了。"戴眼镜的修女说。

"火灾？"

"嗯……其实也不能说是火灾。据说当年这里有过一个孩子，也喜欢画画，后来被恶魔附了身，用她的画诅咒死了一个男孩。另外有个男孩子在一天夜里带着她跑了，就是那天晚上，后院起了火，烧毁了好些树，其中就有这一棵。他们都说那是恶魔离开时留下来的火。"

汤勺听到这里望了我一眼。

我在心里嘀咕，简直是一派胡言！我带着山川离开的时候，什么时候放过火了？但是想起当时的事情，确实有些离奇，山川的画变成了现实，那个大块头的男孩以画中同样的方式死了，那棵名叫艾尔的树又被烧了。

啊，对，还有艾尔。

"艾尔这个人你知道吗？"我问。

"艾尔？"修女想了半天摇了摇头。

"那个男孩子是在院里接受尼可的画展补助时，最后一个进来的孩子。"有一个年纪相对比较大的修女大概是听到了我们的对话，从身后的椅子上站起来说，"那时候同批进来的有十个孩子。十个孩子被分配到一个房间。其他人相处得都还不错，就只有那个小孩，一声不吭，平时也不和其他孩子一起玩。"

"您是说，艾尔？"我问。

"应该是，如果我没记错的话。孩子们的床脚其实都有名牌和编号。但是我当时不是主要负责他们的，因为刚来，所以仅仅只是帮忙。我大约记得这个名字是因为，后来这个孩子失踪了。就在有一天，突然失踪的。"

"失踪?"

"是的。"她点点头，"那天其实很混乱。因为连续不断地发生事情。那个传说当中被恶魔附体的女孩子被另一个男孩带着跑了，紧接着是后院失火，烧着了一大片的植物。到了后半夜，他们才发现那十个人一起的房里少了一个孩子，找到天亮也没找到。后来也只能算了。我没记错的话，那个孩子就叫这个名字。"

什么?! 那就是说，假如这个修女的记忆没出错，那艾尔和我、山川是在同一天离开孤儿院的。

汤勺把那张艾尔和歌里的合照从口袋里摸出来，递到那位修女的面前，指着艾尔问:"您看，是不是他?"

修女盯着他手里的照片看了好长时间，然后说，"我说实话，对这孩子我真的没什么印象了，但是好像不是照片里你指的这个人。虽然我印象模糊，不过你看，"她指了指照片里面艾尔露出的半截胳膊说道:"我唯一记得很清楚的是，那孩子的小臂上有块胎记。我不知道是不是照片角度不好，所以没有拍到，可总感觉不像。"

"小臂?"汤勺收回照片，"你确定是小臂?"

那位修女皱着眉仔细回想了一下，"没错，我肯定是小臂。那孩子有次因为爬树摔伤过，伤到了手肘，是我带他去的医疗室。我看到他小臂的胎记特别明显，像个字母C，所以我记得。没错，没错，一定是小臂。"

"字母C?"我惊讶地问道。

修女点头说:"形状特别明显，不知道是不是胎记，也有点像烫上去的。但是印记不深，我看着像是胎记，是很明显的一个字母C的形状。"

汤勺若有所思地点点头。

这事倒实在是有些蹊跷，艾尔是孤儿，档案里写着这家孤儿院，而曾经照顾过他的修女却说档案照片上的人不是他。

字母C……难道不是胎记，而是人为的?

我的脑中闪过的想法着实把我吓了一跳。无论怎样，在没有证据之前，一切想法和怀疑均是猜测。

"我们能不能去看看当年关那个被恶魔附体的女孩的房间?"我问。

修女的表情有些为难，眼珠子转了半天之后，对我们说:"那个地方从那天晚上起，就被孤儿院封起来了。我得去问问院长，看看行不行。"

她找来了院长。当然，不是以前那个院长。曾经的那个院长当时都差不多有六十岁了，这个院长看起来顶多不过五十来岁，胖乎乎的，有点面善。

她把我们带到了她自己的办公室里，关上门，目光犀利地打量我们三个人。

"您好，院长。"汤勺再一次掏出他的证件。

她没看证件，而是越过汤勺把目光落在我的脸上。

"是你……"她眯着眼睛盯着我的脸。

"您认识我？"我有些惊讶，她虽然面善，但是我的记忆之中似乎没有这样一张脸。

她看着我说："没错，一定是你。别人我不记得，但我记得你。"

她说，她是当年被圣佳璐修道院派来驱魔的修女之一。

"驱魔开始的第二天我就发现问题不对，女孩身上没有恶魔。但除了我，其他人全都坚持说她身上有恶魔。我起初什么都不知道，后来事情结束之后才知道原因，可能是为了对那个男孩的死有个交代。据我了解，那个男孩被送到孤儿院是因为他父母出车祸去世得很突然，而他在美国的叔叔一时间来不及过来办接管他的手续。正好在他叔叔来办手续的前几天，他死了。这个事情没法交代，在有亲戚接管和已经被领养的孩子身上发生这种事，如果不以宗教名义解决，那孤儿院可能会担负刑事责任。当时也确实只有这一种交代方式，无从选择。虽然我不知道为什么会发生那么巧合的事情，但是那个女孩看起来是无辜的。这么多年，我一直对发生在她身上的那些磨难感到自责。幸亏，后来她跑了。否则的话，最后的裁决是……火刑，对恶魔执行的火刑，其实就是对她。"

"火刑……"我喃喃道。

她把我们带到当年关着山川的那间房子面前。房子的门上挂着大锁链，和当年一个样子。墙根长了许多植物出来，把墙壁的斑驳映衬得更加明显。这个地方阳光照不到，阴沉得可怕。就是这么个熟悉的地方，我在无数次的噩梦中回来过这里。

她一边打开锁链，一边说："自从那晚之后，这里就被封禁了。这么多年一直没人进来过。当时还举行了封禁仪式，为的是把恶魔带来的亡灵封禁在里面。"

何钥匙听完一哆嗦，一脸害怕地躲到了我身后。"那你还带我们进去。"

她转身一笑："女孩身上根本没有恶魔，哪里来的亡灵呢？"

铁门哗啦啦发出巨大的响声，在开起来的那瞬间，响声在半空戛然而止，里面一股霉味和灰尘扑面而出，我们被呛得连眼睛都睁不开。

等灰尘散开的时候，立刻又有了另一种感觉。一扇门之隔，里面简直像个地狱，无尽的黑暗就像要把你整个吞噬。

这基本上算是一个空旷的仓库房，什么都没有。中间摆着一张床，床边上挂着绑人用的宽带子。周围还散落着一些针筒和药物。

我在灰尘中一脚踩了进去，这里就是曾经关过山川的地方。我感到一阵心悸。

她到底在这里受到过什么样的折磨？他们又到底对她做了什么？

"看墙上。"院长指着墙壁对我说。

我抬头一看，在左手边的墙面上，有一团黑乎乎的东西。我站到正面，一眼便愣住了。这团黑乎乎的东西原来是一幅画，画中是一张男孩的脸。

"这是……"我伸手指着那张脸转头看院长。

"这是当时她用烧火的残灰画的。"她说。

男孩的眼睛望着我，望着我的眼睛，似乎要把我通过时间的隧道带回去。

这是我。那时候的我。

"所以我记得你。这张脸我当时反反复复看了很久。她告诉我，这是她哥哥，会来带她走。"

"所以，是你帮助我们逃跑的?!"我瞬间回忆起来那年，那天晚上，门锁也没有锁紧，一打开，山川已经蹲在门口了。

"不算是帮忙，我只是每天晚上都把绑在她身上的带子松开，并且把门锁挂松一些，等你来带她走。我相信那个男孩的死跟她没有关系，我不能看着一个无辜的孩子被活活烧死，但是我能做的也就那么多……对不起。"

"不，谢谢你。谢谢。"我向她鞠躬，如果不是她的话，山川可能早就死了。

那或许，也就没有后来的这些事了。我宁愿自己去地狱走一趟，也希望她活着。我一定会找到她，活着的她。我是她的信念，也是希望。不管发生了什么，我也一定要找到她。

我们带着相关资料，从孤儿院告辞出来时，已经快傍晚了。天空边际拉扯出来一条长长的火红色的云线，带着金色的晕染，在灰黑色的夜空里，看起来像一片火海。

我们没再回我的铺子，而是直接开车回胡凯的别墅。

从白天出来，到晚上回去，一路上都显得格外风平浪静，那些潜在的危机感似乎一下子就解除了。难道，真是因为羊皮纸的关系? 由于羊皮纸现在在胡凯那里，所以那些针对我们的危险全都结束了?

路上我问汤勺，去警局的时候有没有见到歌里。

汤勺说："他请了长休假。理由是身体原因。"

又一个巧合。我们拿到了两张羊皮纸，西木暴露，他就请了长休假。

"有说在哪里能找到他吗?"

"没有。我已经查过了，他的联系地址是假的。警局的手机一般都是局里的配备，他离开的时候，把自己私底下的常用手机号注销了。"

"呵呵，"何钥匙打完一个哈欠，突然笑了两声，"意大利的警察也是厉害，地址用假的居然这么多年都没有被查出来。"

汤勺透过后视镜，瞟了他一眼。

这时，汤勺的电话响了。他接完，转头望了望我，说："芯片的密码破解了。"

克里见到我们的时候，显得极其兴奋。他坐在电脑前挥着手对我说："你看，我说今天晚上吧！这些密码对于我来说，永远没有破解不了的时候！"小四站在边上翻了个白眼，"你破解二层码花了一个多礼拜的时间。别废话了，打开来吧。"

我屏住了呼吸，紧盯电脑屏幕。这个加密层里面，到底藏了什么？克里把解开的文件夹打开，里面有两个没有具体名字的子文件夹和一个文档。他点开了第一个，看起来像是一堆扫描件。我瞪大了眼睛，"这是……""阿夫杰当年的案件资料，看样子就是你店里被偷走的那些。"汤勺说。确实，电脑里的这些扫描件就是当时汤勺给我的资料，被点开的扫描件里都是一堆看不懂的俄文。翻到最后两页，突然跳出来一张好像是意大利文的资料。

"慢着！是什么？"汤勺从克里手里夺过鼠标，把扫描片退后到了前一页。这页资料确实是意大利文。

"是办案记录。"汤勺说。

那上面写着：

非自杀可能性，列案陈述。1990年1月23日，目击者（博物馆相关清洁人员口供报告记录）口供证实，当时见到阿夫杰和另一个人站在靠近阳台的位置说话，时间大约在晚上七点左右（正当博物馆闭馆的时间），再转回到阳台附近的时候，两个人均已离开，最后确认时间根据陈述，清洁人员返回现场大约在当天晚上八点一刻左右，为确认馆内门窗和设施是否全都关闭，检查完后离开。阿夫杰自杀时间：晚上八点五十分，现场无目击证人，无挣扎痕迹。最后判定自杀（但不排除他杀可能）。

我看到最后那句的括号时，有点被噎住的感觉。这份资料绝对是汤勺之前给我的那堆以俄文为主的东西里面没有的，应该说，这一份资料，是到目前为止我所看到关于阿夫杰那桩自杀案的陈述最完整的资料。

"但不排除他杀可能……"汤勺喃喃自语道，"不过中间的时间间隔这么长，到底发生了什么，谁也不知道。不排除他杀可能，也就是说自杀可能性还是占了主要。"

克里又点开了后面的那个文件夹，这个里面有一堆模糊不清的照片。克里接二连三地点开来，十二张照片每一张除了噪点之外，就是黑色一片。

"这些是什么？"何钥匙把头凑过来。"这是现代照相机对着老式相机拍出来的照片吧？"他皱着眉头说，"其实，你看，那上面是有东西的……"他说着说着就拿整个身体都挡住了电脑屏幕。

现代照相机，对着老式相机拍出来的照片……什么意思？老式相机……"老式！"

我一把扯开挡着电脑的何钥匙——他说得没错！这些照片假设是1990年拍的，那么当时的拍摄条件有限，这么暗，一定是在没打光的地方拍的。会是哪里呢？

"老皇宫里面。"汤勺盯着照片看了半天，突然说道，"这是老皇宫。"他转向克里，"你会图质分析吗？有没有条件把照片的清晰度还原到最高？"

克里愣了一下，随即点点头，"不过需要一点时间。这里条件有限，给我一点时间。"最后还有个文档，克里一边点开文档，一边嘴里念着："你们看完这个就出去，我尽快把照片弄出来。"

文档里面是一连串的名字：廖思甜、卡洛·齐德蒙、西蒙·西木、克劳迪欧·卡斯特尔、欧枚洛·切尔克、菲利普·费雷拉、德西·卡尔梅洛，七个人。这是当时专案小组的人员名单，汤勺曾经跟我说过。

而最后一个名字，是汤勺他父亲。我瞄了一眼汤勺，他看到名字只是微微皱了下眉，显得很平静，没有惊讶也几乎没有表情的变化。

这七个人之中，汤勺的父亲德西·卡尔梅洛死了，菲利普·费雷拉死了，"老西木"也应该是死了，廖思甜疯了。剩下来的三个人，应该说还是行踪不明。这些人的名字出现在歌里的芯片档案里面，为什么？我觉得，歌里似乎是在查什么。

我们坐在客厅里面，大家谁也不说话。何钥匙躺在沙发上睡着了，这一刻也只有他可以完全没有心事地睡觉，小贱在他的肚子上慢悠悠地来回踱步。

克里没说他的照片还原需要多长时间，但是看小四的脸色，估计时间不会太短。小四说，克里的技术很好，只是在没有仪器协助的情况下，也只有耐心等一等了。

我满脑子都是那些照片里的黑色，满脑子都是在孤儿院看到的那面墙上我自己的模样。我原本想问问汤勺有什么想法，但是一转头，就看到他神色凝重的脸，便也知道不好开口说什么。一想到尼可的东西，和在孤儿院打听到的消息，我相信他这一刻什么话都不会想说。假如说艾尔真的是……我不敢再往下面想了。

时间一分一秒地过去，就这么一直到了晚上十一点。胡凯来了。开门的是艾力，那个北欧的金发厨师。他今天没有穿厨师装，而是一身素白色的便装，看起来很清爽。小四对他很恭敬，看来他应该是胡凯最贴身的保镖。

胡凯在沙发上坐下来，眼神在我们几个身上轮转了一圈，最后停在何钥匙身上。何钥匙半个身体挂在沙发上，张着嘴淌着口水，呼呼大睡。胡凯笑了笑，让艾力拿了一条毛毯盖在他身上。

"怎么样?"他随意地问道。没人知道怎么回答这种高难度问题。

胡凯开始随意地摆弄小四刚刚在他面前铺开的茶具,一边摆弄,一边说:"你们准备准备,我们这周末就要动身了。"

"动身?"我有点蒙,"什么意思?"

汤勺也抬起头来,看着胡凯。"你的意思是……"

"对。"胡凯给我们一人递了一杯茶,"我今天来的目的,就是想跟你们说下,时间差不多了,该准备的我已经准备得差不多了。"

"那第三张羊皮纸呢?"汤勺问。

"第三张羊皮纸?"我本来还一头雾水,被汤勺这么一问,瞬间恍然大悟,胡凯说的动身,指的是,去那座宫殿。

"找不到。我怀疑……"他喝了一口茶说,"可能在宫殿里面。"

"你怀疑?"虽然见识过胡凯的实力,但现在这个话题有些说不清楚。毕竟清楚的似乎只有胡凯一个人,而我们连宫殿具体在哪里都不知道。

"宫殿在哪里?"果然,汤勺和我的想法大概是一样的。

胡凯没有立即回答,他喝了一口茶,朝艾力使了一个眼色。艾力从身上掏出来那两张羊皮纸。这两张羊皮纸已被他拼接到一起,这样看起来上面的路线和整体布局显得更直观。

所有的指向型虚线都连了起来,整座宫殿的前半部分结构也大致呈现了出来。说"大致"是因为,这仅仅是被简化过的建筑图,只能从被简化的线条大致猜测一下所包含的结构。而这两张羊皮纸看起来更像是地图,那些虚线标注出来的路线,在缺失的底部戛然而止。但是光从这张地图上,我们依旧没办法辨别宫殿的具体位置。

羊皮纸地图摊在桌上,胡凯的手指游走在雅典神庙之前的那条标记了很多框框的走廊上,"你们看这个,能看出来是什么吗?"

我又想起来了那张在七楼拿到的,被涂黑了一整段的小地图。假如能看出来是什么的话,早八百年就已经看出来了。

"你知道的话就直接说吧,反正你迟早也得告诉我们。"汤勺显得有些不耐烦,我很少在他脸上看到这么急躁的表情。

胡凯倒是没什么反应,只是抬起头来看了汤勺一眼,"看来,你去查的事情一定是有了新的进展。"这个人似乎有一种看穿世界上一切真相的眼力。

胡凯把茶壶和茶杯放下来,不紧不慢地说:"这是一条走廊,你们都知道在哪里。"

"瓦萨里长廊?!"我脱口而出,讲出来之后却被自己的这个结论给震住了。

胡凯笑起来,点点头表示肯定了我的猜测。

原来如此,之前拿到的那张小图和羊皮纸上看到的那段指的当真全部都是瓦萨里长廊。也就是说,宫殿的入口是和瓦萨里长廊连接在一起的。这怎么可能呢? 瓦萨里长廊由老皇宫起始，连接了乌菲兹美术馆，经过了圣菲力切教堂，一直到河对岸的皮蒂宫，出口就在蓬塔兰迪的怪石喷泉旁边。从这一公里的长度里面，哪里可能还有空间延续出来另一座大型的建筑宫殿呢？我看了一眼汤勺，他皱着眉似乎也在思考同样的问题。

胡凯大概是感觉到了我们的疑问，一边给我们倒上新泡的茶，一边语气随意地说："你们看到的未必就是真的，有时候最会骗人的不是语言，而是人的眼睛。"

他并没有给出更多的解释，喝完一轮茶，他就起身离开了，似乎对克里正在做的事情也毫无兴趣。他关注的，永远只有他想关注的东西。而接触了这么一段时间下来，我们对他的习性也算摸索清楚了，只要是他暂时不想告诉你的东西，你问再多也没用。等他想告诉你的时候，他觉得该让你知道的时候，他自然会告诉你。

克里的工作一直持续到半夜两点。"成像出来了，你们过来看吧。"克里从屋里走出来，打了一个大大的哈欠。

"完全还原成像难度系数比较大，你们看到的已经是最大值还原了。这也是我能做的最大值。"他一边说，一边点开已经暗掉的电脑屏幕。

这些图像还原得并不清晰，受到技术和条件的限制，它们的背景还是昏暗的，黑乎乎的一片，只是它们被无限放大了！

我终于明白了克里口中的最大值究竟指的是什么——当年那个用老式相机拍照的人照相时，应该是属于偷拍，他站在一个比较远的地方，所以拍出来的画面很小，成像模糊。克里所做的还原，是把原本的小图极尽清晰地无限放大了，于是，我们看到了黑乎乎一团当中所包含的人像内容。

第一张，是一个站在窗边的女人，长发，应该就是阿夫杰。第二张，还是她自己，但是她侧了身，似乎有什么人在走近她。第三张，有个人出现在相片的角落里。第四张，这个人已经站在了阿夫杰的身边。第五张，阿夫杰背靠着栏杆，正面对着此人。第六张，这个后来出现的人，独自站在阿夫杰刚刚站的位置，背对镜头，而阿夫杰已经不见了。

这个人，是他把阿夫杰推了下去。

不是他，是她！是个短发的女人。

我抬眼看了一下汤勺，他正目不转睛地盯着电脑屏幕。所有照片都放完之后，汤勺沉默了一会儿，说："那个女人，好像是廖思甜。"

这一晚，有点难以入眠。

对于铺天盖地而来的信息量，我的大脑负荷几乎已经达到了极限。只觉得脑中除了嗡嗡的声响，什么都没有。

何钥匙半夜从沙发上爬起来，抱着小贱迷迷糊糊进了房间，躺下来继续睡。汤勺侧坐在房间靠窗的椅子上，一根接着一根地抽烟，也不说话。他的背影在窗口的月光边显得尤为暗色，也可能是夜里带来的近乎窒息的压迫感，让我也不知道应该开口与他说些什么。

廖思甜。

她的名字和模样不停地从我脑中晃过，如同噩梦。

如果推阿夫杰下楼的那个女人，真的就是廖思甜的话，她的杀人动机究竟是什么？而她又是怎么变成了现在的样子？当时拍照的人又会是谁？

这一连串的问题，都没有答案。歌里给这些东西加护了两层密码，他是不是也做过照片分析，把照片看清楚了？可是他的目的又是什么呢？他和廖思甜是什么关系，和当时的那个专案小组又是什么关系？他究竟在调查什么？

我脑中的线索越来越乱，我索性一个翻身从床上坐起来。

何钥匙忽然也跟着我坐了起来，把我吓了一跳。

"你睡醒了？"我看他居然迷迷糊糊地睁着眼睛。

听到我的问话，他转过来看着我，突然冲我伸出手来，"你这个女人，快把钥匙还给我！"说完这句，他又啪嗒一声，躺了下去。继续打鼾。

原来是梦话。小贱被他吓醒了，从他身边钻出来，跳到他的肚子上，喵了两声。它的眼睛发出绿幽幽的光。

女人……钥匙……

他口中的女人，是指的山川吗？钥匙……山川难道拿的是他的钥匙，而不是财神像？

或许只是纯粹的梦话。

"你不睡吗？"汤勺灭了烟头，转过来望着我。

"睡不着。"我走到他边上坐下来。

"快天亮了吧。"他看着窗外依旧墨色沉重的夜，喃喃自语。

在我的印象中，没见过他这样的状态。但是他心里在想什么，我并不清楚，就算想安慰几句，也找不到合适的插入点，也找不到合适的句子。

我点了一根烟。

"我大概见过她。"他在我吐出的烟雾中，转过头来看着我。

我知道他在说尼可。

"看完那封信之后，我就记起来了。哪一年我不记得了，但我大概记得她的样子。那时候是夏天，天气从早上开始就很热。我爸本来要带我下楼吃早饭，刚走到楼下，她就出现了。站在不远处的梧桐树荫下，穿着一身白色的长裙。很年轻很漂亮。她挥起手来，我很快明白他是在冲我父亲挥手。我父亲让我自己去咖啡吧等他，后来他隔了大约十分钟才来。我问他那是谁，他说是一个在他工作的时候受过帮助的人，特地来感谢他的。我想，那就是尼可。"

"那个孩子……"他轻声说，"我想，可能……应该就是他，艾尔。"

我虽然一直有着同样的猜测，但是仍旧在听见这个名字的时候感觉到心脏地震了一下。可是，关于修女说的胎记，照片上确实没看到。

他又把那张歌里和艾尔的合照掏出来，盯着看了将近五分钟。

"但是……"他说。

可他没有把话说下去。他把照片收起来，灭了烟，对我说："明天早上我去一趟瓦萨里长廊。"

我说："我也一起去。"

他点点头，"睡觉吧，否则的话真的天亮了。"他说完，就站起来走出了房间。

何钥匙在床上翻了一个身，鼾声变得更大了。

我也不知道在什么时候迷迷糊糊睡着了，醒过来的时候，外面的天已经彻底亮了。

"这里的冬天怎么一个劲地下雨，一下雨我就内心不爽，一不爽我就想吃好东西，偏偏这里什么都没有……"何钥匙站在窗户边上嘟嘟囔囔地抱怨着。

"你想吃什么？"

听到这个问题，他突然就来劲了，"我要吃火锅，串串，冒菜……"我几乎看到他那呼之欲出的口水已经悬在嘴边上了，赶紧打断，"行了啊你，说得你像是天天吃这些一样……"

"你给我材料，我什么都可以给你做出来。这些都不算什么！我可是厨神！对了，兔腰，兔腰，你吃过吗？拌上辣椒面，那个又嫩又香……哎，你去哪里啊？我还没说完呢！"

趁着自己没被他说得饿死，我赶紧出了房间。本来昨天晚上就没吃饭，被他这么一说，瞬间觉得饿上头了。

到了楼下客厅，一个人都没见到。汤勺呢？他也不在隔壁房间，现在才早上八点多，难道他这么早就跑去乌菲兹那边了？

我里里外外找了好几圈，还是没有看到汤勺的影子。

最后小四从后花园里的某个角落忽然钻出来，一见到我就说，汤勺天没亮就出去了，给我留了张小条。说着他便从口袋里掏出来一张折成豆腐干的纸条递给我。

"他跟我说的是出趟远门，很快回来。"小四说。

远门？

我打开纸条，上面只写了一句话：我有些事要去较远的地方查一下，后天见。——陈唐。

他去了哪里？昨天还说要一起去瓦萨里长廊，居然这么快就改变了主意。汤勺并不是那种想一出是一出的人，他会这么做，想必一定是又想到了什么，或者有了什么新的发现。

这时候，小四的电话响了。他接了之后，讲了几句话就把电话递给我："凯爷找你。"

我一愣，胡凯？这么早？

"凯爷。"我对着电话有些犹疑地问，"找我吗？"

"你好，李如风。待会儿九点四十五分，你到市政广场的兰奇敞廊找我，我们在那里见。可以带上何钥匙，或许我们需要用上他。"说完，也不等我开口说话，他就把电话挂了。

看来，他已经收到汤勺出了远门的消息了。

今天大风大雨，广场上几乎没什么人。我没带何钥匙，出门的时候，找遍了整间屋子都没找到他的人，也不知道带着小贱瞎溜达去哪里了。

九点四十五分，我准时到了兰奇敞廊。早游的一拨游客几乎全聚集在这里躲雨。我穿过花花绿绿的人群和湿漉漉的雨伞雨衣，在姜波隆那的著名雕塑抢夺萨宾妇女的旁边，看到了胡凯。

他独自一个人坐在那里，正翻阅着报纸。我扫了一圈周围，没有看见金发碧眼的艾力，也没有看到穿着便衣的保镖。

难道他是一个人？

胡凯抬起头来，冲我招了招手。

我走过去，在他身边坐下来。

他凑近我，把手中的报纸竖起来，挡在我面前。我本来以为他这是为了掩人耳目，遮挡我们，于是一直透过报纸的边缘瞧着外面的动静。

"看到没？"胡凯问。

"嗯？看到什么？"我疑惑道，心说外面来来往往这么多人里面，难道是有可疑人物？

"你看哪里呢？看这里！"胡凯晃了晃手里的报纸。我这才明白过来，他叫我看的是报纸。

视线一落下来，我就愣住了。

他用大拇指将一张相片固定在报纸上，想必这就是他想叫我看的东西。

"见过吗？"他问。

我木讷地点了点头。眼前的相片上是一幅画，画里是一只猫，黑猫，头上的倒三角非常显眼。

"这是……"

这是小贱。不，是那幅画，那幅传说当中达·芬奇的手稿。

"我不是问你见没见过这只猫，我想知道你是不是见过这幅画。"胡凯小声问我。

"见……见过。"

"在哪里？"

我眼前立刻浮现出那个画室，它藏匿在米开罗左庭院的中心喷泉下方。我之前在那里看到了这幅画，还有……

"走吧。"胡凯打断了我的思绪。看得出来，他并不是要从我这里索取答案，他应该根本就知道那幅画在哪里。

接触了一段时间下来，对于他的套路我摸得也算清楚。他并不是那个提问的人，当他向你提问的时候，往往心里早就有了答案。

果不其然，当我们从大卫像旁边穿过市政大楼的正门，走进米开罗左庭院之后，里面的人群开始被一群不知道从哪里冒出来的宪兵驱散，短短五分钟不到的时间，正门和侧门都被关上了。里面只剩下了我和胡凯，还有一些刚刚忙着驱散人群的宪兵。

此时，有个人从办公部门那块区域走了出来，笑眯眯地冲着我们打招呼。走到近前之后，十分热情地一把握住了胡凯的手："您好您好，凯先生。"他的意大利语里面夹杂着明显的托斯卡纳口音。

这个人很眼熟，我想了一下猛地想起来，之前确实是见过他。这是现任的老皇宫博物馆馆长艾森，那天晚上去洛伦佐墓地之前，我曾经在这里的附近见过他，当时他和歌里在一起，是为了调查假西木烧死的案子。

我忍不住仔细打量了他一番，一身剪裁精细的深蓝色手工订制西服，一双配套颜色的小尖头皮鞋，爱马仕领带和袖扣。四十多岁的样子，看起来既精致又精神。真是想不到，一个小小的市级博物馆馆长，竟然有调动宪兵的权力，看来来头不小。

"艾森先生，今天十分感谢您的帮忙。给您介绍一下，这位是我的拍档，李先生。"

艾森馆长立刻又握住了我的手，"您好，很荣幸在此能帮到你们的忙。"他放开我之后，迟疑了一下，贴到胡凯的耳边，耳语了几句。

胡凯听完，说："没关系，大家都是自己人。直接把门打开吧。我相信我找的东西肯定在里面，剩余的东西，随你们怎么处理。"

艾森点点头，把周围的宪兵全部都支了出去，自己走到喷泉跟前，像汤勺上次那样，握住了爱神的……呃……小鸟，向右，然后向左复位。水池下面立刻出现了那个半圆形的入口。

原来，这个所谓的秘密画室，艾森馆长也是知道的。那么，关于山川，他会不会也知道什么？还有谁知道这里呢？

"这个画室……"我开口想要问点什么。

胡凯一笑，"你进去过吧？"

"你是怎么知道的？"

"没进去过的人，怎么会一下子就知道这里是一间画室呢？"胡凯又冲我咧了咧嘴角，跟在艾森馆长后面，进入了画室。

画室还是上次见到的样子，几乎与我记忆当中的陈列没有任何差异。床单上还是那一摊触目惊心的红色，只不过现在看起来，更像是红色的颜料。

胡凯已经把那幅有黑猫的画从地上拎了起来。

"这一幅肯定不是原件，"艾森馆长说，"但是描摹的效果十分以假乱真，是高手的作品。虽然连原件在哪里，究竟有没有人亲眼见过这些，我都不清楚，但这幅画的笔触与达·芬奇在圣马可花园学习时段的笔触十分相近。"

是山川，这是山川画的。

"这些都不重要。"胡凯三下两下把画框拆除掉之后，把画布单独取了出来。"这是我要的东西，我带走了。这里其余的你可以随意处理。"胡凯对艾森馆长说。

"等等。"我指着画架上那幅画，"能不能把那个给我？"

对于我的这个请求，他们都愣了一下。

胡凯走到画架前面，仔细审视那幅画。不用再看，我也知道画上面画的是什么。

胡凯盯着画看了很长时间，末了，转过头来看着我，"你……"他突然低头笑了笑，转向艾森，"艾森馆长，这个可以给他吗？"

艾森立刻说："当然，只是这幅画，没什么收藏价值。李先生，您确定是这幅画吗？"

"对。我只要它。"

后来我问了胡凯关于秘密画室的事情。

他说，那个秘密画室很早就存在了，知道的人不多。应该说没人知道。是前阵子，有人潜入之后，无意之中才被艾森馆长发现。但是要说出于私心也好，出于其他目的也罢，他没有公开这个发现。他找到胡凯，也是因为希望得到他的帮忙。到这里我才知道，宪兵的指挥权不是艾森馆长掌控的，而是胡凯。这个人的神通广大已经到了一种无可预知的地步。

1503 年，佛罗伦萨共和政府市长索特立尼邀请达·芬奇前来绘制五百人大厅的墙壁，应达·芬奇的要求而建造了这个画室。达·芬奇离开之后，便几百年没人动过，直到有个画家发现并重新修复使用它，那个画家就是尼可。

"尼可曾经把这里当作一处秘密画室，所以画室里大部分的作品是她的，除了那幅黑猫图，和你要的那幅画。"胡凯这话说得意味深长，明显是有所指。

"你为什么要那幅黑猫图？"我问他。

他笑了笑，"这个问题是不是该我先问你呢？你为什么会要那幅画架上的画？如果猜得不错，你应该知道黑猫图是谁画的吧？"

我沉默了大约有十几秒，最后答道："假如我猜得不错，应该是我妹妹画的。"我想，事情到了这个份上，我已经觉得没有必要去隐瞒很多东西了。

"你妹妹？"胡凯眼珠子发光，眼神中流露出明显的好奇。

"是的，我妹妹。她叫山川。"我说道，"可我现在并不知道她在哪里……应该说她失踪很久了。"

"你妹妹和尼可是什么关系？"

"我不知道。"

说实话，我总觉得这之中存在着某种联系，山川和尼可，被一根无形的线串联起来了。不然不会产生这样的巧合。同样是专长于古画临摹的两个不同时代的作画者，先后都在同一个秘密的地下画室之中产生作品，而且似乎被卷入了前后有联系的同一件事情当中，再加上孤儿院……

这些绝对不可能单单只是巧合。

"这幅黑猫图里面，有东西。"

这时，我们坐在乌菲兹的其中一个走廊尽头的办公室里。里面只有堆积如山的档案资料，却不见工作人员。

他随手从桌上拿起来一把拆信刀，把黑猫图的画布从画框之中取出来。我本来以为，他所谓的东西会和之前一样藏在画框里，但是拆掉画框之后，他把这些零散的架子都扔去了一边，只盯着眼前的这只和小贼神似的黑猫看。相同的，黑猫似乎也在全神贯注地盯着他。

他从衣服口袋里掏出来一瓶透明的海蓝色液体，打开瓶盖，倒上去。

他做这一系列动作的过程之中，我没有来得及让我的大脑做出任何反应，只是呆看着，直到——眼前的画面发生了变化。

黑猫的模样逐渐在我们眼前模糊起来，黑色的墨水神奇地化开，变淡，有什么正逐渐从这幅画的里面浮现出来……

这是一种隐形药水，我曾经只在老书里面读到过，这还是我长到这么大，第一次亲眼见到。要不是能亲眼所见，我这辈子绝对都不会相信这种东西的神奇性。

我睁大了眼睛，不自觉地看向胡凯。眼前的变化有着一种令人窒息的魔力。

是……宫殿。

宫殿的全景图。

"这是……"直到宫殿图面完全呈现，我依然有种做梦一般的不可思议感。我指着它的手，不停地颤抖着。

眼前的图，并不是我在胡凯靠近米开朗琪罗山那边的别墅地下所看到的简线手稿图，也并不是我们拿到的羊皮纸上那种画着前进路线的平面图。眼前是一座完整的宫殿，你可以看到它的全貌，看到它究竟有多大。你可以看到它的前殿、中间的主要部分，内部的结构并没有呈现得十分清楚，只在几个重要位置（我认为的重要位置），掏空了顶部，将内里的结构简单展现出来。比如说中间部分，我看到了上下的隔层，和我们在羊皮纸上看到的那些斜切的连接边台与中间走道的大柱子，包括……那扇门。

羊皮纸所缺少的最后一部分，这里有。但她没有把内部的结构画出来，只能用眼睛看个大小，在门后面，那应该属于宫殿的最后一部分，还有着相当可观的面积。唯一多出来的东西，就是她在最后的那部分中间，画了一个×。

"你那个妹妹，看来比我知道的还要多。"胡凯用手指划过眼前的宫殿图，"原来它是这个样子的……"

如果这是山川画的，难道她进入过宫殿？

"她去过我那间美第奇别墅的地下，应该还是在我没有入住之前，她进去过，或许就是她毁了下面的那些壁画。"

"毁了壁画？什么意思？"

"你记得我带你去过的地窖，和你自己找到的后厅那块的墙壁吗？"

被他这么一说，我忽然想起来，当时跟着胡凯，去到地窖的时候，墙壁上看到有很多斑斑驳驳的痕迹，还有连接后厅走廊的那个房间的墙壁上，也有相类似的痕迹。难道……

胡凯看到我似乎记起来了，冲我点头道："墙壁上本身应该是有壁画的，那些壁画是整个宫殿最详细的结构地图，但是我进别墅的第一天，就发现它们被毁了。说老实话，我那天带你下去，就是想看看你的反应，见到你的第一眼，我就觉得你和这事儿八成有联系，和陈唐一样。现在看来，我的猜测没错，是有联系，只不过你是什么都不知道而已。"

"你的意思是，假如这幅宫殿图当真是山川画的，也就是说，她曾经潜入过你那栋别墅的地下，看到了全貌的地图，她把地图记录下来，藏在了这幅画里面，并且毁了墙壁上的地图……可是，她为什么要那么做呢？"

胡凯笑起来，"你见到她自己问问不就知道了。当然，到目前为止，一切也只是你我的猜测而已。毕竟我们的猜测也不一定代表了真相。真相是什么，恐怕我们不下去宫殿，是不会知道的。"

"下去？"

"对，下去。"胡凯收起笑容，同时收起那幅画，对我说，"走吧，先回去。"

"不去瓦萨里长廊吗？"我感觉脑子有点蒙。

"何钥匙不在，去了也没用。那小子绝对不是偶然出现在我们这个团队里面的，就和这些所有冒出来的人和物件一样。"

"你的意思是，有人特意安排他混进来？"我心里咯噔一下，虽然一直觉得何钥匙有些来路不明，而且莫名其妙知道的事情又很多，但是何钥匙怎么看都是无害型的，假如突然有什么事情证实他和卢比纯属一个性质……毕竟经历过这么多事情了，就连想象一下都难以接受。尤其是想到，当时小四开枪打死卢比的那一幕……

"混？"胡凯一脸哭笑不得地打断了我，"什么是混进来？我发现你与何钥匙多待上了几天，智商正在逐渐向他靠近呀。我的意思是说，有人知道我们需要他，所以才把他安插进来。他对我们来说，是很有用的角色。你会看到的。"

胡凯没有跟我回郊外的别墅，他丢给我一辆车，让我自己开回去。

我带上山川的那幅画，一路开车到别墅的时候，已经将近下午两点半了。一路上我不停地从后视镜里看那幅躺在后座上的画。我感觉到浑身焦灼，有种被大火包围的错觉。那火焰冲天的房子和那具烧焦的尸体，所有的画面都历历在目……假如那具尸体不是山川的，又会是谁？

等我反应过来的时候，车头几乎快撞到别墅附近那片大草地边上的路牙子了。我惊得赶紧踩了一脚急刹车，整个人撞上了方向盘，立刻迎来胸口撕扯般的一阵疼痛。

一抬头，就看到别墅的外铁门门口停了一辆白色老款大众。

这车看着很陌生，好像不是他们的车子。之前一直没见过。

谁来了？

我把车停在那辆车旁边，揉着胸口开门下车。本想直接走进去。但总有一种隐约的感觉，感觉到有什么不妥。心里不断有一种声音在提醒我去看看那辆白色的大众车。

于是我在别墅的铁门边停住了脚步。胸口还残余着刚刚撞上方向盘的疼痛感。天又闷又暗，应该很快又会有一场大雨。

明知道这大白天的，也不可能冒出什么妖魔鬼怪，但是我还是能听见心脏猛烈的撞击声。这种感觉就像看电影大片的时候，到了那种老套的伏击桥段，明知道下一个镜头肯定会从身后蹦出什么危险，或许还会展开一场枪战，但是往往这种套路的气氛铺垫还是会让你胆战心惊。

我现在对着一辆一动不动的白色老款大众，心情居然可以这么复杂。

我围着车转了一圈，发现里面空无一人，玻璃窗倒是给人一种八百年没洗过的感觉。或许是我想太多了，这应该就是一辆不太用的车子，偶然被他们开过来了而已。刚想要走，我的目光又落到了后备箱上面。后备箱似乎没有被完全关上，露了一条缝。

一种不祥的预感骤然而生。

我绕到车后，慢慢伸手试了试——果然，后备箱的盖子很轻易地就能被抬起来，确实没有关上。

当后盖被我开到一半的时候，我顿时感到一阵触电发麻，手托着车后盖停在半空之中动弹不得。

里面狭窄而昏暗的空间里，蜷缩着一个人。一个男人。我把盖子完全掀开，天上那道还没有完全被乌云遮蔽的狂风暴雨前后的强光，从我身体两边倾泻进去。那个躺在里面的男人，背对着我，一动不动，像是死了。

大风在我耳边呼啸。我一手托着车后盖，用另一只手，慢慢接触到男人的身体，稍微用了一点劲把他翻过来。天上一声雷下来，大雨又重新从天而降。闪电光划开天空的时候，照亮了他青灰色的脸。

我猛地松开车后盖，整个人如同被雷电击中一般弹开，跌坐到地上。

"南洋！"

大雨倾泻而下。我坐在地上，脑中一片空白，看着那辆车打开的后备箱一动不动。

我刚刚看到的是南洋吗？怎么可能?！他怎么会这个样子……

不知道是什么人，从身后扯了我一把，把我从地上扯了起来。

"你这是干吗呢?！"我瞪着眼睛，木讷地回头。眼前是一个被淋得头发全都耷拉下来的人，好像是何钥匙。但我的眼睛里，仿佛只能看到那个面色发青的男人。

"你怎么了?！"他冲我大声吼道。

我用手抹了一把脸，终于看清楚了，确实是何钥匙。他身后站着小四。

小四的目光已经瞄到我身后的后备箱了。他一边绕过我，一边指着里面问："这是什么人？死了？"

死了……这两个字反复在我耳膜上敲击出"滋啦"的长音。

我没回头去看小四，只是呆呆地望着何钥匙。雨越下越大，何钥匙一脸疑惑地注视着小四的方向。我知道小四正在查看后备箱里的那个男人。

"这究竟是什么人？"小四转回到我身边，拍了拍我的肩膀，"是你把他弄成这样的？你是要他死还是要救他？"

"什么意思？他没死?！"耳鸣的声音瞬间从我耳畔周围消失了，剩下的只有雨水砸到地面上不断发出的声响。

小四一脸狐疑地望着我。我飞快地把他从车里拽出来，他脸色铁青，身体十分沉。我感受不到他的呼吸。

是南洋，真的是他。

我忽然想起了白求恩老头的话，他说，"你那个小兄弟走的时候情况不太好，找到的时候假如死了，别说是来过我这里。我这里从不治死人。"

"我得救他！"我背着南洋冲进别墅的时候，头也不回地朝小四和何钥匙大喊了一声。

南洋，你绝对不可以这么死！你还没有给我解释所有的这些事情！

小四一开始没联系上白求恩老头，后来大概是通知了胡凯之后，胡凯联系上的。在他没有来之前，何钥匙充当了急救医生的角色。

上次汤勺中枪也多亏了何钥匙。我发现胡凯说的话确实有道理，何钥匙对于我们来说，虽然神秘，有太多不清不楚的地方，但确实是有帮助的人。

"他是中毒。我能做的都做了，等医生来吧，在毒理方面我不是专家，我不敢乱来。"何钥匙对我说。

"中毒?"

"他身上有很多伤，新伤加旧伤。我一开始也以为可能是外伤伤及了内脏，可能是有内部的隐藏性出血什么的，但是这些我都检查过了，并没有那么严重的伤，也没有伤及要害的，各方面看来，应该是中毒。现在我想办法把情况暂时稳定住了。等那个凶神恶煞的老头来了再说吧。"

大约半小时之后，白求恩老头和胡凯一起出现在了别墅门口。

白求恩老头看到我就直翻白眼。"据说有个快死了的，在哪里? 怎么你走到哪里都会搞出来一个半死不活的呢?"老头一边翻白眼，一边走进房间。

在看到床上的南洋之后，老头狠狠地瞟了我一眼。他从口袋里掏出医用小手电，翻开南洋的眼皮照了一下之后，瞬间把手电收回口袋里，转身对我说:"没救了。"

我脑子"嗡"地一声。"求求您，救救他!"我堵在门口，拦住了老头的去路。

老头叹了口气:"我记得好像对你说过，我不治死人。这人对我来说，就是死人。"

"何钥匙说他还没死，求您无论用什么方法都救救他吧!"

老头瞪了一眼在一旁站着的何钥匙，"你是医生?"

何钥匙一看老头的脸色，吓得只敢小声说了一句:"学过一点医术。我什么都不知道。"

"求您救他，要我做什么都行!"

胡凯刚好走到了楼梯口，看到我一副就差跪下来的架势，走过来拍了拍我的肩，"怎么了这是?"

"你怎么就这么执拗呢? 这人就算救过来，都有可能变成植物人，或者痴呆，或者聋哑，他中毒很深，毒性伤了脑神经，我这是劝你不要让他受罪。"

"您是江湖术士吗? 江湖术士才不救……医生不都是全力抢救的吗? 还是第一次看到这样的医生……"何钥匙在边上一边嘀嘀咕咕，一边翻白眼。

老头沉着脸，问道:"什么叫江湖术士，什么意思?"

"大伯……"胡凯朝房里看了一眼，转向老头，迟疑着想说点什么，却被老头打断了。

"好吧。"老头看了一眼胡凯，又转向我，"我不能保证他能活过来。假如死了，你别说他经过我的手死的。"他说完，又补了一句，"但是我会尽力救他。"

"谢谢!"

"态度别太乐观，他现在顶多算有半口气。我不是神，我保证不了他的存活率。我也只能尽力。看他运气吧。之前是谁做了前期处理?"

我看向何钥匙,何钥匙想从房间里溜出去。

"来来来,江湖术士这个词,正好你给我解释解释。"他一把扯住何钥匙,关照小四准备器材和用具,紧接着把我们都赶出了房间。何钥匙一脸痛苦地被老头强行留了下来当副手。

"不用担心,老头虽然怪脾气很多,但是他既然答应救治,就一定会尽力的。你是怎么发现你那个朋友的?"

"车后备箱里。"

"后备箱?"胡凯显得有些惊讶,似乎我在说一件不太符合逻辑的事情。

我简单地提了一下那辆白色的老款大众。胡凯想了一下,没再说什么。只是掏出手机来发了条信息。过了五分钟,他接了个电话,挂断之后看着我说了两个字:"果然。"

我不解地望着他。

"那辆车不见了。"他说。

"什么?!"他是说那辆白色的车不见了?

"刚你跟我说的时候,我就已经猜到了。刚才我让人确认了一下,确实没有。我带着陈唐他大伯过来时,就对你说的那辆车没印象,那时候应该就已开走了。"

我心里有种极度恐怖又愤怒的感觉,"你的意思是……"

"你发现你朋友的时候,那个人应该就躲在某个地方看着你们。等你们一进来,他就找机会把车开走了。当然是为了不留下任何证据。"

"混蛋!"这么看来,害了南洋的凶手,是被我自己亲手放走的。可是那个时候,根本做不到理智地去想其他问题,也不可能有闲心去顾及周围环境。

"不是。"胡凯顿了顿说。

"不是什么?"

"我猜测,事实并非是你所想的那样。"

"什么意思?"

"虽然我不知道你朋友是怎么变成这样的,但是我相信送他来这里的人,应该不是下毒害他的人。我猜测,送他来的人,应该并不想让他死,是想救他的人。"

除了用具和器材几次被送进去之外,这扇门大约关了有十个小时。

我记忆中似乎没有经历过手术,因为没有亲人,连让我在手术室以外长时间焦虑和等待的机会都没有。我曾经到过次数最多的医院就是佛罗伦萨近郊的那家综合性精神病院。眼前的这扇门比当时山川唯一一次从精神病院的诊疗室里走出来的那扇门,看起来还要厚重。

我一直反复思考刚刚胡凯说的话。不是害南洋的人，而是想救他的人……会是谁呢？在他身上究竟发生了什么？假如真如白求恩老头所说，即便是活过来，也不一定能很快醒，或许还会有各种各样目前还无法得知的后遗症……那么这些发生过的事，是不是很难从南洋嘴里亲口得到答案？

不不不。目前的关键并不是这些，眼下只希望他能活着。只有他活着，一切才会有答案。我们这些年的相处和兄弟情谊才会有个答案。

天快要亮的时候，门终于开了。先出来的是何钥匙，我从地上跳了起来，"怎么样？"

"别问我，我眼睛睁不开了。我先去睡觉。"何钥匙一脸迷糊的状态，那样子不像是刚做完手术，倒像是刚转完夜场从迪厅里面出来似的。

白求恩老头一边摘口罩一边走出来，他身上的手术服依旧干干净净，跟刚换上的时候没两样。

还没等我开口，他就伸手拦住了我，"我已经给他用了最简单的隔离防护，你暂时不要进去。"

"他怎么样了？"我小心翼翼地问。

"人是活了，不过暂时还没彻底脱离危险。我之前就跟你说过了，不要太乐观，他的毒，是……算了跟你解释专业的你也听不懂。这么说吧，他中的毒不是一般的毒，之所以能活到现在，是因为这种毒杀人的方式是让脑神经瘫痪。所以毒性是入脑的，有个毒发的过程。我能做的就是尽可能地清除他的毒素，只要不脑死亡，应该能醒过来，但是究竟造成了怎样的损伤，在他没有醒过来之前，我现在无法得知。我去休息一下，在没有过危险期的这段时间，你不要随便进去，我的医护团队已经在赶来的路上了，既然交给我，你就相信我会尽力。"他说完，拍了拍我的肩膀。

"谢谢。谢谢您，大伯。"

他走了几步，又停下来，转身对我说："但是你要知道，没有医生是万能的，任何人都可能就这么一辈子躺着或者死去，这些都是很正常的事情。不管是亲人还是好朋友。比如我的弟弟，他自杀的时候我就是医生了，可惜，我对着他的尸体，什么都干不了。"他说完冲我一笑，就下楼了。

他的影子被清晨的光一照，在楼梯的转角处消失了。

连续一个礼拜过去了，汤勺一点消息都没有。

胡凯这些日子也几乎没露过面。只有前天我见到过他一次，在别墅门口同小四说话，连门都没进来。我想问问胡凯关于汤勺的情况，但是他显然不给我这个机会。我问了小四，小四表示一无所知。我不知道他是真的什么信息都没有还是故意骗我。

南洋没有醒。

今天早上白求恩老头撤走了对他的特殊隔离防护，只留了氧气和心电图，以及输液管。

南洋的脸色看起来已经恢复了正常，但是他依然紧闭着眼睛。

白求恩老头说，他这算是已经度过了最危险的一段时间，没有出现脑死亡现象。但至于什么时候醒过来，以及醒过来之后会是什么样子，这些现在都说不好。

何钥匙坐在大厅的沙发上，一边挠着小贱，一边漫不经心地说："你别每天端着一张苦大仇深的脸好不好？你别听老头危言耸听，医生都是那样的，没死就告诉你，死的可能性很大，活了就告诉你有可能会变成植物人，醒不过来。八成最后还是可以醒的，一看你平时就不看电视剧，连国际通用的套路都不知道。"

小四站在边上听得呵呵笑。

今早迪特过来了，带过来一堆器材。不是医疗器材，而是各种绳索、锁扣，还有一些大大小小的木盒子。一道来的还有胡凯的贴身保镖艾力，胡凯却没有现身。我估摸着木箱子里肯定装着很重要的东西，值得胡凯让艾力离开他身边，亲自跑一趟送过来。

午饭之后，我偶然听到了他们在二楼最底部那个房间里面的对话。

我听见小四说："都在这里了？这么多？我们到底有多少人下去？"

接着是艾力的声音："不知道，听凯爷吩咐吧。"

小四开玩笑的口吻道："看情况，这趟凶多吉少啊。"

迪特说："你别胡说，凯爷不干没把握的事情。这趟准备了这么长时间，绝对不会有问题。"

艾力："这批军火你们看好了。顺便看好你们周围的人，别再出现之前那两个人的事情。千万别泄露出去，不管泄露到哪里，都是麻烦。凯爷不希望行动之前惹上不必要的麻烦。"

小四和迪特："知道了。"

我听见艾力的脚步声朝门口过来的时候，赶紧闪身下楼。

军火？下去？

对，那次在乌菲兹的时候，胡凯也说过这个词。

等下……他们在说的是——宫殿?!

我一直没有去细想这个问题，现在串联起来一想，难道是，宫殿建造在地下？没错，这样的话，就可以解释为什么入口在瓦萨里长廊，却在地面上显得不太可能了。原来是这样！

可是，为什么要带这么多军火呢？难道地下的这座宫殿隐藏了很多危险？小四竟然用了"凶多吉少"四个字来形容……

艾力走到大厅，冲我很有礼貌地打了个招呼。

我拦住了他，"艾力，你那边有没有什么陈唐的消息？"

"陈唐？你说卡尔？"他笑起来，露出一口大白牙，"不好意思，我一直不太习惯他的中文名字。"

"对，他已经很久没有音讯了。"

"你放心，作为一个训练有素的专业警察，他不会有事。他的事情办完之后，自然就会回来。"说完，他冲我点点头，走到门口，转过身来，"对了，你那幅画，四处都找过了，没有。凯爷也查过了，追踪不到下落。"

他说的那幅画就是之前我从那个地下画室要走的那幅。发现南洋的当天，不见的不止那辆白色的大众车，还有山川的那幅画。

当时的记忆有些混乱，发现南洋之后，我就跟喝醉了酒一样断了片，怎么都想不起来，当时我究竟有没有把画拿下车。那辆车是胡凯给我的，我起初以为在车上，结果胡凯并没有找到。

艾力居然说胡凯都查不到？

这么看来，那幅画肯定是被人拿走。车子和画……

我脑中有一道光猛地闪过——假如按照胡凯所说的，送南洋来的人，并非是害他的凶手，而是想要救他的人，那么拿走画的人会不会就是同一个人？

山川?!

"喂!"何钥匙站在二楼，头望向南洋的那间房，冲我喂了一声，紧接着忽然就闪了进去。

我飞快地奔上二楼，走到门口的时候，老头正好带着四个人冲进来。

我被眼前的场景吓到了，南洋浑身抽搐，瞪着眼睛望着我。何钥匙正拼命地按住他剧烈颤抖的身体。

"怎么回事？"老头一边掏出听筒，一边让边上一个女护士准备镇静剂。

"不知道，突然这样的。"何钥匙吃力地按着他。

老头收起听筒，果断地给南洋打了一支镇静剂。

南洋慢慢停止了身体剧烈的颤动，平静下来，但是他的目光仍旧锁定在我的脸上，我看到他的嘴唇似乎在动，好像有话要说。

我赶紧把耳朵凑过去。

"哎……哎……"

我只听见叹气的声音，我抬头冲他摇了摇头，"南洋，你说什么？南洋？你看到我吗？"

"山……川……"他说完这两个字就闭上了眼睛。

我惊恐地望向老头，老头看也不看我地说："不用担心，没死。这是神经性抽搐，伤了大脑神经，这样的反应很正常。"说完就把我赶了出去。

我松了一口气。

他刚刚说的话，除了叹气的声音，我只听到了山川的名字。

山川。

又是一个礼拜的时间过去了，南洋没醒，也没再抽搐。老头还是那句，什么时候醒，全看造化。

汤勺还是没回来，我隐约觉得事情有点不对。

胡凯这周来得很频繁，却对汤勺的行踪只字不提。我问过好几次，他打着哈哈就过去了。因为之前偷听到艾力他们说话的缘故，所以我大概知道胡凯每次来都是有目的的，他是在为他的计划做准备。

礼拜一的晚上，出了一件出乎我意料的事情。

南洋醒了。

当时我正站在他的房间门口，小贱一直以一种很奇怪地姿态盯着房间里面看。何钥匙忽然就大声叫了起来，跟拉警报似的。我本来以为是南洋又抽搐了，结果一进去，看到他已经坐在床上了。

"南洋！"我简直不敢相信自己的眼睛。我当时想，何钥匙说的是对的，医生很多时候都是危言耸听，其实活了总会醒过来的，而且未必有预计的等待时间那么像个无尽头的黑洞。

我几乎想扑过去抱住他，来上一句十个草字头的组合，但是我很快发觉了不对劲的地方，他看我的眼神很呆滞。不，不是呆滞，是陌生。对，是用了一种在看陌生人的眼神打量我。当然，同时他也用同样的眼神对着何钥匙。

"南洋？"我试探性地轻轻叫了一声。

他脸上立刻露出怀疑又不确定的神色来，他眯起了眼睛，用疑问的语气重复他自己的名字："南，洋？"

我知道完了，他的样子看起来，就连自己都不认识。

但当时我是不确信的，我找来了白求恩老头。老头试探性地问了他几个问题之后，对我摇了摇头，又摆手道："神经性失忆症。这种毛病很难讲，有的人是暂时性的，有的人得了就失忆了一辈子，以前的事情什么都想不起来，就连自己是谁都不知道。他这个情况我说不好。"

我脑子又是"嗡"的一声。

南洋失忆了。

我看着面部表情有些呆滞的南洋，就算想帮他把记忆找回来，都不知道从哪里入手。可他一个星期之前抽搐的那一次，还念叨过山川的名字啊……

白求恩老头建议我说："你先提提他的父母兄弟姐妹，一般情况下，人对血亲的印象会比较深刻，然后你挑拣几件你们之间印象比较深刻的事情提点他，最后再提一下他失忆前，你所知道的时间最近的一件事。"

父母血亲……

南洋从跟我认识以来，从来没有提到过自己的父母，也没有提到过任何关于他兄弟姐妹的事情。而我又是孤儿，自然没有去问及他家人情况的习惯，所以对于他的父母家人，我可以说是一无所知。

"山川……你记得吗？"其实我问这个问题之前并没有经过什么深思熟虑，几乎是脱口而出。我有迫切想知道答案的东西，有想搞清楚的状况。

而南洋听到这个名字的时候，先是微微皱了下眉头，像是在思考的样子，我以为他是有印象的，结过没过几秒他就露出了一脸的迷茫。

"山川？是你的名字吗？"他指着我问。

"南洋，我叫李如风。李、如、风。你经常会喊我小剑。"我做出了一个舞剑的姿势。"你真的不记得我了吗？"我望着他的眼睛，那里面空空洞洞，我甚至看不到我自己的脸。

"小剑？"他那一脸茫然的表情再没有换下来过。

他对我的记忆，看来是一点都没有了。

"不要急，慢慢来。他这个记忆就算能恢复也不是一天两天就可以见到成效。现在他连他自己是谁都不知道，你别指望他能这么快记起你来。"老头说。

当天半夜，胡凯过来找我。

他说："你收拾一下，我们准备出发了。"

"出发?"

虽然我一直知道他在做准备，出发是早晚的事。但是他这么突然……

"不等陈唐吗?"

"他已经在乌菲兹那边了，等我们去会合。"

"他回来了?!"

"应该是才回来。"

我心里一阵不爽，从汤勺离开，我一直都在担心他的安危，这会儿居然回来也不说一声。连胡凯都知道他回来了，我却事先没得到半点消息。

"但是他惹了点麻烦，还是你们上次的事情。"

"上次? 什么事情?"

"热那亚的军区爆炸案，你们当时其实被作为过首席涉案人，差点被通缉。因为当时的目击证人很多，幸好的是，后来新闻出来之后，你们没有再次出现，不然这事很难压平。只是，这次陈唐过去的时候，军区上面正在追查这件事，他撞在枪口上了。还好，我及时收到消息，不然他这会儿估计已经被军区收监了。但是这事儿，不是那么好摆平。"

我一愣，原来汤勺去了热那亚。胡凯不提这事，我都快给忘了。

"可是这事儿真跟我们无关，我们确实是被人设计了。"

"我知道。但是现在是政府要找出责任人，已经不是破案不破案，你们究竟有没有放炸弹的问题了。现在是没人可以拿出来开刀，你们作为最有嫌疑的，不管你们做没做，都得拿你们开刀。除非之后能找到真的凶手，否则的话，这次陈唐一露面，他身上的麻烦很难解决。"

"那陈唐是……"

"我打通了点人脉，带他跑出来的。你们还真是……"他不禁笑起来，"还没帮上我什么忙呢，倒是先给我惹了一堆麻烦。"

我想了想又问，"你知道他去那边干什么的吗?"

胡凯语气随意地说："我不是很清楚，他没有说。但他似乎查到了一些事情。"

　　胡凯的团队有二十个人。我们在米开朗琪罗山脚那块的平台处集合。我再次见到了黑脸，他瞪了我一眼，连招呼都不愿意跟我打，估计还在为卢卡的事情记仇。何钥匙抱着小贱，一脸震惊地看着眼前这个庞大的场面。二十个人齐刷刷的阵势，这还是头一次见到。而南洋则面无表情地站在旁边，老头说他已经没事了，恢复能力很强，毕竟年轻，只不过是他什么都不记得而已。这是我有史以来第一次见到有胡子的南洋，他那比姑娘还要细嫩的脸上，长出来毛碎的胡子，怎么看怎么别扭。再加上他这种一切跟他没关系的表情，整个人带着一种被外太空宇宙包围的神秘感。

　　我恍惚地产生了一种错觉，仿佛不光是他不认识我，我也并不认识眼前的这个人。

　　不知道为什么，胡凯在我们从别墅出发之前，会做出这样的决定。他对我说："带上那只黑猫，带上你朋友。""我朋友？你指的是南洋？"他点头说是。他让我带上小贱，我还能理解。可我不知道他究竟为什么会要我带上失忆的南洋。

　　难道他知道什么连我都不知道的事？还让我没想到的是，随队的也有白求恩老头。

　　"我们到底去哪里啊？这老头为什么也得去啊？"何钥匙一脸不情愿地凑在我耳朵边上嘟囔。自从上次那个"江湖术士"事件之后，何钥匙一直躲着老头，老头还偏偏干什么都喜欢使唤他。这会儿何钥匙一听老头也要一起，一副临近崩溃的口吻。

　　"我不去，你们要死的时候，谁救你们啊？江湖术士？"老头年纪虽然大，耳朵倒是挺灵光，何钥匙一嘟囔，他就听了个准儿，直接就把话给接上了。

　　"要死的时候？"何钥匙一脸惊恐地望着我。

　　就在这时，胡凯吩咐艾力让他们打开那几只木箱子。何钥匙在看到箱子里的东西被一件件取出来后，伸出手来，颤抖着指着它们，一个字也说不出来。

　　我虽然之前已经知道了箱子里装了什么货，但是看着他们这么从容地一件件地取出来，浑身汗毛依旧不自觉地一根根立了起来。这毕竟不是香港的枪战片，一眼看到这么多武器，怎么都感觉缺乏真实性。除了一堆意大利的博莱塔 92F，以及一堆德国的P229 之外，我看到艾力手里还拿了一支十分特殊的匕首型左轮手枪，金属黄铜色，带着四指的环扣，前端是一把锋利的匕首。

　　胡凯看我一直盯着艾力的武器看，笑着说："这是一把指关节左轮手枪，是手枪和匕首的升华版，指关节的武器是罗马人设计的，没有枪管，远近杀伤力都很强。给！"

说完，他掏出来一把一模一样的扔给我，"拿着，防身。"说完冲我一笑。

何钥匙完全被这些场景震住了，他一个劲哆嗦着拉着我的裤腿问："我们这是要去哪里？"拿到手里的这把我从未见过的武器，就像一个烫手山芋，我既害怕前端蛇形带有血槽的匕首，被我按错了地方，突然弹出来伤到自己或别人，又害怕这个没有枪管的东西自己走火。胡凯扔给我之后，我赶紧收了起来。做私人侦探的只能用用望远镜和窃听器这种玩意儿，不怂都难。

"小四和迪特呢？"我这才发现小四和迪特从别墅和我们一起出发之后，到现在都没有出现。

"他们去带个人，现在应该已经和陈唐会合了。"

"那我呢？我拿什么武器？"何钥匙见我对他的问题毫不理会，一时急得跳脚。

胡凯笑起来，"你拿夺命连环锁。哈哈！开玩笑呢，你专注做你的事情就好了，你的命我会负责的。"

何钥匙听完一脸不开心地撇了撇嘴。

为了大半夜不招致懒散不想管事的巡逻警察，我们分了三路，分别从三座桥过河，从乌菲兹不同的入口进去。

胡凯说，瓦萨里长廊的门已经有人帮我们开好了。他其实什么都还没有对我说清楚，眼前走的路更像是一个巨大的无底洞。我曾经认为，在这条路走到底的时候，我会找到很多东西，比如南洋、山川，还有这些事情的谜底。但是现在，南洋面无表情地走在我旁边，不说一句话。这让我开始怀疑，这条路的尽头，到底会有什么在等着我们。

一切东西都是突然的，而往往就是这种猝不及防的突发，最容易让人心生恐惧。

我跟着胡凯从河边的小路，直接绕到乌菲兹的后门口。小四已经在门口的那片休息区的空地上等着了。迪特不在，他身边还有一个人。天色很暗，周围灯光昏黄，这个人蜷缩在阴影里，看不清楚是谁。当何钥匙和南洋也纷纷跟上来之后，那个人突然之间从阴影里冲了出来，以一种歇斯底里的方式嘶吼，并朝着我们扑过来。我吓了一跳，小贱也被吓到了，爪子一挥，在何钥匙的脸上直接留下了几道不太深的血印子。

当那人冲过来的时候，跟鬼一样的脸从长发之间露出来，我才看清楚，那人是廖思甜，顿时感觉浑身上下的汗毛都竖了起来。

那些照片不停在我脑中浮现出来。这女人现在一脸疯癫，鬼一般的样子，让我难以与照片当中那个短发精干，杀了人还镇定自若立在窗边的背影结合起来。

真的是她吗？当年杀了阿夫杰的人，就是眼前的这个朝我们扑过来的疯女人？

小四一把扯住她，用手按住她的嘴，让她没法发出声音。何钥匙捂着脸直接躲在了长凳的后面。

之前胡凯说，小四和迪特要去带个人，难道指的就是她？她要跟我们一起进入宫殿？胡凯到底葫芦里卖的什么药？

南洋一动都没动，只是冷眼望着这一切。而当小四把廖思甜反手绑住之后，我发现她始终圆睁着那双暴突出来的眼球，瞪着我和南洋这个方向。

她在看什么？不对，不对。她在看……南洋？对，我发现她的目光全都落在南洋身上。她甚至，上上下下打量了好几遍南洋，最后目光锁定在他的脸上。

月光之下，她的眼角突然闪了一下光。——是眼泪么？

小四似乎也看到了，诧异的目光徘徊在廖思甜和南洋之间。胡凯让他松开廖思甜，这女人没有再发疯，而是安安静静地缩回了之前的阴影里，把脸深深地藏了起来。

南洋好像丝毫没有触动，依旧是那副事不关己的表情。我很想问问他，可话到嘴边又吞了回去，他连自己都不记得，我能指望他回答我什么呢？

这时，迪特的脑袋从门里探出来，"凯爷，准备好了。"

胡凯点点头，"我们进去吧。"

"陈唐呢？"我问。

"已经进长廊里头了。"

半夜的乌菲兹，静得可怕。到处都是影影绰绰，似乎所有的角落里都藏着什么不可知的东西，总感觉有什么会随时从那些雕塑的阴影里冒出来。

我们顺着楼梯，一直走到顶层。

何钥匙一路上都在吐槽，"那么多人，半夜声势浩大地潜入一个世界级的博物馆，意大利博物馆的保安系统太差了。"

这一路上都没有见到胡凯手下的那群人，这让我多少松了一口气，就怕巡逻的警察不小心发现了这里半夜三更人头攒动，过来找我们麻烦。胡凯倒是显得很淡定，一副走在自己家里走廊上的悠然自得。

瓦萨里长廊到底存在多少个隐秘的入口，我并不知道。我之前没有进去过瓦萨里长廊，我连入口在哪里都不知道。

迪特在前面带路，小四带着廖思甜走在最后面。在走到第一条走廊一半的时候，迪特停了下来。直接把面前的木门推开，走了进去。这就是所谓的长廊在乌菲兹内部的入口，比我想象的要简单不少。我本来以为不对外开放的整天没事就要封闭修复的地方，进来一定很费功夫，结果也就是这一扇门之隔。

连接木门的是一条向下的台阶，不长，站在台阶上足以看到下面走廊的空荡。门在身后一关上，我们瞬间陷入了一片黑暗。我的眼睛还来不及适应这种黑暗，台阶底下突然就亮起了光。

光冲着我们打过来，显得很强烈。迪特站在台阶上也打开手电，我这才看清楚，站在台阶下面的人，正是汤勺。

"这里的警卫呢?"小四问。

"里面只有一个警卫。"汤勺说完，用手电照了照他脚边的地面上，那警卫被他绑住了手脚，靠在墙上闭着眼睛。

"放心，我只是用了一定剂量的迷药把他迷晕了，足够支撑到我们消失在这条走廊里。"汤勺说。

手电光斜侧着打到他的脸上，他下巴上的胡碴让他看上去多了一层沧桑感。

"你们做警察的，手段就是不一样啊。"小四笑着调侃道。

"什么叫……消失?"何钥匙只关注他想关注的点，声音卡在喉咙里，一个字一个字颤抖着抖出来。

小贱的绿眼睛格外突兀，它一眨不眨地望着廖思甜。

"待会儿你就知道了。"胡凯问汤勺，"见到艾力他们了吧。"

"已经往前去了。那个定位图……"

胡凯看着我，"你应该记得位置吧?"

我愣了半天，左看右看，最后确定他的确是在同我讲话。

"什么位置? 什么定位图?"

胡凯微微一笑，"我相信你看过不止一次，有本黑色皮面的笔记本，之前在那个菲利普那儿，后来失踪了。你去过他的办公室吧，我相信你肯定见到过。而且，那本笔记本……原本是他的东西。"他转过头，看着南洋。

第七十四章

FIRENZE
死亡深渊

南洋失忆之后，我也开始屏蔽脑中一些凌乱的片段记忆。比如说，关于那本黑色的笔记本，为什么会出现在南洋的那堆书里。后来笔记本被歌里拿走了，而当天山川发了疯。这些事我既迫切地想知道答案，也在刻意回避。南洋和山川一样，在他身上有太多说不清楚的东西。可你现在不管问他什么，他都会甩给你一双目空一切的眼睛。

不过，我依然记得很清楚，那本笔记本上的内容：V52、V23，和洛伦佐的三环钻戒标识。我其实一直不明白这些东西的意思。

胡凯从身上掏出来两张整合在一起的羊皮纸，让迪特用手电照着，手指着那两块涂黑的区域给我看，"看到了么？"

"你的意思是，这个区域和这两个标号……相对应？"

"我猜的。"胡凯面露一笑，"不是没可能。"

我看了一眼汤勺，他没什么反应，看起来似乎有很多事情他都已和胡凯达成共识。是我本来就不了解情况还是我错过了什么，胡凯和汤勺什么时候变得这么有默契了？

瓦萨里长廊就是一条私家走廊，两边的墙壁上挂着美第奇家族不对外公开展览的肖像画，还有当时服务于美第奇的历代画师的自画像，比如长廊和乌菲兹的建造者，乔治·瓦萨里。除此之外，还有许多16、17世纪意大利学院派和"意大利画风派"画家的作品。我虽然是卖古董的，但是对这方面的认识远不及南洋。我瞄了一眼南洋，他对两边的画作毫无反应，看来恐怕他已把自己的专业都忘了。

这条长廊全长整整一公里，分了好几段。这么看过去，眼前尽是一个接着一个的圆拱，总有一种永远无法走到尽头的感觉。我们走了没几步，前方忽然冒出来好几束光。还没等何钥匙开口乱叫，我就听见了白求恩老头的声音："你们动作还真是慢，我们在这里等了快半小时了。"

"大伯……"汤勺似乎根本不知道他大伯也来了的事实，我特意瞟了他一眼，看到他满脸的惊诧，不免在心里暗笑。"你怎么也在这里？"汤勺这句话说得很小声。"你能在这里，我就不能在这里么？"老头语气很得意。

"其他人呢？"我问。

艾力伸手指了指前面。我真是难以想象，这么多人，大半夜挤在瓦萨里长廊里的场景。但我很快就见识到了。胡凯的这帮武器帮派，整整齐齐分列两边。黑乎乎地这么一眼看过去，跟兵马俑似的。

"推测出来的位置是在这里么？"胡凯问克里。

克里正端着电脑和一个超市扫描条形码的那种扫描枪形状差不多的探测器，在当中空出来的这片区域的地面上扫描。

"凯爷，这里下面是空的，但现在预估不到空间有多大和底下的真实情况。但是入口应该差不多就在这一块区域。按照古代的密道构架结构来讲，暗藏的开关是不太可能离得很远的。"

一个 V52，一个是 V23，这么说来的话，难道入口有两个？

"仔仔细细找。"胡凯说。一群人开始贴着墙壁和地面一寸寸地找，结果摸了将近二十分钟，什么都没有找到，并没有什么类似机关的东西。

"到底在找什么？"何钥匙终于忍不住凑到我耳边问道。"宫殿。"我回答他的时候几乎是不假思索的。何钥匙听罢，沉默了十几秒钟之后，又凑了过来，"你是说，那座宫殿在地下？"我点点头。

小贱在这一区不停地徘徊，还发出细微的叫声。我看着小贱，突然又有了一种回到了七楼的错觉。这只猫来路不明，可能它比我们知道得都要多，可惜它不会说话。慢着，"知道得都要多"……何钥匙通常都不听我们说话，他甚至连羊皮纸都没看过，怎么说到宫殿的时候，他说得这么顺口？就好像，他一直都知道有关宫殿的事……

何钥匙正盯着离开我不远的墙壁上的一幅画，我盯着他看了半天，应该是我想多了。他一脸无知的样子，虽然他的爆料总是带着一些恰巧的成分，但我实在难以想象他会有另外一张面孔。这种怀疑不是第一次，但每次都被我否定。

恰好在我转头的时候，何钥匙突然说："你们看这幅画，挂得好像有点歪。"

"没歪啊。"小四恰好在他身后，扫了一眼，拿手电照了照，"你别添乱。看着那只猫。"

何钥匙仿佛完全没有在听小四说什么，伸手就要去动那幅画。

"别碰它！啊——！"一直在一边像个幽灵一般不出声的廖思甜，突然尖叫起来，顺势朝何钥匙的方向猛冲过去，被小四一把截住并捂上了她的嘴。

何钥匙惊慌地回头，双手却已经转动了一下画框。我瞟了一眼那幅画，那正是波提切利的自画像。

紧接着——我们听到了一声十分清晰的"轰隆"声。声音很清晰，却又很短促，没法判断是从哪里发出来的。瞬间所有人都拔出了枪。何钥匙显得十分惊慌，双手举过头顶，"我不知道，我只是觉得这幅画挂歪了，我……"

他话还没说完，那轰隆声又出现了。这次的声响有些不一样，声音听起来好像附带着回音，好像是从头顶上传来的。脚下的地面也在震颤，如同地震一般。

当所有人还在四处观望的时候，我眼角的余光突然瞄到，就在小四和廖思甜的位置上方，似乎有什么东西掉下来！"当心！"我飞快地扑过去把小四往自己的身边拉了一把。廖思甜则躲得很顺畅，动作灵巧且飞快地闪到了一边，有危险的时候真是一点都不傻。那个东西掉下来的速度极快，当时站在下面的人除了小四和廖思甜之外还有胡凯将近十个手下，幸亏那些人训练有素，反应速度极快，抢在东西砸到他们脑袋之前飞速往后退了几步。

"轰"地一声之后，所有的响声戛然而止。周围恢复了死一般地寂静。廖思甜也停止了挣扎和疯狂的叫喊。我耳膜鼓胀，充斥了我心跳的声音，我能听见周围的人在喘粗气的声音。艾力往前走了几步，用手电上下照了照——是一扇门，一扇石门。

我简直不敢相信自己的眼睛，在瓦萨里长廊里面，居然会从头顶上落下来一扇石门。难道这就是它不对外开放的原因？因为你随便碰一幅画，就会有石门从天而降，随时可能砸中你的脑袋？！

"什么鬼东西？"小四也被吓了一跳，转头看了看我，"谢谢了。"我愣了一下，"不谢。上次没你，我早就挂了，活不到今天来救你。呵呵。""你们别在那里用中文瞎扯了，这究竟是怎么回事？"白求恩老头用手里的手电又晃了晃那扇莫名从天而降的石门，并瞪着何钥匙。"我什么都不知道啊！"何钥匙一脸无辜地辩解道。

艾力敲了敲石门，可是石门那边一点回应都没有。"那边有几个人？"汤勺问。大家都是一愣，刚刚场面这么混乱，又黑乎乎的没灯光，应该谁也没来得及去注意有多少人躲闪到了石门的另一边。

"九个。"答话的是南洋。

我有些不可思议地看了他一眼。这是我们从别墅出来之后，他说的第一句话，虽然只有两个字。我也不知道心里的那种激动是从哪里来的，转而一想，他只是失忆，又不是变成了白痴，对事物反应的灵敏度是与生俱来的，不代表他的记忆会恢复过来。

"不用拍了，石门这么厚，估计喊一嗓子都听不见。算了，他们反正也都没事。艾力，手机给他们发一条信息，让他们撤走，以免被巡逻的警察看到。"

艾力掏出手机，朝着窗口晃了晃，"这里信号很差，几乎接收不到。""信号差？怎么会？"我掏出手机，发现艾力说的是对的。

我隐约感觉，刚才那幅画所启动的机关并不是那么简单。按照道理来说，往前就应该是老桥了，有了开放的空间，不管怎样手机信号也不该这么弱。难道……

我想着想着，便拔腿往前跑。"你去哪里？"我听见白求恩老头在我身后叫唤的声音。当我停下来的时候，听见有脚步跟了上来，转头一看，是汤勺。看他的表情并非是追我过来的，看来应该是和我想到一起去了。

果然，如我所想。汤勺的手电光束，照到了我面前的东西——另一扇石门。刚刚那个机关启动落下的不是一扇石门，而是两扇。也就是说，我们被困住了。

后面那扇石门的位置应该差不多就是正好卡到乌菲兹连接的塔楼之后的位置。与前一扇石门其实没有隔很远。我和汤勺以正常速度朝着他们的方向往回走，到达的时候，我看了下时间，用了将近三分钟。

这里处于瓦萨里长廊的前段和接近中间的部分。基本上属于还没过半。出了这段，就有隔窗了，虽然跳不出去，但是这种显然被困住的脑缺氧感觉可能会被减小一些。

"我们被困住了。"我说。

廖思甜在旁边突然笑起来，"魔鬼，地狱！哈哈哈……"她的笑声碰撞出一层层的回音，令人毛骨悚然。

汤勺正站在何钥匙刚才动的那幅画面前，仔细观察。何钥匙已经不敢再走近那幅画，畏畏缩缩地抱着小贱躲在一旁。

我一直盯着何钥匙，这件事太蹊跷了。这么多画，他偏偏要去动这一幅。

波提切利在后来的历史研究之中一直没有被人发现，也是因为他的自画像太少，我估计这一幅可能是他唯一一幅自画像。里面的他，比三王来朝里面的三十岁自画像看起来要年轻不少，大约只有二十来岁，眼神中充满了慵懒和迷恋。

"我当时真的觉得它是挂歪的，我就是想把它拨正而已……"何钥匙继续小声辩解着。汤勺依旧盯着画，似乎没在听他解释。

"你们千万别再乱动了啊！下一次不知道又得砸什么下来！"白求恩老头说。

艾力的手电光圈之内，我看到胡凯脸上一阵阵忽明忽暗的笑意。他的目光来回在何钥匙与那幅画之间，看样子似乎有别的想法。

"我做一个大胆的假设，"汤勺说，"假设，我们并不是被困住，这两扇门被机关启动之后，落到地面上的石门是为我们划出了入口的范围，你们觉得呢？有这种可能吗？"

"但是，既然作为私家走廊，躲避暗杀等用途，有这样的机关存在用来方便逃跑和制服敌人也同样说得过去。"小四说。

不过，汤勺的说法不是没有可能。

划出区域……等等，我似乎想到了什么……

V52，V23。划出区域。

我脑中忽然白光一闪——慢着！V52 和 V23 可能并不是入口代码！

我在脑中飞快地思索着，这条长廊里面有多少画作，我肯定不知道，相信他们也没有人清楚，而且每年博物馆和外面的博物馆都有一些作品的交换，所以作品的替换、增加和减少都是不固定的。尤其是在这条不对外开放的长廊里面。所以这个代码如果是指第几幅的话，可能性十分小。

那这个代码究竟是在指代什么呢？

"这里的自画像是从哪年开始陈列进来的？"

一时间没人回答我的问题。艾力再次摸出手机，可惜网页打不开。

"老的自画像，是从枢机主教莱昂波多开始在 17 世纪搜集并陈列进长廊的。"说话的是南洋。我惊讶地看着他。看来，他并没有忘记他的专业知识。

我有意无意地瞟了一眼站在一边嘴里念念叨叨的廖思甜，我看到她飞快地看了一眼南洋。她似乎对南洋很在意。他们到底是什么关系？

"我认为，我所记得的标号 V23 和 V52，是作品当时被移入这里成为馆藏的顺序编号。"

"不太可能。宫殿的建造很秘密，枢机主教莱昂波多和洛伦佐隔了不是一个时代，他怎么可能知道宫殿的存在？"胡凯说道。胡凯的意思是这间宫殿就是洛伦佐秘密建造的？语气这么肯定，看来他确实隐瞒了我们一些事。

"我听过这个名字！我爷爷说，这个红衣主教当时为了得到几幅文艺复兴时期大师的自画像，花了建造几间宅子的钱，就算是流出欧洲的东西，他都给找回来了。"何钥匙冷不丁地冒出来一句。

这个红衣主教的名字我也略有耳闻，是美第奇 17 世纪很出名的人物，当时当政的是他的哥哥，费雷南多二世，而这个弟弟则痴迷于学术理论、科学实验、艺术研究。他就是伽利略的第一手资助人和保护者。这样特殊的人，又有美第奇的血缘，就算宫殿是洛伦佐秘密建造的，也很难说这个人当时是不是知道宫殿的存在。

"我们再假设一下，这个人或许开始收集画家自画像并搬进这里的时候，就有别的目的，比如保护密道，或者，给密道的入口留个仅有自己知道的标志。"我推测道。

"画作上一般不会留下这种类似的顺序编号，只会有年份的记载。"胡凯说。

"你们都想错了，很简单的东西。"汤勺突然说，把手电光打到画作上，在波提切利的衣角上来回晃荡，仔细看才能看到那上面有一串很小的罗马数字，写着 XXIII，旁边是桑德罗·波提切利的签名。

"这是指的……二十三岁？"我恍然大悟，原来二十三指的是这个，是波提切利当时画自画像的年纪。

"那另一幅应该也是这个道理！可前面的 V 怎么解释？"我问。

"我不知道，按照这个理论找吧。"汤勺说。

除了小四要看着廖思甜，而南洋似乎对眼前这些事情毫无兴趣之外，剩余的人包括胡凯在内都打开手电，一幅一幅画地摸索过来。结果前前后后查了两遍，并没有找到类似的东西。

难道是方向错了？咦？汤勺呢？我巡视了一圈也没有看到汤勺的身影。还没等我走出去几步，前面不远处就朝着我们这边打过来一束光。

"陈唐？"我喊了一声。好几秒钟之后，光源处才有回应，"找到了。"

找到了?! 我心中一惊，立刻转头看胡凯。胡凯脸上的表情显然从迟疑过渡到了好奇，毕竟我们刚刚一群人这么一幅幅画地摸过去都没有发现什么，汤勺却偏偏这么随便一找便找到了。

汤勺手中的手电光照在他面前的这幅画上。这是乔治·瓦萨里的自画像。

迪特用手电上上下下一寸一寸映过这幅画，每一块都搜索得很仔细，可那类似于波提切利自画像上面的标记，哪里都没有。

"哪儿？"胡凯问。

汤勺指了指画框上的一连串年代标记：上面写着 GIORGIO VASARI AUTORI-TRATTO ，1563，LUGLIO（乔治·瓦萨里，自画像，1563 年，7 月）

"乔治瓦萨里是 1511 年七月份生的，1563 年 7 月，大概这幅自画像是他画给他自己的五十二岁生日礼物。"南洋语气平淡地说道。

这次看向南洋的不止我自己了，还有恰好站在我身边的白求恩老头。老头目光聚焦在他身上，皱着眉头，欲言又止。我刚想问什么，他拍了拍我的肩膀，一个字都没说。

"把小四喊过来。"胡凯听完南洋的话之后，立刻吩咐艾力。

当廖思甜被小四带到这幅画的附近时，廖思甜很抗拒，显然做出一副要逃跑的姿态，但是被小四紧紧揪住。她脸上露出惊恐的神色，外凸的眼珠子，不停地来回转悠，目光惊恐地游走在画与南洋之间。

我瞬间明白了一件事，就是胡凯带廖思甜来的目的。虽然廖思甜是疯的，但是她似乎知道宫殿，并下去过那里。

我迟疑了一下，开口问胡凯，"你之前说可以的时候，就告诉我们，你是在哪里找到的廖思甜，现在是时候了吗？"

胡凯从身上掏出来那张被山川隐藏了宫殿全景图的画布，摊开来，指着周围一片黑压压，却又什么都没有的区域对我说，"看到这片了吗？"

这一片区域，假如不是他指给我看，我上次压根就没有注意到。这黑压压的大片面积几乎包裹着整个宫殿的外围，除了最后那个部分周围没有被框进去，其余部分可以算作是全方位覆盖。

"这是什么？"

胡凯一笑，"你刚刚问我的问题答案，我就是在这里找到这个女人的。不算找到，应该说是救出来，假如不是我救她，她应该已经死了。"他说着，回头看了一眼仍旧一脸惊恐的廖思甜，又回头继续对我说，"我找到她的时候，她身受重伤，但是具体怎么伤到的我不知道，我把她救出来之后，她就这样了。"

我心里一惊，"这么说，你已经去过宫殿了？"

"没有。我不知道她走到过哪里，我只到过外围部分，也就是……"他用手指点着一圈周围黑色的圈界部分，"我在这里曾经损失惨重，所以不得不撤退。"

"你从哪里下去的？"

"七楼。"胡凯说。

我无法掩饰心里所有的恐惧感，不自觉地望向汤勺。汤勺眯着眼睛，脸上露出细微的惊讶表情，"那个死人坑……"他欲言又止，但我已经知道他想问什么了。

"对，有很多我的人死在那里，当然，那边的尸体还有别人的。这些秘密经过一代又一代，有很多人或许和我一样，不断地去尝试而带来死亡。幸运的是，我还活着，可我也没打算放弃。不过，这也是我多年不再尝试下去的其中一个原因。我相信有一条路可以避免那块迷宫区域和那个地方产生的幻觉。"

"幻觉？"我立刻回想起那个"老西木"死前的样子，又想到自己在那里莫名其妙地自残了一刀的事情……我记得汤勺去查过致幻的可能性，是两种有毒的物质混合在一起，燃烧所产生的气体，吸入之后所导致的幻觉。

"他都差点死在那里。"胡凯望了望艾力，眼中浮现出明显的歉意。

"你就找到她一个人？"汤勺问。

"我不知道她是不是有同伴，但我救出来就她一个人，当时她身上什么都没有。我想，她可能遇到了更大的危险。在艾力受伤之后，我决定撤退，毕竟当时……当时，已经死了很多人了。这么多年我一直都在一边做充分的准备，一边寻找另一条途径。我很早就知道，有地图的存在。在我发现别墅下面的地图被毁掉之后，我就开始着手寻找更为完整的地图和更为保险的到达方式。"

"可是，为了什么？"我真的搞不清楚，胡凯这种有权有势又有钱的人，难道是下面有什么巨型宝藏，值得他花费这么多人力物力要去得到？

胡凯看着我的表情，突然笑起来，"不用猜了。我并不是为了钱。"

"那是为了什么？"

"和你们一样，一个真相。"

"我们家族一直都是做古董这一行的。我爷爷是历史学家，而我的父亲只是纯粹的古董商人。我出生的时候，我爷爷已经失踪了，而我父亲从来不提起这件事。直到我最后一次见到他之前，他才与我把话说清楚。在我爷爷的研究之中，他无意之间发现了这个地下宫殿的存在。其实你古董铺子那里，那栋楼以前是一家私用楼房，那是我爷爷专门设立在那里的研究室。曾经只有两层，他选择了那块，就是因为预估到了宫殿的大小，认为那块有可以进入宫殿的通道。于是，他秘密开挖了一条通道，连接地下。他没有猜错，他错的只是，不知道宫殿外围有一圈黑暗空间，那块空间整体被铺设了一个大型的迷宫。简单来说，你们看到的迷宫、死人坑，和后面那段根本不知道出口在哪里的地方，全部都是迷宫区域。而后来那个买了七楼的人，叫什么来的，哦，对，菲利普，看来他也知道不少的事情，因为他把我爷爷搭建的密道直接连接到了他自己的七楼住宅。"他说到这里停顿了一下，给了我们思考的时间。

我脑中浮现出先前提到的那片区域，原来是这样。也就是说，汤勺的父亲……我忍不住转头望了汤勺一眼，他皱着眉头显然也在思考。或许他想的问题和我想的一样，他父亲也下到过同样的区域，并且害怕自己的儿子有天被卷入相关的事端，事先带他摸好路，只是，他或许也并不知道真实的入口在哪里。只是他和廖思甜同属于一个专案小组，西木、菲利普，还有同属警队的到现在都还没有出现的卡洛，以及另外两个文交会成员，欧梅洛和克劳迪欧，他们到底参与了什么事情？汤勺的父亲究竟是为了什么自杀？尼可曾经提到过的人呢？

胡凯顿了顿接着说，"所以我爷爷进去之后，就失踪了，没再出现过。这些事都是我父亲后来查到的，查到之后他就希望能找出答案来，于是一直都在秘密地追查宫殿的相关问题。这也是为什么我会知道别墅的地窖下面有宫殿的结构图的原因，可惜的是，那只是结构图，没有陈设出周围的迷宫部分。我父亲以为有了结构图可以确保万无一失，后来他也失踪了"。他说到这里，笑着望着我，"所以你说那幅隐藏在黑猫图之中的宫殿图是你妹妹画的，那么，你妹妹有没有真正进入宫殿我不知道，可以肯定的是，她起码看到过别墅地窖墙壁上的结构图，并且她应该去过下面的迷宫。因为迷宫是不存在地图或者范围图的。"

山川……

"而且她很聪明，她把结构图和迷宫的范围结合起来了。这绝对不是一般人的智商。"

"可我现在找不到她。"我说，每次提到山川或者想到她的时候，我的内心就会升腾出来一种迷茫感。仿佛这所有相关她的一切都欠缺真实性。

"或许，等我们下去之后，你也可以找到你要的答案。"

对于胡凯卷入这件事的理由，他诉说的口吻很真诚。我相信他所说的话，但不知道为什么，我在直觉上认为，或许他对于我们还是有所保留，这并不是他全部的真相和目的。

但起码比一无所知的要好很多，况且他说得对，或许我要的答案和他要的答案都在下面。只有等我们真正进了宫殿，才能找到所谓的答案。

假如汤勺推测正确，那么我们面前的瓦萨里就是最后这把开启地宫之门的钥匙。

"等下，V代表什么？"何钥匙突然问了一句。不过似乎没有什么人在意他的问题。胡凯让艾力把剩余的所有人都集中起来，避免出现像刚刚那样的情况，在机关启动的时候，让大家都保持警惕。

何钥匙的问题却也开始徘徊在我脑中，但是转念一想，假如什么都弄得很清楚的话，我们可能谁也不会出现在这个地方。

汤勺伸出双手，准备转动那幅画。

"这V会不会不是字母，而是向下的箭头？"何钥匙又问了一句。

汤勺已经转动了一下那幅画。从画的背后传出来细微的像发条一般的声音。何钥匙的话却让我浑身一惊。

"糟了！"

此时又响起了轰鸣声，这一次不在头顶上，而是在——脚底下！

"快往后撤！离开这块区域！"

在我叫喊的时候，地面已经飞快地从画的右侧方开了一条口子，将整个走廊横向切开。裂口之大，速度之快让人措手不及。

这时候，大家才算反应过来，所谓的入口并非在墙壁上，而是在地上！可是醒悟得毕竟是晚了，地面上的缝隙裂开得太突然，艾力这种身手都来不及反应，眼睁睁地退到贴墙的地方，将胡凯拦护在身后，而裂口几乎是沿着他的鞋边停住的。迪特想去抓住正好站在开裂口的黑脸，却只有手指碰到了一点他的衣服，还来不及发力，他就和另外三个人一起掉了下去。

地面的震动和声响一下子就停止了，就像之前石门落下之后一样。周围瞬间恢复了一片死寂。所有人都愣住了，不敢再往前一步。

突然，廖思甜喊了起来："你们把地狱的门打开了！你们要放出魔鬼！"

被她这么一喊，我们才回过神来。在我们面前是一片巨大而黑暗又空洞的四方口。面积很大，看起来就像个捕猎的陷阱，而里面飘上来的空气充满了潮湿而发霉的气味。这味道萦绕在鼻尖，怎么也散不开，有一种熟悉的感觉。而开口处还飘荡着刚刚掉下去的黑脸和另外三个人喊叫的回声。

没人敢动，大家都贴着墙壁挤在边缘处，生怕谁哪怕只是动了一下，我们这群人就都会像多米诺骨牌一样全部倒进眼下的这个大坑里。

站在最边缘的艾力率先动作，他小心翼翼地抬起手，用手电照了一下这个大坑。大概四秒钟之后，他伸脚往前迈了一步，我看着他伸脚出去的时候，连气都没敢出。

"有向下的台阶。"艾力稳稳地站在比坑口低一些的地方，然后用手电光照着自己的脚下给我们看，"不用担心，有台阶。"

我们全部都松了一口气。

"那黑脸……"何钥匙趴到坑边上，看下去。

这个坑很大，向下的台阶是占了一半的面积，在靠近画的这一边，而它的左边则是空荡荡的深渊，手电光打下去，浮上来的都是一层层厚重的雾气，连个底都看不见。

"他们是从哪一边掉下去的？"胡凯皱着眉头看着下面问。

"难以判断，我们沿着台阶往下走，运气好的话，可能会在台阶上找到他们。"

"如果是摔在台阶上，应该没什么大碍，假如从左侧这边掉下去，可能就……"汤勺抬头看了看大家神色凝重的脸，没有把话说完。

"凯爷，我们先下去吧，我带两个人打头。迪特，你带两个人走后面。"艾力说。

胡凯点点头。

"凯爷，你们先下去。我得解决一下这个女人，否则我们都走不了。"小四说。

廖思甜蹲在石门和墙壁的夹缝之间，浑身颤抖。她一手抱着头，另一只手死命拽着……南洋的腿。

这一幕在我心里落下一种十分奇怪的感觉，我总觉得哪里是有问题的，却怎么都说不上来。

南洋的脸上，从只有疑惑和惊诧的表情，到慢慢浮现出一丝恐惧。他瞪大了眼睛望着廖思甜，那表情看起来，好像是明白了什么。可它持续的时间太短，我眨了下眼睛的功夫，他脸上又恢复了完全的默然。或许他脸上的表情变化都是结合我本身存在于自己脑中的疑惑而产生的错觉和想象而已。而不等他挣脱，小四已经一掌劈下去，把廖思甜打昏了。

"这疯女人，没办法了，我背着她吧。"

"为什么要带着她？"我问胡凯。

胡凯笑了笑，"因为，或许她认路。疯归疯，但是疯子也是有记忆的，特别是把她带到令她恐惧的环境当中，她会本能地顺着自己已知的安全路线走。"

虽然廖思甜也不是什么好东西，但是听到这种话，难免内心还是会不由自主地生出来一种恐惧感。

向下的台阶，让我想起了圣母百花大教堂里面，登上布鲁内列斯基大穹顶的台阶，又高又窄，而且带着潮湿的水汽，即便是强烈的手电光，也打不散厚重的水雾。周围朦朦胧胧，什么都看不清楚。而脚下的台阶却越走越窄，所以我们每走一步的时候都小心翼翼。

小四背着昏死过去的廖思甜，走得很慢。我注意到走在我后面的南洋不时会回头去看一眼小四有没有跟上来。

他在担心小四？不可能……难道他在担心廖思甜？

我们走了不知道多久，突然脚下的地面出现了一阵晃动。

"地震了?"我前方传来白求恩老头的声音。

但是这种震动没有维持多久，大概只十秒钟就停止了。

"你刚刚有没有听到什么声音?"何钥匙问我。

确实有声音，声音不大，伴随着地面的晃动从后上方传来。

是什么?

"入口关上了。"汤勺望着来时的漆黑一片，幽幽地说。

"假如不是自动闭合的话，很有可能是有别的什么人也进来了。"胡凯的语气里没有丝毫的紧张，"别管了，继续往下走。"

一路上也没有发现黑脸的踪迹。没有人敢多问什么，这已经走下来不少级台阶了，早就已经超过预估可能跌下来的空间和高度值范围，看来他们摔在台阶上的可能性几乎为零。

跟着艾力在前面打头的除了克里之外，还有一张和小四一样的亚洲面孔，话很少，小四说他叫木飞，身手很好，是唯一一个可以和艾力作为替换的胡凯的贴身保镖。

我之所以留意到这个人，是因为他一直在观察南洋。对，不是单纯地看着、盯着，而是观察。从他锐利的眼神之中，我能发觉到观察的意味，或许他对南洋有所怀疑。

小四说，就是他，不久前才和南洋与所谓的"另一个"女人交过手，南洋当时受伤的情况，就是他报告给胡凯的。

不知道走了多久，这条台阶总也到不了头。

忽然走在最前面的艾力喊了一声"慢"，我们都纷纷跟着停了下来。我们与他们的间隔距离有点长，隔了好几个台阶，几乎看不到他们，只能看到几个隐约的身影在浓雾里面，和着手电光出出进进。

"怎么回事?"白求恩老头在我们后面冲底下叫了一声。

"有岔路。"前面传来艾力的声音。

岔路?! 这台阶居然有岔路?

汤勺追下去确认了一下，确实是岔路。目前这台阶已经窄得连两个人并排通过都有点费力，而从这之上分出去的两条岔路，分别向左右两边，光照目测得来的前段宽度，大约只有现在的二分之一，也就是说单独通过的时候都得很小心。而我们所能看到的部分，分出去的两边台阶坡度十分缓，不再像是之前那样每一级都有平常台阶的两倍，反而是每一级台阶的高度只有平时的三分之一，所以站在这里所能看到的路段，看起来几乎是平的。有些像游乐园那些高空项目所铺设出来的半空轨道，在浓厚的大雾之中，悬得让人内心发慌。

但现在的问题是，先要考虑究竟走哪一边?

汤勺说，这样来看的话，有一边的路可能会把我们误导进外端的黑色区域。

"左边吧，看着像是往里面拐的。"胡凯说完就朝着左边走，显得轻轻松松，仿佛这是一个没有危险且可以随意做出来的判断。

"看着像是……"何钥匙脸都皱成一朵菊花了，"可别开玩笑啊。我可不想死在这里，或者变成跟她一样。"他边说边回头看小四背上的廖思甜。

"放心，你的境界达不到，人家没疯之前是有名的收藏家、艺术研究员，还是乌菲兹的馆长。你以为谁都能，说疯就疯啊？"小四一边喘气，一边调侃何钥匙。

南洋听完小四的话之后，皱起了眉头，脸上露出奇怪的表情，他回头看了一眼廖思甜。

我们刚拐上岔道的时候，身后突然传来一声尖叫声——那声音划破黑暗，直冲到高顶上，又带着回声落下来。我被那声音吓得起码迟了三秒心脏才有了惊恐的反应。

是廖思甜醒了。

幸好小四还差一步走上只能容一人身体勉强经过的岔道，否则很可能被廖思甜直接带下万丈深渊。

此时的雾气似乎更浓了，甚至难以看清楚一米以外的东西。大家都把手电光打到最大亮度，也可能是突如其来的光源刺激了廖思甜，她似乎显得比下来之前更惊恐，死命地想要从小四手中挣脱出去。

"小四，放开她！"胡凯站在前面对小四喊道。

我一愣，随即又想起了他之前说的话。看来他现在是要利用她的记忆来判断我们该走的方向。

果不其然，廖思甜并没有拐上我们所选择的左边的岔道，而是相反，一路连爬带跑地往右手冲。

"跟她走。"胡凯说。

走在最后的迪特立刻带人调头。我们都跟了上去。何钥匙一脸不相信地嘀嘀咕咕，"这疯女人，能信吗？"

其实我相信不止何钥匙一个人有这样的疑惑。毕竟这是一个精神有问题的人的判断，虽然胡凯说得的确有道理，但也没有百分之百的事情，很难说她会不会把我们带入什么危险境地。

我回头看了一眼白求恩老头，他倒是显得挺淡定的，没有从什么医学精神领域发表任何看法，很从容地跟着调头拐向岔道的另一边。

就这样，廖思甜这个疯女人给我们的方向定下了最终的判断。

在经过刚刚下来的台阶时，不知道为什么，我又有了那种似乎有人在黑暗之中正盯着我们的感觉。我停在来时的台阶前，盯着陷在浓雾之中的黑暗，这种黑暗有一种吞噬人的力量，不光能使人心生畏惧，我还感觉到了一种荒芜，似乎身体里的灵魂正在被它一点点的侵蚀。我不知道我发了多久的呆，直到汤勺拍了拍我，"看什么?"他问。我这才回过神来，"没什么。"

入口被关上的时候，胡凯说可能有人进来了，他说得很随意，像一句玩笑话，但我并不这么认为。

最令我担心的并不是这里浓雾弥漫的黑暗，而是另一个东西。其实黑暗之中，一切鬼神之说，和脑中被幻想出来的邪恶力量，都只是自己吓唬自己的一种方式，好让自己在面对一些恐怖的时候，不再前进。而相比之下，站在暗处，与你为敌的人，才是最应该令你恐惧的。

所以，我担心的是，这里并不止我们这些人。

右边这条路周围的雾气似乎更为深重，空气中漂浮着湿气，以及一种难以言喻的腐烂发霉的味道。

我的太阳穴一直在隐隐地跳，这并不是什么好征兆。

廖思甜跑得很快，我们为了跟上她，全都加快了脚步。何钥匙两次脚底打滑，差点掉下去，都被汤勺拉了回来。

"大家小心一些!"艾力说。

我们在这条路上走了大约二十分钟左右之后，台阶的坡度开始明显有向下的变化幅度。湿气和雾气瞬间加重了，可见度被降得更低。

迪特在前面喊了一句，"那女人不见了!"

我心里一惊，看来前面的情况出现了变化。

紧接着我又听到了迪特的声音："前面有个小平台。等下! 好像有什么东西!"

大家的神经都在一瞬间绷了起来，我按住之前胡凯给我的武器，虽然这玩意儿我还没有捣鼓熟悉，但毕竟是一枚威力十足的武器，足以护命。

"不用紧张，只是一扇门。找到廖思甜了!"还是迪特。

"你没事能不要吓人吗?"何钥匙十分不满地抱着小贱从地上站起来。小贱从他的手里跳了下来。动作十分灵活地越过我们一众人，走到了前面。何钥匙提心吊胆地喊着："小贱，当心点!"但是那猫压根不理他。

似乎有什么十分吸引它的东西在前面。

迪特说得没错，前面确实是有东西。只是他没有看到，东西被廖思甜挡住了，所以迪特起初只看到了那扇门。直到小贱窜了过去，在廖思甜身边发出嘶叫的声音。迪特这才注意到，廖思甜背对我们蹲着的地方，有什么东西被她挡住了。

迪特举着枪，一步步靠近廖思甜，一手将手枪上膛，一手将手电光移过去。廖思甜突然面目狰狞地转过头来，就连迪特都被吓了一跳，往后退了几步。

手电光打在前面半圆形的光圈内，除了廖思甜，还有一坨黑色阴影——那是一具腐烂了一半的尸体。从廖思甜的身体左边，露出来一个骨肉模糊的脑袋。

"啊——!"何钥匙尖叫一声之后,直接"啪嗒"一下倒在了台阶上,被吓晕了。我赶紧把他往台阶中心拉了几下,以免他掉下去。虽然说这已经不是我第一次见到尸体了,上次在胡凯后厅的地底下见到了一堆尸体之后,我基本上心肌还是有得到强健的,但是眼前这么一具腐烂了一半的恶心到极致的,不知道从哪里冒出来的尸体,还是起到了让人反胃的效果。

我强忍着欲呕的感觉,捂着鼻子跟在汤勺后面,走到迪特旁边。走在后面的胡凯、白求恩老头,和艾力他们也跟了上来。我回头扫了一眼,南洋站在原地没动,但是眼睛盯着的方向,好像是蹲在尸体边上的廖思甜。

"她在念什么?"白求恩老头指着廖思甜问我,"念的是中文吗?"

我摇摇头,她一直振振有词,听不出来到底念的是什么。

"把她拉开。"胡凯说。

廖思甜歇斯底里地叫喊起来,那尖厉的声音刺激着耳膜,在这黑暗的浓雾之中,听起来就像某种危险的警报。

木飞一把捂住她的嘴巴,尖叫声一下子就被收到了喉咙口。

"这是什么人的尸体?检查一下。"胡凯说。

艾力正要动手,白求恩老头从外套的口袋里随手就掏出手套来,"让开,我来。"他让艾力用光照着尸体。

"从尸体的腐烂程度来看,死了应该超过两个月了。男性,年纪大约在五十岁左右。死因不太确定,但是看皮肤完好的部分有呈现出来的紫色,初步判断应该是中毒。咦?身体下面好像有东西。"

老头伸出手刚想翻尸体,廖思甜又发狂了,狠命地对准木飞的虎口就是一口,直接就咬出了血。木飞手一松,她就想逃跑,幸亏小四眼明手快,直接冲过来横腰拦下,估计本来是想一掌把她打昏的,考虑到之前遭罪背着她走了那么久,这么一想还是算了,只是反手绑着她,让她不得动弹。

"你快让老头帮你处理下伤口,搞不好要得狂犬病的。"小四调侃木飞。这个木飞真是人如其名,脸上木讷的表情比起现在的南洋来,还有过之而无不及。

小贱一直在尸体边上来回转悠,看上去很奇怪,感觉像是认识这个人。

尸体被白求恩老头翻了过来,一股更浓的腐烂味弥漫在整个空气当中,熏得人头脑发涨,就算是我使劲捏住鼻子都挡不住气味钻进鼻孔。

"他身上有只双肩背包。幸亏是帆布的,材质不错,尸体腐蚀成这样,背包还没烂。"

老头从艾力手里面接过手电,照进背包之中。"里面的隔层内有张证件。"老头边说,边把证件从里面掏出来。

"这个好像是政府部门的进入证件吧。这人的名字叫——克劳迪欧·卡斯特尔。"

死在这里的这个人，居然是克劳迪欧·卡斯特尔。

当时文交会进入专案小组的三个人，除了不久前跳楼身亡的菲利普，另外两个分别是克劳迪欧·卡斯特尔和欧枚洛·切尔克。

现在克劳迪欧也死了，文交会的成员还剩欧枚洛。

老头念出尸体名字的时候，我更加肯定了自己的推断。假如照片中的那个谋杀了阿夫杰的女人就是廖思甜的话，那么事情的起头部分应该是从谋杀开始算起。这些人都出现在同一个地方，实在是太巧了。从事情的开端，或许他们已经参与到了同一件事情当中，或者说，这事件其实本身就是他们在一起计划的什么阴谋。

不过到目前为止，所有都只限于推测，我还没有足够的证据来证明这一点。但是我有种感觉，欧枚洛也会出现在这里。这样的话七个人之中还缺少了一个人，就是那个叫卡洛·齐德蒙的警察，不知道他是不是也会出现在这个地方。

"等一下，我觉得有些不对劲。"汤勺忽然说道。

"什么不对劲？"胡凯问。

汤勺想了一下，幽幽地说道："我觉得这女人……好像就是奔着这具尸体来的。"

我心里一阵发毛，"你的意思是，她走这边不是因为路线安全，而是因为知道她同伴的尸体在这里，所以要跑过来？"

汤勺想了一想，道："可以这么说。不过，我总觉得她的目的不那么单纯，好像……"

"好像什么？"胡凯问。

"好像……你们有没有觉得她好像在找什么东西？"

"你的意思是说，这女人其实在装疯卖傻？"胡凯盯着廖思甜说道。

"这些只是我的个人直觉和猜测，不做准。"

"她的精神问题是经过鉴定的，我们曾经用一千根针试过她，她虽然有恐惧反应，但也伴有明显的神经性麻木症状，致使她对疼痛导致的身体抽搐没有反应，除非她真的是表演天才，一般人装不出来。她是真的疯了。"艾力解释道。

"大伯，您怎么看？"胡凯问白求恩老头。

老头一边摘刚刚用来检查身体的手套，一边眼睛还盯在眼前的尸体上，头也不回地说："非先天性的精神病很难有个标准的判断依据，我不发表意见。真疯假疯，待会儿不就知道了么？"

尸体上没有搜出来其他东西，双肩背包里面，除了那张证件之外，还有一些类似纸张的东西，只不过已经腐烂得不成样子了，获得不了更多线索。

胡凯拿出羊皮纸和那张全景图出来做对照。

"现在我们应该还在宫殿的外区，假如通过这扇门之后，能将我们带到这里的话，"他手指了指雅典神庙风格的建筑，"这里就是入口。我们只要到这里，就能进入主殿前面的庭院。"

"我们要直接打开这扇门吗？可……"克里一边从背包里面掏出探测仪，一边皱着眉头望了一眼眼前这条继续下去的台阶。

我们现在身处的位置的确有些诡异，让人捉摸不透，这里面究竟是一种什么样的设计。现在我们应该是在半空之中的一个平台之上，往后就是来时这条细长的岔路台阶，这个平台于半道十分突兀地冒出来，有点类似于空中花园，只不过这里没有花，只有一具半腐烂的克劳迪欧的尸体。而左手边就是那扇高大的石门，石门的材质应该是昂贵的卡拉拉大理石，石门上有二十七幅方形雕刻图，雕刻的是耶稣故事。

但是连接这个小平台往前，竟然继续是这条未完的台阶，往前的雾气似乎要淡一些，不似这一块如此厚重，大概能看到向下的幅度，看方向应该是向着左下方延伸的。

"石门的材质和雕刻都非同一般，绝对不可能是随随便便安在这里的一扇门。这扇门后面必定有内容。当然，这也是我个人的猜测，我不能保准我们打开门会遇上什么。"胡凯说道。

我看到他向小四递了个眼色，我立刻明白过来，他是想让小四松开廖思甜。刚刚廖思甜是预备逃跑的，胡凯想看看她会不会沿着这条台阶继续往前，假如她继续的话，我们确实要谨慎考虑到底做何种选择。毕竟胡凯说的也不无道理，这扇门看起来过于隆重，应该是花了不少代价和心思做成的。看雕刻的手法，也绝对不是一般工匠的作品。

看来胡凯还是因为听了汤勺的话，对廖思甜起了防范心。

小四也立马明白了胡凯的意思，很随意地松了松手，结果廖思甜并没有反应，没有逃跑甚至动都没动，只在原地站着。

但是她从头发之间露出来的那只眼睛，紧紧盯着那扇大理石门。不，不只是大理石门，还有站在门口似乎在研究上面的雕刻的南洋。我不知道这些是不是我的错觉，由于我的内心有一些疑问，所以我总是觉得她在以一种疯狂以外的情绪注视着南洋。她的脸被头发挡住了，我看不到她脸上的表情，但是她的眼神显得很纠结。

克里手中的探测仪在接近石门的地方开始"滴滴滴"地响了起来。我问他这是什么意思。

他解释说："这是一种精度探测仪，被我调整过之后，在遇到大面积空旷的空间时，会发出像这种短促的音。就说明墙体后面存在大面积的空间，这门是可以被打开来的。"

"想办法把这扇门打开吧。"胡凯说。

何钥匙这时候刚好醒过来，他迷迷糊糊跌跌撞撞地从地上爬起来，揉着眼睛朝我们这边走过来，估计是鼻子突然接收到了强烈的尸体的腐烂味道，只见他突然双手捂住嘴，跑到小四边上，一放开手就大声地吐了起来。

小四哭笑不得地腾出一只手来，拍着他的背说："你为什么非要跑来我边上吐，我刚适应尸体的味道，现在还要适应你的呕吐物气味……"看何钥匙吐得完全停不下来，又说，"听我的，你深吸一口气，慢慢呼出去，你会发现，其实尸臭也不过是空气当中一股很平常的味道，呼吸呼吸就习惯了。"

何钥匙一边猛烈地咳嗽着，一边努力直起腰，还当真深吸了一口气，"呃……呕！"

看到何钥匙吐得脸都抽筋了，小四哈哈笑起来，"你忍着点，我们真的没带多少食物来填补你的胃。"

"别闹了。"胡凯扔给木飞一瓶水，"让他喝点水，这门可能需要他看一下怎么才能打开。"

这门并没有钥匙孔，也没有锁，看起来就是从中间闭合的两块大理石而已，但是艾力研究了半天，也没有找到打开它的方式。

何钥匙喝完水，擦了擦嘴，眼睛看都不敢看一眼旁边那具尸体，用手捏着鼻子绕到石门边上。他粗略地看了下石门，问艾力："推不动吗？"

艾力笑着耸了耸肩膀。

何钥匙扒在门上，仔细研究，嘴里一边振振有词："这两块石头看起来不像有机关的样子，中间有条缝，有条缝或许里面有锁引，没准儿……"他一边念叨，一边从身上掏出来了什么东西。假如我不是早已见识过他那根头发丝一般的牛逼的开锁工具，就凭着手电光，根本看不到他手里捏了什么。

他用那根头发丝从他可以够到的高度往下试验，一路到底，似乎并没有找到他所谓的锁引。他站起来，摸着脑袋，有点困惑。

"会不会有机关？"我问。

"刚刚检查过了，并没有找到机关。"艾力说，"有机关的门，通常机关的设置不会离开门很远，这附近可能的地方都找过了，包括门上，没有。"

那这门怎么开？

"你们看这里。"汤勺似乎发现了什么东西。用手电照着右半扇门下端位置。

"你们看，二十七幅雕刻图本来应该全都是以耶稣故事为主题，但是你们看这最后一幅。"

最后一幅图在右半扇门的下半部分中间，在这第二十七幅雕刻图之后，剩余的都是留空部分。南洋刚刚一直盯着的就是这个地方，但是他什么都没说。

这是一幅耶稣故事内容以外的东西。欧洲古人的雕刻，一般主题很明确，假如以谁为主题，所有的雕刻内容都只会是《圣经》里面相关的以此人物为主的内容。比如说，假设雕刻主题是圣母玛利亚的故事，就会从她的出生开始，内容发展到她的升天结束，如果还有多余的方格，也不会横插别人的故事片段，只会补上几个守护神，或这个城市最著名的主教的单人雕刻图。

可这里，居然莫名其妙地冒出来一幅圣彼得在梵蒂冈圣多禄大殿前得钥匙的画面。确实显得十分突兀，尤其是他手里拿着的钥匙。

何钥匙似乎是看明白了，冲我们眨了眨眼睛，"你们退后，给我打个光。"

他在这一块单图上面摸索了一阵，然后用右手两指固定住区域，再次掏出那根头发丝，只见他小心翼翼地对准他两指之间的一个位置，将头发丝插进了里面，向右一转，只听见"咔嚓"一声。

"哈哈，果然。"他收起头发丝，从地上站起来，兴奋地对我们说："锁引藏在那把钥匙的最下端。隐藏得太巧妙了。这锁非常可能是我们何家人设计的！只有我们家有这种绝世水准！"

"怎么没动静？"小四望着门楞神。

何钥匙朝天翻了一个大白眼，"我开的是锁，不是机关，你不推门，门怎么可能会开。"

果然，艾力稍稍一使劲，门就向内侧打开了。

"这算不算是打开了入口?"在大家屏气凝神看着门的时候,不知道谁问了一句。

没人回答。这问题瞬间就被从门口飘浮出来的湿气和迷雾湮没了。

"什么地方?怎么雾气这么重?"何钥匙眯着眼睛嘀咕着。他想去抱起小贱,可小贱一直往后退,似乎在害怕什么,不愿意靠近那扇门。它这样的反应,总让人有不太妙的感觉。

这时,克里手中的探测器突然之间开始闪红灯,紧接着一秒钟之后就发出了刺耳的长音。

"糟了!大家退后!"克里反应奇快,捂住鼻子喊道,"这雾气有毒!"

探测器突然发出来的长音是毒性警报。

木飞迅速打开背包,掏出来一堆口罩,丢给我们每人两只。胡凯说,这是防毒口罩,虽然不能跟防毒面具比,但总好过没有。只是现在我们对这浓雾的毒性程度还不了解,不知道单靠这种口罩能不能起到防毒隔离的作用。

廖思甜突然从小四手中猛地抢下来两只口罩,戴到自己的脸上。

小四一愣,望了一眼胡凯,我看到胡凯冲他摇了摇头。

门内厚重的迷雾怪异得很,他们拿出事先准备好的高能探照灯,伸进去,在迷雾之中晃了一下,雾不仅没有驱散开来,反而附着到了探照灯上,使得探照灯原本强劲的灯光看起来也变得朦朦胧胧。

"完全看不到里面有什么。"艾力说,"现在只能确定,门前这条路,应该是一条下行的平坡,坡度很缓。至于下面有什么,完全看不清楚。我们必须要小心一些。大家保持走在一起,不要散开。"

假如胡凯的推断正确,那这扇门下去应该可以见到雅典神庙样式的建筑。但我内心总有种强烈的不安,总感觉有什么地方不太对。

我瞄了一眼廖思甜,刚才门一打开,克里手里的探测仪刚开始闪红灯的时候,她就立刻捂住了口鼻,似乎早就知道门内飘出来的雾气是有毒的。难道这块区域她也进去过?那岂不是说她到过宫殿?为何"老西木"又是在外围迷宫区的死人坑那里被我们碰上?她究竟遇到了什么而变成了现在这种样子?

我望了一眼克劳迪欧的尸体,老头说他应该是被毒死的,是这里面的迷雾么?

"我们进去吧。"胡凯说。

除了口罩,木飞还给我们分发了头戴式的探照灯,以及信号弹,以防走散。其实他们还带了定位装置,只不过这里一点信号都没有,根本不能用。

这脚往浓雾里一伸,脚下倒是平滑坚实的地面,但是脑袋上空立刻腾起了一阵云雾感,十分不真实。我的右耳紧接着就是一阵接着一阵的耳鸣。汤勺拍了拍我,似乎是在跟我说话,但是我光看到他的嘴在动,却听不见他在说什么。

"哥。"

谁?谁叫我?!

"山川?是你吗?山川?"

我转身一看,忽然发现周围的人都消失了,只剩我自己和脑袋上这只灯散发出来的幽幽的光。

"哥!小剑!"

是山川!是她,是她!

我往前走了好几步,可是这里的雾太沉,完全挥不散,像是迅速把我包围起来了。

"清醒一点!集中注意力!"是谁的声音,在我耳边这么大声?差点把我的耳膜都震破了。

似乎有人在用劲晃我的肩膀,但是我脑袋有点晕,难以判断是不是自己感知错误。

"啪——!"

一声短而刺的声响,瞬间,我的右耳又恢复了耳鸣,并且伴随着针刺般的鼓涨和疼痛。我捂着耳朵,睁开眼睛,缓了好久的神,终于看清楚了眼前站着的人,是戴着口罩的汤勺,而我的脸上一阵火辣辣的疼痛。

"你打我?"

"不打你你醒不过来!保持注意力集中!不要分心!"

我这才知道,刚刚一进来,自己瞬间就出现了幻觉。是幻觉,我听见的山川的声音,是受到这里的毒雾影响所产生的幻觉。我一看,周围的情况越发的不对劲了。不止我一个人,何钥匙也受到了幻觉的影响,我醒过来的时候,他还在像个瞎子一样闭着眼伸着手在小四的身上乱摸。小四本来想甩上去一拳,无奈两只手要绑着廖思甜,怕她在这种毒雾之中生出什么幺蛾子来,实在无暇顾及何钥匙,只能拼命喊汤勺。

汤勺走过去对着何钥匙的脸就是一巴掌。我一看那个力度,瞬间反馈到自己的脸上,又是一阵火辣辣的生疼,他刚刚对我下手的时候,也一定没少费力。

迪特在忙着处理他手下的那两名年纪较小、意志力和我一样薄弱的小兄弟,两个西装笔挺的高个儿大小伙子,一脸痴呆的模样,看着实在是有些滑稽。刚醒过来的何钥匙,捂着脸就开始笑起来了,搞得好像刚刚他自己压根没有被影响似的。

廖思甜倒是出其不意地没什么反应，这更让我疑惑了。是本身精神已经错乱了，反而不会有什么反应，还是说，她之前进来过，体内多多少少有了毒性的残余，而使得她对此产生了抗体？

咦？南洋呢？我转了一圈，其他人都在，就是没见到南洋。

胡凯他们正在研究地图。我一把从木飞手里夺过大探照灯，往前一照，果然在迷雾之中看到一个人正在往前走。

糟了！

我把探照灯塞回木飞手中，拔脚就往前跑。

"你去哪？"汤勺在后面喊我，我头也来不及回。南洋前进的速度不慢，这迷雾太重，我怕迟一步就跟不上他了。谁知道这往下去的一路上都有什么，万一有几条隐藏的岔路，他走了哪一条，根本看不见。我心想，他一定是受到了毒雾的影响，这会儿是在自己的幻觉里行走呢！

"南洋！"我大声喊他，可他似乎听不见，根本不回头，也不放慢速度。

我快步追上去。这的确如艾力所说，是一条缓坡，地面平坦，低头看的时候，却又感觉双脚仿佛踩在云端，因为脚边的雾气最为厚重，一丝半毫都散不开。

我突然想到了小贱，小贱去哪里了？

才想着，身后紧跟着就传来了何钥匙杀猪一般的叫喊声："小贱！小贱——！"

"南洋！"

他转身的时候，我一愣，愕然在他面前收住了步子。小贱在他手里抱着。小贱绿色的眼睛，直愣愣地望着我。南洋也望着我。

"南洋！"我小心翼翼地往前挪了挪。我想我得帮助他脱离幻觉，"你听我说，你集中……"

"咔嚓——"他似乎对我的说话并没有什么兴趣，从口袋里掏出来一把枪，并直接将子弹上膛，枪口对着我。

我对这突如其来的转折一时有点反应不过来。

"南洋……你听我说，你集中注意力，这雾气里面的毒素会让人产生幻觉，不管你现在看到的是什么，都不是真的。我，你看清楚，我是李如风。"我指着自己的鼻子，"看清楚了吗？现在，把枪，慢慢放下来。"

可是完全不见他有任何的反应，我现在也喊不到援助，身后何钥匙扯着嗓子喊小贱的声音，听起来有些缥缈，可能是被这浓雾一裹，显得更远了。我心说，早知道是这样，刚刚应该拖着白求恩老头一起走，或者至少也应该问一个更有效的唤醒意识的办法。

"我没有中毒。"他突然开口道。

我又是一愣，随即立刻明白过来，就跟喝醉的人总说我没喝醉是一样的，尤其是像他这样失忆的，脑袋里面本来就空空如也，更容易受到这种大脑皮层的刺激和影响，毒性侵蚀性肯定更大。

　　"南洋，我是李如风，你最好的朋友，你清醒一点。"

　　"小剑。"他说出这两个字的声音被迷雾覆盖了一半，听起来半真半假，反倒是我突然脑中变得一片空白，好像有一大片浓雾从太阳穴灌进来，不知道究竟是他真的喊了我还是我自己产生出来的幻觉。

　　可是这幻觉并不想就此停下来，我听见南洋继续说话。

　　"我也很想什么都记不起来，那样对于我来说，一定是更好的选择。可是人的记忆力是强大的，它们回来得太快，我挡都挡不住。对不起。"

　　"南洋……"

　　"你不要靠过来，我并不想伤害你。"他晃了晃手里对着我的枪，"我原本就警告过你，希望你尽可能不要被卷进这件事情里面，但是你还是进来了。事情到了现在这一步，都不是你我所能控制的了。但是我现在要去完成我的事情。"

　　他收起枪，刚要走，我如同被电击一般突然意识清醒过来，"南洋！"我拉住他的胳膊。

　　小贱叫了一声。

　　"你把话说清楚。"我听见我自己的声音是吼出来的。何钥匙喊小贱的声音突然在我身后停止了。

　　南洋瞟了一眼我身后，"小剑，我现在没时间向你解释什么。我只能告诉你，我们现在的处境都十分危险。这里不止你我和这些人，还有别的人。"

　　还有别的人？他说这句话的样子看起来十分肯定，看来我之前的直觉是没错的。这里还有别的人。

　　"山川在哪里？"

　　他叹了口气，"我不知道。小剑，假如你再次见到我的时候，我还活着，我会详细跟你解释，但是现在我再不走，你们的人就要追上来了，你千万不要跟他们走散，他们至少能保你安全。但是不管是对谁，你都要防患于未然。"

　　"呵呵，"我冷笑道，"就像防范你一样吗？"

　　他望着我的表情显得很无奈，"有时候很多事情从出生开始就难以选择，我做的很多选择都是没有办法，和你一样。小剑，假如你早点知道山川没死，你会不会一直执着在找她的这条路上，而不是采取自我逃避和欺骗呢？"

　　我又听见了耳鸣的声音，好像有什么东西，对准着我心脏周围的血管，就这么直接地把它刺穿了。

　　"你一直都知道山川的事情？"我听见自己的声音在颤抖，"你一直都知道她在哪里，是不是？”

他没有回答我。

"你和歌里，是什么关系？"

"歌里？"他皱了一下眉，随即冷哼一声。

已经有脚步声从我身后传来，即使是背对着，我也能感觉到身后的探照灯正在冲破浓雾朝这边靠近。

"这猫我带走了，它应该是不错的向导。"南洋冲我微微一笑，眨了眨眼睛，一如曾经的往常。

他转身就走，我摸着口袋里的那把武器，却始终提不起勇气将它掏出来对准南洋。

他往前走了两步，突然停住，回头对我说："李如风，你永远是我最好的朋友。"说完，他就带着小贱消失在了浓雾之中。

还有太多的不清楚和想知道的事情我都没有从南洋那里得到答案，但是我能做的，只是看着他带着小贱离开。我做不到，甚至连一句威胁他的话都做不到。我突然觉得自己有点像孬种，连把话问清楚都做不到。

是啊，假如不是自己这么没用，或许早就发现山川并没有死的真相了。而我却在自欺欺人之中度过了七年。时间和愚蠢有时候才是制造盲目的机器，它们蒙蔽了你的眼睛，让你相信你主观所相信的，让你看不清周围的环境和人，让你不能明白，"朋友"这个词，到底是什么性质。

第八十章 FIRENZE 判 断

"你那个失忆的朋友呢？"小四问这句话的时候，我能感觉到廖思甜在盯着我看。她的目光仿佛冷箭从她的发丝当中穿出，让我感觉很不舒服。她和南洋之间，到底是不是隐藏了什么关系？我捉摸不透。

"没找到。可能是受到了这里的毒素影响，不知道跑去哪里了。"我说。

汤勺看了我一眼，没说话。

"不见了？"胡凯皱起了眉，看了一眼廖思甜，"算了。我们现在一定要绝对保持注意力集中，这地方很诡异，假如毒素入脑，可能会有生命危险。但是只要意志力足够，是可以抵抗这种毒气的迷幻作用的。这雾很重，应该不可能分散很广，我们往前走走，可能要好一些。"刚刚中招的两个哥们儿现在又恢复了正常。一脸羞愧地跟在迪特旁边。我注意到迪特、艾力他们手里都拿着枪，难道是已经意识到南洋刚刚说的危险？"这里不止你我和这些人，还有别的人……"别的人……究竟会是什么人？他指的会不会就是欧枚洛和齐德蒙？

平坡持续缓度向下。我们走得很小心，由于雾重，大家都不多话。口罩毕竟还是起到了一些作用，否则的话我们怕是根本挡不住这么重的毒雾。没想到的是，胡凯的话真的说准了。这条路走到底的时候，雾气突然就散开来了，露出了一大片的地面。

"先不要摘口罩，以防万一。"白求恩老头阻止了正要把口罩摘下来的何钥匙。

何钥匙一路都在找小贱。"小贱怎么办？万一还在上面的毒气里，它会不会有生命危险？雾这么沉，它又在最矮的地方，怎么办？"说着说着眼泪都快掉下来了。我张了张口，最后还是闭了嘴。

"人都有危险，你还担心一只猫。"老头翻了翻白眼，没好气地说。

"猫不是生命啊！小猫小狗也是生命，它们也有思想，死了不是跟人一样可怜吗？"何钥匙有些不高兴地辩驳起来。

"别闹了，小贱可能只是被人带走了。"汤勺说这个话的时候瞟了我一眼，又立刻把目光转移开，对何钥匙道，"猫有九条命，不会轻易死的。先保护好你自己吧。"

我有些心虚地往前走了两步，看汤勺的样子，似乎很怀疑我的说辞。唯有尽可能避开这个话题，否则我害怕他听多了会忍不住追问我。我不想故意骗他，但是南洋的事在没有弄清楚之前我也不想说什么。

我突然又想起来南洋离开之前对我说的话。他说他警告过我，希望我不要卷进这件事情里面。难道……匿名信，那些匿名信是南洋写的？第一封匿名信本身就是他带给我的，他那时候所说的得到信的过程，现在看来很可能是他编给我听的，实际上那信非常有可能就是来自于他……

"你们看这块空地。"胡凯的说话声打断了我的思考。胡凯再次拿出地图进行对照。

"前面是不是入口那座雅典神庙风格的建筑？"我问。

胡凯点点头，"应该是。"他收起地图，吩咐克里用平板电脑 3D 划分一下区域，然后对我们说："往前走吧，到了就知道了。"

前面还有一些浅薄的雾气，老头说那跟上面的毒雾不一样，这只是湿气带出来的，所以应该不至于有害。克里手中的探测仪也没有再响起来，大家瞬间都觉得安心不少。

在雾气之中，隐约可以看到，前面应该有建筑，但离我们还有一定的距离。

我留意到脚下的地面，好像有些不同寻常：地面上镶嵌着地砖，而地砖上有图案。

"这些都是什么东西？"何钥匙惊呼道。地面上全都是鬼神鸟兽的图案。这些图案很眼熟，好像在哪里见到过。

"是乌菲兹走廊天顶画的图案。乌菲兹的画是安落礼到了 17 世纪才画上去的，是根据当时在罗马发现的古罗马时代的墓地和棺材上的图案所受到的启发。"汤勺说。

这么说来的话，这部分地砖上的图案设计，很可能不是洛伦佐的时代完成的。难道说，宫殿的存在其实并不是胡凯所谓的绝对秘密？或许美第奇内部每一代都有人参与设计和修补的工程，毕竟意大利人的效率，从古至今都不怎么样，这种承接性的工程，每一代加工修补也算正常。只是这么大的一处工程，为何没有被泄露出去？

胡凯似乎一直在想问题。我听见他喃喃自语道："难道宝藏的事情是真的？"

"宝藏？"不光是我，何钥匙的狗耳朵也听见了。

他似乎立刻产生了兴趣，一脸兴奋地说："我好像曾经听说过宝藏的事情，说美第奇有一部分隐藏的宝藏，只有历代家族内部被选中的人，才有机会接触和管理这些宝藏。但是最后一代美第奇，是个女人，叫安娜……安娜什么来的……传说宝藏在她之前就已经没人知道了，有人说她是最后一代掌管了宝藏的人。总之最后一代掌管宝藏的人，在死的时候把有关的宝藏的秘密全部都带入了坟墓。"说完何钥匙看了我们一眼，有些不好意思地笑了笑，"当然，这些只是传说。"

胡凯眯着眼睛，饶有兴趣地再次打量何钥匙，"你知道的还真是不少啊，呵呵。"

"哪里哪里，我就是有一肚子道听途说来的东西，偶尔卖弄一下，缓解下紧张的气氛嘛。"何钥匙咧开嘴笑成了如花的样子。

"凯爷，这边有东西。"右手边传来迪特的声音。

我们立刻都走了过去。原来迪特发现了一块石碑。这个风格太诡异了，假如在中国，我会不以为然，因为石碑是一个太常见的东西。但是在这里，我不得不去考虑，这块石碑立在这里的意义，会不会是坟墓？想到这里，我不禁打了一个寒战。

"石碑上有字。"艾力的手电光照上去的时候，我站在小四身边，不知道为什么，我竟然感觉到了廖思甜在颤抖。但她并没有像之前那样发病，没有企图挣脱小四或者逃跑之类的，但她看起来似乎很恐惧。

小四貌似并没有十分关注她，他的注意力几乎都集中在石碑上。

艾力和迪特的手电光把石碑的碑面打得很亮。我现在在向外的这一面，最下方的右下角，看到了一个单词："INFERNO"地狱。

当光照清楚石碑内侧那一面上面的字的时候，我忽然感觉到从脚底心往上冒凉气。"我走进一座宽阔的坟场，密集的坟丘让地表起伏不平。棺材都敞开着，里面有烈焰燃烧，传来悲鸣之声。"

还有一句用小一号的字体标注在这一句的下方——"圣殿变成了兽窟，法衣也变为装满罪恶面粉的麻袋，复仇女神用爪子撕开自己的胸口，击打着自己的心脏然后尖声喊叫。"

"是但丁的地狱第六层。"胡凯自语。

我的心里被一种无以名状的恐惧填充了。我看着汤勺，他也看看我。不仅语句完整，完全一样，就连排列大小都和我从七楼找到的那张纸条上面的一模一样。也就是说写纸条的人一定也到过这里。

那张纸到底是谁的？谁也到过这里？这两句如同谜一般的但丁《神曲》，让我心神不定。我开始对我们之前的判断产生了怀疑。既然七楼有人留过那样的纸条，不管是谁，目的是什么，至少都说明那个人肯定到过这个位置。假如同我们预估的那样，我们正顺利走上了通往宫殿的路的话，那么那个人理论上应该成功进入过宫殿了。那么宫殿里面的秘密，或者某些人要寻找的东西，要达到的目的，应该都实现了，这人顺利出去，才能在七楼留下纸条。既然有人这么顺利到达过目的地，那么这些死人，这些是是非非，这些看似危险的境地，都从何说起？逻辑不通。这种可能性听起来倒像是故意摆出来的恶作剧。

还有第二种可能，就是那个人到了这里，特意记录了石碑上的话，由于某种原因，或者某种危险，他找了出口直接出去了，出去之后做了记录，将纸条丢在七楼。

我刚想到这儿的时候，汤勺突然幽幽地冒出来一句："我们可能并不是在朝那座雅典神庙建筑走。"

第
八
十
一
章 **F**IRENZE
暗 箭

汤勺话音刚落，迪特手下那个年纪最轻，我怎么都记不住名字的小伙子突然毫无
征兆地"啪嗒"一声倒在了地上。

随之廖思甜尖叫一声，死命往小四身后躲。大家立刻感觉到了不对。

"有人偷袭！"也不知道是谁喊了这句。

胡凯的人反应都很快，艾力和木飞马上就把胡凯围了起来。

大家都变得十分警惕，连我都把那致命武器从口袋里掏出来做好防备，虽然还不
太清楚怎么使用，但是好歹我瞄到了扳机边上那个小圆扣，应该就是操控前端匕首的
按钮。

即便是我们人多且都有武器，但是丝毫不减紧张气氛。这周围所有黑洞洞的空间
里，似乎到处都有可能躲着什么人，随时准备偷袭我们。可我们打开强光照了一整圈，
连半个人影子都没有照出来。

迪特小心翼翼地举着枪，慢慢靠近那个刚刚倒下来的小伙子。

我屏气凝神，时不时环顾一下周围。

"死了。"迪特说。

胡凯让艾力和木飞让开，自己走到迪特边上蹲下来，很快他就确定了迪特的话，
"确实死了。"他从口袋里掏出来一块手帕，随后只见他不知道从小伙子的尸体上面取
下了什么东西。

等他走回到我们面前，把手帕摊开来给我们看的时候，我才看清楚，是一支狭长
又细小的金属箭头。

"这是……暗器？"说出这话的何钥匙，自己把自己吓了一跳，立刻扭头四处张望，
生怕也突然有这么一个箭头飞出来射中他。

我刚伸手想拿，被白求恩老头直接捏住了手腕："找死啊？别碰，有毒！"

胡凯点点头，"我从他腰上拔下来的，应该是剧毒，不然不会一击毙命。"说完看
向刚刚给尸体做过检查的老头。

老头点点头："我就不说是什么毒种了，说了你们也听不懂。这种毒有个俗名，叫
烂红花，是一种类似于食人花的植物里面分泌出来的剧毒。叫这个俗名是因为，这种
毒素新鲜的时候可以给人一个缓存期，大约从中毒到死需要经过十五到二十分钟，但

是一旦有人特意采摘，制成毒剂，变成陈年老毒的话，杀人致死只需要三秒钟。所以这支箭头上的毒是有人专门用陈年老毒的烂红花当成毒剂涂上去的，所以显然这人的目的应该是很明确的。"

"什么人，下这样的毒手！"迪特恨得咬牙切齿。我很明白他的心情，黑脸和另外几个兄弟到现在连尸体都没有找到，眼下却突然又死了一个。关键是，放出致命暗器的人，却完全不见踪影。

"我们在明，敌在暗，不要轻举妄动。"胡凯说。

艾力和木飞不愧是胡凯的贴身保镖，随时都表现出来绝对的头脑清醒和冷静沉着。

"啊——！"身后又是一声尖叫。又是廖思甜。小四被她的叫声吓了一跳，手一松，本以为她要逃跑，但她却只是抱着头蹲了下来，她的那张颧骨凸出的面孔从头发之间露了出来，眼珠子在眼睛里不停转动，四处搜索，同时嘴里不停地念叨，"他们来了，来了，他们来了。这里有鬼，有鬼……"

他们？有鬼？

廖思甜念出声的这两个字让我感到浑身不舒服。可也确实没见到偷袭的人，这哥们儿是怎么被一击毙命的呢？难道这里真有鬼？这么一想，周围的寒气似乎更加重了。

"鬼是没有，不过也不一定有人。"汤勺盯着尸体说道。

"这话怎么讲？"胡凯问，"对了，你刚刚说的话是什么意思？"

对，汤勺刚刚说，这里可能不是通往雅典神庙建筑的路途，我前后想了一下，自己之前一直在思考的东西，得出来的结论其实也就是这个，只是我的想法光有过程，不仅没有结论，也说不出个所以然出来，所以只能自己吓唬吓唬自己。这会儿被胡凯一问，反而浑身上下的汗毛全都立了起来。

"我们所处的环境可能很危险。"汤勺说这话的时候，虽然语气带有猜测，可脸上的表情却不是，他看起来很确定。

"你们仔细看地面上的图案。"他指着尸体周围的一圈，"他的周围都是鸟兽图，他中暗器倒地的地方正好是一圈鸟兽图包围的中心点，而中心点的这块地砖上，有洛伦佐的三钻戒指环扣图案。你们仔细看看这支暗器的形状，像不像把钻戒从中间一切为二，然后把弧度掰直？"

他说完这些话，所有人都是一脸的惊讶。我在脑中构图了一番，顿时也神经大开，恍然大悟地发现，确实如汤勺所说。

这么说的话……难道……

"所以我建议，"汤勺看着尸体叹了一口气，继续道："我们先把某些规律摸清楚，再移动脚步。看来这里不像是好随便乱走的地方。"

"你的意思是……"胡凯皱着眉头，有些不可思议地望着地上的尸体，"我们并非遭人暗算，而是……这里本来就有机关暗器？"

汤勺很直接地点点头，"我也是听到大伯说起这个毒剂，所以才做了进一步的推测。因为我曾经看到过一本书里确实有提到过，古代有些有钱的人家，大多是富商和贵族，为了防盗贼，在贵重藏品的保护区，会加设烂红花毒器，其实这个俗名的由来也是因为这种毒致人死亡之后，会加速尸体溃烂的速度。"说完这句，我们的目光都朝着地上的尸体投去，溃烂倒是可能还没有，只觉得尸体发黑，我倒是隐隐约约又闻到尸臭了。"所以叫烂红花。呃……"汤勺把目光从尸体上移开，继续道，"这么说吧，我给出一个大胆的假设，这块石碑摆在这里，并非偶然，也不是随性起意，而是给闯入者一个警告，石碑往里，可能要比现在我们所在的这个区域更加危险。当然，这是我的猜测。我不是说事实一定是我猜测的这样。"

但不得不说，他的猜测合情合理。

只是我们现在也没办法往后退，假如不走石碑往后的路，那我们只有直接寻找出口这一条路，可身后的门一扇扇地关上，谁知道出口在哪里？现在比起往前走，似乎退回去的路更危险，需要更多的勇气和判断力。

"我可不往后退。"何钥匙望着前面的黑暗区，一脸迷茫地说，"再经过一次后面的毒雾区，可能我们的下场就跟门外那具尸体一模一样，那个人很可能就是不敢往前走，往后退的时候才中毒死的。得不偿失。反正到哪里都是踩地雷，还不如往前走。"

何钥匙这话倒是说得很有道理。

胡凯说："没人说要往后退，你不用瞎紧张。但是目前，我们在没有搞清楚我手里这个杀人的暗器是从哪里冒出来的之前，我们谁都不能随便走动。"他转向小四，"你看好这个女人，不要让她乱跑，触发什么不该触发的机关，继续造成我们人员的损失。"

小四点头，直接从背包里掏出绳子，把廖思甜给绑了起来。廖思甜脸上的恐惧不像是装出来的，现在她眼睛只直勾勾地盯着那块石碑，或者说是石碑的方向，看起来十分害怕。

她的表现，她的状态，倒是让我有一种说不上来的异样感。

我们用光照最强的探照灯细致观察了一圈这里的地面，地面上的图案看似确实是有规律可循的。现在唯一能感到庆幸的就是，我们刚刚那么乱走过后，只触发了一个机关。对，地砖表面的图案设计得如此有章法，我们确实有理由相信汤勺的判断是正确的。

只不过何钥匙似乎仍旧不太淡定，他一直缩在小四后面，刚在我们做观察的时候凑过来对我说，他总觉得有人在盯着我们，会不会除了机关暗器之外，其实还有人工暗手？

我又环视了一圈四周，让他别乱想，却对他的话心有余悸。南洋也说这里不止我们，但是那些所谓的"别人"究竟在什么地方？是不是我心里所认为的人？他们究竟在哪里才会出现？

但我始终有种很不好的感觉，并且挥之不去。

克里的空间探测器还是派上了一些用场，地砖下有一些空间确定是被挖空的。只是奇怪的是，这样被掏空了的空间似乎面积有些大，我们依旧还是不能判断出来，暗器藏匿的位置。在克里探测的同时，汤勺一直在分析地面图案的规律。

但目前有个麻烦，就是尸体挡住了他身下的一部分图案，非常影响我们辨别的准确性。白求恩老头本来想拖动一下尸体，他觉得一个区域的烂红花暗器只会有一支，一支就可以毙命的东西，不会有人去多安置一支，而且烂红花也不是那么好得到的毒剂。但是胡凯不同意，为了保障安全，他坚持不可以触碰尸体。

这里地砖表面的图案基本上都被切割成圆形。外围三圈鸟兽图，中间是洛伦佐的三环钻戒标识。外围三圈的鸟兽图基本上一样，只有一个区别，就是其中有个青鬼头的朝向性不一样，有的向内，有的向外。偏偏尸体压住的部分，就是有青鬼头的部分。

"青鬼头向内的多还是向外的多？"汤勺问。

"向外的。"艾力答道。

"我们刚才走了那么多路，只启动了一个机关，按理论来说，有问题的应该是向内的青鬼头。"他见到迪特和他另一个手下还在尸体周围徘徊，说道，"你们不要去管尸体了，就算看到他身下青鬼头的朝向，也不能说明什么。毕竟我们不能肯定他中的暗器是不是就是从他身下这个分区发射出来的。而且根本也不好判断到底是不是他自己踩到了机关，也有可能他只是一个帮谁挡了暗器的倒霉人。"汤勺看了一眼石碑那边，"我们刚刚都踏进过石碑附近的区域，都没有问题，那就说明石碑周围是安全的。我们只要看一下那边的图案就知道了。"

"可是……"胡凯有迟疑，我知道他在迟疑什么。

没有搞清楚情况下的随意走步，现在就等于半自杀。

"你们谁也别动，我去。"汤勺说。

"凯爷，我去吧。"还未等汤勺迈开第一步，木飞已经边说边走了出去。他小心翼翼地抬脚，踩下每一块地砖之后会停顿一下看看是不是有什么反应。但这并不影响他的速度。他身手十分敏捷，动作相当灵活，没有触碰任何机关一路安全地走到了石碑旁边。

他选了一块区域落脚站定之后，用探照灯围绕石碑的周围照了一圈。又照了一圈。

"木飞，看清楚没？有什么问题吗？"胡凯喊着问道。

木飞收起手电，大声说，"凯爷，这里一圈都是青鬼头。"

听完木飞的话，我顿时感觉到了这里的危险，已超过我们的预期。我看到廖思甜的模样，此刻面部神经紧绷，依旧直勾勾地盯着石碑那一边。

"这里哪里像是什么宫殿入口，我怎么觉得更像是地狱入口啊！"何钥匙一边搓着手臂，一边说道，"你们不觉得四周阴气太重吗？"

地狱入口？

我突然间感到脑袋被这几个字重重地拍了一下。我带着惊讶又恐惧的表情，把脸转向汤勺，相对于我，他则显得一脸淡定。

他看了看，点点头，"没错，何钥匙说的没错。看来这里就是地狱的入口。我大概已经猜测到我们所处的位置是哪里了。我们一进来就犯了认知错误。"

他一边说，一边用眼睛扫了扫廖思甜，而廖思甜脸上的表情似乎由一脸惊恐忽然之间变化了一下，我看到她瞄了一眼汤勺。我心里琢磨，这女人看来有意识。

"认知错误？什么意思？"胡凯问。

"就是说，我们刚进来的时候，就已经把我们的定位定错了。如果我猜得不错，这里往前走并不是雅典神庙的入口建筑。"

胡凯一脸疑惑，显然不是很明白。他随即把那张全图拿出来，指着雅典神庙问汤勺："你的意思是说，我们不是在这里，那我们在哪里？"

"画图的人很聪明，但未必有过实践，所以顶多只是凭空的拼凑和连接，所以图有不确定的地方，也是很正常。如果我的推测不错的话，我们现在在这块地方，"他又看了一眼廖思甜，继续说，"这女人上次应该已经来过了，你上次是在外围找到她的，那个时候很可能是她不知道摸索到了什么门路，逃去了外围的迷宫区，而那个区或许还是相对安全的区域。她变成这样，我认为，应该就是在这里，不知道碰到了什么危险，对付不了，所以捡了一条路逃了出去。"

汤勺指了指地图上雅典神庙模样的入口，转身对着我们来时的方向说："那个入口可能并非在我们的前面，而是，后面。入口早过了，应该是我们一下来，就已经处在中庭部分了，只不过前面那一段相对来说，还比较安全。虽然中庭没做标注，这么大一块面积，可没人保证过它的绝对安全性。"

我浑身冷汗直冒。汤勺说得很自然，就像是在什么建筑现场分析建筑图纸一般。

我十分佩服他的淡定，假如他的推测是正确的，那我们继续往前走，很可能会遇到廖思甜他们遇到的危险境地。虽然不知道他们到底遇见了什么，不过能让这女人恐惧到慌不择路跑出去的，一定不是什么好东西。

胡凯听完汤勺的分析，沉默了几秒之后，点点头说："你说的有道理。虽然只是推测。当然，即便是这样，我不愿意找路退出去。"

汤勺也点点头，回头看了看我，笑了笑说："找路退出去和往前走的危险系数区别不大。我也只是分析一下我们的位置，好让大家心里有个数。"他看了一眼大家脸上略有担忧的神色，又补充道："当然，推测的东西，永远不能作数。只有当真相实实在在摆到眼前的时候，才能说明问题。"

我在内心翻了一记朝天白眼，做警察的到现在了还不忘打打官腔。当然，虽说是推测，汤勺不可能把没把握的东西说出来。看来要真的到达宫殿，我们前面的路可不太平。

"你们别磨磨唧唧的，赶紧把眼下的问题解决掉。我们到底怎么才能避开机关？"白求恩老头不耐烦地直摇头，"你们年轻人真是一点时间观念都没有。刚刚他不是过去了吗？他怎么过的，我们也怎么过去。"

"这大伯……"何钥匙刚想开始嘀咕，就被老头的×射线聚光眼把话瞪回了肚子里。

"有的机关是多次触碰之后才会启动，我们每一步都不能贸然走。我大概已经有数了。"汤勺冲木飞大声问道："你看下石碑那一圈鬼头的朝向。"

"外侧的三只分别指了三个方向，内侧的全都是两两相对的。左右两边各一只，朝外。"

"你看一下外侧的三只鬼头，分别指的方向。"

木飞就分别对照鬼头所对应的指了三个方向出来。

汤勺仔细盯着眼下地砖上的图案观察，随后只冒了一句话出来："相邻的图案上，假如碰上青鬼头相对的话，以中间这条为线，左边的避开左边的，右边的避开右边的。"

他说完就抱着手臂对我们点了点头，完全没有想要破解他自己丢出来的这道类似数学题的倾向。

何钥匙也抱着手臂，站在边上满脸的问号。

胡凯立刻说："我明白你的意思了。"胡凯用手在当中重复了刚刚汤勺做的动作，凭空虚画一条线，将两边的图案隔开，就形成了一边两个整体图案相邻的效果，"石碑周围的鬼头看着挺吓人的，其实是隐藏的避开机关的暗示。只要找到对应点就可以顺利找到一条安全的路。左右两边相邻的，假如鬼头正好向内、向外，形成了两两相对，石碑两侧鬼头单个都朝外侧，就是意味着两两相对的时候，外侧的就是机关处。所以左半边的避开左半边的，右半边的避开右半边的。其实说穿了，走在内侧就不会有问题了，这个机关被设计成了直线机关。"

"不过为了安全起见，看清楚再下脚。"汤勺说着，就起头往前走了。

"我怎么觉得心里这么不踏实呢。"何钥匙摸着心脏念叨着。

然而这一路都很太平。

我们很顺利地走到了石碑的旁边，看着那具尸体和刚刚走过来的路，我不禁有些后怕，之前在死亡线上晃了那么多圈，居然没中招，这算是老天赏赐的好运呢还是因为前面有更磨炼人心的东西在等着我们？

结果这个念头才冒出来，紧绷的神经还没松开，突然身后传来一声枪响。

艾力立刻拔枪，转身冲半空开了一枪。随即在迷迷的雾气之中，走出来一个人。当我们看清楚来者的时候，大家都把枪放了下来。

是黑脸。黑脸没死。

当他看清是我们的时候，立刻显得兴奋起来，"凯爷！迪特！"黑脸双手高举着就要往这里冲。

"不好，站住！不要过来！"

艾力这话喊出口的时候已经晚了。黑脸此时已经到了右边的中间。被艾力一吼，他立刻收脚。可是他停住的地方，不偏不倚正好就在机关上。

然而，预期的机关并没有启动。

"怎么了？"黑脸顶着一张发蒙的脸站在那里一动都不敢动。

"千万别抬脚。"汤勺说，"脚抬起来的时候，机关就会被启动。"

"怎么办？"迪特问。

汤勺看了一下倒在地上的尸体。黑脸这也才留意到尸体，"怎么回事？"

"你现在乱动的下场就会跟他一样。"汤勺沉吟了几秒，"凯爷，把那枚箭头给我看一下。"

胡凯掏出用手帕包裹起来的箭头，摊开来递给汤勺。汤勺看了一眼，这个箭头，前面有一侧比较锋利，像小刀。

"这个暗器应该是从地面缝隙里发射出来，推力往前的。等下你抬脚的那一秒，往你右侧靠，然后全力朝我们这边跑过来。"汤勺发出了指令。

黑脸点头。

我深吸了一口气，心里隐约感觉到事情不会那么简单。果然，黑脸抬脚的瞬间就验证了我的顾虑。

地面抖动了一下，同时传来"咔咔"的声音，像是有什么轴轮在动。

"李如风，你看……"何钥匙声音颤抖地指着石碑。

石碑上那两排字就像被烧着了一样，冒出火来，而石碑正在往下缩。

"什么情况？看来我们小瞧了机关。"胡凯喃喃道。

"快跑！"不知道是谁吼了一声。

黑脸跑过来的一瞬间，只见他身后的地面，顺着那些神鸟图，裂开了一圈圈的缝隙，有火光在地面上钻出来，仿若来自地狱的烈火。有不计其数的箭头同时从地面上飞射出来，飞出来的箭头很快就着了火。

"怎……怎么回事?!"何钥匙两腿发软，瘫坐在了地上。

一直一言不发的廖思甜，突然挣脱了小四，疯狂地冲了出去。

"那边！"胡凯指着廖思甜，冲我们示意。身后的箭头，像下雨一样飞出来。我拉起何钥匙，没命地往前奔。那些箭头几乎是贴着我们的后背落下去。不知道为什么我的脑袋里全都是古代人打仗时候的画面，我曾经盯着电视屏幕看着那些箭像下雨一般落下来，没想到有一天我也会走进拍摄现场去感受一把把命悬脑袋上的感觉。何钥匙一路尖叫。

我回头看了一眼，刚刚我们所站的位置俨然已经是一片火海了。迪特和他的另一个年轻的手下依然站在那里，我知道，他想救黑脸。

"迪特！"我喊了一声。

这时地面又发出了持续的震动，我立刻意识到了不对。几乎在贴着我们脚后跟的地方，裂开了一个长方形的缺口，似乎有什么东西正在从地下冒上来。我赶紧拉了一把何钥匙，往前奔了好几步。回头一看，迪特、黑脸他们正在使劲往这里跑。

"迪特！"我又吼了一声。

眼前从地下冒出来一堵墙，上升速度很快，等我看清楚反应过来，意识到这是一面墙的时候，它的高度已经差不多到我的腰际了。可是迪特……我看着迪特他们，脑中一切空白，这个鬼地方！

那些箭头已经看不到了，因为升起来的墙那边，火光几乎淹没了一切可见物。我只能隐约看到迪特他们正在往这里全力奔跑。但是我心里已经有了一种不好的感觉。这墙再升高一些，他们可能就过不来了。

"迪特……"当这面墙高过我脑袋的时候，我听见了何钥匙在我旁边呜咽的声音。

我背过身去，何钥匙的呜咽声在耳边越来越大。

突然他止住了呜咽，大叫起来："李如风！看！他们！"

我一转身，看到黑脸正在从墙上翻过来。他跳下来的时候，我依旧看着还在上升的墙。迪特呢？

"迪特呢？"我吃惊地望着黑脸。

"迪特！迪特！"

"凯爷，你们走！别管我们，或许还有别的路！"那边传来迪特的声音，断断续续。

"迪特！迪特！迪特！"我连喊了三声，那头却没了反应。

黑脸似乎这才醒悟过来自己干了什么，他瞪大了眼睛呆望着把火海与我们隔离开来的这面墙，它已经停止了上升，这高度足足有三层楼那么高。

"迪特！"他喊了一声。

已经无人应答了。

"呸！"我狠狠地吼了一句。这个呆子，肯定是踩在迪特的肩膀上翻过来的。可是有什么理由恨他呢？假如他没有这么果断地自己翻墙过来，或许三个人磨蹭哪怕三秒钟都有可能导致他们任何一个人都过不来的结果。我有什么理由去埋怨他呢？

可是迪特……别的路……我一闭眼，就能感觉到那火依旧在自己眼前燃烧，他是跑去找其他路了？还是已经……

我听见我脑袋里有个声音在说话：哪里还有别的路。打开机关的那个瞬间，其实我已经明白了，那边是死路。

"我走进一座宽阔的坟场，密集的坟丘让地表起伏不平。棺材都敞开着，里面有烈焰燃烧，传来悲鸣之声。"

烈焰燃烧，坟场。

那可能就是坟场了吧。我想。

"走吧。"我说，"看也没用，他们怎么也过不来了。"

胡凯没听见迪特的喊话，他和艾力他们追着廖思甜往前去了。

只有汤勺回来等我们。我一转身便看到了他。

"走吧。"多余的话，他一句都没说。我这才注意到，从地下凭空冒出来的墙何止这一面，这里每隔三五米就有一面高墙，不知道是我刚才没注意，还是刚刚和那面墙一起冒出来的。

"胡凯他们呢？"我问。

"在前面。我假如不回来找你们，可能你们找不到我们。"

"为什么？"

"这里多了个迷宫。"

"迷宫?!"

我抬头看了眼面前似乎毫无章法可循的高墙,顿时有种绝望的感觉。山川的脸在我脑中不断浮现。她画的地图,唯独没有标注清楚这一区。我们一直以为外圈的迷宫才是危险地带,其实真正通往宫殿的地方才是障碍重重。假如真的如何钥匙所说,这里藏着宝藏,那么这些重重的障碍想必都是为了贪婪的人所设置的大礼。

我开始有些迷惑,为什么要跟着来这里?汤勺又是为什么而来?胡凯的目的究竟是不是如他自己所说的那么简单?而画了地图的山川,到底现在在哪里?在这些意想不到的危险里,她会不会身处险境?

胡凯他们追着廖思甜到了一处墙底下。我们到达的时候,小四已经又重新把她绑了起来。"这女人似乎知道危险,所以才跑那么快。她反应可是比谁都快啊。"小四轻蔑地看了她一眼,转头看到黑脸,用胳膊撞了他一下,"你小子命大,太好了!迪特一路都担心得要死,你那么高摔下去,到底摔哪儿去了?咦?迪特呢?"

何钥匙一听到迪特的名字,瞪了黑脸一眼,转身一句话不说。

"迪特呢?他们去哪里瞎转悠了?"小四又问了一遍。这一次,他看到了黑脸的表情,知道事情不对,"人呢?""墙体升起来的时候……他没……"黑脸没有说下去。胡凯走了过来,转头看了一眼被高墙阻隔的方向。我们已经看不到火海了,只能看到高墙。小四没再说话。"他们死了吗?最后说了什么?"胡凯的语气很平静,就像在问候一个陌生人。我心里一阵发凉,但还是把话原原本本地告诉了他。胡凯听罢,点了点头,"没事,我相信他们能活着找到路。"他拍了拍小四的肩膀,"你相信迪特,他不是一般人。"小四只点头,不说话。

"刚刚那是怎么回事?"白求恩老头出来打断了我们的话题。

"我们把机关想得过于简单化了。"汤勺叹了口气,"之前放出来的单支箭头,应该是给闯入者一个警告,而后启动的机关,是个连带机关,我们看到的所有东西,都是连带机关生成的。有趣的是,这些东西我从来没想过会在欧洲的任何一块地方见到。这更像是中国墓穴里的高级防贼装置。"

说到这个的时候,胡凯挑了一下眉毛,却什么都没问。

"那底下怎么会有火呢？那哪里像是打开的机关，简直跟打开了地狱的门一样！"何钥匙激动地喷着唾沫星子。

"火是白磷粉，确实是地狱。我想，那边应该是给闯入者设置的一个地狱。简单无脑的闯入者，一定无法破解机关，触动了机关，等着他们的就是丧命。相反，破解了机关的人，就可以通过。"

"听起来倒像是生存游戏。"艾力耸了耸肩膀。

"那现在呢？"老头看了看四周的高墙，"难度系数又上去了。"

"迷宫倒是没什么，关键是里面有什么。"汤勺看了一眼廖思甜，"她这么熟门熟路地逃跑，想必一定是不小心启动过机关，能活下来，势必是逃进了这里面，但是到了这里面，就不知道遇到过什么了。不过，她既然能找到路逃出去，其实我们也不必太担心。"

胡凯掏出羊皮纸，指着羊皮纸上的虚线说："你们看，这里有路线的标注。假如我们现在已经身处中部的庭院，那这虚线是已经标注出来的路线。"

何钥匙凑上去看了一眼，立刻说："这有什么用啊，现在多了个迷宫出来。"

"也不一定。"汤勺指着说，"你看，这虚线的标注有明显的弯折。很明显是在刻意避开什么。假如说没有迷宫的话，也不一定没有我们要避开的东西。"

我凑过去一瞧，确实是。这条倒入宫殿正体门内的虚线并非随意穿过庭院，而是有很明显的带棱角的弯折。整个路线标注，看起来就像是一个"弓"字。而且，很奇怪的一点是，虚线从开始的起点居然是在庭院已过三分之一的地方，怎么看都像是刚好避开了我们刚刚经历的那个地狱机关。

看来，汤勺的猜测应该是对的。我怀疑他老早就注意到羊皮纸上面的这个细节了。

"这样，我们先沿着这条线走走看，看看能不能走通。或许我们可以直接到达宫殿正门儿也说不定。"胡凯说。

何钥匙突然想到了什么，回头瞪着我说："小贱是不是被你那个朋友抱走的？"

"你怎么突然想到这个？"我有些狐疑。

"我不是突然想到，我一直都在想。你那个朋友失踪的时候，把小贱一起带走了。你是不是明明看到了，却什么都不讲？不然这一路下来，小贱去哪里了？"何钥匙这话一说，我直接被噎到了。他说的是事实，我作为侦探信口雌黄的基本技能却顿时用不起来了。

一路上我也一直在留意，南洋到底去了哪里？进来之后，这里仿佛没有多余的路好走。之前我们误以为被偷袭，我甚至怀疑过是不是他。这么看来，最大的可能是他毫发无伤地通过了机关。或许他现在也在这片区域，或许他已经进去宫殿了。他的话全部都说得不清不楚，似乎有什么难言之隐，可他究竟抱有什么样的目的呢？

何钥匙没有不依不饶地继续追问，只是他看我的眼神中有着很明显的怀疑。

我们沿着羊皮纸上的虚线往前走。出乎意料的，在第一个折口，我们走得很顺利。似乎所有的危险都是被我们假想出来的。但是这种平静，总归更像是一种暗示，暗示一场暴风雨的来临。

只是接下来发生的事，终归还是出乎了我们的意料。

当我们走完第一折，过渡到所连接的上行路线时，突然发现，跟着虚线走的路被堵死了。我们陷入了一个死角。

"走不通了。"木飞在最前面停了下来。

克里摆出探测仪，探测仪发出了闪烁的黄光。

"这是什么意思?"何钥匙问。

"氧气含量不够。"克里说，"凯爷，我们得赶紧离开这一带，这里氧气含量值很低，我们人多，这里的氧气含量对于我们来说可能不足够消耗超过一个小时。"

"那就只能往后退回到刚刚那个岔口去。"何钥匙向着我们来时的方向指了指，突然又皱着眉头说道："我怎么觉得有点不对，你们有没有感觉到雾气突然变重了?"

被何钥匙一说，我立刻警觉起来，周围的雾气不仅变重了，而且有一种奇特的气味弥漫在空气当中。

"你闻到什么味道了吗?"我问汤勺。那是一种淡淡的花香，有点像我小时候记忆的某处闻到过的海棠香味。刚刚克里不是说这里缺氧吗，怎么会有这样的气味?

汤勺仔细嗅了一下，挑了挑眉毛，脸上露出了疑惑的神情。他刚要转身问克里，这时候廖思甜却尖叫了起来，在她的尖叫声中，我听见她似乎在喊什么"防毒面具"。小四使劲拽住她，突然从身上拔出枪，对准她的脑袋大吼道："你再叫我一枪毙了你!"他的脸在他额前的探照灯下，变得十分狰狞，我能看到他额上的青筋突暴。"小四!"胡凯大喝一声，"你在干什么?!"小四似乎突然被这一声喝得清醒了过来，表情一下子就木讷了，呆呆地看了看手里的枪，立刻把它收了起来。我们意识到了事情的不对。"大家屏住呼吸!"白求恩老头在廖思甜持续不止的尖叫声中大喊道。

探照灯的光如同之前刚进门的时候一样，开始变得朦胧和暗淡起来。比之前更奇怪的是，似乎这里的迷雾和黑暗正在使劲吸收我们的光源，致使我们周围变得越来越黑。很快就连人脸都开始变得模糊起来。

"什么东西?"好像是黑脸的声音。我回过头，被眼前的画面吓得目瞪口呆。我看到他从身上抽出来一把军刀，刀头弹出来，直接朝着自己的小腿扎了进去。"你干什么?!"艾力没来得及阻止他，一贯淡定的脸上此时也露出了惊讶的神情。他两眼发直地看着黑脸瞬间将刀子从小腿上抽出来，血一下子就喷了出来，可是黑脸似乎一点痛的感觉都没有。他一抬头看到大家都望着他，一边收起刀子，一边指着腿部说："这里怎么有这么多绿色的藤蔓? 还这么粗!"

我脑子一下子就炸了。还来不及思考的时候，突然之间见到小四，一把拎起黑脸的衣领。"你疯了吗?! 你疯了吗?! 你疯了吗?! 迪特救了你，你居然杀了他! 啊?!"他大声对着黑脸吼，同时从身上抽出来那把匕首式左轮手枪，在毫无征兆的情况下，一刀刺在了黑脸的肩膀上! 这是怎么回事? 我脑中一片空白，鼻尖的花香味越发浓郁起来。我看见艾力上去直接用绳索捆住了小四，并从他身上卸下了他的所有武器。而木飞则动作迅速地协助白求恩老头给黑脸验伤。黑脸似乎对于疼痛并没有知觉，他满脸疑惑，好像根本没有明白或者感觉到刚刚发生了什么，他看着自己的肩膀上的窟窿和全都是血的小腿有些发愣。

过了一会儿，黑脸突然问木飞："你们为什么用藤蔓把我绑起来?"问完这一句，他就开始使劲扭曲身体，仿佛真的有什么东西绑住了他一般。艾力抽出枪，对着黑脸的脑门："低头! 仔细看看! 有没有藤蔓?! 低头看! 现在!"艾力大声地发出指令。黑脸停止了扭曲，顺从地低头看了看周围，似乎一下清醒了，他浑身动了动，看了看自己的双手，刚想抬头，眼睛落在了自己被扎起来的小腿上，然后又发现了他肩膀上的伤口。"这……怎么回事? 发生了什么?"他这才露出伤口疼痛的一脸痛苦表情，讲话都结巴了……

克里的探测仪突然像疯了一般叫了起来，是一种极其刺耳的警报声。好几个探照灯光源闪动了一下，直接灭了。"显示没有可呼吸的气体了!"是克里的声音，他的脸却直接被黑暗吞噬了。"屏住呼吸!"老头来不及说别的了，他拿出一罐不知道是什么的喷雾，捂着口鼻，在空气当中喷了几下，"我们赶紧离开!"

这里的空气，可以使人神经错乱。

慌乱之中，有人往我嘴里塞了一颗似乎药丸的东西，那玩意儿一下子就溶解在了我的舌头上，巨苦的味觉差点让我吐出来。苦味持续了将近三秒钟，散了之后，我发现花香也不见了。一抬头，我眼前是疯疯癫癫的廖思甜，她正用一只眼睛瞅着我。很快，木飞代替了还有些神经错乱的小四，把廖思甜双手一捆，带着往前走了。

刚刚那是怎么回事? 是我的幻觉，还是有人确实塞了什么进我的嘴里? 不容我多想，汤勺伸手拽了我一把，"快!"我这才想起来身边的何钥匙，他在刚刚发生的慌乱之中，一直一声不吭，这会儿见他瘫坐在地上，眼睛直愣愣地往前看。我从地上把他拉起来的时候，他的眼睛有些发红，我也来不及想太多，拖着他就往前走。

屏住呼吸不是一件容易的事，这里的迷雾已经铺开来了，完全没有退去的意思。不只是刚刚那个死角，我们往回退的路也并没有变得清晰起来。雾气越发沉重，灯光越发暗淡。我拖着何钥匙走在后面，已经见不到三步并作一步往前汤勺的脑袋了。

无奈，我只得先停下来，转过身一边盯着何钥匙，一边从刚刚艾力甩给我的小四的背包中翻找出了一个手电，打算补充一下光源。突然，何钥匙上前给了我一拳。我被这突如其来的一拳直接打得站不稳，一屁股坐在了地上。

"你有毛病啊！你干吗？"我捂着脸，惊讶地望着何钥匙。

何钥匙脑袋上的探照灯那迷糊的灯光照得他眼睛血红，我这才发现不对头。他失去理智了。

"李如风！"汤勺的声音从我的身后飘过来，但听起来好像隔了什么屏障，显得有些远。我有些害怕会与他们走散，但是何钥匙这种样子，让我无从下手，假如直接上去拖着他走，他一定会反抗，万一抬腿一跑，就糟了。

"你听我说，"我从地上爬起来，一步步靠近他，"我是李如风。你看清楚……看清楚没有？"

何钥匙退后了几步，"你到底是谁？"

"我是李如风啊！"我有些哭笑不得，回头一看，身后一片漆黑，什么光都没有了。他们都不知道走去哪里了。在这里和何钥匙两个人抱团落单还真不是什么好事。

可奇怪的是，这里的毒气似乎并不能再次对我产生影响，我已经不会像之前那样产生幻觉。

"李如风……不不不，你不是。小贱在哪里？你朋友有问题！你却不说出来，你也有问题。你不是李如风！"

我顿时一愣，何钥匙到底是神经错乱，还是借题发挥？

可是眼下我实在没有太多时间思考，一鼓作气，想冲上去打晕何钥匙，肩膀被人按了一下。我一转头就看到了汤勺，顿时心里一块大石头落到了地上。

"陈唐，幸亏你还有点人性等我们。可是何钥匙……"

我看到陈唐从他的口袋里掏出枪，直接"咔嚓"一声子弹上膛了，拎起来就对准何钥匙的脑袋。就跟刚刚艾力对黑脸一样。我心说，汤勺也学这个战术啊。

"里昂，你已经死了。你不可能出现在这里。你到底是什么人？"他这么一说，我彻底晕了。

里昂？这个名字在我脑中一晃而过，糟了！汤勺也中招了！我记得里昂是被他误杀的他的长官。我看到汤勺的眼神里面夹杂着恐惧，又是满脸的猜测和难以相信。这是他内心的恐惧。

心魔。我明白过来了，之前探测到的氧气不足很可能是假象。这里但凡出现了闯入者，呼吸了空气，呼出的二氧化碳就会与空气产生出来一种毒素，致使人神经错乱。心里只要有怨恨或者恐惧，就会被轻易击垮。

现在连汤勺也中招了。

"陈唐！那是何钥匙！"我在他耳边大吼一声。可他似乎并没有听见我的喊话。倒是何钥匙，好像被枪一指，被我一吼，瞬间清醒了许多。眼睛发直地看着汤勺指着自己脑袋的枪口。

"怎……怎么了？"何钥匙有点哆嗦起来。

正在这时，忽然一闪，何钥匙脑袋上的探照灯也彻底灭了，现在这黑乎乎的地方只剩了我手中这唯一的一支小手电维持了一点光亮。我立刻把光打到了汤勺的脸上，他的面部渗出细密的汗珠，手指在扳机上动了动。

"何钥匙让开！"我扑上去胡乱地抓了一把汤勺的手，几乎就在我抓住他手腕的那一刻，我听到了耳边擦过一声巨大的枪响声。我感觉到自己的耳膜跟着震了一下。

我拿不准子弹飞出去的方向，缓过神来之后，立刻举着手电朝刚刚何钥匙站立的位置照过去——没有。

我拿手电光晃了一下四周——何钥匙不见了。

他被吓跑了？

"李如风！"我身后传来硬物落地的声音，一转身，汤勺皱着眉头握着自己的手腕，可能是我刚刚下力过猛导致的。

"我包里有一个绿色的小铁盒，你帮我拿一下，快！"

我并不确定他是不是真的清醒了，但我还是照着他的话做了。把那个绿色的小盒子从他的背包口袋里面掏出来递给他。他打开盒子，也不知道里面是什么，拿出来一颗绿色的小圆球就往嘴里一塞，紧接着只见他脸色都变了。

"你吃了什么？"我怕他神志不清，服了什么有毒的东西。

"芥末糖。"他恢复了清醒，"我早就有所准备，就怕遇到什么状况，所以随身带了这种特制的芥末糖，可以保持清醒。你要不要来一颗？"

芥末糖……我赶紧摆摆手，心里一阵嘀咕，这东西倒是真的有用吗？

只是这下何钥匙不见了，怎么办？我一看眼前乱七八糟的岔路有很多，我大概记得我们走过来时候的方向，只是刚刚这么一乱，我有些忘记该挑哪条路朝着那个方向走了。毕竟这是迷宫，走进去才能知道是不是死路或者方向指引错误的路。

这时，不远处发出来一枚红色的信号弹，在不算太高的地方就忽然灭了。

"是不是何钥匙？还是他们？"

"不知道。"汤勺摇摇头，"何钥匙身上有没有信号弹我不知道。他们刚刚往前走的时候，那个谁似乎已经不行了。我们一定要时刻警惕身上不要出现伤口，否则的话后果不堪设想。"

汤勺说的那个谁，指的应该是黑脸。

"你是说这里的毒素会从伤口进入到体内？"

汤勺点点头，"皮肤上出现黑红色的斑块，浑身抽搐。我调头回来找你们的时候，他已经开始发作了。大伯也说，是毒素入体的症状，应该救不了了。"

迪特都不知道现在是不是还活着，他拿命救下来的人，转眼这么快就没了。

"他有没有提到和他一起摔下去的那几个人是不是还活着？"

"都死了。他恰好摔在他们身上，下面有了肉垫，才没受什么伤。"汤勺说。

胡凯二十人的团队，现在只剩下来小四、艾力、木飞、克里了。我开始怀疑这里是不是真的存在什么宫殿，还是宫殿只是个幌子，宝藏也是个幌子，而这里其实是一个地狱，专门吞噬那些心怀不轨，或者贪婪之人的灵魂……

"小四呢？"我又问。

"还不清醒。幸好身上没伤口，大伯应该有办法。他带了那种抵制毒素的强效喷雾，能顶一段时间，但是我们必须尽快走出去。我们先朝着信号弹走，或许是他们发射出来的。"

这一路上都没有遇上任何人，当然也没有尸体。等我们一直走到刚刚发射了信号弹差不多的位置，却依旧没有人。我手电的光已经有点支撑不住了，雾气还在加重。

"不对。"汤勺忽然说。

"什么不对？"我警惕起来。

"这个地方似乎是我们刚刚遇到的那条死路，我们兜了一圈又回到了这里。"

我仔细一看，好像的确是这样：折角的死墙，和刚刚黑脸出事的地方一模一样，只是这会儿雾厚得就快连墙壁都看不见了。这里的雾气比哪里都重。

"发射信号弹的方向会不会弄错了，我们刚刚应该是朝着反方向走的才对。"我脑子里有些混乱，我们刚才明明在朝着发射信号弹位置走，而那个位置，假如没有弄错的话，应该是在我们之前进来的时候走的某条路之中。

"你别告诉我，这里的迷宫在变化……"

"有可能。如果我们路线和方向都没搞错的话，那只能说明是迷宫变了。"

"等下，什么声音……"汤勺突然小声对我说，对我做了个噤声的动作。

我也听见了似乎有什么声音，在我们面前的这面墙后面。隔着厚厚的墙壁，假如不是这么诡秘的安静的话，很难辨识到这么细小的声音。

"你过来看。"汤勺站在墙壁的另一端招呼我。

"缝隙?"

我惊讶地看着他手指的地方，手电的光几乎已经要被这里的黑暗吞噬殆尽了，只有朦胧的一束光点，还能将这条墙壁与墙壁之间的狭小缝隙照出来，假如不是专门这么留意的话，这样的雾气即使再好的眼睛都发现不了。

"之前黑脸出事的地方没有这条缝隙……"我道。

"黑脸?"汤勺挑了下眉毛。

我似乎没有跟他提及外号的事，如果不起外号，外国人的那些乱七八糟的名字，就算我从小长在这里，我也记不住。我只能记住特征，并给这些特征起相应的外号。

"不一定是没有，只是我们没看到。这条缝足够一个人侧着过。或许我们没走错方向，这后面还有路。"

我看了一下缝隙里面黑洞洞的迷雾，那浓浓的雾气不断由里面飘出来，就好像隔了一个仙境在那头。

仙境，还是地狱?

我听见自己的心跳声，一起一伏在我的耳膜四周响起了回声。

"我们过去看看吧。"我鼓足勇气小声说。

汤勺点头。他示意我他先过去，让我紧随其后。

这条缝很狭窄，就算是一个人侧着身都很困难，随便稍微胖一点都很可能被卡个不左不右。当我钻进去的时候才发现，这面墙的厚度是普通的两倍。这些古代的墙体本来就比现在的要厚不少，两倍的厚度让这条过人的缝变成了一条迷你短通道。

钻出去的时候，迎面扑来的依旧是浓雾。我感觉这雾气直接附着到了我的眼珠子上，致使我走出去，就两眼一抹黑，什么都看不见。而且这里瞬间温度下降了不知道多少，有一种忽然之间就进了冰窖的感觉。我浑身的毛细血孔都打了开来，寒气无孔不入，只十几秒钟的时间，我就开始冷得发抖。

黑暗之中，有谁扯了一把我的裤腿。

"陈唐?"

我把手电唯一一点余光凑近自己的腿部，先是看到了几根手指。

"陈唐?"

无人应答。我心里隐隐有点犯毛，"陈唐？讲话！"我提高了嗓门。

"我在这里。"这回有了应答的声音。可是，很明显这回答声是从我前面传过来的。

我倒吸了一口凉气，猛地把手电照在刚刚那几根手指上，这下一只有些发黑的手突然就出现在了灯束底下。我吓得往后跳了一大步，手电都砸到了地上，灯光跟着闪了一下。

"什么人?!"

"怎么了？"汤勺说话的时候，脚步正在往这里靠近。

手电的灯束之中，印出了一只手的影子。我头皮一阵阵地发麻，深吸一口气，我弯腰从地上捡起手电。我的手控制不住地颤抖，我在心里念："千万不是何钥匙，千万不是南洋，千万不是……"我现在可以听到我跟前这个人的呼吸声，急促而微弱，看他皮肤的颜色，应该是中了毒的。可他一言不发。

究竟是谁?!

汤勺走到我边上，拍了一下我肩膀的时候，我还拎着手电一动不敢动。

"什么东西？"他边说边从我手里接过手电。

突然，一张青黑色的，额角还有残余的黑红色血块的脸，被光束照了出来。

我大脑已经有点麻痹了，不知道这种浑身血液凝固的感觉，还是不是恐惧。眼前这个人，有点难以形容，假如出现在光天化日之下，我肯定以为自己大白天活见鬼了，只是在这里，一路到现在，碰上的奇怪事情太多了，到了眼下这一刻，我除了能感觉到浑身不舒服之外，也没其他什么感觉了。

可以肯定的是，这个"人"不是南洋，也不是刚刚走失的何钥匙。

"你是谁？"汤勺语气平和地问道。

那人的眼珠子看起来很怪异，呈现一种近乎透明的灰色，不知道是灯光作用还是中毒所致，显得极其吓人。他看着你的时候，你不知道他究竟是不是在看你，那双空洞的被眼白包裹的眼睛，透露出一种近乎绝望的神色。

这种绝望让我想起了死在外围的"老西木"。他眼中也带着同样的绝望。

"你是……欧枚洛？"

他听到这个问题之后，似乎是把目光聚集到了我的脸上。我猜，我想对了。我一直预感的东西得到了证实。他们都在这里。谁也没出得去。

当然，除了被胡凯救出去的廖思甜。

"欧枚洛?"汤勺盯着他的脸,用疑问的语气重复道,"你是……欧枚洛?"

那人张了张嘴,嗓子里发出沙哑的动物嘶叫一般的声音,似乎并不能再发出多余的声音。

"看来,这人的状态并不能告诉我们真相,现在大约就只剩卡洛·齐德蒙那个警察了。"

欧枚洛似乎是听到了汤勺的说话,仿佛是在用一种狐疑,又在思考的方式盯着汤勺和我看。我说不好,他是不是有思想。

汤勺在他面前蹲下去,掏出自己的证件,说:"我是,德西·卡尔梅洛的儿子。你认识他是吗?"

他的眼睛瞬间放出亮光,似乎有话要说,却怎么都发不出声音来,依旧只有那刺耳的嘶哑的声音从他的喉咙里冒出来。

"我想知道真相,也想知道我父亲为什么会自杀。"汤勺这话似乎是说给他自己听的,因为眼前这个人,我想是无论如何也开不了口说不了话的,何况白求恩老头也不在,假如在的话,搞不好还能想想办法。

但是,欧枚洛听完汤勺说的话之后,居然有了反应。他拎出一只跟乌骨鸡鸡爪一般的手,指了指自己的身后,似乎在示意着什么。汤勺用手电随他指的方向照了过去,立刻看到了他身下有一只背包。

汤勺把背包从他身下拿出来的时候显得小心翼翼。这个欧枚洛基本上只剩下皮和骨头连着了。他的身边有一只水壶模样的东西,汤勺捡起来,摇了摇,里面一滴水都没有了。背包很瘪,似乎也没有食物。

他究竟在这里过了多久?我不禁心里一阵发寒,假如我们不能顺利到达宫殿,并且找到出去的路的话,会不会到最后就变成了他这种样子?关键是,真相的寻求并不是这么简单,我要找的人,连个方向都还未明确。

我之前一直想,假如能找到南洋,找到山川,真相或许就变成无关紧要的东西了,我们还能像以前一样生活,才是最重要的。但是后来,我越发明白,没有真相的铺垫,你所做的这些假设,带有的幻想成分太高,以至于做梦都未必能实现它们。所以我跟汤勺或许是一样的,一路来到这里的目的,就是为了真相。

汤勺从背包的夹层里面，翻出来一个被塑料包裹了好几层的东西。欧枚洛看到了之后，眼睛亮了一下，点了点头，似乎这个东西的重见天日让他顿生希望。但这种希望显得很短暂，他眼中的光点只是一闪而过，便又恢复成了空洞而绝望的黑色。

他伸手指了指汤勺手中的那个塑料包，动了动嘴巴，嗓子里哼哼唧唧地发出让人听不懂的声音。我不明白他究竟想要什么。

汤勺将手电对着他的脸，他并没有避开突如其来的光照，或许他根本感觉不到有光的照射。他只是一遍遍张着嘴，模糊地发着声。

"看他的嘴形。"汤勺说。

我终于明白了，他是在一遍遍重复："打开它，在里面。"

"你是说要我们打开它，是吗？"我问。

他点点头。

汤勺刚准备打开它的时候，欧枚洛又伸手拉住了他的裤腿，就像之前扯住我的裤腿一样。

他边用手指着自己的脑袋，边动着嘴唇。"杀了我。求求你们。"他说。

"他在说什么？杀……了……"我不可思议地看着汤勺，汤勺点点头。

他希望我们杀了他。

"求求你们……"他依旧在无声地重复着这几个字。

我已经不忍心看了。叫我这么杀他，我是肯定下不了手的。我刚一转身，耳边就传来了枪响。

汤勺开枪把他打死了。

"你……"我难以置信地看着面无表情的汤勺。

汤勺一句话都没有多说，只是把枪收起来，拆下那几层塑料包裹，将一层比较完整的盖在欧枚洛的脸上。

"他只是在等个人来解救他。"汤勺说。

我明白了。当时他拽我的裤腿，在根本不知道我是谁的情况下，他只是希望等到一个人来帮他解脱。而现在汤勺手中这个东西，可能是他解脱前原本不指望实现的一个幻想了。这么说来的话，他这样的死，已经好过绝望了。

汤勺拆开最后一层牛皮纸，里面裹着的俨然是一本装订好的文件。文件封面上用意大利语写着：美第奇家族宝藏以及相关研究。而下面的署名是：阿夫杰·耶夫娜。

我惊讶地盯着汤勺手中这本装订文件的封面，眼睛都不敢眨一下。

阿夫杰·耶夫娜……这名字，是她……

汤勺翻开来之后，居然首先看到的就是一座宫殿简图。我起初以为是美第奇家族的其中一家皇宫简图而已，再仔细一看，并不是，这画的就是我们正在找的这座宫殿的简图。

往后翻，我们粗略地看了一下，似乎有四五十页的内容都是用各种论据来论证她的发现：在洛伦佐时代，由于曾经受到威胁和动乱，为了防止将来家族的衰败，所以将一些最有价值的财宝转移到地下，并在地下建筑一座宫殿，用来存放这些财富，并且将在今后不可避免的杀戮和战争之中，可以寻得一处绝对隐秘绝对安全的地方来转移美第奇已故先人的遗体，让美第奇这个庞大的家族不至于最后分崩离析。

看到这里的时候，我深深地吸了一口气。

汤勺将文件翻到最后一页，上面除了阿夫杰的落款，还有一个成稿的时间记录：1990年1月22日。

"她的死亡日期是二十三号，这不就是她死前一天?"

"我想，有些问题的答案就快要出来了。"他说。

"当然，你们拿了我的东西，怎么着也要还给我吧。"前方突然出现了一个高调的女音。

我的手电忽然又是一闪，这回直接就灭了下去。一片漆黑。汤勺从口袋里掏出那个老式手机，点开屏幕，有幽幽的蓝光照出来。而我的手机早就没电了，否则的话还能打个手电什么的。

"是谁?"我冲着前方问道。

"不用管我是谁，你们只要知道，假如你们手里这本文件不交给我的话，你们都不会有机会活着离开。"

"你凭什么这么说?"我一边说，一边想方设法想看清楚来人的样貌。不知道为什么，我先前就已经有了预感，这本烫手的东西，在我们手上躺不了多久，就会有人冲着它过来，没想到速度这么快。

"东西可以给你，但是麻烦你先把故事讲一下，廖思甜女士。"

什么? 廖思甜?!

我在黑暗之中转过脸看了一眼面部带有手机蓝光的汤勺，他似乎目视前方，显得很淡定并且胸有成竹。他怎么知道是廖思甜? 自从接触廖思甜到现在，她就没有拿正常的声音讲过一句正常的话，不是尖叫就是絮絮叨叨。

对面果真忽然之间打出来一束光，这是我第一次见到那有如贞子的黑长发下遮盖的面容全貌。突出的颧骨，凹陷的面颊，外凸的眼球。这恐怖的脸，跟我见到过的报纸上的廖思甜完全无法对得上，她简直就像一具有皮肉的骷髅!

"你怎么知道是我?"她脸上浮现出了笑容，令她整张脸看起来更加诡异。

"你一路装疯卖傻到这里，很显然有目的。之前在门外面你直奔着克劳迪欧的尸体去，是不是在找这个?"汤勺说着，晃了晃手中的文件。

"呵呵，不愧是精英警探的后代，确实有几把刷子。没错，我就是在找这个东西。那么既然你这么清楚我的目的，麻烦请物归原主吧。"

"物归原主？呵呵，我没听错吧？这上面的落款名字，写的是阿夫杰·耶夫娜，你是阿夫杰吗？原主是你吗？"汤勺说话的口气明显是话中有话。

那些阿夫杰和短发的廖思甜站在老皇宫窗口的照片，依旧历历在目。

廖思甜冷笑了两声，"你是什么意思？"

"你知道我是什么意思。"

"卡尔，我告诉你，有些事情你不知道，不知道就不要像你父亲一样多管闲事。哦，不，德西这个人不是多管闲事，他是没有自知之明，并且太喜欢装蒜，所以才会自讨苦吃。"

我以为汤勺听见这样的话会愤怒，但是他脸上的表情一点变化都没有，依旧很淡定。他笑了笑，从兜里掏出枪，对准廖思甜。

"我只想知道，是不是你杀了阿夫杰？"他问。

廖思甜愣了一下，突然大笑起来。"你从哪里认定是我杀了她？"

"我没有认定，我在问你，你一直要找回我手里的这本东西，难道不是因为这可以作为你杀了阿夫杰的证据吗？"

"哈哈哈！做警察的，有的时候思想真的是很多余。你和你父亲德西完全是一个样子？证据？你想的太天真了。我能走到这一步，还会怕一本文件把我带进牢房？那女人的死，是因为她该死！"

她的手电光也被蒙上了雾气，光照开始变得朦胧起来。她突然收住笑，面部变得狰狞起来。

"对，没错，是我杀了她。当时开始这个研究的人，明明是我。可是我们的研究成果，她不仅想要独吞，而且居然想公开！呵呵！公开意味着什么？意味着政府会筹资进行公开的挖掘，这里，就会被天下人看到。凭什么？！她竟然抱着我们的研究成果做梦想名垂青史，你认为我不该杀了她吗？"

"那你想得到的是什么？"汤勺说话的间隙喘了口气。这个地方的空气变得越来越沉，而且呼吸之间有种浑浊的感觉。我不知道我们在这样的环境下究竟能坚持多久。

廖思甜似乎也看出了汤勺的变化，往前走了一步，用手电光晃了晃他，又晃了晃他脚边的欧枚洛的尸体。

"劝你不要再继续在这里跟我对峙了，你坚持不了多久的。知道这里的毒雾是哪里来的吗？外面那片区域的毒雾还并不足以杀人，可是这里的可以。这里是源头。这里种植了一片特殊的植物，只要吸收到二氧化碳，就会释放出有毒的气体。你继续在这里跟我浪费时间，下场很可能跟老欧枚洛这个白痴一样。"

她说话的间隙，用手电光晃了一下我的脸，在灯光一晃之间，我看到她望着我的脸上露出诡异的笑容。

"就算死，我也要把事情搞清楚。我问你，尼可是不是你杀的？"汤勺问出这句话的时候，我觉得他的声音在颤抖。

廖思甜沉默了片刻，我听见她叹了一口气，"你知道了什么？或者是从哪里听说了什么？"

汤勺笑了，"你刚刚自己说的，你到了这一步，并不在乎因为什么被带进牢房，那请你针对所有的事情都说实话，好歹在你的运气用完之前，做点能够赎罪的事情。"

"赎罪？呵呵。"廖思甜瞪着汤勺道："从走上这条路那一刻开始，我就不知道什么叫罪。既然没有罪，又为什么要赎罪呢？是，你说得对，我承认，尼可是我杀的。让她画一幅赝品，她不愿意，她不愿意上我的船，你叫我怎么办？"廖思甜身体前倾，讲话的时候带着一种理所当然的口吻，似乎丝毫不认为自己做了什么不对的事情，"她知道的太多了，这女人错在太聪明，聪明的人和笨人一样都是有害的。更何况，她和你父亲老德西的事情，你不会不知道吧？"

廖思甜说到这里的时候，停了下来，她在观察汤勺的反应。

"咔嚓"一声，我听见子弹上膛的声音。

"陈唐，听他把话说完！"我害怕他真的一个激动控制不了自己，直接一枪把她给毙了。

"呵呵，看来是知道的。他们有个儿子知道吗？尼可这女人也是作孽，孩子生出来，又不想要了，居然带去了福利院。就冲着这一点，这女人不该死吗？你不应该谢谢我吗？帮你解决了一个心头大患。你想，假如不是我，她今天还活着的话，你母亲该有多恨你父亲啊？"

"所以，你放火烧死了她？"

"是的。"

汤勺低下头，沉默了片刻，问："那我父亲为什么自杀？"

"因为……他有罪恶感。"廖思甜说。

"难道你没有吗？明明是你杀了尼可，却让他以为尼可是自杀的。难道你没有罪恶感吗？"他的声音不再颤抖，又回归了平静。他手机的蓝光屏突然就亮了，我看到从他的眼角滑下来的液体。

"是他自己想不开，卡尔，是他自己想不开。不是我的错。"

廖思甜不知道从哪里掏出来一把手枪，但是她没有举起来对准我们的方向，而是将枪头向着她脚边的地面，"现在，我没时间继续和你们磨蹭了。把东西给我，否则的话……"

她把手电调转方向照到地面上——何钥匙。

第八十六章

FIRENZE
红宝石戒指

手电朦胧的光照下，何钥匙蜷缩成一团躺在地上，一动不动。他的身体一半被野草似的植物覆盖着。我这才看清楚，他们身后是一片没到膝盖的草坪，草坪上的草看起来形状奇特，我想，这大概就是刚刚廖思甜口中所提到的特殊植物。

"东西给我，要不然你就开枪，对准我的脑袋。当然，我也会对准你们这个小兄弟的脑袋……砰！哈哈哈！"廖思甜发出尖利的笑声。

汤勺拿着枪的手犹豫了一下，开始缓缓放下来。

"你要的东西你拿走，把他放了。"汤勺说话的时候，整个人往后跌了两步。

"就你这样，还想杀我？先保住自己的小命吧。就算你再能扛，不出三分钟，这里的有毒气体就会彻底吞噬你的意识，你会越过神经错乱和幻觉，直接变得和他一样。"廖思甜拿枪头指了指躺在地上的何钥匙。"头晕了吧？做警察的确实不简单，居然可以撑这么长时间。劝你识相一点，最好相信我说的话。"

我看了看汤勺的样子，看来廖思甜说的应该是真的，心说糟糕了。这里寒气很重，但是汤勺脸上的虚汗在不断冒出来，再这样下去，他可能撑不了多久。

可是……不对啊！我突然意识到一个问题，我怎么没事呢？我抬头看了看廖思甜，仔细想了想，突然反应过来一件事。"是你往我嘴里塞了药？是你？""你才反应过来啊，是啊，没错，我塞给你的药可以让你在这里不受干扰。""为什么？"

"呵呵，你问我为什么选择你？因为你最弱，对我没威胁。但是假如你们全都中招了，这游戏就不怎么好玩了。"廖思甜笑了笑，"不用想太多，我不是想救你。你假如坏我好事，我一样会一枪毙了你。现在废话少说，东西给我。假如你们爽快一点，我可以再给你们两颗药，让你们活着找出口出去。"

我不知道廖思甜葫芦里在卖什么药，但她说她身上还有药，我看了看汤勺和躺在她脚边的何钥匙——不管她说的是不是真的，赌一把。

我走过去从汤勺手中一把夺下文件本。"你，别中计！"汤勺连说话都已经费劲了。

"文件给你，何钥匙和药，都交给我。""你这是在跟我谈条件？"身后的汤勺"啪"一声倒在了地上。

"给我！"我拿起汤勺的枪对着廖思甜，冲她吼道。

"先把文件扔过来。"廖思甜很淡定地望着我。

我看她的样子，估计不会做出什么退让，这么僵持下去也没有用，便把文件放在地上，踢了过去。

廖思甜一边继续用枪指着地上的何钥匙，一边蹲下去拿文件。

她站起来，对我一笑，"再跟你说句实话，本来这个地方我不想再来的。是你们非要带我下来，所以天命使然，这些都是注定的，注定我要完成我的使命。门被这个傻子打开的时候，我就听见了美第奇的声音。是的，他们在召唤我，去揭开他们的宝藏。只能是我，必须是我！所以，那一刻我才真的算清醒，所有那些我之前做的事情不能就那样白费，我要把我的使命完成，谁都不可能阻挡我的道路。"

她说完最后一个字的时候，眼前的光灭了。她把手电关掉了。

"等下！"我喊住她，"你和南洋是什么关系？"

她没了声音，但我知道她还没走。过了大约半分钟，我才听见她的声音："他是我唯一的报应。拜托你，带他活着离开这里。"

右前方突然又亮了一束光出来。"那边！抓住她！廖思甜！"是小四的声音。

我刚想喊他，音节还没有冲出嗓门，突然——"砰！"只听见一声响亮的枪响，我几乎感觉到子弹带动空气的流动声。在我正前方十二点的方向，有人应声倒地。

前面亮起了好几支闪光束，是熟悉的探照灯发出来的亮光。灯光把我这一块笼进去的时候，我看到了何钥匙还保持着刚刚的样子躺在地上，我注意到在他边上有一瓶白色的小药罐子。汤勺倒在欧枚洛尸体的边上。

我看到胡凯和小四还有一些人正朝我这边走过来。中间的草有了一大块的空缺。我走了几步，就看到了，廖思甜倒在那里，脑袋上被枪打出来的窟窿还在往外冒血。

突然之间有人把我按倒在地，让我的头贴着潮湿的，夹杂着新鲜血腥气和奇怪植物味道的地面。

"什么人？！"

"小四……"按住我脑袋的力量劲太大，致使我说话发声都有困难，"我……"

"放开他！是李如风。"这是胡凯的声音。

我脑袋上的按压力立刻消失了，但是太阳穴却还是一阵阵地抽疼。

"是你开的枪？"胡凯看着我手里握着的枪问我。

我从地上爬起来，浑身拍了拍，摇头。我之前倒是真有一股子冲动想杀了她，但是，她最后说的话却覆盖了我的大脑。并且，她做了她承诺的事情，留下了解药。

我不知道怎么去评价人性这个东西，我也不知道怎么去形容我现在看到廖思甜的尸体躺在我脚下的感觉。她所谓的命运，最后让她不知道被谁一枪打死在这里。

"是谁开了枪？"

我们之中没人开枪。

"刚刚肯定有其他人在这里。"胡凯说。

"是不是你那个朋友南洋?"小四问我。

我不知道。我抬眼望着胡凯,"廖思甜和南洋究竟是什么关系?你知道的是不是,把他们一起带下来也是故意的?"

胡凯没有吱声,弯腰掰开廖思甜的手指,取出文件。一边翻着文件,一边对我说:"很多东西,我原本也没有十足的把握,直到事实摆到眼前,我的眼睛看到,我才确信。是的,我知道他们的关系。"他合上文件,"我相信你现在心里也有数了是吧。"胡凯冲我笑了笑。

我看了一眼廖思甜的尸体,是的,我心里有数了。

可是,胡凯,他的目的究竟是什么?

小四给何钥匙和汤勺都喂了廖思甜留下来的解药,那个药很快就起了作用。白求恩老头说,这跟他给胡凯他们分发的药是同一种,并不是什么特殊的药,就是一种普通的治疗神经性疾病的药物,却可以用来抵抗这种神奇的植物所产生出来的有毒气体。

"其实,如果心无旁骛,未必会受到这种毒素的影响。可惜,只要是人,就做不到。谁活着能活得彻底、干净、通透,什么大事小事都没经历过呢?"老头笑着拍了拍我的肩膀。

药是有效果的,何钥匙和汤勺很快就醒了过来,还好,何钥匙没有受伤。我没有在他们之中见到黑脸,我们都没有提起来,包括何钥匙,即便是之前经历过神志不清,何钥匙也能大概猜到究竟发生了什么事情,半个字都不提。

"刚刚杀了这女人的应该不是李如风的那个小兄弟。"我听见木飞对胡凯这么说道。

"哦?你看到了什么?"胡凯问他。

"是个女人。我可以确定。当时有一束光照到了一个影子,从身形判断,是个女人,长发。我看到了她逃跑的方向是向着这边的。"说完,他便指了指前面的一条路。

女人?!

"这条路,应该是往宫殿去了……她是往宫殿跑的。什么人呢?"胡凯自言自语道。

宫殿?我这才注意到,自从过了那个狭小的口子之后,进来的这个空间瞬间就开阔了,除了这些释放毒气体的植物之外,似乎并没有看到像之前那样的迷宫屏障,难道我们已经要到了?

胡凯说迷宫确实在变化,他们是从别处找到的路进来的。按照羊皮纸上面标示的虚线来看,我们现在距离宫殿已经不远了。这个前庭其实并不算非常大,可能也就波波利花园的三分之二面积大小,现在根据这个"弓"字形的线路,我们往前然后左转就应该到了。

"这里的植物释放出来的有毒气体比重这么大,说明在我们之前来到这片区域的人肯定不是一个。"白求恩老头说道。

当然不止一个了，死了的欧枚洛，廖思甜也是先于我们跑进来的，南洋或许也早进来了，只是现在不知道在哪里。还有……刚刚木飞说到的，疑似开枪射杀了廖思甜的女人。

"我的意思是，"老头补充道，"有很多人。"

"很多人？"

"呵呵，我知道。"胡凯笑了笑，"那个一直喜欢抢在我前面的家伙肯定带着人下来了。要不南洋怎么会跑这么快呢？"胡凯边说边朝我使了个眼色。

"什么意思？"我没明白胡凯的意思，南洋？跑这么快？

胡凯抿嘴一笑，并不说话。

过了大草坪之后，皇家花园的样式才算显露出来，有一些奇怪的没见过的常青植物和一些希腊神话人物的雕塑喷泉。喷泉没有水。

接下来的一路似乎走得很顺当，没有再遇上奇怪的机关和陷阱，没有沉重的雾气制造出来的幻觉。可是我的脑袋却感到迟钝与浑浊，所有发生的这些事情，和之前解开的谜团全都浮现在我的脑子里面。

汤勺自从醒过来之后，这一路变得更加沉默，几乎不说话。我想起廖思甜说的那些话，打算要开口对他说些什么，却完全找不到切入点。而胡凯则是一路都在研究那本文件本。

在我们到达一片雕塑群的时候，胡凯突然停住了脚步。"我在这里看到了有趣的东西。"胡凯眼睛盯着文件说。

我看到他翻开页数，应该是最后的部分。

"是什么？"我问他。"你自己看。"我接过来一看，这一整页字数不多，可我一个字都不认识，竟然是一整页的俄文。而且这一页是单独夹在里面的，并没有和整本文件装订在一起。"这是什么？你能看懂？"我疑惑地望着胡凯，惊讶于他一脸全都看明白了的表情。

胡凯笑了笑，耸耸肩膀，"看懂俄语很稀奇吗？这是一张手稿纸，相当于草稿，上面都是字，我估计拿到这本本子的人，就算看到有这么一张东西，都未必会去花心思留意它。可它上面偏偏有重要信息。""写了什么？别卖关子呀。"何钥匙催促道。胡凯指着标题，冲艾力招手，"艾力，给他们翻译。"艾力指着标题只看了一眼，便念道："关于波提切利《西蒙内塔·韦斯普奇》前后两幅作品的相关推测和分析。""两幅？"我惊讶道，"什么意思？"

在这个标题下面只有短短的一截，艾力接着翻译："经论证，桑德罗·波提切利前后一共画过两幅一模一样的《西蒙内塔》，第一幅画作的时间，推论可知是西蒙内塔去世之前，而后，在洛伦佐建造宫殿的期间，他画了第二幅作品，并将宫殿的秘密藏于画作中。佛罗伦萨乌菲兹美术馆的馆藏，一直都是第二幅作品，而第一幅作品的原件，不知去向。推测很可能被藏于宫殿内部，或者王子朱利阿诺的墓地内作为陪葬品。"

我顿时目瞪口呆，直接对着这一页俄语傻眼了："意思是说，没有赝品？波提切利当时画了两幅画？也就是说……"

"你之前拿到的那幅画，也是波提切利的作品，而且是第一幅。"胡凯眼睛里放着光，"真是神奇的事。这一点我一直都没有想到。太高妙了。我找人查过，三年后回馆的画，当时经手的警察正是不久之后自杀的德西·卡尔梅洛。"说到这里，他停下来望了一眼汤勺，汤勺没有说话，只是默默地看了眼那张俄语稿纸。胡凯继续说，"我怀疑廖思甜那帮人应该根本不知道，当时回去的那幅画是真迹。所以廖思甜他们一直没有找到正确的到达宫殿的路线。这就是他们找不到路进去，也找不到路出去的原因。或许，说不定老卡尔是知道的。"

"你不用刻意套我话，我父亲就算真的知道什么，我也什么都不知道。那幅画不是我偷出来放在李如风的古董店里的，我没有必要莫名其妙把他卷到这件事当中。所以，我也不知道什么隐藏在画里的秘密。"汤勺说道。

胡凯笑了，点点头说："我明白你的意思。没问题，陈唐，我们在这里都是各取所需。"

他们之间的对话，我听得一头雾水。我和陈唐两幅画都见过，那两幅之中除了藏了羊皮纸之外，还有什么秘密？

对了，红宝石戒指。果然，胡凯翻到文件装订页的最后一面，这一页不像常规的学术报告，连署名和日期都没有。而这上面只有一句话：

红宝石戒指，是打开宝藏之门的关键。

我有种被拉回历史的感觉，似乎眼前的一切都被退回了原点。我不知道为什么，眼前开始浮现出穿着丝绸睡衣的夏娃的面孔，以及之前汤勺交给我的阿夫杰的死亡档案记录……

红宝石戒指……比起谜团，更像诅咒！

"凯爷，那边发现了尸体！"小四突然报告说。

尸体是木飞和克里发现的，就在雕像群之间。之前我们没有发现是因为他们藏在雕像群重叠的阴影里面，就算有灯光照过去，也不一定会发现异样之处。

我们绕过雕像群，在阴暗的角落里，横七竖八地躺着好几具尸体。这场面不禁让我想起了胡凯那栋美第奇老别墅后厅的地下密室。并且事实证明，这些人和密室里的尸体竟然是同一拨人，与袭击我们的人也是同一拨。克里、木飞和小四把每一具尸体都检查过一遍之后，全部都发现了有同样的文身图案，而这些人并非死于中毒，都是被枪打死的。我忍不住看了一眼胡凯。

胡凯注意到了我的目光，"这回不关我的事。但是奇怪了。"他"啧"了一声，"假如我们算一拨，这帮人算一拨，而这帮人不是我们杀死的，要不就是还有第三拨人，要不就是，他们内斗。"

"什么意思？"我有些不明白，"内斗？"

"哎呀，就是有人叛变了呗！"何钥匙拍了我一掌，鄙视地翻了翻白眼，"那拨人之中，有人叛变，他们窝里反了，所以死了这么多。我觉得绝对是窝里反，就算有第三拨人，一下子死了这么多也算挺奇怪的。"

我忽然觉得何钥匙的脑子这会儿比我清醒。

我粗略地扫过眼前这一具具尸体，并没发现眼熟的人。西木不在里面。

看到现在，这一路好像已经走了有一个世纪了，死了那么多人，我已经变得有些麻木了

"可以知道的信息是，有拨人在我们前面。"

"凯爷。"在继续往前走之前，我有些事必须要搞清楚。虽然说他跟汤勺说了，大家各取所需，汤勺的这个"需"我了解，但是胡凯的这个"需"似乎并不像他说的这么简单。他这一路的作风，从他剖析事情的智慧和沉着冷静来看，完全不像是在寻找他之前说的东西。他知道的东西太多了，凭他的能力，该知道的都知道了，他千方百计做了这场下行的计划，到底是为了什么？"这条路拐过去再走一段就可以到达宫殿了，既然我们都已经走到了这里，我希望你能告诉我们一些实情。你在这里究竟想要找什么？"

胡凯低头一笑，"我在找的东西已经告诉你们了。你的意思是我有所保留呢还是对

你们没说实话？"

"你自己清楚。"

说实话，如果说此前我有隐约的怀疑，那么这一刻我非常确信，胡凯之前对我们袒露出来的真相绝对不是全部。我不是不相信他的话，我只是觉得，他一定保留了他的最终目的，或许不是他故意隐瞒。我并不认为他是一个贪欲很强烈的人，也不会将他归为廖思甜一类，但我认为，这样一个人，必然要怀有某种十分强烈的情感，才会涉身于这种地方，不惜一切代价达到他的目的。

"对。你说得对。只是这件事情，我觉得你们并没有知道的必要。而且这件事情并不涉及你们的切身利益，我可以发誓。我带你们下来，当然是有着我的私心的，但其实当我拿到羊皮纸地图和那张隐藏的全貌图的时候，我大可以避开你们，让你们自己去探索，不过由于我知道你们也有自己想要寻找的东西，所以我才带你们下来。李如风，我可以明确告诉你，你想得到的答案，在这里一定能找到。而你要找的人，在这里也可以找到。但是结果如何，我不能预言。每个人都有他自己的命运。你我都一样，你找的人也一样。"

我找的人？他指的是……山川吗？

"是可以找到，比如我，哈哈哈！"这是一个不速之客的声音，一个音调偏高的女声。

所有人都掏出枪，我迟疑了一下，也从腰间掏出那把我到现在还不太清楚怎么使用的艺术型匕首手枪，哪怕我都不是很确信里面到底有没有子弹。

紧接着我意识到了一个问题，那个女声我是听过的，很熟悉。

果然。

说话的这位从影影绰绰之中走出来的时候，我看清了她的脸。几乎周围的人同时倒吸一口冷气，往后退了好几步。

胡凯反复将目光徘徊在手里的文件和这个女人之间，"你……是……呵呵，看来传言有时候也该被相信一次，我查的时候除了传言可什么都没有查到啊。"

"呵呵，"女人笑起来，脸上的媚态在我脑中记忆犹新，"是啊，的确。传言有时候反而比较真实。就像我一直认为你手里的东西应该流荡在外，我怎么都可以找到。结果我还是错了，居然还要被人捷足先登。"女人把脸转向我，妩媚一笑，冲我抛了一个眉眼："李如风，我们终于又见面了。"

"夏娃……"

汤勺终于对这张与阿夫杰太过相似的面孔有了反应，"你究竟是什么人？"他问。

"哈哈，卡尔警官的这个问题很奇怪啊，你们之中明明有人已经知道了我的身份，何必还要让我自己解释呢？"她边说，边笑眯眯地望向胡凯。

汤勺跟着她的目光转向胡凯。刚刚胡凯说的话，我也没听明白。什么传言？什么可信？

胡凯把本来就不大的眼睛眯成了一条缝，盯着她，似乎在做打量："是的，我给大家介绍吧，这是阿夫杰·耶夫娜的女儿，夏娃。我在调查这一系列事情的时候，曾经找人查过，结果只查到一条没有被证实的传言，说阿夫杰有个女儿。而这个女儿却凭空消失了似的，关于你的消息，什么都查不到。想必是有人刻意屏蔽了。现在我知道是怎么回事。你是那边的人吧。"

阿夫杰的女儿？我惊讶地看着夏娃这张酷似阿夫杰的脸，看起来根本就是一个人，一个1990年就已经死去的人，站在你的面前，这种感觉太毛骨悚然了。母女两个长得一模一样的事情，不是只有电视连续剧里面才有吗？

"你居然和你母亲长得这么相像，假如不是我早知道有你这么个人，并且一直相信你被卷在这件事情里面，或许看到你的时候，我一定会当自己在这么个什么都可能发生的地方生平第一次见鬼了。"胡凯一脸意味深长的笑容。

"凯爷。我可以这么喊你吧。你有一点说错了，不是我被卷在这件事里面，而是我自己积极参与进去的。要不然，费这么大劲整了一张和我母亲一模一样的脸，我岂不是白费了功夫。还有，什么是那边？"她转身指了指身后刚刚被我们发现的那些尸体，"这些才是那边。我可不算。我只有我自己和我要达到的目的。"

胡凯笑了起来，"果然是阿夫杰的女儿，真是智慧非凡。那么西木呢？"

"哈哈哈！"夏娃突然笑了起来，"西木？西木是个什么样的人，你应该早就知道了吧。即便是到现在，他还是个傻子。真是傻得令人费解。"

她说着，又转向我，"可不像你那两位啊，李如风。"她念我名字的时候，冒出浓重的熟悉的鼻音。

"你是什么意思？你指的是谁？"

"你在跟我装蒜，还是你也跟西木一样傻，不懂我在说什么？你的妹妹山川和你的兄弟南洋，所谓的'那边'，跟我一样，他们都占了一份。"她依旧带着那种妩媚的笑容，用开玩笑的口吻说道。

听见山川和南洋的名字，我似乎感觉到自己体内的血管在裂开。

"这么个表情，看来你真是什么都不知道啊。当初查到你和山川的关系的时候，我想你怎么都应该知道些什么，原来天真的还真是我，这么看来，你是连那是你自己的妹妹恐怕都不知道吧。"她忽然眯起眼睛，饶有兴趣地观察我的反应，我压根不知道自己脸上出现了怎样一种异样的表情，使得她又笑了起来，"还指望你帮我找戒指呢，真是难为你了。你这个侦探还真是业余得可以。"

"那个苔丝……那个警察……是我妹妹？"我根本不知道自己在说什么。我依旧记得苔丝来偷画的时候，我摸到的她手上的疤痕。是山川吗？

夏娃只看着我抿着嘴笑，并不回答。

"为什么，那个苔丝和西蒙内塔长得一模一样……可是山川她为什么?"

"苔丝只是一个名字，真正的目的是那张脸。只有画里的西蒙内塔，才能引起菲利普这只老狐狸的注意，才能更有效地在他身上获取到他们想要的信息。我本以为她哪一天不再装失忆，OK……不好意思啊，我一直觉得她在装傻充愣，所以我认为她假如先获得红宝石戒指的信息下落，或者找到它的话，大概会透露给你。所以才……这些事情，现在对于我来说都无关紧要，你见到她的时候自己问她吧。当然得是她活着的状态。"

"活着的状态? 她有危险? 她在哪里?"

"在哪里、有没有危险，这些我都不知道。事实上这女人一直与我们成一种隔绝的状态，我只知道大体上任务的事情，其他的我一概没数。"她说得很敷衍，却并不像在撒谎。可是我心里的疑惑却更大了。

她的意思就是说，山川假扮了苔丝，故意用了一张跟画中的西蒙内塔一模一样的脸，目的就是为了引起菲利普的注意，方便接近他，从而达到目的。这个我大概能明白，西蒙内塔这张脸就像是整个事件之中的一个神秘索引，当菲利普看到这张脸出现在现实之中的时候，一定会特别注意，很多事就好办了。

她的话里，最为清晰的一点就是，红宝石戒指大概从头到尾压根就没有出现过，他们都在找戒指。夏娃就耍了心眼接近我，目的是为了通过我追踪山川的进度，后来看看没戏或者知道汤勺丢了文件给我，怕暴露了身份，于是就撤了。

可是她说山川与他们又不一样，她是一种隔绝的状态……这是什么意思?

"你，山川，南洋，西木都是歌里的人?"

可她的脸上却出现了疑问，"歌里? 他有名字? 你知道是谁?"

我望了一眼汤勺，他在边上沉默不说话。

"我只知道，这是一个什么样的组织。可是不管他们怎么样，我有我自己的目的，我只想得到我要的东西，跟我在哪里，跟着谁没有关系。我所做的一切，只是为了我自己罢了。"她说得很坦然，直言不讳。

"我就喜欢你这样的性格。"胡凯有意地拍了拍手，"这里的人是你杀的?"胡凯指了指地上尸体的方向。

"凯爷，你太看得起我了。我不喜欢杀人，要杀也杀有用的人，这些人杀了他们我又没好处，杀他们岂不是很浪费时间? 这么血腥，估计是南洋干的吧，西木那个蠢货应该没本事杀这么多。"她说得不紧不慢，就像陈述什么正在发生的电影场景一般。

我脑中又是轰隆一声。她刚刚说谁? 南洋? 南洋杀了这些人?

我没有想明白。

"那你在医院对我下手，这么说来，我还算个有用的？"我笑道。

"你有用没用我可不知道，呵呵，单纯的奉命行事。有人觉得你碍手碍脚。我呢，当时属于没有选择。"

有人？歌里？

"那么，"胡凯低头微笑着继续问，"廖思甜是你杀的吗？"

这回换她沉默了。她收起脸上的妩媚与讽刺的表情。这个女人面无表情的时候看起来都有一种冷艳的绝美，何钥匙估计八成都没在听我们说话，他的眼睛一直就没离开过夏娃的那张脸，直愣愣地盯着看。

"是。"她说，低下头又抬起来的时候，脸上又有了微笑的表情。

"没错，是我杀的。她杀了我母亲，从此改变了我的命运。我不该杀了她以示感谢吗？"

"既然你能站在这里承认，杀了她以后为什么要跑？"

"跑？我没有跑，只是当时有更重要的事情，我没时间在那里跟你们耗着。"

"那你现在为什么又要突然出现呢？总不会单纯是为了我手里的这本文件本吧。"胡凯边说边晃了晃手里那一叠东西。

"呵呵，当然，不光是它。我母亲的东西，原本也就是我的，我要拿回来天经地义。不过，还有其他的，比如地图、路线……什么东西都在你们那儿，当然还有……"

这回她的目光没有转向别人，而是转向了一直盯着她看的何钥匙。"开门的钥匙。"她说。

第八十八章

FIRENZE

交　易

　　除了胡凯以外，所有人都对夏娃这个指向性明确的暗示感到有些惊讶。可唯独何钥匙不动声色，仿佛夏娃刚刚说的话跟他没多大关系似的。

　　"呵呵，看来我猜得没错。"胡凯又突然冒出来了一句没头没脑的话。

　　"凯爷，关于你的能力我早有耳闻。对，我想，你没有猜错。所以要么，你跟我做个交易，要么你可以现在杀了我，但是我知道的，你不知道的东西，就会变成永远的秘密了。"夏娃笑容妩媚。

　　"可是，你这笔生意似乎没有什么说服力啊。既然人和东西都在我手上，你拿什么我不知道的东西来说服我呢？所有谜题我都可以自己找答案。"胡凯不紧不慢地说道。

　　"那么，凯爷对于第一幅从你家偷走的《西蒙内塔》是不是有兴趣让它回到你的别墅呢？我知道那幅画对你的意义，应该是非同凡响的。你一直把它收得那么好，到东到西都带着，想必你不想丢失它吧。我知道你派人去找过画的去向，只是可惜，他可能并非有和你一样只手遮天的能力，但是藏一幅画的本事还是有的。我知道在哪里。只要你们带我进别墅，我答应你，出去之后，那幅画立刻物归原主。"

　　胡凯低头笑了笑，"这买卖我没问题，关键是带不带你进去要看他，不是我。"胡凯转向一直闷不吭声的何钥匙。

　　这里的雾气已经没有刚刚那片区域重了，在探照灯渐渐恢复光照度的强光中，我看到何钥匙的眼珠子滴溜溜地在眼眶里打转。

　　"你能给山川那个小贱人一把钥匙，难道连带我进去都不行吗？"夏娃语气轻蔑地瞄着何钥匙。

　　"什么？"我又一次听见了山川的名字。我总觉得反复在这个女人口中听见山川的名字，有一种十分不真实的感觉。像是一个个连环的玩笑，它们把我的逻辑思维都搅乱了。

　　"那是她偷的，可不是我给的。我来这里，也是为了拿回钥匙！"何钥匙收起一直定在她脸上的目光，有些不服气地说。

　　我一把揪住何钥匙的衣服，"你把话说清楚，你刚刚说什么?！山川，她偷了你的钥匙？"

　　"你放开我！哎呀。"何钥匙一脸无奈地叫唤道，"她还给我钥匙的交换条件就是叫我去找你，她还不让我透露我和她的关系。当然，钥匙是我何家的秘密，所以这个我不能告诉你，但是现在反正你也知道了。看吧，我没有骗你们。唯一一件事情是，我确实跟她有过一段时间的联系，后来追踪器被你们查到收走了，联系也就断了。之后我也没有再见过她了。我没骗你。老实说，你们的恩怨是什么，跟我没关系，我不过是想找回我的东西。虽说我本身对这个地方一直挺好奇的。"

"这么说来，你一直知道这个地方？慢着，你刚刚说，你和她的关系……你和山川是什么关系？"

"帮助和被帮助的关系。"何钥匙翻了翻白眼。

"她帮过你什么？"

何钥匙一脸无语地掰开我拽着他衣服的手指，"大哥，不是她帮我，是我们帮她！她被人催眠，是我爷爷祖传的针灸术帮她抵御了催眠。她之前一直都被人用催眠术控制，具体是什么情况我也不知道，她大概跟我爷爷说过，我爷爷临终前只交代我，多帮帮她，说她总让他想起死去的尼可。可是这个女人……唉，这个女人真是奇葩。后来明明已经不受催眠的控制了，可她又回去了，回去就回去吧，还偷我东西，还跟我交换条件。这叫什么？这叫以怨报德！她叫我去找你的时候，原本我以为你们都是一路的，后来才发现好像不是这样。但是你们究竟什么关系我不管，我只要拿回我的东西。李如风，这点我可没骗你。"

"催眠?!"

山川那天突然发疯的样子，又一次在我的脑海之中浮现出来。是他！一定是他，是他催眠了山川，以至于山川发疯。可是他为什么要这样做？他把山川拖进这整件事之中的目的究竟是什么？我感到逻辑上的混乱，他又是什么时候开始注意到山川的？通过谁？肖德利？大鹰？

"你见过催眠她的那个人？"我问。

何钥匙摇摇头，"没有。"

"她偷了你的什么钥匙？"汤勺问何钥匙。

何钥匙迟疑了一下，朝着前方一片光照还未到达的地方，说："开门的钥匙。"

关于何家锁匠的传言，我其实并没有听过。大多也都是从胡凯那里听来的。我猜，大概胡凯从第一次见到何钥匙莫名其妙闯进别墅，死活要跟着我们之后，就派人去调查他的目的了。我不知道他是否查到了什么，但是有一件事情是无疑的，那就是胡凯从一开始就打算利用何钥匙，而何钥匙从一开始就知道山川会来这里。

我现在开始怀疑，何钥匙在先前的走廊上碰那幅画绝对不是无意的，他多多少少知道这里所有的进入方式。只是他似乎并不想对这些东西多做解释。

接下来的一路变得十分怪异，因为夏娃这形式上带着强烈目的性的加入，总让人忍不住对她心生戒备。就连只拿手术刀的白求恩老头，都一路把枪握在手里，走在她后面。

夏娃没再多说什么，只让我们小心。

到了线路标识上的最后一段路，在我们面前出现了一条狭窄的小道。两面墙，夹出一条只能供一人通过的路径，这条路似乎还有点距离，探照灯打进去，竟然也照不到个头。

"这不会又要冒出来什么迷宫之类的吧。"何钥匙嘀咕道。

"不可能。"胡凯指着地图说："你们看，这是最后一段，理论上这条路出去之后，就能见到宫殿的正门了。"他边说边抬头看夏娃。

"你别看我，"夏娃立刻说，"我要是能走到这最后一段上，我就不会把他们跟丢了。"

"他们?"我警觉到她的用词。

"别急，小帅哥，他们不管几个人，等我们到了地方，你要见的人，一个都跑不掉。"

刚刚一路走过来，看得出来夏娃并不认路。她大概是挑了一处保证自己不会迷失的路段停下来等着我们出现。假如没有羊皮纸地图，我们可能还得走无数的岔路才能到达。毕竟这个所谓的前庭花园里面除了进来时有意做出来让人兜兜转转不得进入的迷宫之外，内部的路径也是连横交错，一个不小心走错一条岔道，又不知要拐到哪里去。而我们则是按照羊皮纸上面所示的虚线，一路走得似乎很顺利。当然，不排除这是误导人的路径，故意要把手持地图的人往火坑里引。但我们还是相信的比例占绝大多数。不然大费周章地去找这两张地图，也就没有意义了。只是，地图进入宫殿之后，只有一段，全貌所示的最后那段路径我们是没有的，只能进去了再看情况了。

我一直在不停地想着这一连串的问题。我想的这个过程之中，他们已经安排好了进入这段狭窄路径的顺序。

艾力打头，小四收尾，其余的人走在中间。克里对照地图计算了一下这条路的比例，可能有一公里长。这个距离说长不长，要说短的话，在这样一个狭窄的通道之内，也不算短了。这一路大家都走得很小心，就怕再出现什么意想不到的机关。毕竟这是到达前的最后过渡了。

走了三分之一的时候，跟在我身后的汤勺突然停顿了一下。我立刻警觉起来，"怎么了?"

"嘘——"汤勺示意我不要出声。

"怎么了?"何钥匙也问。

汤勺竖起耳朵听了一会儿，又重新提脚往前走。并传话让前面的人加快一些速度。

"到底怎么了？"

"我觉得后面可能有什么人跟上来了。刚刚听到了一阵脚步声，但是这会儿又消失了。"

我往后面看了一眼，除了我们的人，和一排探照灯，走过的路半亮着。这么狭窄的小道，假如有别的人出现，应该一眼就能看得到才对。

小四似乎也听到了什么声音，停下来往后看了几眼。转过身对我们说："你们先走，我回过去看看，总觉得有什么不对。"

"小四，小四，别去了！小四！"何钥匙没有喊得住他。一转眼，小四就不见了。

身后一直也没什么动静，直到走到这条路的尽头，看到宽阔的台阶式广场的一般的东西出现在眼前。

"到了。"胡凯说。

眼前的景象令人十分震撼。倾斜面的大片台阶式广场，开阔得如同另一座皮蒂宫的门前一般，一排整齐的窗龛中间是完全圆拱的门。每一扇窗周围都有弧度优雅的延伸，与下面的台阶所呼应，台阶每一级成圆弧形，并且用的是大理石的材质，让人想起了他为圣洛伦佐教堂的图书馆设计的楼梯。

我不禁想到米开朗琪罗在墙上的那些草稿图，当它真的出现在你面前的时候，跨越了五百年的气势一下就令人感到自己的渺小。

"太神奇了，谁能想得到，米开朗琪罗还有这样的一件完好的艺术品保存在地下。"胡凯感叹道。站在台阶下面可以看到，每一级台阶上的雕刻拼成的美第奇家族的家徽标志和洛伦佐的三环戒指标识。

夏娃看到这个标识的时候，笑了。

我想起来，她曾经穿着暴露地站在我面前不止一次，我也不止一次地欣赏过她柔嫩的皮肤，我可以发誓自己并没有看到她那柔嫩的皮肤之上有任何粗糙的类似于有一层皮肤黏合在上面为了遮住文身的痕迹。她怎么没有文身？

夏娃大概是看到我一直在看她，有意姿态千娇百媚地走近我。虽然这里光线昏暗，也难挡她优雅的身姿和妩媚的神态。

"小帅哥，你一直盯着我看干什么？"

我赶紧收起自己的目光，吞吞吐吐地抓了抓脑袋。

她故意用胸撞了我一下，目光绕过我，划过一圈台阶，又重新落到我脸上。"让我猜猜，你是在想，我为什么没有文身？"

我被她的大胸撩得一阵酥麻，本来脑子里就是一团糨糊，现在更是糨糊都算不上了。我真想抽自己两耳光，怎么能在这样的环境下还有心思想这些。

她的目光突然从我身上跳开，换了一张冷冷的表情说道："那个人的帮派跟凯爷的可不一样，他是号称带你追求生命新境界，解救你灵魂的一个邪教组织。"

邪教组织?!

"你别这么看着我，在我看来那就是邪教。我曾经也被洗过脑，可是我太机智，不容易被控制心智。可是，他有他自己的本事，对于上端的人，他用药物和催眠术控制，对于那些自愿跟随的，就什么手段都不需要了，印个文身在他们身上，让他们时时刻刻提醒自己，是他的人就 OK 了。听着是不是很扯淡很荒谬? 可是世界这么大，没什么不可能的事情。"

上端的人? 药物和催眠术?

我刚想细问，就听见了何钥匙鬼叫了一声。

"小四怎么还不回来?"何钥匙大声问。

对了，小四之前调头看情况去了，怎么到现在还不见人影?

"你们在找小四吗?"这句话不是我们之中任何一个人的声音。这声音似乎是从刚刚我们走出来的那条小路上传出来的，因为墙壁高厚，并且宽度狭窄，所以稍微说话大声一点，都会传出明显的回音。

艾力和木飞齐齐地用灯光照亮路口。

果然，灯光才移过去，就有明显的人影出现在了斜角的地面上，绝对不止一个人，那身影被拉得很长，重叠在一起。

"小四!"

确实是小四，可他身后还站着三个人。其中一个人，单臂卡着他的脖子，他的手被绑了起来，那个人用枪口顶在他的太阳穴上。

这个人就是西木。

他露出得意的笑容："好久不见，朋友们。好久不见，陈唐。"

"你想怎么样？"汤勺从怀里掏出枪来。

"我想怎么样？不想怎么样啊！我这一招叫以其人之道还治其人之身。哦，不对，应该叫螳螂捕蝉，黄雀在后。这不是跟你们学的吗？"他伸了伸脖子，龇牙咧嘴地笑着，一脸卑鄙，摆明了是在记恨上次我们在热那亚的公墓里摆了他一道的事情。

"你究竟想怎么样？"汤勺一个字一个字地重复了一遍。

"哈哈哈！你紧张什么？这女人能跟你们做交易，我就不能跟你们做交易吗？我也很诚心啊！"

"你一路跟着我们？"我诧异道，我们居然一路都没有发现。

"你错了，李如风，我是跟着她。是她跟着你们！"她用枪指了指夏娃，随即又将枪口顶回了小四的脑袋上，用力地戳了两下他的脑袋。

"西木，你真是无聊。怎么，你这条狗被甩了？居然还用跟着我？"夏娃笑道。

"你闭嘴！"西木恼怒地挥了挥枪。

"这么小一条路，你们三个人居然能跟得这么无声无息，高明啊。"胡凯往前走了几步，笑着说道。

"呵呵，那是你们蠢。这样的一条道，不是看似两面墙就真的只是两面墙。每走一段路，就有一个错开的落错层，你们应该没发现吧。我们当然可以藏得毫无声息，只要藏在层次的夹角之中就 OK 啦。不过我还是给了你们提示呀，谁说我毫无声息的。我故意发出了声音，果然非常有效。本来还想着假如来的人是陈唐这种难对付的，该不该一枪直接打折他的腿。结果我真是运气好到没话说，来了这么个上次才和陈唐他们串通一气、在我面前表现过的人才，我都不用开枪惊动你们，只要轻轻从后面这么……"他突然用力卡住小四的脖子，龇着牙青筋突暴地说："勒住他——就好了。哈哈！"他松了力气，小四猛地咳嗽起来。

"小四！你想怎么样?！"何钥匙激动起来，往前走了好几步。

"别动，你站住，不然信不信我一枪崩了你！啊，对，你不能死，你死了我们进不去了是不是？"他又咧开嘴，露出参差的牙齿，挑着眉毛笑起来。

看来这个畜生，听见了我们所有的对话。

"凯爷，你们走你们的，不用管我。"小四被他卡着喉咙嗓子都变了声音。

胡凯呵呵地笑了起来，"你也要跟我做交易，那你说说，交易的筹码是什么？这女人手里有我要的东西，你有什么？"

西木一下子变得有点茫然了，用枪指了指小四，"当然是他啊，你忠诚的手下，从小跟着你的人，你不答应我，我现在可以打死他啊。"

胡凯摸了摸戴在手上的戒指，不紧不慢地说道："你老大都可以甩掉你，牺牲你们的命，换来前路通畅，你凭什么觉得我没有这种觉悟呢？"

"胡凯！你！"何钥匙露出一脸难以置信的神情。

"你不要以为我不敢开枪！"西木龇着牙吼道。

"你开枪啊，"胡凯耸耸肩，"你开枪打死了小四，我的人立刻会打死你和你的人。我知道你无所谓打不打死你的人，但是同时你也没命了。而且我到现在也没明白，你搞这一出是为了什么？你不妨在跟我们死磕之前先说说你的目的呗。"

"钥匙，我要开门的钥匙，而你们通通不准进去！"

"哈哈哈哈哈哈！"胡凯发出一连串的笑声。

"你笑什么?!"西木用枪使劲在身前挥了挥，咆哮起来，"告诉我，你笑什么?!"

胡凯收住笑，"当然是笑你笨了。你看这位美女，智商这么高，假如可以简单威胁拿到钥匙开门进去的话，她早干了。可是她提出的交易条件只是跟着我们，你难道想不通为什么吗？"

西木冷静下来，想了想又问："为什么？"

何钥匙抓了抓脑袋，"你放开小四，快点放开！我告诉你，因为即便是把钥匙给了你，你也进不去。主钥匙已经被偷走了，我身上留下来的只有一把我们何家人懂得如何使用的复刻钥匙。你以为我把钥匙给你，你就可以开门？我可以给你啊，给你你去开啊！"

西木似乎有点反应过来了，低着头想了半天，回头看了看身后站着的两张木头脸，又转过来，突然语气低八度像换了个人似的哀求道："那你们带我进去！拜托你们带我进去！我不想毒发身亡，我不想这么死……宝藏我不要了！你们带我进去，我要找他，找到他问他要解药！"

解药?

我突然想起了刚刚夏娃对我说过的话——药物控制。我转头望着夏娃，"这就是所谓的药物控制？"

夏娃抿嘴一笑，点点头，"我们身上都被载入了记忆芯片和毒药。这种慢性毒药发作的过程很慢，而每个月他都会给我们解药，但是这种解药都是阶段性的，治标不治本。对，这就是药物控制。我也是。"

"你不怕死吗？"

"有什么好怕的？赖活着不是比死更可怕吗？"

"你把小四放了，我带你进去。"胡凯话音里带着一种毋庸置疑的坚定。他这句话让我立马意识到刚刚那些不过都是他的缓兵之计。

"哈哈！"西木抬起头来，"当我傻子啊！你凯爷的话也能信？我也是警察，我不傻。我放了他，你可能立刻开枪打死我。"

"你也配称自己是警察？"汤勺轻蔑地说。

"我不配？我不配你就配吗？你曾经干的好事，不要以为没人知道，不要以为我不知道你是怎么爬上位的。呵呵，你这种人，才不配做警察。"

汤勺很淡定地看着他，掏出枪，对准他。

"陈唐！"我立刻冲过去抢下他的枪。

西木大笑起来，把脸贴着小四，枪口指着我们说："你看看，这些都是你拿命保护过的人，你看看他们都管你的死活吗？你悲哀吗你？我看你还不如从这里活着出去之后跟我混呢！起码我拿你当个人看！哈哈哈！"

"你少废话！"小四冲他脸上吐了一口唾沫。

西木立刻用枪柄狠狠地砸了一记小四的脑袋，血立刻顺着他的额角往下淌。

"你敢再动一下他，我立刻把钥匙吃进我的肚子里！"何钥匙指着西木吼道。

我第一次看到何钥匙这样，这简直不是我认识的何钥匙。

"带他进去吧。假如他敢怎么样，就毙了他。"这是何钥匙凑在胡凯耳边说的，我站在离开胡凯比较近的地方，正好能听见他的话。

大概每个人心里都住着另一个自己，那个胆小如鼠，遇到危险自己先跑路的何钥匙，突然连个影子都看不到了。

别墅的大门是关着的。

何钥匙说，这门一定被开过了。两把钥匙分别设置了两个门锁。一个在门的中间，一个在门的下面。一般来说，遇到这种情况，按照中国人的思维，肯定是两把门锁一起同时插入才能将门打开，就怕不保险。结果这门的设置，按照当时上面的要求，被弄成了两把门锁只有任意一把钥匙就能把门打开。他们怕遗失了一把钥匙，门就开不了了，所以要搞个备用的。但是当时的何家先祖为了自己的一点私心，希望将来有人进入这个地方的时候，能从锁上就看出来是何家锁匠的杰作，于是在下方的复配门锁上安置了只有何家人能打开的装置。

何钥匙拿出来的钥匙是很细小狭长的一把，他说这把钥匙与主配钥匙截然不同。关于这把钥匙的情况记载于他家的一本历史册子之中，介绍是当时专门为了这扇门设计的。

何钥匙蹲在门前，冲我挥挥手，"李如风，你过来。"

"我？"我有点诧异地朝他走过去。

走到他边上蹲下来的时候，他说："李如风，你现在看我怎么开锁的。"

"为什么？这是你家的秘密，我无权学习。"我迟疑道。

"我是怕，待会儿万一碰上我有个三长两短，或者不省人事的情况，你拿这把钥匙，用我教你的方法开门，当然，前提条件是，你得带我出去，不管是死了还是活着。"何钥匙说得一本正经，这话却听得我毛骨悚然。

"你什么意思？里面就是宫殿了，应该没什么危险了。"

"在这种鬼地方，你怎么知道？听我说，我不知道里面有没有路可以直接出去，万一要退回来我们还是得经过这扇门。这扇门我们进去之后，从里面关上就自动锁上了，所以势必还是要用钥匙再打开一次，就算里面有路可走，或许也需要钥匙打开通道。而我家针对这座宫殿留下来的钥匙只有两把，所以可用的也只有两把。那一把在那个女人那边，主钥匙的体积比我手里这一把大很多，所以我不认为假如有什么密道开启会用那把钥匙。当然，就算我死了，你也得帮我把那把钥匙拿回来。那是我家的东西，不然我不好交代。"何钥匙看着我，口齿清楚，语气平稳地说着。

我有些发愣，但是我听清楚了他的话。我点点头。

此时我只想到了一点，胡凯是对的，何钥匙并非简单的角色，这个世界上，总喜欢把别人当成智障和白痴的人，才是真正的傻。

何钥匙把那把狭窄的钥匙插进门下方一个非常不起眼的小孔之中。

"听到声音了吗？"他问我。

我点点头，我听见有"咔啷"一声，声音很细小，但在这么安静的环境之中，却变得很清楚。

"听到这个声音，说明钥匙在锁孔之内分成了两半，说明你已经插到底部了。现在顺时针旋转两圈，然后逆时针转一圈。"他转完之后，把钥匙往外拔了一半，"这把钥匙是两节分离式，拔到一半，你感觉到被卡住的时候，继续逆时针转一圈。"他转完之后，把钥匙拔了出来。然后拉着我后退。

圆拱门"吱嘎"地拉响了长音，我看到它由上方开始脱离墙体，慢慢往下放倒，直到贴在地面上变成踏板。这门居然是这样打开的。

何钥匙拉着我一直退到台阶上，转头朝胡凯使了个眼色。

胡凯立刻心领神会，冲着西木招招手说，"门开了，进去吧。你先。不过有个条件，进入门内的第一件事就是放了我手下。"

西木贼笑道："带着他一路，我还嫌碍事呢。你放心，大家退一步海阔天空。"说完，他押着小四和他的两个手下，上了台阶，进了圆拱门。我们跟在他的后面。

他进去的瞬间，在门口停了停，转头一把将小四往门外推，而他的两个手下则不知道同时启动了什么，门又是"吱嘎"一声，开始从地面上升起来。这时，我同时听到了好几声枪响。紧接着又是一声巨大的"嘎啦"声，像是什么东西骤停了运转。

当我反应过来的时候，自己已经站在门内了，而所有人都在周围站着，门则维持在刚离开地面的状态。

脚边是两具尸体，和腿部和肚子上都在流血的西木。

西木趴在地面上，捂着肚子上不停涌出血来的窟窿，用一种极度怨恨又悲哀绝望的眼神望着胡凯。

胡凯从艾力手里拿过枪，指着西木的脑袋："人，都有贪欲。但凡贪欲都得有个度。贪没关系，但是需要懂得收敛。我最恨言而无信和不知悔改的人。"说完，他收起枪，还给艾力，朝一边的木飞使了个眼色。

木飞不动声色地从腰间掏出那把和我身上一样的匕首枪，弹开前端的匕首，直接朝着西木的心脏插了下去。

西木的眼珠突出来，灯光之下，血丝瞬间在黑色的眼珠周围开出来一朵樱花。他伸出手，抓住了我的裤腿。

"告诉……告诉我爸，对……对不起，对不……起他。"说完，他断了气，眼睛依旧睁着。

"为什么要杀了他？"我听见自己的声音微微发颤。虽然西木害了我不止一次，但是就刚刚那个场面来说，胡凯似乎比他看上去还要冷血。

他背对着我回答说："没有为什么，因为他该死。第一次进入地下外围的时候，我手下死了那么多人，有一半是拜他所赐。次次都有他。死了那么多人了，也该轮到他自己了。更何况……"他转过身，看了一眼西木的尸体，面无表情道，"一个连自己的父亲都不放过的人，我何必要放过他？当然，我本来没必要跟你解释这么多。"

父亲？老西木？我看向汤勺。

汤勺在西木的尸体旁边蹲下去，给他合上眼睛。他抬头看着我，点点头。"上次在地底下死的的确是老西木。而当着我们的面，神不知鬼不觉杀了他，并且用毒气害你产生幻觉，差点害死你的人，就是他儿子。"他看了一眼尸体站起来，"老西木之前失踪了很久，但是他应该和西木一直有联系。那次去下面应该是为了儿子去的，他大概想阻止西木参与这些事情，可他没想到，会死在自己的儿子手里吧。"

"你早就知道了？"我问汤勺。

他并不回答，只是站起来，往前走。

这就是人性吧。贪婪，欲望，为了目的不择手段所呼应而生的人性。

我看着脚边的尸体，依旧难以理解。或许，这些东西到最后我也理解不了，因为每个人都有自己最为阴暗的一面，不知道当遇到什么事情的时候，这样的阴暗面就会被呼唤出来，成为你的死穴。

对，内心的阴暗，才是你的死穴。我也一样。

我总以为宫殿里总是金碧辉煌的,但这里给人的感觉,只有阴森。地面甚至不是大理石的,而是由普通的古老石板铺成,周围都是坚实冰冷的大理石雕塑。探照灯打在雕塑人物脸上,每一个都是冷冰冰的表情和一双双空洞的没有眼珠的眼睛,加上这里的寒气,我浑身起鸡皮疙瘩。

大门正如何钥匙所说,就算不去碰里面关门的机关,那个机关也会在十分钟内自己启动。门被关上了。现在里面只看得到我们几个人,和几只探照灯。

这里空气干燥,没有雾气。克里拿出仪器探测了一下空气里面的氧气含量,一切正常。听到"一切正常"四个字,我总算安心了不少。但夏娃说:"提高警惕,他们应该就在附近。"

白求恩老头给小四的额头上了药,简单处理了伤口。胡凯带着老头果然有他的道理,老头一直在发挥着神奇的作用,小则治伤,大则救命。

"我们现在在什么区域?"汤勺问。

胡凯掏出羊皮纸和全貌图,仔细地进行对比。我们现在已经进入了圆拱门,汤勺用手指了一下羊皮纸上的对应区域。仔细看的话,似乎宫殿只有两大部分,但是第一部分在同样面积大小的前提之下,从中间一分为二。

"假如把这里当成正常的别墅房来看的话,我们现在所处的位置是大厅。两边的大理石雕塑都是两两相对的,这种是典型的贵族用来建造的欢迎走廊。但是一般这种设计只有在坟地里有。"汤勺说。

"这不就是中国人的墓葬文化嘛……"我嘀咕道。

胡凯若有所思地看了我一眼。

"屋顶上有东西。"小四忽然有了新发现。白求恩老头在给他处理伤口的时候,他的探照灯摆在身边,灯光冲着天上,正好把这里的顶给照出来了。

"巨型湿壁画……"我有点不敢相信自己的眼睛。在地下这一处宫殿之中,居然有巨型的湿壁画,而且颜色艳丽,看上去保存得相当完好。

胡凯"啧"了好几声,"简直不可思议。"

虽然知道这种强力功效的探照灯对湿壁画的伤害很大,但是为了看清画的是什么,我们也只能把所有的照明工具都对准高得离谱的天顶。我很难想象，在这样的地底下，五百多年前的人究竟是怎么把这些画完成的。

"画的似乎是修建这座宫殿的过程。"胡凯让艾力把灯光打高，看了一圈之后说道。

"没错。是修建宫殿的过程。"夏娃指着中间这幅画说："这里很奇怪。他们手里扛着的是什么？能看清吗？"

"是……棺材……好像……"

棺材前面站着一个女人。我拿起一只探照灯，尽量把光打到我能看清楚的地方。距离太远，我眯着眼睛都很难看清楚。

那个女人从这个角度看，是面对着我们的，并且只有她是对着我们的，其他人似乎都在往里面走。宫殿的背景显示，当时这里还正在建造。是谁呢？看起来很眼熟。慢着……她手里似乎还有一只猫……

一只黑猫。

"那是西蒙内塔。"

"那是西蒙内塔·韦斯普奇的送葬队伍。人物走在棺材的前面，唯独她回头看底下进来探望她的人，意思就是说，这个人就是这口棺材的主人。"汤勺收起手电，往前面黑洞洞的地方照了照，"看来西蒙内塔的真身可能葬在这里。这里的建造或许比阿夫杰查到的那个记载要更早一些，这里可能是在西蒙内塔刚死的时候，就开始动手建造了。或许，当初修建的目的是把这里修成一座陵墓。"

在这种阴森森的地方，听到这种话，我浑身的汗毛都开始打结了。

"钥匙，你看那个是不是你的老祖先？"夏娃指着其中一幅画对何钥匙说道。那幅画上面有两个人，一个似乎正在门上摸索，另一个手里捧着纸，"咦？旁边那个好像也是亚洲人的面孔。"

胡凯听到之后，立刻拿出探照灯照了过去。的确，这两个人出现在场景之中的频率特别高。这里的天顶画围绕当中这幅送葬图，大约一共涵盖了四十九个小的画面场景，都是关于宫殿建造的。而其中有一个频繁出现的络腮胡，一看就是设计师模样的，应该就是米开朗琪罗了，当时看上去年纪还比较轻。除了他之外，就是这两个亚洲人，出现的频率很高。假如说这里所有的门锁都是何钥匙他家祖先安装的，那么另一个亚洲人是谁呢？是不是中国人？干什么的？看起来好像也是设计师的样子。

何钥匙倒不是太兴奋，他闭着眼睛，在嘴里振振有词地默念"阿弥陀佛"。

"小子，这里信圣母和耶稣的。"白求恩老头拿他打趣。

"我不信那个。"何钥匙说，"我是传统的中式信仰。但是我不迷信，所有东西都可以用科学力量解答。"

"江湖术士，也可以用科学力量解答是吧。"说完老头自己笑了。

我们都跟着笑了起来，那个正常的何钥匙似乎又回来了。太过一本正经，跟我说着如同临终托付一般的话的何钥匙，实在让人有压力。还是这样好，在这么一个地方，起码看着他，不用想太多。

想太多有时候也没用。世界上有太多不能解释和没有答案的东西，事事能得到真相的故事，大多都是被人捏造出来的。

突然，我眼角瞄到一个黑影一闪而过。"谁?!"我拎起探照灯，朝着前方大叫一声。

艾力似乎也注意到了，不等我开口，已经拿着手电冲了出去。走过这一路的欢迎雕像，前面五级台阶往上，有一个打开的圆拱门。艾力一直走到圆拱前检查了一圈，跑回来冲我们摇头。

难道是我的错觉？不，不是错觉！我现在对任何移动的物体都很敏感。黑暗处，一定有人！

走到五级台阶的地方，我看到地面上有个缝隙。我拿着手电朝里面一照，"陈唐你来看，这下面是不是有什么东西?"我隐约看到有棱有角的什么东西，但具体是什么，却又分辨不出来。

汤勺蹲到我边上，凑过来两眼朝底下一瞅，拿着探照灯来回晃了晃，站起来甩了我两个字："棺材。"

何钥匙在一边听见了之后，立刻三步一大跳地蹦到了平台上，"什么棺材？下面有棺材?"

"既然当初是作为陵墓修建的，而不是纯粹的宫殿，那么有棺材也不是什么奇怪的事情。"汤勺说。

胡凯听到之后，问："你认为会是什么人的棺材?"

汤勺说："一些负责建造的工匠、设计师、画师之类的。一般能进入这种地方的人必定是和这座宫殿修建相关的人物。我刚扫了一眼，具体情况也不知道。我猜，能葬在这里的应该是一些比较重要的负责人，也有可能有一些美第奇家族的旁支。那些缺乏历史记录的美第奇家族成员，可能有的就在这里。"

"有路可以下去吗?"胡凯又问。

"你要下去？不是吧……棺材啊!"何钥匙惊呼道。

"眼前目测没有什么路，先往前走了再看。"汤勺说。

"你们快过来看!"白求恩老头和小四在前面打着探照灯回头冲我们喊。

当我走过圆拱的时候，一道由墙壁上反射出来的强烈的光晃了我的眼睛。我勉强睁开眼的时候，瞬间傻了。

"这墙上是金子吧。"

"这是金箔，是礼拜堂。"

这是美第奇的一个礼拜堂，面积并不大，手电光所及的地方，全都能照出反光来。金箔上除了美第奇的标志以外并没有其他东西，主祭台上既没有雕塑也没有主祭祀画。

但是墙上却挂了好多画。有些是美第奇的人物像，有些是从未见过的画作。看笔触，大多是早期的蛋彩画作品。

"哇……果然是有宝藏，这里的作品随便带一幅出去都是无价之宝啊。卖掉一幅可以过两辈子！"何钥匙惊叹道。

"你可千万不要乱动！"我嘱咐道，生怕他再触动了什么机关。

"你过来，看这边。"汤勺拽了我一把。

他手中探照灯发出来的光，照在一幅画上。

"这是……小贱？"是那幅黑猫图。

"这是达·芬奇的那幅原件。"胡凯说，"居然在这里。"

"既然西蒙内塔真正的墓地在这里，这也不奇怪。她的猫不是给她陪葬的嘛，那猫的写生图在这里很正常。"我说。

"不，不正常。这幅画很奇怪。"胡凯把我往后面拉着退了三大步，差不多踩到身后小台阶的时候才停下来。"你看，一般一幅这种尺寸的画最佳的观赏距离，是一个人正常手臂的距离，你要想象画师作画的时候，以一只适当弯曲的手臂为距离，而我们观赏的时候，就要选择这种距离才能看到最好的画感。但这幅画，你现在再看。"

猫活了。对，那只神似小贱的黑猫似乎活了，它的眼睛在这黑暗之中发着光。它就这么静静地坐着，与我相对视，当真就像小贱坐在我面前一样。

"达·芬奇是个很特殊的人，他喜欢尝试各种不一样的创新，这幅画就是他的创新之一。"

我从和画中黑猫的对视之中抽离出来，"你说的特殊是画本身？那既然你都给出解释了，又哪里奇怪了呢？"

胡凯一笑："你看，周围的画与画之间的距离都不算太宽，都是有规律的，唯独这一幅，当然你之前离得那么近，自然是看不出来的，而现在，你站在我们这个位置，有没有发现，它与周围几幅画的位置分得特别开？"

他这么一说，我倒是发现的确如此，这幅画上下都留了空，而左右两幅画与它之间的距离，比起其他作品之间的距离要大不少，感觉这幅画像是被孤立的。

"或许只是比较珍贵特殊，毕竟是达·芬奇的原件，所以才被单独陈列？"

胡凯摇摇头，若有所思地盯着画看了一会儿，又转了个身，三百六十度地扫了一圈周围。"我认为……"他话还没有说完，只听见何钥匙在后面嚷了起来，"小贱！小贱！"

我以为他是看着画失心疯发作，一转身，居然看到小贱蹲在主祭台上，用画中同样的姿势坐着，仿佛是另一幅黑猫图。

"又是这只猫……"夏娃皱眉嘀咕道。

"对，和画上一模一样。"我也自言自语，望着何钥匙朝小贱走过去有些发愣。

"不是，这只猫我在七楼见过。这好像是那个女人的猫……我不确定，当时在七楼见到它的时候就觉得它很怪异，尤其是额头上的倒三角。"

"那个女人？"

夏娃白了我一眼，没接话。

她说的难道是山川？小贱是山川的猫？小贱是被南洋抱走的，它出现在这里，岂不是意味着南洋也在附近？刚刚在拱门那边看到的黑影八成就是他。

何钥匙张开双臂朝小贱扑过去，结果扑了个空。小贱轻盈地一跳，就落在了汤勺的脚边上。此刻汤勺正盯着主祭台前面的那块平台看。平台上有个正方形的凹槽，在正方形之内，有个镶嵌正好的圆。圆圈上镶了一圈金边。汤勺正在研究那圈金边，而小贱默默地蹲在了圆圈的中间。

"小贱？你不认识我了啊。这猫是不是中毒了？"何钥匙问我。

何钥匙的正常和与正常相呼应的英雄主义果然维持不了多久，他现在又彻底恢复原形了。对于他的天真和装傻充愣，我唯有给了他一记朝天的白眼。

"圆的位置和画的位置成直线夹角。"汤勺边说，边示意我们让开，自己伸手比画了一下，证实了他的说法。"这里一定有问题。我看了一下，金边是起了遮掩的作用，圈圈和地面之间有一条细缝，假如不蹲下来仔细看是看不出来的。"他说着又用探照灯照着那幅达·芬奇的黑猫图。

"从我这个位置看，黑猫的眼睛，是看着这边的。"他伸手指了指边上的主祭台。

我们齐刷刷地看向主祭台。可是主祭台空空如也，除了一张大理石的祭台，什么都没有。

"什么意思？"胡凯托着下巴问。

"你们过来搭把手。我怀疑，这是一个机关。我们试试看能不能转动地面上的这个圆。"

汤勺是对的，基本上四个人的力量就可以把圆转起来，但是转了一圈也没得到什么反应，画和主祭台都没有动静。

"怎么回事？难道不是这么玩的？"我也疑惑了。这一路上的机关不都是找对了门路一下就能开启的吗？这让我想起了胡凯那栋美第奇别墅的后厅里的那个机关。

我很是怀疑，这些乱七八糟机关是不是当时给美第奇发明各种机械装置的达·芬奇设计出来的，复杂程度可见一般。

汤勺蹲在原地苦思冥想，半天也没突破。

站在一边的木飞突然开口："凯爷，猫的脑袋上有个倒三角，向下的倒三角，是罗马数字的五，会不会需要转五圈？"

胡凯一脸恍然大悟，但是随即又觉得疑惑，"等等，这圆以什么为起点来转？"

汤勺拎着探照灯在地上摸索了半天，终于抬头说："圆面上有一条直径切线。假如我们刚刚没出错，那么现在这个切线应该是在它自己该有的原位上，我们照着这条线，再转四圈试试看。"

这圆越卡越紧，到了最后一圈的时候，我们所有人都上了手，费了九牛二虎之力才把圆圈转到线上。

大约三秒钟过后，我听见了摩擦转动发出的声音，紧接着脚下开始动了起来。这可不是什么好的感觉，自从之前经历过迷宫区那些从地上无端长出来的高墙，而导致迪特和他的手下不知死活之后，这种脚下突如其来的变化变得尤为让人感到惶恐。

我心有余悸，立刻大喊："快跑！"大家眨眼之间纷纷飞速跳出圆圈。我话音还没落下，这个圆就往下缩了下去，不过地面上除了这个圆抢出来的坑之外，没有再出现什么裂缝大坑之类的东西，也没有暗箭发射出来。这个体型较大的圆柱大约在下降一米之后就停了下来。

但是大理石挪动的声音并未就此结束，紧跟着主祭台也出现了变化。主祭台四边的大理石分别开始往下降，等它们全部落下，声音完全停止的时候，我深深地吸了一口气，眼珠子差点没有掉出来。

包裹在主祭台的大理石里面的，是一口玻璃棺材，里面有一具骸骨。

"凯爷，这里！"站在黑猫画边上的艾力喊了一声。

胡凯晃了下探照灯，除了照到了艾力，还有艾力旁边的一个黑洞。

不是，不是黑洞——是门，达·芬奇黑猫画的那块墙壁向里面转了九十度，在墙壁上打开了一扇长方形的门。

我们顿时都沉默了，一时间鸦雀无声。直到白求恩老头感叹了一句："多么精妙的机关设计啊！"

那门后面黑洞洞的，仿佛随时能跑出来一只怪物。

我读过一些中国的盗墓小说，一直觉得很荒谬，从未想过有一天自己会有这种身临其境的感觉，总觉得还是在做梦，而且是在意大利做梦。

"先不要管那扇门，把探照灯都拿过来。"胡凯命令道。

何钥匙明显是对那扇门心有余悸，特意挑了一个既看不清棺材里的骸髅，又能随时抬头看看门里是不是有什么奇怪的东西跑出来的位置站着，用手半捂着眼睛。

"这是什么人？"白求恩老头问。汤勺刚想回答，张了张嘴又闭上了，因为灯光照到了一样东西。

"在这里……原来在这里……"夏娃几乎把脸贴到了棺材的玻璃上。

探照灯之下，一缕似血一般的红光从棺材躺着的骸骨身上幽幽地散发出来。小贱毫无声息地跳到了棺材上。那里面躺着的骸骨，双手交叉在胸前，左手的中指上，戴着一枚红宝石戒指。

她是西蒙内塔·韦斯普奇。

"我终于找到了。"夏娃欣喜地回头看着我，感叹道，"帅哥，看来你那妹妹根本没有找到它，白花了我那么多钱。原来它一直都在这里……"她的眼中放出来的光，就快赶上红宝石了。

"这就是那枚所有人都在找的红宝石戒指。"胡凯低声说。

"所有人都在找?"我一时之间没反应过来。

"文件没看吧。"胡凯笑着从背包里把那本文件掏出来，翻到倒数第二页递给我。

的确，我并没看到这句话，我不知道汤勺之前有没有看到。上面写着："打开美第奇中心宝藏的关键，是西蒙内塔·韦斯普奇，画中所佩戴的红宝石戒指。"

"就是这句仅仅凭借推断和论证出来的话，所以才生出这么多事来?"我把文件扔回给胡凯，觉得那就是一块烫手山芋。

单单就这么一句话，招致了杀害、圈套、帮派、死亡……他们原来都在寻找这枚戒指，哦，不是，他们在找的是美第奇的中心宝藏。

人的贪欲，究竟可以将一个人的阴暗面提炼到哪种纯度? 我不知道，我也不敢去想。我转头望望汤勺一脸面无表情的样子，心里忽然就平静下来了。

至少，他不是。

"我要把戒指取出来。"夏娃说。

"怎么取?"胡凯说这句话的时候，艾力已经闪到了夏娃的背后。

"砸开。"

我看到她那红艳的嘴唇轻微动了一下，眨眼之内拔枪转身，紧接着就是一记枪响——她还是快不过艾力。艾力的匕首已经顶在了她的脖子上，一手捏着她拿枪的手腕，而枪口冲着天。

刚刚那声枪响是冲着天空放出来的，没有谁受伤。胡凯一脸笑意朦胧，慢慢把头凑到夏娃边上："我知道你在想什么，放心，我不会杀你的，你最好记得我们交易。我会把你安全带出去的。"

"交易? 哈哈!"夏娃笑起来，"你不让我拿我的东西，这交易肯定完成不了。"

"美女，我们的交易好像叫作，'我把你带进来，你把画还给我'，当然，是出去之后。但显然，你的东西没包含在交易里。我不管你体内是不是有毒药，在我拿到画之前，我不会让你死的。"

"哦？你居然也盯着红宝石戒指？我本来以为你对这个没多大兴趣……没想到大名鼎鼎的凯爷，居然跟我们目标一致，真是一件令人兴奋的事。"

"呵呵，"胡凯低下头笑着摸了摸下巴，"我对什么都有兴趣。"

"你真的也是为了找红宝石才来的？你是为了宝藏？"我有些不可思议。其实这个理由很充足，但不知道为什么，我总觉得胡凯的目的是这个显得太过于单纯了。不过也是，他本身就是一个商人，做走私不就是为了赚钱嘛，大费周章地想得到宝藏也不奇怪。

胡凯走到我旁边，凑到我耳朵边上小声说："那个玻璃很有可能还有机关，搞不好是个毁灭装置。戒指是要拿出来，不过没必要因为拿个戒指让大家都死在这儿，你说是不是？"他说完，朝我眨了下眼睛。

"凯爷，我看了一下这道门，里面有台阶往下。我们要不要下去看看？"克里说，"氧气成分也探测过了，有些奇怪的东西在空气之中，不知道是什么。但氧气显示是足够的。"

"凯爷，不能贸然下去，有点不对劲。"说话的是木飞。这句话才说完，小贱就悄无声息地从他脚边蹭了过去，一个闪身，走进了门里面。

"跟着猫走。"胡凯说。

木飞想说些什么，最后还是点了点头，走在了最前面。

我拉着何钥匙也跟了上去。艾力带着眼睛死盯着棺材的夏娃走在最后。

我走过门的时候，再次看了一眼那幅黑猫图。这里的设计确实令人惊叹，精妙的机关，隐藏的棺材，还有一直注视着自己主人的黑猫……人类的智慧果然是伟大的。

往下去的台阶又高又窄，两个人并排都走不了。台阶旋转向下，好在没多久就走完了。看那上面的圆柱往下缩的程度，也能料想到，下面这一层并不深。只是我一走到下面，就有了一种毛骨悚然的熟悉感。

倒不是底下这些大大小小、种类繁多的棺材，而是这些石柱子。

汤勺似乎也认出来了，让胡凯把羊皮纸地图取出来一一对照，发现确实。这就是我们找到的第一张羊皮纸地图上的地下部分，也是我们在胡凯别墅的地下密墙上看到的设计图其中的部分。也就是说，上面这片区域被隔开了，但是底下却是相通的。

这里有很多的石棺，有的在棺盖上标注了名字，周身装饰有一些雕刻，有的什么都没有，压根不知道里面躺着谁。

"这里还真是墓葬啊……这些人是不是陪葬的奴隶啊……"何钥匙声音发颤地嘀咕着。

"当然不是，这些都是在这里工作过的人。能葬在自己的作品之中，不管是对于工匠还是设计师还是建造师来说，都是一种莫大的荣耀。"胡凯一边走在两排棺材之间留出来的小道上，一边说道。

"凯爷，这里有两具尸体。"木飞在第三排棺材的中间，突然站起来大声说。

是两具骸骨。人已经不知道死了多久了，还有一些没有腐烂干净的衣衫碎片耷拉在骸骨的身上。这两具骸骨很奇怪，它们并排坐着，靠在身后的棺材上，就好像正在进行什么仪式，又像是有意在等待死亡。

白求恩老头蹲下去检测过后，很快得出结论——都是中毒。"两具尸骨都是男性，年纪都在四十五到五十岁左右。尸骨明显发黑，初步判断是中毒，是哪一种毒性暂时检测不出来。"

我真怀疑白求恩老头以前不是做医生，而是做法医的。看他之前对南洋那个态度来说，真就像是拿着手术刀切割尸体的冷血异类。

胡凯看了一眼尸骨，又看了看尸骨背后所倚靠的石棺，提出了一个让人瞠目结舌的要求——他要打开那口石棺。

那口石棺很简单，既没有标注里面躺着的逝者大名，也没有装饰的棺板雕刻图案，什么都没有，就是光溜溜的一口棺材。

"开它做什么？你想干什么？你难道觉得人家死在边上，里面就有宝贝？欧洲人不时兴奢侈陪葬的，顶多几件烂掉的破衣服和生活用品。这又不是盗墓……"何钥匙急了，喋喋不休地说个没完，"万一触怒了神灵，我们现在在人家的地盘上，你千万不要瞎来啊。"

夏娃"哼"了一声，发出冷笑，"你不让开那口棺材拿戒指，现在自己却要开一口没用的棺材……"

胡凯不作反应，权当没听见。他让艾力把夏娃绑在柱子上，与克里和木飞一起打开石棺的盖板。

这种石棺的盖板一般都很沉。好在欧洲人和中国人的木棺材不一样，木棺一般都有棺钉，开起来之前还要起棺钉，而欧洲人的棺材盖板虽然沉，但是没有事先的程序，直接打开就好了。

木飞和艾力用力推开一个角之后，克里用探测仪测试了一下棺材内涌出来的气体，"没有一般尸体在内腐烂所沉淀的气体。"

果然，棺材打开之后，里面并没有尸体。棺材是空的，只有一些叠好的，一碰就能成灰的衣物。

还有一把类似于匕首的东西，上面镶嵌了宝石。等拿出来的时候才发现，并不是匕首，而是一把古代的绘图专用圆规。镶嵌有彩色宝石的封套上，刻了一个 H。再仔细一看，被左边的骸骨头部遮挡的地方，后面也有一个 H 的字样。

"爱马仕?"何钥匙凑过去，说了一嘴。

我已经看出了端倪，赶紧把何钥匙拉过来，让他闭上嘴。这个 H 肯定不是爱马仕，它应该和胡凯的家族有关系。

胡凯恭恭敬敬地在尸体和空棺材面前跪了下来，两手端着圆规，冲着它们磕了三个头。

我们都被这一幕惊得愣住了，一时间谁都不说话，直到胡凯磕完了头站起来，何钥匙打破沉默为止。"你这……这是干什么？"他瞪着眼睛一脸不解地问胡凯。

"这两具尸体是？"我也忍不住地问道，毕竟眼前这一幕实在是有说不上来的怪异感。这尸体必定和他有着什么莫大的关系。

"我猜，他们应该是我的爷爷和父亲。"胡凯说，"但是我要找的东西并没有找到。"

"你要找什么东西？你现在总可以说实话了吧？"

胡凯叹了口气，转身看着两具骸骨说："之前我跟你们说的，确实都是真的。我没有骗你们。只是我没有说全。我的祖先名字叫胡成飞，明宪宗朱见深年间，时任当时的工部侍郎。后来由于遭人陷害，被流放到了江浙一代。但是陷害他的人害怕他有一天会被调回京城，从而影响他的地位，所以干脆起了杀念。一路追杀他跑到了沿海。那时候有个叫马克吉诺力的意大利传教士正好在沿海一带进行传教活动，机缘巧合地救了他，并且把他飘扬过海带到了意大利的佛罗伦萨，因为他在建筑上面的才华，把他引荐给了美第奇家族。那时候在佛罗伦萨，洛伦佐还刚刚上位不久，喜欢各路文化的洛伦佐，就把他留在了自己的建筑团队里面，而他则开始学习西方的建筑艺术，并研究怎样进行东西方建筑风格的融合。一开始，他仅仅只是在他的团队里面学习，并适当地给出一些综合性的建议。直到后来，他接到了一个实实在在的建筑设计任务，是要将东方的建筑风格融入进西方的建筑风格之内。当然，那时候他和洛伦佐的关系也已经是非同一般了。以上这些东西，都被他记录在家族历史的册子当中，但是到这里就断了。那个任务里所提到的建筑，我们却看不到，不知道在哪里。前几代人一直都在寻找，其间也放弃过，直到我爷爷，作为艺术家，可能接触得更多一些，所以才找到了端倪。而作为商人的父亲，却从小耳濡目染，在爷爷失踪之后，着手开始边调查边寻找，后来他自己也失踪了。但是他和爷爷不一样，他从小就不让我碰这些东西。只让我接触生意上的事务。我的线索和发现，全都是自己追查出来的。起先我只想找到我父亲，后来我知道了一些事情之后，我的想法上也有了一些改变。爷爷的手记上面，提到过先祖隐藏的一些真相。我想知道它们是什么。"

他说完，转身看着我们："这就是我的目的，没有保留了。这并不是秘密，只是这些东西与你们并不相关，于你们也没什么重要性。但我认为我们是朋友，不需要隐瞒什么。毕竟，你们和我一样，也不是为了来寻求财富的。当然，直白地说，不好奇美第奇的宝藏是骗人的，只是我从没有想过找到了之后要把它们从这里带出去。我没有这样的想法。"胡凯说这些话的语气，听得出来是真诚的。

"凯爷，那个女人！"木飞话音未落，人已经跑到我们下来的旋转台阶处了。

我们这才发现，被艾力牢牢绑在柱子上的夏娃没了踪迹。

"不好。"胡凯眉头一皱，也不由分说往台阶处跑。可是木飞却退了回来。我们晚了一步，那门不知道怎么已经被关上了。紧接着，"轰"的一声地面开始震动。"该死！"胡凯咬牙切齿，"她毁了棺材！"

我本以为摇晃的是地面，猛然发现这强烈的震感真正是由上面引起的，我刚一抬头，就被落了一脸的灰。

"这里要塌了！"我听见汤勺喊了一声。

"艾力，你们去哪儿？"这是胡凯的声音。

我的眼睛被落下来的灰尘迷得一时间睁不开来，好不容易睁开一条缝，只见到眼前好几个身影从我面前晃了过去。

"艾力、木飞，别管了！快走！再不走我们都要困在这里！"胡凯边叫边朝着棺材中间的位置跑过去。

我眼睛一瞄，头顶上一大块石头摇摇欲坠。"胡凯！"我大喊一声，他回头看了一眼，脚步却不停下来。木飞和艾力都在他祖父和父亲的石棺那边。

"胡凯！要塌了！"我见他没有反应，只得冲过去拉他过来。还没来得及抬脚，就被一股特别大的力向后面甩了出去。等我看清楚时，汤勺已经越过我往前冲了。我的眼睛被灰尘刺得火辣辣的疼，不断有眼泪涌出来。耳边是石块砸地发出的巨大声响，世界像被颠倒了一般混乱无序。

"胡凯！"我眼见着一块大石冲着他的脑袋就快砸下来了——几乎就在石头距离他脑袋只有一厘米的时候，汤勺伸出手来，却够不到推开他的距离，于是他整个人扑了上去——我只能眼睁睁地看着大石块砸到了他的后背上，他支不住力和胡凯一起摔倒在了地上。

"汤勺！"我飞奔过去的时候，艾力和木飞出现在了他们旁边，把石块从他们身上卸了下去。

"陈唐……陈唐？喂！你醒醒……"

汤勺没反应。

"大伯呢？"胡凯揉着胸口问，"得检查下他的伤势。"

可是四周都没有老头的影子，连刚刚一直抱着小贼在鬼吼鬼叫的何钥匙都一并不见了，克里和小四也没了影子，估计是和他们在一起。

混乱还没结束，整个空间又开始剧烈震颤起来。

"凯爷，这里不能久留，我们得离开这里。"艾力说。

胡凯点点头，眼睛却望着汤勺脸上出现了犹豫的神色。"可是没有他大伯的诊治，他现在能不能被随便移动都是问题。"

"李如风你刚刚喊我什么我听见了。"这是汤勺的声音。我低头一看，他居然醒了——半睁着眼睛皱着眉头，龇着牙打算从地上爬起来。我赶紧伸了一只手给他。他借了我们的力爬起来站稳之后，立刻就说："我们赶快离开这里。"

"你行么?"我怀疑地看着他。

"没事。"汤勺说完就径自往前走了。

"凯爷……"艾力望着汤勺的背影想说什么，被胡凯阻止了。现在这种环境，也没办法在这里做多余一分钟的停留，不然大家怎么死的都不知道。

正在这时，头顶又是一块大石掉落，幸亏木飞推了我一把，大石几乎贴着我的脊椎骨砸到了脚边的地上。"快走!"胡凯一边走，一边往后看了一眼。我隐约听见他说了一句："对不起。"然后头也不回地和我们一起往前跑。

这里混乱的程度已经让我们无法辨识方向了。庆幸的是，坍塌的暂时只有一半。我们在一排柱子后面找到了一个看似比较安全的角落停下来喘气。不远处还在继续传来崩毁的声音。

"那个女人一定是砸了棺材。我以前看过一本介绍欧洲教宗灵柩的书，说为了防止贼偷盗，会设置一些与地面相结合的灵柩，专门用来保存圣人的圣骨，这种特殊的装置一般设置在地下，当有盗墓贼闯入，破坏灵柩的时候，就会启动机关。这种机关，要么是自毁装置，要么是关闭装置。之前我们打开的机关已经那么复杂了，我就猜测可能是自毁装置，没想到真的是。"

"不过只毁了一半。你们看这些柱子这么扎实，是有意识地把空间隔绝开来。这就说得通了，为什么一整个部分被分成了两块，因为前一个地方装了自毁装置，而另一半避免受到自毁装置的影响。只不过，我们还得再找找上去的路。"我说。

"小四他们呢?"胡凯问。

"不知道。"我说，"可能和何钥匙他们都在一起。"

"可是这里已经看不到可以走的路了，他们能去哪里?"艾力想了想，又说，"会不会……"

"不会!"汤勺强行打断他要说的话，"之前看到大伯和克里、小四他们都在一起，何钥匙也不傻，一定会加入，有克里和小四，一定不会出什么事。可能他们也在某一处躲着避难。"

"最好是那样，主要大伯……"胡凯说着，又朝我们过来的方向望了一眼。我知道他在想什么，却不知道能说句什么。

"算了，好歹我也有收获。"胡凯掏出圆规摸了摸。

"凯爷，我和木飞，我们尽可能地把他们带来了，只是……时间有点紧，可能还有一些……"艾力没往下说，他和木飞的背包打开来，里面都是散开的骸骨。

胡凯望着那一堆骸骨愣了半天，最终说了"谢谢"两个字。

这回轮到艾力和木飞愣了。我还是第一次看到艾力憋得满脸通红，张了好几次嘴，到最后依旧一个字都说不出来。

眼前的这一排柱子模样很奇怪，每一根都呈螺旋上升式，细长，中间有像是被震裂一般的裂口。而我们后面的空间并不大，像是一个死角，除了两面成九十度的墙壁之外，什么都没有，墙壁上连道缝隙都没，我们几个人往这里一塞，就把整个余下来的空间几乎都填充满了。

螺旋柱隔开的另一面，路差不多已被大石块堵死了。我们被困住了。

"我们是不是钻进了死角，在这里毫无方向感可讲，也不知道我们的线路偏离了多少。""没偏离，我们走的路是对的。"胡凯拿着羊皮纸地图给我看，上面的虚线所示意出来的路线图，我无法在这片废墟之中识别。但是看胡凯一脸胸有成竹的样子，或许他脑袋里还有"方向感"三个字的存在。艾力和木飞沿着墙壁摸索了一番之后，摇头表示，什么都没发现。墙上没有隐藏的机关和隐藏的门。但是总应该有办法能过去另一半啊，不是墙壁的话，那就是柱子。我盯着柱子看了好一会儿，实在找不到切入点。

汤勺之前一直靠着墙壁，一言不发。这会儿走过来，从我手中拿过手电，对着柱子上上下下晃了下，然后沿着这一排，把每一根都上下照了一遍。

"这里有两根柱子应该是可以伸缩的。"他得出结论。

"伸缩？你怎么知道？"胡凯也表示出了疑惑。

"你们有没有发现，左边第一根和中间第五根这两根柱子中间的裂缝被分成了两节，显然有一半可以移动。而两节的切口不均衡，不是本来就这样的，是后天磨成的。你们想，如果不是收缩进地面的话，应该是不会有这样的切口的。所以不均衡的两节切口是由与地面沿边的摩擦造成的。"

"好判断，"胡凯说，"按照你这么说，只要这两根柱子缩进地面，就能把通道找出来是吗？"

"我不肯定，但是理论上是这样。"汤勺回答说。汤勺对于此类问题的回答永远给出的都是官方答案。

"可怎么让它们缩下去？"我绕着柱子转了一圈，也没见有什么按钮之类的东西。

"切口对得不齐整，试着转下柱子看看。"汤勺说。

艾力和木飞分别站在两根柱子前，对着柱子发力。果然，看起来他们没费多少劲就转动了柱子，只一下，两根柱子就自己缩了下去，跟开锁似的。

身后发出巨大的摩擦声——眼前两面墙其中正对着我们的这一面，一整面都往右移动了一格，与侧面的墙体整个分开，夹角消失，露出通道。怪不得刚刚在墙上摸索了半天，什么都没发现。通道过去，空间开阔起来，手电光一晃，我就明白了几分，这里柱子林立，只是没有和那边一样的石棺。没走几步，就有向上的旋转台阶，我们知道，这路绝对是走对了。

向上的台阶长度和之前我们从另一边下来的时候所走过的那个旋转台阶长度相似。我很快明白过来，台阶是一模一样的，从墙这边到那边，两边选择了一种对称的设计，不同的只是，这一边选择了大量石柱作为支撑，保证在坍塌了一半的建筑之中，能依旧维持牢固与平衡。从这里走上去，应该就是地图上标注明确的那一段。

顺着楼梯上去，我们被一个岩洞喷泉挡住了去路。汤勺用手电全方位照了一下，这喷泉的样式，和皮蒂宫的波波利花园里由蓬塔兰迪设计的岩洞喷泉非常相似，只是这里没有摆放什么奇特的动物或者什么作品。

"这是通道，往里走。"汤勺说。我不知道这样的设计有何用意。穿过岩洞喷泉，往里面走，我们到了那个被我设想过太多次的地方。就是我们得到的第一张羊皮纸地图上的那一段，也正是对应了米开朗琪罗半山腰的胡凯那间别墅地下密室墙壁上的那一段。

眼前中道铺开一条路，到顶头，两边是横向连接的木质大圆柱，有镂空的地方可以看到下面的支撑柱。还有一些飞鸟的石雕和壁刻。而这条路撞到头，三级台阶往上有面特殊的墙壁，看着不像是墙，像是开启另一座宫殿的大门。确实是门，站在这里灯光照得不清不楚，粗看材质，似乎还是铜门。墙壁两端居然有飞檐，上面貌似还点缀了一些动物的雕塑。而门前有东西，长方形的，看不清。

"这是……"我站着挪不开步子，脑中闪过一幅幅我们在胡凯别墅的地下密室里面看到的连环画，以及那幅设计图，忽然恍然大悟。

"你房子的地下密室，墙壁上的那些画，是你祖先画的?"我问胡凯。

胡凯点点头。

"那么，在 1478 年的 426 惨案那天，跟洛伦佐一起逃进圣器室的人，是你祖先胡成飞是不是?"

胡凯又点了点头。

"你祖先不会意大利语?"

"我在他留下来的手札上看到过，他能听明白，会说一些，但是不会写。"

"所以他以连环画的形式把事发过程画下来了？为什么要画下来？"

"这也是我想知道的东西。只知道这里面似乎藏了什么秘密，但几百年来，历史一直都是那个版本，或许它也并非是真相。"

我一边点头，一边思考。"所以说，这里的这一段，是你祖先设计的。"

胡凯再次望了一眼四周，点点头，"我想应该是的。这么多中国元素，我在欧洲还是第一次见到。"

原来是这样。墙壁上他留下来的米开朗琪罗设计宫殿，而自己的建筑草图画在旁边，就是为了表达，他所设计的部分在米开朗琪罗主持设计建造的宫殿之内。我可以想象，这对于一个建筑师的意义。

我可以肯定，欧洲人没有风水讲究的墓葬，也没有大型墓葬，所以这样的概念一定是胡成飞引进的，而他将欧洲模式的宫殿和中国的墓葬结合到了一起，从头到尾都贯穿了他的理念和设计。所以他的人画像才会在一进门的时候就被记录在天花板上。我们现在所在的这一块，则是他的个人作品。

实在是了不起，难怪胡家人过了这么几百年还一直在不断寻找。如果换做是我家族的东西，我也誓死要找出来。这简直就是历史的开发和见证啊！

只是我带着放光又兴奋的眼睛望着胡凯的时候，他却说："我没有打算把这个发现公诸于世，我只是想找到它，然后把它记录进家族的历史本和先祖留下来的手札之中，并把它们埋进土里。这段胡家的历史，到我这里暂时就告一段落。"

世界上竟然存在没有野心的人。

我拎着手电，朝那扇大铜门走了几步，想看看门前放的那一块黑坨坨的是什么。结果脚还没有跨出去超过三步，就听见一声女人的声音："别过来！别动！"我们立刻把随身带着的武器都拿了出来，这种意想不到的情况已经出现过太多次了，内心的恐惧还没有身体的反射性动作来得高效。

"是谁?！"我举着那把不太会用的左轮手枪，瞄着黑暗的空气，听见自己的声音在头顶上方回转了一圈变成了三层次的回音再度落回了我的耳朵里。紧接着艾力的手电就照到了一个人。我很纳闷，之前我们进来的时候，怎么就没注意到这里还有人呢？难道还有另一个通道可以进来？

但是他照到的这个人明显不是女的，是个男的——

"南洋!"

当我看清楚的时候，我的心脏差点就在嗓子里骤停了。是南洋，是他！千真万确，不过他看起来并不是很好，似乎满身都是伤。

"南洋，东西给我，否则我毙了他！"

听见这个声音再次响起时，我已经清醒了，立马意识到右侧的黑暗之中到底还站了谁。而且我眼皮跳，没好事。果然，手电一打，先是被两坨绿光闪了一下——小贱。往上一看，竟然是夏娃一只手抢着何钥匙的脖子。

何钥匙居然在她手里。那小四、克里和老头呢？

"你怎么在这里？大伯他们呢？"胡凯问。

"不知道，我在半道上就被这个女人绑了，到现在都不知道怎么回事……你们能不能先关心我一下啊。她拿枪顶着我的脑袋啊！"

"少废话！"我紧接着就听到了子弹上膛的声音，何钥匙立刻就不敢出声了。

"夏娃，你想怎么样？"我问。

那女人却不回答我。眼睛直勾勾地瞪着南洋。

"这人跟我没什么关系，你可以尽管开枪。"南洋语气冷冷地说道。

"哦？是吗？可是你的小兄弟好像不这么想啊。"她说话的时候，南洋转过头朝我看了一眼。

"别这样啊，我又没惹你，你差点死的时候，我还帮忙救过你的！"何钥匙带着哭腔嘟囔道。

"你闭嘴！你现在只能等死或者等活。"

"你拿了他什么东西？"胡凯问。

"戒指，红宝石戒指！"何钥匙嚷嚷道。

"呵呵，李如风，你这个小兄弟你了解他多少？没透彻了解一个人之前，千万不要随便拼上性命，否则的话后悔就晚了。他一路一直躲在阴暗处看着我们，他一路哪里也没去，一直跟着我们，目的就是为了红宝石戒指。你想不到吧……这就是你的好朋友。不妨让他跟你详细描述一下他究竟是什么人？"

沉默……在黑暗之中就像一把冷箭一样可以穿过人的心脏一击毙命。

"小剑，对不起。匿名信是我写的，我原本就不想让你进入这件事情当中。即使山川在里面，我也想凭着自己把她带回来。可是，命运捉弄人，我以前从不信命，现在不得不信了，你偏偏搅进来了，还走得这么深。很多事，我没办法，包括山川的事情也一样。我很多事也只能眼睁睁地看着，但是……我……我母亲在他手里……"他说最后四个字的时候声音很小，几乎听不见。

原来是这样。真的和我想的一样。我一早就在怀疑南洋的动机，我原本以为他只是为了山川，后来发现并不单单是这样。他有别的目的。想必是歌里给他的错觉，让他以为他母亲在自己手里。可是他究竟是怎么做到的？

胡凯往前走了两步，被我狠劲拉了一把，我很害怕他一脱口说出真相来。

"小剑，对不起。我早就知道他对山川的意图，我试图阻止过，可我没能来得及。我可以去死，但现在还不是时候。"

"别说了！"我打断了他的话。

"夏娃，不用你在这里挑拨，既然是我的兄弟，我当然知道他究竟是什么人。你要是识相就把何钥匙放了，否则的话，接下来的事情就不要怪我们了。"

"放了？呵呵，红宝石先交给我再说。南洋，我可告诉你，等你找到他，拿到解药的时候，搞不好你都已经活不成了，他给不给你还得另算。你乖乖把红宝石给我，我这里还有多余的。"

"你当我三岁小孩呢？夏娃，你自己命都保不住了，还在这里骗我，你还真是情真意切得有意思。"说完，南洋转向我们这边，"小剑，你不用担心。她不会杀何钥匙。没有这个人，这扇门我们谁都过不去。就算拿了红宝石也没用。"

"什么意思？"胡凯问。

南洋一手拿着枪，指着夏娃，一手从口袋里掏出来一只手电，往左边那扇铜门跟前照了照。

"这是洛伦佐的棺材，他的遗体也在里面。不通过他，谁都进不去藏宝室。"

我这才从他细小的那束手电光中，看到了一口大型石棺的轮廓。这石棺比我们之前看到的任何一口都要大，没有手电光的照射，在黑暗之中很难分辨出来这口体积庞大的东西竟是一口棺材。

"只有他知道怎么打开石棺，石棺打开，门才会开。"南洋说。

何钥匙默不做声。

夏娃似乎也被惊到了，看样子好像压根不知道这件事。愣了一下之后，她用枪顶了顶何钥匙的脑袋，"你，现在先把棺材打开来。"

何钥匙被她的枪顶着，只得无奈地走向石棺。我瞬间明白过来，这是南洋的一个计策，何钥匙未必真的知道怎么打开。

但我又想错了。

何钥匙回头看了我一眼，手电光弱，也看不清他脸上的表情。"李如风，记得我之前跟你商量好的事情。"他说。

商量好的事情？什么事情？我一时之间愣住了，没有立刻明白过来。

接下来的事情，我再一次想错了。我原本跟艾力、木飞交换了眼神，预备在他胡乱摸索的时候，趁机开枪射击夏娃。我认为何钥匙知道开锁，但应该不知道怎么开棺材。

但是我的估计出现了预测性的错误。

何钥匙动作纯熟地从口袋里掏出了一根看不见的东西，我知道那是他那根惯用的头发丝。不到一分钟，我就听见石棺那边传来了咔嚓一声，是锁被打开来的声音。我心里已经有了一种很不好的预感，石棺又不是储物箱，怎么打开来的时候，会有这种开锁的声音呢？

"打开！"夏娃面朝着我们，用枪指了指何钥匙。

何钥匙打开箱子的同时，我听见他朝着南洋的方向大吼一声："躲开！"瞬间，无数的针飞了出来。

不好！是断魂锁……是个杀人的陷阱！

何钥匙是知道的，他知道……

我的脑中一片空白。手电光闪烁震荡，我听见了夏娃与何钥匙的惨叫声。我这时候忽然想了起来，何钥匙之前对我说的话，他让我把他的钥匙找回来，带出去，即使他死了……不不不，什么死不死的，不会死！不会死的！

"何钥匙！何钥匙！"

惨叫声消停了，黑暗骤然陷入了寂静之中。风浪前，风浪后总有这种吊着一口气的心惊感。我喘着粗气，一步步往那边走。每一步就仿佛踏入一次地狱。

何钥匙，他疯了，他真的疯了。那么怕死的一个人，胆子这么小的一个人，他究竟做了什么？他怎么可能愿意牺牲自己解决麻烦？这不应该是他的性格啊。那真的是何钥匙吗？

我满脑子都是另一个我的声音，他不断在说，那并不是何钥匙，刚刚发生的一切只不过都是我的幻觉。

"这女人死了。"右手边传来木飞的声音："浑身都是毒针。已经没气了。"

"何钥匙？"南洋已经蹲在何钥匙的边上了，"他大可不必……"南洋想说什么，却也没说完。

何钥匙动作敏捷，身上只中了十几根针，但是每一根针都有强大的毒性，针针毙命。我还记得那时候在热那亚的公墓墓地上，他绘声绘色地跟我讲述他家祖传的这个"断魂锁"的精妙之处……他那时候有没有想过，有一天这东西，会让他自己中招？

"凯爷，石棺里确实有遗体。应该是洛伦佐的，棺木外围和内侧都刻了他的名字。"艾力说。

"想不到美第奇的洛伦佐，居然用自己的石棺来做看门将军，自己躺在里面，横在宝藏室门口，守着家族宝藏。简直不可思议。怪不得在他的墓地里面没有找到他的遗体呢，因为他的遗体在这里。可是，究竟是什么宝藏，让他居然死了都要看守它？美第奇还有什么稀世珍宝是世人连一眼都没见过的？"

"凯爷，门果然开了。"木飞说。

胡凯惊讶地看着南洋。"你是怎么知道的？"

"猜的。"南洋语气讽刺地看着何钥匙。

何钥匙双眼紧闭，小贱踱步过来，在他身边坐下来，喵喵地叫唤着，可何钥匙一点反应都没有。

"李如风，我们走吧。"胡凯说，"他死了。何家人的这种断魂锁每一根都有剧毒，没用的。"

怎么可能？脉搏呢？心跳呢？何钥匙怎么可能就这么死了？我不相信。

"李如风！"汤勺把我一把拽了起来，"别去动他了。"

艾力和木飞合力把青铜门打了开来，里面立刻飘出来冰凉的气息。突然，就在这个时候，身后传来了零碎的脚步声。

"是谁?!"艾力立刻挡到了我们前面，举起了枪。

脚步声停止，一秒钟后，有人在黑暗之中说话。"艾力？凯爷？是你们吗？"

"小四!"

艾力保持警惕地将手电拿出来朝着我们来时的岩洞喷泉出口照了照，真的是小四、克里和老头。

克里和小四都受了伤，但并不是很严重。太好了！他们都没事！

"我们被石堆困住了，好不容易扒开来，把路找到了！我们看到何钥匙被那个女人抓走了！咦？这个女人死了？何钥匙呢？"小四看到夏娃的尸体之后，迅速看到了同样躺在地上脸色铁青的何钥匙。"他怎么了？"

"死了。"汤勺说。

"什么?!"老头一把扯开我们，"我一把年纪还活得好好的，这小子怎么可能这么死了？"说着毫不含糊地蹲下去开始检查他的……尸体。

小四张大了嘴，惊愕地看着我们，"发生什么了？"

艾力简单把事情阐述了一下。

"断……断魂锁？"小四应该记得很清楚，那时候他在墓地也领教过这种暗器的威力。他不再说话，眼睛朝上深吸了一口气，我看到有眼泪顺着他的眼角落了下来。迪特失踪的时候他也没有哭过，大概那毕竟是失踪，或许还有活下来的机会。而何钥匙这么躺在眼前，却是不可争辩的事实。

我突然就觉得很没意思，这么多人各怀目的地来了这么一趟，寻求所谓的真相，寻找所谓的人，可用的是什么方式呢？就是一条又一条的无辜的人命，把路铺开，把门打开。那么余下来的这些所谓的真相，究竟是不是还有它的意义呢？

"人没死，检查清楚之前，不要净瞎说！"老头突然说道。

"什么？他没死?!"我听到这话，反复过脑验证我自己听力的真实性，确定之后差点跳起来。

"中毒就是死了啊？谁告诉你们的？那女人是被毒针刺到了神经和要害，毒性迅速传遍全身，所以才直接毙命。这家伙，身上就这么几根针，也没刺中要害部位，也算是他命大。我要再晚来一会儿，估计他就真的没救了。不过毒性很强，我已经用了一些方法制止了毒性继续在他的血液里流窜，暂时醒不了，得把他带出去才能好好诊治。醒不醒得过来，我说不准，命能保住就不错了。"

老头站起来，"现在去哪里？你们谁背着他。他身上的针我都取下来了，不会扎到人的，来个力气大一点的，这家伙挺沉的。"

"我背！"小四二话不说就把何钥匙小心翼翼地架到了自己的背上。

青铜门里面传出来的冰寒气息越来越重。脚踏进去之前，我打了个寒战。这里面究竟是什么？怎么像个冰窖？

我原本以为，在洛伦佐自己用诡异的机关和自己的遗骸把守的青铜门里面，绝对是金碧辉煌的气势，和无数的奇珍异宝。可是我们几只手电加起来反复照出来的，除了飘在空气之中的尘埃，就是黑洞洞的石壁。

空间很大，似乎连每一口呼吸都会产生回音。

"这里是藏宝室？"我有点疑惑。

门一进去，就是往下的台阶，我数了一下，一共十二级。四周除了石壁，好像什么都没有。台阶下面，是一个圆形的平台。

"凯爷，这里有东西。"艾力说。

所谓的东西，又是一口石棺。我现在算是彻彻底底地相信了，胡凯的先祖胡成飞绝对是从头参与到尾，给美第奇家族量身定做了一个地下墓葬。

但是这口石棺不太一样：材质是上好的卡拉拉大理石，镶嵌了包括猩红和草地绿两种颜色，图案雕刻得丰富饱满，颜色鲜艳，看起来朝气蓬勃。四角则是动物的四爪支撑落地，和米开罗佐做给美第奇家的老先祖的有很相似的落地爪架。但是就石棺本身来说的精致程度是前所未见的。在沿边还有镶金的 18K 包边和同样的用 18K 做成的镂空雕花和盘丝边刻，其手工简直惊为天人。

"这东西怎么看着像放宝物的盒子，不像是棺材呢？"克里嘀咕道。

我们围着我这个石棺转了 N 圈，也没有找到它的突破口，不知道怎么开起来。

他们还在研究的时候，我拿着手电在四周晃了一圈。果然是什么都没有，连个祭坛也不摆。墙壁也是很简单的石壁，既没有花纹，也没有装饰。等等，圆形平台四周的墙壁上好像有字。

"胡……咳咳，凯爷，你来看。"我朝胡凯挥挥手。

在这口棺材正对着的石壁上，有两块长方体被特意框出来。左右两边的长方体上均刻有人像，面孔相对。左边这个人脸生，但是下面的名字我倒是记得。NORI，那个为了保护洛伦佐逃生而在 426 惨案之中死在杀手的长剑之下的人。而右边的那个人却看着十分眼熟，一看就是一个亚洲人。留着长发，竖起辫子，长胡子。这两块属于典型的壁葬。右边的头像下面用中文写着胡成飞，后面是拼音：HU CHENGFEI（）——MDLⅢ（1553）没有人知道他的出生年份，但是他去世了之后，被葬在了美第奇伟大的洛伦佐亲自守护的地方。

胡凯反复摸着那几个字。"是的，在这里。"他说。

这可能才是他的目的吧，找到他想找到的东西，证明他想证明的东西。他的家族在曾经的那个大师云集的时代，创造过伟大的东西，可惜它们被藏起来了，一藏就是五百多年。如今它们依旧不能见到天日，但是胡凯的任务算是完成了。

我的手电照到了一双站在墙壁边上的脚，我本以为是小四，但是再仔细一看，鞋子不对。灯光里，旁边又出现了另一双脚。

不对，这不是我们的人！

"喵——"小贱出现在第二双脚的边上，眼睛发出绿光。

我头皮一麻，立刻将灯光上移——两张戴着面具的脸，神不知鬼不觉地出现在了我的光照之下。

我吓得往后退了一大步，"你们是什么人?!"

他们听见我的声音，也立刻警觉起来。这两个人根本不知道是什么时候站在这里的，我们居然都没有发现。

"别来无恙，卡尔，还有你，李如风先生。"高个子的是个男人，声音尽管被闷在面具里面，但是听起来仍旧有熟悉的感觉。

"你是……歌里?"我惊讶地瞪着他面具后面的双眼。

"不是歌里。"汤勺有些艰难地从倚靠的墙壁上站直起来，朝我这边走过来，"我说得对不对？艾尔?"

艾尔……我在听到这两个字的时候，浑身的血液瞬间在疑惑之中停止了。

"呵呵。"那人摘下面具，露出那张熟悉的面孔。

"卡尔，你不愧是一个优秀的警察，和……你的父亲一样。"他面带微笑，"可我很想知道，你是怎么查到的?"

"你手臂的上的烫印出卖了你。"汤勺说。

那人撸起袖子，低头看了一眼自己的手臂。我在手电的侧光之中，瞥见了他小臂上的 C 字形符号。

"你是……"他是艾尔。歌里是艾尔? 不对，那歌里是谁? 那张照片上的另一个人是谁?

"你们还是查到了孤儿院? 那想必你们已经知道我是谁了吧。是不是很意外?"

"你是……你是尼可……和……"我的目光来回于他和汤勺之间，话都在嘴边，却实在是难以继续往下说。"这究竟是怎么回事?"

汤勺掏出那张合照，指着上面的人对我说："这个人叫歌里，已经死了。这个人，才是他。"他手指指着那个被我们当作歌里的人说，"他才是艾尔。"

"这怎么可能?!"我回头看了一眼小四,他脸上也是一脸的疑惑。威尼斯和热那亚我们都是一起去的,汤勺不像在开玩笑,但是这究竟怎么可能呢?

"你是怎么查到的?"我已经不知道怎么称呼他的那个人,脸上依旧带着笑容,饶有兴趣地望着汤勺,似乎非常期待他的答案。

"你的父母。哦,不是,是歌里的父母。他们当时急匆匆地从威尼斯的老家离开,我猜是因为发现了真相吧。你把所有东西都掩盖得那么好,却唯独放过了他父母,为什么?按照你的性格,不应该是为了遮掩自己的身份,对那些不相干的人赶尽杀绝的吧?"

"赶尽杀绝?呵呵,你真看得起我。何况他们不是不相干的人,他们是歌里的父母。好吧,这与你无关。"

"有关。怎么无关?在热那亚海军部的时候,你费尽心机利用我们当挡箭牌,顺道杀死了海军司令官起霍和海关总长梅德,还想顺势拖延我们的时间。这事我总得跟你算算吧,毕竟到现在为止,我身上的嫌疑还没洗清,指不定出去一露脸,就要当了你的替死鬼。我死,也得死个明白吧?你难道不打算解释清楚吗?"

艾尔摆弄着手里的面具,低下头,嘴角边扬起笑容。

"他们该死。"他说,"他们杀了那么多人,明目张胆地犯罪,却总有办法不被法律捉边,那只有我自己动手了。我有什么错?"他笑着扬起头,眯着眼睛望着我们,"我作为一个军人,一个警察,我认为我做了我该做的事情。"

"你该做的事情就是杀人吗?卡丘也是你杀的吧?"汤勺问。

"我没有杀卡丘。我只杀我需要杀的人。从一开始就是如此。"

"你只杀你需要杀的人?可是你间接害死了不止一条人命!你用催眠和药物控制人,这和杀人有什么区别?"我不可思议地望着他,觉得从他口中说出来的话简直是不要脸到了极点,"你告诉我,山川在哪里?我妹妹在哪里?你边上……你边上这个人是谁?"我的眼睛一直注意着他旁边站着的这个人,此人身高不算很高,苗条修长,看轮廓一定是个女的。我心里七上八下地在打鼓,是不是山川?

"用药物控制人?呵呵呵!我承认我用催眠控制术,但是药物从何谈起?只不过是脑中意念作祟罢了。"

"你说什么?"这回轮到南洋惊讶了。"你是什么意思?你竟然……"

他只是站在旁边,望着南洋一脸恍然大悟的表情,冷漠而淡然地微笑着。"相信我说的话,并且相信我给出的时间限制,每个月一到月底,你们就开始自我大脑负重,自己幻想自己的身体出现中毒的症状。这甚至不是我对你们的大脑进行的催眠,是你们自己对自己实施的一种催眠。"

"催眠?他上次中毒差点死,是我救活的。你说那是催眠?"白求恩老头听到他说的话怒了,他这才终于见到所谓"下毒者"的脸,结果人家一口否认自己下过毒。

"那是西木想害你。南洋，我确实很想杀了你，但是时候还没到。东西在你身上吧，拿出来给我。"

南洋愣了一下，虽然眼露愤怒，但是他仍旧从口袋里摸出了那枚红宝石戒指。

"慢着！"我直接挡到了南洋前面，"东西不能给你！既然你已经承认了你没有用毒药控制他们，凭什么让他听你的？告诉我，山川在哪里？"

他只笑着不说话。

而这个时候的我，忘记了一件事。当我感觉到脊椎骨被一个硬物顶住的时候，我才把这件事想起来……

"小剑，对不起，我已经走到这一步了，我没办法回头。我不会伤害你，你让开。这东西本身对你来说也没什么意义，不要拦着我的路。"

我回头，右手握住他的枪，抵住我自己的心脏，"南洋，你醒醒。你用你的脑袋想想，你凭什么认为你生母在他手上？他告诉过你，你的生母是什么人了吗？"

南洋瞪着我，皱着眉头，那表情是被魔怔了的表情。

不不不，他根本不在思考，他拒绝思考。我知道，人遇上跟自己血缘相关的东西，总是脑袋不清醒的，再理性的人在这种时候往往都会因为受到情绪牵制而犯错。现在我面前的南洋正是这样，他是自己选择愿意相信他。

"你的生母……南洋……"我实在无法说出口，我不想告诉他这么残忍的事实。

"我来告诉你吧。"胡凯走过来，把顶在我胸口的枪压了下去，对南洋说，"反正你也不会开枪，枪口对着他也没意思。不妨你现在冷静一点，听我给你说说事实。"

身后的艾尔没吭声，似乎并没有打算阻止。

"你认识费德明吗？"胡凯问南洋。

"费德明？"南洋皱着眉道，"知道这个人。但是从没见到过。"

"1990 年 3 月发生的博物馆偷窃案，最后追究责任的时候，只有一个人被拎出来承担了全部责任，包括什么渎职、意图造假顶包等等，这个人就是当时只有十九岁的博物馆看守，费德明。而这样一个孩子怎么会莫名其妙抓出来顶包坐牢，没有上诉，甚至全部承认呢？"

我心里有种神经都在颤抖的感觉，我已经隐约猜到了胡凯接下来要说的话。

南洋一看就不知道他在说什么，满脸的空白和困惑。我不知道他听完接下来的故事，会有什么样的反应。我无法想象。

"当时的偷盗事件是一个乌龙。有人一早策划偷盗，其实是为了自己的利益，结果没想到这个策划人还没来得及下手，却被人捷足先登，画在她想下手之前已经不翼而飞。她一手策划组成的专案小组里面又进去了一个耿直的不速之客，这人不是自己人，她也很清楚这人变不成自己人。而这件偷盗事件上面扔下来的压力很大，假如不找出来一个相关的人承担责任的话，肯定没法交代，何况自己这个组织内部还有一个外来人口。于是这个策划人决定找人担责，找的人还得是无关紧要的。于是她看上了一个年纪很小的博物院看守，这个人的名字叫费德明。但是怎么找人承担本来跟他没什么大关系的责任呢？她想了一个方法，就是——上床。当然，做大事必须要有牺牲精神，她并不介意，只是有一点她是没想到的。就在这个可怜的费德明入狱之后，她发现自己怀孕了。"

胡凯说到这里停了下来，看了一眼南洋。

我不知道南洋是不是懂得他究竟在说什么，但是我看到他的肩膀在微微颤抖。可能人不是傻子，有人说故事，你也明白这故事是说给你听的，那么故事和你怎么都会有联系。

胡凯继续说："她怀孕的消息很快就传到了牢房里，费德明很快也知道了，这就成了他最放不下的事情。那女人对他是利用，可他对那个女人是真的有感情。他刑满出狱之后，曾经努力地寻找过那个女人和自己的孩子，可惜一无所获。那个女人就像突然之间人间蒸发了一般，没人知道她在哪里。他带着他当时已经成了寡妇的妹妹和他妹妹的孩子一起在河对岸过日子，但他从来也没有放弃寻找过，直到有人冲着这个事情找上他家的门，并且告诉他，他的老婆孩子在他手里。那个人告诉他，假如想要一家团聚，就得帮他做事。费德明不是傻子，之前也被人骗过了，一次两次不足以成为警告，但是次数多了，他就有了防范心理。他不是不相信这个人说的话，只是交换也得有交换的条件，不能得不偿失。于是他也在表示诚心合作之后，伺机偷了这个人的秘密。"

"芯片……"我脱口而出。

脑中反复记忆当时那个穿着大西装的费德明绑架我拿枪抵着我的脑袋的时候，说的那些无奈的话，他说他的老婆孩子在他手里。到现在我终于明白了，这个"他"指的就是艾尔，而老婆孩子，指的是……廖思甜和南洋。

"其实这个人也没撒谎，当时你们确实都在他手里，只是谁都无法控制事情的发展，比如费德明身份提前暴露，死了；比如那个从一开始为了达到自己的目的精心策划，并且不惜杀了一个又一个人的女人，也死在她想到达的目的地之前。"

说到这里的时候，我已经能清楚地看到南洋浑身的颤抖。不是因为这里的寒气，而是因为他终于彻底搞明白胡凯究竟在说什么。

"这个女人就是你南洋的母亲，你已经见过她了。她的名字叫……廖思甜。"

我听见了南洋嗓子了里发出来的呜咽声，他抱着头蹲下来，把头深深地埋进双臂之中。那一刻，我想我知道了一件事情。廖思甜在见到南洋的第一面时就认出了他，南洋到后来多少还是会有些感觉的，但并不肯定。而他自己从内心否定并且拒绝了那样的感觉，他不愿意相信，所以他没有回头。

可能往前走，永远是一种自然又惯性的选择。

但其实，他多少都感觉到了。他那时候的眼睛已经出卖了他本身的意念。可是，现在也回不了头了，毕竟回了头也并不见得有什么用处。廖思甜是那么疯狂那么执着于实现目标的一个女人，她能扔下刚出生的南洋不管，跑去做自己想做的事情，就可想而知她并不会为了南洋，而放手自己所要达成的终极目标。

"带他活着出去。"这是她留给我的针对南洋唯一的话。

而胡凯最终还是把我最不想也不敢让南洋听到的那句话说了出来："她已经死了。被夏娃杀死的。"

"啪啪啪——"背后传来一阵冰冷的掌声。是艾尔。

"说得好，廖思甜被夏娃杀了。我没想到结局来得如此完美，都不用弄脏我自己的手。说实话，杀她，我还真不是很乐意。脏。"

南洋缓缓抬头，从地上站起来，旁边的手电光打过来，他眼睛看起来变得血红。

"为什么骗我？为什么？"他拎起枪，枪口冲着艾尔的脑袋。

"我没有骗你，这是一个游戏，南洋。"他并不紧张这对着他的枪口，仿佛他很有把握里面绝对不会有子弹对着他飞出来。

"你是廖思甜的儿子，假如你死得那么轻易就不好玩了。这不是我的错，你仔细想想，你生父的死，还有你自己，难道不都是廖思甜逼着走到今天这一步的吗？话说回来，要不是有你亲爹费德明勇敢地偷走芯片，你们也不会轻易发现我的真实身份。可你们不知道，芯片和画都是我故意让他得到的。哈哈哈。"他大笑起来，"卡尔，我一直在等你查到我，我对你期待非常高。虽然花的时间比我想象之中要长一些，但你还是做到了。很不错。至于这个探险游戏……凯爷，我想我们一直势均力敌，我非常欣赏你这个高智商高能力的对手，所以怎么都要露点底给你是吧。游戏嘛，人家一起玩才好玩。"他脸上的笑看起来格外扎眼。

"费德明……"南洋瞄了我一眼，我没有勇气把真相摔出来。我没有说话。

"他也死了。"艾尔摸着手里的面具说，"当然，他死得其所，没他，现在你也不会听到这么精彩的故事了。我记得……"他把眼睛眯起来，往前走了两步，靠近南洋对着他的枪口，"他的眼神……总能让我去想象二十五年前，当他还是那么年轻的小男孩的时候，也一定用过这种充满保护性的、坚定的眼神去承认过本不该属于他的罪行，有一点是真的，廖思甜是利用他，可他是真的深爱廖思甜。可他的这种深爱获得的唯一回报就是：一无所获之后的死。这就是帮着廖思甜这种魔鬼掩盖罪行之后所得到的报应。他什么都知道，他知道廖思甜当时在干什么勾当。可他居然用自己的青春去帮她。以为这样她会心怀感激，真是又蠢又天真。他知道有你的时候，一定高兴得觉都睡不着，以至于一出狱，第一件事情就是想把你找出来。哈哈，南洋，他却连你的面都没见到，就……哈哈哈，死了。"

"别说了……别说了！"南洋捂起耳朵，拼命摇头。

"不是这样的……不是的，我是孤儿，我没有母亲，我没有父亲。我没有……我没有……我什么都不知道……"他反复念叨着这些话。

突然，他一抬头，把手枪直接上膛，对准艾尔。"你才是魔鬼。我做了什么？你要这么对我？我是无辜的，你凭什么要算上我一份?!"他晃着枪吼道。

"无辜？你带着那种血缘出生，你无辜？血液里面的基因是无法更改的，你看看，你为了达到目的都做过些什么，杀了七楼的猫，吓死了老太太，不过就是想要找到一些线索。在洛伦佐的墓地杀人放火，还有，你最好的朋友，你之前对他说过一句实话吗？哦，对了，李如风，我不妨告诉你们，你们在热那亚被人耍得团团转，都是你这个好朋友做的。说实话，他的智商比廖思甜高多了，而且根本不需要我出手指挥，连点子都不用出。西木没法跟他比，蠢货只能做做低级的跟踪和现身工作。你没想到吧？"

这些……竟然都是南洋……

不，是这个男人。我瞪着眼前这个一直面带笑容说着所有丧心病狂的话的男人。这个男人是魔鬼。

"哈哈哈！"南洋突然发出一阵笑声。

"我血液里面的基因？你设了这么大一个圈套把我套住，是想最后我会逼死自己吗？没问题，不过，你先去死！"

他打算开枪的时候，艾尔并没有要让开的意思。但是一直站在他边上的那个始终戴着面具的人，却有了动作。

"南洋。"她说。确实是女人的声音。

她慢悠悠地走到南洋的枪头前面，整个人挡在了艾尔的身前，用轻柔的声音一边说话，一边压着南洋的枪口。

"把枪放下。南洋。"她说。

南洋瞬间就像丢了魂一般，呆滞地放下了枪，并把枪交到了她的手里。

她又说："把东西给我。"

南洋乖乖地从口袋里面掏出来红宝石戒指，交到了她的手里。

"凯爷！这……"小四急了，不明白究竟是什么情况，一开口却被胡凯制止了。胡凯伸了伸手，让小四不要出声，他盯着这一切眼睛都不眨。

"他被催眠了。"胡凯说。

而我，已经和南洋一样呆愣了。那个女人的声音……

"喵——"小贱进来之后一直跟在她身边，这会儿正坐在她边上，看着我。

"山……山川……"我的声音一半淹没在嗓子眼里面，怎么都使不上劲，发不出来。

她没有反应，没有转头，连她身边的小贱都没有发出声音。

那女人似乎全然无视我们这群人。拿到红宝石之后转身对艾尔说："不要闹了。你别忘记你答应过我的事情。"

"山川！山川……你是山川对不对？"我终于把这句话完整地说了出来。我听到自己的声音由于颤抖而变得难以辨识，几乎就像是一个陌生人在说话。

她摘掉面具，回过头来。

——这张脸，我曾经梦到过一万遍都不止了。她在无数个夜晚出现，又消失。可现在，她面无表情地这么看着我，如同看一个陌生人一般，我又似乎瞬间掉入了自己的梦境里，找不到挣扎脱离的路。

"山川……是你……山川……"我的眼睛模糊了，在模糊之中，我看到她脸上露出了微笑。

不是梦，是真实的。她是真实的山川。七年了，七年来她似乎并没有太大的改变。可是她脸上这种淡然的微笑，太陌生。

"山川？你认得我吗？我是……"

"不认识。"她依旧微笑着，说得那么自然，打断了我即将说出口的名字。

"我也不需要认识你。"说完，她不再看我，回头以一种极为深情的眼神望着艾尔，并且双手轻轻地搭在他的腰间，"不要再伤害任何人，拿到你要的东西，我们就走吧。"

我还没从梦里缓过神来，又见到眼前的这一幕，实在不知道做何反应，只能呆滞地瞪大眼睛看着。

艾尔把山川的手从他的腰间抽离，似笑非笑地说："山川，这是你哥哥，你不记得？"

山川连头都不侧过来看我一眼，茫然地摇头。

"你早就醒了对不对？"他的声音也很轻柔。

"醒？我不懂你在说什么……"山川脸上的表情丝毫没有起变化。

可我完全看不懂眼前这一出。

"其实从我找到你，带你走的那一刻开始，我就知道，一定会有这么一天的。过去的每一天我都在为今天做心理准备。"

我觉得我倒是醒过来一点了，看了看旁边的汤勺，他的脸色似乎有些发白，他没有看我，而是全神贯注地注视着艾尔，胡凯也是。

"你究竟对我妹妹做了什么?!"我被自己的咆哮声吓到了，但是愤怒已经把我的脑袋点燃了，我根本无法控制自己，山川第一次发疯的场景尤在我面前，我想杀了他！不管他是歌里也好，是艾尔也好，他不过是个杀人放火，带着我妹妹消失七年，控制着她，弄到她连我都不认识的恶魔！

胡凯似乎早就预料到了我的反应，一个箭步跨到我边上按住了我已经伸到口袋里的手，"别冲动！冷静点。"

"呵！你叫我怎么冷静?！那是我妹妹，七年了！我……我一直以为她已经被火烧死了！你叫我怎么冷静?!"我已经不知道自己在说什么了。

"哈哈哈!"艾尔突然又笑了起来,笑得前仰后合,似乎真是遇上了什么好玩的事情。

"说到死了。李如风,我一直因为这件事,对你智商的评价不高。当时房子火灾的时候,你连你自己妹妹的尸体都分辨不出来,你还好意思在这里跟我口口声声说什么你妹妹?尸体男女你搞清楚了吗?"

我一愣,对了,那具尸体……

慢着。"火是你放的?肖德利是不是也是你杀的?"

我注意到山川听到这个名字的时候,回了一半头。她听过这个名字。她记得!可她似乎并不情愿听到这个名字。

"你妹妹找你求救,你当没听见,肖德利那个畜生,差点就把她给……对,是我杀的,不光杀了他,还顺道解决了和廖思甜一起杀了尼可的那个警察。他们都该死!如果山川那时候出了事,所有的事情就不会像现在这样,因为第一个我要杀的人,一定是你,李如风!"

什么?!

我后退了好几步,觉得胸口针刺一般的疼痛。

他说肖德利……不不不,不是真的,那个地方这么隐蔽,肖德利怎么会找到呢?那门口的那具尸体……

"齐德蒙?那具尸体是齐德蒙?"专案小组到现在,就只有他一个人还没有出现。

"那个傻警察,真以为我会和他合作去找宝藏呢。廖思甜把他踢出他们的小组织,估计也是因为嫌弃他智商太低,确实,这种人只有拖后腿的份。所以我杀了肖德利之后,就告诉他我遇到了麻烦,让他顺道来解决一下,当时正好刚查到他也是杀尼可的同谋,那就顺道也把他解决掉咯。"

是廖思甜和齐德蒙杀了尼可……

"你为什么要带走山川?"

"我不该带走她吗?只有我才能给她安全。在孤儿院的时候,她被人那样欺负,你做了什么?你也只是看着。"

我也只是看着……这话是什么意思?难道他做了什么?

突然之间我愣住了,简直不敢相信。因为所有的记忆,和在孤儿院了解到的情况和线索现在都在我脑中拼成了一条线。

"是你,是你杀了那个男孩子。按照山川画出来的图的方式,杀了他对不对?!"

艾尔笑得非常坦诚,他说:"是的,是我杀了他。"

第九十六章

FIRENZE
"宝 葬"

原来，是这样。

我的心脏像一团火一般地燃烧了起来，火焰蹿遍了我的全身，点燃了我每一个细胞和每一条经脉，让我无法控制自己，我现在就想杀了他！

"是你！"我指着他，手忍不住地颤抖，"她被当成了魔鬼被捆绑在那样的小黑屋里面，她被折磨，原来是你造成的！你现在居然能若无其事地以拯救者自居，你就是个疯子！"

"疯子？哈哈哈！"他狂笑起来，"如果我是疯子，那么孤儿院的那些所谓的修女，应该都是从地狱来的魔鬼吧！教堂派来的神父，孤儿院的修女，他们都是有信仰的人，明知道她并没有被魔鬼附身，还要把她囚禁起来，只是为了解决问题。我不过是解决了一个伤害她的白痴，我不认为我做错了。那些伤害她的人，企图伤害她的人都必须去死。"

"你……"

"她，是我要保护的人。那些人嫉妒她的天赋，肖德利垂涎她的美貌，这些人都应该去死。"

"所以你走的时候，放了一把火，预备烧掉整个孤儿院？"我越听越震惊。

"是的。假如你不带走她，我也会带她逃走。既然她已经离开孤儿院了，那么这个魔鬼窝留着要做什么？可惜，它没有被烧掉。可能是尼可在保护着那块地方，毕竟也是她曾经生活过的地方。"

"你只是为了达到自己的目的！你催眠了山川，让她发疯，你只不过是为了你自己！"

"李如风，你想想你干过的事情。你，利用你所谓的妹妹的天赋，去赚钱！你问过她的意愿吗？你告诉过她这些肮脏的事实吗？你有什么资格在这里跟我说这些？你和孤儿院那些人有什么区别？你只不过是戴着一张亲人的面具做着同样伤害她、摧毁她的事情罢了！对，我是催眠了她，让她发疯，但我让她消失在了你肮脏的世界里，我让她自由了。"

不……不是这样的，山川……我没有想要害山川，那时候所有的事情都是迫于无奈，而且我事先也并不知情……不是的，这不是真相……

可是我只能瞪大着眼睛死死盯着山川，看她完全没有反应的背影，我的血液在凉下去，没有了刚才的愤怒，我感觉到了寒冷。

"李如风，不要再听他说话了！他在催眠你！"汤勺把枪举起来，他的脸色越发苍白，他举着手枪对着艾尔，面部抽搐。

"还有，你以为山川死了，你干了什么？你把她的'尸体'找地方埋了，神不知鬼不觉……呵呵，你就怕自己被拖下水，被警察查，被警察抓，出事之后，你想到的第一件事，就是你自己。这个世界上最没用的情感就是愧疚，而你抱着不放了七年时间，除了愧疚，你又做了什么呢？"

他说得对……我这么自私，有什么理由在这里责怪他，有什么脸在这里面对山川？对是山川……山川故意让我们发现了肖德利的尸体，她不是想让我查清楚真相，而是想让我看看，我究竟做过什么事。她恨我？

"想明白了？想明白的话，现在举起你的枪，放到嘴里。"

"闭嘴！"汤勺吼道。

"砰——！"是汤勺对着天顶放了一枪。

这一声枪响瞬间让我清醒了不少。我反应过来的时候，发现自己的右手已经握住了口袋里的那把枪的枪柄，而我的手上还有一只手。

是山川。她望着我，就像曾经那样。似乎一切都没变，或者一切都是梦。

她随即回头对着艾尔说："你够了。你收手吧。我不希望他死。"

艾尔抿嘴一笑，半低头地望着山川，"你果然醒了。其实，我早就知道了。"他又看了我一眼，"包括当时，我留住他性命的时候，我就知道，有一天，他势必是一个隐患。"

"对。但是我没有离开你。我承认，曾经每次清醒的时候，我都想跑，但我最后都留下来了，所有事情都按照你的方式和要求去做。相信我，没有人是隐患，没有人。我现在只有一个请求，就是打开棺材，拿了你的东西，我们离开。不要再继续伤害任何人。"

灯光下，山川乌黑的眼珠，闪着光。我看到了她脸上请求的神色。

刚刚的那一枪似乎也把南洋给崩醒了。

他动作飞快地一把抓住山川，"东西不能交给他！山川，你看看清楚，他不是爱你，他一直都在利用你！"

一边的艾力、木飞他们都纷纷把枪掏出来，挡到了山川前面。

"好了，事情到这里已经差不多了，余下来的问题，我也没兴趣在这里跟你废话了。戏码结束，我现在给你一条生路，你走吧。我不想在这里杀人，尤其是杀你这样的人，把这里弄脏。"胡凯说。

艾尔笑了起来，"我这样的人？什么样的人？"

"为了隐藏自己的身份，不惜牺牲同伴的人。你害死了歌里。"

"你放屁！"从见到他到现在，我还没见到他的情绪这么激动。"我没有害死他！害死他的人我已经杀了。我已经为他报仇了！"

"少废话！你走不走？"

"哈哈！我走不走？你们太天真了。"他伸手在胡凯耳边的空气之中捞了一把，然后握成拳头，"猜猜，我手里是什么？"

"警告你，别玩花样！"小四瞪着他，口气强硬。

他笑了笑，摊开手，在他的拇指和食指之间，夹着那枚红宝石戒指。原来，之前山川已经把戒指给他了。

"呵呵，魔术？我喜欢。我倒是非常有兴趣知道，你究竟能用什么方法把石棺打开来。说这枚戒指是打开宝藏的钥匙，我只是好奇里面究竟有什么。"

"呵呵，宝藏？"艾尔浅笑，"对，的确是宝藏。"他眼睛瞄到了昏迷不醒的何钥匙，"怪不得你们不会开，原来开锁的睡着了……呵呵，没关系，这里面有我要的东西，我开，你看，我取走。怎么样，这个交易做不做？"

"呵呵，你也跟我谈交易，我怎么听不到我的利益呢？"

"即将到来的发生，就是你的利益。"。

胡凯示意木飞他们把枪收起来，退到石棺周围。但是没人放下枪。

我始终不相信，做了这么多事情的艾尔，会如此简单地收场。听他的口吻，他应该是不会放过南洋的。毕竟，南洋是廖思甜的儿子，而廖思甜是杀了他母亲尼可的人。

对于石棺，刚刚他们研究了半天也没有找到突破口。我不知道艾尔打算用什么方法把它打开来。

对了，那幅画。

我突然记起来，那幅《西蒙内塔》戴着戒指的原件图，那枚红宝石戒里面看到的图像，好像就是一口打开来的石棺。

难道，这枚戒指，真的是钥匙？

可是我已经没有太多心力去关心这件事，毕竟我没有带着任何关于寻宝的目的来到这里。山川现在在离我很近的地方。我想一把抓住她，直接把她带走。这股念头几乎将要成形的时候，汤勺似乎看出了我的倾向，直接拉住我的手臂，小声凑过来对我说："这里没有找到出口，可能不开石棺，是不会有出口的。你先等下，不要轻举妄动。不知道他有没有设计什么陷阱，千万不要中计。"

怪不得，胡凯要让他开棺……

汤勺说完这话，就是一阵猛烈的咳嗽。我听听声音有点不对，问他要不要紧，他摇摇头，不再说话，只是喘着粗气。

什么宝藏，红宝石戒指，这些东西其实跟我也没多大关系，何钥匙还昏迷着，汤勺状况似乎也不算很好，还有山川，我不知道她现在究竟处于怎样的一个状态和境地，我只想带她离开，或许从这个地方走出去，离开这个男人，一切还能回到过去那样。

活着离开这里，一切恢复正常。至于那些恩怨，过去，还有所谓的秘密，我已经不关心了。

但是有时候，你越是想得简单，期盼得简单，越是得不到想象中的这种简单。

艾尔果然知道怎么打开石棺。但是他脸上一直挂着的诡异的不明所以的笑容。在石棺上方的图案之中，有一块椭圆形的红色大理石，是在一条飞鱼的脊椎部位，他轻轻一抠，就把那块椭圆给抠了下来，里面露出来一根凸出的带有十字形状的金属头，而刚被抠下来的那块椭圆仅相当于一个盖帽。他又将红宝石从戒托上面取了下来。

我不知道他究竟是怎么发现这个秘密的，那枚红宝石的下面竟然有个恰好适应那个金属头插入的凹槽。

果然，红宝石是钥匙。

他完全将红宝石扣上之后，我们听到了十分清晰的"咔嚓"声。是从石棺之中发出来的声音，它被打开了。

可艾尔似乎并不着急开棺，他往后退了三步。

胡凯立刻警惕地叫艾力他们都离开石棺远一些，有了此前何钥匙的遭难，大家都多了一道防心，就怕这石棺里还有什么类似于断魂锁的致命机关。

"你可别耍诈，耍诈可就没意思了。"胡凯半开玩笑地说。

艾尔只抿嘴微笑，并不出声。

他说了两个字，没有发出声音，但是我看懂了他的口型。他说："再见。"

我心里一震，反应过来的时候却已经晚了。

紧随其后的是一声巨响，这周围甚至是整个空间，瞬间被烟雾弥漫笼罩。我感到一阵心悸，知道不好，伸手摸去身边的时候，却已经空空一片——山川不见了。

"山川!"我大叫一声，没有回应。

糟糕，他一定是把山川带走了!

烟雾还未彻底散去的时候，小四已经叫了起来，"凯爷，他不见了! 南洋也不见了! 还有那只黑猫，也不见了!"

"大家小心! 可能有诈!"胡凯喊了一声。

搜索一圈之后，四处都已经不见了艾尔、南洋和山川的身影。可是这里也没有什么被打开的口子可以让人离开。

白求恩老头捂着鼻子说："这棺材怎么自己打开了?"

我们一看，果然，石棺大开着。

"大伯……你可别吓人啊，我没有测量分子的仪器了，分辨不出是否有鬼魂……"克里被胡凯一瞪，顿时不敢再多说废话了。

"我不信耶稣，也不信邪。怕什么。"胡凯说着，自己便先凑到石棺边上查看。

"凯爷，里面这具尸体是……"

"朱利阿诺。"汤勺说。

"怎么可能？之前不是说圣洛伦佐的墓地石棺之中已经找到了朱利阿诺的遗骸吗？上面还有劈头而下的伤痕，斗篷上还有干涸的血迹。怎么他的骸骨还会在这里出现呢？"小四问。

"你见过那具尸体么？他们说什么你都信，那毕竟是政府挖掘，能跟你说实话吗？"老头指着棺材里说，"你们看，棺材里面，贴着头骨的部分还有标注：朱利阿诺美第奇，于1478年4月26日，于此去往天堂之路。"

"这是什么？"

小四拿出来一本羊皮纸的小册子，翻了几页看了下，"这个好像是棺材的制作图。"

汤勺皱了下眉头，把册子从小四手中接了过来。

就在汤勺翻阅那本册子的时候，老头已经在检查那具尸体了。"确实是朱利阿诺。如果按照历史上写的，你看他的头盖骨上面一道被剑劈下来所造成的骨裂，而且不止一处，你们看，这里，这里，这里都是，很明显杀手下手比较重，而且几乎全部都在要害上，剑剑致命。不过，这里的这个伤口怎么回事？好像是很旧的伤口……"白求恩老头注意到了他左腿上的伤。

"历史上说过他在竞技的时候伤过腿。"胡凯说。

"不是，这个伤是永久性的，好不了。你看这地方，明显骨头已经坏死，可能是有骨癌都不一定。"

"可是所谓的宝藏在哪里？"我问。

石棺里面其实很清楚，也没有所谓的那件出事当天的斗篷，只有朱利阿诺的遗骸，和他的一柄佩剑。难道这就是所谓的宝藏？

"这里有一卷羊皮纸。"

木飞从朱利阿诺的头骨下方抽出来一卷羊皮纸，那捆绑羊皮纸的细绳在被他拿出来的瞬间就崩了。羊皮纸散开来。

这就是传说当中的第三张羊皮纸？

他刚想打开的时候，汤勺突然在旁边说了一句："我们必须赶紧离开这里。"

我刚想问为什么，还没开口，只见汤勺吐出来一口血。

我吓了一跳，可他冲我摆摆手说没事。

白求恩老头只在他背上摸了两把，眉头一皱："你就快废了，你是怎么坚持到这里的？应该早死在半路上了！"然后转过来冲着我吼道："多久了？"

我一愣，一个字都说不出来。

"之前我们走散的时候，他为了救我，被大石块压伤了后背。"胡凯回答说。

"他这岂是后背的问题！"

这时，石棺的地方传来一声响动。

"什么声音？"他们都把枪掏了出来。

"快离开这里！再不走就来不及了！"汤勺吃力地说，声音小得我几乎听不见。

我从他手里拿过来那本册子，翻开来一看，的确是这口石棺的制造原理，从选材到拼图，最后……到开启。

"我们得赶紧离开。"我说。

"怎么了？"胡凯问这句话的时候，棺材里面又传来响动的声音，似乎是有什么在相互摩擦。

"唯一的出口在关闭！我们赶快出去！否则的话，没有退路，我们只能全都被困在这里等死！"

小四二话没说背起何钥匙，我背起汤勺——"在石棺下面！那边是出口！"

那本册子的最后一页上面，有原子笔写下来的现代意大利语。

"游戏开始，游戏结束。美第奇的'宝葬'，也是我的'宝葬'。祝你们享受愉快。"署名：艾尔。

这是那个家伙跟我们玩的最后一个游戏，他大概从一开始就没打算让我们活着出去。册子是他放进石棺里的，他早就知道石棺的秘密，我不知道他究竟从哪里得来的这本册子，但很明显，这本册子一定是早就落入他手里了。他一直在等这一天，等我们都齐聚到这里的时候，跟我们结束他开始的这场游戏。

他是什么？疯子？天才？

他是魔鬼。

我们一定要活着出去！

何钥匙的那把被山川拿走的钥匙，山川，南洋，我一定都得活着去找回来。

我一直不知道我要什么，我只能确定，我不想失去什么。

"究竟在什么地方?! 该死!"白求恩老头愤怒地锤了一记石棺的边缘。

声音是从石棺的下面传出来的,从刚开始的断断续续,到现在的持续不断。册子上并没有标注出口的具体地方,只能看到石棺的制作连着底下的一道门。

"那个人是怎么出去的? 一定有办法。"胡凯还是很淡定。

"没时间了!"我刚说完,眼睛的余光突然就瞄到了一处很奇怪的地方。

在朱利阿诺的头骨紧贴着的石棺壁上,那排字其中那个天堂的单词,拉丁文应该是"PARADISUS",可是这里居然少了一个字母"d"。

我伸手过去,摸了一下那个单词,并没有感到什么奇怪的地方。第六感驱使,我又用了一些力气,在单词上抹了一把。突然之间——"咔啦"一声,石棺有了变化。我先是看到了那个消失的字母"d"回到了单词之中,下一秒,遗骸用一种诡异的姿势,被石棺里面冒出来的一个支架撑了起来,把我们都吓了一跳。

"这……怎么回事?"老头本来还趴在石棺壁上,被骸骨坐起来这一幕吓退了好几步。

紧接着,石棺整个开始往左移动,在地面上渐渐露出来一个口子。开口处连接了石阶向下,黑洞洞的。

"原来在这里。"胡凯看着黑洞洞的入口说。

这就是通往出口的第一道门。

可是下面的声音还没有停止,依旧是那种石块互相摩擦发出来的声音。

"我们得加快速度,估计底下的门还在关闭。"艾力说着,替我把汤勺背了起来,对我说,"我速度快,你跟在凯爷后面下去,"又说"木飞在前面打头,克里断后。"

汤勺这个时候已经完全晕过去了,老头说他没法保证他能活着看到外面的晴天。我希望老头是一如既往喜欢夸大言辞,但看了看汤勺脸色发白,嘴角还挂着血迹的模样,最后一句话也没说得出来。

这个时候我只能往前走。但是我心里有信念,我们经历过这么多磨难,我自己也在死亡边缘擦身而过好几次最后还是活下来了,汤勺是一个特别的人,我相信他不会死得这么轻易。这里并不像是能终结他的地方。

下面的空间狭窄又低矮,我们单独走都很吃力,更别说小四和艾力身上还分别背了两个不省人事的人。

但是一路我们都不得不小跑着前进，原本以为只有一扇门，却发现这一路几乎每走一百米就有一扇即将要关闭的移动石门。

看来，对于最后打开石棺的人，洛伦佐是想彻底把他留在这里做伴。我甚至开始怀疑，传说中的美第奇宝藏，究竟是不是真的就与艾尔的理念不谋而合，其实是所谓的"宝葬"？这么多重被精妙安排和设计的机关，无非就是想取得陌生闯入者的性命。

每个探索者，心怀各种目的到了这座宫殿之中，有些人死在开始，有些人通过了重重的关卡，来到了最后解开谜团的地方，当谜底被揭晓的时候，谁也不能出去。来到这里的生命和灵魂都将伴随美第奇的秘密，沉睡在这座宫殿陵墓之中。

这或许就是他们建造这里的另一番意图。

前面的门留出的空间越来越小，而我们对于这样的阻碍还有多少，也无从知晓。只能一路不停歇地大步往前。

直到我们到达前方一扇只留有供一人经过的开口处，又出现了新的波折。

木飞走在第一个，他刚准备过去，我们突然听见了"砰"一声。所有人都被这突如其来的声响吓了一跳。

是枪响。然后是有人倒在地上的声音。

跟在木飞后面的胡凯率先停了下来。他突然止住脚步，看着躺倒在地上的人身下的那片血红慢慢散开来——是木飞。他趴在地上，人已经不动了。

胡凯靠着石门站着，几秒后抬头，对我们做了一个噤声的动作。

是不是艾尔，留在这里伏击？他难道不怕自己跟我们一样出不去吗？

答案很快揭晓了。

克里用手电光照进去的时候，我们看到一张呆愣的脸，对着我们进去的方向站着，手里握着枪，平举在胸口，这是随时准备开火的动作。是南洋。感受到刚刚晃动进去的光束，他差点又开枪。

我一愣。刚想走出去，就被胡凯使劲拉了回来。

"你想死吗？没看清楚情况吗？"他冷冷地说。他拿出枪，从侧面对准南洋的脑袋。

"你要干什么?! 你要杀了他?!"

他用开我的胳膊，小声说："他已经被催眠了，你难道没有看出来？"

"催眠……那，你放一声空枪，之前也是，他可以醒过来！"

胡凯瞟了我一眼，咔嚓一声给枪上膛了子弹。

我看看情况不妙，一手拉住胡凯胳膊，一手挡住他的枪口。"凯爷，别杀他……"

胡凯瞪了我一眼，"让开。"他说，"你不要做梦了，他刚刚自己开的那一枪，他也没有醒过来。艾尔把他摆在这里，要不就是他弄死我们，要不就是我们杀了他。"

"不，那……那我们可以避开他，绕过去，可以不被他射中。"

"你看他站的位置，怎么可能?！只要谁走出去，就只能处于被动的状态让他盯着打。除非有谁做肉蛋过去填他的枪眼，牺牲自己，那或许可以保住他的性命。"

我心里很清楚，怎么都没用。木飞的尸体就倒在我们面前，而门那边是一个失去意识的，并且对我们构成威胁的南洋。

末了，他挑着眉毛语气上扬地问了我一句:"你愿意?"

我放开胡凯的胳膊，地上木飞的尸体还在淌血。胡凯是不会放过南洋的。他问我愿不愿意。是啊，我愿不愿意? 即便是我现在过去堵上他的枪眼，他大概还是会被胡凯杀死。

就在我想着这一切的时候，我听见了枪响。石门剩下来的缝隙又小了一些。

"啪嗒"。是谁倒下来的声音。

我的耳朵开始耳鸣。我持续听到"滋啦"的长音。

"你愿意?"胡凯的这个问题反复在我耳边回荡。

石门另一边似乎特别黑暗，我们的手电光始终冲不破这样的黑暗。我只能在黑暗中看到地上的那具尸体。他和木飞一个姿势，趴在地上，脑袋上的窟窿正在往外冒血。白求恩老头走过他身边的时候，用手电晃了一下他。血在他脑袋周边铺散开来，没有形状。

老头摇了摇头，看了看我，叹了口气。"早知道这样，当初还不如不要救他。"他说。

或许是，或许不是。知道了真相过后，最后到这里止步，对于南洋来说，会不会也算是一种解脱?

我从他身边走过去的时候，我听见他喊我。

"小剑。"那声音持续不断，跟我的耳鸣声混在一起。

生命太轻。原来死亡就在眼前，它看起来是那么的触手可及。可是我最初的时候，却什么都没有预料到。

我还没有想到，南洋作为关卡的门，竟然是最后一道。果然如同胡凯说的那样，艾尔把他安置在最后，势必不想放过他。从头到尾，艾尔就没打算留他活口。

移开挡在出口处的大石块，外面的光束泄露进来。

这里就是出口了。

小四放下何钥匙，精疲力竭地探头出去看了一眼，又把头缩回来，表情惊讶地说:"凯爷，这是您的别墅后院。"

胡凯瞄了一眼有些刺眼的白光，"我知道，我猜到了。一路上坡，地下那宫殿一定是延伸到了半山腰的。我见到地下那幅画的时候，就猜想，会不会有所连接。果然是这样。"

他摸了摸身上的背包，那是从木飞的尸体上取下来的，里面还有木飞之前和艾力一起拼死带出来的胡凯的爷爷和父亲的骸骨。

"凯爷，他会一直保护您的。"艾力说。

他说的他，指的是木飞吗？

我忍不住看了一眼身后，那么南洋呢？这最后的结局是不是也早就存在于他的意识之中，在最后这些并不让人开心的答案之中，他是不是获得了解脱？

克里的电子设备似乎恢复了信号，他对此感到十分兴奋，率先走了出去。

"走吧。"胡凯说。

白求恩老头看了一眼昏迷的汤勺与何钥匙，叹了口气，"走吧，回医院。"

现在是早上八点半。晴天，阳光照在我的额头上。周围的高草及腰地茂盛。这一切都是真实的，又显得极为不真实。

但是不管怎样，它们应该暂时都结束了。

何钥匙与汤勺在老头的医院里一躺就是一个月左右的时间。

何钥匙在一个月之后醒了过来，而汤勺虽然完成了所有的手术，却由于伤得太重，依然昏迷。关于他醒过来的时间，老头用了一句电视剧里常有的台词打发我："或许明天，或许一年，或许一辈子就这样了。毕竟脑神经也有创伤，当时没死，已经算他命大了，现在就等着吧。"说完他就没再回答我任何问题，仿佛躺着的并非他的亲侄子。

我有一次在医院的走廊上看到了汤勺的母亲。那是一个非常美丽的中国女人，她隔着距离瞥了我一眼，她当时正和白求恩老头站在汤勺的病房门口谈话，我不知道她究竟是不是汤勺的母亲，我只觉得她和汤勺有那么几分神似。另外我也不知道为什么自己选择的不是大大方方迎上去打个招呼，而是出于一种类似小孩子因为闯了祸而备感紧张的状态，居然转身躲进了楼梯间，隔着门上的四方窗，一直等看到那个女人走了之后，才鬼鬼祟祟地出来。结果被白求恩老头逮了个正着，他用一种同情的眼神看我，"不习惯看到家人的感觉吧……"说完转身就走了，留我自己在那里愣神了半天。

家人……

是啊，家人。

其实后来仔细想了想，关于白求恩老头对他状况的推测，我并不是不放在心上，只是觉得完全没有可能。因为汤勺无论怎样都会醒过来的。我毕竟还有不清楚的事情。他不带我一个人跑去威尼斯和热那亚查到的事情真相，我还没有完全了解，我不是好奇，是作为参与到这里面一起被迫害的一分子，我觉得必须得知道事实的真相。告诉我是他的义务。所以，他必须要醒过来。

何钥匙出院之后，一直在问我钥匙和小贱的问题，我却一个都没法答上来。我不知道揣着他家宝贝的山川在哪里，就不会知道钥匙的下落，当然我也不知道小贱在哪里。

不过胡凯一语就道破了一件事。那就是：小贱是山川养的猫。

后来我对整件事情做了一个系统的推测和分析，当然，那是在胡凯找我之后。

胡凯找我是在何钥匙的铺子里面，他似乎对医院很排斥。何钥匙和汤勺进了老头的私人医院之后，他先后派克里、小四、艾力还有一干人等分别前来表示过慰问，还带了不少东西，甚至带了不少好东西给老头，被老头骂得狗血淋头："那是我自己的亲侄子，用得着你们来贿赂我吗?!"

而胡凯自己，是一次都没有去过医院的。他只会三天两头打电话给我问一下情况，三两句话就把电话挂断了。我们已经很久没见面。从地下宫殿里朱利阿诺的棺材中带出来的小册子和羊皮纸都在他那儿，我对那些东西也没什么兴趣。说实在的，假如可以的话，我并不想再去回忆下面发生的这一切事情，也不想再看到与之有关的任何东西，所以所有物件和剩余的秘密都归胡凯所有，是最好不过的事情。

但是胡凯偏偏还是不让我安生。

快跨年的时候，他给我打了电话，约我见面。当时我正在何钥匙的门面铺子里研究他玻璃柜里面那些奇异的锁扣。胡凯："你在哪里?"我："何家锁匠铺子里面。"电话里传出来他的笑声："他的祖传秘籍给你研究了吗? 关于地下美第奇宫殿的全锁打造那本。"我说："没有。"他说："那说明，你对他来说，没有小四重要。"这话听得我一脸黑线。"待会儿见。"他说完这句，就把电话挂了。何钥匙给我泡了不知道从哪里讨来的昂贵的大红袍："谁给你打电话?""胡凯。"我喝了一口，被杯沿烫到了嘴，上颚直接掉了一层皮。我虽然卖古董，但是不懂茶，我以前只喝咖啡，虽然我也不怎么懂咖啡。"可别让胡凯来我这里。"何钥匙瞪大了眼睛表情夸张地瞅着我说，"上次，他让小四来骗走了我祖传的册子，那可是我家的秘密，现在都流出去了! 以后我死了都没法下去跟祖宗们交代。啊! ——呸呸呸!"他连呸三声，猛喝了一口还冒着热气的茶，以洗清刚刚不小心说的话。"啊呸! 烫死我了! 我可没这么早死! 死前我肯定有办法交代过去!"他愤愤然道。

结果这茶还没冷下来，胡凯就到了。

何钥匙气急败坏地去锁他的秘密储藏室，还把门面铺子里面他所谓的那些特别值钱特别有历史价值的锁扣全部都锁了起来。看到胡凯，瞄了一眼他身后，发现他独自一人，便勉为其难地叫了一声"凯爷"。

"何钥匙，你这四合院里面的植物也得换换了。冬天了，你不觉得没点常青植物点缀，你这硬邦邦的四合院子显得特别冷吗? 色调又灰，枝杈全都光秃秃的，看得人感觉不到半点暖气。"

"怎么没暖气? 我虽然是四合院子，但是按照欧洲标准该装的暖气设施都装了。要知道在中国的话，我老家的冬天跟这里的潮湿程度差不多，都没暖气的，我也很习惯。哪里像欧洲人，娇生惯养，非要我交昂贵的税装这个装那个! 真是不可理喻!"

胡凯听得哈哈大笑，也不再同他的歪理辩驳什么。

"知道我为什么找你吗?"胡凯问我。

"不知道，但愿不是为了我不想知道的事情。"我说。

"当然是你感兴趣的事情，你猜猜。"

我想都没想就摇头。对于这种需要用到头脑去思考的问题，我已经完全没有兴趣了。

"好吧，第一，是关于汤勺第二次去威尼斯和热那亚查到的东西。"

我听到这话心里一惊，本想打断他，这一直被我认为是汤勺醒过来之后要跟我解释的事情，我们明明一起经历的事情，他查到了真相，在利益完全没有冲突面的情况下，他凭什么不跟我解释清楚呢？但是我没有阻止胡凯，我让他说了下去。

他说，汤勺当时先去的是威尼斯的外岛。当然，这事情不是汤勺告诉他的，而是他自己派人查的，所以很多事情也是这次他彻底查了之后才了解清楚。

汤勺当时想到去查艾尔的身份，是对我们在孤儿院里获得的关于 C 字胎记的图案产生了怀疑。那应该是被尼可刻意烫上去的，而汤勺曾经见过那个图案，却是在歌里的手臂上。这件事被确证下来，是因为汤勺在威尼斯外岛一个十分偏僻的地方找到了歌里的父母。但是不知道什么原因，他们拒绝透露任何相关信息。后来，汤勺在他们家前院搭造起来的一个小房子里面看到了他们儿子的遗像，当然写着的是斯特奇·歌里，而不是艾尔。时间记录和义尔的死亡证明时间一模一样。所以汤勺这才肯定，艾尔和歌里的身份被调换了。死的是歌里，而活下来的是艾尔。

于是，汤勺顺着这条线查到了热那亚，并顺藤摸瓜，查到了 2007 年 3 月 2 日军演爆炸的真相。艾尔和歌里的身份调换，应该并不是刻意所为，而是从一开始进入海军部，核查身份的时候，两个人的身份登记搞错了，所以连带所有的资料档案全部都发生了错误。但不知道为什么，或许他们俩达成了某种协议，没有将身份更改过来，从此以后，艾尔变成了歌里，歌里变成了艾尔。

一开始可能只是一个调换身份的有趣游戏，至少对于歌里来说，是这样的。而艾尔，当时已经在着手成立他的秘密组织，谋划他自己的事情，或许以歌里的身份存在，对于他来说是好事。这也是我一开始一直怀疑他是因为一己私欲杀害歌里的原因。

但事实上，那件爆炸案他幸免于难，纯属巧合。或许也不能说是巧合，是计划好的恰巧发生而幸免于难。

那天的军演号称是一个幌子，实则是为了追击大鹰和他的碰头人。大鹰，作为海上缉私队一直死咬不放却迟迟难以捉到把柄的走私大鳄，内部一定有他安置的人。其实海军总部和海岸缉私队一直都很清楚这一点。但是这个人怎么查都查不出来，为什么呢？因为和大鹰做交易的人，正是第一，当时的海军副总长，也是提出"三零二军演"的长官，起霍；第二，当时的海上缉私队司令梅德。

到了 2006 年年末，大鹰的一些行动开始留下一些可以被追查到的痕迹。大鹰可是他们两个人的摇钱树，这棵大树要是倒了，光靠军部那些工资和补贴还不够他们在美国南部海岸买的别墅所交的税钱。于是他们想了一个计策，利用军演和缉私行动第一给自己打幌子，作为交易的天然保护屏障；第二清除大鹰前后在惯用的走私线路上留下来的痕迹；第三，也是最重要的，神不知鬼不觉地除掉他们赚钱道路上的绊脚石，也就是当时海军司令部的总长官，接受配合假装军演和联合行动的提议，签署所有批文，最后一个人承担责任的思科日。就是这个人一直盯着大鹰不放，而处处又挡在起霍前面。

原本他俩也不想牺牲这么多条人命，但是思科日不知道为了什么，在最后关键时刻，想要对整组行动做出临时调整，那样势必会影响他们的计划，于是他俩一不做二不休就在船上放了炸弹。

而艾尔，他应该是和歌里在此之前就已经对军部里面有高层与大鹰内应外合的事情起了怀疑，但他们当时怀疑的对象不对，他们怀疑的是思科日。可惜在这件事情上面很难搜集到有力的证据去证实他们的怀疑。所以艾尔才在军演当天故意以急性阑尾炎为借口，没有上船，为的就是在大家注意力都不会集中在军部的时候，溜进司令部去查找一些证据。但是谁都没有想到军舰居然爆炸了，船上所有的人命一瞬间都没有了。

更想不到的是，那天，二部派来的一名小兵，由于接受了上级的命令，对迟迟不出现的海上缉私队和军演二部进行近海域巡视，所以爆炸发生的时候，他幸免于难，和没有上船的艾尔成了整个三十七人之中唯独活下来的两个人。

这个小兵就是非尔，后来的名字叫卡丘。卡丘撞见了本该在医院里面的艾尔鬼鬼祟祟溜进司令部，所以一直怀疑这件爆炸案是他做的。而艾尔那天溜进司令部其实并没有什么收获，他是因为后来的一件事才对起霍开始有了怀疑。活下来的卡丘，是罗佩特的弟弟。而罗佩特一直都怀疑起霍，起霍也知道这一点，所以当他看到活下来的人竟然有卡丘的时候，就一直提心吊胆。当他得知卡丘和艾尔要在一部宿舍约见的时候，便再一次起了杀心。当然，他不是要杀当时以歌里的身份存在的艾尔，念及他父亲的等级原因，杀了他多半会给自己惹上麻烦，但是对于卡丘这个可能知道了一些真相的小兵，他还是可以下手的。为了不引起怀疑，他也花了大手笔去杀卡丘。他直接在一部宿舍装了炸弹，找了个借口绊住了艾尔，当晚一部宿舍爆炸了。可他没想到的是，卡丘竟然没死。

艾尔就是从那个时候开始了对起霍的怀疑。

起霍也知道，这样的连环套行为势必会把自己牵扯进去，于是就把艾尔调走了。但是艾尔这些年一直没有放弃追查这件事。我们查到卡丘之前，他也才查到卡丘。就是因为我们的查证，卡丘身份暴露，起霍终究还是追查到了他的踪迹，并且派人杀了他。而当时已经晋升为海军总司令的起霍，和已经成为海关总长的梅德，他们没有想到，螳螂捕蝉，黄雀在后，在艾尔如同玩游戏一般设计的圈套之中，一点意外都没有发生地被炸死了。

"想来，艾尔应当是故意这么设计的，当年炸死的三十五条人命，现在他们以同样的方式偿还。"胡凯结束他的叙述的时候，看了看我。又说："可能是一个罪犯，当过军人，做过警察，也会稍微地改变一些他的属性吧。"

我摇头。我说："不，我猜想，让他一直紧咬不放，势必要报仇的应该是歌里的死。一个母亲被人杀死，从小在仇恨里长大的孤儿，内心再阴暗，也会在一个跟你亲近的朋友身上找到亲情。"我想，我与山川、南洋不也是这样吗。"歌里的父母不愿意说出的真相，大概是这些年把当年儿子的玩伴朋友，当成了自己的儿子吧。"

胡凯依然坐着，没有要站起来离开的意思。胡凯像喝老酒似的吸了一口何钥匙新换的一轮茶，"不错的大红袍啊。小四给你的吧？"何钥匙一个白眼，"骗我东西，作为代价，这破茶可不该长期供应吗？"胡凯笑得两眼眯了起来。

"你说吧，你似乎还有什么事情。"我说。

"确实有。"

他从外套的口袋里，取出那张我们从朱利阿诺的棺材里面获得的羊皮纸，递给我。

"你不想知道关于美第奇家族宝藏的答案吗？"

我摇摇头，拒绝了他递过来的羊皮纸。"说实话，我一直没有这份好奇心。"

胡凯却又继续开始自说自话，一边把羊皮纸展开来。"还记得你和陈唐，你们在我的别墅地下密室所见到的画在墙壁上的画吗？我到现在才明白那些画的意思。"胡凯看着羊皮纸，似在自言自语。我却又忍不住接了他的话，"你祖先胡成飞画的？"他点头。"是什么意思？"他突然抬头笑了笑，一边再一次把羊皮纸递给我，一边说："怕是要改写历史了。"

我没有再拒绝，他非常成功地把我的好奇心吊了起来。我确实很想知道，那所谓的第三张羊皮纸上，究竟有着什么恢宏的图案可以足够用来改写历史。羊皮纸飘出一股陈旧的霉味。我总觉得那是从古老的尸骨上沾染到的气味。羊皮纸上的字体是古老的宫廷花体，语言也是古老的意大利语：

亲爱的洛伦佐：

看到这封信的时候，我希望能得到你的原谅。

我必须要承认，曾经从内心深处责怪过你。但那不代表我不爱你，我的哥哥。

我的腿得了一种不得治疗的疾病，我的医生已经告诉我，截肢才能防止坏的血液扩散到全身，而最后失去性命。假如你知道这个事实，你一定能理解我的心情，但是我知道，身为哥哥，你一定会选择保住我性命的方式。所以请你原谅我的自私，我不想下半生坐在残障椅中度过，而只能看着别人去玩那些我热衷的竞技和运动。相比起来，我更愿意就这么在年轻的时候死去。在年纪相当的时候，先走一步，去天堂与我的西蒙内塔作伴。我知道你对于这点一定不乐意，但没办法，你不能同我一般潇洒，你还有整个家族和佛罗伦萨需要肩负。但是作为美第奇，作为你的弟弟，我必须在活着的时候为你完成最重要的事，解决最大的麻烦。

其实有一件事我早就已经有了数目。关于帕奇。我想，这件事你可能还没有眉目，毕竟他们把消息封锁得很好，而且就合作参与者的力量来说，我们可能并不占好处。但这世界上有阴谋就会有漏风的墙，我派出去追查的人得到了可靠的情报，他们即将要动手了。时间和地点我也已经知道了，我本想告诉你，后来我想到了一个更好的方案，硬碰我们没有胜算，也可能会搭上我们和更多人的性命。我不想佛罗伦萨血流成河，也不想美第奇因此垮台，那样就真的如了这些小人的意愿。所以这件事我不得不事先瞒住你，关于我的解决方案，我现在也无法让你知晓。而这封信我不得不等到他们动手之后，再让你看到。

请相信，我的办法和对这件事情的处理，对于你的政治，整个美第奇，和佛罗伦萨的稳固，会更好。而你，我坚信，美第奇和佛罗伦萨只有在你的带领之下，才能走在最好的道路之上。

你，永远是我最亲爱的洛伦佐。我，将永远都与你并肩作战。请你相信，不管在任何地方，任何时间。

祝你，新年愉快。

——你的，朱利阿诺。

1478 年 3 月 25 日。佛罗伦萨新年。

文字结束。

原来，这才是美第奇和洛伦佐要守护的宝藏。

原来，是这个延续了五百多年的秘密。

我忽然解开了心里的所有疑惑。胡凯别墅地下室里墙壁上的画至今依旧每一幅都清晰地刻印在我的脑中，印象深刻。

"所以说，你的祖先胡成飞画下那些画，是为了告诉世人真相，却又无法直接将真相扔在地面上曝光出来，所以才以画的形式和自己的宫殿部分一起记载在了美第奇的别墅里？"

胡凯笑说："第一幅画记得吗？我曾经和很多人一样以为，洛伦佐因为嫉妒，杀了西蒙内塔，后来为了政治前途，牺牲了自己的亲弟弟。在看到第一幅画里头戴皇冠的人物时，我几乎确信是这样。虽然真相对于我们来说已经没什么重要性了。但是我起码知道了先祖的用意。他本就知道所有事，却什么都不能说。又无法忍受世人对洛伦佐的诬陷，所以就把真相画在了不为人知的地方，等上几百年，终归也会有人看到的。"

是啊，终归会有人看到的。我们不就在几百年之后，看到了他们家族守护的这个秘密吗？可是这事情听起来就像是一个颠覆历史的玄幻故事。

我想了想，又问："纯粹出于好奇，你看这信里的遣词造句，是不是洛伦佐杀了西蒙内塔？洛伦佐应该很喜欢西蒙内塔吧。那时候他有两首诗都是冲着她写的。怎么看都像是情诗。"

胡凯笑了起来："我不知道。也有可能。不过我总觉得应该不是。就算真是洛伦佐杀了她，也应该是出于别的原因，而并不是单纯的嫉妒。不管怎么说，就算西蒙内塔当时是公开的朱利阿诺的情妇，但她毕竟也是有夫之妇。洛伦佐这种做大事的人，应该不至于因为自己的私人感情得不到满足，而杀了自己亲弟弟的情妇。不过，我也不是历史学家，你也不是，我们在这里讨论五百年前的八卦倒是真有意思。"

我也笑了，是啊。这些真相听起来离我们太过遥远，却又莫名其妙变得很近。仿佛是我们与这些历史真相和八卦交错了时代。只是，在这种莫名其妙里面，倒是搭上了不少人的性命。

包括南洋。

很奇怪，不同于我想的那样，他离开之后，我一直都没有再梦见过他。我的梦里很干净，没有他，也没有山川。只有我自己，躺在阿诺河边的那片绿草地上，望着天，河里有划船俱乐部的活动，应该是春季，河边人声鼎沸。我匆匆瞥了一眼那群聚集的面孔，每一张都似曾相识，每一张却又陌生地想不起名字。他们交谈，欢笑，互相嬉笑打闹，场景熟悉。看了一会儿，我便从草地上爬起来，拍拍身上沾染的青草，拎着书朝学校走去。风声夹杂着说话的杂音从我耳畔经过，似乎有人在身后喊了我的名字，每当我回头去看，梦便醒了。

恰到好处，每次醒过来，都不再是黑夜，而是天正好亮起来的时候。

汤勺依旧没有醒，距离我们从地下宫殿出来，已经过去了两个多月了。明天就是新年，胡凯喊我们都去他的别墅跨年。我还在犹豫。

上次他在何钥匙的铺子里与我碰过头之后，就没有再联系了。我在医院仍旧经常见到小四和艾力，小四在昨天带来了两个消息：第一，没有找到迪特，他手下那个与他一起的年轻小伙子的尸体却在地下宫殿的外围区域被找到了。而那个内部区域，怎么都无法再进入了。尸体被找到的时候已经烧焦了。小四说起这个的时候，并没有显得很悲伤，他的表情告诉我，他仍然相信迪特没死。第二，胡凯派人继续追踪艾尔和山川的下落，只收获了一条线索，就是有疑似他俩的人，上个礼拜在法国巴黎出现过，然后痕迹就消失了。没了线索。

我点头表示知道了。

由于何钥匙的家传钥匙被山川拿走了，我也将这些最新的消息转达给他。而何钥匙听完后却只问："小贱呢？没说两个人和一只猫吗？小贱不在吗？"

我有些怀疑，小贱是不是原本是他的猫，后来也被山川偷了去，莫名其妙回来我们身边做了猫间谍，又回到了何钥匙手中……总而言之，小贱是一只特殊的猫。可你问我究竟特殊在什么地方，我又难以讲清楚。或许他确实是从那幅黑猫图上出来，穿越了五百多年，来到了我们的时代，参与所有的事件。当然，这是我无聊时的自发乱想。

我趁着今天没事，大过年的外面大风又冷，我也没有去开古董铺子的门，就窝在汤勺的病房里，把之前得到的一些线索整理了一下。

我在纸上把这些东西都写了下来：

1990 年 1 月 23 日，阿夫杰跳楼案：廖思甜因为参与了阿夫杰·耶夫娜对美第奇宝藏的研究课题，而对这个宝藏起了浓厚的兴趣，结果阿夫杰想要公开研究成果，所以被廖思甜杀害。而她杀害阿夫杰的整个过程，被人用相机记录了下来。这些照片，我之前一直在想究竟是谁拍的，后来我仔细想了一下，大概猜到了。一般既然一个人能第一次单独杀人，那么第二次也不会需要帮手，毕竟多一个人多一份危险，尤其是像廖思甜这种目的明确的女人，手段绝对不会温和的人。所以，拍照的人，应该是卡洛·齐德蒙。我后来想办法查过他，他在参与专案小组之前，是突然之间从一个小巡警飞升进警探小组的。这个过程速度太快，不得不让人怀疑他之前做过什么事情。所以，我相当怀疑，就是他拍了廖思甜杀人的照片，威胁廖思甜，结果后来又因为这个原因，参与了尼可的谋杀计划，而被艾尔提前灭口。这大概就是所谓的轮回报应。

1990年2月26日，尼可自杀案：一切其实本来是按照廖思甜的预期计划进行，他们这条船上一共只有六个人，分别是她、菲利普、克劳迪欧、欧枚洛，还有警探小组的卡洛·齐德蒙，和与他从小一起混大的兄弟老西木。所以所谓的专案小组成立之前，这些人就已经搭伙儿了。但是傻傻的老西木又拖了一个人进来，这个人是当时老西木关系比较好的同事警探德西·卡尔梅洛，也就是汤勺的父亲。廖思甜虽然责怪老西木多事，却也没办法，只得想着拉他一起下水，结果接触下来发现，此人绝对不具备上他们那条船的性格条件。但卡尔已经多多少少知道了一些事情，所以廖思甜一直很想解决他。但他毕竟是警探，不是那么好下手的。后来，廖思甜倒是有了一个意外的收获，老卡尔虽然麻烦，但是并不擅长工于心计，并且他倒是反而先有了被廖思甜抓在手里的把柄，就是他与当时小有名气的画家尼可偷情的事。这事儿被廖思甜先逮住了，于是廖思甜便有了计划。她要来个偷天换日，以假换真。尼可当时享誉盛名的正是她对古画的临摹技术。于是她想到花一些钱要求她画出一幅一模一样的《西蒙内塔》出来，好让她拿回去冒充原件，当然她不想花什么大价钱，于是顺带摆出她和卡尔的事情做要挟。可她没想到的是，尼可一口拒绝，完全不受要挟。她想了想，知道不对，这女人既然不肯帮忙，摆着只能是个麻烦，她不是傻子，估计十有八九能猜到他们要画做什么，于是她心一横，便和齐德蒙一起，杀了尼可，并且伪装成尼可为情自焚的自杀案结案。她拖齐德蒙下水，一是一直记仇他拍照威胁她的事，万一出个什么事情，好歹拉个垫背的；二是齐德蒙毕竟是警察，拖他一起，让他了解事发经过，案子伪装结案起来也方便。

1990年3月9号，乌菲兹偷盗案：尼可怎么也没想到，她的偷天换日还没成行，画居然真的不见了。这就是胡凯说的，当时因为他父亲和大鹰之间的债务问题，大鹰就去偷了这幅画给胡凯的父亲当作还债。而廖思甜此时利用她的关系，请求政府成立了专案小组，当然，专案小组里面的人物早就已经选定了。有一件事我想，之前胡凯应该说错了，老卡尔会出现在专案小组里面，应该是廖思甜的将计就计，她本想伺机灭口，只是没想到老卡尔不知道葫芦里卖的什么药，竟然因为跑去偷窃阿夫杰跳楼案的记录，而被停职。从此之后的三年，他离开警队，几乎消失，有消息说他一直都和黑帮的人混在一起，让廖思甜不敢轻举妄动。而三年之后他再次出现，居然把画带了回来。然后，他就跳入铁轨自杀身亡了。我猜，廖思甜当时应该和我现在一样不明所以。我也不明白，汤勺的父亲究竟为什么要自杀？难道单纯是因为尼可的死吗？因为他认为尼可是为了他自杀的，所以他不顾儿子，不顾家庭，就去自杀了？我觉得不可能，事情一定没这么简单。而廖思甜当时十有八九以为老卡尔带回去的是假画，却又一时不知道怎么处理，就把它上交了。博物馆为了向政府交差，于是就承接了廖思甜那招偷天换日，把画藏在了瓦萨里长廊之中，从此不让人看，而把当时接触这件案子的人员，包括博物馆的，和警队的全部都调走了。毕竟，这是关乎博物馆、文交会、和警队三方面子问题的大事情，绝对不能有闲言闲语流传出去，否则后果不堪设想。所以说，廖思甜他们下地下宫殿，完全出于瞎蒙，加上手里有之前阿夫杰留下来的研究成果，拼拼凑凑，最后他们还是下去了。地上留了两个人做后勤和接应，这两个人就是菲利普和齐德蒙。

菲利普一直很不满意这件事上面的安排，所以在他们音讯全无，而齐德蒙也失踪了之后（其实是被杀死了），他决定自己寻找线索。可他还不知道，曾经那个利益集团，早就在危险之中，各自逃窜，分崩离析了。这个时候，盯着他不少时间的艾尔就出现了，他让山川利用人皮面具乔装打扮成苔丝的模样去故意吸引他的注意力，一个从画上走下来的女人，作为当事人的菲利普当然一下子就关注到了她，于是想尽办法把她弄了回去，不知道用了什么手段半要挟半软禁地让她跟他待在一起。艾尔想要从他身上取得线索，而他也是想从这个酷似画里人的女人身上取得线索。结果当然是明确的。所以我想，菲利普的死应该是艾尔或者起码是他的人干的。刻意弄成1990年阿夫杰跳楼案同样的死亡方式，他的目的或许就是为了引出那些藏在这件事后面的隐形人物，看看他们究竟知道多少事情，比如汤勺。

我写到这里的时候，停住了。因为我听见床上发出了细微的声音。"汤勺！汤勺！"我走到床边，为了确认我没有出现幻觉。然后我见到他的右手手指在动，眼皮也在动。我冲出门大声喊来了护士，被告知老头不在，只有一个年轻的女医生。女医生一进来却首先对着蓬头垢面的我猛放电，让我产生了不祥的预感。犹记得以前被夏娃坑过。我二话不说上去就去捏她的脸。在她惊恐的眼神和尖叫声之中，我发现她的脸没什么异样，于是清了清嗓子，摆了个请的姿势让她检查汤勺。女医生气得满脸通红，只给他打了一针，对我说了两个字："醒了。"之后所有话都跟护士交代了。我估计以后这美女大概是不会再和我说话了。不管怎么样，汤勺终于醒了。我如释重负，不再为自己没等他亲口向我交代热那亚和威尼斯查证到的真相而感到羞愧。反正他也醒过来了。现在是12月30日的凌晨三点。我使劲在他面前晃着手指和自己的脑袋，为了让他在完全睁开眼睛的时候，能立刻明白他究竟是不是记忆力完好。

可他睁眼之后，并没看我，而是越过我，看了我的身后。眼睛直愣愣地盯着看，看得我毛骨悚然的时候，突然来了一句："你怎么在这儿？"我心说，不是吧，是不是去鬼门关转了一圈之后开始看到那些东西了……我终于忍不住猛地转身——果然有东西！——我被吓得往后跳了一大步，这才看清楚，那是何钥匙。"你他妈怎么走路没声音啊？故意吓人啊?！什么时候进来的？不能说一声啊？"我没好气地冲他道。

何钥匙也不买账："怎么？我进来难道要吼一声说我到了？还是我要特意跺脚放屁以证明我进来了？"说完又转向汤勺，"你也是，你什么意思？你醒过来第一件事就是质问我为什么在这里，而不是感动我为什么这个点在这里？只有他能在这里？"

我差点就被何钥匙绕晕了。汤勺却不紧不慢地说："我之前一直只感觉到他在这里，没感觉到你的气息。"

何钥匙一口气提不上来，"你昏迷居然还能……算了。"

"你究竟怎么这个点来这里了？"我问他。

他从口袋里掏出来一包东西，打开来，从里面掏出一把钥匙。我一看那钥匙的形状，瞬间明白了一半，那钥匙上面镶嵌了一块红宝石，钥匙头上还刻着一个"何"字。这应该就是何钥匙传说当中的那把被山川拿走的钥匙了。

"你怎么找回来的？"

何钥匙不说话，只从那纸包里掏出来一张折叠成两半的纸递给我，"你看这个。"

我打开来一看，上面写着：何钥匙，新年快乐。

这字体我太熟悉，是山川写的花体。

"怎么拿到的？她人呢？"我揪着何钥匙问。

他摇头，"没见到人，只有这个。大半夜有人敲破了我的窗户，我绕出去，在院子里就见到了这个在窗户下面的地上放着。我四处找了，没人。"

汤勺第二天被批准出院，因为白求恩老头也要去胡凯家，所以我们全体被拉去了胡凯的别墅跨年。就算不因为这个，我也会主动去。原本不想，现在是有事相求。对，我想让他在佛罗伦萨仔细找找，能不能找到山川的踪影。这么短的时间，她应该还在城内。我脑袋里甚至有个奇怪的想法，我想，她会不会想回到这个她长大的城市来跨年。

是啊，她长大的地方。我们一起长大的地方。可是，为什么？为什么艾尔选择的是山川？而山川似乎明明清醒了，却并没有回来呢？她是真的恨我吗？

胡凯邀请我们去的别墅就是隐藏在米开朗琪罗半山腰的美第奇别墅。一进别墅，胡凯先带我们去看一样东西。他带我们进了一间昏暗的房间，门口用红色天鹅绒拉起了舞台一般的帷幕，甚为夸张。走进去，我们就知道他要给我们看的是什么了。是那两幅《西蒙内塔》。它们被并排挂在墙上。两幅画的下面，那把带着宝石的胡凯家祖传圆规被端正地摆在架子上。有红宝石和没有红宝石，同样一张美丽的脸，静静地看着我们。圆规上的宝石在昏暗的灯光下发出光来。

"还是被你找到了，不愧是凯爷。"我说。

胡凯低头笑道："坏毛病，我要的东西，就非得到不可。"

"这后面是什么?"我突然瞄到画框后面似乎漏了一条缝隙出来,看来是安了密室。

"你眼睛真是尖。你觉得呢?"胡凯笑眯眯地望着我们。

我们谁也没有回答。他也没再说话。我想里面应该是个灵堂。有他胡家的祖先,他爷爷,他父亲。或许还有一块属于木飞的灵位。仅仅也是猜测而已。花园里,之前我们出来的那个门,并没有被封上,但是胡凯把那一片都围了起来,装了很多的摄像头,他可能想找迪特。其实我们多多少少都明白,那个地方几乎不可能再有任何人活着走出来了。

我到现在都无法评价胡凯这个人,他时而这样,时而那样。有时候冷血,有时候看起来又特别像个大慈善家。我仍记得那时候在热那亚小四对我说的关于胡凯的那些话。是啊,善恶,从哪里去分辨呢?即使对于艾尔这样的人,也无法分辨善恶。我们自己也是。

艾力又穿上了厨师装。胡凯在大厅直接搭建了一个开放式的透明厨房,专门用来做跨年晚餐的料理。他的所有手下似乎都在这里齐聚了,到处都是穿着西装的人,黑压压的一片。而艾力带着十几个厨师在临时搭建的开放式厨房里面忙碌。

唯独不见小四。

"小四呢?"何钥匙问胡凯。

"去你那了。没想到你和他们一起,我还专程让他去你的铺子里找你一起过来。"

没过十分钟,小四的车就到门口了。

门一开,我们都惊呆了。先进门来的是一只毛茸茸的小脑袋。

"小贱!"何钥匙率先反应过来。

"喵——"

何钥匙手里抱着一只黑猫,不——它就是小贱。是小贱没错!

我惊恐地看着那只猫,何钥匙欣喜得直接飙泪了。我转脸痴呆地望着汤勺,希望他给我一个肯定的反应,结果汤勺只笑了一下,还摇了摇头。

这是什么意思?

胡凯凑到我耳边说:"你放心,我已经派人去找了。只是佛罗伦萨也不小,你急也没用。但是有一点你可以放心,他不会伤害你妹妹。"

然后我听见汤勺挡着嘴轻声对胡凯说:"那猫是怎么回事?你们找了一只黑猫剃毛了?还挺像。看着挺邪乎。"

胡凯笑而不语。

我大概明白了,也不再说话。何钥匙抱着小贱,一直追着小四问,在哪里找到的,怎么找到的。问得小四几度说不上话来,拼命看向胡凯这边,等着胡凯给他使眼色。

"哦,四合院,你那四合院里找到的。我进去找你的时候,就……就看到猫了!"

"哎呀！肯定是那女人回来还钥匙的时候，把小贱一起带了回来。我之前应该看一下的，却拿着钥匙就跑了。今天风这么大，它在花园肯定冻得不轻……但是……奇怪，那女人为什么会把小贱还给我呢？特意带走的，怎么又会还回来……"小四趁着何钥匙开始自言自语的空隙，赶紧溜走。

晚餐吃得颇为丰盛，胡凯拿来的香槟也是上等的好货，虽然我从来喝不出好坏，也跟着他们装逼了一把，把自己喝得晕晕乎乎。酒是好东西，微醺之后，备感快乐，一切烦恼，就变得没有面前酒杯里的液体来得重要了。耳边声音嘈杂，和梦里的阿诺河河边相似。白求恩老头一个劲地追着何钥匙问关于"江湖术士"的问题，周围很多人都在笑。大家碰杯，说了一遍又一遍的"为了健康"，和"祝福一切"。就像所有人都在，谁都不缺。什么都没发生一样。

汤勺一直微笑着沉默不语，坐在我边上，看着我们这群人。我凑过去，拍了拍他，"问你一个问题。""什么？"他低头看着半趴在桌上的我，表情认真。"你有没有想过，你父亲为什么自杀？"

汤勺收起了微笑表情，喝了一口酒，然后看着酒杯认真回答了我的问题。他说："想过，而且一直都知道。只是以前想不通，或者是记忆屏蔽了一些信息吧。那天在火车站，他跳下去之前，我曾经见过一个男孩。那个男孩站在与我们隔了三个站台的地方，一个很大的盆栽后面，静静地望着我们。我看到我父亲也望着他，表情很无奈，又很心疼。那表情，现在回想起来，有些像他后来有几次见到尼可时候的表情。对，似乎是一样的吧。然后，他就跳了下去。那男孩也不见了。所以，我想我知道。"

"是……"是艾尔用汤勺或者自己的生命威胁了他父亲吧，不，他们的父亲……汤勺的眼神告诉我，他明白我要说出来的答案，于是我没有再说下去。

"你恨他吗？"

他摇头，"不恨。都过去了。"

是啊，都过去了。

世界上总有一些事情的真相无法知晓，总有一些问题没有答案。重要的是，这些谜题也好，秘密也罢，或许都可以变作无关紧要的东西。毕竟，明天还是会如期到来。

何钥匙突然把我从桌子上拎了起来，"快快快！倒数了！"

"十，九，八，七，六，五，四，三，二，一！！新年快乐！"

窗外有无数的烟花在天空之中散开来，屋子里所有的人都欢呼起来。我笑着同他们碰杯。

"新年快乐！"

我迷迷糊糊快要睡着的时候，好像听到汤勺说了一句："明天有一个地方要去。"

我含含糊糊地应和道："好啊，一起去。去哪里？"

他说："先去你铺子里，把那封信和带照片的项链拿出来。"

我听见何钥匙好像大着舌头插了一句："我也要去，我们去老皇宫溜达一圈……"

我说："好。"然后我就睡着了。

那晚上，我又做了同样的梦，不同的是，这一次我把梦做完整了。

当风把嘈杂吹到我耳边的时候，我夹着的书掉在了地上，身后有人喊我。我回头去看。我以为我会见到南洋。

可是天突然下起了暴雨，雨水哗啦哗啦地落到地上。眼前是一座外墙灰暗的房子，我认了出来，那是当时囚禁了山川的地方。

在离我不远的前方，背对着我，立着一个男孩。他一动不动地立在雨里，任凭大雨把他打成了落汤鸡。

"喂，你找谁？"我大声问。

他过了一会儿才转过身来，走到我面前，两眼望着我，塞了一张白纸在我手里，然后跑开了。

那不是一张白纸，我反过来一看，那张纸上是有图画的。画的是一棵树，是孤儿院后院里那棵大树。而树的旁边站着一个男孩儿。旁边写着两个字：艾尔。

我抬起头来，大雨迷了我的眼睛，我隐约看到有个小姑娘趴在那间房子的铁窗口，冲我微笑。

是山川吗？

我在雨里冲大声喊："为什么？"

她微笑着似乎在说着什么，可隔得太远，我只能看清她的口型。她似乎在说："你知道的，你最了解我。所以你明白的。"

我还想继续说些什么，这时候，却有人拍了拍我的肩膀。

我一回头，雨又停了，雨声也消失了。嘈杂的人声又被风声重新带到了我的耳边。

脚下被大雨浇灌的水泥地也消失了，我的双脚仍旧踩在青绿色的草坪上。

"喂，小剑，你想什么呢？"

南洋穿着一件白色针织衫，阳光在他染的浅棕色头发上落了一层白光。"你发什么愣呢？"他把书从我脚边的草地上捡起来，塞到我手里。

书的封面是深咖啡色的，用金体字烫印着：《美第奇家族》。

"太好了，我就知道你带书了！我没带书，老规矩啊，你挡，我睡。最后一排。别让教授看到！"他说完，拉着我就朝学校的方向走。

"你走快点。三点半上课，现在还来得及去找山川吃个甜点喝杯咖啡。我跟你说，换家咖啡吧了啊，老吃那家的甜点，我快被腻死了！他家从来不换新……小剑，小剑，你听见我说话没有啊？"

风的声音，人的声音，都在渐渐远去。

我伸出手臂搭在南洋的肩膀上。

我说，我听见了。